나를 움직인 이 한 장면

러시아문학에서 청춘을 단련하다

기획위원회

김수환, 김정일, 박혜경, 변현태, 오원교, 이강은, 이규환, 이기주, 이명현,
이지연, 최종술, 최정현, 최진희, 이형숙

나를 움직인
이 한 장면

러시아 문학에서 청춘을 단련하다

초판 1쇄 | 2016년 4월 20일

지은이 | 한국러시아문학회
편 집 | 이재필
디자인 | 임나탈리야
펴낸이 | 강완구
펴낸곳 | 써네스트

출판등록 | 2005년 7월 13일 제313-2005-000149호
주 소 | 서울시 마포구 동교동 165-8 엘지팰리스 빌딩 925호
전 화 | 02-332-9384 　　　**팩 스** | 0303-0006-9384
이메일 | sunestbooks@yahoo.co.kr
ISBN 979-11-86430-16-3 (03800) 　　　값은 표지에 표시되어 있습니다.
2016©한국러시아문학회
2016©써네스트

정성을 다해 만들었습니다만, 간혹 잘못된 책이 있습니다. 연락주시면 바꾸어 드리겠습니다.

이 도서의 국립중앙도서관 출판예정도서목록(CIP)은 서지정보유통지원시스템 홈페이지
(http://seoji.nl.go.kr)와 국가자료공동목록시스템(http://www.nl.go.kr/kolisnet)에서
이용하실 수 있습니다.(CIP제어번호: CIP2016007867)

한국러시아문학회 총서 1

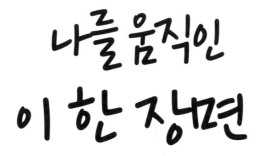

나를 움직인 이 한 장면

러시아문학에서 청춘을 단련하다

한국러시아문학회 편

씨네스트

발간사

이 책은 한국러시아문학회에서 펴낸 첫 번째 대중 교양서이다. 1989
년에 창설된 이래로 지난 27년간 국내 러시아어문학의 발전을 위해 쉼
없이 노력해 온 한국러시아문학회는 매년 정기적으로 학술회의를 개
최하여 러시아어문학에 관한 열띤 토론을 거듭해 왔으며, 러시아 현
지의 문예 동향을 생생하게 전달하는 무크지 《러시아·소비에트 문학
(RUSISTIKA)》과 전문 학술지 《러시아어문학연구논집》을 발간해 왔다.
4반세기를 훌쩍 넘도록 학술회의와 학술 잡지를 통해 우리 학회가 축적
해 온 지식과 역량을 이제 폭넓은 독서 대중과 함께 나누고자 하는 바람
에서 이 책을 기획하였다.

《나를 움직인 이 한 장면》은 러시아문학을 전공하고 수년간 대학에서
연구와 강의에 전념해 온 한국러시아문학회 회원들의 소중한 독서 체험
을 바탕으로 하여 씌어졌다. 27명의 필자들은 저마다 평생 잊지 못할 러
시아 고전의 한 장면을 골라서 해당 작품에 대한 자기만의 해석과 감상
을 기록하였다. 소설, 희곡, 서사시, 서정시, 여행기, 사실주의, 낭만주
의, 미래주의 등 장르와 유파를 망라하는 러시아 문학 명장면 콜렉션인
이 한 권의 책이 살아가기에 숨 가쁜 독자들에게 장서의 향기 가득한 서
재 혹은 도서관의 한 자리를 대신해 주기를 소망한다.

작은 풀잎 하나에서 우주를 읽는 것은 위대한 시인의 몫만은 아니다.
우리는 영감으로 가득 찬 어느 한 순간, 우리의 삶을 이루는 모든 것들이
살아 숨 쉬며 꿈틀거리고 있음을 느낀다. 우리의 작은 영혼이 우주 전체
의 움직임과 조응하는 것을 느낄 수 있는 것이다. 그래서 우리 모두는 각

자 하나의 존엄하고 아름다운 우주가 될 수 있다. 위대한 문학 작품의 한 문장, 한 장면은 바로 그러한 감동적인 자각의 순간을 허락한다. 거기에는 삶의 미묘한 떨림, 눈에 띄지 않는 진실을 담으려는 작가들의 고뇌와 분투가 아로새겨져 있기 때문이다. 러시아문학의 위대하고도 아름다운 장면들을 모은 이 책은 그러한 감동과 전율의 순간을 독자들에게 선사해 줄 것으로 기대한다.

《나를 움직인 이 한 장면》은 여기 수록된 작품들 하나하나를 통독하기에 앞서 해당 작품의 특징과 묘미를 예비적으로 맛볼 수 있는 기회를 제공해 줄 것이며, 나아가서 고전에 대한 단편적인 해설서가 아니라 필자들의 인생에 대한 진솔한 성찰을 담은 하나의 독립된 작품으로도 읽혀질 수 있을 것이다.

사는 것이 각박하다는 절규가 자주 들려온다. 청년의 희망 찬 봄노래가 갈수록 듣기 어려워진다. 우리의 마음속 풀잎이 메말라 가고 우주의 모습은 점점 더 흐릿해지는 이 시절에 이 책에 실린 장면 하나하나가 다시 물을 머금고 생생하게 소생하는 풀잎의 숨결과 떨림을 독자들에게 전해 주길 바라 마지않는다. 그리하여 우리가 단지 치유의 대상이 아니라 스스로 자기 영혼을 되살리고 단련하는 주체라는 생각을 공유하는 작은 계기가 마련되기를 희망한다.

아울러 이 책의 출간을 맡아 주시고 공들여 편집해 주신 도서출판 써네스트에 깊은 감사의 마음을 전한다.

2016년 봄
한국러시아문학회 총서 기획위원회

목차

삶 속의 예술, 예술 속의 삶

진정한 삶을 위하여

목차

"그만 일어나세요, 이제.
제가 솔직하게 고백해야지요.
오네긴, 보리수 길에서 운명이 우리를 만나게 했을 때,
당신의 설교에 귀 기울였던 그때 그렇게 공손했던 저를,
오네긴, 당신은 기억하시지요? 오늘은 제 차례입니다."

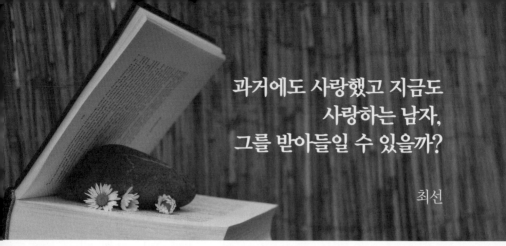

과거에도 사랑했고 지금도 사랑하는 남자, 그를 받아들일 수 있을까?

최선

알렉산드르 푸시킨의 《예브게니 오네긴》* 중에서

…… 시체가 다 되어서 나의 구제 불능 괴짜, 오네긴은 그녀에게로, 그의 타티아나에게로 간다. 입구에 아무도 없어 홀 안으로 들어간다. 계속 가도 아무도 없다. 그는 문을 연다. 무엇이, 아, 그를 그렇게 심하게 놀라게 하나? 그의 눈앞에 공작부인이 홀로 치장도 하지 않고 창백한 모습으로 앉아 편지를 읽고 있다, 어쩌나! 그녀는 고요히 눈물을 강물처럼 흘리고 있다, 손에 턱을 괴고.

그 누가 그녀의 말 없는 고통을 그 순간 읽지 못할 것인가! 그 누가 예전의 타냐, 가련한 타냐를 이 공작부인 속에서 보지 못할 것인가! 미칠 듯한 연민으로 아파하다 예브게니는 그녀의 발아래에 쓰러진다. 그녀는 흠칫 떨더니 침묵하며 놀라지도 않고 화내지도 않으며 고요히 오네긴을 바라본다. 그의 병자 같은, 꺼져 가는 눈망울, 애원하는 모습, 또 말 없는 질책을 그녀는 다 느낄 수 있었다. 그녀 속에 꿈들을, 예전의 심장을 가

---

*추천 역서: 《예브게니 오네긴》, 알렉산드르 푸슈킨 지음, 최선 옮김, 서울대학교 출판문화원, 2010년 (2006년 초판).

진 소박한 처녀가 이제 다시 되살아났다.

그를 일으키지도 않고 그로부터 그녀는 눈을 떼지도 않는다. 또 그의 뜨거운 입술로부터 무감각한 자기 손을 떼지도 않는다……. 그녀는 무슨 생각을 하는가? 지금 긴 침묵이 흐르는 이 시각에 다시금. 마침내 조용히 그녀가 말한다. "그만 일어나세요, 이제. 제가 솔직하게 고백해야지요. 오네긴, 보리수 길에서 운명이 우리를 만나게 했을 때, 당신의 설교에 귀 기울였던 그때 그렇게 공손했던 저를, 오네긴, 당신은 기억하시지요? 오늘은 제 차례입니다.

오네긴, 저는 그때 더 젊었어요. 아마도 더 아름다웠겠지요. 그리고 전 당신을 사랑했어요. 그런데 전 무엇을 찾아냈나요? 제가 당신의 가슴속에서 찾아낸 대답은 가혹함뿐이었어요. 맞지요? 소박한 처녀의 사랑은 당신에게 새로운 것이 아니었지요? 그 차가운 시선과 설교가 떠오르면, 맙소사, 지금도 피가 얼어 들어요……. 그러나 당신을 탓하지 않겠어요. 그 무서운 시간에 당신은 제 앞에서 올바르셨고 고결하게 행동하셨어요. 온 마음으로 감사 드립니다…….

그때, 맞지요? 허황된 명성으로부터 멀리 떨어져서 벽촌에 있던 저는 당신의 마음속에서 하찮은 존재에 불과했지요……. 당신은 지금 왜 저를 쫓아다니는 거죠? 어찌하여 제가 당신의 목표물인가요? 요새 상류 사교계라면 제가 나타나야 하고 우리가 부유하고 신분이 높고 남편이 전쟁에서 부상당해서인가요? 그 대가로 궁정이 우리를 우대해서? 또 제가 치욕적 행동을 한다면 이제는 바로 모든 사람이 알아차릴 수 있고, 바로 그것이 당신에게 사교계에서 잘나가는 유혹자라는 명예를 가져다줄 수 있기 때문에 그러는 건가요?

저는 웁니다……. 당신의 타냐를 당신이 여태껏 잊지 않았다면 알아
두세요, 전 지금 할 수만 있다면 차라리 당신의 그 날카로운 책망을, 그
차갑고 엄격한 말씨를 택하겠어요, 당신의 모욕적인 열정보다는, 당신의
이런 편지와 눈물보다는요. 당신은 제 소녀다운 꿈에는 그때 동정이라도
하셨지요……. 그러나 지금 당신은 얼마나 시시한가요! 뭐가 당신을 제
발아래로 이끌었나요? 당신의 심장과 이성을 가지고 어떻게 이렇게 시
시한 감정의 노예가 될 수 있나요?

그러나, 오네긴, 이 화려함이며 이 역겨운 삶의 번쩍거리는 허식이며
사교계 소용돌이 속 제 성공이며 제 최신식 저택과 야회며 이것들이 무
슨 의미가 있나요? 당장에라도 이 모든 가장무도회 누더기 소품들, 이
모든 번쩍거림, 소음, 번잡을 다 주고라도 책꽂이와 다듬지 않은 정원들,
우리의 가난한 시골, 오네긴, 그곳, 제가 당신을 처음 만난 장소들, 또 십
자가와 나뭇가지 그림자들이 죽은 가련한 유모 위로 드리워진 곳, 그 소
박한 공동묘지, 이것들만 가질 수 있다면 얼마나 좋을까요…….

행복은 그렇게 가능했고 그렇게도 가까웠지요! …… 그러나 이미 전
결혼했어요. 제 운명은 결정되었어요. 아마도 제가 조심성 없이 행동했
는지도 몰라요. 어머니가 애원의 눈물로 제게 간청했지요. 불쌍한 타냐
에게는 어떤 운명도 마찬가지……. 저는 결혼했어요. 당신은 저를 내버
려둬야 해요, 당신께 간청합니다, 진정으로요. 압니다, 당신의 가슴속에
자존심이 있고 진정한 명예가 있다는 것을. 저는 당신을 사랑합니다(무
엇 때문에 속이나요?). 그러나 저는 다른 사람에게 주어졌습니다. 저는
한평생 그에게 충실할 것입니다."

그녀는 갔다. 예브게니는 그야말로 벼락을 맞은 것처럼 꼼짝 않고 서

있다. 아, 어떤 감정의 폭풍우 속으로 그의 심장이 가라앉았는가! 허나 갑작스레 박차 소리 울린다. 타티아나의 남편이 나타난 것이다. 여기서 독자여, 우리는 그냥 이렇게, 이 순간 그에게는 운 나쁜 이 순간에 내 주인공과 작별하오, 이제 오랫동안 …… 영원히. 그의 뒤를 따라 그야말로 오로지 그 한길만을 따라 이 세상을 충분히 헤매고 다녔으니. 이제 해안에 닿은 것을 서로 축하합시다. 만세! 오래전에 (그렇지 않나?) 때가 된 것이었소!

오, 내 독자여, 그대가 누구이건 간에 친구이건 적이건 간에, 이제 친한 사이로 작별하고 싶소. 안녕히. 그대가 나를 따라오면서 여기 내키는 대로 쓴 연들에서 무엇을 찾든지, 여전히 잠잠해지지 않는 추억이든지, 일에서의 휴식이든지, 생생한 그림, 또는 날카로운 말이든지, 또는 문법적 오류든지 간에 새록새록 이 작은 책에서 재미와 희망을 위해, 심장의 꿈을 위해, 잡지의 토론을 위해 그대가 작은 조각이라도 아무쪼록 발견할 수 있기 바라오. 이제 우리 작별합시다, 안녕히!

부디 안녕히! 내 기이한 동반자도, 그리고 그대, 내 진정한 이상형도, 그리고 그대, 비록 작긴 해도 생생하고 변함없는 내 작업도! 나 그대들과 함께 시인이라면 누구라도 부러워할 만한 모든 것을 알았소. 사교계의 비바람 피해 현실을 잊는 것, 친구들과 진정 어린 대화를 나누는 것을. 나 젊은 타티아나와 오네긴을 몽롱한 꿈속에서 처음 보고 마술의 수정구를 눈에 대고 자유로운 내 소설의 먼 길을 아직 희미하게 보던 때부터 많은 날이, 정말 많은 날이 흘렀소.

허나 우정 어린 만남 속에서 내가 첫 연들을 읽어 주었던 이들……. '이들은 이제 없거나 멀리 있소', 언젠가 사디가 말했듯이. 잊지 못할 이들…… 이들 없이 오네긴이 끝까지 그려졌소. 그리고 타티아나라는 사랑스런 이상형을 이루는 데 함께한 그녀는……. 오! 많은 것을, 정말 많은 것을 운명은 앗아 갔소! 가득 찬 술잔을 끝까지 마시지 않고 삶이라는 축제를 일찌감치 끝내고 떠난 사람, 삶의 소설을 끝까지 읽지 않고 내가 내 오네긴과 그랬듯이 갑자기 그것과 작별할 수 있었던 사람은 축복받은 사람이오. - 끝 -

타티아나의 결단

이 장면은 푸시킨의 명품 운문 소설 《예브게니 오네긴》의 마지막 부분이다. 푸시킨이 자신의 '기이한 동반자', 주인공 오네긴을 오랜 기간 따라다니며 헤매면서 진행해 온 생생하고 변함없는 '작은 작업'의 결실, 자신에게 그토록 소중한 '작은 책'을 세상에 내놓을 때 마무리로 독자에게 선물한 부분이다. 여기서는 오네긴이 결투에서 렌스키를 죽인 이후 오랜 여행 끝에 페테르부르크로 돌아와 예전에 자기에게 사랑의 편지를 보냈던 타티아나를 다시 본 후 지금은 사교계에서 존경받는 귀부인이 된 그녀에게 진정으로 사랑에 빠져 편지를 썼는데 아무리 애타게 기다려도 답장이 없자 그녀의 집으로 찾아갔을 때의 장면이 펼쳐진다. 이 소설 전체의 내용이 농축되어 있다고 볼 수 있는 이 마지막 장면을 읽노라면 소설 전체가 다시 한번 머릿속을 지나가는 진한 감동 속에서 여주인공 타티아나가 자신이 과거에 사랑했고 지금도 사랑하고 있는 남자 오네긴과의 인연과 둘의 미래에 대해 어떤 생각을 가지고 있는지 곰곰이 생각해 보게 된다.

이제는 결혼한 그녀가 처녀 시절과 마찬가지로 한결같이 사랑하는 오네긴을 거절하는 이유는 과연 무엇일까? 남편을 위하여 자기를 희생하는 걸까? 사교계와 안락한 생활을 떠나기 싫어서일까? 자기를 거절했던 오네긴에게 보복을 하는 걸까? 앞으로 오네긴과 다시 연결되는 것은 아닐까? 여러 가지 의문점을 남기는 이 마지막 장면이 내게 인상 깊은 이유는 무엇보다 필자가 흥미를 느꼈던 점, 즉 인생의 중대사인 남녀의 결혼에 관해 여러 가지 생각을 깊이 하게 만들었고 타티아나의 결단의 현명함이 내 마음을 움직였기 때문이다.

결혼이란 무엇인가? 두 사람의 결합이다. 결혼은 결국 인간 관계를 맺는 일이니 자신에게 어울리는 상대를 만나는 것이 무엇보다 중요한 성공의 요소일 것이다. 그 다음으로는 노력이다. 인간 관계란 불가항력적인 일보다 손댈 수 있는 여지가 많은 관계여서 결혼 생활도 애쓰고 노력하면 잘 꾸려 나갈 수 있을 것이다.

타티아나는 결혼했다. 그녀가 말하는 것처럼, 또 그녀의 어머니나 유모의 경우처럼 사랑 없이 결혼한 경우이다. 그런데 자신이 사랑하는 오네긴의 사랑 고백과 구애를 거절하며 자신이 결혼한 몸이고 남편에게 충실할 것이라고 말한다. 그렇다면 그녀는 사랑보다는 관습을 택하고 그럭저럭 살아온 자신의 어머니와 같은 길을 가려고 그렇게 말하는 것일까? 타티아나에게는 아이가 없어 보이는데 아이 때문에 결혼 생활을 유지하려는 것 같지는 않다. 푸시킨이 그녀를 끝까지 지켜보고 '진정한 이상형', '사랑스런 이상형'이라고 부르는 이유는 무엇일까?

타티아나가 처한 상황에서 19세기 보통 사교계 여성이 할 수 있는 행동은 세 가지이다.

1) 현재의 사교계 생활을 하면서 오네긴과 몰래 밀회하는 경우

2) 사랑하는 오네긴을 택하여 가정을 떠나는 경우

3) 오네긴을 마음속에서 지우면서 다른 일에 몰두하는 경우

타티아나는 이 세 가지 중 어느 것도 하지 않는다. 그녀가 이 세 가지 행동을 하지 않는 이유를 살펴보면서 푸시킨이 그녀를 왜 '이상형'이라고 생각하는지 알아보자.

1)의 경우, 즉 현재의 생활을 계속하면서 오네긴과 몰래 밀회하는 경우는 타티아나에게 일어나지 않을 것이다. 사교계의 룰을 익히 알고 있고 사교계의 여왕으로 활약하는 여자인 그녀는 많은 여자들이 정부를 따로 두고 몰래 만나는 일이 당시 사교계에 묵인되어 있다는 것을 잘 안다. 오네긴과의 밀회가 사교계의 룰에 어긋나지 않으며 어떤 경우에라도 그것이 그녀가 품위를 유지하고 사교계의 위치를 지키는 데 방해가 되지 않으리라는 것도 알고 있다. 하지만 그녀는 비밀스레 밀회를 하고 감정의 장난질을 하는 많은 사교계 여인들과는 다르다. 그녀는 사교계의 많은 다른 여자들처럼 피상적이고 위선적이며 '메마르고' '차가운 아름다움'을 지닌 여자가 아니다. 그녀는 자신의 감정을 솔직하게 표현하는 여자이다. 그녀는 자신에게나 오네긴에게나 사랑의 감정을 속이고 싶어 하지 않는다. 감정을 속이는 일은 생명감에 차 있는 자연스러운 그녀에게는 어울리지 않는 일이다. 그녀가 오네긴과 사랑을 나눈다면 아마 그녀는 오네긴과의 관계를 숨기지 않았을 것이며 이러한 행동은 사교계의 룰을 어기는 것이 될 것이고 결국 사교계는 그녀를 용서하지 않았을 것이다. 우리는 처녀 시절 타냐가 자연의 이치대로 때에 맞게 사랑에 눈뜬 여자,

사랑으로 자기 성숙을 추구하는 여자, 순수하고 열정적이며 지적인 동시에 감정에 충실하고 진솔하며 자신이 택한 길을 용감하게 가려는 여자, 현실에 순응하지 않는 '반란의 상상력'을 가지며 '생생한 의지'와 '외골수의 고집 센 머리', 불타는 심정으로 수치와 두려움을 무릅쓰고 사랑을 고백하며 방문할 것을 요청하며, 자신의 운명을 그에게 맡긴 솔직하고 순수하고 용감한 여자인 것을 보았다. 그런 성격의 그녀가 이제 남의 눈을 속여 가며 밀회의 게임을 하는 여자가 되는 것은 도저히 불가능하다.

2)의 경우, 즉 사랑하는 오네긴을 택하여 가정을 떠나는 일은 타티아나의 경우에는 결코 일어나지 않을 것이다. 타티아나는 여전히 오네긴에 대한 사랑을 느끼고 있다. 그녀 자신이 표현하듯이 '사교계 소용돌이', '가장무도회 누더기 소품들', 외관의 '번쩍거림', '소음', '번잡' 같은 자연에 거스르는 환경에 처해서 모든 것을 다 내던지고 예전 오네긴을 만났던 곳, '책꽂이'와 '다듬지 않은 정원'이 있는 가난한 시골로 돌아가고 싶을 만큼 그녀의 마음이 있는 곳은 오네긴이 중심에 있는 장소이다. 그럼에도 불구하고 그녀는 오네긴을 따라나서는 행동을 하지 않을 것이다. 그녀가 사랑하는 오네긴을 따라 이곳을 떠나지 않는 이유는 무엇일까? 그것은 그녀가 자신과 오네긴의 미래를 정확하게 판단하고 있기 때문이다. 그녀는 오네긴이 당시 귀족 인텔리로서의 자신의 코드를 벗어나기 어려운 인간이라는 것도, 그가 아무리 발버둥 쳐도 누구를 진정으로 사랑할 만큼 성숙한 인간이 아니라는 것도, 그와 함께 새로운 결합을 시작한다면 자신이 파멸의 길로 가리라는 것도 알고 있다. 그리고 이제 비록 그가 뜨거운 열정에 빠져 죽을 만큼 그녀를 사랑한다고는 하지만 타냐는 이미 그가 앞으로 할 행동을 내다보고 있다. 오네긴은 아마도 한동안 모든 것

을 잊고 그녀에게 몰두할 것이다. 하지만 그는 결국 자신의 한계를 벗어날 수 없는 인간으로 보인다. 그가 결국 권태와 오만과 회의에 또다시 패배당할 위험성은 크다.

그녀는 감정에 솔직하다. 그러나 감정에 솔직한 것으로만 인생길을 가는 것이 꼭 올바른 길이 아니라는 것을 그녀의 이성은 알고 있다. 가지 말아야 할 길을 갈 때 긍정적이고 자연스러운 감정이 잘못되고 위험한 방향으로 향하고 그것은 결국 좋고 진정한 것에서 나쁘고 부자연스러운 결과를 낳게 된다는 것을 그녀의 이성은 알고 있다. 오네긴을 사랑하고 그리고 그런 감정을 자신에게나 오네긴에게 솔직하게 인정하지만 타티아나는 앞으로 자신의 길을 감에 있어 자신의 감정을 왜곡시키지 않을 수 있는 현명한 결단을 한다.

동시에 타티아나는 사회의 통념에 따르는 것을 시시하다고 말하며 오네긴에게 자극을 주고 그가 좀 더 나은 남자가 되도록 일깨우고 싶어 한다. 그녀는 이제 오네긴을 이해한다. 그녀는 그의 서재에서 그가 읽은 책들을 통하여 그를 이해했고 그가 안타까워서 오랫동안 울었었다. 그녀는 그가 속으로 자신의 길을 찾으려고 노력하는 사람이라는 것을 알아보았으나 자신 속에 갇혀 있는 부자유스러운 회의주의자라는 것, 즉 세상에 실망하고 자신의 길을 때맞춰 알맞게 꾸려 가지 못하는, 설 자리를 찾지 못하는 인텔리라는 것을 깨달았던 것이다. 게다가 타티아나의 남편은 톨스토이의 명작 《안나 카레니나》에 나오는 여주인공 안나의 남편 카레닌, 자기 기만 속에서 안나를 증오하는 남자와는 전혀 다른 사람이다. 차이콥스키는 푸시킨의 초고를 살려 오페라에 나오는 타냐의 남편 그레민의 유명한 아리아를 만들었다. 그녀의 남편은 위선적인 사교계에서 그녀와 살아가는 것을 진정한 행복으로 여기는 남자로서 그녀를 이 세상의 누구보다도 소중히 여긴다. 그는 타티아나의 진가를 알아주고 그녀와 함께 하는 길을 소중히 여기는 사람이다. 그는 카레닌처럼 사회적 위치에서 그럴듯한 가정을 가져야 한다는 것보다는 타티아나라는 존재가 그에게 가지는 의미는 인생 전체의 의미와 같다는 것을 알고 있는 사람이다. 타티아나도 그것을 잘 알고 있고 조국을 위하여 열심히 싸우다 부상당한 남편을 존경한다. 타티아나의 남편은 그녀에게 진정한 '자유'와 '평온'을 줄 수 있는 존재로서 안나의 남편인 카레닌과는 여러모로 다른, 오네긴에게는 만만하지 않은 적수를 넘어 그에게 패배를 안기는 우월한 사람이다. 그녀는 그런 남편을 떠나 오네긴과 함께하는 길이 인간성의 왜곡은 물론 자신을 잃고 어쩔 줄 모르며 파멸을 초래하게 되는 길이라는 것을 잘 알고 있었을 것이다.

그래서 그녀는 오네긴에게 그들의 사랑이 이러한 형태로밖에 머물 수 없는 운명이라고 말한다. 오네긴은 그 말을 듣고 벼락을 맞은 듯 각성한다. 이 각성이 앞으로 그의 인생길에 부디 영향을 끼쳤으면 하고 타티아나와 함께 필자는 바란다. 열정을 긍정적으로 삶에 유용한 요소로 만들 줄 아는 타티아나와 달리 오네긴은 사실 설 자리도 목적도 없는 인간, 현재를 충실하게 살지도 못하고 미래의 삶을 계획하지도 못하는 인간이었다. 세상 사람들을 시시하게 보고 아무 것도 존경하지 않으며 권태롭게 살아가다가 타티아나를 보게 되는 그는 그녀의 사랑을 받아들일 만한 자신도 의지도 없었다. 오네긴은 타티아나를 한눈에 알아보았으나 권태와 오만 때문에, 스스로에게 갇혀서 옴짝달싹하지 못하는 불구였던 것 같다. 그랬던 그가 귀부인이 된 타티아나에게 구애하는 이유는 '사교계에서 잘나가는 유혹자'라는 헛된 '명예'를 얻기 위해서가 아니다. 타티아나의 예전의 편지와 시골에서 창가에 앉곤 했던 그녀의 모습만이 그의 머릿속을 맴돌고 있지 않는가! 그러나 그는 이전에도 자신 속에 갇혀 때를 놓쳤으나 지금도 때에 맞지 않게 행동한다. 그가 구애한 시점은 그 스스로 뼈 아픈 내면적 성찰을 거쳐 자신의 껍질을 뚫고 나와서 변화의 길에 꿋꿋이 들어선 이후가 아니다. 모든 일에서 때에 맞게 행동하는 여인 타티아나는 때에 맞게 행동하지 못하는 그의 정체를 꿰뚫어보고 안타깝지만 현명한 결단을 내렸다.

3) 오네긴을 마음속에서 지우려고 하고 그에 대한 감정을 부정하는 경우도 타티아나에게는 일어나지 않는다.

그녀는 억지로 자신의 감정을 죽이는 그런 여자가 아니다. 처녀 시절 사랑의 열정을 느낄 때 자신의 감정을 솔직히 고백했던 그녀다. 이제 다른 사람과 결혼한 후에도 그녀는 자신의 감정을 들여다보고 그것이 변하지 않았다는 것을 알며 오네긴에게 사랑한다며 무엇 때문에 자신이나 오네긴에게 속일 필요가 있냐고 말한다. 그녀는 자신의 길을 택하면서 남편을 속이려고 하지 않고 자신의 감정을 억지로 죽이지도 않고 자신을 속이지도 않는다. 그녀는 사랑의 감정이 매우 소중하지만 부서질 수 있는 것이라는 것을 알고 있다. 오네긴이라는 인물과 함께할 때 더더욱 그러할 것이라는 것도 안다. 그러므로 그녀는 자신의 감정을 속 깊이 간직하고 그 열정이 인생길을 풍성하게 할 수 있도록 자신을 다지며 더더욱 넉넉하고 평온한 길을 가려고 한다. 사랑을 알고 간직하고 있는 여자는 그렇지 않은 여자에 비해 얼마나 깊고 넉넉하고 평온한가! 푸시킨은 그녀를 흠잡을 데 없이 완전한 모습으로 그렸다. "그녀는 서두르지 않았으며 차갑지 않았고 말수가 없었으며 과하게 여길 만큼 빤히 쳐다보고 함부로 시선을 던지지 않았고 자신의 성공을 과시하지도 않았다. 이 모든 작은 흠도 없이 모방하려는 의도도 없이……. 그녀의 모든 것은 고요하고 단순했다." 그녀가 이렇게 완전한 것은 그녀가 세상과 타인과 자신을 이해하고 있고 자신의 길을 알며 속 깊이 아픔과 그리움과 사랑을 품고 있어서이다. 그녀는 고통으로 인하여 피폐하게 되지도 않았고 그렇다고 고통을 잊고 호들갑스럽지도 않고 급하게 달리지도 않으며 다시 만난 자신의 연인 때문에 화들짝 놀라지도 않고 그렇다고 냉담하지도 않다. 그녀는 그에게 자신의 사랑을 고백하며 자신의 길을 또박또박 걸어가는 평온하고 의젓한 모습을 보여 준다. 그녀의 평온 속에는 희망과 좌절, 열정과 아픔이 있다. 예전에 그녀는 미래에 대한, 미지에 대한 동경을 가진 여인이었고 이제는 과거에 대한 그리움을 소중하게 품고 사는 여인이다. 자기 또래의 남녀 인물들, 올가, 렌스키, 오네긴이 사회적 통념이나 스스로의 한계를 벗어나지 못하는 것과 달리 자신의 길을 꿋꿋이 개척해 나가는 그녀의 이 결단, 무슨 규범이나 열정이나 계산에서 나온 것이 아니라 그녀의 자유 의지에 의해서 이루어진 평온과 자유를 유지하는 인생길을 가기 위한 이 결단은 현명했다.

작가와 작품

《예브게니 오네긴》은 러시아 문학에 큰 영향을 끼쳤고 러시아 문학이 가장 자랑하는 작품들 중 하나이다. 이 작품은 러시아 문학뿐만 아니라

 세계 문학 속에서 살펴보아도 매우 독특한 장르인 운문 소설로서 특히나 완벽한 형식미를 갖추고 있다. 저자는 독일에서 괴테나 실러가, 영국에서 셰익스피어가 지니는 위치를 러시아에서 지니는 알렉산드르 세르게예비치 푸시킨(1799-1837)이다. 1823년 시작되어 1833년 첫 출판된 이 소설은 푸시킨이 살았던 시대의 러시아의 이모저모를 잘 알려 준다는 점에서 투르게네프의 《아버지와 아들》, 톨스토이의 《안나 카레니나》, 도스토옙스키의 《죄와 벌》, 체홉의 《결투》를 비롯한 소설이나 《갈매기》 등의 드라마 작품들처럼 작가들이 살았던 당시의 러시아, 그 삶의 현장에서 사람들이 어떻게 살아갔는지, 어떻게 자기 길을 용감하고 현명하게 개척해 나갔는지, 아니면 사회의 통념 속에서 헤매며 자신을 찾지 못하거나 자신 속에 갇혀 파멸해 갔는지를 이해하는 데 매우 중요한 작품이다. 또한 이 소설의 주인공이자 푸시킨의 '제2의 자아'인 오네긴과 푸시킨의 이상적 여인상인 타티아나의 사랑 이야기는 시간과 공간을 초월하여 모든 젊은이에게 삶과 사랑의 문제를 진지하게 생각해 볼 계기를 준다는 의미에서 청소년기에 한 번쯤 읽어 볼 만하다. 그리고 성인이 된 후에도 언제든지 흥미롭게 다시 되풀이해서 읽으면서 자신을 들여다보고 각성하고 노년이 되어 인생을 회고하는 데도 도움을 줄 수 있는 작품이라고 여겨진다. 번역의 저본으로는 1974-1978년 모스크바 '예술문학'에서 출판된 10권으로 된 전집 중에서 제4권을 사용하였다.

사랑이 그들을 부활시켰고,
한 사람의 영혼 속에는 이미 다른 사람의 영혼을 위한
삶의 무한한 원천이 놓여지게 된 것이다.

어떻게 해야 인간의
'죄'를 씻을 수 있는가?

김선명

표도르 도스토옙스키의 《죄와 벌》* 중에서

그는 이미 오래전에 병이 났다. 그의 심신에 상처를 입힌 것은 유형
생활의 공포도, 노역도, 옥밥(獄-)도, 삭발한 머리도, 누더기 죄수복도
아니었다. 오! 이까짓 고통과 수난들이 그에게 무슨 대수였겠는가! 오히
려 반대로 그는 노역에서 기쁨을 느꼈다. 육체적으로는 고달팠지만 적
어도 몇 시간만큼은 달콤한 잠을 청할 수 있었기 때문이다. 그에게 바퀴
벌레가 빠져 있는 멀건 야채 수프와 같은 음식은 무엇을 의미했겠는가?
학창 시절 그는 이런 음식조차 먹지 못한 적이 부지기수였다. 죄수복은
따뜻했고 그의 생활 방식에는 안성맞춤이었다. 심지어 자신이 차고 있
는 족쇄조차 인식하지 못할 정도였는데, 그가 자신의 삭발한 머리와 누
더기 옷이 부끄러웠겠는가? 설사 부끄럽다 한들, 누구한테? 소냐한테?
그를 경외하다시피 하는 소냐한테 부끄러워할 이유가 있었겠는가?

그런데 어떻게 된 일인가? 그는 오히려 소냐에게 수치심을 느꼈다.

---

*추천 역서: 《죄와 벌》, 도스토예프스키 지음, 홍대화 옮김, 열린책들, 2011년.

소냐는 그의 경멸하는 듯한 거친 태도 때문에 고통을 느껴 왔던 장본인이 아닌가! 하지만 수치심의 원인은 민둥한 머리나 족쇄가 아니었다. 그의 자존심은 상할 대로 상해 있었고, 이 상처받은 자존심 때문에 병까지 났던 것이다. 오, 그가 스스로 유죄를 인정할 수 있었다면 얼마나 행복했을까! 그렇다면 그는 모든 것, 수치와 치욕을 비롯한 모든 것을 견뎌 냈을 것이다. 하지만 그는 냉정하게 자신을 평가했으며, 냉철한 그의 양심은 자신의 과거에서 모든 사람에게 벌어질 수 있는 정말 소소한 실책을 제외하고는 그 어떠한 끔찍한 죄과도 발견하지 못했던 것이다. 오히려 그는 그 자신, 바로 라스콜니코프가 그렇게 어리석고 맥없이, 허망하고 허탈하게 어리석은 운명의 판결에 따라 파멸했다는 바로 그 점이, 그리고 얼마간의 마음의 평안을 얻기 위해 '무의미한' 판결 따위에 굴종하고 타협해야 한다는 사실 자체가 수치스러웠다.

현재에는 대상도 없고 목적도 없는 불안감만이, 미래에는 그것을 통해 아무것도 얻을 수 없는 끊임없는 희생만이 그 앞에 놓여 있는 이 세상의 전부였다. 8년 후 기껏해야 서른두 살이 될 것이며 그때 새로운 삶을 시작할 수 있다는 사실에 무슨 의미가 있는가! 왜 살아야 하는가? 무엇을 염두에 두고 살아야 하는가? 무엇을 위해 노력해야 하는가? 존재하기 위해 살아야 하는가? 그는 예전에도 수천 번 사상을 위해, 희망을 위해, 심지어 환상을 위해 자신의 모든 존재를 내던질 준비가 되어 있었다. 생명이 하나라는 것이 언제나 그에게는 부족했다. 그는 항상 더 많은 것을 원했다. 그랬기에 아마도 열망의 강도 하나만으로 스스로를 다른 사람보다 더 많이 허용된 인간으로 치부했던 것인지도 모르겠다.

만일 운명이 그에게 회개할 수 있는 마음을 허락해 주었더라면, 더 강한 뉘우침과 고동치는 가슴과 불면의 밤을, 사형대의 올가미를 떠올리는 끔찍한 고통으로부터 그러한 뉘우침을 허락해 주기만 했더라면! 오, 그는 얼마나 기쁘게 그것을 맞았을 것인가! 고통과 눈물, 이 역시 삶이 아닌가? 그러나 그는 자신의 범죄에 일말의 후회가 없었다.

그를 유형에 처하게 한 추악하고 어리석기 짝이 없는 행동에 화가 났던 것처럼 자신의 어리석음에 적어도 화가 나긴 했을 것이다. 하지만 지금 유형지에서 나름의 자유를 만끽하며 모든 이전 행동들을 다시 평가하고 반추해 봐도, 이전의 숙명적 순간에 스스로 느꼈던 것과 별반 다름 없이 자신의 행동들에서 어리석거나 추악한 점은 전혀 찾아볼 수 없었다. "어째서, 어째서 내 사상이 이 세상이 존재한 이래로 서로를 헤집어 대고 이리저리 충돌하는 다른 사상과 이론들보다 더 어리석다는 말인가?" (중략)

'왜 그때 스스로 목숨을 끊지 못했는가?' 하는 생각에 또한 괴로웠다. 그는 왜 그 당시 다리 위에 서서 자수를 선택했단 말인가? 정말 살고자 하는 열망이 그렇게 강했단 말인가, 그것을 극복하는 것이 그렇게 힘들었단 말인가? 죽음을 두려워했던 스비드리가일로프도 극복하지 않았는가?

그는 고통스럽게 자문해 보았지만, 다리 위에 섰을 당시 이미 자신의 신념 속에서 깊은 허위를 예감했다는 사실을 이해하지 못했다. 더욱이 이러한 예감이 그의 삶에 있어 다가올 변혁과 미래의 부활, 앞으로의 삶에 대한 새로운 시각의 전조일 수도 있다는 사실을 깨닫지 못했다.

그는 뚜렷하지는 않지만 본능이 말해 주는 마음의 무게를 십중팔구 받아들이기는 했던 것 같다. 그것을 내다 버릴 수도 없고, 그것을 통해 뛰어오를 힘도 없었지만 말이다(나약함과 보잘것없음 때문에). 따라서 자신의 동료 죄수들을 보고 놀랄 수밖에 없었다. 어떻게 그들 모두 삶을 그토록 사랑할 수 있는가, 그리고 삶을 그토록 소중히 여길 수 있는가! 그가 느끼기에는 다른 죄수들이 자유를 누릴 때보다 감옥에서 오히려 더 삶을 사랑하고 거기에 가치를 두며 그것을 더 소중히 여기는 것 같았다. 그들 중 부랑자 같은 이들조차 더 끔찍한 고통과 고난을 견뎌 냈을 텐데! 그런데 정말이지 그들에게 햇살이나 꿈꾸는 숲, 3년이 지나고서야 발견한 아무도 모르는 산골짜기 어딘가의 차가운 샘이 얼마만한 의미를 지니고 있는지 알 수가 없을 정도이다. 부랑자들은 그 샘과의 만남을 애인과의 만남처럼 꿈꾸고, 꿈에서조차 그 샘과 그 주변의 파릇파릇한 풀들과 수풀에서 노래하는 새들을 그리는 것이 아닌가? 그들을 보면 볼수록 더 해명하기 어려운 실례들만이 눈에 들어왔다.

(중략)

동료 죄수들은 그를 좋아하지 않았고 그를 피했다. 종국에는 그를 증오하기까지 했다. 왜인가? 그는 이것을 이해할 수 없었다. 사람들은 그를 경멸했고, 비웃었으며, 그보다 더 죄질이 무거운 자들조차 그를 비아냥거렸다.

"귀족 양반! 도끼를 휘두르고 다녔다지! 귀족의 처신에 맞게 행동해야지……." (중략) "이 신을 모르는 놈팽이 녀석! 신을 믿지 않다니! 네 놈은 죽어 마땅해."

(중략)

무의미한 환각이 이토록 우울하고 괴롭게 그의 회상에 영향을 끼치고 있다는 사실이 라스콜니코프를 괴롭혔다. 그리고 이러한 열병의 잔영이 오래도록 가시지 않는 것이 괴로웠다. 부활절이 지나고 두 번째 주가 왔다. 따뜻하고 청명한 봄날이 계속됐다. 감옥의 창문(쇠창살의 창문 아래에는 보초병이 있었지만)이 열렸다. 소냐는 그가 병상에 있을 때 통틀어서 두 번만 그를 찾아올 수 있었다. 매번 청원서를 내야 했는데 이것은 힘든 일이었다. 그녀는 자주 병동의 마당, 창문 아래로 찾아왔다. 특히 저녁 무렵에 마당에라도 잠깐 서 있으려고, 멀리서나마 병동의 창문을 쳐다보기라도 하려는 요량으로 찾아왔던 것이다. 어느 날 저녁 무렵 거의 몸을 회복한 라스콜니코프는 잠이 들었다. 그리고 잠에서 깨어난 후에 무심코 창문으로 갔는데 저 멀리 병원 정문 근처에서 소냐를 보았다. 그녀는 마치 무언가를 기다리는 듯이 서 있었다. 그 순간 무언가 그의 가슴을 찌르는 것만 같았다. 그는 전율했다. 그리고 재빨리 창문에서 몸을 숨겼다. (중략)

그녀는 항상 자신의 손을 수줍게 그에게 내밀었고, 가끔은 그가 밀어낼까 두려워 손을 내밀지 못하는 경우도 있었다. 그는 항상 혐오스러운 듯 마지못해 그녀의 손을 잡았고, 항상 경멸하는 듯한 태도로 그녀를 만났으며, 그녀가 방문했을 때 침묵으로 일관하기도 했다. 그녀는 두려움을 느끼며 깊은 슬픔에 빠져 돌아가는 일도 있었다. 그러나 지금 그들은 두 손을 꼭 마주 잡고 있었다. 그는 살짝 그리고 빠르게 그녀를 훔쳐볼 뿐 아무 말도 하지 못한 채 땅만 쳐다보고 있었다. 그들만 있었고 주위엔 아무도 없었다. 호송병은 딴 곳을 보고 있었다.

그때 어찌 된 것인지 그 자신도 알 수가 없었으나, 갑자기 무언가가 그를 낚아채서 그녀의 발 밑으로 내던지기라도 한 것 같았다. 그는 울면서 그녀의 무릎을 껴안았다. 그 순간 그녀는 극도로 놀라서 얼굴이 창백해졌다. 그녀는 벌떡 일어나 떨면서 그를 바라보았다. 하지만 그 순간,

그 찰나의 순간에 그녀는 모든 것을 이해했다. 그녀의 눈에서는 무한한 행복이 반짝였다. 그녀는 이해했고, 의심하지 않았다. 그가 사랑하게 되었다는 것을, 끝없이 그녀를 사랑하고 있다는 것을. 그리고 마침내 이 순간이 도래했다는 것을…….

그들은 무언가 말하고자 했으나 할 수가 없었다. 그들의 눈에는 눈물이 고였다. 그들 모두 초췌했고 여위었지만 이 병든 창백한 얼굴에는 이미 미래의 갱생, 새로운 삶으로의 완전한 부활이라는 서광이 비추고 있었다. 사랑이 그들을 부활시켰고, 한 사람의 영혼 속에는 이미 다른 사람의 영혼을 위한 삶의 무한한 원천이 놓여지게 된 것이다.

그들은 기다리고 견디기로 마음 먹었다. 그들에게는 아직 7년이라는 시간이 남아 있었다. 그때까지 숱한 참기 힘든 고통이 있을 것이고, 그만큼의 무한한 행복도 있을 것이다. 그는 이미 부활했고, 그 자신이 부활했음을 이해했으며, 새로 태어난 존재로 자신을 느끼고 있었다. 그리고 그녀는 진실로 그의 삶을 통해서 살고 있지 않는가!

(중략)

그녀 역시 종일 흥분 상태에 있었고, 밤에는 다시 병이 나기까지 했다. 하지만 자신의 행복에 겁이 날 정도로 행복을 느꼈다. 7년, 7년이면 된다! 이렇게 행복이 시작되는 동안, 또 다른 순간들에도 그 둘은 모두 7년을 7일처럼 바라볼 준비가 되어 있었다. 그는 새로운 삶이 그에게 쉽사리 주어지지 않으리라는 사실조차 인식하지 못했다. 새로운 삶을 위해서는 비싼 대가를 지불해야 하며, 미래에 크고 많은 공적을 쌓아야만 그것을 얻을 수 있는 것이다…….

이렇게 여기에 새로운 이야기, 즉 한 인간이 바뀌어 가는 이야기, 그가 조금씩 새로 태어나는 이야기, 그가 점차로 한 세계에서 다른 세계로 이양되어 가는 이야기, 그가 지금까지 전혀 알지 못했던 새로운 현실을 알아 가는 이야기가 시작되고 있다. 이것은 새로운 소설의 테마가 될 수도 있다. 그러므로 우리의 이 이야기는 여기에서 끝내도록 한다. - 에필로그 제2장 -

 ## 진정한 '죄'와 '벌'은 무엇인가

《죄와 벌》은 도스토옙스키의 대표작일 뿐만 아니라 19세기를 통틀어 러시아 문학을 대표하는 작품이라고 말할 수 있다. 심지어 19세기뿐 아니라 현대에 이르기까지 러시아 사회와 문화의 아이콘이라고 해도 과언이 아니다. 그 당시는 물론 20세기 전후의 상황에도, 고르바초프의 페레스트로이카 이후의 변혁기에도, 심지어 현재의 복잡다단한 정치, 경제의 소용돌이 속에서도 많은 정치가, 사상가, 경제학자, 병리학자까지 연구하고 토론하고 인용하는 작가와 작품이 도스토옙스키와 《죄와 벌》이다. 이것은 무엇을 의미하는가? 그가 다루고 있는 테마는 19세기 러시아에 국한되는 것이 아니라 시대와 장소를 막론하고 공감을 불러일으키고 논쟁으로 삼을 만한 테마라는 것이다. 이 작품은 1866년 발표된 이래 현재에 이르기까지 다양한 분야에서 숱한 연구가 진행되었을 뿐만 아니라 전세계의 독자들로부터 큰 사랑을 받고 있다.

그렇다면 왜 《죄와 벌》은 현재에 이르기까지 전세계 독자들에게 사랑을 받는가? 그 무엇보다도 이 소설은 러시아 문학 중 가장 흥미진진하며, 책을 붙잡고 몇 시간이라도 책 속에 빠져들어서 울고 웃고 마음 졸이며 다음 장면을 기다리게 만드는 몇 안 되는 소설 중 하나이기 때문이다. 이 작품의 재미는 흥미롭고 드라마틱한 사건의 구성과 다채로운 인물 형상에 있다. 이 소설은 법학도인 어느 가난한 대학생이 전당포 노파와 그의 여동생을 도끼로 살해한 후 자수하기까지의 과정을 그리고 있다. 살인 사건을 바탕으로 한 범죄 심리 추리극인 이 작품에는 아가사 크리스티의 그 어떤 소설에 뒤지지 않는 스릴과 박진감이 있으며, 동시에 쫓는 자와 쫓기는 자의 심리 공방전이 적나라하게 그려지고 있다. 이를테면 범죄의 장면은 너무도 잔인하고 공포스럽게 묘사되어 마치 히치콕의 영화 장면을 떠올리게 하며, 범행을 저지르고 난 주인공이 많은 우연적 요소들 덕분에 아슬아슬하게 범행 현장을 빠져나오는 장면이라든지, 심리적으로 압박을 느낀 주인공이 자신도 이해할 수 없는 행동으로 범행 흔적을 남기는 등 오점을 저지르는 장면들에서 독자들은 여느 범죄 소설에서 느낄 수 있는 아슬아슬한 스릴을 만끽하게 된다. 한편 뚜렷한 증거는 없으나 주인공의 범행을 확신하고 있는 예심 판사 포르피리와 범죄에 대한 논문을 쓰는 등 범죄학에 대해 일가견이 있는 주인공의 논쟁 장면에서는 범죄에 대한 두 전문가가 얼마나 교묘하게 서로를 심리적으로 압박하며 고도의 지능 게임을 벌이는지를 숨죽이며 지켜보게 된다. 이 밖에 갖가지 호기심을 유발시키는 장면들과 암시를 통해 혹은 중요한 순간에 엉뚱한 인물이 범행을 자백하는 등의 극적 요소를 통해 작품은 긴장감을 극대화시키며 독자로 하여금 정통 추리 소설의 진수를 맛보게 한다.

그럼에도 불구하고 우리는 이 작품을 단순히 재미있는 추리 소실로 보지는 않는다. 독자는 추리 소설의 긴장감 넘치는 플롯에 몰두하면서도 무언가 여느 추리 소설과는 다른 이상한 점을 발견하게 된다. 그것은 범상치 않은 주인공과 알 수 없는 범행의 동기에 있다. 무자비한 도끼 살인을 자행한 후 범행의 대상이 아니었던 노파의 여동생까지 살해하는 잔인한 주인공이 범행을 제외한 모든 행동에서 순수하기 그지없는 모습을 보여 주는 것이다. 그가 타인의 불행을 그냥 지나치지 못하고 도우려 안간힘을 쓰는 장면이 반복될 때마다 독자는 더욱 미궁으로 빠져들게 된다. 이러한 순수한 영혼의 주인공이 도대체 왜 잔인무도한 살인을 저질렀는가? 일반 추리 소설과는 사뭇 다르게 그의 살인은 법학도로서 범죄를 연구한 자신만의 이론에 입각해서 이성적으로 계획된 행위였음이 밝혀진다. 그는 자신의 〈범죄에 관하여〉라는 논문에서 이 세상 사람들이 '평범한 사람'과 '비범한 사람(초인)'으로 나뉘며, 나폴레옹이나 마호메트 같은 '비범한 사람'에게는 인류의 행복과 번영을 위해 살인이나 폭력도 허용된다는 이론을 펴고 있는 것이다. 이 이론에 입각해서 보면 벌레만도 못한 존재인 전당포 노파는 다수의 행복을 위해 희생되어 마땅한 존재이다. 주인공은 자신의 이론을 증명하고, 자신이 '비범한 존재'인지 아닌지를 시험하기 위해 범행을 자행한다. 이렇게 그의 범죄 이론이 부각되고 이에 대한 논쟁이 살인 사건 배면에 펼쳐지면서 이 작품은 단순 추리 소설을 뛰어넘어 철학적이고 형이상학적 소설의 위상을 가지게 된다.

'나폴레옹이 전쟁에서 숱한 사람들을 죽였다고 그에게 살인죄를 물어 처형할 것인가? 아인슈타인의 발명과 같은 인류의 번영을 위해 행해지는 일을 위해서라면 불가피한 소수의 희생 정도는 감수해야 하는 것이 아닌가?'라는 주인공의 논리에 대해 도스토옙스키는 단호히 그것이 궤변에 지나지 않음을, 다시 말해 주인공의 이론 자체에 크나큰 모순이 있으며 거기에 죄가 있음을 역설한다. '죄'란 무엇인가? 러시아어로 '경계를 넘는다'는 의미를 가진 이 단어는 모든 인간이 죄인임을 드러낸다. 이 작품에서도 다수의 인물이 '경계를 넘는' 죄를 짓고 있다. 예를 들어 마르멜라도프는 가족의 안위를 저버림으로써 경계를 넘고, 두냐는 오빠의 앞날을 위해 원치 않는 결혼을 함으로써 경계를 넘고, 스비드리가일로프는 무리한 사랑을 원함으로써 경계를 넘고 있다. 보편적 인식 및 도덕이라는 경계를 넘는 행위를 죄라고 할 때, 주인공 라스콜니코프의 '비범한 사람에게는 모든 것이 허용된다'는 사상, 즉 대의와 공리를 위해서는 전쟁이나 살인과 같은 범죄가 허용된다는 발상 자체에 살인보다 더 큰 죄가 있다. 이러한 발상은 신의 존재를 부정하고 '인신人神'을 주장하는 것일 뿐만 아니라 인류의 도덕률을 무너뜨리는 것이기 때문이다. '모든 것이 허용된다'는 명제가 도덕과 종교에 위배되는, 얼마나 위험한 발상인지를 작가는 이 작품 이후 《카라마조프가의 형제들》에서 다시 한번 설파한다. 한편 라스콜니코프의 또 다른 '죄'는 자신의 유죄를 인정하지 못하는 것이다. 그는 소냐를 비롯한 다른 주위 인물들의 조력으로 자수를 결심하고 심지어 대지에 입을 맞추지만 시베리아 유형 생활을 하면서도 자신의 죄를 인정하지 못한다. 에필로그 마지막 장에 다다르기까지 주인공은 자신에게 죄가 없다는 태도를 시종일관 견지하기 때문에 독자들은 당혹스러움을 감출 수 없게 된다. 오히려 자신의 잘못(죄)은 자신이 옳다는 것을 끝까지 관철하지 못하고 자수하여 형을 받은 것, 또는 자살하지 못한 것이라 생각한다.

두 노파를 살해했을 뿐 아니라 궤변으로 자신의 범죄를 정당화하며 끝까지 뉘우치지 않은 '죄'를 범하였으므로 주인공이 '벌'을 받아야 함은 불가피하다. 하지만 작가가 상정하고 있는 벌은 법정에서 판결된 시베리아 유형 8년이 아니다. 필자가 많은 흥미로운 장면들 중 에필로그의 마지막 장면을 고른 이유가 바로 여기에 있다. 에필로그에 이르기까지 모호하게 그려지는 작품의 주제와 '벌'의 의미가 이 장면에서 비로소 그 모습을 드러내고 있기 때문이다. 이 에필로그의 중요성은 철저한 무신론자 라스콜니코프에게 앞으로 벌어질 일련의 변화 혹은 변화의 가능성을 제시하고 있다는 데 있다. 그는 유형 생활을 하고 있는 자신의 모습에 일말의 부끄러움이 없으며 오히려 더 행복하다고 주장하지만 소냐 앞에서는 이 모든 것이 수치스럽고 자존심에 상처를 입었다고 고백한다. 그러면서 주위를 둘러보게 된다. 그는 감옥에 수감되어 있는 다른 죄수들이 감옥에서 더 삶을 사랑하고 소소한 자연의 모습에 감동받는 모습에 놀라게 된다. 가난으로 찌든 도시의 삶에서 자기 자신에게만 침잠되어 있던 주인공이 그동안 느끼지 못한 자연과 인간을 새로이 느끼기 시작한 것이다. 또한 동료 죄수들이 자신을 업신여기는 이유와 소냐를 신성시하며 존경하는 이유를 줄곧 이해하지 못했는데, 차츰 자신과 그들 사이에 심연이 존재함을 깨닫고 소냐를 신성한 존재로 새로이 인식하게 된다.

그렇다면 소냐는 누구인가? 죄인 라스콜니코프를 자수로 이끌고 그를 따라 시베리아 유형까지 온 소냐를 주인공은 무관심하고 무시하는 태도로 괴롭고 슬프게 만들기 일쑤였다. 그러던 어느 날 그는 병상에서 우연히 창밖을 내다보다가 거기 서 있는 소냐를 보게 된다. 그 광경은 주인공에게 큰 충격으로 다가온다. 소냐는 자신의 가족을 위해 자신의 모든 것을 버리고 매춘부가 됨으로써 가장 밑바닥 낮은 곳으로 스스로를 낮춘 인물이며, 주인공이 죄를 고백했을 때에는 울며 그를 위로하고 가슴 깊이 죄인을 안아 준 인물이다. 자수를 하러 갔다가 그냥 나온 주인공은 저 멀리 소냐의 모습을 보고 다시 들어가 자수를 하게 되는데, 소냐는 이렇듯 그저 옆에 존재하는 것 자체로 많은 것을 행하는 인물이다. 이러한 측면에서 이 에피소드는 의미심장하다. 라스콜니코프가 자신을 기다리든 기다리지 않든, 보고 있든 보고 있지 않든 소냐는 항상 그 자리에서 주인공을 바라보며 기다리고 있었던 것이다. 이쯤 되면 독자들은 소냐에게서 어떤 형상을 발견하게 된다. 그렇다. 그것은 그리스도이다. 그리스도는 죄인을 벌하는 이가 아니라 죄인 곁에 머물며 몸소 깨달을 수 있도록 돕는 자이며, 집을 나간 탕아가 돌아오기를 조건 없이 기다리는 자이다. 무한한 사랑을 조건 없이 베푸는 자이고, 보이지 않아도 항상 내 곁에 머무는 자이다. 그리스도가 체현된 소냐는 항상 라스콜니코프와 함께하며 자신의 사랑을 통해 그를 새로운 삶으로 인도하게 된다. 신이 항상 우리와 함께하며 사랑으로 우리를 인도하듯이 말이다.

살인으로부터 자수하기까지의 2주의 기간이 매우 자세하게 묘사된 본문과는 달리 에필로그에서 자신의 죄를 끝까지 인정하지 못하는 주인공이 새로운 삶을 찾아 부활하는 과정은 매우 신속하게 전개된다. 마치 작가는 많은 분량에 걸쳐 이야기를 전개했지만 독자가 본인이 전달하고자 하는 궁극의 뜻을 이해하지 못할까 봐 안달이라도 난 듯이 에필로그에서 자신의 작품을 해설하고 작품의 주제를 정리한다. 그것도 못 미더워 톨스토이보다도 더한 설교 투로 '그들을 부활시킨 것은 사랑이었다', '그들의 얼굴에는 이미 미래의 갱생, 새로운 삶으로의 완전한 부활이라는 서광이 비추고 있었다', '그는 이미 부활했다' 등을 명문화시킨다. 작가가 강조하듯이 이 작품의 주제를 한마디로 표현한다면 '사랑', 즉 '그리스도의 사랑'이며, 작품의 요지는 '죄인 라스콜니코프가 소냐, 즉 그리스도의 사랑을 통해 부활한다'는 것이다. 하지만 그것의 전달은 다분히 억지스럽고, 대문호의 작법 치고는 미숙하게 느껴진다.

그럼에도 불구하고 위대한 작가가 이러한 방법을 선택한 것은 왜인가? 전하고자 하는 바가 절박하고 절실했기 때문이 아닐까? 작가는 이 내용이 매우 중요하기 때문에 반드시 독자들에게 전달되어야 한다고 판단한 것으로 보인다. 또한 이 내용이 작가의 자전적 요소와 무관하지 않기 때문에 더욱 공감하게 된다. 사회주의 사상에 경도되어 사형의 목전까지 갔다가 시베리아 유형을 살았던 도스토옙스키는 라스콜니코프에게 자신을 투영시키며 진정한 '죄'와 '벌'이 무엇인지 밝히고자 했던 것이다.

작가가 자신의 죄를 깨닫고 그가 받는 벌의 의미를 되새기며 갱생을 얻고 부활하는 과정은 라스콜니코프에게 거울처럼 반영된다. 도스토옙스키는 단지 서구 사회주의를 공부하는 모임에 가담했다는 이유로 사형 선고를 받게 되는데, 이것은 가혹한 일이었다. 작가 역시 감옥에 가서도 자신의 죄를 인정하지 못했을 것이다. 당시 유형 생활 중에는 성서 이외의 독서가 금지되었기 때문에 작가는 성서만을 탐독하게 되었고, 자연스럽게 종교와 신, 그리스도의 사랑을 배웠을 것이다. 그리고 자신의 '죄'가 잠시 탐닉했던 공상적 사회주의라는 이론에 있는 것이 아니라는 사실에 도달했을 것이다. 보편적 인류가 가지고 있는 '죄', 신의 존재와 신의 사랑, 인류의 도덕률을 인지하지 못해서 도달하게 되는 죄를 발견했던 것이다. 작가는 이러한 죄의 형상을 라스콜니코프의 무분별한 초인 사상으로 표현했고, 그 결과를 설명하기 위해 무분별한 이론이 저지를 수 있는 극단의 형태인 살인으로 구체화시킨 것이다.

이 작품의 에필로그에서 잘 그려지고 있듯이 라스콜니코프도 성서와 주위 죄인들의 모습을 통해 인간과 자연 그리고 신의 섭리를 깨닫게 된다. 그리고 모든 인간이 가지고 있는 본연의 '죄'는 그리스도의 사랑을 깨달아 자신의 모든 것을 새로운 세계와 맞바꾸는 '벌'을 통해서만 갱생으로 나아갈 수 있다는 사실을 깨닫게 된다. 결국 진정한 '벌'은 새가 껍질을 깨고 나오듯이 엄청난 고통을 감내하며 자신의 세계를 파괴하고 새로운 세계로 나아가는 것이다. 도스토옙스키 역시 이렇게 사회주의자에서 종교적 인도주의자로 변모하며 정신적 부활 과정을 겪었던 것이다. 이 작품에서 주인공이 자신의 유죄를 인정했다는 이야기는 끝내 나오지 않는다. 하지만 독자는 앞으로 전개될 주인공의 부활과 갱생을 확신하며, 더 나아가 작가가 그리는 전인류의 죄와 벌, 그리고 그것을 통한 부활도 함께 그려 보게 될 것이다.

작가와 작품

레프 톨스토이와 더불어 19세기 러시아의 대문호로 불려지는 표도르 미하일로비치 도스토옙스키(1821 – 1881)는 1846년 서간체 소설 《가난한 사람들》을 발표하여 '제2의 고골'이라는 극찬을 받으며 화려하게 작가의 길에 들어섰다. 하지만 이후 발표한 《백야》, 《분신》 등은 호평을 받지 못

하였고, 이때부터 서구의 사회주의 사상에 경도되어 공상적 사회주의로 알려져 있는 푸리에의 사상을 연구하고 러시아 전제정치와 농노제를 비판한 페트라솁스키 정치 모임에 가담하게 된다. 이 모임은 실상 과격하거나 행동적인 단체는 아니었으나 혁명을 두려워한 니콜라이 1세는 급진적 정치 단체를 근절하고자 본보기로 이들을 체포해 사형을 선고하였다. 결국 총살형이 집행되기 직전에 형의 집행이 중지되어 모두 시베리아 유형에 처해지게 된다. 죽음의 문턱까지 갔던 도스토옙스키는 이 경험과 더불어 성서 이외의 책이 허용되지 않았던 감옥에서 성서를 깊이 탐독하고 죄수들과 민중의 삶을 직접 보고 느끼면서 사회주의자에서 기독교적 휴머니스트로 변모하게 된다. 10여 년의 유형 생활 이후 작가는 이 작품 《죄와 벌》을 필두로 《백치》, 《악령》, 《미성년》, 《카라마조프가의 형제들》을 발표하면서 기독교와 인간의 본질을 파헤치는 거대 장편 사이클을 완성한다. 《죄와 벌》은 이 사이클의 첫 번째 작품으로 주인공 라스콜니코프의 초인 이론과 이론의 실행으로서의 살인, 살인 이후의 심리적 고뇌, 소냐의 권유에 따른 자수 및 시베리아 유형에서의 갱생에 이르기까지의 과정을 박진감 있게 그리고 있으며, 당대에는 물론 현재에 이르기까지 많은 독자들의 사랑을 받으며 다양한 분야에서 연구되고 회자되고 있다.

난 내가 알고 있는 것 저 너머에 내가 모르는 뭔가가
더 존재한다는 불변의 확신을 가지고 있었다.
여자와의 관계에는 위대하고 신비로운 것이 존재한다.
여자를 한 번 안게 되면 위대하고 환희에 찬 경외의 감정을
체험하게 되고 사람이 완전히 새롭게 태어난다……

첫사랑, 새로운 세상의
한쪽을 비추리라

이강은

막심 고리키의 《첫사랑》* 중에서

나의 사랑은 더욱 깊어져 고통이 되어 갔다.

나는 그 지하실에 앉아 내 마음의 부인이 탁자에 몸을 숙이고 일하는 모습을 물끄러미 바라보며 그녀를 안아 들고 이 저주받은 지하실에서 벗어나 어디론가 데려가 버리고 싶은 바람에 우울하게 젖어 들곤 했다. 저 큼직한 더블 침대와 딸애가 잠자는 낡고 묵직한 소파, 먼지투성이 책과 서류 더미가 덮인 탁자 따위는 다 내버리고 말이다. 창가에는 지나다니는 사람들 발이 어른거리고 때로는 집 없는 떠돌이 개가 코를 벌름거리며 창문을 들여다보기도 했다. 햇빛이 따뜻해지면 거리에서 더러운 냄새가 흘러들어 더욱 숨이 막히는 이 지하실에서 소녀와 같은 자태로 부인은 나지막하게 노래를 읊조리며 연필이나 펜을 놀리고 있었다. 그리고 가끔 수레국화와도 같은 다정한 눈길로 내게 미소를 지어 보냈다. 난 이 여인을 아득히 정신을 잃을 정도로 미치도록 사랑한다. 그리고 이 여인

*추천 역서: 〈첫사랑〉《은둔자》, 이강은 역, 문학동네, 2013).

이 정말 못 견디게 가엾다.

"자기에 대해 뭐든 더 얘기해 주세요."

그녀가 이렇게 청한다. 나는 어떻게든 입을 열지만 몇 분도 되지 않아 그녀가 이렇게 말한다.

"그건 당신 얘기가 아니잖아요?"

나도 내가 말하는 모든 것이 아직은 진짜 나 자신에 대한 것이 아니라는 점, 사실은 내가 눈이 먼 채로 헤매고 다니는 그 무엇이라는 점을 알고 있었다. 난 내가 겪은 세상에 대한 온갖 체험과 온갖 생각들의 혼란스러운 뒤섞임 속에서 나 자신을 찾아야만 했다. 하지만 난 그럴 능력도 없었고 오히려 그걸 두려워하고 있었다. 나는 도대체 누구이고 무엇이란 말인가? 이 질문 앞에서 나는 몹시 당황스러웠다. 나는 삶을 비관했고 이미 자살이라는 비참하고도 어리석은 짓을 마음에 품고 있기도 했다. 나는 사람들을 이해할 수 없었다. 그들의 삶은 모두 아무 방향도 없는 어리석고 추잡한 것이었다. 내 속엔 존재의 어두운 구석들, 세상의 모든 비밀을 속속들이 들여다보고 싶은 간절한 호기심이 스멀스멀 기어 다니고 있었다. 때로 나는 '이제 난 어떻게 될 것인가?'라는 단순한 호기심 때문에 범죄를 저지를 수도 있을 것만 같은, 사람을 죽일 수도 있을 것만 같은 느낌이 들었다.

만일 진짜 내 자신을 찾아낸다면 그건 정말 온갖 이상한 생각과 감정들이 뒤범벅인 혐오스럽고 끔찍한, 눈뜨고 볼 수 없는 놈일 거라고 나는 생각했다. 그런 놈이 마음의 여인 앞에 서 있다면 그녀는 얼마나 놀라고 두려워할 것인가! 나는 이런 나를 어떻게든 해야 했다. 나는 바로 이 여인이 진정한 나 자신을 느낄 수 있게 해 줄 것이라고 확신했다. 그뿐만 아니라 이 여인은 삶에 대한 저 어두운 생각들로부터 벗어나게 해주고 내 영혼의 무거운 짐을 영원히 벗어 버리도록 마법을 부릴 수 있는 사람이라고 확신했다. 그녀는 위대한 힘, 위대한 기쁨의 불꽃으로 내 앞에 타오를 것이었다.

자신에 대해 아무렇지도 않게 말하는 어투와 사람들을 다소 내려다보는 태도 등을 보며 나는 이 사람이 뭔가 특별한 것을 알고 있는 사람임에 틀림없다고 생각했다. 이 여인은 세상의 모든 수수께끼의 열쇠를 가지고 있다. 그래서 저렇게 언제나 명랑하고 언제나 자신만만한 것이다. 어쩌면 내가 그 여자를 이해할 수 없기 때문에, 다른 이유가 아닌 바로 그것 때문에 그녀를 사랑했던 것인지도 모른다. 하지만 난 어쨌든 있는 힘을 다해, 모든 열정을 바쳐 젊은이답게 그녀를 사랑했다. 이런 열정을 감추고 억누르는 것은 나로선 너무나 고통스럽고 힘든 일이었다. 그것은 나를 다 태워 버리고 무력하게 만들었다. 내가 좀 더 단순하고 좀 더 투박한 사람이라면 더 좋았을 것이다. 하지만 난 여자와의 관계가 단지 육체적 결합 행위에 국한되는 것이 아니라고 굳게 믿고 있었다. 그런 것은 조잡하고 단순한 동물적 형식에 지나지 않는 것이다. 나 역시 건강하고 아주 감성이 풍부한 젊은이였고 조그만 자극에도 상상력이 풍부해지는 그런 사람이었지만 나는 그런 행위에 대해서는 아주 혐오감 같은 것을 가지고 있었다.

이런 낭만적인 몽상이 어떻게 내 마음 속에 자리 잡게 되었는지 모르지만 난 내가 알고 있는 것 저 너머에 내가 모르는 뭔가가 더 존재한다는 불변의 확신을 가지고 있었다. 여자와의 관계에는 위대하고 신비로운 것이 존재한다. 여자를 한 번 안게 되면 위대하고 환희에 찬 경외의 감정을 체험하게 되고 사람이 완전히 새롭게 태어난다……

내 생각에 내가 이런 환상을 가지게 된 것은 소설을 많이 읽은 탓이 아니라 현실에 대한 반항 의식 속에서 크고 자랐기 때문인 것 같다. 말하자면 '나는 저항하기 위해 이 세상에 나왔다'는 생각 때문인 것이다.

그 외에도 내겐 기이하고 어두운 추억이 있었다.

아주 어린 시절 언젠가, 현실의 경계 저 너머 아득한 곳에서 아주 강렬한 영혼의 폭발을, 달콤한 전율의 감각을 체험한 적이 있었다. 아니, 그것은 어떤 조화의 예감 같은 것이라고 해야 더 옳을 것이었다. 마치 아침에 아주 환하게 떠오르는 태양과도 같은 기쁨이었다. 어쩌면 어머니 뱃속에 있을 때 일일지도 모른다. 어머니의 신경 에너지의 행복한 폭발이 뜨거운 충격으로 내게 전해지면서 나의 영혼이 창조되고 나의 영혼은 생명을 향해 불타오르기 시작하였다. 내가 평생 여자에 대해 어떤 특별한 것을 고대해 마지않았던 것은 어쩌면 어머니와 관련된 이 황홀한 행복의 느낌과 그 기억 탓인지도 모른다.

사람이 잘 모르면 생각으로 꾸며내는 법이다. 그리하여 인간이 얻은 가장 지혜로운 것, 그건 여인을 사랑하고 여인의 아름다움에 경배하는 능력이다. 여인에 대한 사랑에서 지상의 모든 아름다운 것이 태어나는 것이다.

어느 날 나는 강에서 수영을 하고 놀다가 전마선의 선미에서 다이빙을 했는데, 그만 닻의 윗부분 가름대에 가슴을 부딪치고 닻줄에 발이 엉키고 말았다. 나는 머리를 거꾸로 처박고 익사할 지경이었다. 다행히 한 인부가 나를 끌어내 온몸이 찢겨져 나갈 정도로 나를 문지르고 인공호흡을 시켰다. 나는 피를 토하고 살아났다. 하지만 얼음이나 입에 녹이며 침대에 누워 있어야만 했다.

부인이 병문안을 와서 내가 누워 있던 간이침대에 걸터앉아 어쩌다가
이렇게 됐느냐고 물으며 가녀린 손으로 내 머리를 쓰다듬어 주었다. 그
녀의 두 눈에 그늘이 지며 걱정이 담겨 있었다.

나는 내가 당신을 사랑하고 있다는 것을 아느냐고 물었다.

"그래요," 하고 그녀는 조심스럽게 미소를 지으며 대답했다. "알아요. 하
지만 그건 아주 좋지 않은 거예요. 나도 당신을 사랑하고 있긴 하지만요."

물론, 그녀의 이 말이 끝나자 천지가 진동하며 정원의 나무들이 환희
의 원무를 추며 빙빙 돌았다. 나는 전혀 기대하지 못했던 그녀의 대답에
너무나 놀라고 감복한 나머지 멍한 상태로 그녀의 무릎에 머리를 처박았
다. 그녀를 있는 힘껏 끌어안지 않는다면 그녀가 비눗방울처럼 날아올라
창밖으로 사라져 버릴 것만 같았다.

"움직이지 말아요. 몸에 좋지 않아요."

그녀는 내 머리를 베개 위에 밀어 놓으려고 애쓰면서 엄하게 말했다.

"흥분하지도 말아요. 안 그러면 난 갈 거예요. 이제 보니 당신은 아주
제정신이 아니군요. 그런 사람인지 생각도 못했어요. 당신 감정과 우리
얘기는 나중에 몸이 회복된 뒤에 하기로 해요."

이런 말을 하는 그녀는 더없이 침착했다. 그리고 그늘진 두 눈은 형언
할 수 없이 다정하게 미소를 띠고 있었다. 그녀는 곧 자리에서 일어났다.
나는 이제 금방이라도 그녀와 함께 이제까지와는 전혀 다른 생각과 전혀
다른 감정의 세계로 휙 날아갈 것만 같은 행복한 환상과 무지갯빛 희망
에 불타올랐다.

며칠 뒤 나는 들판 끝 골짜기에 앉아 있었다. 골짜기 저 아래 관목들

사이로 바람이 서걱대고 있었다. 회색 하늘은 금방이라도 비를 몰고 올 것 같았다. 또한 그녀의 입에서는 사무적인 회색의 단어들이 우리의 나이 차이에 대해, 내가 지금은 배워야 할 때라고, 그리고 애 딸린 여자를 아내로 삼기에 너무 이르다고 말하고 있었다. 그 모든 말들은 아프지만 분명한 사실이었다. 그녀는 어머니와 같은 말투로 내게 말했다. 하지만 내 마음 속엔 이 다정스러운 여인에 대한 사랑이 점점 더 강하게 솟아났다. 그녀의 목소리, 부드러운 그녀의 말은 슬프고도 달콤했다. 누가 내게 그렇게 말해 주는 것은 평생 처음이었다.

나는 골짜기 저 아래쪽에 푸른 강물처럼 바람에 일렁이는 관목 숲을 응시하며, 내게 보여 준 이 여인의 다정함에 대해 평생 진심을 다하여 보답하리라고 굳게 맹세했다.

"뭐든 결정을 내리기 전에 먼저 잘 생각해 봐야 해요."

조용한 그녀의 목소리가 들렸다. 그녀는 꺾어 든 호두나무 가지로 무릎을 두드리며 녹색의 과수원 구릉들에 숨은 시내 쪽을 바라보고 있었다.

"그리고 물론, 저는 볼레슬라프하고도 얘기를 해야 해요. 이미 뭔가 좀 눈치를 채고 아주 신경이 날카로워져 있어요. 전 드라마 같은 일은 싫어요."

모든 것이 너무 슬프고도 또 너무 좋았지만 뭔가 저속하고도 우스꽝스러운 일이 벌어지고 말았다.

내 바지는 허리춤이 너무 커서 나는 3인치나 되는 커다란 구리 핀으로 옷을 접어 고정하고 다녔다. 오늘날엔 그런 핀을 쓸 일이 없을 테니 사랑에 빠진 가난한 사람들에게 참 다행스러운 일이다. 그런데 이 빌어먹을 핀 끝이 쉴 새 없이 내 살갗을 콕콕 찔러 대다가 내가 몸을 잘못 움직인 탓에 그대로 침 전체가 내 옆구리를 푹 찌르고 들어갔다. 나는 어찌어찌 그녀의 눈에 띄지 않게 핀을 뽑아내긴 했지만 깊은 상처에서 피가 뭉클 뭉클 흘러나와 바지를 적시는 느낌에 하얗게 질리고 말았다. 나는 내의를 따로 입고 있지 않았고 요리사 윗도리는 짤막해서 허리춤까지밖에 가리지 못했다. 피에 젖어 몸에 달라붙은 바지를 입고 어떻게 일어서서 걸어간단 말인가!

사태가 희극적이라고 생각하면서, 게다가 부끄러운 모양새가 되었다는 사실에 나는 몹시 당황했다. 나는 미친 사람처럼 부르르 떨며 자신이 할 역할을 잊어버린 배우처럼 이상한 목소리로 마구 지껄여 대기 시작했다.

처음에는 내 말을 주의 깊게 듣고 있다가 잠시 뒤 그녀는 도대체 무슨 말인지 모르겠다는 듯이 이렇게 말했다.

"무슨 말을 그렇게 꾸미고 부풀리고 그래요! 당신은 갑자기 다른 사람이 되었군요."

그녀의 이 말에 난 결정적인 한 방을 먹고 깜짝 놀란 사람 모양으로 입을 꾹 다물고 말았다.

"이제 가요. 비가 올 것 같아요."

"전 여기 남겠습니다."

"왜죠?"

그녀에게 내가 뭐라고 대답할 수 있었겠는가?

"나 때문에 화가 나셨나 봐요?"

그녀가 다정하게 내 얼굴을 바라보며 물었다.

"아니, 아닙니다! 제 자신한테 화가 나서요."

"자신에 대해서도 화를 낼 필요 없어요."

자리에서 일어나며 그녀가 충고했다.

하지만 나는 뜨끈한 핏물에 젖어 일어날 수 없었다. 피가 옆구리에서 졸졸 흘러내려 이제라도 저 여인이 그 소리를 듣고 이렇게 물을 것만 같았다.

'저건 뭐죠?'

'어서 가세요!'

나는 속으로 그녀에게 애원했다.

그녀는 좋은 마음으로 내게 다정한 말 몇 마디 더 던지고는 능선을 따라 날씬한 다리를 예쁘게 놀리며 걸어갔다. 나는 그녀의 유연한 몸매가 멀어지며 작아지는 모습을 지켜보다가 땅바닥에 쓰러졌다. 나의 첫사랑이 몹시도 불행할 것이라는 생각으로 난 커다란 충격에 빠져 버렸다.

결국 일은 그렇게 되고 말았다. 그녀의 남편은 감상적으로 굵은 눈물을 쏟으며 콧물까지 훌쩍거렸고 불쌍하게 애원하고 매달렸다. 그녀는 이 끈적끈적한 물살을 건너 내게도 헤엄쳐 올 엄두를 내지 못했다.

"그이는 저렇게 무력한데, 당신은 참 강인하군요!"

그녀가 눈물을 글썽이며 내게 말했다.

"그이는 만일 내가 떠난다면 자긴 태양을 잃은 꽃처럼 죽고 말 거라고 하더군요."

이 말을 듣고 나는 깔깔깔 웃음을 터뜨렸다. 짤막한 다리에 여자 같은 허벅지, 수박처럼 둥그런 배를 가진 그런 꽃이 떠올랐던 것이다. 그의 수염 속에는 언제나 먹을 게 남아 있어서 파리가 끊이지 않고 날아들었던 모습까지.

그녀도 같이 미소를 지으며 말했다.

"그래요, 말은 좀 우스워 보이긴 하지만, 어쨌든 그이가 몹시 괴로워하고 있는 것은 사실이죠."

"저 역시 마찬가지입니다."

"아, 하지만 당신은 젊고, 또 강하잖아요⋯⋯."

나는 내가 약자들의 적이라는 생각을 이때 처음 느껴 보았다. 훗날 나는 이보다 훨씬 더 심각한 상황에서 약자들에 둘러싸인 강자가 얼마나 비극적으로 무력한지, 죽을 수밖에 없는 운명에 처하여 무익하게 그저 생존을 유지하기 위해 영육의 그 소중한 에너지를 얼마나 소모하고 있는지 그런 모습을 수없이 목격할 수 있었다.

얼마 후 나는 반쯤 미치광이가 되어 폐인처럼 이곳을 떠나 거의 이년 동안 부평초처럼 러시아 곳곳을 헤매고 다녔다. 볼가 강 유역과 돈 강, 우크라이나, 크림과 캅카스 지역 등을 떠돌면서 수없이 많은 것을 보고 듣고 별별 일을 다 겪으면서 나는 성질이 제법 거칠고 사나운 청년이 되었고, 그녀보다 더 멋지고 똑똑한 여자들을 많이 보았지만 그녀의 사랑스런 모습은 내 마음속 깊은 곳에 지워지지 않고 그대로 간직되어 있었다.

2년도 훨씬 지난 가을 티플리스에 머물고 있을 때 나는 그녀가 파리에서 돌아와 내가 있는 바로 이 도시에 살고 있다는 소식을 듣게 되었다. 나는 뛸 듯이 기뻐했다. 스물세 살의 건강하기 짝이 없던 젊은 내가 난생처음 의식을 잃고 잠시 기절까지 했다.

내가 그녀에게 찾아갈 것인지 미처 결심을 못하고 있을 때 그녀 쪽에서 아는 사람을 통해 나를 초대했다.

첫사랑의 우습고 슬픈 풍경과 삶의 아이러니

감수성이 가장 예민한 시절, 첫사랑이라는 매혹과 유혹의 시공간은 아름답게 채색되어 기억 속에 자리하는 법이다. 세계의 많은 문학 작품에서 첫사랑이 창작의 영혼을 일깨우는 뮤즈이자 삶의 고결한 불꽃으로 그려지는 이유이다. 그런데 막심 고리키의 첫사랑은 좀 색다르다. 그걸 추억하는 작가의 시선도 좀 남다르다.

고리키는 스무 살 때 나이가 열 살이나 더 많은 한 부인과 첫사랑에 빠진다. 그는 어려서부터 부랑자처럼 떠돌며 쓰디쓴 경험을 한 부랑자 출신 작가다. 정규 교육이라고는 초등학교 문턱을 넘어 봤을 뿐이다. 오죽하면 러시아어로 '쓰라린, 고통스러운'을 뜻하는 형용사 '고리키'를 자신의 필명으로 삼았을까. 아직 제 인생의 운명을 알지 못하고 여전히 방황하던 시절에 만난 지적이며 세련된 여인은 그가 미처 맛보지 못했던 새로운 세상의 한쪽을 비춰 주었다. 그는 그녀가 "삶에 대한 저 어두운 생각들로부터 벗어나게 해주고 내 영혼의 무거운 짐을 영원히 벗어던지도록 마법을 부릴 수 있는 사람"이며, "위대한 힘, 위대한 기쁨의 불꽃"으로 자신 앞에 타오르고 있다고 생각했다. 그런데 그 사랑은 이루어질 수 없는 사랑이었다.

이미 여러 차례 자전적 작품을 집필했던 고리키는 오십이 넘은 나이에 첫사랑을 회상하고 있다. 이미 멀리 지나가 버린 첫사랑이지만 그 순간의 느낌과 정열은 이 작품에서 생생하게 되살아난다. 그러나 이미 세계적인 대작가의 명성을 얻었고, 투옥과 망명과 혁명이라는 시대의 온갖 풍상을 겪은 고리키에게 첫사랑의 경험은 그저 아름답게 채색할 수 있는 시적이고 낭만적인 추억만은 아니다. 이 작품은 단순한 자전적 사실의 기록이 아니라 인간의 내면과 외적 상황이 빚어 내는 아이러니를 날카롭게 그려 낸다. 고리키는 인간의 내적 진실이 외부적 조건과 상황에 충돌하여 초래하는 아이러니를 자기 자신을 소재로 하여 희극적이면서도 비극적으로 보여 주고 있다.

'아득히 정신을 잃을 정도로 미치도록 사랑했던' 그 부인과 헤어지는, 앞에서 읽은 장면은 바로 이런 점을 잘 보여 준다. 나는 이 장면을 읽으며 안타까움을 느끼면서도 쓰디쓴 웃음을 지울 수 없었다.

들판 끝 골짜기에서 헤어지는 장면을 상기해 보자.

여인은 어머니와 같은 말투로 '나'를 달랜다. 나이 차이도 많고, 아직 공부도 더 해야 하는데 애 딸린 여자를 아내로 삼아서 어쩌겠느냐는 그녀의 말은 '사무적인 회색의 단어들'이다. 그 모든 말들은 아프지만 분명한 사실이었다. 회색 하늘은 금방이라도 비를 몰고 올 것 같다. 하지만 그녀의 목소리는 고아로 부랑자처럼 떠돌던 나에게 평생 처음 들어 보는 부드러운 것이다. 나는 그럴수록 평생 진심으로 그녀를 사랑하리라고 마음으로 맹세한다. 그때 관목 숲은 골짜기의 푸른 강물처럼 일렁이고 있다.

그런데 이 슬프고도 아름다운 순간에 '뭔가 저속하고도 우스꽝스러운 일'이 벌어지고 있었다. 사랑하는 여인 앞에서 조금이라도 멋지게 보이고 싶은 마음에도 불구하고 이 슬픈 주인공의 현실은 전혀 그렇지 못했다. 제대로 옷을 갖춰 입을 형편이 아니었던 그는 핀으로 바지를 고정하고 다녔는데, 바로 그 핀이 옆구리를 찌르고 있었던 것이다. 눈치 채지 못하게 간신히 핀을 뽑아냈지만 상처에서 흘러나온 피가 바지를 흠씬 적시고 있었다. 이제 헤어져 걸어가야 하는데 피에 젖어 달라붙은 바지를 입고 그녀 앞에서 일어 설 수조차 없었다. 우습고 부끄러운 모양새가 된 나는 몹시 당황해서 횡설수설 말을 늘어놓는다. 처음에 주의 깊게 듣고 있던 그녀는 도대체 무슨 말인지 몰라 의아해한다. 결국 그녀는 날씬한 다리를 예쁘게 놀리며 먼저 자리를 뜬다. 나는 그녀의 유연한 몸매가 멀어지며 작아지는 모습을 지켜보다가 쓰러져 버린다. 나는 나의 첫사랑이 몹시도 불행할 것이라는 예감에 커다란 충격에 빠진다.

훗날 고리키는 그녀와 재회하여 잠시 함께 살게 되지만 그들의 만남은 결국 오래가지 못한다. 문학을 전혀 이해하지 못하는 부인과 그녀의 세속성에 상처를 받고 마는 작가의 운명적 엇갈림이 이 장면에 이미 예감처럼 그려지고 있는 것만 같다. 있는 그대로의 삶과 인간을, 그 아이러니한 모습을 안쓰럽게 지켜보는 작가의 아픈 미소가 생생하게 느껴지는 장면이다.

작가와 작품

막심 고리키(1868 - 1936)는 구세계와 신세계를 이어 주는 다리와 같은 작가이다. 고아로 외할머니와 외할아버지 밑에서 자랐고 러시아 하층 사회의 온갖 직업을 전전하다 독학으로 문학에 입문한다. 초기에 부랑자와 떠돌이 주인공들을 그리면서 19세기 말 20세기 초 새로운 러시아

문학의 총아로 떠오른다. 중편《첼카쉬》, 희곡《밑바닥에서》, 장편《어머니》를 비롯하여 자전적 삼부작《어린 시절》, 《세상 속으로》, 《나의 대학》, 작품집《1922 – 1924년 단편집》(국내에《대답 없는 사랑》으로 번역) 등으로 유명하다.

러시아 혁명 과정과 가장 긴밀한 연관을 가진 작가로 소련 문학의 아버지로 불릴 만큼 추앙받았다. 그러나 그 과정에서 문학 세계가 지나치게 이데올로기적으로 이해되었다. 비로소 오늘날에야 그에 대한 새롭고 진정한 평가가 이루어지고 있다. 새로운 시각에서 보면, 고리키 문학의 진정한 주인공은 다양하고 모순적인 특성과 함께 삶에 대한 매혹적 탐닉과 문제 의식을 풍부하게 지닌 알록달록한 인물들이다. 특히 후기의 고리키는 역사와 인간의 삶 사이의 혼란스럽고 비밀스러운 관계를 탐색하는 문제작을 많이 남기고 있다. 최후의 대 장편서사시《클림 삼긴의 생애》는 아직 다 해명되지 못한 수수께끼 같은 문제작이다.

《첫사랑》은 고리키의 많은 자전적 작품 중에서도 가장 늦게 집필되었다. 혁명 후 소련에서 볼셰비키 정부와 지속적인 갈등을 겪다가 레닌의 권고로 망명 아닌 망명을 하게 된 1922년, 독일에 잠시 체류할 때 발표된 작품이다. 고리키는 자전적 삼부작의 마지막 작품을 발표하고, 자전적 삼부작에서 미처 다 말하지 못했던 첫사랑에 대해 이 단편으로 보충하고 있다. 《첫사랑》은 첫사랑에 빠진 한 젊은이의 환상과 환멸을 독특하면서도 날카롭게 그려 냄으로써 고리키의 예술성을 빼어나게 보여주는 수작이다.

나는 그를 바라보며 생각에 빠졌다.
"이 사람은, 세상에 대한 한없는 사랑이라는
보물을 지닌 성자인가?"

막심 고리키의 《은둔자》* 중에서

그는 새벽녘에 눈을 떠서 구름 낀 하늘을 보더니 서둘러 강으로 내려가 옷을 다 벗고 뭐라고 끙끙대며 머리에서 발끝까지 강건한 구릿빛 몸을 깨끗이 씻었다. 그리고 내게 소리쳤다.

"어이, 이보게, 거기 내 셔츠하고 바지 좀 주시게. 굴속에 있네⋯⋯."

무릎까지 내려오는 긴 셔츠와 푸른 바지를 입고 나무빗으로 젖은 머리를 잘 빗고 나니 그는 성상처럼 단정한 모습이 되었다.

"사람들을 맞이하기 전에 항상 이렇게 깨끗이 몸을 씻는다네."

그는 내가 권한 보드카를 사양했다.

"절대 안 되지! 먹지도 않을 거고 그냥 차만 마시겠네. 머리를 비우고 가뿐하게 하려면 그래야 돼. 이런 일은 영혼이 아주 가벼워야만 되는 것이니까⋯⋯."

정오를 넘어서면서 사람들이 찾아오기 시작했다. 그러나 그때까지 그

*추천 역서: 《은둔자》, 이강은 역, 문학동네, 2013.

는 말없이 아무 일도 하지 않고 가만히 있었다. 생기 넘치는 명랑한 눈은 초점이 분명했고 움직임은 아주 정연했다. 하늘을 자주 올려다보았고 가벼운 바람 소리에도 귀를 기울였다. 얼굴은 활짝 펴져서 훨씬 더 기형적으로 보였고 입은 아픈 듯이 일그러졌다.

"누군가 오고 있네." 그가 갑자기 소리를 낮추어 말했다.

하지만 내게는 아무 소리도 들리지 않았다.

"여자들이군. 이보게, 자넨 저쪽에 가 있게. 자넨 그 사람들하고 말하면 안 되네. 방해해선 안 돼. 겁먹을 거라고. 저쪽에서 가만히 있게."

숲 사이로 두 명의 아낙이 소리 없이 나타났다. 한 명은 온순한 눈에 좀 뚱뚱하고 말처럼 생긴 중년 여인이었다. 다른 한 명은 결핵에 걸린 것처럼 핏기가 없이 창백한 젊은 여인이었다. 두 여자는 나를 보더니 겁을 내며 놀라는 것 같았다. 나는 몸을 피해 비탈을 타고 조금 올라가서 노인의 말소리에 귀를 기울였다.

"괜찮아. 저 사람 신경 쓸 거 없어. 저 사람은 바보야. 우리가 뭘 하든 관심도 없어……."

젊은 아낙이 기침을 하면서 쉬쉬 소리를 내는 쇠약해진 목소리로 다그치듯 화를 냈다. 낮고 굵은 목소리의 다른 여자는 이따금 조그만 소리로 대화에 끼어들었다. 사벨리이는 고개를 끄덕이며 전혀 다른 사람 같은 목소리로 언성을 높였다.

"그래, 그래, 그래! 아니 안 되지, 저런 어디서! 정말 그렇단 말이야, 응?"

여인이 가늘게 흐느꼈다. 그러자 노인은 노래하듯 느릿느릿 말했다.

"오, 밀라야! 가만 가만, 이제 그만 그치고, 내 말을 좀 들어……."

그의 목소리는 전혀 쉰 소리가 아니었고 고아하고 깨끗했다. 그 음조는 이제까지와는 전혀 다르게 꾸밈없는 꾀꼬리 노래 같았다. 나는 나뭇가지 사이로 그가 여인에게 몸을 기울여 얼굴을 마주하고 말하는 모습을 살펴보았다. 여인은 조금 불편한 자세로 앉아서 가슴에 두 손을 얹고 눈을 크게 뜨고 있었다. 같이 온 여자는 고개를 모로 돌리고 끄덕거렸다.

"당신을 모욕하다니, 그건 하느님을 모욕한 거야!" 그가 큰 소리로 말했다. 그 소리는 씩씩하고 너무 밝아서 말의 의미와는 어울리지 않았다. "하느님이 어디 있냐고? 너의 영혼에, 너의 가슴에 주님의 혼이 성스럽게 살아 계시지. 네 형제들은 바보야. 어리석은 짓으로 주님을 욕보이는 게야. 그 바보들을 안됐다고 불쌍히 여겨야 돼. 물론 잘못했지. 하느님을 욕보이는 건 어린애가 제 부모를 욕보이는 거와 같아……."

그리고 다시 노래하듯 말했다.

"오, 밀라야……."

나는 전율을 금치 못했다. 나는 지금까지 이 익숙한 단어에 그렇게 기쁨에 찬 다정함이 담길 수 있다는 걸 알지 못했고 들어 보지도 못했다. 이제 그는 여인의 어깨에 손을 얹고 속삭이듯이 빠르게 뭔가를 말하고 있었다. 그리고 조용히 어깨를 톡 치자 여인은 마치 잠에서 깨어난 듯 휘청했다. 몸집이 큰 아낙이 노인의 발치에 있는 바위에 단정하게, 마치 부채처럼 치마폭을 펼치며 앉았다.

"개, 돼지, 말, 온갖 짐승도 사람의 분별력을 믿고 따르는 법이야. 당신의 형제들도 사람이야. 꼭 기억해 두게! 큰오빠에게 말해. 이번 일요일에 나한테 오라고 말이야."

"오지 않을 거예요." 몸집 큰 여자가 대답했다.

"올 거야!" 그는 단언했다.

흙덩어리가 구르며 나뭇가지를 덮치는 소리가 들렸다. 계곡으로 누군 가가 또 내려오고 있었다.

"올 거야." 사벨리이가 다시 말했다. "그럼 이제 가 봐. 하느님이 함께 하시니 모든 게 다 잘될 거야."

결핵에 걸린 듯한 여인이 말없이 일어나서 그에게 허리를 굽혀 인사했 고, 그는 그녀의 이마에 손을 대고 그녀를 일으켜 세우며 말했다.

"항상 영혼에 하느님을 모시고 다닌다는 걸 잊지 말아!"

그녀는 조그맣게 싸맨 뭔가를 내밀고 다시 인사했다.

"그리스도 이름으로 축복 있으시길……."

"고마워, 나의 친구…… 이제 가 봐……."

그리고 성호를 그으며 축복해 주었다.

(중략)

이번에는 알록달록한 원피스를 입은 처녀가 다리를 절름거리며 나타 났다. 밝은 갈색 머리를 두툼하게 땋아 내렸으며 눈은 크고 파란색이었 다. 그림에나 나올 법한 얼굴이었다. 치마는 녹색과 노란색 점들로 덮여 있어 눈이 아플 만큼 알록달록했고, 짧은 흰색 윗옷도 피처럼 붉은색 점 들이 박혀 있었다.

사벨리이는 반갑게 그녀를 맞이하고 친절하게 앉을 자리를 잡아 주었 다. 그때 수녀처럼 생긴 키가 큰 까무잡잡한 노파가 나타났다. 큰 두상에 흰머리가 덮여 있는 그 노파는 통통한 얼굴에 붙박인 듯한 미소를 짓고 있는 젊은이와 함께였다.

사벨리이는 급하게 처녀를 동굴 속으로 데려가 몸을 숨겨 주고 문을 닫았다. 나무 빗장을 거는 소리가 들려왔다.

그는 노파와 젊은이 사이 바위 위에 앉아 오랫동안 말없이 고개를 떨어뜨리고 노파의 웅얼거리는 소리를 들어 주었다.

"됐어, 그만!" 갑자기 그가 엄격하고 큰 소리로 말했다. "그가 당신 말을 듣지 않는다 이 말이지!"

"전혀요. 아무리 내가 뭐라 해도……."

"가만! 자네, 젊은이가 할머니 말을 듣지 않는 거야?"

사람 좋게 웃기만 하면서 그 젊은이는 대답이 없었다.

"좋아, 자네, 할머니 말을 듣지 말게! 알았나? 그리고 할멈, 당신은 아주 나쁜 일을 꾸몄어. 분명히 말하지만, 그건 재판소 갈 일이야! 재판소 갈 일보다 더 나쁜 건 아무것도 없어! 그러니 나는 몰라. 어서 가! 당신하고는 이제 아무 할 말이 없어. 이보게, 할머니는 자넬 속이려고 하는 거야……."

젊은이는 만족스러운 미소를 지으며 목소리를 높여 말했다.

"자알 - 알겠습니다……."

"그럼, 다들 가, 이제!" 더 이상 못 봐 주겠다는 듯이 마구 손을 흔들면서 사벨리이가 말했다. "어서 가라니까! 이봐, 할멈, 당신은 성공 못 해, 절대 못 해!"

두 사람은 고개를 숙여 말없이 인사를 하고 나서 눈에 잘 띄지 않는 숲 속 오솔길을 따라 위쪽으로 올라갔다. 백여 걸음쯤 올라가더니 두 사람은 서로 바짝 붙어 서서 말하기 시작했다. 그리고 손을 휘두르며 소나무 뿌리에 걸터앉았고 웅얼웅얼하는 소리가 들려왔다. 두 사람이 떠나고 사벨리이가 동굴로 들어간 뒤에 동굴 안에서 이루 형언할 수 없이 마음을 뒤흔드는 목소리가 흘러나왔다.

"밀라야······."

저 흉하게 생긴 노인네가 이 단어에 어쩌면 저렇게 매혹적인 부드러움과 기쁨에 넘친 사랑을 담아낼 수 있는지 그건 아무도 모를 것이다.

"그걸 먼저 생각해야지." 동굴에서 절름발이 처녀를 데리고 나오며 그는 마법을 거는 것 같았다. 아직 걸음마를 하지 못하는 어린아이를 부축하듯이 그는 처녀의 팔을 끼고 걸었다. 처녀는 고양이처럼 눈물을 닦으면서 그의 어깨에 기대어 절룩거리며 걸어 나왔다. 그녀의 팔은 작고 창백했다.

노인은 끊임없이 노래하듯 말하면서 처녀를 바위 위에 앉혔다. 그녀에게 마치 동화를 들려주는 것만 같았다.

"알지? 너는 지상에 핀 꽃이야. 주님은 널 기쁨으로 키워 주셨어. 그래서 넌 커다란 기쁨을 줄 수 있단다. 너의 예쁜 눈과 맑은 눈빛은 모든 영혼의 축제란다. 밀라야······."

밀라야, 이 단어의 용량은 끝이 없었다. 이 단어는 삶의 모든 비밀의 열쇠를 깊은 곳에 담고 있어 인간사의 모든 난마를 풀어 주는 힘을 가진 것만 같았다. 이 단어는 그 마법의 힘으로 시골 아낙네뿐만 아니라 모든 사람을, 살아 있는 모든 것을 매혹시킬 수 있었다. 사벨리이는 이 단어를 한없이 다양하게 발음했다. 다정하게, 또는 당당하게, 감동적인 슬픔을 담아. 이 단어는 때로는 부드럽게 꾸짖듯이 들려왔고, 기쁨으로 충만한 소리로 흘러넘쳤다. 이 단어를 들으면 나는 항상 이 단어의 뿌리가 무한한 사랑이라는 것, 사랑 이외에는 아무것도 알지 못하고 그 자체로 충만한 사랑, 오직 그 속에서만 존재의 의미와 목적, 삶의 모든 아름다움을 느끼는 사랑, 그 힘으로 온 세상의 고통을 편안하게 해주는 사랑이라는 걸 느꼈다. 그때 이미 나는 그의 말을 다 믿지 않게 되었지만, 이렇게 흐린 날 이런 시간에 사람들에게 수없이 사용되는 이 단어를 듣고 있자니 그에 대한 내 모든 불신이 태양 아래 그림자처럼 사라져 버렸다.

절름발이 처녀는 그에게 머리를 몇 번이나 조아리며 기쁨의 눈물을 흘렸다.

"고마워요, 할아버지, 고마워요, 밀르이!"

"그래, 그래, 괜찮아, 됐어! 가 봐, 어서 가! 그리고 잊지 마. 항상 기쁨으로, 행복으로, 훌륭한 일로 나아가고 있다고 말이야! 가, 어서……."

그녀는 사벨리이의 환하게 빛나는 얼굴에서 눈을 떼지 못하고 어색하게 옆걸음질하며 떠나갔다.

(중략)

계곡에 밤하늘의 어둠이 짙게 드리워질 때까지 사벨리이를 찾아온 사람은 모두 서른 명이었다. 멀쩡한 시골의 '노인장'들까지 손에 지팡이를 짚고 찾아왔고 어딘지 슬픔에 짓눌린 것 같은 사내들도 찾아왔다. 그러나 대부분은 여자들이었다. 나는 사람들의 그렇고 그런 불평들에는 귀를 기울이지 않았고 오직 사벨리이의 그 단어만을 마음 졸이며 기다렸다. 밤이 다가오자 그는 나와 올레샤를 불러 마당에 모닥불을 피우도록 허락했다. 차와 저녁을 준비하는 동안 그는 모닥불 옆에 앉아 외투를 흔들면서 불을 찾아 몰려드는 온갖 '살아 있는 것들'을 내쫓고 있었다.

"자, 오늘 하루도 이렇게 영혼에 봉사했구먼……."

그가 생각에 잠긴 채 피곤한 듯이 말했다. 올레샤가 거들고 나섰다.

"사람들에게 왜 돈을 안 받아요? 쓸데없이……."

"돈은 내게 필요가 없어……."

"그럼 조금만 가지시고 누구에게 줘 버리시지. 저한테라도. 그럼 전 말도 살 수 있고……."

"올레샤, 자네, 내일 마을 애들에게 말해 줘. 내게 오라고. 애들 먹을 게 많아. 오늘 아낙들이 많이들 가지고 와서……."

올레샤가 손을 씻으러 강으로 내려갔을 때 나는 사벨리이에게 말했다.

"사람들하고 정말 말씀을 잘 하시네요……."

"뭘, 조금 그렇지." 나지막이 그가 동의했다. "내가 말했지 않나. 무엇이 좋은 일인지. 사람들은 날 존경하지. 난 모두에게 진실을 말해 줄 뿐이야. 자신에게 무엇이 필요한지 말일세. 그러다 보니……."

조금 피로가 가신 듯 그는 밝게 웃으면서 말을 이었다.

"아, 특히 아낙들하고 말하는 게 좋아. 들었지? 이보게나, 나도 조금이라도 예쁜 아낙이나 처녀를 보면 영혼이 마구 들고 일어난다네. 꽃이 피어나듯이 말일세. 다 마찬가지지. 내가 오히려 그들에게 감사해야지. 한 여잘 보면 옛날에 알았던 수없이 많은 여자들이 떠오르거든!"

(중략)

말을 멈추고 그는 손을 떨구었다. 그는 미동도 없이 앉아서 회색 눈썹을 치켜뜨고 오랫동안 모닥불을 뚫어져라 바라보았다. 불빛에 비친 그의 얼굴은 빨갛게 달아올라 무시무시해 보였다. 눈꺼풀이 찢겨서 겉으로 드러난 눈 속의 어두운 동공은 더 작아지지도 커지지도 않았지만 어딘지 형태가 달라 보였고, 흰자위는 갑자기 눈이 먼 사람처럼 훨씬 더 커졌다.

그는 입술을 움직거렸고 그때마다 듬성듬성한 콧수염이 빳빳하게 곤두서며 움찔거렸다. 뭔가를 말하고 싶지만 하지 못하는 것 같았다.

잠시 뒤 아주 고요하게 가라앉은, 깊은 생각에 잠긴 기이한 목소리가 그의 입에서 흘러나왔다.

"이보게, 대부분의 사내들이 다 그렇다네. 느닷없이 여자를 패고 싶어지는 거야. 아무런 잘못도 없는데 아무 때고 말이야! 금방 입을 맞추고 예뻐 죽겠다고 하다가도 그 자리에서 주먹질을 하고 싶어져! 그래, 정말 그럴 수 있지……. 나만 해도 그래. 내가 얼마나 겸손하고 친절해 보이나. 게다가 여자를 사랑하는 법도 너무나 잘 알지. 그래, 한번 여자를 만나 마음만 먹으면 그대로 그 여자에게, 그 마음속에 파고들지. 하늘의 비둘기처럼 그 여자 가슴에 안겨 그대로 하나가 되거든. 정말 기분 좋은 일이지! 그런데 갑자기 그 여자를 때려눕히고 어떻게든 더 아프게 때리고 싶어져……. 그럼 어쩔 수가 없어, 정말! 여자는 자지러지게 비명을 지르며 묻지. 왜, 무엇 때문에? 하고 말이네. 하지만 해줄 말이 없지. 무슨 말을 할 수 있겠나?"

나는 경악을 금치 못하고 그를 바라보았다. 그리고 나 역시 무슨 말을 해야 할지, 무엇을 물어야 할지 알 수 없었다. 난 그의 기이한 고백에 충격을 받았다.

(……)

그는 깊은 연민이 담긴 미소를 지었다. 그 덕분에 그의 얼굴은 더욱 기형적이고 무시무시하게 일그러졌다.

"그런 사람들을 내가 속인 거지, 조금. 알잖나? 세상에는 속이는 것 말고는 어떻게도 위로해 줄 말이 없는 사람들이 있다네. 안 그런가, 친구? 그런 사람들이…… 분명히 있지……."

그에게 물어보고 싶은 말이 많았지만, 그는 하루 종일 아무것도 먹지 않아 무척 피곤해 보였고 보드카 한 잔을 마신 효과가 나타나고 있었다.

깜박깜박 조느라 그의 몸이 기우뚱했다. 드러난 두 눈 위에 있는 붉은 상처의 눈꺼풀이 자꾸만 내려앉곤 했다.

그래도 나는 이 한마디는 물어보지 않을 수 없었다.

"어르신, 지옥이란 게 있다고 보세요?"

그는 고개를 들더니 모욕적이라는 듯 강하게 말했다.

"그게 무슨 소리야? 지옥이라고? 아니 그런 게 어디 있어? 하느님이 계시는데 지옥이 어떻게 있나? 그게 말이 되겠어? 이봐, 하느님과 지옥이 같이 있을 순 없네. 그건 속임수야. 그런 건 다 자네 같이 배운 사람들이 괜히 겁주려고 꾸며낸 거지. 사제들이 장난치는 거라고. 사람들을 겁주어서는 안 되는데 말이야. 지옥 따위를 겁낼 필요는 전혀 없어……."

"그럼 악마는 어디 삽니까?"

"날 놀리지 말게……."

"농담이 아녜요."

"그래, 그래, 알았네." 그는 모닥불 위로 외투 자락을 휘저으며 조용히 말했다. "악마를 비웃지 말게나. 누구에게나 다 제 나름의 무거운 짐이 있는 법이네. 그 프랑스 사제가 진실을 말했었지. 악마도 때가 되면 주님을 따르게 된다고 말일세. 한 사제가 성경에 나오는 방탕한 아들에 대해 말해 주곤 했는데, 난 그걸 분명히 기억하고 있지. 내 생각에 그 잠언은 악마에 대한 거야. 아니면 그 자신이 방탕한 아들이든지."

그는 모닥불 위로 몸을 가까이 기울였다.

"누워서 잠을 좀 자는 게 좋겠어요."

내 말에 그도 동의했다.

"맞아, 시간이……."

그는 가볍게 옆으로 몸을 돌려 웅크리더니 외투를 머리까지 끌어올려 덮고는 침묵에 빠졌다. 불꽃이 사그라진 숯불 속에서 나뭇가지들이 따다닥, 쉬익 소리를 냈다. 연기는 어둠 속으로 가느다란 줄기를 그리며 올라갔다.

나는 그를 바라보며 생각에 빠졌다.

'이 사람은, 세상에 대한 한없는 사랑이라는 보물을 지닌 성자인가?'

알록달록한 옷을 입은 슬픈 눈의 절름발이 처녀가 떠올랐다. 무릇 삶이란 그 처녀의 모습과 같은 것이 아닐까? 처녀는 기형적으로 생긴 작은 신 앞에 서 있고, 그 신은 오직 사랑하는 것만 알고 있다. 그 매혹적인 사랑의 힘을 단 한마디 말에 담아내는.

'밀라야……'

슬픈 눈의 절름발이와 기형적으로 일그러진 은둔자

프롤레타리아 문학의 아버지이자 러시아 혁명 문학의 대변자였던 고리키가 혁명 이후 창작에서 왜 이렇게 사랑과 위로의 인물을 그리고 있을까? 적극적이고 낭만적으로 진실과 용기를 예찬하던 적극적 주인공과 혁명가들은 어디로 갔는가? 《어머니》의 파벨처럼 강철 같은 혁명가와 은둔자가 어떤 연관이라도 있단 말인가? 망명길에 오른 막심 고리키의 정신 세계와는 또 어떤 연관이 있는가?

《은둔자》의 주인공 사벨리이는 산속 동굴에서 은거하여 살아가는 인물이다. 그는 온갖 세상 풍파를 겪은 사람으로, "왼쪽 뺨엔 귀에서부터

턱까지 깊은 흉터가 있고…… 눈꺼풀이 있던 자리는 붉은 흉터로 덮여 있고, 머리칼은 군데군데 한 줌씩 빠져 있는" 흉측한 외모를 가지고 있다. 그러나 산 아래 마을 사람들은 그를 존경하며, 어렵고 힘든 일이 생기면 그를 찾아온다. 그는 도덕적 훈계나 설교, 논리적 설득이나 주장을 하는 것이 아니라 진정한 사랑이 담긴 말로 그들을 위로해 준다.

은둔자 노인이 살아가는 환경은 살아 숨 쉬는 자연과 하나로 동화된 세계다. 숲 속 협곡의 동굴, 협곡 아래 풀숲을 헤치며 흐르는 시냇물, 협곡 위의 푸르른 하늘, 밤마다 황금빛 농어처럼 노니는 별들, 마른 풀잎의 향기가 가득한 동굴, 그 앞에 자라는 보리수나무, 자작나무, 단풍나무 세 그루……. 작중 화자인 '나'에게 은둔자는 이미 자연과 한 몸이 되어 있는 존재로 보인다. "잠긴 듯 부드러운 그의 목소리는 노래하듯이 들려왔고 저녁의 따스한 대기 속에 풀 내음과 바람의 숨결, 살랑대는 나뭇잎 소리, 그리고 돌 사이를 흐르는 조용한 계곡 물소리와 쉼 없이 이어지며 다정하게 섞이고 있었다. 그가 말을 멈춘다면 밤은 그렇게 충만하지도, 그렇게 아름답지도, 그렇게 정겹지도 않으리라." 그는 저녁 추위에도 모닥불을 굳이 피우려 하지 않는다. 온갖 날벌레들이 몰려들어 타 죽을까 걱정해서다. 너무 추워지자 어쩔 수 없이 모닥불을 피우도록 허락하지만, 모닥불 옆에서 연신 손을 내저으며 '살아 있는 온갖 작은 것들'이 날아들지 못하게 한다.

은둔자 노인에게 신이란 엄한 계율과 금욕을 요구하는 경건한 신이 아니라 사람들 속에 살아 있는 신으로 인간에 대한 믿음이자 삶에 대한 믿음이다. 그는 자기를 찾아온 사람들에게 따스한 사랑과 위로의 말을 던지며 그들 자신 속에 들어 있는 아름다움과 힘을 일깨워 준다. 그는 진정한 사랑의 힘만이 사람들 속에 있는 '가장 순수한 불꽃'을 살아나도록 만들 수 있다고 믿는다.

고리키는 이 작품이 포함된 단편집 《1922-1924년 단편집》을 집필하면서 '자신의 내면에 무성하게 자란 수염을 깎고', '새로운 어조와 새로운 형식'을 찾고 싶다고 말한 바 있다. 이런 작가의 의도대로 분명 이 은둔자 형상에는 고리키의 변화된 내면, 혹은 잠재된 내면의 일부가 명료하게 투영되어 있다. 무엇보다 이 은둔자 노인은 어떤 이념 체계가 아니라 살아 있는 복합적이고 모순적인 형상이다. 그의 형상에는 사랑과 위로를 베푸는 성자와도 같은 현재의 삶과 추하고 일그러진 외모, 그리고 어두운 과거가 복잡하게 뒤엉켜 있다. 그런 그의 모습은 화자인 '나'에게 "아주 아름다워 보이기까지 한다. 알록달록 교묘하게 짜 놓은 인생의 아름다움처럼."

여기 인용한 장면 중 특히 '밀라야'라는 단어에 대한 황홀한 묘사는 교묘하게 짜인 삶과 현실의 알록달록한 아름다움에 대한 작가의 새로운 어조를 느끼기에 충분하다. 영어의 달링(darling)이나 러블리(Lovely) 정도에 해당될 법한 '밀라야'는 아주 아름다운 러시아어 호칭이다. 은둔자 노인은 이 단어를 한없이 다양하게 발음한다. 다정하게, 당당하게, 감동적으로, 부드럽게, 꾸짖듯이, 기쁨에 넘쳐. 이 단어의 뿌리는 "무한한 사랑으로, 사랑 이외에는 아무것도 알지 못하고 그 자체로 충만한 사랑, 오직 그 속에서만 존재의 의미와 목적, 삶의 모든 아름다움을 느끼는 사랑, 그 힘으로 온 세상의 고통을 편안하게 해주는 사랑"이다. 화자의 눈에 은둔자는 '세상에 대한 한없는 사랑이라는 보물을 지닌 성자'로 보인다. 알록달록한 옷을 입은 슬픈 눈의 절름발이 처녀는 우리 삶의 모습처럼 보이고 기형적으로 생긴 은둔자는 그 현실을 오직 사랑으로 감싸 안는 신의 모습으로 비친다.

고리키는 여기서 이념의 틀로 주조된 인간, 작가의 이념과 사회적 목적에 부합하는 주인공을 그리고 있지 않다. 은둔자 사벨리이는 자신의 과거를 부정하고 새로운 이념을 자기 외부에서 수동적으로 받아들이는 그런 주인공이 아니다. 그 자신의 추함과 어두운 과거 그 자체에서 자라 나온, 존재 자체 속에 숨어 있는 '가장 순수한 불꽃'을 피워 올린 인물일 뿐이다. 사벨리이와 같은 존재에게는 언어와 의식, 존재 현실이 상호 일치하는 논리적 정합성이 그리 중요하지 않다. 그는 살아 있는 존재 그 자체이다. 모순적이며 복합적인 존재의 변화 과정을 매 순간 그대로 보여주는, 영원히 변화하고 움직이는 미완결적인 존재 그 자체이다.

다양한 세상의 가치들은 하나의 논리적 이성으로 일반화시킬 수 없고, 경험과 직관 속에서만 살아 있을 수 있다. 언어와 의식은 존재의 현실을 일반화하고 추상화하는 것을 기본 원리로 하지만, 인간의 말 속에는 무한히 다양한 어조와 숨결이 살아 숨 쉰다. 고리키가 찾고 있는 새로운 어조와 형식이 머물러 있는 지점이 바로 이곳이다.

작가와 작품

막심 고리키(1868 – 1936)는 구세계와 신세계를 이어 주는 다리와 같은 작가이다. 고아로 외할머니와 외할아버지 밑에서 자랐고 러시아 하층 사회의 온갖 직업을 전전하다 독학으로 문학에 입문한다. 초기에 부랑

자와 떠돌이 주인공들을 그리면서 19세기 말 20세기 초 새로운 러시아 문학의 총아로 떠오른다. 중편 《첼카쉬》, 희곡 《밑바닥에서》, 장편 《어머니》를 비롯하여 자전적 삼부작 《어린 시절》, 《세상 속으로》, 《나의 대학》, 작품집 《1922-1924년 단편집》(국내에 《대답 없는 사랑》으로 번역) 등으로 유명하다.

　러시아 혁명 과정과 가장 긴밀한 연관을 가진 작가로 소련 문학의 아버지로 불릴 만큼 추앙받았다. 그러나 그 과정에서 문학 세계가 지나치게 이데올로기적으로 이해되었다. 비로소 오늘날에야 그에 대한 새롭고 진정한 평가가 이루어지고 있다. 새로운 시각에서 보면, 고리키 문학의 진정한 주인공은 다양하고 모순적인 특성과 함께 삶에 대한 매혹적 탐닉과 문제 의식을 풍부하게 지닌 알록달록한 인물들이다. 특히 후기의 고리키는 역사와 인간의 삶 사이의 혼란스럽고 비밀스러운 관계를 탐색하는 문제작을 많이 남기고 있다. 최후의 대 장편서사시 《클림 삼긴의 생애》는 아직 다 해명되지 못한 수수께끼 같은 문제작이다.

　단편 《은둔자》는 《1922-1924년 단편집》에 실린 아홉 편의 단편 중 하나이다. 러시아 혁명 이후 고리키는 혁명과 볼셰비키를 직접적으로 비판하다가 소비에트 정부와 일정한 타협을 하고 오직 문화 보호와 육성에 매진한다. 그러나 지속적으로 소비에트 정권과 갈등을 빚다가 결국 외국으로 망명 아닌 망명을 떠나야 했다. 단편 《은둔자》는 바로 이 시기에 쓴 작품 중 하나다.

"당신은 참으로 현명한 분이에요.
당신은 모든 것을 알고 있고, 모든 것을 짐작해요.
유로치카, 당신은 저의 성채이고 피난처이며
내 존재의 확신이에요.
주님도 저의 모독을 용서해 주실 거예요.
오, 저는 얼마나 행복한지요! 그래요, 우리 가요, 가도록 해요."

고통받는 인류에 대한
구원자적 사랑

임혜영

"병원 수위(守衛) 일을 보는 이조트가 오늘도 왔었어요. 이 집 세탁부
와 은밀히 사귀는 사이예요. 말하자면 겸사겸사 들러서 저를 위로하고
갔어요. 무서운 비밀을 얘기해 주겠다는 거예요. '당신 집 남자는 불운을
모면할 수 없어요. 두고 봐요, 오늘내일이면 그들이 와서 끌고 갈 테니.
그의 뒤를 이어 그들이 끌고 갈 불운의 다음 희생물은 당신이에요'라고
하더군요. 그래서 전 '이조트, 당신 이것을 어디서 들었지?' 하고 물어봤
죠. 그랬더니 '확실한 이야기니 안심하고 내 말을 믿어요. 폴칸에서 그렇
게들 말했어요'라고 하는 거예요. 당신도 짐작하셨죠? 폴칸[개 이름 혹은
반인 반견(半犬)의 신화 속 괴물 – 옮긴이]은 그가 이스폴콤[소비에트 집행 위원
회 – 옮긴이]을 우스꽝스럽게 부른 것이에요."

라리사 표도로브나와 닥터 지바고는 깔깔거리며 웃어 댔다.

"그 작자의 말이 정말 맞소. 위험이 임박하여 이미 문턱까지 다다랐다
고 하겠소. 어서 빨리 몸을 숨겨야 하오. 문제는 어디로 가느냐는 거요.

모스크바로 떠난다는 건 생각할 가치도 없소. 짐 꾸리는 것만도 너무 요란한 일이 될 테니, 그렇게 되면 그들의 주의를 끌 것이오. 아무도 전혀 눈치 채지 못하게 하려면 어떤 흔적도 남겨선 안 되오. 그러니 알겠소? 당신 생각에 따르기로 하는 거요. 우리는 한동안 땅속에라도 처박혀 숨어 있어야만 하오. 바리키노를 그런 장소로 하도록 하지. 그곳에서 두 주, 혹은 한 달가량을 보내는 거요."

(중략)

"당신 말이 모두 맞소. 세심한 데까지 마음을 써 줘 고맙소. 근데 잠깐 기다려 보오. 난 줄곧 당신에게 물어보려 했는데 자꾸 잊게 되는구려. 코마롭스키는 어디에 있소? 아직 이 도시에 있소, 아니면 이미 떠났소? 그와 말다툼을 하고 내가 그를 계단에서 밀친 후로 그의 소식을 듣지 못했소."

"저 역시 아무것도 몰라요. 맘대로 하라고 하죠, 뭐. 왜 그 사람에 대해 묻죠?"

"그의 제안에 대해 우리가 서로 다른 태도를 가져야 한다는 생각이 자꾸 드오. 우린 처지가 같지 않으니까. 당신에게는 돌봐야 할 딸이 있지 않소. 당신이 아무리 나와 함께 파멸을 맞으려고 한다 해도, 당신에게는 그럴 권리가 없소.

어쨌든 바리키노 이야기로 다시 돌아가도록 하지. 물론 이 엄동설한에 비축해 놓은 식량도 없이, 아무런 힘도, 희망도 없이 그 황량하고 외진 곳으로 간다는 건 아주 미친 짓이오. 하지만 미친 짓 이외에 우리가 할 수 있는 일이 아무것도 없다면, 내 당신과 그렇게 하도록 하지. 그곳에서 잠시 우리 둘만 머무는 거야. 그래, 함께 그곳으로 가도록 하지. (중략) 그곳에 가서, 좀 더 절약해서 쓰면 1년은 족히 쓸 수 있을 그곳 숲의 목재를 1주일간 땔감으로 쓰는 거요.

또다시 나는 이런 식의 말을 하고 또 하는군. 용서해 주오, 말할 때마다 내 말이 이렇게 혼란스럽게 뒤죽박죽 튀어나오는 것을. 나는 이런 바보 같은, 비장한 감정 없이 당신하고 이야기할 수 있기를 얼마나 바라는지! 그러나 정말 우리에겐 현실적으로 선택의 여지가 없소. 무엇이라고 칭하든 간에, 파멸이란 것이 실제로 우리에게 다가와 문을 두드릴 테니 말이오. 얼마 남지 않은 날이 우리의 손에 놓여 있을 뿐이오. 우리 이 날들을 각자 나름대로 누리도록 해요. 삶과 작별하기 위해, 우리의 이별을 앞두고 맞는 이 마지막 만남을 위해 이 시간들을 쓰도록 말이오. 우리에게 소중했던 모든 것, 우리에게 익숙한 관념들, 우리가 살아가고자 꿈꾸었던 모습, 그리고 양심이 우리에게 가르쳤던 것과 작별하도록 해요. 희망과도 작별하고, 당신과 나도 작별하도록 해요. 다시 한번 우리의 밤의 밀어를 나누도록 해요, 아시아에 있는 대양의 이름처럼 거대하고 고요한 밀어를. 감추어진 나의 금단의 천사인 당신이 전쟁과 봉기(蜂起)의 하늘 아래, 내 삶의 끝에 있는 건 까닭이 있소. 당신은 언젠가 어린 시절의 평화로운 하늘 아래, 내 삶의 시작에도 나타났기 때문이오. 커피색 교복을 입은 졸업반 김나지움 여학생인 당신이 그날 밤, 여관방 칸막이 뒤 어둠 속에 있던 모습은 지금과 똑같은 모습이었고, 아찔할 만큼 예뻤소.

그 이후로 삶에서 나는 당신이 그날 내 안에 떨어뜨린 그 매혹의 빛을 정의하려고 또 이름을 지으려고 종종 시도했소. 그때부터 내 삶 전체에 가득 퍼지고 당신 덕분에 세상의 다른 모든 것을 통찰하는 열쇠가 된, 그 점차 꺼져 간 광선과 잠잠해져 간 소리를 말이오.

교복을 입은 당신이 여관방 깊은 곳 어둠 속에서 그림자처럼 모습을 드러냈을 때, 당신에 대해 아무것도 알지 못하는 소년이었던 나는 당신의 온 고통의 힘으로 이해할 수 있었다오. 이 약하고 가녀린 소녀에게는 세상에서 상상할 수 있는 모든 여성성이 전기처럼 최대치로 충전되어 있음을. 만일 그녀에게 다가가거나 손가락이 닿기라도 하면 방안에 불꽃이 튀며 그 자리에서 죽거나 자석처럼 끌려 들어가며 푸념하는 그리움과 슬픔으로 평생 충전될 것임을. 나의 온 존재가 쏟아지는 눈물로 가득 찼고, 내면 전체가 번득이며 울었던 거요. 소년인 내가 죽도록 가여웠고, 소녀인 당신은 더욱더 가여웠소. 나의 온 존재가 놀라 물었소. 사랑한다는 것과 자력(磁力)을 흡수하는 것이 이토록 마음이 아프다면, 여성이 된다는 것, 자력이 된다는 것, 사랑을 불어넣는다는 것은 더욱더 마음 아픈 것이라고.

마침내 이것을 말해 버렸군. 이것 때문에 나는 미칠 수도 있소. 이것이 나의 전부를 차지하고 있는 거요."

라리사 표도로브나는 몸이 좋지 않음을 느끼는 가운데 옷 입은 채로 침대 가장자리에 누워 있었다. 그녀는 웅크린 자세를 하고 머리에 스카프를 두르고 있었다. 유리 안드레예비치는 그 옆, 의자에 앉아 한동안 말을 멈췄다가 조용한 소리로 이야기를 했다. 라리사 표도로브나는 이따금씩 팔꿈치를 짚고서 몸을 들고 손바닥으로 턱을 괴었다. 그런 다음 입을 벌린 채 유리 안드레예비치를 멍하니 쳐다보았다. 그녀는 때때로 그의 어깨에 바짝 기대고는 눈물이 흐르는 것도 모르고 행복에 벅차 조용히 훌쩍였다. 마침내 그녀는 몸을 침대 밖으로 내밀고 그에게로 다가가 기쁨에 찬 목소리로 속삭였다.

"유로치카! 유로치카! 당신은 참으로 현명한 분이에요. 당신은 모든 것을 알고 있고, 모든 것을 짐작해요. 유로치카, 당신은 저의 성채이고 피난처이며 내 존재의 확신이에요. 주님도 저의 모독을 용서해 주실 거예요. 오, 저는 얼마나 행복한지요! 그래요, 우리 가요, 가도록 해요. 그곳에 도착하면, 제가 걱정하고 있는 걸 말할게요."

그는, 그녀가 임신한 것으로 여기고 그걸 말하려 한다고 생각했다. 하지만 그는, 임신은 그녀가 그렇게 여기는 것일 뿐이라고 보고는 이렇게 말했다:

"나도 당신이 무슨 말을 하려는지 아오."

지바고와 라라의 우주적 사랑

파스테르나크의 《닥터 지바고》의 중심 주제 중 하나는 남녀 주인공의 사랑이다. 위의 장면은 소설 제2권 14부(〈다시 바리키노에서〉) 3장에서 인용한 것으로, 두 주인공의 복잡하게 얽힌 긴 여정의 사랑이 내전 직후 체포의 물결 속에서 막바지에 이른 상황을 묘사한 것이다. 바리키노에서 둘만의 마지막 시간을 보내기로 라라와 합의한 후 지바고는 마침내 그녀에 대한 자신의 사랑이 그의 인생에서 갖는 의미를 밝히고 있다. 바로 이점에서 이 장면은 매우 중요한 의미를 갖는다. 외적으론 불륜의 형태를 띤 두 주인공의 사랑의 본질이 마침내 드러날 뿐 아니라, 그들의 관계의 본질도 근본적으로 밝혀지기 때문이다.

무엇보다 지바고가 라라를 처음 보았을 때 느낀 인상이 말해지는 대목은 지바고 자신뿐 아니라, 그를 자전적 주인공으로 창조한 작가 파스테르나크의 여성관, 나아가 인생관 및 세계관까지 드러내 주고 있다. 여성에 대한 사랑의 관념이 채 자리 잡기도 전, 소년 시절에 처음 라라를 본 순간 지바고가 느낀 건 강한 연민의 감정이었다("내면 전체가…… 울었던 거요"). 연민의 감정은 그에게 내적으로 존재론적인 각성을 하게 하였다 ("사랑한다는 것과 자력을 흡수하는 것이 이토록 마음이 아프다면, 여성이 된다는 것은 더욱더 마음 아픈 것이라고"). 그리고 존재론적 각성을 통해 지바고가 깨달은 건 바로 여성이 그의 존재의 일부라는 것, 사랑의 대상인 여성이 고통의 운명을 지닌다는 것이다.

결국 소년 지바고에게 라라와의 첫 만남은 '극도의 여성성을 지닌 존재에 대한 강한 끌림의 순간'인 동시에, 근본적으로는 여성의 본질 – 존재론적으로 그와 동일한 근원을 가진 '혈족'이자 자신의 존재의 일부 – 을 난생 처음 깨닫는 순간이었던 것이다. 이 같은 여성관에 기초한 지바고의 사랑은 일반 에로스적인 사랑을 초월한 것임이 자명해진다. 여성의 고통이 크면 클수록 그의 연민이 커지고 그의 사랑은 더욱더 강렬해지기 때문이다. 요컨대 여성을 자신의 혈족이자 일부로 여기는 지바고는 여성의 고통을 그 자신의 고통으로 받아들인다는 것으로, 여성을 향한 존재론적 연민과 '도덕적 책임감'은 바로 그의 인생관 및 세계관의 일부로 자리하고 있다 할 것이다.

이러한 지바고의 사랑의 초월적인 면은 두 주인공의 긴 '대화편'이 전개되는 13부(《여인상이 있는 집 맞은편》)에서 보다 직접적으로 제시된다. 코마롭스키에게 능욕을 당한 후 자신이 일찍이 타락의 길로 들어섰다고 고백하는 라라에게 지바고는 이렇게 대답한다. "만일 당신이 불만스러워하는 일이 없고 후회하는 일이 없었다면 이토록 강하게 당신을 사랑하지 않았을 것이오. 나는 잘못된 길에 빠지지도, 발을 헛디디지도 않은 바른 여성들을 좋아하진 않소. 그들의 미덕은 죽은 것으로서 그 가치가 적소. 그들에게는 삶의 아름다움이 보이지 않으니 말이오." 지바고가 라라를 특별히 사랑하는 이 같은 이유는 분명 범상치 않은 것이다. 작가의 생각의 투영이기도 한 이 말은 누군가를 강하게 사랑하는 이유에 대한 근본적 질문을 우리에게 던지는 것이기도 하다. 이어지는 말인 "언제나 반듯하고 모범적인 여성은 생명력이 없고 삶의 진정한 아름다움을 알지 못한다"는 말 역시 범상치 않다. 우리는 이런 말들 속에서 두 가지 사항을 고려해 볼 수 있다. 첫째, 잘못과 타락의 길로 들어서서 인생의 쓰라린 고통을 맛본 라라는 소설에서 드러나고 있듯 타인에 대한 동정심과 포용력으로 타인을 위해 희생할 줄 알고 그럼으로써 '아름다운' 삶의 모습을 보여 주었다는 점이다. 둘째, 지바고가 타락한 여성에 대해 품는 강한 사랑은 종교적 차원에 이른 사랑이라는 점이다. 지바고를 그리스도에 버금가는 존재로 언급한 위의 라라의 말 – "유로치카, 당신은 저의 성채이고 피난처이며 내 존재의 확신이에요. 주님도 저의 모독을 용서해 주실 거예요" – 에서도 암시되었듯, 우선 타인의 고통을 자신의 것으로 여기는 지바고의 한없는 사랑은 본질상 그리스도의 사랑과 맞닿아 있다. 지바고가 라라를 처음 본 순간 느낀 연민 역시 바로 이러한 종교적 측면과 직결된다.

도덕적 죄 때문에 고통스러워한 라라를 사랑하는 지바고의 모습은 병들고 가난한 자, 애통해하는 자들을 위해 세상에 와서 그들을 특별히 사랑한 그리스도의 모습과 상통한다. 지바고의 사랑은 고통받는 인류에 대한 구원자–성자적 사랑을 내포한 셈이다. 즉 그것은 성자 형상을 띤 주인공이, 고통 받는 인간에게 '혈족에 대한 도덕적 책임감과 연민'과 함께 느끼는 사랑의 한 형태이다. 또한 그것은 기독교 작가 도스토옙스키가 자신의 소설에서 인류 구원의 열쇠로 제시한, 그리스도의 '인류적 형제애'의 한 구현이기도 하다.

파스테르나크는 《닥터 지바고》를 자신의 '기독교'로, 복음서에 대한 자신의 견해를 피력한 작품으로 정의한 바 있다. 무엇보다 지바고는 저자의 여러 작품 속에서 진화해 온 주인공들의 형상의 최종적인 결정체라 할 수 있다. 가장 직접적으로 지바고의 모태가 되는 형상으로 산문 《이야기》(1929)의 주인공 세르게이 스펙토르스키를 들 수 있다. 스펙토르스키의 사랑은 도스토옙스키의 주인공들(라스콜니코프, 미시킨 등)의 사랑과 비교되는데, 이러한 스펙토르스키의 사랑의 특성은 지바고의 사랑의 모습에도 투영되어 나타난다. 강한 연민과 함께 라라에게 느끼는 지바고의 사랑은 일례로 도스토옙스키의 소설 《백치》의 여주인공 나스타시야 필리포브나에 대한 미시킨 공작의 사랑과 상통한다. 가난 속에서 능욕을 ' 당했던 라라를 향한 지바고의 위의 '형제애'적 사랑은, 가난으로 어려서부터 장군 댁에서 지내다 그의 노리갯감이 된 나스타시야를 사랑하고 구원하려 한 성자적 인물 미시킨의 사랑과 본질적으로 같기 때문이다.

이처럼 모든 인간을 하나의 혈족, 하나의 가족으로 느끼는 러시아 문학 속 주인공들의 기독교적, 형제애적 사랑은 그 대상이 이성(異性)에게만 향해 있는 건 아니다. 그것은 모든 타자, 주변 이웃 모두에게 향해 있다. 《닥터 지바고》 전체를 통해 드러나는 지바고의 사랑의 경우도 예외가 아닌 바, 의사로서 백군과 적군의 구분 없이 모두를 동정하며 치료하는 모습도 그 한 예라 하겠다. 하지만 보다 명확한 예는 17부에 수록된 지바고의 시들에서 나타난다. 바로 열아홉 번째 시 〈새벽〉 속에 그 단적인 예가 있다. 그곳에는 대중을 자신의 일부로 느끼는 서정적 화자 – 지바고의 형상이 그려져 있다. "난 그들 모두와 함께 느낀다/ 마치 내가 그들의 신체에 있었던 것처럼."

그런데 강조돼야 할 것은 지바고의 사랑이 19세기 러시아 문학에서 구현된 인류적 형제애에 그치지 않는다는 점이다. 그의 사랑은 도스토옙스키의 전통을 계승, 발전하여 진화한 형태를 띠고 있다. 이는 라라의 형상에 부여된 상징적 의미를 통해 구현된다. 《닥터 지바고》에 구현된 사랑의 독특성을 이해하기 위해서는 라라의 본질 고찰이 필수인 셈이다.

'위대한 어머니'의 여성성과 우주적 형제애

파스테르나크가 자신의 한 작품에서 스스로 제시한 것처럼, 그는 남주인공 묘사 중심의 19세기 러시아 문학 전통과 달리 여주인공 형상에 비중을 많이 둔 작가이다. 그는 《닥터 지바고》에서 여주인공의 중요한 의미를 소설 전체에 걸쳐 다양하게 – 직접적으로 또는 상징적으로 – 제시한다. 라라의 의미가 가장 일목요연하게 규정되는 것은 13부 7장에서 지바고를 통해서이다. 지바고의 입을 통해 라라는 '조국 러시아'이자 '위대한 어머니'(즉 그리스 신화의 가이아처럼 만유를 잉태한, 신화 속 태초의 어머니 여신), 그리고 '수난녀'이자 삶 자체로 정의된다. 이는 9부와 11부 각각에서 라라가 유리아틴 주민들을 도우며 그들에게 삶의 활기를 불어넣는다든지, 새들에게 열매를 제공하는 산마가목처럼 어머니로서 그녀가 딸을 양육하는 모습 등을 지바고가 관찰한 결과이기도 하다.

이 같은 라라의 모습에는, 앞서 언급했듯, 일찍이 그녀가 인생에서 맞본 큰 고통이 전제되어 있다('수난녀'). 그럴 때 지바고가 첫 만남에서 간파했던, 그녀가 지닌 여성성의 아름다움도 바로 그러한 고통에서 연유한 게 된다. 이러한 라라의 본질적인 모습이 예술적으로 형상화된 경우는, 2부에서 그녀가 무의식 세계인 꿈속에서 대지와 식물이 된 자신의 몸을 보는 장면에서 엿볼 수 있다("그녀는 꿈을 꾸었다. 땅속이었는데……. 그녀의 왼쪽 젖가슴에서 풀 한 줌이 자라고 있었고"). 꿈의 장치를 통해 라라가 위대한 어머니 여신의 한 형태인 대지 모신(母神)(즉 그리스 신화의 데메테르처럼 대지는 만물의 어머니의 몸)의 상징적 의미를 갖는 존재임이 암시되는 것이다.

삶과 자연 자체이자 조국 러시아를 상징하는 라라의 의미는 3부에서 그녀가 동급생 나쟈의 고향인 두플랸카를 방문하는 장면에서 암시된다. 이 부분은 라라의 본질을 작가의 말로 직접적으로 풀이해 주고 있어 극히 중요한 대목이 된다. "라라는…… 주변 공기를 들이마셨다. 그것은 부모보다 더 친밀했고 연인보다 더 좋았으며, 책보다 더 지혜로웠다. 순간 라라에게 존재의 의미가 다시 펼쳐졌다. 그녀는 자신이 여기 있는 것은 땅의 미친 듯한 매력을 분별해 모든 것의 이름을 부르기 위함이라는 걸 깨달았다. 만일 그럴 힘이 없다면 자기 대신 그 일을 할 후계자들을 삶에 대한 사랑으로 낳는 것이라는 걸." 라라가 얼마나 자연과 친밀하고 삶을 사랑하는지, 또한 그러한 자연과 삶에 대한 사랑을 통해 그녀가 어떻게 '땅'처럼 자식을 낳는 어머니로서의 여성성을 추구하게 되었는지를 제시한 이 대목을 통해 우리도 지바고를 따라 그녀를 삶과 자연의 대명사로 인식할 수 있게 된다.

하지만 라라는 이 같이 자식을 낳는 어머니로서의 지상적 속성뿐 아니라 신성한 '지혜'와 '조화'('균형')를 갖춘 영적 '순수성'이란 천상적 속성도 가진 존재이다. 그녀의 천상적 속성은 이미 2부에서부터 강조되어 있다. "그녀는 말할 나위 없이 지혜로웠고…… 세상에서 가장 순수한 존재였다. …… 그녀에게 있는 모든 것들은…… 서로 어울렸다. …… 나머지 모두는 균형 있게 윤곽 속에 놓여 있는 채…… 그녀의 영혼 혹은 본질인 대략적으로 그녀 자신이다." 결국 라라는 (태초에 우주를 지배한 신화적 형상인) '위대한 어머니'의 지상적인 속성과 함께 천상적인 속성도 두루 갖춘 조화로운 존재인 것이다. 그녀의 영적 순수성은, 그녀가 그리스도의 정신 세계를 담지한 지바고와 동등성을 갖도록 해주는 전제조건이 되기도 한다. 영적 영역에서까지 친밀한 교감을 가짐으로써 두 주인공은 다른 사람들과의 관계보다 더 강한 혈족적 관계를 지닐 수 있기 때문이다.

그런데 플롯에 있어서 라라의 조화로운 천상적 속성은, 러시아 조국과 삶, 수난녀 등, 변화무쌍한 그녀의 지상적 속성에 비해 그리 전면적으로 제시되지 않는다. 그것은 가족이 경제적인 어려움에 처해 평탄치 않은 삶을 사는 가운데 그녀의 조화로운 정신 세계가 종종 파괴되기 때문이다. 그녀의 정신적인 조화의 파괴로 인해 지바고는 그녀에게 필연적으로 필요한 존재가 된다. 예를 들면 2부에서 악의 힘을 상징하는 코마롭스키 때문에 도덕적인 죄를 범하게 된 그녀는 신성한 말씀을 들음으로써 깨진 자신의 마음의 조화를 회복하고자 교회를 찾는다("가끔 삶을 견디기 위해 그녀에게는 어떤 내적 음악이 동행되어야 할 필요가 있었다. 그 음악은 삶에 대한 하나님의 말씀이었고…… 그녀에 관한 것…… 그리스도의 생각이었던 것이다"). 이 장면은 신과 그녀의 만남을 의미하기도 하지만, 동시에 향후 그리스도를 닮은 성자적 주인공 지바고와의 영적 연합의 필요를 시사하기도 한다. 고통에서 해방되기 위해 조화로운 영적 속성을 회복하려는 라라의 갈망은 지바고의 시 〈막달라 마리아 I〉에서 막달라 마리아의 형상을 통해 본격적으로 구현된다.

시에 구현된 막달라 마리아와 그리스도의 형상은 라라와 지바고를 상징한다. 아울러 그들의 형상은, 지바고의 사랑이 그리스도의 사랑과 맞닿아 있고 기독교적 측면을 지닌 것임을 강조하는 역할도 한다. 하지만 소설에서 라라의 형상이 신화 및 옛 신비주의적 종교의 형상인 어머니 여신의 '여성성'을 지닌 만큼, 시 속의 형상들도 자연히 성서의 틀을 넘게 된다. 시에 구현된 막달라 마리아는 일차적으로 성서에서 유래된 형상, '세계적 여성성의 대명사'적인 의미도 갖지만, 동시에 모든 여성성을 함유한 신화 속 '위대한 어머니'의 한 구현체이기도 하다. 이 점은 자연의 알레고리의 사용을 통해 암시된다. 그리스도와 막달라 마리아의 영적 연합이 어린 가지와 나무의 접합에 비유된 경우가 그러하다("어린 가지가 나무와 접합해 있듯이, 당신과 함께/ 제가……/ 저의 끝없는 애수 속에서 결합해 있는 지금"). 접합된 자연들과의 유추를 통해 그리스도와 막달라 마리아의 관계가 형상화된 것은 '인간과 자연이 공히 신성성을 지니고 있어 동등한 가치를 지녔다'는 신화적, 신비주의적인 세계관이 반영된 결과로 볼 수 있다. 뿐만 아니라 그러한 형상화는 고통에서 해방시키고 구원해 주는 그리스도 – 지바고의 사랑이 영적인 교류에 의한 정신적인 것일 뿐 아니라("저는 십자가의 네 기둥을/ 껴안는 것을 배우고 있는지 모릅니다"), 물리적 접촉(그리스도의 발을 씻어 주는 막달라 마리아의 모습)이 동반된 육체적인 것이기도 함을 드러내 준다. 신화적 세계관에서처럼 지바고의 사랑에서도 정신적 사랑과 육체적 사랑은 동일한 가치를 지닌 것임을 드러내 주는 것이다.

다른 한편으로 이러한 자연 형상들과의 유추는, 그리스도 - 지바고와 막달라 마리아 - 라라의 관계가 동등성에 기초한 것임을 드러내 주기도 한다. 서로 다른 두 자연이 접합하여 하나의 뿌리를 가진 혈족이 되고 서로 생명을 불어넣어 주듯, 영적, 육체적으로 연합을 한 지바고와 라라는 서로 구원자의 역할을 한다. 여성성을 통해 지바고에게 활기와 생명력을 불어넣어 줌으로써 라라는 지바고 못지 않게 그를 고통에서 해방시켜 주는 존재가 되기 때문이다. 고통에서 해방시켜 주는 이러한 여성적 존재의 역할은 성서에도 뒷받침되어 있다. 복음서에서 막달라 마리아는 고난주간 목요일에 유일하게 그리스도의 장례를 준비하는 존재이자 그리스도의 부활을 '돕는' 존재로 제시된다. 그녀는 자신의 한없는 고통만큼이나 인류의 구원자 - 그리스도를 향해 한없는 사랑을 간직한 것인데, 성서에서 그리스도는 이런 막달라 마리아의 행동이 영원히 칭송되리라고 축복하고 있어, 그녀의 이 같은 의미심장한 역할을 확증해 주고 있는 것이다.

이 같은 라라와 지바고의 동등한 관계에서 우리는, 지바고가 '잘못을 범하고 고통을 겪는 여성'을 특별히 사랑한 내밀한 이유도 발견하게 된다. 그것은 바로 양자가 큰 고난을 공히 겪음으로써 서로에게 느낀 동질감이라 할 수 있다. 양자 사이에 존재하는 이러한 동질감은, 13부에서 남다른 종교심을 가진 시마가 들려주는 막달라 마리아와 그리스도에 관한 이야기에서 본격적으로 논의된다. "'나의 수많은 죄, 당신의 한량없는 운명을 누가 헤아릴 수 있을까요?'라는 외침이 튀어나왔던 거예요. …… 신과 여인은 얼마나 놀라운 동등함을 이루고 있나요!" 그리스도와 막달라 마리아의 관계에서처럼 지바고는 라라 못지 않게 큰 고통과 수난을 겪은 존재인 것이다.

지바고가 큰 고통과 수난을 겪는 존재임은, 그가 숲의 파르티잔에서 도주하여 라라의 집에 도착한 13부에서부터 암시되기 시작한다. 그리스도가 막달라 마리아에 의해 치러진 장례식을 통해 부활에 이른 것처럼, 가족 없는 혈혈단신으로 방랑 끝에 쓰러진 지바고는 삶의 생기를 불어넣어 주는 라라의 돌봄 속에서 만물과의 합일 및 우주적 전일성을 체험하며 '소생'하게 된다("바로 그때 집 안과 바깥의 밝기가 같음을 알게 되자 그는 역시 아무 이유도 없이 기뻤다. 수직으로 걸친 차가운 대기는…… 저녁에 거리를 지나가는 행인들과 도시의 분위기와 세상의 삶 등과 그를 혈족이 되게 해주었다." "깨끗한 침구, 깨끗한 방들, 그리고 깨끗한 방들의 윤곽은, 깨끗한 밤과 눈과 별들과 달과 합일된 채 의사의 가슴을 꿰뚫으며 단일한 의미의 하나의 물결이 됨으로써, 의사를 깨끗한 삶의 환희로 미칠 듯한 기쁨에 차게도 울게도 했다"). 만물과 합일의 기쁨을 맛보는 이러한 지바고의 모습 속에서 작가는 인간과 자연을 비롯한 온 만물이 혈족적인 관계를 갖고 있으며 합일을 이룸을 제시하기도 한다. 나아가 막달라 마리아와 그리스도의 경우처럼 지바고와 라라 역시 정신적, 육체적 결합을 통해 진정한 하나가 된 관계임을, 또 그러한 하나 됨 속에서 라라는 지바고의 피구원자인 동시에 그의 구원자이기도 함을 보여 주는 것이다.

그렇다면 이상과 같이 다양한 상징적 의미를 여주인공에게 부여함으로써 저자가 궁극적으로 전하려 한, 남녀 주인공의 사랑의 의미는 자명해진다. 그것은 인간과 자연을 망라한 온 우주 만물이 동일한 근원을 가진 한 혈족이란 세계관을 재현하는 것이며, 그러한 세계관에 바탕을 둔 '우주적 형제애'를 재현하는 것이 된다. 《닥터 지바고》와 관련해 저자 스스로도 언급했듯이, 우주적 형제애는 사도 시대의 사랑의 본질이자 신비주의적 기독교의 개념이다. 그리고 이후 그것은 교부들이나 신학자들에 의해 약화되었다가 12세기 이탈리아 아씨시의 신비가 프란치스코에 의해 부활된 것이기도 하다. 말하자면 저자 파스테르나크와 그의 주인공 지바고의 종교성은 공히 신비주의적 기독교의 형태를 띠는 셈이다. 주지하다시피 신비주의적 종교는 인간을 포함한 모든 피조물이 동등하게 신성을 지니고 있다는 사상에 기초한다. 또 그렇기에 모든 피조물에 대해 친밀감을 갖고 있다.

요컨대 파스테르나크는 이러한 신비주의적 관점에서 출발하여 만물과의 합일을 체험한 남녀 주인공의 모습, 그리고 그들의 우주적인 차원의 사랑을 구현할 수 있었다 할 것이다. 그리하여 그들의 사랑을 통해 모든 만물 간에 '우주론적 형제 관계'가 존재함을, 온 우주가 하나의 혈족인 가족 공동체임을 제시할 수 있었던 것이다("그들은 서로 사랑했다. …… 주위의 모든 것, 그들 아래의 땅, 그들 머리 위 하늘과 구름과 나무들이 그러길 원했기에. …… 그들은 가장 고귀하고 모든 것을 감싸는 것을 잊은 적이 없었다. 세계의 전반적 표상이란 큰 만족감, …… 온 우주의 일부라는 감지. 그들은 이런 공동성만 호흡했다"). 그럴 때 우주 만물이 하나라는 관념은 복음서에 대한 파스테르나크 자신의 견해이자, 그가 제시하는 인류의 구원책이 된다.

　보리스 파스테르나크(1890 - 1960)는 《닥터 지바고》(1945 - 55)로 노벨 문학상을 수상한 세계적인 작가이다. 뿐만 아니라 수상 당시 정치적 스캔들에 휘말려 수상을 거부함으로써 세계적인 주목을 받기도 했다. 당시 파스테르나크는 혁명을 비판했다는 비난과, 소설이 서구 사회에 의해 정치적으로 이용당했다는 평가 등을 받았는데, 그러한 스캔들은 오히려 소설의 진정한 예술적 가치가 무엇인지에 더욱 천착하게 한 계기가 되기도 했다.

　소설은 작가가 45년간의 러시아 역사 이미지를 그리면서, 예술과 복음서, 그리고 역사에서의 한 인간의 삶 등에 대한 그의 견해를 피력해 놓은 작품이다. 또한 작가의 유일한 장편이자 마지막 대작으로서 그의 이전 작품들의 세계를 종합한 것이기도 하다. 먼저 시인으로 출발한 작가는 이전에 창작한 시들과, 시 작업 중에 틈틈이 쓴 서사시와 산문 등의 창작 경험들을 소설 층층에 녹아들게 했다. 그의 주요 작품으로는 처녀 시집《먹구름 속의 쌍둥이》(1916)를 필두로, 독자성을 인정받은 시집《삶은 나의 누이》(1917), 서사시 〈스펙토르스키〉(1924 - 30)와 산문《이야기》(1929), 창작 전기(前期)를 마무리한 자전적 산문《안전 통행증》(1930), 그리고 후기의 시작을 알린 시집《제 2의 탄생》(1931)과 1943년에 출간된 시집《새벽 열차를 타고》, 1959년에 출간된 마지막 시집《날이 맑아질 때》 등이 있다. 파스테르나크의 시와 산문은 19세기 러시아 문학 전통을 계승한 것인 동시에 그것을 발전시킨, 현대 러시아 문학의 고전으로 평가된다. 노벨상을 수상한 이유 역시 현대시에 대한 그의 공헌과, 위대한 러시아 소설의 전통을 계승한 그의 업적에 있었을 정도였다. 따라서 《닥터 지바고》의 예술성을 보다 깊이 이해하기 위해서는 19세기 작가의 작품은 물론, 그 자신의 이전 작품들과의 연관성도 살펴봐야 할 것이다

마트료나의 죄는 절름발이 고양이의 죄보다 가벼웠으리라.

고양이는 쥐라도 죽였으니까…….

희생과 사랑을
온몸으로 실천한 할머니

김상현

이렇게 해서 나는 마트료나의 집에서 하숙을 하게 되었다. 마트료나와 나 이외에도 이 집에는 고양이와 쥐와 바퀴가 살고 있었다. 고양이는 나이도 꽤 먹었지만, 그보다도 이 고양이의 특징은 절름발이라는 것이었다. 마트료나는 그저 불쌍하다는 생각에 이 고양이를 주워다 기르게 된 것 같았다. 바퀴의 수요는 얼마간 줄었지만 마트료나는 고양이가 독이 든 먹이를 잘못 먹으면 큰일이라고 말한다. 결국 독살 계획은 중지되고 바퀴의 수는 다시 증가했다.

나는 이 여성이 좋은 정신 상태를 되찾는 확실한 방법을 몸에 지니고 있다는 것을 알고 있었다. 다시 말해서 그녀는 일을 하는 것이다……. 마트료나는 신앙이 깊은 여자였다고는 말할 수 없다. 어느 편인가 하면, 이교도여서 미신에 몹시 집착하는 버릇이 있었다……. 내가 하숙하고 있는 동안, 나는 마트료나가 기도를 드리거나 성호를 긋는 것을 한 번도 본 적이 없다. 그러면서도 무슨 일을 하건 간에 마트료나는 '하나님과 함께!'라고 말하고, 나를 학교에 내보낼 때에도 반드시 '하나님과 함께'라고 말하는 것이었다……. 이 집에는 성상이 걸려 있었다. 평상시에는 어두워 잘 보이지 않지만 종야 기도식이나 축일에는 잊지 않고 등잔을 밝힌다. 어쨌든 마트료나의 죄는 절름발이 고양이보다 가벼웠으리라. 고양이는 쥐라도 죽였으니까…….

병에 시달려 죽을 날이 그다지 멀지 않다고 예상한 마트료나는 벌써부터 유언 비슷한 것을 공표하고 있었다. 이른바 이층 방이라고 불리는, 안채와 연결된 별실은 마트료나가 죽은 후 키라의 재산이 된다. 그러나 안채에 대해서는 분명한 말이 없었다. 마트료나의 세 동생은 이 안채를 자기 것으로 만들려고 호시탐탐 노리고 있었던 것이다…….

마트료나는 이틀 밤이나 잠을 이루지 못했다. 좀처럼 결단을 내릴 수가 없었다. 이층 방 그 자체는 평상시에도 사용하지 않기 때문에 아깝지 않았다. 본디 마트료나는 자기의 노력이나 재산을 아낀 적이라곤 지금까지 한 번도 없었다. 그저 40년이나 살아온 집을 파괴한다는 것이 마트료나로서는 두려웠던 것이다. 제삼자인 내가 상상해 봐도 이 집에서 널빤지를 떼고 기둥을 뽑는다는 것은 어딘지 모르게 고통스러운 일이었다. 하물며 마트료나의 입장에서 보자면, 그것은 그녀의 생애에 종지부를 찍는 것과 무엇이 다르겠는가…….

자기 남편에게조차 이해받지 못한 채 버림받는 여인. 여섯 자식을 차례차례 잃었지만, 선량 그대로의 그 성격은 결코 잃은 적이 없는 여인. 동생이나 시누이하고는 너무나도 동떨어진 생애를 보낸 여인. 남을 위해 무료 봉사를 하는 얼빠진 바보 같은 여인. 이 여인은 죽었을 때 모아 둔 것도 없었다. 더러운 산양과 절름발이 고양이와 무화과나무뿐…….

우리는 이 여인 바로 옆에서, 누구 한 사람도 이 여인이 존경할 만한 사람이라는 것을 몰랐다. 속담에도 있듯이 존경할 만한 사람이 없으면 마을은 성립되지 않는다. 거리도. 우리들의 지구 전체도.

동강 난 육신과 짓밟힌 영혼의 터전, 시(時)를 품으라고 권하는 요람

솔제니친의 중편 《마트료나의 집》은 1956년 여름, 구소련 시대 독재의 상징, 폭군의 당 지도자였던 이오시프 스탈린의 사후(死後)를 배경으로 하고 있다. 작품 제목이기도 한 실제 주인공 마트료나는 60이 넘은 독거 노인 할머니다. 마트료나 할머니는 은둔자와 같은 고독한 삶을 살다가 철로 사고로 비극적 죽음을 맞이한다. 할머니의 장례식이 이어지고, 작품의 주요 줄거리는 여기에서 중단된다.

작품의 주요 내용을 짜 맞추다 보면, 마트료나 할머니는 1917년 10월 혁명 이전에 태어난 것이 분명하다. 여느 할머니들의 인생과 그리 다르지 않았지만, 작품 속 마트료나의 삶은 보다 더 고단하고 외롭다. 할머니는 1차 세계 대전 당시 전장에 끌려간 남편의 생사 여부를 모른 채, 또 그 때문에 평생 연금도 수령하지 못한 채 집단 농장 콜호즈에서 노동을 하며 하루하루를 연명해 간다. 할머니가 낳은 자식들은 할머니의 박복한 삶을 말해 주듯 모두 일찍 죽거나 사산(死産)되었다. 시집살이는 말 그대로 설상가상이었다. 농한기인 한여름에 시골로 시집을 와서 미친년 소리를 들으며 시작된 할머니의 시집살이는 이렇게 비운과 불운, 박복함의 연속으로 흘러갔다. 이제는 한때 남편이 출정(出征)한 사이 청혼을 한 남편의 형, 시아주버니 파제이 노인의 저주를 받으며 평생을 홀로 병들어 살고 있다. 바로 이런 할머니, 마트료나의 집에 화자 이그나티치가 하숙을 하기 위해 찾아든다.

화자는 스탈린 시대를 자신의 삶으로 증거하듯, 중앙 아시아 어딘가의 수용소에 감금되었다가 풀려난 자로 묘사된다. 독자는 이 화자가 정치범이었을 것으로 추정하며, 작가 솔제니친의 자전적 이야기란 것을 쉽게 감지할 수 있다. 남들은 새 시대를 맞아 도시로 도시로 좋은 일자리를 찾아 상경하지만, 화자는 되도록이면 도시와 '철로'에서 멀리 떨어진, '러시아의 심장부'에서 아이들을 가르치는 '선생' 자리를 얻고 싶어한다. 화자는 드디어 꿈에 그리던 교직을 얻어 마트료나가 사는 지역의 촌구석으로 부임하게 되는데, 이제 그녀의 집으로 들어와 동거하는 일에서부터 작품의 줄거리가 시작된다.

이렇게 해서 독자는 할머니 마트료나와 그의 동거인인 화자 이그나티치를 만나게 된다. 그런데 솔직히 이 작품을 읽고 난 나의 마음은 무겁고 침울하기까지 했다. 그리고 여러 번 다시 읽을 때마다 할머니를 위한 분향(焚香)의 마음으로 텍스트에 임하게 되는 자신을 마주하게 된다. 왜 그럴까? 여러 번 생각해 보았다. 오래지 않아, 그 이유를 명확하게 알게 되었다. 바로 할머니가 살아간 인생이 나를 이러한 마음으로 잡아끈 것이었다. 그리고 이내 그 마음은 경건함과 숭고함에 대한 이해에 이르게 되었고, 이런 감정의 핵심을 놓치고 싶지 않은 간절한 소망이 생겨났다. 궁극적으로 나는 솔제니친의 이 텍스트에 대한 이해와 그로부터 여물어진 나의 감정을 더욱 견고하게 붙잡고 싶었고, 나아가 내가 읽은 한국 현대 시인의 시에 의존하여 이 모든 기억을 기록해야겠다는 결연한 다짐에 이르렀다. 러시아 문학 텍스트에 대한 나만의 고유한 아픈 기억과 한 할머니의 인생에 대한 내 사랑의 결집이 바로 지금 쓰고 있는, 여러분에게 보이는 글이다.

이제 경건한 마음으로, 작품의 시간과 공간 속으로, 마치 영화 속 주인공이 되어 당시의 스크린 속으로 들어가 보자. 주인공 할머니를 만나고 싶은 심정으로 천천히 읽어 내려간다. 할머니가 지닌 최고의 가치는 삶을 관통하는 끊임없는 '노동'과 그녀가 지니고 있던 '미소'였다. 몸져누워 있어도 뭔가 도와 달라는 요청을 받으면 이내 언제 아팠냐는 듯 할머니는 병석에서 일어난다. 무보수로, 마치 자기 일을 하듯 이웃집의 일을 도와준다. 정말 한 번도 거절하지 않을 정도로 마트료나 할머니는 기쁨으로 헌신한다.

또한 할머니는 지고지순할 정도로 순박하고 착하다. 할머니가 사는 통나무집은 지은 지 25년이 넘은 아주 낡은 거처다. 러시아어로는 이즈바라고 하는데, 이는 러시아의 전통 농민 가옥을 일컫는 말이다. 할머니의 집은 너무 오래된 탓에 벽지 사이로 쥐와 바퀴벌레가 밤만 되면 노래를 할 정도로 득실거린다. 참다못한 화자가 자신이 근무하는 학교에서 봉사를 가지고 와 약을 치자고 제안하지만 할머니는 일언지하에 거절한다. 그렇게 하면 혹시라도, 불쌍히 여겨 데리고 와 키우는 절름발이 고양이가 쥐약을 먹고 죽을 수도 있지 않을까 염려하며 할머니는 한사코 약을 치자는 화자의 말을 듣지 않는다.

한번은 할머니 집에서 자그마한 화재가 났다. 할머니가 보여 준 첫 반응은 '불이야' 하고 소리친 것도 아니고, 자신의 가재도구를 모아 나온 것도 아니었다. 키우던 무화과나무 화분을 밖으로 내 던진 것이 바로 할머니가 보여 준 첫 반응이었다. 혹시나 연기에 질식할까 하는 걱정에 화분을 던진 것이었는데, 여기서 우리는 할머니가 식물조차도 인간 생명체와 같이 소중하게 여긴다는 것을 알 수 있다. 할머니의 심성과 실제 모습이 바로 이런 것이다. 그 누가 이런 할머니에게 죄가 있다고 말할 수 있을까? 내가 읽은 러시아 문학 작품 가운데 가장 충격적이고, 가슴 뭉클하게 다가온 구절이 바로 이 구절이다. '마트료나의 죄는 절름발이 고양이의 죄보다 가벼웠으리라. 고양이는 쥐라도 죽였으니까……'

기독교 신앙보다는 미신 같은 뭔가에 의지하며 평생을 살아온 할머니의 가슴 아픈 사연은 우리를 숙연하게 만든다. 주현절(主顯節, epiphany)이라고 하는 정교회 축일에 난생 처음 사원에 간 할머니는 성수를 받기 위해 가지고 갔던 주전자를 그만 분실하고 만다. 할머니의 주전자를 다른 사람이 훔쳐간 것이다. 그 흔하디흔한 집 안의 '성소(聖所)' 크라스니 우골에서 기도 한 번 하는 것을 본 적이 없다고 화자가 고백할 정도로 할머니는 기독교의 신실한 세계와 거리가 있어 보인다. 그러나 비록 화자의 입을 통해 할머니가 신실하고 종교심이 깊은 늙은이로 언급되지는 않았지만, 할머니의 선하심과 영적인 깨끗함은 어느 누구도 부정할 수 없을 것이다. 텍스트 곳곳에서 은둔자, 성실한 자로 언급되고 있을 뿐만 아니라, 믿음의 성도보다 더 고결하고 '이타적인' 삶을 보여 주고 있기 때문이다. 말 그대로 할머니는 단 하나의 죄도 짓지 않은, 깨끗한 삶을 사셨던 것이다.

그러던 할머니에게 생각지 않은 연금과 돈이 생겨, 200루블을 얻게 되는 일이 있었다. 할머니는 나중에 자신의 장례식에 사용할 수 있을지도 모른다는 생각에 그 돈을 두꺼운 동복 안주머니에 찔러 넣는다. 그런데 아뿔싸, 작품의 또 다른 탐욕의 화신인, 할머니의 세 자매가 곧바로 모습을 드러낸다. 마치 돈 냄새를 전부터 맡고 있었다는 듯이 말이다. 아니 분명히 작가는 탐욕스러운 세 자매의 내면을 고도로 섬세하게 드러내고자 이 장면 바로 다음에 세 자매가 등장하는 장면을 집어넣었을 것이다. 그런 것이 바로 문학의 플롯이요, 교묘한 모티프 설정이니까.

이어서 홀로 사시는 할머니의 가재도구와 특히 재산이 될 법한 그녀의 통나무 재목을 서로 차지하려고 아귀다툼이 벌어진다. 그것도 할머니가 버젓이 눈을 뜨고 있는 생존 시에 말이다. 사람이 죽고 난 후에 재산 타령을 해도 모자랄 판국에, 이기심으로 똘똘 뭉친 이 세 자매와 시아주버니 파제이 노인은 사위와 딸년을 대동하고 할머니 집의 큰 몫을 차지하려고 눈독을 들인다. 평생 할머니가 사시던 집이 박살이 나고 통나무들을 사람들이 빼앗아 가도 할머니는 이들을 제지하거나 항변하지 않고 오히려 도와준다. 이렇게 바보 천치 같은 분이 또 있을까? 이해할 수 있나요, 여러분은? 그러다가 철로에서 불의의 사고로 할머니는 죽게 되는데, 이 끔찍한 사건으로 할머니의 몸은 여럿으로 동강이 난다. 왼팔도 잘려 나갔다. 사람들은 그나마 오른팔이 붙어 있어 다행이라고 혀를 찬다. "기도라도 드릴 수 있으니까"라면서. 이렇듯 할머니는 철저하게 외로운 삶을 살았다. 죄 없는, 바보 같이 나누어 주는 이타적인 삶을 말이다.

이 사고가 나자 사람들의 이기심과 동물적 탐욕이 본격적으로 드러나기 시작한다. 이미 텍스트 후반부로 갈수록 이들의 야수성과 비인간성이 복선으로, 모티프로 깔려 있지만 말이다. 할머니가 동복 속에 주머니를 만들어 200루블을 넣던 그해 겨울, 스토리상 그 전에는 나타나지 않았던 세 자매가 할머니 집에 찾아든다.

우리의 가슴을 더욱 아프게 도려내는 장면은 다른 곳에도 있다. 할머니 마트료나와 평생을 가장 친하게 지냈다고 자부할 수 있는 옆집 아주머니 마샤는 할머니가 눈발이 날리던 그 추운 새벽에 철로에서 사망했다는 이야기를 화자에게 가장 먼저 알려 준다. 그러나 이 장면에서 마샤는 지금이 아니면 좋은 기회를 놓칠 것이라고 생각했는지, 생전에 마트료나가 입었던 스웨터를 자신이 가지고 가야겠다며 할머니의 장롱을 당당하게 뒤진다. 그 비통한 사고 소식을 전하던 자가 이제는 물욕을 노골적으로 드러내며 돌아가신 할머니의 옷이 자신의 것임을 강변하는 것이다. 마샤에게마저 몰인정한 취급을 당하며 스웨터를 빼앗기는 할머니, 어찌 눈물 없이 이 장면을 읽을 수 있을까?

사고 소식을 전하는 사람의 태도가 어찌 이리 야박하다 못해 비인간적일까! 그런 우리의 가슴에 한 번 더 아픔을 안겨 주는 기억이 있다. 사고가 나던 날, 할머니는 마치 자기들 재산인 양 통나무를 훔쳐 가는 이들을 돕다가 죽었다. 추운 날씨 때문에 할머니는 자신의 것이 아닌 솜옷 그러니까 화자 이그나티치의 솜옷을 얼떨결에 입고 나가 철로까지 목재를 손수 나르는 일을 돕는다. 이 과정에서 할머니는 화자가 출소할 때 가지고 나왔던, 애지중지하던 그 솜옷에 먼지를 묻히고 만다. 살짝 더러워진 것이다. "얼마나 더러워졌는지 알아요?"라며, 인정머리 없는 화자는 불쌍한 할머니에게 이때 딱 한 번 화를 냈다고 훗날 회상한다. 별것도 아닌 일에 화를 낸 것이다. 한 지붕 아래 할머니와 함께 살던 동거인이자 할머니의 성자와 같은 삶을 목격한 증인이었던 화자에게도 할머니는 사랑을 실천하는 사람이라기보다는 그저 푸념의 대상에 지나지 않았나 보다.

할머니를 둘러싼 인간들의 몰인정과 사랑 없음은 여기에 그치지 않는다. 할머니의 장례식 장면은 또 한 번 우리의 가슴을 아프게 한다. 마을 주민이 죽으면 응당 교회의 사제나 관련자가 정교회의 의례에 따라 장례를 집전하고 추도식, 출관, 입관 등 모든 예를 갖추어야 한다. 그럼에도 불구하고 이 마을의 사제는 아예 사원 밖으로 나오지도 않는다. 할머니 집에 가서 장례를 집전하지 않은 것은 물론이고 심지어 출관하는 일도 돕지 않았다. 오히려 관이 사원 장지에 도착할 때까지 손 하나 까딱하지 않은 채 실내에서 기다리고 있었다. 왜 그랬을까? 바로 비바람이 부는 날씨 탓이었다. 날씨가 좋지 않은 관계로 그가 사원 밖으로 나오지 않았다고 화자는 무덤덤하게 회상한다. 세상에 이래도 되는 걸까? 박복한 할머니의 최후는 마지막 순간까지 어느 누구에게도 사랑받지 못한 채 쓸쓸하게 인간의 기억 밖으로 빗겨 나간다. 예전에는 사랑한다고 뻔질나게 할머니의 집을 드나들며 구애를 하던 시아주버니 파제이 노인은 할머니의 장례식에 코빼기도 비추지 않았다.

사자(死者)를 앞에 두고 곡을 하는 장면에서는 인간 말종의 끝을 보게 한다. 불쌍한 마트료나 할머니의 삶이 이것밖에 안 되는 것일까? 할머니의 죽음을 애도하며 구슬프게 곡을 해야 마땅한 자리에서 사람들은 저마다 형식적으로 울고 있다. 다들, 이후에 자신이 챙길 할머니의 재산, 곧 통나무에만 관심이 있었던 터라 애도의 곡은 순전히 '정치적'인 모양새를 띨 수밖에 없었다. 때문에 화자는 러시아어 원본에서 이 장면을 놓치지 않고, 이들의 꼼수와 비인간적인 행태를 '정치'(politics의 러시아어 단어를 그대로 사용하고 있음)로 표현하고 있다. 인간 군상의 면모는 이렇게 형편없을 정도로 몰인간적이다.

할머니의 죽음은 사실 예견되어 있었다. 때마침 사건이 있던 날, 복선과도 같이 절름발이 고양이가 할머니의 집을 나간 것이다. 집을 나간 고양이의 목숨과 안위보다 할머니의 생명이 더 가치가 없나 보다. 할머니의 비극을 슬퍼하는 이도, 이후의 일을 걱정하는 이도 없었다. 이들은 자신들이 챙겨 갈 할머니 집의 통나무와 돈벌이가 되는 재산에만 온 마음이 빼앗겨 있었다. 아니 미쳐 있었다고 해야 바른 표현일 것이다.

할머니는 철저하게 구시대 사람이었다. 1950 - 60년대는 지금의 기준으로 볼 때 한참 지난 과거이긴 하지만, 할머니가 생존해 있던 당시의 소련 시대가 마트료나에겐 영 생경하고, 무엇보다 전통과 어긋나는 사회였던지라 할머니의 마음에 들 리 없었다. 화자가 출소할 때 가지고 나온 라디오를 들으며 할머니가 보인 반응이 무척 인상적이다. 새로운 기계가 발명되었다는 뉴스가 흘러나오자, 할머니는 낡은 옛것을 부정하고 너도나도 새것에만 관심을 두는 이 '기계 사회'가 썩 마음에 들지 않았던 것이다. 특히나 소비에트 당시의 음악에 대해서도 할머니의 입장은 매우 분명하다. 샬랴핀이 부르는 러시아 민요가 라디오에서 흘러나오자 곧바로 할머니는 정색을 하며, "우리 것이 아니여"라는 반응을 보인다. 외국풍으로 잔재주를 부리는 창법이 마음에 들지 않았던 할머니는 글린카식(式) 창법에는 전혀 다른 반응을 보인다. 이때 할머니는 "이것이 바로 우리 식이여"라며 흥이 나서 칭찬을 아끼지 않는다.

더욱이 화자가 신식 기계라 할 수 있는 카메라로 할머니를 찍으려 하는 경우에도 할머니는 몸을 움츠리고 만다. 화자가 가진 카메라의 렌즈는 원서에서 '차가운 눈'으로 표현된다. 인간미 없이 기계적인 기능으로 사용되는 카메라, 현대 기술의 집적과 당대 산업 시대를 표상하는 카메라를 보고 할머니의 마음이 편할 리 없다. 여러 차례 시도했지만 결국 화자는 할머니의 모습을 카메라에 담을 수 없었다. 유일하게 카메라에 담은 방적기 앞에서의 포즈를 제외하고 말이다. 그렇다. 실을 잣는 데 사용하는 방적기는 할머니가 시집올 때 가지고 오신 혼수품이 분명하다. 그 것은, 1917년 혁명 이전의 옛 전통과 할머니 자신의 시집살이를 말해 주는 중요한 상징으로서, 피붙이 하나 없는 할머니 집에서 대단히 아낌을 받았던 물건이기 때문이었을 것이다. 할머니는 방적기에 앉아 일하는 장면은 찍어도 좋다고 허락한다. 그때 할머니가 지어 보인 미소가 너무나도 아름다웠다고 화자는 고백한다.

우리가 꼭 기억해야 할 대목이 있는데 그것은 바로 할머니의 얼굴과 눈빛을 묘사하는 대목이다. '푸르른 하늘빛의 눈'이라고 묘사할 때의 하늘빛이란 다름 아닌 러시아 성상화, 즉 이콘의 주인공인 성자들의 눈빛을 말한다. '둥글둥글한 얼굴'이라는 표현 역시 러시아 농민의 이상적인 형상을 그릴 때 늘 등장하는 표현 양식, 곧 '클리셰(cliche)'와 같다.

이처럼 할머니의 외형은 철저하게 러시아 성인(聖人), 즉 이콘화의 주인공을 염두에 둔 상징성을 띠고 있다. 작품에 등장하는 모든 인물 중에서 유일하게 긍정적이고 러시아적인 풍모를 지닌 인물이 바로 비극의 참상에 놓인 할머니 마트료나이다. 왜냐하면 그런 비극에 처할 때 비로소 할머니의 성스러움과 헌신, 성자에 버금가는 삶이 돋아나기 때문이다. 이처럼 할머니의 삶은 성자의 그것, 즉 희생과 사랑을 몸으로 실천한 자의 삶을 표상한다. 평생을 검소하게 살았고, 단 하나의 물질도 남기지 않은 채 홀로 떠난 할머니의 삶은 이런 이유로 예수 그리스도를 상기시키기에 충분하다. 교묘하게도 작가는 할머니의 죽음과 장례식을 일요일에 설정함으로써 예수의 죽음과 부활을 병치시킨다. 살아 있는 성자, 자신의 삶으로 사랑과 희생을 실천한 '여자 예수 그리스도' 마트료나는 그리하여 물리적으로는 죽었으되 부활하고 있는 것이다. 작품 맨 마지막에 다음과 같은 구절이 나온다. "존경할 만한 사람이 없으면 마을은 성립하지 않는다. 거리도, 우리들의 지구 전체도." 이 얼마나 큰 울림이란 말인가? 할머니는 죽어서야 그 삶의 가치를 우리에게 영원히 남겨 놓았다. 마치 예수 그리스도와 같이.

할머니의 삶은 내게 이토록 크고 강한 울림을 주고 있다. 한 명의 육신이 이 땅에 왔다가 홀연히 사라진 것처럼 보이나, 실은 한 분의 위대한 영적인 선생이 이 땅에 오시어 인간의 이성과 머리로 잴 수 없는 엄청난 사랑과 흔적을 남겨 놓고 사라지셨다. 그런데 계속 귀에, 눈 앞에서 그분이 나타나신다. 그분은 죽지 않았다. 늘 살아 있다. 할머니는 오늘도 살아 있어 우리와 동행하며, 우리의 죽은 영혼을 밝게 비추시는 여자 예수 그리스도와 다를 바가 없기 때문이다. 텍스트에서 없어진 것은 인간의 탐욕으로 인해 송두리째 박살이 난 할머니의 집이다. 할머니가 평생을 사셨던 집과 통나무 목재는 사람들에 의해서 이미 생존 시에 부서지고 할머니로부터 멀리 달아나고 있었다.

할머니가 평생을 사셨던 '터전'(러시아어로 '드보르'라고 하며, 본 작품의 원제목과도 일치한다)은 인간의 욕심으로 짓밟혀 사라졌다. 작품의 스토리는 이것으로 끝이 난다. 그리고 맨 마지막의 구절은 할머니의 삶이 남긴, 결코 사라지지 않는 울림으로 우리의 귓가에 남아 있다. "이런 정의로운 자, 마트료나 할머니가 없다면 이 마을도, 거리도, 우리가 사는 지구 전체도 의미가 없을 것이다."

그런데 작품에 형상화되어 있는 주인공 할머니 마트료나의 삶이 내게도 전해지고 있다. 문학 속 인물의 삶이 텍스트의 시공을 초월하여 오늘날 2015년을 살고 있는 내게까지 생생하게 전해지고 있는 것이다. 그것은 바로 그녀의 삶이 몰고 온 엄청난 파장, 곧 영적인 위대함 때문이다.

나는 이렇게 호소한다. 청년 시절에 반드시 지니고 있어야 할, 반드시 알아 두어야 할 중요한 덕목이 있다. 그것은 바로 '되도록이면 물질로부터 벗어나 있어야 한다'는 것이고, '물욕으로부터 철저하게 자유로워야 한다'는 것이다. 다시 말해서, 이기심이 아닌 이타심으로 살아야 한다는 것이다. 인간의 에고이즘은 우리의 공동체, 사회, 나라, 이 세상 전체를 좀먹는, 정말로 나쁜 인자이다. 그것을 도려내야 한다. 돈, 물질은 우리의 생활에 필요하다. 하지만 그것은 인간성과 사랑을 넘어설 수 없다. 우선순위가 돈과 물질에 있으면 큰일 난다. 돈이 지배하는 세상에서는 인간적인 삶을 영위할 수 없을뿐더러, 머지 않아 우리의 영혼이 피폐해지고 잿빛으로 물들게 된다. 경계해야 한다. 정말이지 두려운 경계심으로 우리의 영혼을 지켜야 한다. 반대로 사랑과 헌신은 아무리 많아도 부족하지 않을 것이다.

그렇다면 청년 시절에 이 같은 마음의 자세를 어떻게 바르고 건강하게 유지할 수 있을까? 한 가지 여러분께 추천하고 싶은 것은 '시를 읽는 훈련'을 하라는 것이다. 그것은 시를 읽고 가슴으로 품는 작업이다. 시인이자 평론가, 독서광으로 잘 알려져 있는 장석주는 한 시집 평론 서문에서 이렇게 이야기한다. "시는 아무런 실용적 이득도 주지 않지만, 성찰의 빛으로 우리의 잿빛 영혼을 화사하게 만드는 바가 있다."[*] 그렇다. 사랑이 메마르고, 사랑을 모르는 세상에서 사람들은 저마다 사람과 사랑이 아닌

---

[*] 《누구나 가슴에 벼랑 하나쯤 품고 산다》, 장석주 지음, 21세기 북스, 2015, p. 6.

것에 온통 마음을 빼앗긴 채 살아간다. 엄밀히 말해서, 이것은 사는 것이 아니라, 이기심과 물질욕으로 지탱해 가는 동물의 삶과 다를 바가 없다. 시를 읽는다는 것은 자신을 알아 가는 과정이며, 이는 우리를 둘러싼 세상을 바라보는 따스한 마음과 영혼을 길러 준다. 다른 어떤 예술 장르도 줄 수 없는 파격과 혼의 전율을 시가 가져다주는 것이다.

이 작품을 대하면서 늘 동시에 떠오르는 시 한 편이 있다. 바로 2011년 여름, '광화문 글판'에 올라온, 시인 정현종의 〈방문객〉이다. 가로 20미터, 세로 8미터 크기의 글판이 주는 공감의 메시지는 소비와 광장, 권력과 중심, 수직의 도시성에 넘치는 빠른 시간, 인간 사이의 섬에서 인간의 보편적인 정서와 공감을 만들어 낸다. 그 많은 시간, 광화문에서 인사동으로 이어지는 쪽길과 종각 길을 거닐며 나는 시와 시가 남긴 진한 여운을 머릿속으로 그려 보기를 여러 번 하였다. 여러분과 같은 학창 시절에. 시의 일부를 인용하면 이렇다.

사람이 온다는 건
실은 어마어마한 일이다.
그는
그의 과거와
현재와
그리고
그의 미래와 함께 오기 때문이다.
한 사람의 일생이 오기 때문이다.*

---

* 정현종의 〈방문객〉《광휘의 속삭임》, 정현종, 문학과 지성사, 2008, p. 55).

첫 줄의 "사람이 온다는 건"이라는 구절이 마치 청천벽력처럼 나의 뇌리를 강타한다. 내가 태어나기도 전, 낯선 소비에트 시절의 할머니가 나의 현재 삶과 무슨 관련이 있을까? 나이가 들고 러시아 문학의 깊이와 보편성의 강한 영적 울림에 매료되어 가던 즈음, 솔제니친의 마트료나 할머니는 결코 이국(異國)의 할머니가 아니었다. 이 땅의 낮은 자, 선하다 못해 성스럽고 고결한 할머니의 삶에는 세계의 어떤 자들에게도 공감을 불러일으키는 힘이 들어 있다. 사랑과 헌신의 귀한 열매가 바로 그것이다. 정현종의 시 마지막 구절이 들려주는 것처럼, "한 사람의 일생이 오기 때문에" 한 사람의 탄생은 미래에 있을 엄청난 영향을 예견하여 보여 준다. 마트료나라는 문학적 인물은 텍스트의 공간을 뛰어넘어, 이 시대를 살아가는 나에게 요동치는 감동과 감화를 선물해 준다.

아우슈비치가 "인간성의 말살에서 만들어진 처참한 지옥"이라고 기록하면서, 시인 정호승은 최명란의 시 〈아우슈비치 이후〉를 쓸쓸하게 논한다. 최명란의 시 마지막 구절은 다음과 같다. "역사와 정치와 사랑과 관계없이 / 이 지상엔 사람이 없다 / 하늘엔 해도 없다 달도 없다 / 모든 신앙도 장난이다."* 시인의 목소리는 너무 냉소적이며 비참하기까지 하다. 인간 세상으로부터 더 이상 바랄 것이 없다는 자조의 침울함이 배어져 나온다. 마트료나 할머니가 살았던 소비에트 땅의 그 지역도 마찬가지였다. 그러나 그런 할머니의 삶이 내게 울림으로 다가왔다. 번개와 같이. 그리고 마트료나가 전하는 그 진한 감동을 가슴에 꾹꾹 눌러 새기고 싶어 이렇게 우리의 시와 견주어 본다.

"남겨진 글씨들이 고아처럼 쓸쓸하다"는 짧은 시구는 시인 김사인에

* 《이 시를 가슴에 품는다》, 정호승 엮음, 랜덤하우스, 2010, p. 128.

게서 가져온 것이다.* 자살한 자의 유서임을 말해 주는 이 글귀가 할머니의 철로 사건이 있기 전 사람들이 벌인 술판 장면을 내게 떠올렸기 때문이다. 사람들은 할머니의 철로 사건이 있기 바로 몇 시간 전만해도 마트료나의 집에서 술을 질펀하게 먹고 있었다. 그리고 이들이 떠난 술자리의 흔적은 놀랍도록 생생하다. 화자에게 할머니 집의 술판 광경은 '모두 죽어 있다'로 표현된다. 그들은 양심을 버리고, '죽은 채'로 나가서 영영 살아 있는, 성스러운 영혼의 소유자인 할머니를 육적으로 죽게 내버려 둔 사고의 책임자들이었다.

시인 정호승을 만나 보자. 무엇보다 정호승의 시에는 어머니가 많이 등장한다. 꼭 육의 친어머니가 아니어도, 주변의 아주머니, 일상에 비춰지는 '일하는 가난한 여인네들'이 모습을 드러낸다. 그 모습을 잊고 무시하는 마음에 단비를 내려 우리를 회개시키려는 듯이 말이다.

김선우 시인이 〈마흔〉이라는 시에서 "여기까지 시속 100킬로미터로 달려왔지만 / 여기서부터 나는 시속 1센티미터로 사라질 테다"라고 격하게 선언하듯이, 시인 정호승의 눈에는 쉽게 버려질 수 있는 약자들의 삶이 녹아들어 있다.** 그리고 아주 느리긴 하지만 모든 미물과 세상 약자들의 삶을 사랑의 시선으로, 서정성의 감성으로 포착한다. 지하철역 화장실 청소 일을 하시는 노근이 엄마, 장례식장에서 일하는 미화원 손씨 아주머니의 삶은 외면할 수 없는 우리의 아픈 현실이다. 〈노근이 엄마〉에서 시의 주인공 아주머니는 이렇게 말한다. "원래 변기는 더러운 게 아니다 / 사람이 변기를 더럽게 하는 거다 / 사람의 더러운 오줌을 / 모조

---

* 김사인의 〈유필〉(《가만히 좋아하는》, 김사인, 창비, 2015, p. 28).
** 김선우의 〈마흔〉(《나의 무한한 혁명에게》, 김선우, 창비, 2013, p. 61).

리 다 받아 주는 / 변기가 오히려 착하다 / 너는 변기처럼 그런 착한 사람이 되거라……."*

시인 김사인에게도 우리 사회의 낮은 자들은 사랑의 눈에 들어와 있다. 독거 노인에서부터 노숙자에 이르기까지, 그냥 두면 우리의 가슴이 시릴 수밖에 없는 이들을 그냥 흘려보내지 못 한다. 폐지를 주워 일용할 양식을 자급하는 할머니와 골목을 거세게 달리는 고급 승용차의 대비는 이렇게 우리의 가슴을 아프게 한다. "차가 지나고 나면 / 구겨졌던 종이 같이 할머니는 / 천천히 다시 펴진다."**

내가 마트료나 할머니의 삶을 상상할 때마다, 이 작품을 대할 때마다 분향하는 마음, 겸허하고 숙연한 마음이 생기듯, 시인 정호승의 체험에서는 어머니, 할머니의 모습이 유달리 두드러진다. 바다에서 나는 새우를 볼 때마다 느끼는 시인의 정서는 우리의 마음을 후벼 파기에 충분하다. 그리고 그는 "새우를 먹으면 죄송스럽다"며 〈새우〉라는 시를 시작한다. 이유인즉, 화자에게 새우는 등이 굽을 정도로 평생을 일하며 외롭게 ~~보냈을 연로하신~~ 할머니의 등을 연상시키기 때문이다. "아들과 남편을 ~~풍랑에~~ 잃고 / 등이 굽을 때까지 / 평생을 바닷가에 사신 할머니가 죽어 / 새우가 되신 것 같아 / 새우를 먹으면 죄송스럽다"고 고백하는 시인의 감성에서 우리는 감성을 넘어 현실의 고백과 다름없는 독자의 동의를 이끌어 내고 있음을 발견한다.***

이제 솔제니친의 중편이 남기고 있는 텍스트의 제목에 집중하도록 하자. 《마트료나의 집》으로밖에 번역할 수 없음에 안타까움을 금할 수 없

---

* 정호승의 〈노근이 엄마〉(《풀잎에도 상처가 있다》, 정호승, 열림원, 2009, p. 26).
** 김사인의 〈바싹 붙어서다〉(《어린 당나귀 곁에서》, 김사인, 창비, 2015, p. 12).
*** 정호승의 〈노근이 엄마〉(《풀잎에도 상처가 있다》, 정호승, 열림원, 2009, p. 73).

다. 영역되어 출판된 대부분의 영문 제목에는 'House'라는 단어를 러시아어 드보르의 번역어로 표기하고 있다. 내가 봤을 때, 러시아어의 '드보르'는 이러한 물리적 개념의 집(house)이 아니다. 그렇게 작고 구체적인 단위도 아니고 또 스토리에서처럼 낱개로 해체될 수 있는 것도 아니다. 이는 오히려 그럴 수 없는 추상적 개념의 '터전'으로 봐야 옳다. 그러니까 마트료나 할머니가 평생을 같이 했던 그분의 '영적인 터전'인 것이다. 때문에 작품의 제목 《마트료나의 집》은 현상적으로 해체된 할머니의 집을 의미하기보다는 '할머니의 영적인 터전' 그 자체를 표상하는 것으로 봐야 옳을 것이다. 할머니의 터전이 욕심 많은 자들에 의해 송두리째 분쇄되는 과정을 그린 것이 바로 솔제니친의 중편이다.

관련도 없는 먼 비평가의 난해한 객언 몇 줄을 빌려오느니 차라리 위에서 언급한 장석주 비평가의 촘촘하면서도 편안한 표현을 가져오고 싶다. 장석주에게 집이란 "사람이 장소와 관련해서 겪는 경험들의 중심 공간"이다. 나아가 집은 "요람이고, 나날이 이루어지는 삶의 의미를 갱신하는 자궁일 뿐만 아니라, 정체성의 토대를 이루는 근원 공간"이다.* 바로 이 때문에 할머니 마트료나의 터전이 없어진 것이 가슴이 쓰릴 정도로 아프고, 슬프게 내 가슴에 남는다. 하지만 우리의 소설 화자는 나처럼 통한의 눈물을 보이는 자들을 위로라도 하듯, 맨 마지막 구절에서 울림을 남기고 있다. 이런 할머니와 같은 '정의로운 자가 없으면 이 세상의 존재 가치가 없다'고 말이다.

우리의 삶이 묻어나는 곳, 정체성과 기억이 고스란히 숨어 있는 곳이 형체를 알아볼 수 없을 정도로 난도질되었다. 이기적인 자들의 도끼와

---

* 《누구나 가슴에 벼랑 하나쯤 품고 산다》, 장석주, op cit., p. 295.

인정머리 없는 인간들의 물욕 때문에. 그러나 비참하게 동강 난 할머니의 시체 중 유일하게 남은 오른팔과 그녀의 환한 얼굴 모습에서 우리는 희망의 끈을 발견한다. 화자가 말하고자 하는 '지구를 상대로 한 메시지'가 울려 퍼진다. 정호승의 시에 줄곧 등장하는 힘없는 자들의 일상, 김광규 시인의 날카로운 일상의 흔적들, 장석주 비평가가 놓치지 않는 섬세한 약자들의 옹호, 이 모든 것이 어우러져 우리의 검게 문드러진 잿빛 영혼을 따스하게 해 준다.

그나마 다행스럽게 여겨지는 것은, "이유 없는 슬픔이 / 가장 견디기 힘든 법"이라고 쓴 폴 베를렌(Paul-Marie Verlaine: 1844 – 1896)의 우울한 감수성과 달리 우리는 할머니 마트료나의 죽음이 비록 비극적이지만 그 의미는 결코 슬프지 않다는 역설의 희망을 발견하기 때문이다.*

정호승 시인은 〈봄비〉에서 나직하게 노래한다. 강퍅한 우리 마음에 꽃씨 한 톨 심어 보련다고 말한다. 아주 미미하지만 우리의 회색빛 가슴속에 뿌리내린 씨앗이 있어 희망의 끈을 놓지 않는다. 시인은 이렇게 노래한다. "어느 날 / 썩은 내 가슴을 / 조금 파 보았다 / 흙이 조금 남아 있었다 / 그 흙에 / 꽃씨를 심었다 / 어느 날 꽃씨를 심은 내 가슴이 / 너무 궁금해서 / 조금 파 보려고 하다가 / 봄비가 와서 / 그만두었다."**

시인 정호승의 단호한 선포가 분명하게 울려 퍼진다. 〈꽃과 돈〉에서 시인 정호승은 결단을 내린다. 어느덧 중년을 훌쩍 넘겼을 시적 화자는 지난 세월을 한탄하듯, 이제 자신이 걸어가야 할 길에 대해, 특히 돈으로부터 자유로워지고, 돈을 버릴 만반의 준비와 각오에 대해 이야기한다.

---

* 허연의 〈거리에 조용히 비가 내린다〉(《내가 시가 된다는 것》, 허연, 서울: RHK, 2015, p. 62).
** 정호승의 〈봄비〉(《내가 사랑하는 사람》, 정호승, 열림원, 2014, p. 217).

인간적 이기주의와 물욕에 대한 과감한 결연의 울림이 넘친다. 이는 내
게, 살아생전 할머니 마트료나의 죽음을 몰고 온 탐욕의 화신들에게 보
내는 일종의 경고로 읽혀진다. 이들은 영적으로 피폐하고 아둔하여, 아
래의 시를 이해할 수 없을 정도로 타락해 있다. 그러나 여러분은 그러지
말아야 한다. 이 사랑 없는 시대에, 여러분은 물질로부터 벗어나야 한다.
그래서 나는 정호승 시인의 시를 인용하여 여러분에게 호소하는 바이다.

"돈을 벌어야 사람이
꽃으로 피어나는 시대를
나는 너무나 오래 살아왔다.
돈이 있어야 꽃이
꽃으로 피어나는 시대를
나는 죽지 않고
너무나 오래 살아왔다.
이제 죽기 전에
내가 마지막으로 해야 할 일은
꽃을 빨래하는 일이다.
꽃에 묻은 돈의 때를
정성들여 비누질 해서 벗기고
무명옷처럼 빳빳하게 풀을 먹이고
꽃을 다림질 하는 일이다.
그리하여 죽기 전에
내가 마지막으로 해야 할 일은

돈을 불태우는 일이다.
돈의 잿가루를 밭에 뿌려서
꽃이 돈으로 피어나는 시대에
다시 연꽃 같은
맑은 꽃을 피우는 일이다."*

그림자를 일컬어 "내가 만난 서정성이 가장 짙은 거울"로 본 시인 함민
복의 구절이 떠오른다.** 《마트료나의 집》이 들려주는, 할머니 집에 한
평생 저주처럼 걸려 있던, 시아주버니 파제이 노인의 저주는 어두운 그
림자였다. 여기에는 애상의 서정성도 없고, 삶의 애절한 사랑의 여운도
없다. 할머니의 삶을 옥죄는, 그리하여 가위에 눌리듯, 염력을 걸듯, 할
머니의 불운한 평생을 예견이라도 하듯 할머니를 따라다녔던 우울하고
섬뜩한 탐욕의 저주만이 드리워져 있다.

그럼에도 우리가 발견한 것은 이런 비극적인 결말의 그림자에서 강하
디강한, 영적인 울림과 빛이다. 할머니와 같은 분이 계시기에 이 세상은
아직 아름답다. 비양심적이고, 동물이라고밖에 할 수 없는 이 세상을 밝
게 비추는 인간 성자의 삶은 그 자체로 고결하고 아름답다. 도스토옙스
키가 평생을 통해 '아름다움이 세상을 구원하리라'라고 본 바로 그 결정
체를 우리는 거의 일 세기가 지난 후 솔제니친의 중편에서 메아리로 듣
는다.

우리는 이제 할머니 영혼의 먼 발치라도 밟으며 맑은 정신을 유지해야

---

* 정호승의 〈꽃과 돈〉(《이 짧은 시간 동안》, 정호승, 창비, 2013, pp. 90-91).
** 함민복의 〈달〉(《눈물을 자르는 눈꺼풀처럼》, 함민복, 창비, 2014, p. 11).

한다. 시를 통해서. 시를 읽어야 한다. 물질에서 자유로울 수 있도록 영혼을 지켜야 한다. 그 처절하고 진지한 노력은 시와 함께 가능해질 것이다. 할머니의 삶을 애통해하며 주저앉으면 안 된다. 가슴 아파하며 그 자리에 머물러서는 아무 일도 일어나지 않고, 아무 변화도 일어나지 않는다. 시를 읽으며 승화된 영혼으로 이 척박하고 사랑 없는 몰인정한 사회에 생명의 씨앗을 심어야겠다. 속 가슴이 저도 모르게 더욱 딱딱해지고 속세의 눈꺼풀에 우리의 영혼이 희미해지기 전에 해야 한다. 마트료나 할머니의 영혼이 언제나 우리 곁에서 살아 숨 쉴 수 있도록 우리가 지켜가야 한다. 우리의 맑은 영혼이 그것을 지킬 수 있다. 시를 읽는 일부터 시작하자. 우리는 물질에 대한 욕구로부터 벗어날 수 있다. 에고이즘을 우리의 가슴 속에서 벗겨 내자. 여러 편의 시가 노래하듯, 절규하고 토로하듯, 돈과 계급이 금수저 역할을 한다며 마치 '견고한 신화'인 양 떠들어 대는 오늘날의 이 타락한 세상을 치유하고 구원할 수 있는 것이 바로 시일 것이다. 왜냐하면 가장 본질적인 의미에서 시인이란 "자기 삶의 가장 순결한 형식으로 시를 섬기는 사람"이기 때문이다.*

　이제 마지막으로, 탐욕과 이기심으로 가득 찬 우리의 모습을 되돌아보게 하는 시 한편으로 이 글을 마칠까 한다. 하종오 시인은 〈새가 먹고 벌레가 먹고 사람이 먹고〉라는 시에서 한 농부의 입을 빌어 소박해져야 할 인간의 삶을 노래한다. 이 시의 마지막 구절을 읽고 양심이 흔들리기를 간절히 바란다. 적어도 우리의 탐욕이 일시적으로나마 들추어져 스스로 부끄러워지는 시간이 되기를 바란다. 마트료나 할머니의 삶에서 우리가 받은 교훈과 가치를 영원히 새기는 일은 진정 어린 공감

---

* 《시를 어루만지다》, 김사인, 도서출판 b, 2015, p. 17.

과 자그마한 실천에서부터 가능해진다. 그것은 우리의 영혼이 새롭게
되고 때에 찌든 우리의 가슴이 치유되는 순간, 바로 무욕의 삶에서부터
비롯된다.

새가 먹고 벌레가 먹고 사람이 먹고
요렇게 씨 많이 뿌리면 누가 다 거둔대요?
새가 날아와 씨째로 낱낱 쪼아먹지.
요렇게 씨 많이 뿌리면 누가 다 거둔대요?
벌레가 기어와 잎째로 슬슬 갉아먹지.
요렇게 씨 많이 뿌리면 누가 다 거둔대요?
나머지 네 먹을 만큼만 남는다.*

작가와 작품

알렉산드르 이사예비치 솔제니친
(1918 - 2008). 10여 년간의 수용소 옥고를
치르면서 반정부 지식인, 소비에트 반체
제 작가로 널리 알려지게 된 솔제니친은
1970년 노벨 문학상을 수상하였다. 1973
년, 유형지에서의 잔학상을 폭로하는 장
편 《수용소 군도》를 집필하여 서방으로 강

* 《이 시를 가슴에 품는다》, 정호승 엮음, op cit., p. 72.

제 추방당하는 수모를 겪은 후 미국에서 체류 생활을 시작한다. 소연방 해체 후인 1994년에 러시아로의 영구 귀국 허락을 받아 입국하였고, 98년에는 당시 대통령 보리스 옐친의 훈장을 거부하기도 하였다. 20세기의 도스토옙스키란 별칭을 얻었으며 동시에 인간의 영혼과 슬라브적인 정신, 특히 러시아적 전통과 정신 세계의 후계자로 평가받으며 살아 있는 지성, 러시아의 지성이라는 호칭을 얻고 있다.

하지만 그동안 이렇게까지 자신이 더러운 영혼이 된
적은 결코 없었다. 양심이 요구하는 바와
현실 생활 사이에 괴리가 이렇게까지 심대했던
적은 결코 없었던 것이다.
그는 이 괴리를 깨닫고 몸서리를 쳤다.

진정한 용서의 길

이강은

레프 톨스토이의 《부활》* 중에서

'부끄럽고 역겨운 일이다. 역겹고 부끄러워.' 네흘류도프는 집으로 가는 낯익은 거리를 터벅터벅 걸으며 이렇게 거듭 생각하고 있었다. 미시와 나눈 대화에서 느낀 답답한 감정은 아직도 가슴속에서 사라지지 않았다. 이렇게 말해도 좋을지 모르겠지만, 적어도 외적으로는 그녀에게 거리낄 만한 점은 하나도 없다고 생각했다. 아직 그녀에게 청혼을 하지도 않았고, 그녀를 구속할 만한 이야기는 암시적으로라도 한마디 한 적이 없다. 그러나 실제로는 그녀에게 접근했고 약속이나 다를 바 없는 행동을 하고 다녔다. 그런데 오늘 그녀와 결혼할 수 없다는 것을 확실히 깨달았던 것이다. '부끄럽고 역겨운 일이다. 역겹고 부끄러워.' 그는 미시와의 관계뿐 아니라 자신의 모든 행동에 대해서도 그렇게 느꼈다. '모든 것이 부끄럽고 추할 뿐이다.' 집에 도착하여 현관으로 들어서면서도 그는 거듭 이렇게 중얼거렸다.

---

* 추천 역서: 《부활》, 박형규 역, 민음사, 2003 / 《부활》, 이대우 역, 열린책들, 2010.

"식사 준비는 하지 않아도 되네." 뒤를 따라 식당으로 들어오는 코르네이에게 그가 말했다. 식당에는 식기와 차가 준비되어 있었다. "물러가 있게."

"알겠습니다." 코르네이는 이렇게 대답했으나 물러가지 않고 식탁을 치우기 시작했다. 네흘류도프는 그런 모습을 보고 불쑥 화가 치밀었다. 혼자 있게 좀 내버려 두면 좋으련만 사람들이 모두들 그의 뒤를 쫓아다니며 일부러 심술궂게 구는 것만 같았다. 코르네이가 식기를 들고 나가자 네흘류도프는 차를 한 잔 마시려고 사모바르가 있는 쪽으로 갔다. 그러나 아그라페나 페트로브나의 발소리를 듣고는 그녀와 마주치기 싫어 얼른 응접실로 자리를 피해 문을 걸어 잠갔다. 석 달 전 바로 이 응접실에서 어머니가 숨을 거두었다. 응접실에 들어서서 아버지의 초상화와 어머니의 초상화 앞에서 밝게 타오르는 두 개의 램프를 보자, 어머니의 임종 때 자기가 취했던 태도가 떠올랐다. 어딘지 부자연스럽고 꺼림칙했던 태도였다는 느낌이었다. 그것 역시 부끄럽고 역겨운 것이었다. 그는 어머니의 병세가 조금도 회복될 가망이 없었을 때 진심으로 어머니의 죽음을 바랐었다. 그것은 어머니가 고통에서 어서 빨리 벗어나길 원했기 때문이라고 스스로에게 변명해 봤지만, 사실은 어머니가 고통스러워하는 모습을 보고 싶지 않아서였다.

그는 어머니에 대한 즐거운 추억을 되살리기 위해 유명한 화가를 불러 5천 루블을 주고 그린 어머니의 초상화를 물끄러미 바라보았다. 초상화 속의 어머니는 가슴이 파인 까만 비단옷을 입고 있었다. 화가는 움푹 파인 가슴과 가슴 사이, 그리고 하얗게 빛나는 어깨와 목을 특히 정성껏 그린 것이 분명했다. 이런 점도 부끄럽고 역겨운 느낌을 불러일으켰다. 반라의 젊은 부인으로 그려진 어머니의 초상화는 뭔가 신성한 점이라곤 하나도 없었고 뭐라 말할 수 없는 혐오감마저 느끼게 했다. 게다가 석 달 전 바로 이 방에서 초상화 속의 젊은 부인이 미라처럼 깡마른 모습으로 이 방뿐 아니라 온 집 안에 지울 수 없는 죽음의 악취를 풍기며 누워 있었던 것을 생각하니, 초상화는 더욱 혐오스러운 느낌을 불러일으켰다. 그림을 바라보면 악취가 코를 찌르는 기분이었다. 임종 전날 어머니는 뼈와 가죽만 남은 거무스름한 손으로 그의 희고 튼튼한 손을 잡고 눈을 올려다보며 말했다. "미차, 내가 잘못한 일이 있더라도 너무 원망하지 마라." 병마에 시달린 어머니의 눈에는 눈물이 글썽였다. '참으로 역겹기 짝이 없군.' 그는 대리석처럼 하얗게 빛나는 아름다운 어깨와 팔을 드러낸 채 자못 자신만만한 미소를 던지고 있는 반라의 젊은 부인을 다시 힐끗 쳐다보고 중얼거렸다. 초상화 속에 노출된 가슴은 요즘 만나는 한 젊은 여자의 며칠 전 모습을 떠오르게 했다. 무도회에 입고 갈 야회복을 선보이고 싶다는 핑계로 밤에 그를 자기 집으로 부른 미시였다. 그녀의 아름다운 어깨와 팔이 역겨운 감정과 함께 머릿속에 떠올랐다. 잔혹한 과거를 가진 거친 야수 같은 그녀의 아버지와 재주 많은 미인이라는 의심스러운 평판을 얻고 있는 그녀의 어머니 등, 그 모든 것이 역겹고 수치스러웠다. 그야말로 부끄럽고 부끄럽고, 역겹고 역겨울 따름이었다.

'아, 안 돼, 안 돼!' 하고 그는 생각했다. '벗어나야만 해. 코르차긴 집안과 마리야 바실리예브나와 유산과 그리고 다른 모든 일들에서 벗어나야만 해. 자유롭게 숨을 쉬어야 돼. 외국으로 떠나자. 로마로 가서 그림 공부나 하자……' 그러자 새삼 자신의 재능에 대해 회의를 느꼈던 일이 떠올랐다. '상관없어. 숨이라도 자유롭게 쉬어야지. 일단 콘스탄티노플로 갔다가 나중에 로마로 가는 거야. 그러려면 배심원직에서 빨리 벗어나야

해. 아무튼 이 문제는 변호사와 함께 처리해야 되겠군.'

그런데 갑자기 그의 머릿속에 까만 사팔눈의 여자 죄수가 생생하게 떠올랐다. 아, 최후 진술을 할 때 얼마나 슬프게 울음을 터트렸던가! 그는 급히 꽁초를 재떨이에 비벼 끄고는 다시 새 담배를 꺼내 입에 물고 방안을 서성대기 시작했다. 그녀와 함께했던 옛 추억이 꼬리를 물고 기억 속에 되살아났다. 그녀와 마지막 밀회 때 사로잡혔던 걷잡을 수 없는 동물적 욕망과 욕망을 채운 뒤 느꼈던 허무한 감정이 떠올랐다. 흰옷에 푸른 띠를 두른 모습과 부활절의 이른 아침도 생각났다. '그래, 난 그녀를 사랑했어. 진실로 아름답고 순결한 마음으로 그날 밤 그녀를 사랑했어. 아니, 그 이전에, 그러니까 논문을 쓰려고 고모 집을 방문한 첫날부터 그녀를 사랑했던 거야!' 그러자 그 옛날 자신의 모습이 머릿속에 떠올랐다. 솟구치는 젊음으로 생명력이 충만했던 시절이 생생하게 떠오르자 그는 몹시 괴롭고 가슴이 답답해졌다.

그 시절 자신의 모습과 현재의 모습은 커다란 차이가 있었다. 그것은 교회에서 기도를 드리던 당시의 카튜샤와 오늘 재판을 받은, 상인을 상대로 술을 팔고 마시는 창녀 카튜샤와의 차이만큼이나 커다란 것이었다. 당시 그는 앞길이 창창한 대담하고 자유로운 청년이었다. 그러나 지금은 아무런 목적도 없는 어리석고 공허한 생활의 굴레에 갇혀 출구를 찾지 못하는, 아니 출구를 찾지도 않는 인간이었다. 지난날 한때나마 그는 강직함을 자부하며 오직 정직만을 신조로 삼았고 실제로 늘 바르게 살았다. 그러나 지금은 온통 거짓 속에, 무서운 거짓 속에, 그의 주변 사람들은 모두 진실이라고 여기는 그런 거짓 속에 갇혀 있다. 그는 이런 위선에서 벗어날 수 없었고 그 출구를 찾지 못하고 있었다. 심지어 그런 생활에

물들고 익숙해져 그에 만족하며 안일하게 살고 있었다.

마리야 바실리예브나와의 관계를 끊고 그녀의 남편이나 그 자식들 앞에서 떳떳해질 수 있는 길은 없을까? 미시와의 관계까지도 시원하게 정리해 버릴 길은 없을까? 토지의 사적 소유는 부당하다는 생각과 어머니의 영지를 상속받는다는 사실 사이의 모순에서 어떻게 하면 빠져나올 수 있는가? 카튜샤에게는 어떻게 속죄할 수 있을까? 이대로 내버려 둘 수는 없는 일이다. '사랑했던 여자를 버릴 수는 없다. 변호사를 사서 억울한 판결에서 구하는 것만으로는 안 된다. 그때 내가 그녀에게 돈 몇 푼 쥐어 주고 내 의무를 다했다고 생각한 것처럼 또 돈으로 속죄할 수는 없는 일이다.'

그러나 복도에서 그녀를 쫓아가 붙잡고 돈을 억지로 쥐어 주고 도망쳤던 그 순간이 그림처럼 되살아났다. '아, 그 돈!' 그는 당시 느꼈던 그런 혐오감과 두려움을 다시 느끼며 그 순간을 떠올렸다. '아, 얼마나 역겨운 짓이냐!' 그때처럼 그는 소리 내어 말했다. '파렴치하고 더러운 놈이나 그런 짓을 하는 거다!' 그는 이렇게 말하며 걸음을 멈췄다. '내가 정말로…… 정말로 내가 더러운 놈이란 말인가? 아니라면 뭐야?' 그는 이렇게 반문했다. '어디 그뿐인가?' 그는 끊임없이 자신을 책망했다. '마리야 바실리예브나나 그녀의 남편에 대한 나의 태도는 역겹고 비열하지 않단 말인가? 재산에 대한 나의 태도는 또 어떻고? 어머니로부터 물려받은 유산이라는 구실로 부당한 부를 마음껏 누리고 있지 않은가! 게으르고 추잡하게 말이다. 그중에서도 최고는 내가 카튜샤에게 저지른 짓이다. 파렴치하고 더러운 놈! 다른 사람들이 나에 대해 뭐라고 부르든 상관없다. 그들을 속일 수는 있어도 내 자신을 속일 수는 없다!'

최근 들어 사람들에게 느꼈던 혐오감, 특히 오늘 공작이나 소피야 바실리예브나나 미시, 그리고 코르네이에게 느꼈던 혐오감이 다름 아닌 자기 자신에 대한 거부감에서 비롯되었다는 점을 그는 문득 깨달았다. 그리고 놀라운 것은, 자신의 비열함을 인정하는 이 감정 속에 고통과 동시에 뭔가 기쁘고 편안한 감정이 공존한다는 느낌이었다.

살아오는 동안 네흘류도프에게는 스스로 '영혼의 정화'라고 불렀던 현상이 여러 번 일어났었다. 아주 오랫동안 내면의 삶이 정체되고 지체되었을 때 갑자기 그것을 인식하고 정체의 원인이 된 모든 찌꺼기를 영혼 속에서 단숨에 깨끗이 씻어 낼 때 그는 그것을 영혼의 정화라고 불렀다.

이런 각성을 하고 나면 언제나 네흘류도프는 생활신조를 다시 세우고 그것을 영원히 지켜 나가겠다고 결심하곤 했다. 그는 일기를 쓰며 앞으로는 결코 어기지 않으리라 다짐하고 생활을 일신했다. 그러나 그는 매번 세상의 유혹에 휘말려 자신도 모르는 사이에 다시 타락했고 그때마다 더욱 깊은 수렁으로 굴러 떨어지곤 했다.

이런 식으로 그는 몇 번이나 자신의 영혼을 정화하고 다시 일어서곤 했다. 여름 방학 때 고모 집을 방문하던 당시가 그 첫 번째 시기였다. 그때의 각성은 가장 생생하고 감동 어린 것이었다. 그리고 그 결과도 상당히 오래 지속되었었다. 두 번째 각성이 일어난 것은 전쟁이 벌어졌을 때 문관직을 그만두고 목숨을 바칠 각오로 군에 들어갔을 때였다. 그러나 거기서 그의 각성은 금세 쓰레기가 되고 말았다. 그 다음에는 군대에서 나와 외국에서 그림 공부를 할 때 세 번째 각성이 일어났었다.

그 후로 오늘날까지 오랫동안 그는 영혼의 정화를 하지 않고 지내왔다. 하지만 그동안 이렇게까지 자신이 더러운 영혼이 된 적은 결코 없었다. 양심이 요구하는 바와 현실 생활 사이에 괴리가 이렇게까지 심대했던 적은 결코 없었던 것이다. 그는 이 괴리를 깨닫고 몸서리를 쳤다.

그 괴리가 너무 심대하고 너무 지독하게 오염되어 있었기 때문에, 처음에 그는 자신의 영혼이 정화될 가능성이 없다고 생각하며 절망에 빠졌다. '나 자신을 완성해 더 나은 사람이 되고자 벌써 많이 시도해 보았지만 아무것도 된 게 없잖아.' 유혹의 목소리가 마음속에서 속삭였다. '더 무얼 해보겠다고? 너만 그런 것도 아니고, 모두 다 그렇잖아. 인생은 그런 거야.' 유혹의 목소리가 계속 이어졌다. 그러나 오직 진실하고 전능하며 영원한, 자유로운 정신적 존재가 이미 네흘류도프의 내부에 깨어나고 있었다. 그는 그 존재를 믿지 않을 수 없었다. 지금 있는 모습과 그가 바라는 모습 사이에 괴리가 아무리 크다 해도, 눈을 뜬 정신적 존재인 그에게는 모든 것이 가능해 보였다.

'어떤 대가를 치르더라도 나를 옭아매고 있는 이 거짓과 위선을 떨쳐 버려야 한다. 모든 것을 인정하고 모두에게 진실을 고백하고 진실을 행해야만 한다.' 그는 단호하게 말했다. '미시에게 진실을 말하자. 나는 타락한 자이고 결혼할 자격도 없고 괜히 괴롭히고 있을 뿐이라고 말하자. 마리야 바실리예브나(귀족회의 의장의 부인)에게도 말하자. 그런데 사실 그녀에겐 더 이상 할 말이 없다. 그렇다면 남편에게 말하자. 내가 비열한 놈이고 당신을 기만했다고 말이야. 유산도 진실에 따라 처분하자. 카튜사에게도 내가 비열한 놈이고 정말 잘못했다고 고백하자. 그리고 그녀의 운명을 덜어 주기 위해 할 수 있는 모든 일을 다 하자. 그래, 그녀를 만나서 용서를 빌자. 그래, 어린애가 빌듯 그렇게 용서를 구하자.' 그는 걸음을 멈췄다. '필요하다면 그녀와 결혼이라도 하자.'

그는 소년 시절에 그랬던 것처럼 제자리에 멈춰 서서 가슴에 손을 얹고 고개를 들어 허공을 바라보았다. 그리고 누군가를 향해 이렇게 중얼거렸다.

'주여, 저를 도와주시고 인도해 주소서. 제게 임하시어 저의 온갖 더러움을 깨끗이 씻어 주소서.'

그는 기도했다. 그는 하느님께 도움을 청하고 그에게 임하시어 죄를 씻어 달라고 간청했다. 그때 그의 소망은 이미 이루어졌다. 그의 내면에 잠들어 있던 신이 그의 의식 속에서 깨어난 것이다. 그는 새로운 자신을 느꼈다. 자유와 용기와 삶의 기쁨이 샘솟는 것 같았고, 선의 전능함이 몸으로 느껴졌다. 사람이 할 수 있는 가장 최고로 훌륭한 일을 뭐든지 이제 그 자신이 해낼 수 있다고 느껴졌던 것이다.

스스로에게 이렇게 말하는 동안 그의 눈에는 눈물이 고이기 시작했다. 그것은 선한 눈물인 동시에 사악한 눈물이었다. 선한 눈물인 까닭은 최근 몇 년간 그의 마음속에 잠들어 있던 정신적 존재가 깨어났다는 기쁨의 눈물이었기 때문이며, 사악한 눈물인 까닭은 자기 자신에 대한, 자신의 선함에 대한 감동의 눈물이었기 때문이다.

몸이 뜨겁게 달아올랐다. 그는 창문 앞으로 다가가 문을 열었다. 창은 정원 쪽으로 나 있었다. 달빛이 흐르는 고요하고 신선한 밤이었다. 거리에서 마차 바퀴 소리가 들려오는가 싶더니 다시 고요해졌다. 창문 바로 아래 말끔하게 비질한 마당의 모래 위에 잎이 다 떨어져 버린 키 큰 포플러의 이리저리 뻗은 가지들의 그림자가 또렷하게 그려져 있었다. 왼편에는 헛간 지붕이 밝은 달빛을 하얗게 받아 내고 있었다. 앞쪽에는 나뭇가지들이 서로 뒤엉켜 있고 그 너머에는 울타리의 검은 그림자가 드리워져 있었다. 네흘류도프는 달빛에 빛나는 정원과 지붕과 포플러의 그림자를 바라보며 맑고 상쾌한 밤공기를 들이마셨다.

'아, 좋다! 아, 참 기분이 좋구나! 정말 좋아.' 그는 영혼 속에 일어난 일을 이렇게 토로했다.

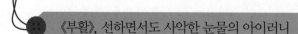

《부활》, 선하면서도 사악한 눈물의 아이러니

우리가 읽은 부분은 주인공 네흘류도프 공작이 자신이 저지른 도덕적 죄를 참회하는 순간이다.

네흘류도프는 젊은 시절 카튜샤를 유혹해 사랑을 나눈 뒤 군에 입대하여 멀리 떠난다. 군에서 제대한 후 그는 카튜샤에 대해 완전히 잊고 살았는데, 어느 날 법정 배심원으로 참석했다가 살인죄로 기소된 카튜샤를 만난다. 카튜샤는 네흘류도프가 떠난 후 그의 아이를 낳았고, 그로 인해 온갖 수모와 곤욕의 삶을 살았지만 아이는 죽고, 급기야 술집에서 몸을 팔아야 하는 신세가 되었다. 그러다가 술에 취한 손님에게 술집 주인이 건네준 음료를 마시게 하여 독살했다는 누명을 쓴다. 카튜샤는 다만 술에 취해 괴롭히는 손님을 편하게 잠들게 할 수 있다는 말만 듣고 음료를 손님에게 마시게 했는데, 손님의 돈을 노린 주인의 음모로 독살 혐의를 뒤집어쓴 것이다. 네흘류도프는 카튜샤를 알아보고 그녀의 운명이 바로 자신의 죄로 인한 것임을 깨닫고 커다란 충격을 받는다.

네흘류도프가 카튜샤와 관계를 맺었던 것은 당대의 귀족들에게 거의 일상적인 일에 불과했다. 정교가 국교인 나라에서 당대 귀족들은 거리낌 없이 종교적 계율을 어겼을 뿐만 아니라 그런 짓을 젊은 시절의 자랑으로 생각했던 것이다. 하지만 젊은 시절부터 나름대로 정직하고 용감하고 진실한 삶을 동경하던 네흘류도프는 자신의 죄를 인정하며 당황하고 괴로워한다. 마침내 자신의 죄를 명백하게 인정하고 신에게 용서를 구하는 그의 눈에는 모든 것이 새롭게 보인다. 몇 달 전 돌아가신 어머니 초상화도 달리 보인다. 많은 돈을 주고 주문한 초상화는 '움푹 파인 가슴과 가슴 사이, 그리고 하얗게 빛나는 어깨와 목'이 성스럽기는커녕 혐오감만을 불러일으켰다. 결혼할 예정인 미시와의 관계, 귀족회장 부인과의 은밀한 관계, 어머니 유산을 둘러싼 문제 등 이제까지 당연하고 불가피한 것으로 보이던 것들 모두가 '추하고 역겨울' 뿐이다.

톨스토이는 신을 인간 생명의 본질이라고 말한다. 그리고 그 신은 이성으로 현현된다. 초월적이거나 신비적인 신이 아니라 구체적 생명과 구체적 이성 속에 신이 존재하는 것이다. 자신의 죄를 뉘우친 네흘류도프가 마음속의 신으로부터 이미 용서를 받았다는 느낌을 받는 것은 바로 이런 톨스토이의 종교관을 반영한다. 네흘류도프의 정신적 모습은 바로 톨스토이 자신의 모습이기도 하다.

네흘류도프의 회개와 각성을 다룬 이 장면은 부끄럽고 추한 감정 상태에서 시작하여 '아, 좋다! 아, 참 기분이 좋구나! 정말 좋아.'라는 기쁘고 신선한 감정 상태로 마무리 된다. 네흘류도프의 심리적 변화 과정은 아주 세밀하게 그려져 있어 이 장면을 읽는 독자의 마음마저 아프게 빨아들이는 듯하다. 그런데 이런 정서적 동화에도 불구하고 뭔가 마음에 걸리는 게 남아 있다는 느낌을 지울 수가 없다. 뭘까, 분명 네흘류도프는 죄를 고백하고 신으로부터 용서를 구하고 이제 새로운 삶으로 나아갈 것 같은 밝은 희망을 보여 주고 있는데…….

톨스토이는 작가 자신과 네흘류도프의 감정, 독자의 감정을 하나로 묶어 주다가 슬며시 혼자 빠져나온다. 그리하여 독자도 왠지 개운치 않은 뒷맛을 느끼게 된다. 아마도 그것은 톨스토이가 네흘류도프의 눈물을 너무나 잔인하게 분해해 버리기 때문이 아닐까? 네흘류도프의 눈물은 선하면서 악하다. 분명 네흘류도프의 감동의 눈물은 자신의 삶을 개선하고 정화해야 한다는 내면의 감정의 발로였다. 그러나 다른 한편 그것은 자신의 선량함에 대한 만족감이라는 사악한 눈물이기도 했다. 선하면서 사악한 눈물, 이 아이러니는 대체 무엇이란 말인가?

오른손이 한 일을 왼손이 모르게 하라는 성경의 말씀이나 보시를 하고 보시를 했다는 생각을 버릴 것이며, 또 버렸다는 생각조차 거듭 버리라는 부처의 가르침이 떠오른다. 네흘류도프의 회개와 용서 속엔 여전히 자신에 대한 사랑이, 자기만족의 이기심이 자리 잡고 있음을 톨스토이는 여지없이 묘파해 낸다. 주관적인 회개와 반성만으로는 아직 진정한 용서의 길이 열리는 것은 아니라는 뜻이리라.

자신의 죄를 인정하고 깨닫는 것만으로 이미 용서가 이루어졌지만 진정한 용서는 더욱 완성된 실천을 통해 이루어진다. 네흘류도프의 각성은 아직 여린 싹에 지나지 않아서, 그것이 과연 건강한 나무로 자랄 것인지 여부는 알 수 없다. 과연 이런 각성 후에도 네흘류도프는 여러 상황에서 여전히 머뭇거리고 갈 길을 몰라 방황한다. 그런 매 순간마다 스스로를 이성적으로 돌아보고 올바른 판단을 해 나가면서 네흘류도프의 각성은 더욱 완성되어 간다. 그는 카튜샤의 현실적 상태를 이해하고 인정하면서 있는 그대로 받아들이기 시작한다. 그리고 감옥과 수형 제도의 부당함에 대해 항의하고 시정하기 위해 다방면의 노력을 기울인다. 자신에게 가해지는 귀족들의 불편한 시선을 감당하면서 네흘류도프는 자신의 모든 생활을 다시 점검하고 바꾸어 나간다. 재산과 유산 문제도 합리적으로 해결하고 토지도 농민에게 절대적으로 유리한 방식으로 분배한다. 그리고 유형을 가는 카튜샤를 따라 시베리아로 떠난다. 시베리아로 가는 길에서도 네흘류도프의 새로운 삶은 계속 완성되어 간다. 귀족들과 관리들의 행태를 비판적으로 바라보고 종교와 신의 문제에 대한 새로운 시각도 형성된다. 자신의 청혼을 거절하고 시몬손이라는 정치범과 결혼하겠다는 카튜샤의 말에 잠시 마음의 동요를 느끼지만 그녀의 결정을 존중한다. 그리고 사회 혁명에 임하는 혁명가들의 영혼에 대해서도 이해의 폭을 넓힌다. 그렇게 네흘류도프는 자신의 죄를 참회하고 스스로 새롭게 부활함으로써 진정한 용서의 길을 걷게 되는 것이다.

톨스토이는 인생은 의미를 찾아가는 이성적 실천의 길이라고 생각한다. 한 순간 욕망에 빠질 수 있어도 그것을 반성하고 이겨내는 것, 그것을 위해 끊임없이 노력하는 것이 인생의 길이다. 인생의 성공 여부는 그 최후의 자기완성이 완전히 이루어졌느냐에 있지 않고 그것을 향해 나아가는 과정 자체에 있는 것이다.

작가와 작품

레프 톨스토이(1828 - 1910)는 《안나 카레니나》와 《부활》로 이미 세계적인 작가로 명성을 얻었다. 그러나 1880년대에 들어 《고백》을 통해 톨스토이는 문학은 선을 행하는 도구가 아니라며 소설 창작을 중단한다. 이후 톨스토이는 《인생론》, 《예술론》 등과 같은 에세이와, 《교의신학 비

판〉, 《그러면 무엇을 할 것인가?〉, 《나의 신앙》 등 종교적 저작에 주로 매달린다.

후기에 와서, 1899년 톨스토이는 다시 이 작품, 즉 《부활》을 창작한다. 무엇보다 이 작품을 쓰게 된 직접적인 동기는 이교도로 몰려 핍박받는 두호보르 교도의 해외 이주비 기금을 조성하기 위해서였다. 톨스토이는 자신에게 남아 있는 몇몇 소설과 《부활》의 저작권을 팔아 전액 이 기금에 헌납하였다.

《부활》은 톨스토이의 사상이 직접적으로 투영된 작품이다. 소설은 네흘류도프라는 귀족 청년과 카튜샤라는 평민 처녀 사이에 벌어진 도덕적 죄와 회개, 그리고 부활의 과정을 그리고 있다. 동시에 톨스토이는 이 소설에서 러시아의 법정과 감옥의 현실을 적나라하게 묘파하고, 러시아 정교회의 타락과 부정, 전제정부의 무능과 부패를 가차없이 폭로하고 있다. 수많은 장면들이 검열을 통과하지 못하고 삭제되기도 했다. 하지만 이 작품은 현실 비판과 고발로 가득 찬 사회소설이 아니다. 비록 톨스토이의 사상가다운 면모가 어느 작품보다 강하게 드러나 있지만, 톨스토이의 빼어난 분석과 묘사 능력은 이 작품에서도 여지없이 발휘되고 있다. 네흘류도프와 카튜샤의 아름다운 사랑의 장면이나 고뇌하는 네흘류도프의 내면, 유형지에서 죄수들이 살아가는 생생한 장면 등등 예술적으로도 이 작품은 이전의 대작들과 충분히 어깨를 겨루고 있다. 특히 《부활》은 문학의 예술성과 사상성을 어떻게 결합할 것인가를 보여주는 한 예로서 세계문학사의 문제작이다.

만나고 사귀고 헤어지고 했지만 단 한 번도
사랑하지 않았다.
뭐든지 다 있었으나 사랑만은 없었다.
그런데 자신의 머리가 희끗해지는 지금에서야
그는 진정으로 마땅한 사랑을 하게 되었다.
태어나서 처음으로.

우연한 만남,
밀회와 작별 그리고 재회

오원교

안톤 체홉의《개를 데리고 다니는 여인》* 중에서

Ⅲ

모스크바의 집에서는 이미 모든 것이 겨울식(式)이었다. 난로를 피웠고, 아이들이 학교에 갈 채비를 하고 차를 마시는 아침마다 유모는 잠깐씩 등불을 밝혔다. 이미 추위가 시작되었다. 첫눈이 내려 썰매를 타고 가는 첫날에 하얀 대지와 하얀 지붕을 바라보는 일은 즐겁고 숨 쉬는 일도 상쾌하고 기분 좋으며 이런 때에는 어린 시절이 문득 떠오른다. 서리를 맞아 하얗게 된 오래된 보리수나무와 자작나무는 온화한 자태를 풍겨 사이프러스와 종려나무보다 마음을 더 끌고 그 옆에 있으면 산과 바다는 생각하고 싶지도 않았다.

구로프는 모스크바 사람이었고, 그는 맑고 추운 날에 모스크바로 돌아왔다. 털외투를 입고 따뜻한 장갑을 낀 채 페트롭카 거리를 걸을 때나, 토요일 저녁에 교회 종소리를 듣고 있을 때면 얼마 전의 여행과 그가 머

---

* 추천 역서: 《개를 데리고 다니는 부인》, 안톤 체홉, 오종우 옮김, 열린책들, 2007.

물렀던 장소들은 모든 매력을 잃어 갔다. 조금씩 모스크바의 생활에 젖어들고 이미 하루에 세 가지 신문을 탐욕스럽게 읽으면서도 그는 원칙적으로 모스크바 신문들은 읽지 않는다고 말하곤 했다. 이미 그는 레스토랑, 클럽, 식사 초대, 기념식에 이끌렸고, 자기 집에 유명한 변호사들과 예술가들이 드나들고 의사 클럽에서 교수들과 카드놀이를 하는 것에도 기분이 우쭐했다. 이제 그는 고깃국 1인분도 거뜬히 먹어 치울 수 있게 되었다…….

한 달쯤 지나면 안나 세르게예브나도 희미한 기억 속으로 잦아들고 다른 사람들처럼 감동적인 미소를 띠고 아주 가끔 꿈속에 나타날 것으로 여겨졌다. 그런데 한 달 이상이 지났고 한겨울도 닥쳐왔건만 기억 속에서 안나 세르게예브나는 마치 어제 헤어진 것처럼 여전히 또렷하게 남아 있었다. 추억도 더욱 강렬하게 타올랐다. 저녁 정적 속에서 수업 준비를 하는 아이들의 목소리가 그의 서재로 들려오거나, 레스토랑에서 로망스나 피아노 연주를 듣거나, 벽난로에서 눈보라 소리가 윙윙거려도 기억 속에서 모든 것이 갑자기 되살아났다. 방파제에서 있었던 일도, 안개 낀 산 위에서의 이른 아침도, 페오도시야에서 온 기선도 그리고 입맞춤도. 그는 한참 동안 방안을 서성거리며 추억에 잠겨 미소를 짓곤 했는데, 그러다 추억은 공상으로 바뀌었고 상상 속에서 '지나간 일'이 '다가올 일'과 뒤섞였다. 안나 세르게예브나는 꿈에 나타나는 것이 아니라 어디든지 그를 따라다녔고 마치 그림자처럼 뒤쫓았다. 눈을 감으면 그녀가 생생하게 보였는데, 그녀는 이전보다 더 아름답고 젊고 사랑스러웠으며 그 자신도 그때, 얄타에서보다 더 멋지게 느껴졌다. 그녀는 저녁마다 책장에서, 벽난로에서, 방구석에서 그를 바라보았고, 그는 그녀의 숨소리와 부드러운 옷자락 소리를 들었다. 거리에서 그는 여자들에게 눈길을 보내며 그녀와 닮은 여자가 있지 않나 찾곤 하였다……

그리고 자신의 추억을 누군가와 나누고 싶은 강한 욕망이 이미 그를 괴롭히기 시작했다. 그러나 집 안에서는 자신의 사랑에 대해 말할 수 없었고 집 밖에서도 그럴 상대가 없었다. 이웃 사람들에게도, 은행에서도 그럴 수 없었다. 그런데 무엇에 관해 말해야 할까? 과연 그때 그가 사랑을 했던가? 과연 안나 세르게예브나와 그의 관계에서 아름답고 시적인 혹은 유익하거나 단순히 흥미로운 무언가가 있었던가? 그래서 사랑과 여자들에 대해 막연하게 얘기해야만 했고 따라서 아무도 뭔 일인지 알아채지 못했으며 단지 그의 아내만이 검은 눈썹을 실룩거리며 이렇게 말했다.

"드미트리, 당신에겐 멋쟁이 역할이 전혀 어울리지 않아요."

어느 날 저녁 의사 클럽에서 놀음 친구인 관리와 밖으로 나오다가 그는 참지 못하고 말했다.

"아시는지 모르겠지만, 얄타에서 제가 아주 매력적인 여인과 사귀었답니다!"

관리는 썰매를 타고 출발하다가 갑자기 고개를 돌려 이름을 불렀다.

"드미트리 드미트리치!"

"왜 그러시죠?"

"아까 당신 말이 맞았어요. 그 철갑상어는 냄새가 고약했어요!"

아주 일상적인 이 말이 웬일인지 갑자기 구로프를 화나게 했는데, 그 말은 굴욕적이고 불결하게 느껴졌다. 얼마나 야만적인 풍습이며, 얼마나 야만스런 사람들인가! 얼마나 의미 없는 밤들이며, 얼마나 흥미 없고 가치 없는 날들인가! 미친 듯한 카드놀이, 폭식, 폭음, 끝없고 똑같은 얘기들. 쓸데없는 일들과 하찮은 대화들로 소중한 시간과 정력을 빼앗기고 결국에는 꼬리도 날개도 없는 삶, 터무니없는 일만 남으며 마치 정신 병원이나 죄수 소굴에 갇힌 듯이 벗어날 수도 도망칠 수도 없다!

구로프는 밤새 잠을 이루지 못했고 화가 났으며 다음날 하루 종일 머리가 아팠다. 그리고 연이은 밤마다 잠을 설쳤고 침대에 걸터앉아 생각에 잠기거나 방구석을 왔다 갔다 했다. 그는 아이들도 귀찮았고 은행 업무도 지루했으며 아무 데도 가고 싶지 않았고 아무 말도 하고 싶지 않았다.

12월 휴일에 그는 여행 채비를 하고 아내에게 한 청년의 일자리 알선을 위해 페테르부르크에 간다고 말하고 S시(市)로 떠났다. 무슨 이유로? 그 자신도 잘 알지 못했다. 그는 안나 세르게예브나를 보고 싶었고 가능하다면 만나서 얘기를 건네고 싶었다.

그는 아침에 S시(市)에 도착해서 호텔에 좋은 방을 잡았다. 방에는 온 바닥에 회색의 군복 천이 깔려 있었고 탁자에는 먼지로 뿌옇게 된 잉크병과 모자를 든 손을 치켜들고 목은 잘려 나간 기마상이 함께 놓여 있었다. 호텔 수위가 그에게 필요한 정보를 건네주었다. 폰 디데리츠는 호텔에서 멀지 않은 스타로-곤차르나야 거리에 있는 자신의 집에서 호화롭고 부유하게 살고 있고 자신의 말들도 소유하고 있으며 도시에서는 모두가 그를 안다는 것이었다. 수위는 드리디리츠라고 발음했다.

구로프는 서두르지 않고 스타로-곤차르나야 거리로 가서 집을 찾았다. 집 바로 앞에는 못이 박혀 있는 회색의 긴 울타리가 처져 있었다.

'이런 울타리에서야 도망칠 수 있지.' 창문과 울타리를 번갈아 보면서 구로프는 생각했다.

그는 상상해 보았다. 오늘은 휴일이니까 남편도 아마 집에 있을 것이다. 그렇다 하더라도 어쨌든 집으로 들어가 당황스럽게 만드는 것은 분별없는 짓이다. 만약에 쪽지를 보냈는데, 그것이 어쩌다 남편 손에 들어가게 되면 모든 것을 망칠 수 있다. 기회를 잡는 것이 무엇보다 좋을 것이다. 그리고 그는 거리를 계속해서 서성거리며 울타리 근처에서 기회를 엿보았다. 그는 대문 안으로 걸인이 들어가고 그에게 개들이 덤벼드는 것을 보았고, 한 시간쯤 지난 후에 피아노 연주 소리를 들었는데 소리는 약하고 흐릿하게 들려왔다. 틀림없이 안나 세르게예브나가 연주했을 것이다. 현관문이 갑자기 열리더니 한 노파가 나오고 그 뒤를 따라 낯익은 흰색 스피츠가 달려 나왔다. 구로프는 개를 부르고 싶었지만 갑자기 심장이 곤두박질치고 흥분되어 스피츠의 이름을 기억할 수 없었다.

그는 서성거렸고 점점 더 회색 울타리를 싫어하게 되었다. 그리고 그는 이미 초조한 나머지 안나 세르게예브나가 그에 관해 잊고 어쩌면 벌써 다른 사람과 어울리고 있으며, 그것은 아침부터 저녁까지 이런 저주스런 울타리를 보아야만 하는 젊은 여인의 상황에서 너무나 당연한 것이라고 생각했다. 그는 자신의 호텔 방으로 돌아와 어찌 할 바를 몰라 한참 동안 소파에 앉아 있다가 식사를 한 후 오래도록 잠을 잤다.

'이 모든 것은 너무나 어리석고 꺼림칙하다.' 그는 잠에서 깨어 어두운 창문을 바라보며 생각했다. 벌써 저녁이었다. '어쩌자고 이렇게 푹 자 버렸담. 이 밤중에 뭘 한다지?'

그는 병실에서와 똑같은 싸구려 회색빛 모포가 덮여 있는 침대에 앉아 스스로 짜증을 냈다.

'나 같은 자에게 무슨 개를 데리고 다니는 여인이……. 나 같은 자에게 무슨 모험이……. 여기서 이렇게 죽치고 앉아나 있으라지.'

이날 아침에 역에서 〈게이샤〉*의 초연을 알리는 아주 커다란 글씨로 된 포스터가 그의 눈에 띄었다. 그는 이것을 떠올리고 극장으로 갔다.

'그녀가 초연을 보러 갈 가능성이 아주 높아' 하고 그는 생각했다.

극장은 만원이었다. 지방 극장은 어디서나 그렇듯이 이곳에서도 샹들리에 위로 연기가 자욱했고 객석은 소란스러웠다. 공연이 시작되기 전에 첫 번째 열에는 지방의 멋쟁이들이 뒷짐을 지고 서 있었다. 현지사를 위한 지정석 첫 번째 자리에는 현지사의 딸이 목도리를 두르고 앉아 있었다. 현지사 자신은 커튼 뒤에 점잖게 몸을 숨기고 있었기에 보이는 것은 그의 양손뿐이었다. 막이 흔들렸고 오케스트라는 오랫동안 조율을 했다. 관객들이 들어와 자리를 잡는 내내 구로프는 열심히 둘러보며 찾았다.

안나 세르게예브나도 들어왔다. 그녀는 세 번째 열에 앉았다. 구로프는 그녀를 본 순간 심장이 죄어 왔고 자신에게 세상을 통틀어 그녀보다 더 가깝고 귀중하며 중요한 사람은 없다는 것을 분명하게 깨달았다. 시골의 군중 속에 묻혀 있는 이 작은 여인, 전혀 두드러지지 않는, 손에 평범한 오페라 안경을 들고 있는 이 여인이 이제 그의 삶을 온통 가득 채우고 있는 것이다. 그녀는 그의 슬픔이고 기쁨이며 그가 이제 자신을 위해 원하는 유일한 행복이었다. 형편없는 오케스트라와 시시하고 평범한 바이올린 소리 아래서 그는 그녀가 얼마가 아름다운가에 대해 생각했다. 그는 생각하며 또 꿈꾸고 있었다.

안나 세르게예브나와 함께 구레나룻을 짧게 기르고 키가 아주 크며 등이 구부정한 젊은 사내가 들어와 나란히 앉았다. 그는 걸을 때마다 고개를 끄덕였는데, 마치 계속해서 인사를 하는 듯했다. 아마도 이 사내는 그

---

* 시드니 존스(Sidney Jones)가 창작한 2막의 뮤지컬 코미디 〈게이샤The Geisha〉.

때 알타에서 그녀가 쓰라린 감정이 북받쳐서 하인이라고 불렀던 그 남편일 것이다. 그리고 실제로 그의 길쭉한 모습이며, 구레나룻, 약간 벗겨진 머리에서는 하인 같은 겸손한 뭔가가 풍겼고 그는 비굴하게 웃음 지었으며 그의 단추 구멍에서는 마치 하인의 번호표처럼 학위 배지 같은 것이 빛나고 있었다.

첫 번째 막간 휴식 시간에 남편은 담배를 피우러 나갔고 그녀는 혼자 좌석에 남아 있었다. 역시 아래층에 앉아 있던 구로프는 그녀에게 다가가 억지로 미소를 띠며 떨리는 목소리로 말했다.

"안녕하셨어요?"

그녀는 그를 쳐다보고서 창백해졌고 자기 눈을 의심하며 다시 한번 놀라 그를 쳐다보았다. 그리고 두 손에 부채와 오페라 안경을 꽉 움켜잡았는데 정신을 잃지 않으려고 애쓰는 것이 분명했다. 두 사람은 모두 말이 없었다. 그녀는 앉아 있었고 그녀의 당황하는 모습에 놀란 그는 미처 옆자리에 앉을 생각도 못한 채 서 있었다. 바이올린과 플루트를 조율하는 소리가 울렸고, 모든 객석에서 주시한다는 느낌에 갑자기 두려워졌다. 하지만 바로 그때 그녀는 자리에서 일어나 재빨리 출구로 향했다. 그는 그녀의 뒤를 따라갔고 두 사람은 공연히 복도와 계단을 따라 오르락내리락했다. 그들의 눈앞으로 법관, 교사, 관리의 제복을 입고 배지를 단 어떤 사람들이 스쳐 지나갔고 부인들과 옷걸이에 걸린 모피 외투들이 어른거렸으며 담배꽁초의 냄새를 풍기는 바람이 스며들어 왔다. 심장이 곤두박질치는 구로프는 생각했다.

'오, 맙소사! 이 사람들, 이 오케스트라는 도대체 뭐람……'

그리고 이 순간 그는 갑자기 그날 저녁 역에서 안나 세르게예브나를 배웅한 후 모든 것은 끝났고 그들은 이제 다시는 만나지 않을 것이라고 자신에게 말했던 것을 떠올렸다. 하지만 끝나려면 아직 멀었다!

〈측면 좌석 통로〉라고 써진 좁고 어두운 계단에서 그녀가 멈춰 섰다.

"너무 놀랐어요!" 여전히 창백하고 당황스런 표정으로 그녀는 힘겹게 숨을 쉬며 말했다. "오, 어찌나 놀랐는지! 죽는 줄 알았어요. 도대체 왜 오신 거죠? 왜?"

"이해해 주시오, 안나, 이해해 줘요……." 그는 낮은 목소리로 서둘러 말했다. "제발, 이해해 줘요……."

그녀는 공포와 애원과 사랑에 가득 차서 그를 바라보았고, 그의 모습을 더 확실하게 기억하려고 뚫어지게 쳐다보았다.

"저는 너무나 괴로워요!" 그녀는 그의 말에 아랑곳하지 않고 계속 말을 이어 갔다. "저는 언제나 당신만을 생각했어요, 저는 당신에 대한 생각으로 살아왔어요. 그래도 잊고 잊으려 했는데, 왜, 도대체 왜 오셨어요?"

위쪽, 층계에서 두 학생이 담배를 피우며 아래를 내려다보았지만, 구로프는 괘념치 않고 안나 세르게예브나를 끌어안고 얼굴과 뺨과 손에 입을 맞추기 시작했다.

"왜 이러세요, 왜 이러시냐고요!" 그녀는 그를 밀쳐 내면서 두려움에 차서 말했다. "우린 둘 다 미쳤어요. 오늘 바로 떠나세요, 지금 당장 떠나세요……. 제발 부탁이에요, 간절히……. 사람들이 와요!"

계단 아래에서 누군가가 위로 올라왔다.

"당신은 떠나셔야 해요……." 안나 세르게예브나는 계속해서 속삭였다. "아시겠어요, 드미트리 드미트리치? 제가 갈게요, 당신이 있는 모스크바로. 저는 한 번도 행복한 적이 없었어요. 지금도 행복하지 않고 앞으로도 결코, 결코 행복하지 못할 거예요, 결코! 더 이상 저를 괴롭게 하지 마세요! 맹세할게요, 제가 모스크바로 갈게요. 하지만 지금은 헤어져요! 저에게 상냥하고 친절하며 소중한 당신, 헤어져요!"

그녀는 그의 손을 잡고 난 후, 계속 그를 되돌아보면서 빠르게 아래로 내려갔으며 그녀의 눈에서는 그녀가 정말로 행복하지 않다는 사실이 드러났다. 구로프는 잠시 서서 귀를 기울이고 있다가 주위가 조용해지자 자신의 외투를 찾아 들고 극장을 나섰다.

IV

그래서 안나 세르게예브나가 모스크바로 그를 만나러 오게 되었다. 두세 달에 한번 그녀는 S시(市)를 떠났고 남편에게는 대학 병원 의사에게 부인병 상담을 받으러 간다고 말했는데, 남편은 믿는 둥 마는 둥 했다. 그녀는 모스크바에 도착하여 〈슬라뱐스키 바자르〉 호텔에 여장을 풀고 곧바로 구로프에게 빨간 모자를 쓴 사람을 보냈다. 구로프는 그녀를 만나러 다녔고 모스크바에서는 아무도 이 일을 알지 못했다.

어느 겨울 아침에 그는 그런 식으로 안나에게 가고 있었다(심부름꾼이 전날 저녁에 왔었으나 마침 그가 없었다). 그의 딸이 함께 걷고 있었는데, 도중에 있는 학교까지 바래다줄 참이었다. 축축한 함박눈이 펑펑 쏟아지고 있었다.

"지금 기온이 3도나 되는데, 눈이 내리는구나." 구로프가 딸에게 말했다. "이렇게 따뜻한 것은 지상만 그렇고, 대기의 높은 층은 기온이 완전히 다르지."

"아빠, 그럼 겨울에는 왜 천둥이 치지 않아요?"

그는 그것도 설명해 주었다. 그는 말을 하면서 지금 자신이 그녀를 만나러 가지만 단 한 사람도 그것을 알지 못하고 아마 앞으로도 결코 알지 못할 것이라고 생각했다. 그에게는 두 개의 삶이 있다. 하나는 원하는 누구나 보고 알 수 있는 명백한, 상대적 진리와 상대적 기만으로 가득한, 그의 지기들과 친구들의 삶과 완전히 닮은 삶이다. 다른 하나는 비밀스럽게 흘러가는 삶이다. 어쩐지 이상한, 어쩌면 우연한 상황의 얽힘으로 인해 그에게 중요하고 흥미로우며 필수적인, 그 속에서는 그가 진실하고 자신을 기만하지 않는, 그의 삶의 알맹이를 이루는 모든 것은 다른 사람들 몰래 일어났다. 반면에 진실을 감추기 위해 그가 숨어드는 그의 거짓과 그의 껍데기인 모든 것, 예컨대 은행에서 그의 업무, 클럽의 논쟁, 그의 '저급한 종자', 연회에 아내와 동반, 이런 모든 것은 명백했다. 그래서 그는 자기식(式)으로 남들을 판단했고, 눈에 보이는 것을 믿지 않았으며, 모든 사람은 마치 밤의 장막처럼 비밀의 덮개 아래서 흘러가는 자신의 진정하고 가장 흥미로운 삶을 가지고 있다고 언제나 미리 생각하고 있었다. 각자의 개인적 존재는 비밀 속에서 유지되고, 어쩌면 부분적으로 이런 이유 때문에 교양인들이 개인적 비밀이 존중되어야 한다고 그토록 예민하게 법석거리는 것이다.

딸을 학교에 데려다 주고 나서 구로프는 〈슬라뱐스키 바자르〉 호텔로 향했다. 그는 아래층에서 털외투를 벗은 후 위층으로 올라가 조용히 문을 두드렸다. 그가 좋아하는 회색 옷을 입은 안나 세르게예브나는 여행과 기다림에 지친 채 어제 저녁부터 그를 기다리고 있었다. 그녀는 창백했고 그를 바라보고서 미소도 짓지 않았지만 그가 들어서자마자 그의 가슴에 와락 안겼다. 마치 2년이나 서로 만나지 못한 듯이 그들의 입맞춤은 오래고 길었다.

"그래, 어떻게 지냈소?" 그가 물었다. "별다른 일은?"

"잠깐만요, 이제 말할게요……. 못하겠어요."

그녀는 울고 있어 말을 할 수 없었다. 그에게서 몸을 돌려 손수건으로 눈물을 찍어 냈다.

'그래, 울게 내버려 두고, 잠시 앉아 있자'라고 생각하며 그는 안락의자에 앉았다.

잠시 후 그는 벨을 눌러 차를 가져오라고 주문했다. 그 다음에 그가 차를 마시는 동안, 그녀는 창가로 향해 여전히 서 있었다……. 그녀는 감정이 격해지고 그들의 삶이 너무나 슬퍼졌다는 비참한 생각에 울었다. 그들은 오직 비밀리에 만나고, 마치 도둑처럼 사람들의 눈을 피해야 한다! 정녕 그들의 삶이 부서진 것이 아니란 말인가?

"자, 이제 그만!" 그가 말했다.

그에게는 그들의 이 사랑이 언제일지는 모르지만 아직 곧장 끝나지 않을 것이라는 점은 분명했다. 안나 세르게예브나가 그에게 점점 강하게 애착을 갖게 되고 그를 열렬하게 사랑했기에 이 모든 것이 언젠가는 끝나게 될 것이라고 그녀에게 말할 엄두가 나지 않았다. 그렇게 말해도 그녀는 믿으려 들지 않을 것이다.

그는 그녀에게로 다가가 위로하고 농담이라도 건네려고 어깨를 잡았다. 그 순간에 거울에 비친 자신의 모습을 보았다.

그의 머리가 이미 희끗희끗하게 세기 시작했다. 몇 년 사이에 이렇게 늙고 이렇게 초라해진 자신이 낯설게 느껴졌다. 그의 손을 얹은 어깨는 따뜻하지만 떨리고 있었다. 그는 아직 그토록 따뜻하고 아름답지만 아마도 이미 자신의 삶처럼 바래고 시들기 시작할 것 같은 이 삶에 연민을 느꼈다. 뭘 위해 그녀는 그를 그토록 사랑하는가? 그는 언제나 여자들에게 본래의 모습으로 비쳐지지 않았고, 여자들은 그 사람 자체가 아니라 자신들이 상상으로 만들어 내고 평생토록 간절히 찾았던 인간을 사랑했다. 그런데 그 여자들은 자신들의 실수를 알아차린 후에도 여전히 사랑했다.

그리고 그들 중 단 한 사람도 그와 함께 있어 행복하지 않았다. 세월은 흘러갔고, 그는 만나고 사귀고 헤어지고 했지만 단 한 번도 사랑하지 않았다. 뭐든지 다 있었으나 사랑만은 없었다.

그런데 자신의 머리가 희끗해지는 지금에서야 그는 진정으로 마땅한 사랑을 하게 되었다. 태어나서 처음으로.

안나 세르게예브나와 그는 아주 가깝고 친밀한 사람들처럼, 남편과 아내처럼, 다정한 친구들처럼 서로 사랑했다. 그들은 운명 자체가 자신들을 서로 맺어준 것이라고 느꼈고, 그가 장가를, 그녀가 시집을 간 이유를 이해할 수 없었다. 마치 두 마리의 암수 철새들이 사로잡혀 각각 다른 새장에 갇혀 살게 된 것 같았다. 그들은 자신들의 과거의 부끄러웠던 일을 서로 용서하고 현재의 모든 것을 관대하게 대하며 그들의 이 사랑이 두 사람 모두를 바꿔 놓았다고 느꼈다.

예전에 울적할 때 그는 머리에 떠오르는 온갖 구실로만 자신을 위로했지만, 이제는 구실은 떠올리지도 않고 깊은 연민을 느꼈고, 진실하고 상냥해지고 싶을 따름이었다…….

"이제 그만 해요, 내 사랑," 그가 말했다. "그만 됐어요……. 이제 얘기나 나눠요, 뭐라도 생각해 봅시다."

어쩔 수 없이 숨어야 하고, 속여야 하며, 다른 도시에 살아야 하고, 오랫동안 만나지 못하게 되는 이런 처지에서 어떻게 스스로 헤어날 수 있을까에 대해 한참 동안 상의하고 이야기를 나눴다.

"어떻게? 어떻게?" 그는 머리를 감싸 쥐고 물었다. "어떻게?"

좀 더 있으면 해결책이 찾아질 것이고, 그러면 새롭고 아름다운 삶이 시작될 것 같았다. 그리고 두 사람에게는 분명해졌다, 아직 끝은 멀고멀며 가장 복잡하고 어려운 일이 이제 막 시작되었다는 사실이.

진정한 사랑을 통한 존재로 바로서기

생전에 체홉은 러시아의 고유한 문화적 토양 위에서 자라난 자신의 작품들이 외국의 독자들에게는 흥미를 끌지 못할 것이라고 말하곤 했다. 하지만 톨스토이가 정당하게 간파한 것처럼 그의 작품들의 중요한 가치는 러시아사람들뿐만 아니라 모든 사람 일반에게 이해되고 친숙하게 느껴지며, 서구 유럽에서는 물론이고 한국에서도 다른 어떤 작가들의 작품보다도 일찍부터 그리고 폭넓게 흥미를 끌어 왔다.

체홉의 작품들이 자아내는 인상들은 방대한 수만큼이나 아주 다채롭지만, 그의 작품들을 접한 대부분의 독자들이 한결같이 갖게 되는 일차적 공감은 바로 친숙함이다. 말하자면 독자들은 체홉의 작품을 읽을 때마다, '그때 그곳에서 벌어진 그들의 이야기'가 아니라 '지금 이곳에서 이뤄지는 우리의 이야기'를 접하게 되며, 따라서 타인들의 삶과 운명이 아니라 우리들의 삶과 운명에 대해 재차 고민하게 된다.

요컨대 체홉 작품의 주인공들은 평소 대면하기 쉽지 않은 남다른 낯선 인간들이 아니라 주위에서 자주 마주치게 되는 평범하고 친숙한 사람들이다. 또한 그들에 관한 얘깃거리도 세기적 의미를 지닌 거창한 사건들이 아니라 일상적 의미를 지닌 아주 소소한 행위들이다. 물론 그렇다고 해서 평범성과 일상성 그 자체가 체홉 문학의 본질은 결코 아니다. 오히려 그것의 요체는 '복잡한 것을 간결하게 제시하고, 간결함 속에서 의미심장함을 길어 올리는' 독특한 일상과 존재의 변증법이다. 단언컨대 19세기 러시아 문학사에서 체홉은 평범한 사람들을 문학 속의 엄연한 주인공으로, 즉 보통 사람들을 자기 삶의 주인으로 바로 세우고, 그들의 하찮고 사소한 일상성에서 진지하고 거대한 존재성을 본격적으로 궁리한 최초의 작가이다.

이런 맥락에서 체홉의 단편 가운데 각별한 주목을 끄는 작품이 바로 톨스토이의 대작, 《안나 카레니나》에 반향하고 심지어 버금가는 작품으로 간주되는 작가의 최고 단편, 《개를 데리고 다니는 여인》(1899년)이다.

인간의 삶에서 가장 소중하고도 저주받을 문제 중의 하나인 남녀 간의 사랑을 다루고 있는 《개를 데리고 다니는 여인》은 한편으로 당대 사회의 도덕을 넘어서 남녀 간의 불륜을 설파한 반(反)사회적, 비(非)윤리적 소설로 낙인 찍히기도 했지만, 다른 한편으로 이른바 상투적 리얼리즘을 해체하고 문학사의 새로운 장을 열어젖힌, 세계 문학사에서 가장 위대한 단편(걸작) 중의 하나로 칭송되고 있다. 요컨대 이 작품에서 체홉은 자신이 '위대한 비밀'로 간주하곤 했던 이른바 '사랑'을 매개로 "살고 싶다!"라는 가장 일상적이고도 본질적인 인간의 존재적 외침에 자기 고유의 냉정하고도 객관적인 자세로 대응하고 있다.

《개를 데리고 다니는 여인》은 단편이라는 장르에 걸맞게 외적 구성이 단순할 정도로 간단하다. 이 작품은 전체 4장으로 구성되어 있으며, 휴양지 얄타를 배경으로 1장에서는 두 주인공 남녀의 우연한 만남이, 2장에서는 밀회와 작별이, 3장에서는 모스크바의 일상과 S시(市)에서의 재회, 4장에서는 모스크바에서의 반복적 만남과 고뇌, 갈망이 차례로 그려진다. 그 가운데 위에 인용한 3~4장은 이른바 "두 사람 모두를 바꿔놓는" 사랑이 점차 무르익어 가는 지난한 과정을 보여 준다. 단순한 외적 구성과는 달리 내적으로는 산문적 질서와 삶의 상투성, 즉 저열함과 비속함, 자기 몰입과 소통 불가능으로 점철된 일상적 현실에 대한 두 주인공의 남다른 불만과 점차적 인식 그리고 그것으로부터의 탈출의 염원과 존재의 고귀한 목적들에 대한 상념, 나아가 진정한 삶에 대한 고뇌 어린 갈망 등이 심도 있게 펼쳐진다.

　모스크바 출신의 평범한 중년의 은행원이자 세 아이와 아내를 둔 가장인 드미트리 드미트리치 구로프는 러시아 남부의 휴양지 얄타에서 주변에 드리운 일상의 권태와 무료를 빌미 삼아 자신이 '저급한 인종'으로 여기는 여자들에게 돈 주앙적 기질을 발휘하며 나날을 소진하고 있다. 그러던 어느 날 그의 흥미를 끌기에 충분한 새로운 얼굴, 개를 데리고 다니는 여인, 안나 세르게예브나가 얄타 해변에 나타나고 점차 두 사람의 만남은 밀회를 나누는 관계로 발전한다. 안나의 순수성에도 아랑곳없이 자신들의 관계를 대수롭지 않게 여기는 구로프와는 달리 안나는 자기 배반감에 휩싸여 스스로를 타락한 여자로 여기며 괴로워하던 중 남편의 전갈을 받고 S시(市)로 서둘러 돌아간다.

　그 후 모스크바의 일상으로 복귀한 구로프에게 예상과는 달리 안나의 형상은 기억 속에서 점점 더 또렷해져 간다. 그런 와중에 여전히 거만하고 잘난 체하는 아내와 미친 듯한 카드놀이, 폭식, 폭음 등의 야만적인 습관들로 의미 없고 무미건조한 나날들을 보내는 주위 사람들에 질려 만사에 환멸을 느낀 구로프는 회상 속의 안나를 찾아 S시(市)로 떠난다. 우연한 만남을 위해 안나의 집 근처를 서성거리던 구로프는 마침내 〈게이샤〉 공연이 열리는 극장에서 안나와 재회하고 노예 같은 비굴한 품새를 지닌 그녀의 남편 폰 디데리츠를 목격하고 동시에 여전히 불행한 안나의 삶과 자신에 대한 변치 않은 사랑을 확인한다.

이후 두세 달에 한 번 안나는 부인병 치료를 핑계로 S시(市)를 떠나 모스크바의 호텔에서 아무도 모르게 구로프와 사랑을 나누게 된다. 두 사람은 이 사랑 쉽게 끝나지 않을 것이라는 것을 직감하게 되고, 안나는 큰 애착을 갖고 더욱 열렬하게 구로프를 사랑하며, 머리가 하얗게 세기 시작한 구로프도 처음으로 진정한 사랑을 느끼게 된다. 이제 두 사람은 아주 가깝고 친밀한 사람처럼, 남편과 아내처럼, 절친한 친구처럼 사랑하고, 과거의 부끄러웠던 일들, 현재 일어나는 일들을 용서한다. 두 사람은 사랑이 자신들을 바꿔 놓았음을 느꼈고, 깊이 공감하며 진실해지고 솔직해진다.

하지만 두 사람은 서로 진정으로 사랑하면서도 떨어져 살며 남몰래 만나야 하는 이 견딜 수 없는 굴레에서 어떻게 벗어날 것인가를 깊이 고뇌하게 된다.

"좀 더 있으면 해결책이 찾아질 것이고, 그러면 새롭고 아름다운 삶이 시작될 것 같았다. 그리고 두 사람에게는 분명해졌다, 아직 끝은 멀고멀며 가장 복잡하고 어려운 일이 이제 막 시작되었다는 사실이."

이처럼 체홉이 그려 내는 사랑에는 당대의 상투적 도덕률을 뛰어넘는 무언가가 있다. 얄타에서 구로프와 안나의 우연한 만남이 회색빛 산문적 질서가 짓누르는 일상의 상투성 내지 비루함에 대한 불만으로부터 필연적으로 이루어졌다면, 그들의 현재적 재회와 나눔은 자신을 둘러싼 모순적 일상에 대한 속 깊은 고뇌와 진정한 삶에 대한 욕구에 기반을 둔다. 바로 삶에 대한 진실한 자세가 견디기 힘든 삶의 굴레 앞에서 서로 간의 공감과 연대를 자아내고 진정한 사랑으로 이끄는 것이다.

따라서 새롭고 아름다운 삶에 대한 전망은 여전히 흐릿하지만, 현실에서의 가장 복잡하고 어려운 고투가 이제 막 시작되었다는 것에 대한 두 주인공 남녀의 확신은 독자들에게 묵직한 든든함을 선사한다.

인간 삶에서 가장 거대한 비밀 중의 하나이자 저주스런 문제 중의 하나인 사랑에 대한 체홉적 문제 제기의 올바름은 바로 이러하다. 따라서 이 작품에서도 안나의 존재적 희구 ─ "제대로 살고 싶었어요! 제대로 살고 또 살아야만⋯⋯." ─ 의 실현 혹은 구로프와 안나의 새롭고 아름다운 삶의 구현, 말하자면 사랑의 궁극적 성취 여부는 바로 두 주인공과 독자인 우리 모두의 몫으로 온전히 남는다. 하여 작품의 끝은 바로 삶의 시작이다!

작가와 작품

안톤 파블로비치 체홉(Антон Павлович Чехов: 1860 - 1904)은 19세기 러시아의 '단편 소설의 대가'이자 '새로운 극 형식의 창조자'로서 26년간의 작가 생활에서 600여 편의 작품을 남겼다. 러시아 남부 도시 타간로그에서 태어나 자란 체홉은 모스크바대
학 의학부에 입학한 후 생계 수단으로 소
품들을 쓰기 시작했다.

의술과 문학 활동을 병행한 체홉은
1880년 중반 이후 작가로서 사명감을 인
식하고 진지한 문학성을 지향하게 되며
중편 소설 《초원》으로 문학적 전환을 이뤘
고, 단편집 《황혼녘에》로 푸시킨 문학상을 수상하면서 문단의 주목을 받
게 된다. 1890년 작가는 사할린 여행을 통해 현실에 대한 인간적 각성과
참회뿐만 아니라 문학에 관한 획기적 인식에 닿고, 《사할린 섬》, 《구세
프》, 《아낙네들》, 《유형지에서》 등을 통해 커다란 반향을 일으켰다.

그 후 멜리호보에 정착하여 《6호실》, 《3년》, 《나의 삶》, 《상자 속의 인
간》, 《나무딸기》, 《사랑에 대하여》, 《이오니치》 등의 주옥 같은 단편들을
집필하였다. 1890년대 작품들에서는 진리, 미(美), 정의 등의 문제를 제
기하고 사회적·역사적 사명, 삶의 의미와 가치에 관해 숙고하였다.

1898년 체홉은 결핵이 악화되어 흑해 연안의 얄타로 이주하여 1899
년 단편 《개를 데리고 다니는 여인》, 1900년 희곡 《세 자매》 등을 탈고하
였고 1901년 모스크바 예술극장의 여배우, 올가 크니페르와 결혼하였다.
1903년에는 마지막 단편 《약혼녀》와 희곡 《벚꽃 동산》을 탈고하였다.

1904년 7월 2일 독일의 바덴바일러에서 짧은 생을 마감하였고 7월 9
일 모스크바 노보데비치 수도원에 안장되었다.

톨스토이가 일갈했듯이 '온 세상에서 완전히 새로운 글쓰기'였던 체홉
문학의 요체는 '문제의 올바른 제기'라는 '객관성의 시학'이다. 체홉 문학

을 관통하는 간결성과 절제성은 이러한 시학적 원리의 구현으로 간주
된다.

바라보노라, 적의를 가늠하노라.
널 질시하노라. 널 저주하노라, 널 사랑하노라.
고통이어도 파멸이어도, 나는 아노라.
그래도 널 받아들이노라!

삶의 고통을 감내하는
인간만이 운명을 긍정한다

최종술

알렉산드르 블록의 〈오, 봄! 끝도 한도 없어라!〉 중에서

오, 봄! 끝도 한도 없어라!

오, 염원! 끝도 한도 없어라!

생이여, 이제 너를 아노라! 너를 받아들이노라!

방패 부딪는 소리로 너와 인사를 나누노라!

실패여, 너를 받아들이노라!

성공이여, 네게 인사를 보내노라!

매혹의 영역 속에서 울며

웃음의 비밀 속에 수치는 없다!

잠을 잊은 논쟁을

어두운 창 커튼 속의 아침을 받아들이노라.

충혈된 내 눈을 자극해 다오, 봄이여!

봄이여! 날 취하게 해 다오!

황량한 촌락들을 받아들이노라!
지상의 도시들의 뒷골목을 받아들이노라!
드넓은 밝은 하늘과
노예의 노곤한 노동을 받아들이노라!

뱀의 머리 타래 속에 광포한 바람을 지닌
꽉 다문 차가운 입술 위에
드러나지 않은 신의 이름을 지닌
너를 문턱에서 만나노라…….

이 적대적인 만남 앞에서
나는 결코 방패를 내던지지 않노라…….
너는 결코 어깨를 열지 않을 것이니…….
하지만 우리 위에는 술 취한 염원!

바라보노라, 적의를 가늠하노라.
널 질시하노라. 널 저주하노라, 널 사랑하노라.
고통이어도 파멸이어도, 나는 아노라.
그래도 널 받아들이노라!
　– 알렉산드르 블록, 〈오, 봄! 끝도 한도 없어라!〉(1907)

있었던 모든 일을 축복한다.

나는 최상의 운명을 찾지 않았다.

오, 가슴이여! 너는 얼마나 사랑했던가!

오, 지혜여! 너는 얼마나 활활 타올랐던가!

행복과 고통이

제 슬픈 자국을 놓았다 해도

정열의 우레 속에서 오랜 권태 속에서

나는 예전의 빛을 잃지 않았다.

새로워진 나로 인해 고통 받은 너,

나를 용서해 다오. 우리 둘은 하나의 운명,

말로 하지 않을 모든 것을

네 모습 속에서 나는 알았다.

주의 깊은 눈이 바라보고

심장이 동요하며 가슴을 친다.

눈 내린 밤의 차가운 어둠 속에서

올바른 제 길을 지속하며.

   – 알렉산드르 블록, 〈있었던 모든 일을 축복한다〉(1912)

오, 나는 미쳐 살고 싶어라!

모든 실재를 영원하게 하고 싶어라!

얼굴 없는 존재를 육화하고 싶어라!
이루어지지 않은 것을 구현하고 싶어라!

생의 무거운 잠이여, 짓눌러라.
그 잠 속에서, 숨이여, 막혀라.
앞날에 올 쾌활한 청년이
나를 두고 이렇게 말할지니.

음울함을 용서하자. 그것이야말로
그의 은밀한 동력이 아니던가?
그는 온전히 선과 빛의 아이!
그는 온전히 자유의 영광!
    – 알렉산드르 블록, 〈오, 나는 미쳐 살고 싶어라!〉(1914)

나는 경이로운 순간을 기억하오.
내 앞에 그대가 나타났소.
순간적인 환영(幻影)처럼,
순수한 미의 혼처럼.

희망 없는 슬픔의 고통 속에서
소란스런 공허의 불안 속에서
다정한 목소리가 오래도록 내게 울렸소.
사랑스러운 모습을 나는 꿈꾸었소.

세월이 흘러갔소. 격렬한 폭풍우가
예전의 염원을 흩어 버렸소.
그대의 다정한 목소리, 그대의 천상의 모습을
나는 잊었소.

벽지에서, 유배의 암흑 속에서
나의 나날이 고요히 흘렀소.
신성 없이, 영감 없이
눈물 없이, 삶 없이, 사랑 없이.

영혼이 깨어났소.
이제 그대가 다시 나타났소.
순간적인 환영처럼,
순수한 미의 혼처럼.

환희 속에서 심장이 고동치오.
심장을 위해 다시 부활했소,
신성이, 영감이,
삶이, 눈물이, 사랑이.
  – 알렉산드르 푸시킨, 〈나는 경이로운 순간을 기억하오〉(1825)

삶이 그대를 속일지라도
슬퍼 마라, 노여워 마라!

침울한 날에 온유하라.
믿으라, 유쾌한 날이 오리라.

심장은 미래에 살고
현재는 침울한 법.
모든 것은 순간, 모든 것은 지나가고
지나간 것은 소중할지니.
　－ 알렉산드르 푸시킨, 〈삶이 그대를 속일지라도〉(1825)

무분별한 시절의 불 꺼진 즐거움이
어렴풋한 숙취처럼 난 힘겹네.
하지만 포도주처럼 지난 시절의 슬픔은
내 영혼에서 오래될수록 더 강하네.
나의 길은 시들었네. 미래의 요동치는 바다는
노동과 비애를 내게 명하네.

하지만, 오, 벗들이여, 나는 죽고 싶지 않아.
사색하고 고통받기 위해 나는 살고 싶다.
슬픔과 근심과 동요 가운데
향락이 내게 있을 것임을 나는 아네.
때로는 다시 조화에 흠뻑 취하리라.
창조물 위에 눈물을 쏟으리라.
그리고 아마 내 슬픈 석양에

사랑이 작별의 미소로 빛나리라.

  – 알렉산드르 푸시킨, 〈비가〉(1830)

권태롭고 우울하다. 손 건넬 이 하나 없는

고난에 찬 영혼의 순간…….

바람! 부질없는 영원한 바람이 무슨 소용이더냐?

시절이 간다. 최상의 시절이 전부 간다!

사랑……. 누굴 사랑한단 말이더냐? 한동안의 사랑은 가치가 없고,

영원한 사랑은 불가능하다.

네 자신을 들여다보려느냐? 네 속에 과거는 흔적도 없다.

기쁨도 고통도, 네 속에 있는 모든 것이 하잘것없다…….

정열이 무어냐? 실로 이르든 늦든 정열의 달콤한 멍에는

이성의 말 앞에서 사라지리라.

차가운 눈으로 주위를 둘러보려느냐?

삶이란 얼마나 공허하고 어리석은 장난이더냐?

  – 미하일 레르몬토프, 〈권태롭고 우울하다. 손 건넬 이 하나 없는〉

(1840)

정열의 은밀한 고통,

눈물의 비애, 독기 어린 입맞춤,

적들의 복수와 벗들의 비방,

황무지에서 탕진한 내 영혼의 열기.

그 모든 것, 그 모든 것에 대해 당신께 감사한다.

삶에서 나를 기만했던 모든 것, 모든 것에 대해

그저 조금만 더 이 삶에서

당신께 감사하도록 해 주오.

  – 미하일 레르몬토프, 〈감사〉(1840)

살아야 하는 이유: 격변의 시대의 비극적 테너 시인 블록에게 삶을 묻다

스스로 원해서 생명을 얻는 이는 없다. 인간은 자기 의지와 무관하게 주어진 삶을 산다. 애초에 삶에는 정해진 의미도 목적도 없다. '나는 누구인가?', '나는 왜 존재하는가?', '내 존재에는 무슨 목적이 있는가?' 자기 존재에 대한 질문은 스스로 풀어야 한다. 인간은 자기 자신에게 문제가 되는 존재다. 그래서 삶의 책에는 고통의 시간, 방황의 시절이 기록된다. "삶이란 얼마나 공허하고 어리석은 장난이더냐……." 그렇다. 영원히 젊었던 시인 레르몬토프의 저 처절한 고백처럼, 예나 지금이나 아프니까 청춘이다.

'고난에 찬 영혼의 순간'이 어디 청춘에만 국한된 것이랴. 삶의 의미와 목적, 행복을 찾은 듯싶지만 어느 순간 부질없는 일이 되고 만다. 출구 없이 갇힌 공허한 생의 느낌만이 증폭되는 순간이 삶 곳곳에 도사리고 있다. 냉담한 무감각이 절망에 처한 영혼을 잠식하고, 쓰라린 냉소만이 지친 영혼에 남는다. 저 도저한 환멸을 딛고 살아야 하는가? 왜 살아야 하는가?

"오, 봄! 끝도 한도 없어라! 오, 염원! 끝도 한도 없어라!" 엄혹한 긴 겨울을 보내고 맞는 봄날의 벅찬 환희. 한 세기 전, 격변의 시대의 러시아에서 방황과 고통으로 점철된 삶을 살았던 시인 블록이 깊은 비관의 계곡에서 길어 올린 저 삶의 찬가에는 살아야 하는 이유에 대한 가치 있는 하나의 답변이 있다.

격정에 찬 목소리로 삶을 찬미한다. 일곱 번에 걸쳐 반복되는 외침 "받아들이노라"는 '삶의 수용'을 천명한다. 꽃이 만발한 푸른 초원에서 뛰노는 삶이어서가 아니다. '실패'와 '성공', '울음'과 '웃음', '한밤의 논쟁'과 '아침', '황량한 촌락들'과 '지상의 도시들', '드넓은 하늘'과 '노예의 노곤한 노동'을 모두 함께 받아들인다. 아름답고 추한, 기쁘고 슬픈, 밝고 어두운 삶의 모든 면모를 담대히 받아들인다. '고통'이어도, 심지어 '파멸'이어도 삶을 받아들이는 것이다.

"생이여, 이제 너를 아노라!" 삶의 대립적인 면모, 어둡고 초라하고 추한 면모도 모두 맛보고서야, 그제야 삶을 알겠다고 한다. 삶에는 갈등, 고통, 난관이 불가피하다. 밝고 평탄한 면모만 가진 삶은 반편(半偏)일 뿐이다. 그래서 삶이 어떤 모습을 취하든 삶을 사랑한다. 삶에 대한 '질시'와 '저주'는 사랑의 등가물이다.

"나는 결코 방패를 내던지지 않노라……." 산다는 것은 삶과 대결하는 것이다. 시인은 삶에 굴복하지 않고 끝까지 맞서 싸우겠다는 의지를 피력한다. 삶은 '뱀의 머리 타래 속에 광포한 바람을 지닌, 꽉 다문 차가운 입술 위에 드러나지 않은 신의 이름을 지닌' 여인과도 같다. 팜므 파탈 같은 치명적인 마성(魔性)의 삶이 소중한 까닭은 '끝도 한도 없는' 염원 때문이다. '염원'이 기만과 배반의 위험이 도사린 삶에 대한 사랑에 흠뻑 취하게 한다. 삶을 받아들인다는 것은 삶과 대결하며 '한없는 염원'의 실현을 삶에 요구하는 것이다. 시인은 삶의 기만과 배반에 아랑곳하지 않고 한없이 체험하며 꿈꾸는 삶을 소망한다.

누군가는 시 〈감사〉를 쓴 레르몬토프처럼 삶의 기만성에 대한 처절한 절망 속에서 염세에 찬 차디찬 아이러니의 시선을 삶에 던질 것이다. 왜 누구는 기만적인 삶에 격정 가득한 찬가를 바치고, 누구는 냉소에 찬 시선을 던지는가? 저 두 영혼의 풍경은 사실 기원이 같다. '영혼의 열기', 불길 일렁이는 가슴 때문이다. 푸시킨이 노래했던 저 '경이로운 순간'을 갈망하기 때문이다.

나는 경이로운 순간을 기억하오.
내 앞에 그대가 나타났소.
순간적인 환영(幻影)처럼
순수한 미의 혼처럼.

(중략)

심장이 환희로 고동치오.
심장을 위해 다시 부활했소.
신성이, 영감이,
삶이, 눈물이, 사랑이.
– 알렉산드르 푸시킨, 〈나는 경이로운 순간을 기억하오〉

산다는 것은 심장이, 영혼이 뜨겁게 타오름을 의미한다. 성스러운 축복의 감각, 창조적 영감의 분출, 생생한 감정의 풍요로운 체험, 사랑이 있는 삶을 갈망하는 것이다. 열에 들뜬 영혼은 충만한 존재의 감각의 순간을 갈구한다. 생명의 환희를 만끽하며 살기를 원한다. 심장이 뜨거운 사람의 삶은 고요하지 않다. 대양과 같이 요동치기 마련이다.

레르몬토프의 시는 '영혼의 열기'에 기인하는 비극적인 시혼의 찬란한 구현이다. 그에게 영혼의 열기는 부질없는 것이다. 영혼의 열기로 인해 절대자와 대립할 수밖에 없는 존재의 비극이 그의 시를 관류한다. 심장에서 일렁이는 불길로 인해 평생 고통받았던 시인은 죽음을 앞두고 삶을 종결하는 성찰에서 자기 존재의 모든 비극성의 원인을 신에게 돌린다. 신이여, 왜 '나'를 그런 인간으로 만들었는가? 왜 내 심장에 활활 타오르는 불을 지폈는가?

시 〈감사〉는 시인이 한 인간으로 살며 품었던 모든 소망과 감정, 그리고 삶이 지닌 매력에 보내는 레퀴엠, 아이러니와 지독한 염세주의로 점철된 삶에 대한 성찰이다. 시인은 전 생애에 대한 장례의 노래를 부르고 있다. 거대한 의식의 삶을 산 인간의 절망이다. 인간의 행복에 대한 기대는 거의 없다. 극기의 태도가 시인의 삶의 유일한 버팀목이다. 레르몬토프의 인간은 세상과의 갈등 속에서 자신의 존재 가치를 확인하고, 영혼의 열기가 야기하는 비극적 운명을 인내한다.

원인이 자신에게 있든 신에게 있든, 저 비극적인 삶의 근원에는 영혼의 열기, 모든 것을 불태우는 '경이로운 불길'이 자리하고 있다. 레르몬토프에게서 삶에 대한 갈망은 삶에서 어떠한 위안도 찾을 수 없는 절망, 그리고 삶과 인간의 감정에 대한 완전한 불신과 화해할 수 없는 갈등을 빚는다. 영혼의 열기는 시인을 삶에 대한 환멸에 처하게 한다. 그는 실현되지 못한 한없는 염원 때문에, 공허하게 탕진된 영혼의 열기 때문에 삶에는 분노에 찬 아이러니와 회의의 시선을, 그리고 신에게는 비난의 화살을 돌린다. 시인은 영혼의 열기로 인해 세상과의 운명적인 결렬에 처한다. 그래서 최종적으로 삶은 그토록 '공허하고 어리석은 장난'이 된다.

황무지에서 탕진한 내 영혼의 열기.
그 모든 것, 그 모든 것에 대해 당신께 감사한다.
삶에서 나를 기만했던 모든 것, 모든 것에 대해
그저 조금만 더 이 삶에서
당신께 감사하도록 해 주오.
– 미하일 레르몬토프, 〈감사〉

블록은 '공허하고 어리석은 장난'인 삶을 왜 그토록 변함없이 찬미하는가? 삶에 대한 환멸에도 불구하고 영혼의 열기 자체가 지닌 가치에 대한 그의 믿음은 변함이 없다. 열정의 불길은 영혼을 소진시키고 삶에 대한 환멸을 가져온다. 그럼에도 불구하고 블록은 레르몬토프의 냉소적인 아이러니를 거부한다. 고통과 환멸을 무릅쓴 삶의 갈구에 대해 천명한다.

레르몬토프처럼 블록도 '열정의 은밀한 고통'과 '눈물의 비애'를, 그리고 실패와 적의를 알았다. 그러나 블록의 주인공은 '증오하고 저주하고 사랑하며' 있는 그대로의 삶을 담대하게 받아들인다.

시인은 삶의 혼돈의 소용돌이와 대결한다. 생의 의지가 시인의 의식에 잠재된 염세주의를 억누른다. 영혼의 열기가 헛되이 탕진될 수 있을지라도 그 가치에 대한 변함없는 믿음으로 혼돈의 삶을 긍정한다.

있었던 모든 일을 축복한다.
나는 최상의 운명을 찾지 않았다.
오, 가슴이여! 너는 얼마나 사랑했던가!
오, 지혜여! 너는 얼마나 활활 타올랐던가!

행복과 고통이
제 슬픈 자국을 놓았다 해도
정열의 우레 속에서, 오랜 권태 속에서
나는 예전의 빛을 잃지 않았다.

(중략)

주의 깊은 눈이 바라보고
심장이 동요하며 가슴을 친다.
눈 내린 밤의 차가운 어둠 속에서
올바른 제 길을 지속하며.
　　 – 알렉산드르 블록, 〈있었던 모든 일을 축복한다〉

시인은 복잡했던 삶의 길에 회고의 시선을 던진다. 지나온 삶을 되돌아보며 그 어떤 것도 애석해하지 않는다. '눈 내린 밤의 차가운 어둠 속'을 꿋꿋이 걷는 삶의 길. 그 길이 정당한 것임을 확신한다. '길'의 주제가 시의 낙관적인 울림을 결정한다.

혹독한 겨울을 보내고 맞는 찬란한 봄과 같은 미래에 대한 믿음으로 삶의 오랜 가시밭길을 받아들이는 인간, 블록은 그런 인간의 이상을 '예술가 인간'이라 불렀다. '예술가 인간', 그는 회오리와 폭풍우의 열린 시대 속에서 격정적으로 살고 행동하는 인간이다. '예술가 인간'은 열린 삶을 사는 인간이다. 창조의 계기를 내포한 혼돈의 파괴적 힘에 개방되어 부단한 자기 갱신을 지속하는 인간이다. 실패와 아픔과 환멸과 절망을 모두 맛보아도 다시 일어나 꿋꿋하게 자기 삶의 길을 걷는 인간이다. 그는 삶을 부단한 창조의 과정으로 대한다. '예술가 인간'만이 혼돈의 실존으로부터 그리고 생기를 잃은 무의미한 정체의 상태에서도 삶을 구할 수 있다.

닥치는 대로 세상에 뛰어들어 지상의 모든 슬픔과 행복을 체험하며, 폭풍우에 맞서 싸우고, 난파선의 부서지는 소리에도 겁내지 않을 용기를 지녔던 파우스트의 후예인 인간. 실러의 '놀이하는 인간', 니체의 '어린아이', 사르트르의 '무(無)의 인간', 카뮈의 '시지프'……. 무엇을 위한 용기인가? '자기'를 구하려는 용기다. 자신의 내면이 진정으로 원하는 것을 찾아 실현하는 삶을 살려는, 그 과정에서 닥치는 실패의 아픔과 상실의 슬픔과 절망, 나아가 죄악마저도 견디고 다시 희망을 품고 폭풍 같이 삶의 길을 헤쳐 나가려는 용기다. '나'로 존재하고픈, '나'를 느끼고픈 갈망 때문에 가슴은 뜨겁게 타오른다. 단 한 번뿐인 이 삶에서 '나'는 의미 있고 가치 있는 존재이고 싶다! 다른 그 누구로도 대체될 수 없는 '나'로 존재하고 싶다. 타인이 결정한 삶의 길을 순응하며 가는 게 아니라, 일반적으로 통용되는 행복의 기준에 '나'를 맞추기에 급급한 것이 아니라, 앞길에 무엇이 닥칠지 몰라 두려워도 평탄치 않아도 스스로가 의미 있고 가치 있다고 믿는 삶의 길을 찾는 용기다.

블록은 파우스트의 용기를 가진 자만이 진정한 삶, '인간다운 삶'을 산다고 말한다. 부단히 삶의 길을 가며, 기쁨도 슬픔도, 행복도 불행도, 환희도 절망도 체험하라고 말한다. 열린 전망 속에서 삶을 대하고 행동하며 삶의 전체적인 면모를 체험하라는 것이다. 그렇게 삶을 열망하라는 것이다. 행동하는 삶의 자세 속에서 혼돈과 조화, 빛과 어둠이 분리될 수 없이 공존하는, 존재의 전체성을 사는 것, 그것이 '인간의' 삶, '인간답게' 사는 것이라고 말한다.

왜 우리는 혼돈을, 어둠을 피하지 않고 그 속으로 난 삶의 길을 방랑하며 가는가? 생동하는 삶, 의미 있고 가치 있는 삶을 추구함에 있어 혼돈과 어둠과의 대면은 불가피하기 때문이다. 타성에 젖은 삶, 의미를 상실한 평안을 거부하는 정신은 불가피하게 혼돈과 마주한다. 아폴론과 디오니소스. 고대 그리스 신전에 함께 존재하던 대립하는 성질을 가진 두 신. 철학자 김용규의 말처럼, "둘 가운데 하나만으로는 올바로 설 수 없는 우리 내면의 이중성과 우리 삶의 양면성"을, 나아가 인류사의 본질을 곧바로 말해 준다.

인간의 삶과 인류의 역사에는 혼돈이 불가피하다. 그것이 생기와 의미를 잃은 형식적인 안정과 조화의 상태에서 삶과 문화를 구원하기 때문이다. 혼돈의 파괴적 힘은 창조의 계기를 동시에 내포하고 있다. 혼돈의 파괴의 물결은 동시에 창조의 물결이다. 그 물결은 그와 대결하여 그것을 자기 갱신의 힘으로 전환시킬 능력이 없는 질서를 파괴해 버린다. 혼돈의 파괴의 물결에 무너지는 삶과 문화는 진정한 삶과 문화가 아니다. 진정한 삶과 문화는 부단한 자기 갱신을 위해 혼돈을 필요로 한다. 그 점에서 혼돈은 삶과 문화를 구원하는 힘이다. 그래서 블록은 그의 시에서 혼돈의 '끔찍한 영감'을 노래했다. 삶에 대한 갈망이 낳는, 반편(半偏)의 평안과 조화에 대한 거부는 형식적이고 의미 없는 질서를 파괴하는 역사적 혼돈의 물결에 대한 옹호와 맥을 잇는다.

하지만, 오, 벗들이여, 나는 죽고 싶지 않아.
사색하고 고통받기 위해 나는 살고 싶다.
슬픔과 근심과 동요 가운데
향락이 내게 있을 것임을 나는 아네.
때로는 다시 조화에 흠뻑 취하리라,
창조물 위에 눈물을 쏟으리라.
(중략)
— 알렉산드르 푸시킨, 〈비가〉

모순과 절망을 체험하지 않는 삶은 진정한 삶이 아니다. '예술가 인간'은 모순과 어둠에 잠재된 조화와 빛의 계기를 포착하고 이를 실현하기 위해 투쟁하는 인간이다. 고통 속에서 삶의 의미를 부단히 찾고 새로운 삶을 창조하는 기쁨을 누리는 인간이다.

세상에 대한 체념과 순응을 대가로 얻는 안락한 삶의 무의미를 꿰뚫어 보는 영혼은 음울하다. 음울한 영혼으로 자유를 선언한다. 거짓된, 불의(不義)한 삶의 틀에 구속되어 순응하기를 거부하는, '미친 자'의 삶을 살 자유를 선언한다. 세상의 얼굴을 담대히 바라보며 피할 길 없는 파멸의 운명과 대결한다. 선과 빛에 대한 갈망으로 모든 시련을 감내할 준비가 되어 있는, 강인한 존재로서의 자기 자각이다. '예술가 인간'은 건강한 비극적 세계 지각을 체현한 인간이다.

오, 나는 미쳐 살고 싶어라!
모든 실재를 영원하게 하고 싶어라!
얼굴 없는 존재를 육화하고 싶어라!
이루어지지 않은 것을 구현하고 싶어라!

생의 무거운 잠이여, 짓눌러라.
그 잠 속에서, 숨이여, 막혀라.
앞날에 올 쾌활한 청년이
나를 두고 이렇게 말할지니.

음울함을 용서하자. 그것이야말로
그의 은밀한 동력이 아니던가?
그는 온전히 선과 빛의 아이!
그는 온전히 자유의 영광!
  – 알렉산드르 블록, 〈오, 나는 미쳐 살고 싶어라!〉

구속이 아닌 자유의 선택은 삶의 부정이자 긍정이다. '무거운 잠' 같은 현재의 일그러진 삶에 대한 부정이자 일찍이 없던 선과 빛의 세상이 실현될 미래에 대한 소망이자 믿음이다. 시인은 모든 실재를 영원하게 하기 위해, 얼굴 없는 존재를 육화하기 위해, 이루어지지 않은 것을 구현하기 위해 살기를 원한다. 삶의 목적은 영원의 가치에 합당한 삶을 확립하는 것에, 자유로운 개성을 지닌 인간의 모습을 구현하는 것에, '이루어져야 할 것'을 이루는 것에 있다.

죽음 같은 애수 속에서 생의 파멸적인 불길이 인다. 타오르는 격정으로 순응을 떨치고 삶과 대결한다. 영혼과 세상에 드리운 어둠은 빛의 불가피한 조건이다. 그래서 시인은 어둠을 선택할 자유에 불가피하게 내맡겨진다. 어둠을 불사른다. 광기에 찬 삶은 어둠 속에서 빛을 창조하는 삶이다. 그 삶이 미래 세대에게 지닌 가치를 믿는다.

"삶이 그대를 속일지라도 슬퍼 마라, 노여워 마라! (중략) 모든 것은 순간, 모든 것은 지나가고 지나간 것은 소중할지니." 블록은 러시아 문학을 통틀어 가장 유명한 푸시킨의 저 시구에 담긴 진리를 자신의 '길'의 주제와 '예술가 인간'의 이상으로 확증한다. 시간은 정신의 상흔을 그저 치유해 주지 않는다. 삶에 속아도 슬퍼하거나 노여워하지 않는 인간은 자기 삶의 예술가인 인간이다. 심장은 미래에 대한 열망으로 살고 오늘을 견딘다. 기쁨의 날은 '내면이 진정으로 원하는 것을 찾고 추구하는 행동'이 연다. 열망하고 행동하는 인간만이 역경과 아픔에도 불구하고, 쓰러져 영영 일어나지 못할지라도 운명을 긍정할 수 있다. 영혼의 열기가 삶을 긍정하게 하고, 현재의 어둠 속에서 미래의 빛을 보존케 한다.

시인은 자신을 소진시키는 '영혼의 열기'가 무의미하지 않음을 믿는다. 그것이 삶에 대한 변함없는 믿음과 굳건히 확립된 삶과의 유대의 토대이기 때문이다. 비록 환멸과 조소의 어조가 시인의 영혼을 잠식할지라도 다른 한편에서 '영혼의 열기'는 시인의 영혼을 구해 낸다.

때로 권태와 애수, 소진되어 황폐해진 영혼에 대한 한탄으로 신음하지만, 냉소에 차서 삶에 대한 믿음을 잃는 것은 아니다. 전지자(全知者)에게 항의하지 않는다. 삶은 인간의 기대를, 행복에 대한 내밀한 기대를 기만할 수 있다. 그러나 시인은 한편의 정신적인 피로감과 싸우며 삶을 향한 내면의 열망의 가치를 믿는다. 가슴이 차가운 인간, 내면의 불길이 사그라진 인간은 살아 있는 죽음이다. 생명의 본질은 자유다. 자유하라, 인간이여! 블록의 외침이다. 삶을 스스로 선택하는 인간만이, 주인의 삶의 고통을 기꺼이 감내하는 인간만이 운명을 긍정할 수 있다. '자신이 곧 법'인 존재. 그 자유로운 '예술가 인간'의 모습을 우리 시인 김수영은 또 이렇게 노래했다.

푸른 하늘을
제압하는 노고지리가
자유로웠다고 부러워하던
어느 시인의 말은 수정되어야 한다.
자유를 위하여
비상하여 본 일이 있는 사람은 알지.
노고지리가 무엇을 보고 노래하는가를,
어째서 자유에는
피의 냄새가 섞여 있는가를
혁명은 왜 고독한 것인가를
혁명은 왜 고독해야 하는 것인가를.
  - 김수영, 〈푸른 하늘을〉(1960)

저토록 강렬한 전율에 찬 목소리를 남긴 한 세기 전의 러시아 시인 알렉산드르 블록. 그는 현대 러시아인의 삶의 운명을 결정한 변혁의 바람이 휘몰아쳤던 격동의 시대를 살았다. 시인 아흐마토바가 '시대의 비극적 테너'였다고 추모한 블록은 암울했던 시대의 시적 체험을 한 권의 삶의 책, 《삼부작》 시소설로 남겼다.

《삼부작》의 문맥 속에서 블록의 시는 모순과 갈등으로 점철된 복잡한 삶의 길을 부단히 걷는 인간의 형상을 창조한다. 블록 시의 가장 중요한 주제는 블록 자신이다. 그의 시는 모순적이지만 일관된 삶을 살아가는 인간 블록의 형상을 창조한다. 시소설이 창조하는 인간의 형상이 실제 시인을 대신한다. 삶의 길의 초입에 세상을 모르는 낭만주의적 이상주의자였던 블록의 인간은 고통과 환멸을 거쳐 삶을 알아 가며 폐부 깊숙이 시대의 대기를 들이마시고 역사적 파국에 처한 삶을 받아들이는 시대적 인간으로 변모한다. 독자들은 이 창조된 시인의 형상을 실제 시인으로 받아들이고 그를 숭배했다. 시대의 모순을 집약하는 그 인간의 폭넓은 정신적 삶의 모습을 통해 블록은 시대의 표상이 되었다.

블록의 시는 파국성의 느낌으로 읽는 사람을 전율하게 한다. 그의 많은 시가 운명의 바람이 휩쓰는, '눈보라 치는 광장'의 느낌에 침윤되어 있다. 시인은 세계를 파괴할 재앙을 예감했고, '재앙의 불길'의 예감 속에서 세계를 아름답게 갱신시킬 정화의 뇌우를 보았다. 오직 그 소망으로 러시아 혁명의 재앙을 받아들였다. 블록은 혁명을 믿었다. 혁명이 '모든 것을 새로 만들어야 함'을, '거짓되고 추악하고 무료한 생이 정의롭고 순결하고 즐거우며 아름다운 것이 되도록 해야 함'을 믿었다. 예감이 실현되었다. 그의 가슴에 희열이 들끓었다. 그러나 기쁨은 오래가지 못했다. 위대한 뇌우가 그치고 삶이 변모된 것이 아니라 더 잔혹하고 쓰라린 것이 되었을 때, 시인은 무시무시한 애수 속에서 침묵하며 생을 마감했다.

나 역시 / 선전선동시는 / 신물이 난다. / 나 역시 / 그대들에게 / 로맨스를 지어 바칠 수 있었건만. / 그것이 더 돈벌이도 되고 / 매혹적이지 않았겠는가. / 하지만 나는 스스로를 / 억누르고 / 내 노래가 흘러나오는 / 목구멍에 올라섰다. / 들으라, / 후손 동지들이여, / 선동가이자 / 이 시대 최고의 소리꾼의 외침을.

삶에 대한 희망,
목청을 다하여 외치리라

조규연

블라디미르 마야콥스키의 〈목청을 다하여〉* 중에서

〈서사시에 대한 첫 번째 서문〉

친애하는 / 후손 동지들이여! / 그대들은 / 오늘날의 / 굳어져 버린 인분 더미를 / 파헤치고 / 이 시대의 암흑상을 공부하면서 / 어쩌면 / 나에 대해서도 물을지 모른다. / 아마도 / 그대들의 학자란 사람은 / 박학다식으로 / 질문 공세를 입막음하며 / 이렇게 말할 것이다. / "끓인 물을 좋아하던, / 생수는 미친 듯 싫어하던 시인이 있었지." / 교수 양반, / 자전거 같은 안경일랑 벗어던지시오! / 내 스스로 말해주지. / 시간에 대하여, / 그리고 나 자신에 대하여. / 나는 / 혁명으로 / 동원되고 소환된 / 청소부이자, 물지게꾼. / 변덕스런 아녀자 같은 시를 / 일삼는 / 귀족적인 과수원을 등지고 / 나는 전선(戰線)으로 나갔다.

---

* 추천 역서: 《나는 사랑한다(마야꼬프스끼 전집 1)》, 블라지미르 마야꼬프스끼, 석영중 옮김, 열린책들, 1993.
《광기의 에메랄드: 마야꼬프스끼의 혁명의 시》, 블라지미르 마야꼬프스끼, 석영중 옮김, 고려대학교 출판부, 2003.

⟨……⟩

폐병 환자가 침을 뱉고 / 창녀가 불량배와 놀아나 매독이 만연한 / 공원, / 그러한 장미꽃밭에 / 나의 동상들이 우뚝 솟는 것은 / 그리 영광스러울 것 없다. / 나 역시 / 선전선동시는 / 신물이 난다. / 나 역시 / 그대들에게 / 로맨스를 지어 바칠 수 있었건만. / 그것이 더 돈벌이도 되고 / 매혹적이지 않았겠는가. / 하지만 나는 스스로를 / 억누르고 / 내 노래가 흘러나오는 / 목구멍에 올라섰다. / 들으라, / 후손 동지들이여, / 선동가이자 / 이 시대 최고의 소리꾼의 외침을. / 흘러나오는 시를 / 억누르며 / 마치 산 자가 / 산 자들과 이야기하듯 / 나는 서정시의 책 더미를 지나 / 걸어갈 것이다. / 먼 미래의 공산주의 세상, / 내 그대들에게 오리라.

⟨……⟩

나의 시는 / 시대의 산맥을 넘고 / 시인들과 정치인들의 머리통을 지나 / 다다를 것이니. / 나의 시는 / 사랑과 서정적 욕망의 / 화살처럼, / 화폐 수집가의 닳아빠진 동전처럼, / 소멸한 별들의 희미한 빛처럼 / 그렇게 다다르지는 않으리라. / 로마의 노예들에 의해 / 매설된 / 수도관이 / 오늘날에도 남아 있듯이 / 나의 시는 / 거대한 시간 더미를 / 힘겹게 관통하여 / 묵직하고, / 거칠고, / 생생하게 / 도래하리라. / 시가 매장되어 있는 / 책들의 분묘 속에서 / 당신들은 / 시의 쇳조각을 우연히 발굴하여 / 낡았지만 / 준엄한 무기인양 / 존경스럽게 / 그것들을 어루만지라.

⟨……⟩

나의 책장을 / 군대가 열병하듯 펼치고 / 나는 시의 전선을 오간다. / 죽음과 더불어 / 불멸의 영광을 맞을 채비가 된 / 시들은 납처럼 무겁게 서 있다. / 서사시들은 / 아가리를 벌려 조준된 / 총구와 총구를 밀착한 채 / 꼼짝 않고 서있다.

〈······〉

　전사하라, 나의 시여, / 일개 병사로 / 전사하라. / 돌격 속에 죽어 간 / 우리의 이름 모를 병사처럼! / 나는 청동상의 육중함에 침을 뱉고 / 또한 대리석의 점액에 침을 뱉는다. / 영광으로 털어 내자, / 우리는 모두 한 몸, / 전쟁으로 / 건설된 / 사회주의가 / 우리 / 모두의 기념비가 되도록 하자. / 후손들이여, / 부유하는 사전들을 확인해 보라. / 레테의 강으로부터 / 떠내려 올 / 단어들은 '매춘', / '결핵', / '봉쇄' 같은 찌꺼기들뿐. / 건강하고 / 영악한 / 그대들을 위하여 / 시인은 / 포스터의 거친 혀로 / 폐병쟁이의 가래침을 / 핥아 왔다. / 세월의 말미에 / 나는 꼬리 달린 괴수의 / 화석처럼 / 변해 간다. / 삶, 우리의 동지여, / 어서 / 발을 구르자, / 남은 나날 / 5개년 계획을 따라 / 발을 구르자. / 시는 / 내게 / 한 푼도 쥐어 주지 않았고, / 나의 집엔 변변한 가구 하나 없다. / 솔직히 말해 / 말끔하게 세탁된 / 셔츠 몇 벌 외에는 / 아무것도 필요치 않다. / 나는 다가올 / 밝은 미래의 / 중앙통제위원회에 등장하여 / 당의 열정 가득한 / 나의 / 수백 권의 모든 시 전집을 / 볼셰비키 당원증인 양 / 시의 / 협잡꾼과 사기꾼 / 패거리 위로 / 높이 올려 보이리라.

혁명과 삶, '목청을 다하여' 외치다

　마야콥스키가 자살하기 석 달 전에 완성된 이 시는 마야콥스키 창작의 완결이자 유언시라 일컬어진다. 삶과 창작의 결산으로서의 의미를 지니는 이 작품에서는 미래주의 시기의 주된 형식으로서의 강한 서정성과 함께 소비에트 시기 문학과 정치 사이의 첨예한 역학 관계, 그로 인한 시인의 딜레마와 자기 정당화, 미래주의 시인의 존재론적 회의와 아이러니, 죽음과 부활 등 마야콥스키의 전 창작을 관통하는 테마가 복합적으로 표출되어 있다.

'혁명'과 '자살'은 1910–20년대 러시아의 격변기를 온몸으로 살다 간 마야콥스키의 삶과 창작을 규정하는 핵심적인 키워드이다. 흥미로운 사실은 이 두 가지 요소가 그의 창작에 있어 근본적인 모티프이자 그의 삶 속에서 발생한 실제 사건이었다는 점이다. 이에 〈목청을 다하여〉의 몇 장면을 통해 혁명 이후 정치적 현실과의 끊임없는 투쟁과 타협, 회의와 아이러니 속에서 시인으로서의 실존적 측면을 모색해 갔던 소비에트 시인의 삶과 창작의 과정을 '혁명'과 '자살'이라는 모티프를 중심으로 살펴보려고 한다.

미래주의와 마야콥스키

시문학에 관심이 있는 독자라면 기성 문학으로부터의 문학사적 단절을 통해 새로운 시적 사유와 독특한 발화의 형식을 지니고 등장한 2000년대 한국의 젊은 시인들, 그리고 그들을 둘러싼 미래파 논쟁을 기억할 것이다. 1980–90년대의 이념 논쟁과 달리 시 텍스트와 미학 그 자체를 다루었던 미래파 논쟁은 한국 문단에서 자유롭고 역동적인 창작의 토대를 제공해 주었으며, 독자들에게 새로운 문학어와 형식의 실험, 장르 파괴와 혼종 등 다양한 현상에 대해 본격적으로 사유하는 계기를 마련해 주었다. 러시아나 이탈리아의 미래주의와 달리 특정한 주제나 방법론을 지닌 조직화된 문학 유파가 아니었음에도 '미래파'라 명명되었던 일군의 젊은 시인들의 창작은 약 한 세기 전 짧은 기간 강렬하게 존재했던 러시아 미래주의와 그 대표적인 시인 블라디미르 마야콥스키를 상기시키기에 충분하다.

마야콥스키는 난해한 시인이다. 창작만큼이나 그의 삶 역시 난해하며 '시적'이다. 그가 젊은 시절 몸담았던 미래주의는 또 어떠한가! 1910년대 혁명의 분위기 속에서 단어가 지닌 음성과 시각의 의미화를 통해 자족적인 미래어, 즉 초이성어(Заумь)를 창조했던 러시아 미래주의는 그 자체로 20세기 러시아 문학사에서 새롭고도 흥미로운 현상이 아닐 수 없다. 그러나 미래주의 시는 독자들을 항상 당혹스럽게 한다. 전통의 파괴와 전적으로 새로운 형식 외에도 신조어로 인한 해독 불가능성이라는 근본적인 난관에 봉착하기 때문이다.

마야콥스키의 창작은 여타의 미래주의 시인들의 그것과는 근본적인 차이가 있다. 기존의 관습과 형식의 파괴를 통해 새로운 가치를 모색했던 미래주의자들이 다양한 언어 실험을 통해 초(超)시간적인 유토피아를 지향했다면 마야콥스키는 일상이라는 현실의 시공간과 지속적으로 교류하며 대중과의 소통을 갈구한 시인이었다. 이러한 측면으로 볼 때 마야콥스키의 시는 충분히 해독이 가능하다.

마야콥스키의 창작이 가장 주목받은 시기는 창작 초기, 즉 미래주의에 적극 가담하여 실험적이며 창조적인 작품 활동을 했던 1912년에서 1915년까지의 기간이다. 반면 10월 혁명 이후 그의 창작은 다분히 정치적인 부분에 할애되고 선전선동시와 광고 및 포스터 작업에 상당 부분 바쳐졌다(이는 혁명 이후 마야콥스키의 창작이 '시적 변질' 또는 '정치적 타협'

이라 비판받게 된 주된 이유이기도 하다). 그럼에도 마야콥스키는 정치적 상황으로 인해 노골적으로 드러낼 수 없었던 미래주의적인 시적 자아의 모습을 교묘하게 노출하며 새로운 시와 예술에 대한 실험적 인식, 나아가 일상의 창조와 건설에 대한 지향을 지속적으로 표출하였다. 따라서 마야콥스키 창작의 본질을 이해하기 위해서는 혁명 이후 그의 창작에 정치적인 의미를 부여하기보다 미래주의의 연속성의 차원에서 읽어 내는 과정이 요구된다. 혁명 이후 볼셰비키 정권의 회유와 탄압의 대상이 될 수밖에 없었던 미래주의의 운명이 그러했듯 혁명의 격변기와 소비에트 시기에 정치에 이끌리면서도 모든 일상과의 외로운 투쟁을 지속하며 정치와 예술 사이에서 끊임없이 갈등했던 마야콥스키는 존재론적 위기와 비극적 결말로 이끌리고 만다. 이러한 모든 과정을 반영하는 그의 마지막 시 〈목청을 다하여〉는 그의 삶과 창작의 본질뿐 아니라 혁명기와 소비에트 초기의 러시아 사회, 문화적 상황을 폭넓게 제시하는 중요한 작품이라 할 수 있다.

"오늘날의 굳어져 버린 인분 더미 속에서……"

새롭게 건설될 사회주의라는 테두리 안에서 예술에 대한 자유로운 실험과 이를 통한 새로운 일상의 창조가 가능하리라 믿었던 미래주의자들에게 혁명 이후의 현실은 기대와는 전혀 다른 것이었다. 볼셰비키 정권은 그들을 '오만한 개인주의', '니힐리즘으로 무장한 정치적 해악' 등으로 간주하였고, 마야콥스키 역시 당시 레닌(V. Lenin)을 비롯한 정치권으로부터 혹독한 비판에 직면한다. 즉 정치 세력과 '혁명적' 인식을 공유했던 미래주의가 정치적 '혁명'에 의해 내몰리는 역설적인 상황을 맞게 된 것이다.

　정치적 탄압에 의해 대다수의 미래주의 시인들이 모스크바와 러시아를 등질 수밖에 없었던 혁명 이후의 현실 속에서 문단의 중심에 남아 자신의 창작을 지속해 나갔던 유일한 미래주의 시인이 바로 마야콥스키였다. 정치적 타협과 거부, 그 양자택일 속에서 진정한 시인으로 남기 위해 그가 선택할 수 있는 길은 무엇이었을까? 〈목청을 다하여〉는 바로 혁명 이후의 현실이 초래한 존재론적 위기와 치열한 내적 갈등, 상실과 절망 속에서 고뇌하는 한 고독한 시인의 내면을 확인할 수 있는 작품이다. 이 시가 완성되기 바로 전, 마야콥스키는 당과의 불화(마야콥스키는 공산당을 옹호하긴 했지만 혁명 이후 지속적으로 당과의 거리를 유지하고 마지막까지 당에 가입하지 않았다)로 1930년 1월에 출판된 《소비에트 백과사전》에서 '아나키즘적이며 개인주의적이고 소부르주아적인' 시인으로 치부되고 프롤레타리아적 세계관과는 거리가 먼 존재로 규정될 만큼 정치적으로 극도의 고립 상태에 처하게 된다.

　이러한 상황에서 '마야콥스키 창작 20주년 기념 전시회'가 기획되었다. 마야콥스키와 지속적으로 교분을 유지했던 문학 비평가 시클롭스키(V. Shklovsky)와 아방가르드 예술가 롯첸코(A. Rodchenko) 외에 행사에 참석한 이들 대다수가 젊은 청년들이었다. 바로 이 기념회에서의 연설을 위해 창작되고, 참석한 대중들 앞에서 낭송된 시가 바로 〈목청을 다하여〉였다. 이 전시회에 초청된 정치·문학계의 인사들 대부분이 참석을 거부했다는 사실은 당시 마야콥스키가 처했던 정치적 고립과 문학적 위기의 상황을 단적으로 말해 준다. 이 시기 마야콥스키의 적대자들은 그가 쓴 정치·사회적 소품들을 예로 들며 그를 시적 재능을 모두 소진해 버린 시인이라 비판하고 있던 터였다. 마야콥스키는 자신의 창작 전반을 결산하는 이 시의 낭송을 통해 후대에게 자신에 대한 재평가를 요구하는 동시에 진정한 시인으로서의 자신의 '귀환'을 알린 것이다. 또한 이는 자신의 문학적 적대자들과 관료주의적 타성에 젖은 인사들을 향한 신랄한 조롱과 비판이었으며 동시에 젊은 후대를 향해 내뱉는 확신에 찬 그의 '목청을 다한' 마지막 목소리였다.

10월 혁명? 그것은 '나의 혁명'일 뿐……

1912년 약관 20세의 나이에 미래주의를 기치로 본격적으로 문단에 데뷔하여 짧은 기간 강렬한 삶을 살았던 마야콥스키에게 있어 '혁명'은 창작의 근본적 도구이자 시적 동기였으며 삶 그 자체였다. 10월 혁명이라는 정치적 사건 역시 그의 삶과 창작의 분기점으로 작용한다. '당신들'과는 전적으로 차별되는 능력을 지닌 우월한 존재로서 "내게 나는 너무 협소해. 나로부터 누군가가 자꾸만 분출되고 있다"라고 토로할 만큼 마야콥스키의 혁명 이전 창작이 미래주의 본연의 서정성과 주체의 시학으로 점철되었다면, 혁명 이후 창작에서는 미래주의적 비대한 '나'의 존재가 상쇄되고 혁명의 시원으로서의 민중이라는 다수의 무리에 '나'의 역할이 전가되면서 정치 혁명의 맥락은 더욱 강조되기에 이른다. 또한 이 시기 마야콥스키의 창작에서 주를 이루는 것은 포스터와 광고 작업을 포함한 선전선동시와 경향문학이었다. 러시아 혁명의 시기에 씌어진 마야콥스키의 시구가 1980년대 한국의 대학생들 사이에서 파편적으로 번역되어 정치적 구호로 향유되고 그의 이름 앞에 '혁명 시인' 또는 '혁명의 고수(鼓手)'라는 급진적 성격의 수식어가 일반화된 것도 바로 이런 이유에서였다.

그렇다면 마야콥스키에게 10월 혁명이란 무엇이었으며, 그의 삶과 창작에서 '혁명'이라는 말이 지닌 의미는 무엇이었을까?

〈목청을 다하여〉는 시적 화자가 자신의 '후손'들에게 스스로가 지나온 창작 과정을 소개하는 것으로 시작된다. 그가 살고 있는 현재는 '암흑'이며, 그 안의 존재들은 '굳어져 버린' '인분 더미'일 뿐이다. 또한 시적 화자는 자신 역시 당대를 살았던 수많은 시인들 중 하나로 후손들에 의해 발견될 것이라 예견하면서 시대의 암흑 속에서 '인분 더미'로 굳어질 수밖에 없는 문학적 현실, 나아가 혁명 이후 고착화되어 가는 러시아 현실 전반에 대한 비판적 관점을 표출한다. 미래주의가 끊임없이 거부하던 전통적인 아카데미즘을 연상시키는 '안경 낀 교수 양반'의 자신에 대한 평가 역시 그에게는 무의미하다. 이러한 암울한 사회적 현실은 '변덕스런 아녀자 같은 시를 일삼는 귀족적인 과수원'이자 '결핵 환자가 침을 뱉고 창녀가 불량배와 놀아나 매독이 만연하는 공원'으로 묘사되며, 이는 사랑에 관한 저급한 로맨스가 주를 이루는 당대의 시(예술)적 현실로 전이된다. 시적 화자는 이내 혁명 이후의 이러한 현실을 거부하고 '혁명에 의해 동원되어 전선으로 나간' 자신의 시와 창작의 과정을 언급한다. 또한 예술이 폐기될 수밖에 없는 정치적 현실 속에서도 '펜이 총검에 필적하기를' 바랐던 마야콥스키는 자신의 시의 자그마한 조각이나마 혁명에 있어 '준엄한 무기'가 될 것이라는 기대를 버리지 않는다.

이 작품 속에서 '시'는 시의 전장에서 죽음을 목전에 둔 채 최후의 전투를 준비하고 있는 모습으로 묘사된다. 비장한 음조와 전쟁을 연상시키는 시어들은 다분히 이 작품을 혁명과 전쟁에 관한 것으로 착각하게끔 만든다. 그러나 여기서 주목할 부분은 정치적 사건으로서의 10월 혁명이 다름 아닌 시(예술)의 혁명으로 전이된다는 점이다. 따라서 시적 화자가 향하는 전장은 정치적 혁명의 그것이 아닌 시와 예술의 투기장인 것이다. 미래주의 시기의 초기 에세이에서도 밝혔듯이, 마야콥스키에게 예술은 '전쟁에 대한 것'이 아닌 '전쟁으로써(전쟁처럼)' 창조되어야만 하는 까닭이다. 그에게 있어 혁명 역시 묘사와 재현의 대상이 아닌 시인이 갖춰야 할 시 창조의 한 방식이었다.

이 시에서 마야콥스키는 "나 역시 신물이 나는 선전선동시", 즉 혁명 이후 자신의 창작의 주된 작업에 대해 언급하고, "그대들을 위하여 포스터의 거친 혀로 폐병쟁이의 가래침을 핥아 왔던" 자신의 창작 과정을 정당화한다. 포스터를 비롯한 광고 문구 작업은 1920년대 마야콥스키 창작의 대다수를 차지하는 부분으로, 그로 인해 자신에게 쏟아졌던 비판적 시각에 대한 시인의 자기 인식과 불안한 심적 상태는 20년대 그의 몇몇 시를 통해 표출된 바 있다.

그렇다면 혁명 이후 마야콥스키의 창작적 이행을 어떻게 규정할 수 있을까? 시대가 요구하는 시인의 사명감이었을까, 시적 타성으로부터의 탈피와 새로운 실험을 위한 것이었을까, 아니면 정치적 타협으로 인한 시적 외도 또는 변질로 규정해야 하는가? 이에 답하기에 앞서 이 작품에서 다른 어떤 것보다 깊이 각인되는 한 시구가 있다:

"나는 스스로를 억누르고 내 노래가 흘러나오는 목구멍 위에 올라섰다."

이 말 속에는 시인으로서의 자기 의지에 반해 사회, 정치적 현실에 깊이 관여하여 목청을 높여 마음껏 소리 낼 수 없었던 마야콥스키의 존재론적 회의, 그리고 예술의 혁명이 정치적 혁명에 의해 향유되고 예술은 혁명이라는 정치적 배역에 내몰려 종국에는 강제적으로 폐기될 수밖에 없는 시대의 암흑상과 그에 대한 시인의 비극적 인식이 오롯이 배어 있다. 이는 또한 혁명 이후의 시기에 시인으로 남아, '목청을 다하여' 외치지는 못하더라도 '나지막이나마' 자신의 목소리를 내기 위한 최소한의, 어쩌면 유일한 길이었다.

마야콥스키는 "수용하느냐 마느냐? 그런 질문은 내겐 불필요한 것이었다. 그것은 나의 혁명일 뿐"이라고 10월 혁명에 대해 쓰지 않았던가? 그에게 있어 혁명은 결국 예술과 문학의 혁명, 즉 '나의 혁명'이었으며, 따라서 그는 정치적 의미에서의 '혁명 시인'이 아닌 새로운 실험을 통해 시의 혁명을 바랐던 '혁명적인' 시인이었던 것이다.

그는 혁명 이후의 현실에서 자신의 창작이 '틀에 박힌 형식', 즉 스스로가 가장 경계하던 '괴수의 화석'이 되어 감을 인식한다. 이러한 위기의식 속에서 그에 대한 해결책은 바로 삶에 대한 적극적인 호소이다. 그는 동시대의 '삶, 우리의 동지'에 호소하며 새로운 삶으로의 이행을 재촉한다. 시적 타성의 극복 그리고 시 창작에 대한 강한 열망은 삶에 대한 의지, 즉 새로운 삶의 가속화를 통해 가능한 것이기 때문이다.

'시대의 산맥을 넘어' – 시인은 결코 죽지 않는다

"이 삶에서 죽는다는 것은 새로울 것 없네. 하지만 결국 산다는 것 역시 더 새로울 것이 없네." 1925년 삶의 마지막 순간 이 시를 남겼던 시인 예세닌(S. Yesenin)의 자살은 마야콥스키에게 적지 않은 충격이었다. 마야콥스키는 '문학적 사실'이 되어 버린 예세닌의 자살과 그가 남긴 마지막 시가 미칠 사회적 파장, 아니 자기 자신에게 미칠 영향력에 대해 인지하고, "이 삶에서 죽는 것은 어렵지 않네. 삶을 산다는 것이 더없이 어려울 따름"이라고 쓴다. 그는 예세닌의 마지막 시에 동일한 형식의 시로 응답하면서 자신의 창작에서 근본적인 시적 도구였던 자살에 대한 사유를 인위적으로 무화시킴과 동시에 절망적이고 힘겨운 현실에 대한 나름의 희망적 확신과 삶에 대한 적극적인 의지를 표명했던 것이다.

　그로부터 4년 후에 완성된 〈목청을 다하여〉에서 드러나는 음조는 이전의 삶에 대한 시인의 확신과는 다소 차이가 있다. 절망과 고독이 극에 달했던 이 시기에 마야콥스키는 이미 동시대인들이 아닌 미래의 후손들에게 호소하며 후대에서의 자신의 운명을 예견한다. 그는 자신의 시가 '시대의 산맥을 넘어' 먼 훗날 도래할 것이며 자신의 시적 딜레마와 고립을 부추겼던 현재의 '시인들과 정치인들의 머리통을 지나' 후대에 이를 것이라 확신하고 있다. 그러나 시적 화자는 그 과정이 녹록치 않다는 점을 이미 간파하고 있다. 이는 '거대한 시간 더미를 힘겹게 관통'해야만 가능하며 또한 '죽음'이 전제되어야 하기 때문이다. 바로 여기서 '죽음을 통한 불멸'의 역설로서의 기념비 테마가 중심에 놓이게 된다. 시인은 시의 전장으로 맹렬히 뛰어든 자신의 시에게 죽음 후의 영광을 위해 필히 '전사하라'고 명한다. 결국 '책들의 분묘'로부터 부활한 시는 (시의) 혁명을 위한 강력한 무기가 되고, 그것은 청동이나 대리석으로 만들어진 인공적인 기념비가 아닌 사회주의라는 이름의 삶의 기념비를 건설하기 위한 직접적인 도구가 된다. 이렇듯 마야콥스키에게 시의 부활은 삶의 재창조 및 새로운 건설과 결합되는 것이었다.

새로운 시대로의 영원한 부활을 위해 시의 전장에서 자신의 시를 죽여야만 하는 기념비주의의 메커니즘은 시인 자신에 대해서도 동일하게 작동한다. 시의 죽음은 바로 시인 자신의 죽음과 동일시되는데, 이는 새로운 독자의 탄생을 위해 작가는 마땅히 죽음이라는 대가를 치러야 한다는 '작가의 죽음'에 관한 롤랑바르트 (R. Barthes)의 사유와도 연관되는 부분이다.

실제로 〈목청을 다하여〉를 끝으로 마야콥스키는 서른일곱이라는 젊은 나이에 권총 자살로 자신의 생을 마감한다. 여기서 마야콥스키의 혁명 이후 창작, 그리고 그의 삶과 죽음에 대한 동시대 여류 시인 츠베타예바(M. Tsvetaeva)의 지적에 주목할 필요가 있다. 츠베타예바에 따르면 시인으로서 마야콥스키의 죽음은 이미 혁명 이후 12년간 지속된 것이었으며 그는 '인간으로 살았고 시인으로 죽었다'. 결국 혁명 이후 그의 삶은 실존적 '나'와 시인으로서 '나'의 치열한 갈등 과정이었다. 이 두 정체성의 조화로운 공존이 불가능했던 시대 현실 속에서 혁명 이후 12년이란 기간 동안 인간 마야콥스키는 시인 마야콥스키를 억누르고 노래가 흘러나오는 그의 목구멍에 올라섰던 것이다("나는 스스로를 억누르고 내 노래가 흘러나오는 목구멍 위에 올라섰다"라는 시구를 상기하자). 결국 그의 죽음은 인간의 죽음이 아닌 시인의 죽음, 시의 종말이었다. 이런 맥락에서 마야콥스키의 죽음이 지니는 문화적 함의는 매우 크다. 그의 심장을 관통한 한 발의 총성과 함께 1910-20년대의 러시아 문화, 예술의 창조적 시기를 형성했던 아방가르드는 결국 종언을 고했고 러시아 문화예술은 '사회주의 리얼리즘'이라는 어둡고 긴 터널로 접어들게 되었던 것이다.

죽음 이후 후대에 '묵직하고, 거칠고, 생생하게' 도래하고 '수백 권의 모든 시 전집을 볼셰비키 당원증인 양 시의 협잡꾼과 사기꾼 패거리 위로 들어 올려 보일 것'이라던 시인의 희망과 기대 그리고 삶의 끝자락에서 '목청을 다하여' 외쳤던 젊은 시인의 바람은 적어도 소비에트 시기에는 실현되지 못했다. 사후 5년간 소비에트 사회에서 금기시되었던 마야콥스키는 "우리 소비에트 시기의 최고의 시인이자 재능 있는 시인이었고 그렇게 남을 것이며, 그에 대한 기억과 그의 작품을 대함에 있어서의 냉담한 태도는 죄악"이라는, 그에 대한 스탈린 (J. Stalin)의 평가와 함께 1935년 소비에트 사회에서 복권되기에 이른다. 그러나 이는 정치적 의도에 의해 다시금 그에게 정치적 화관을 씌우는 소비에트 정전화의 과정일 뿐이었다. 이렇듯 후대에 온전히 공명하기를 바랐던 시인의 진정한 목소리는 소비에트 시기 내내 침묵할 수밖에 없었다. 그렇다면 소비에트 체제가 붕괴된 지 15년이 지난 지금은 과연 어떠한가?

작가와 작품

블라디미르 블라디미로비치 마야콥스키(B.B. Маяковский)는 1893년 바그다디라는 조지아의 작은 마을에서 태어났다. 삼림 감독관이었던 아버지의 사망 후 1906년 가족과 함께 모스크바로 이주하고 이후 사회민주노동당 당원으로 활동하다가 세 번에 걸쳐 체포되기도 한다. 18세가

되던 해인 1911년, 〈모스크바 미술조각건축학교〉에 입학하고 그곳에서 다비드 부를류크와의 만남을 계기로 미래주의 시인의 길로 접어든다. '대중 취향에 따귀를'이라는 제목의 미래주의 공동선언문을 시작으로 1913년에서 1915년까지, 첫 희곡 〈비극-블라디미르 마야콥스키〉를 비롯하여 〈나〉(1913), 〈바지 입은 구름〉(1915), 〈척추 피리〉(1915-1916) 등 미래주의적 서정성이 두드러지는 다수의 작품을 집필한다. 혁명 이후에는 창작의 대부분을 '로스타의 창'의 포스터와 국영기업 광고 작업, 그리고 선전선동시에 할애하면서도 〈사랑한다〉(1922), 〈이것에 관하여〉(1923), 〈좋아!〉(1927) 등 혁명 이전 미래주의 기법과 소비에트 시기에 대한 풍자적 인식을 반영하는 작품들을 창작하고, 그룹 '레프(LEF-좌익예술전선)'에서의 활동을 통해 시의 새로운 주제와 형식에 대한 실험을 지속한다. 1920년대 말 정권과의 불화와 고립이 심화되고 결국 1930년 4월 37세의 나이에 권총 자살로 생을 마감한다. 마야콥스키는 시, 산문, 희곡, 영화, 회화, 디자인 등 다양한 문학·예술 장르를 섭렵했으며, 20여 년의 창작 기간에 걸쳐 그가 집필한 작품들의 목록은 실로 방대하다.

"자, 이분 므슈 피예르는……. bref (간단히 말해)
사형 집행자입니다.
그분의 명예로운 일에 감사 드립니다."
그는 쩔쩔매며 말했다.
그리고는 놀란 표정을 지으며 의자에 앉았다.

허위로 가득 찬 세상, 영혼의 자유를 찾아서

박혜경

가운데 앉아 있던 므슈 피예르는 목이 긴 유리병에서 물을 따랐다. 그는 깍지 낀 손을(그의 새끼손가락에서 가짜 아콰마린이 반짝거렸다) 조심스럽게 탁자 위에 올려놓고 긴 속눈썹을 내리깔며 연설을 어떻게 시작할지 10여 초 정도 경건하게 생각했다.

"친애하는 신사 여러분," 므슈 피예르는 고개를 들지 않은 채 가느다란 고음으로 말하기 시작했다. "우선 내가 이미 완수한 일을 두세 마디로 깔끔하게 설명할 수 있도록 허락해 주시기 바랍니다."

"부탁 드리겠습니다." 소장이 의자를 난폭하게 삐걱거리며 낮은 목소리로 말했다.

"여러분은 우리의 예술 전통이 요구하는 속임수 장난의 원인이 무엇인지 알고 있습니다. 내가 느닷없이 나타나서 친친나트 C.에게 우정을 제

---

* 추천 역서: 《사형장으로의 초대》, 블라디미르 나보코프, 박혜경 옮김, 을유문화사, 2009.

안했다면 어떻게 되었을까요? 그랬다면 그를 떼밀어 내고 놀라게 하고 나의 적으로 만드는 결과를 가져오지 않았겠습니까? 한마디로 치명적인 실수를 저지르는 것이지요."

연설자는 컵의 물을 조금 마신 후 조심스럽게 내려놓았다.

"우리의 공동 사업이 성공하기 위해서는," 그는 속눈썹을 치켜뜨며 말했다. "형을 선고받은 사람과 집행하는 사람 사이에 참을성과 친절함의 도움으로 점차 형성되는 따뜻한 동지애가 얼마나 귀중한지는 말씀 드리지 않겠습니다. 서로를 전혀 알지 못하고 서로에게 타인으로서, 무자비한 법에 의해서만 연결되어 있는 이 두 사람이 성찬식 직전 마지막 순간에 대면을 했던, 오래전 지나가 버린 야만의 시절을 아무런 떨림 없이 기억하는 것은 어려울 뿐만 아니라 불가능하기까지 합니다. 모든 것은 변했습니다. 순종적인 처녀가 부모에 의해 낯선 사람의 천막으로 던져지던, 거의 희생에 가깝다고 할 수밖에 없는 고대의 야만적인 결혼 서약이 여러 세기에 걸쳐 변했듯이 말입니다."

(친친나트는 자기 주머니에서 초콜릿 은박 껍질을 찾아내 구기기 시작했다.)

"그래서, 여러분, 나는 판결을 받은 사람과 가장 우정 어린 관계를 맺기 위해, 적어도 그 사람처럼, 그 수인과 똑같은 모습으로 똑같이 어두컴컴한 방 안에 자리를 잡았습니다. 나의 악의 없는 거짓은 성공하지 않을 수 없었으며, 따라서 내가 어떤 가책을 느끼게 된다면 이상할 것입니다. 그러나 나는 우리의 우정의 잔에서 단 한 방울의 쓴맛도 원하지 않습니다. 증인들이 배석하고 있음에도 불구하고 나는 당신에게," 그는 친친나트에게 손을 내밀었다. "용서를 구합니다."

"정말 재치가 넘치십니다." 소장은 이렇게 속삭였고, 그의 충혈된 개구리 같은 눈은 촉촉해졌다. 그는 손수건을 꺼내 파들파들 떨리는 눈꺼풀에 대려고 하다가 멈추고 대신 화가 난 듯, 뭔가를 기대하는 것처럼 친친나트를 가만히 쳐다보았다. 변호사도 그를 쳐다보았지만 아주 잠시였을 뿐, 자신의 필체를 닮은 입술을 소리 없이 움직였고, 종이에서 분리되었다가 다시 종이를 따라 앞으로 달려 나갈 준비가 되어 있는 문장과의 관계도 중단시키지 않았다.

"손을 내미시오!" 극도로 긴장한 소장이 얼굴이 새빨개져서 소리를 지르며 탁자를 세게 내리치다가 타박상을 입었다.

"그만, 그가 원하지 않는다면 강요하지 마십시오." 므슈 피예르가 조용히 말했다. "그저 형식일 뿐이지 않습니까, 계속합시다."

"정말 상냥하십니다." 로드리크 이바노비치가 므슈 피예르에게 입맞춤처럼 촉촉한 시선을 보내며 떨리는 목소리로 말했다.

"계속합시다." 므슈 피예르가 말했다. "그동안 나는 옆방 동료와 가까워지는 데 성공했습니다. 우리는 함께 시간을 보냈습니다……."

친친나트는 탁자 아래쪽을 쳐다보았다. 므슈 피예르는 왠지 당황스러워했고 우물쭈물하며 그쪽을 곁눈질했다. 소장도 식탁보 한쪽을 들고 살펴보다가 의심스러운 눈초리로 친친나트를 바라보았다. 이번에는 변호사가 밑으로 들어갔다가 나와서 주변 사람들을 둘러보더니 다시 쓰기 시작했다. 친친나트는 똑바로 앉았다(별일은 아니고 그냥 작은 은박지 뭉치를 떨어뜨렸을 뿐이다).

"우리는 함께 시간을 보냈습니다." 므슈 피예르가 기분이 상한 것 같은 목소리로 말을 이었다. "계속해서 이야기도 나누고 여러 가지 놀이와 오락도 즐기면서 기나긴 밤들을 함께 보냈습니다. 아이들처럼 힘 겨루기도 했구요. 허약하고 불쌍한 이 므슈 피에르는, 물론, 음, 물론 강한 동료 앞에 무너지고 말았습니다. 우리는 에로틱한 내용부터 고상한 주제들까지 가리지 않고 이야기를 나누었는데, 그러는 동안 시간은 분처럼, 분은 시간처럼 날아갔습니다. 가끔은 고요한 침묵도 있었지요…….”

이때 로드리크 이바노비치가 갑자기 낄낄거렸다. “정말 impayable 하군요(이해하기 어렵군요).” 그는 뒤늦게 농담을 이해하고 이렇게 속삭였다.

“…… 가끔, 우리는 고요한 침묵 속에서 거의 껴안은 상태로 나란히 앉아 땅거미를 즐기며 생각에 빠지기도 했는데, 입을 여는 순간 두 사람의 생각은 마치 강물처럼 하나로 합쳐졌습니다. 나는 그와 연애 경험을 나누었고, 그에게 체스 게임의 기술을 가르쳐 주었고, 내 일화들로 즐겁게 해 주었습니다. 그렇게 시간은 흘러갔지요. 이제 그 결과를 눈앞에 두고 있습니다. 우리는 서로를 사랑했고, 나는 친친나트의 영혼의 구조를 그의 목 구조만큼이나 잘 알게 되었습니다. 이렇게 해서 낯설고 무서운 아저씨가 아니라, 다정한 친구가 되어 그가 붉은색 계단으로 올라가는 것을 도와줄 것이고, 그는 두려움 없이 나에게 의지하게 될 것입니다. 영원히, 죽음에도 불구하고. 대중의 의지가 실현되도록 하라!” 그가 자리에서 일어났다. 소장도 일어났다. 글쓰기에 몰두하고 있던 변호사는 약간만 일어났다.

“자, 이제, 로드리크 이바노비치, 공식적으로 나의 신분을 공개하고 소개시켜 주시기 바랍니다.”

소장은 서둘러 안경을 쓰고 종이 한 장을 똑바로 펴더니 확성기 같은 목소리로 친친나트를 향해 말했다.

"자, 이분 므슈 피에르는……. bref (간단히 말해) 사형 집행자입니다. 그분의 명예로운 일에 감사 드립니다." 그는 쩔쩔매며 말했다. 그리고는 놀란 표정을 지으며 의자에 앉았다.

"제대로 소개를 못하는군요." 므슈 피에르가 불만스럽게 말했다. "이 경우 지켜야만 하는 몇 가지 공식적인 형식이 있습니다. 나는 절대로 현학자는 아닙니다만, 이런 중요한 순간에…… 손을 가슴에 올려 봤자 소용없습니다. 일 처리가 서투르군요. 당신은……. 아니, 아니 앉아 계십시오, 됐습니다. 그만 넘어갑시다. 로만 비사리오노비치, 프로그램은 어디 있습니까?"

"당신께 드렸는데요." 변호사가 단호하게 말했다. "하지만……." 그러면서 그는 서류 가방 안에 손을 넣었다.

"찾았습니다. 걱정하지 마십시오." 므슈 피에르가 말했다. "그래서…… 공연은 모레로 예정되어 있습니다." 〈재미있는 광장〉에서. 더 이상의 훌륭한 선택은 있을 수 없겠는데요……. 아주 훌륭합니다! 그는 콧소리를 흥얼거리면서 계속 읽었다. "어른들 입장 허용……. 서커스 예약권 사용 가능……. 기타 등등, 기타 등등……. 사형 집행자는 붉은색 가죽 바지를 입고……. 이건 말도 안 돼요. 항상 그렇듯이 도를 넘어섰군요……." (친친나트에게) "즉, 모레입니다, 이해하시겠지요? 내일, 우리의 훌륭한 관습이 요구하는 대로, 당신과 나는 함께 도시의 아버지들을 방문해야 합니다. 당신에게 간단한 리스트가 있는 것 같은데요, 로드리크 이바노비치?"

로드리크 이바노비치는 눈을 부릅뜨고 자리에서 일어나 솜으로 덮여 있는 자신의 몸통을 여기저기 때리기 시작했다. 마침내 리스트가 나왔다.

"좋습니다." 므슈 피예르가 말했다. "당신 파일에 첨부하시지요, 로만 비사리오노비치. 다 된 것 같습니다. 이제 법에 따라 다음 발언권이 주어질 사람은……."

"아, 아닙니다, c'est vraiment superflu (사실 그건 쓸데없는 일이지요)……." 로드리크 이바노비치가 서둘러 말을 가로챘다. "아주 낡아 빠진 법에 불과하니까요."

"법에 따라," 므슈 피예르는 친친나트를 향해 다시 한번 단호하게 말했다. "당신에게 발언권이 주어졌습니다."

"정말 정직한 분이십니다!" 소장이 뺨을 실룩거리며 딱딱 끊어지는 말투로 말했다.

침묵이 이어졌다. 변호사의 필기 속도가 너무 빨라서 연필의 번쩍임 때문에 눈이 아팠다.

"정확하게 1분을 기다리겠습니다." 므슈 피예르가 탁자 위에 두툼한 시계를 내려놓으며 말했다.

변호사는 발작적으로 한숨을 쉬며 빽빽하게 채워진 종이들을 쌓아 올리기 시작했다.

1분이 지나갔다.

"회의는 끝났습니다." 므슈 피예르가 말했다. "여러분, 가시지요. 로만 비사리오노비치, 등사판으로 인쇄하기 전에 의사록을 한 번 검토하게 해 주십시오. 아니, 잠시 후에. 지금은 눈이 피곤하군요."

러시아 문학 하면 대부분 도스토옙스키나 톨스토이를 떠올리던 시절, 왜 그랬는지 지금도 신기하지만 나는 대학의 학과를 노어노문학과로 정했다. 문학을 전공하리라고는 생각도 해 본 적이 없던 내가 학과를 결정하기까지 나의 의지보다는 주변 사람들의 권유가 더 컸기에 사실 러시아 문학이 무엇인지도 잘 모르는 채 들어왔다고 하는 편이 나을 것이다. 하지만 결국 러시아 문학은 내 삶의 일부가 되었다. 《사형장으로의 초대》를 쓴 블라디미르 나보코프는 나에게는 특별한 의미가 있는 작가이다. 그는 러시아 문학을 '19세기 위대한 사실주의'의 틀을 벗어나 바라볼 수 있게 해 주었을 뿐만 아니라, 러시아 문학 연구를 계속할 수 있도록 계기를 만들어 준 작가이기 때문이다. 1899년 제정러시아의 수도 상트페테르부르크에서 태어난 나보코프는 1917년 볼셰비키 혁명 직후 러시아를 떠나 유럽을 거쳐 미국에 정착한 대표적인 러시아 망명작가이다. 그러다 보니 소비에트 러시아에서 그의 작품은 금기시되었고, 오랫동안 러시아 작가보다는 미국 작가로 더 많이 언급되고 읽혀져 왔다. 특히 영어 소설 《롤리타》 덕분에 부유한 미국 작가가 된 나보코프가 소련에서 읽혀지기는 쉽지 않았을 것이다. 그러나 그가 소련 해체와 더불어 러시아에서 가장 활발하게 재조명되고 고전의 반열에 오르게 된 것을 보면 러시아 독자들 역시 새로운 경향의 문학, 실험적인 소설에 대한 목마름이 있었던 것 같다. 나는 러시아 문학의 위대성이라는 범주 속에 굳건히 자리를 지키고 있던 작가들보다는 조금은 낯설고 덜 관심을 받아 왔지만 문학성에 있어서만큼은 러시아 문학의 전통을 계승하고 있는 나보코프라는 작가에 흥미를 가지게 되었고 결국 그의 작품 세계에 매료되었다. 앞에서 인용한 문장은 나보코프의 소설 중에서도 가장 독특하고 기이한 상황과 내용으로 주목을 받아 온《사형장으로의 초대》의 한 부분이다. 작가 자신도 남다른 의미를 부여하고 있는 이 소설은 나보코프의 러시아어 소설 중에서 가장 기발한 설정을 가지고 있다. 작가는 한 인터뷰에서 자신의 작품 중 가장 애정을 가지고 있는 것은《롤리타》이지만, 가장 높게 평가하는 것은《사형장으로의 초대》라고 말하기도 했다.

　《사형장으로의 초대》는 1935년에서 1936년 사이 러시아 망명 잡지인《동시대인의 기록》에 연재되었다가 1938년 파리에서 단행본으로 출판되었다. 소설은 카프카적이라고 평가받기도 하지만, 나보코프는 이 소설을 쓸 당시 독일어를 잘 몰랐고, 카프카의 작품에 대해서도 전혀 모르는 상황이었다고 주장했다.《사형장으로의 초대》를 쓰기 위해 집필 중이던《재능》까지 중단했는데, '2주 동안의 멋진 흥분과 지속적인 영감'으로 초고를 써 내려갔다고 회상하고 있다. 소설은 가상의 국가에서 주인공 친친나트가 사형 선고를 받고 요새 감옥에 수감되는 것으로 시작된다. 그가 사형 선고를 받은 이유는 서로가 서로에게 완벽히 투명한 이 세상에서 그만이 유일하게 다른 사람의 빛을 통과시키지 못하는 어두운 장애물이었기 때문이다. 즉 '영지주의적 부도덕성'과 '불투명성'이 그에게 사형 선고가 내려진 이유이다. 그는 어떻게 해서든 이 세계에서 살아남기 위해 어린 시절부터 자신의 특별함을 숨기고 광학적 속임수를 사용하여 투명하게 보이도록 가장하는 방법을 연마해 왔다. 그러나 그는 결국 이 세계의 일부가 되는 데 실패한다. 단 한 순간의 방심으로 사람들은 그의 시선의 선명함이 눈속임에 불과할 뿐, 실은 불투명한 존재임을 알게 된다.

감옥에 갇힌 후 친친나트는 더 이상 자신의 다름을 숨길 필요가 없게 된다. 그 과정에서 드러난 또 하나의 진실은 친친나트 이외의 모든 사람이 단순한 환영에 불과하다는 것이다. 그들은 감옥의 소장, 간수, 변호사의 외형을 하고 있었지만, 결국에는 실체가 없는 존재들이었다. 친친나트는 그들 모두가 허위의 존재라는 사실을 알고 있으며, 자신의 불투명함이 발각된 상황에서 그만이 실재적 존재라는 사실이 드러날 것을 두려워할 필요도 없게 되었다. 그럼에도 불구하고 그의 고통과 불안은 사라지지 않는다. 세상은 그에게 사형 날짜를 알려 주지 않음으로써 그의 고통을 다른 고통으로 대체해 놓았기 때문이다. 이렇듯 숨막히는 상황에서 친친나트가 할 수 있는 유일한 저항은 세상의 침묵에 대항한 글쓰기를 통해 자신을 표현하는 것이었다. 주변의 세상은 모두 부조리하고 저속하지만, 글쓰기 안에서 그는 자신만의 이상적인 세상을 창조할 수 있었다. 글을 쓰는 동안은 자신이 사형을 기다리고 있다는 사실도, 그가 이 세상의 사람들과 다르다는 사실도 잊을 수 있기 때문이다. 소설은 친친나트가 언제일지 모르는 자신의 사형일을 기다리며 한편으로는 글을 쓰고, 다른 한편으로는 자신의 과거의 삶을 되돌아보는 과정을 그리고 있다.

그에게 글쓰기는 자유에 대한 갈망의 구현이다. 실제로 감옥에서, 감옥과 같은 이 세계에서 벗어날 길 없는 친친나트가 영혼으로나마 유일하게 자유로움을 느끼는 곳은 바로 글쓰기 공간이다. 아직 글 쓰는 능력이 부족하고 시간이 없어 서두르고 흥분하고 있지만, 강요된 감정이 아닌 자유로운 영혼의 이야기를 쓰는 것이야말로 그가 살아 있다는 사실을 보여 주기 때문이다. 그에게 글을 쓰는 일은 인간으로서의 마지막 남은 위엄을 지키는 것이기도 하다. 다른 사람들에게 전혀 투명할 필요도, 모두가 서로를 완전히 이해할 필요도 없는 온전히 자신만의 공간에서 자신의 언어로 진실임이 입증된 생각을 글로 쓰는 것은 죽음의 공포도 극복할 수 있게 해준다. 지금 이곳은 아니더라도 언젠가 누군가는 그 글을 읽어 줄 것이며, 그가 이 세계에서 죽음을 맞이하게 되더라도 글은 영원히 남아 진실의 생각을 전해 줄 것이다. 그는 그들 중에 유일하게 살아 있는 사람이며, 따라서 기록을 남겨야 한다. 그러나 죽음의 순간이 언제인지 알 수 없는 상황에서 그를 두렵게 하는 것은 글을 언제 어떻게 끝내야 할지 알 수 없다는 것이다. 이것은 그를 매일 죽게 하는 것이나 마찬가지이다. 형 집행일까지의 시간이 자신이 쓰고 있는 글의 조화로운 완성을 위해 충분치 않다면 쉽게 몰두할 수 없기 때문이다. 그러나 단 한 사람도 친친나트의 질문에 제대로 된 대답을 해 주지 않으며 그를 고통스럽게 만든다. 그의 감시인들은 그를 육체적 감금 상태 못지않게 정신적 감금 상태 안에 두기 위해 절대로 사형 날짜를 알려 주지 않는다.

물론 친친나트는 이곳의 세상이 허위임을 알고 있다. 소설에서 유일하게 진실된 실체인 친친나트의 진지함과는 달리 이 세상의 모든 사물, 모든 사람들은 허위의 존재이다. 감방 안을 기어 다니는 거미도 가짜이고, 벽에 걸린 시계도 매 시간 시계 바늘을 그려 주어야 하는 가짜 시계이다. 사람들 역시 거짓된 존재이다. 결혼 직후부터 친친나트를 배신해 온 아내가 그의 앞에서 흘리는 눈물에 소금기라고는 없다. 그들은 모두 어딘가 우스꽝스럽고 기괴하다. 친친나트는 이것을 "허위의 사물들의 허위의 본질이 구성하고 있는 허위의 세계"라고 말한다. 그럼에도 불구하고 죽음의 공포를 극복할 수는 없다. 이 세계의 허위와 공포는 피예르의 등장과 더불어 완성되는 느낌이다. 그는 친친나트를 사형에 처할 사형 집행인이지만, 처음에는 자신의 신분을 속인 채 수감자로 등장해서 집요하게 친친나트의 우정을 갈구한다. 그는 이 세계의 기괴함, 우스꽝스러움, 부조리함의 총체이다. 친친나트의 방에 와서 체스 게임을 신청하지만 계속해서 속임수를 쓰려 하며, 그가 만든 소장의 어린 딸 엠모츠카의 사진 운세도 역시 실제 그녀의 미래 모습이 아니라, 다른 사람의 몸에 엠모츠카의 얼굴을 합성하여 만든 거짓 운세도일 뿐이다. 감옥 안에 갇힌 친친나트에게 유일하게 엄청난 흥분과 기대를 안겨 주는, 탈출을 약속하는 듯한 벽을 두드리는 소리는 피예르가 친친나트를 놀리기 위해 만들어 낸 거짓 소리였다. 그는 친친나트를 탈출시키기 위해 벽을 판 것이 아니라 그에게 헛된 기대를 심어 주기 위해 방과 방 사이에 굴을 만들었을 뿐이다. 피예르는 친친나트를 사형에 처하기 전 그와 최대한 가까운 사이가 되는 것이 목적이었고, 친친나트가 자신의 잘못을 솔직하게 인정하고 후회하도록 만들어야 했다. 그는 친친나트를 완전한 이 세상의 존재로 만든 후에 사형을 집행하고자 한 것이다. 친친나트는 이곳의 인간이 아닌 상태로는 죽는 것조차도 허용되지 않으며, 피예르는 그의 영혼의 그림자 중 단 하나도 그를 피하지 않도록 확실히 해 두어야 했다. 그에게만은 친친나트가 완전히 투명한 존재가 되어야 했고, 그러기 위해서는 무엇보다도 먼저 친친나트와의 우정을 얻는 것이 필요했다.

인용된 문장은 피예르가 지금까지의 과정을 친친나트 앞에서 공개적으로 드러내는 장면이다. 자신이 사형 집행인임을 밝히는 순간은 마치 친친나트에게 사랑을 고백하는 것처럼 조심스럽고 신중하다. 그러나 사형 집행인이 사형당할 사람에게 애틋한 마음을 품고, 자신의 상황에서 어쩔 수 없음을 고백하는 것 자체가 우스꽝스럽고 부조리한 연극으로 보일 뿐이다. 무자비한 법에 의해서만 연결되는 관계가 아니라 상호 간에 형성되는 따뜻한 동지애가 만들어졌을 때 사형은 훨씬 더 인간적일 수 있다는 피예르의 연설에 친친나트는 침묵으로 반응한다. 고대의 야만적인 형벌 대신 참을성과 친절함으로 무장한 현재의 형벌이 훨씬 더 인간적이라는 피예르의 주장은 극단적 형벌로서의 사형의 무게감을 줄이기 위한 헛된 자기 합리화에 불과하다. 더욱이 '사형장'과 '초대'라는 전혀 어울리지 않는 두 단어의 조합은 친친나트와 피예르 사이의 우정만큼이나 불가능하고 비현실적이다.

공포스럽게도 이 가상의 공간에서 사형이라는 가장 끔찍한 형벌은 한바탕 축제로 묘사되고, 사람들은 그 축제를 함께 즐기도록 축제의 장으로 초대된다. 모두가 모두에게 투명하고 단 한 사람도 예외를 허용하지 않는 세상에서 유일하게 예외적인 인간 친친나트와 같은 사람의 등장은 그들 모두를 불안하게 만들지만 동시에 흥분하게도 만든다. 그만큼 전무후무한 일이기에 사형조차도 축제의 장처럼 인식될 수밖에 없는 것이다. 그것은 피예르와 같은 권력의 주체가 원하는 그림이기도 하다. 자신들의 시스템에 어울리지 않는 사람을 제거하면서 그것을 축제의 장으로 만드는 것은 사람들에게 죽음의 순간을 볼거리로 제공함으로써 그들과 다른 사람들의 존재 가치를 무(無)화시킬 수 있기 때문이다. 한편 진지하고 공포스러운 이야기이면서도 그것을 한바탕의 소동과 축제로 그려 내는 작가 나보코프의 문장들은 이 소설을 더욱 흥미 있게 만들어 준다. 세상에 스며들지 못하는 친친나트를 괴롭히는 무기력함, 즉 이곳에서는 삶도 죽음도 공포스럽고, 개인적인 존귀함을 지킬 수 있는 방법으로서의 글쓰기 역시 언제 어떻게 끝내야 할 지 알 수 없는 무지의 상태에서 친친나트는 작가로서의 고뇌를 보여 주고 있지만, 그를 둘러싼 이 세상과 이곳의 사람들, 그리고 그 중심에 있는 피예르의 경박함은 친친나트의 무게감과는 다르게 이 소설을 읽는 재미를 더해 주고 있다. 사형이 진행될 광장의 이름이 '재미있는 광장'인 것도 재미있다. 그러나 사형이 집행되는 순간 지금까지 '이곳'을 지탱해 주던 모든 허위는 한 순간에 무너져 버린다. 이 세계의 모든 것은 속임수이고 연극이었다. 경박한 아내의 약속, 어머니의 축축한 시선, 벽 뒤에서 들려오던 구원의 소리, 이웃의 호의는 모두 삶의 막다른 골목일 뿐이며, 따라서 친친나트는 이 경계 안에서 구원을 찾을 필요는 없었다. 이 사실을 깨닫는 순간 한 명의 친친나트는 여전히 사형대 위에 누워 있지만, 다른 친친나트는 서서히 그들로부터 멀어져 차분히 주위를 둘러본다. 여전히 혼란스럽기는 하지만, 그의 시야에 들어온 것은 사형 장면에 충격을 받은 구경꾼들이 구토를 하면서 쓰러지거나 서로 부딪치며 사방으로 도망가 버리는 것이었다. 피예르는 검은 숄을 쓴 여인의 손에 작은 애벌레처럼 들려 나간다. 결국 광장에는 아무도 남지 않게 되고, 그림으로 그려진 세트장처럼 모든 것은 먼지와 함께 무너진다. 친친나트가 그 무대 장치를 넘어서 자신과 같은 존재들이 있는 곳으로 걸어 나가는 순간 이 세상은 사라지고, 《사형장으로의 초대》도 함께 막을 내린다.

　나보코프는 특이한 이력과 작품 세계를 가진 작가이다. 그의 소설을 읽다 보면 러시아 문학 전통의 맥락에서 접근해야 할 때도 있고 문학 전통과는 무관한 포스트모더니즘적인 실험성과 놀이의 문학으로 이해될 때도 있다. 그만큼 다채로운 읽기와 해석을 가능하게 하는 나보코프이기에 그의 작품은 매번 다른 느낌으로 다가온다. 처음 《사형장으로의 초대》를 읽었을 때 기이한 설정과 이해할 수 없는 인물들의 기괴한 행동에 당황하기도 했지만, 주인공 친친나트를 통해 전해지는 예술가-작가로서의 무게감이 마음에 들었다. 우리나라 독자들에게 나보코프는 여전히 《롤리타》의 작가로 잘 알려져 있지만, 그의 소설들에는 예술가로서의 성장을 향한 진지한 도전, 러시아 문학과의 연관성 속에서 더 잘 이해될 수 있는 러시아적 기운이 배어 있다. 특히 《사형장으로의 초대》는 무게감만큼이나 흥미롭고 기발한 설정과 상황이 매력적인 작품으로 러시아 현대 문학에 관심이 있는 독자라면 한번 진지하게 읽어 보기를 권하고 싶다.

작가와 작품

블라디미르 나보코프는 1899년 상트페테르부르크에서 태어났지만 1917년 10월 혁명 이후 가족과 함께 유럽으로 망명했다. 베를린에 이어 파리에 정착한 나보코프는 러시아 망명가들을 중심으로 형성된 공동체 안에서 《마셴카》를 시작으로 《루진의 방어》, 《절망》, 《사형장으로의 초대》, 《재능》 등의 러시아어 소설을 발표했다. 이후 그는 독일군을 피해 다시 미국으로 망명했다. 미국에서는 여러 대학들에서 러시아 문학과 세계 문학을 강의하면서 작품 활동을 계속했는데 첫 영어 소설인 《세바스티안 나이트의 참인생》을 발표한 이후 더 이상 러시아어로 소설을 쓰지 않았다. 1953년 《롤리타》를 완성한 이후에는 수입이 여유로워지면서 작품 활동에만 전념할 수 있게 되자 아내와 함께 유럽으로 돌아가 스위스의 몽트뢰에 정착했다. 몽트뢰의 한 호텔에 머물며 생애 마지막까지 이곳에서 지냈는데, 그 사이 마지막 작품들을 발표하였다. 대표적인 영어 작품으로는 《창백한 불꽃》과 《아다》가 있다. 나보코프는 1977년 7월 2일 스위스에서 사망하였다.

예전에 그는 다른 사람의 삶을 자신의 이기심과 개인적
이해관계라는 울타리 속에서 바라봤다.
그런데 지금 이 순간 타인의 삶이 열린 가슴을 통해
다가왔다.

전쟁이 안겨 준 고통,
무엇으로 치유할 것인가?

최병근

안드레이 플라토노프의 《귀향》 중에서

어머니는 말이 없었고 아버지는 가쁘게 숨을 몰아쉬고 있었다.

"전쟁이 끝나고 이렇게 집에 돌아왔건만 당신은 내 마음을 난도질하는구면. 할 수 없지. 그럼 이제 그 세묜이라는 작자와 같이 살지 그래! 날 아주 웃음거리로 만들었어. 난 사람이지 장난감이 아니라고."

"4시야." 아버지가 혼잣말을 했다. "아직 어둡구면. 여편네들은 많아도 쓸 만한 아내는 없다는 말이 맞아."

집 안이 조용해졌다. 나스탸는 나무 침대에서 얌전히 잠을 자고 있었다. 따뜻한 페치카 위에 있는 페트루시카는 베개에 파묻혀 코 고는 것을 잊고 있었다.

"알료샤!" 부드러운 목소리로 어머니가 말했다. "알료샤, 용서해 줘요!"

잠시 후 페트루시카는 아버지의 신음소리를 들었고 곧이어 유리 깨지는 소리를 들었다. 페트루시카는 커튼에 난 구멍 사이로 아버지와 어머니의 방을 들여다보았다. 석유등이 켜져 있었지만 그래도 방 안은 어두

웠다. '아버지가 등 유리를 깨 버렸네.' 페트루시카는 생각했다. '유리는 구할 수가 없는데.'

"여보! 손을 벤 거 아니에요? 피가 나잖아요, 어서 가서 수건 가져 오세요. 장롱에 있어요."

"조용히 해!" 아버지가 소리쳤다. "당신 목소린 듣고 싶지도 않아. 애들이나 깨워. 당장 깨우라고! 깨우라는 말 안 들려! 당신이 어떤 사람인지 다 말해 줄 거야, 애들도 알아야 할 거 아니야!"

이때 나스탸가 놀라 소리를 지르며 잠에서 깼다.

"엄마!" 나스탸가 엄마를 불렀다. "나 엄마한테 가도 돼?"

나스탸는 엄마 침대에서 엄마와 함께 이불을 덮고 몸을 데우는 걸 좋아했다.

페치카에 걸터앉은 페트루시카가 다리를 밑으로 하고는 모두를 향해 말했다.

"지금이 몇 신데 안 자고 있어요! 왜 잠을 깨우는 거예요? 해도 안 떴고 밖은 아직 어두운데! 왜 이렇게 시끄럽게 하는 거예요! 불은 또 왜 켜 놨어요!"

(중략)

"나 없는 동안 네 엄마가 무슨 짓을 했는지 알고나 있니?" 아버지는 마치 어린애처럼 투정하는 말투로 소리쳤다.

"얄료샤!" 류보프 바실리예브나는 낮은 소리로 남편의 말을 가로막았다.

"알아요, 다 안다고요!" 페트루시카가 대답했다. "어머니는 아버지 때문에 매일 울었어요. 아버지가 걱정이 돼서요. 그런데 아버지가 왔는데도 계속 우시잖아요. 아무것도 모르는 건 아버지라고요!"

"넌 아직 아무것도 모르고 있어!" 아버지가 화를 냈다. "제기랄, 어디서 저런 놈이 나타난 거야!"

"모르긴 뭘 몰라요, 다 안다고요. 모르는 건 아버지예요. 할 일도 많고 살 일이 걱정인데, 아버지는 멍청이처럼 계속 화만 내고."

말을 마친 페트루시카는 베개에 머리를 묻고 소리 없이 울기 시작했다.

"니가 아주 집안을 좌지우지하는구나." 아버지가 다시 말을 꺼냈다. "될 대로 되라지. 그래 니가 이 집 가장 노릇 하며 잘 살아 봐라."

(중략)

페트루시카는 날이 훤히 밝아서야 잠에서 깼다. 그는 자기가 이렇게 늦게까지 잠을 잤다는 것 그리고 아침부터 해야 할 집안일이 있었다는 걸 알고는 깜짝 놀라고 말았다.

집에는 나스탸 혼자 있었다. 나스탸는 방바닥에 앉아 오래전에 어머니가 사 준 그림책의 책장을 넘기고 있었다. 나스탸에겐 다른 책이 없었기 때문에 매일 이 책만 보고 있었다. 나스탸는 마치 책을 읽을 줄 아는 양 손가락으로 글자를 짚었다.

"왜 아침부터 책 가지고 장난이니, 제 자리에 갖다 놔!" 페트루시카가 여동생에게 말했다. "어머니는 공장에 가셨니?"

"일하러 가셨어." 나스탸가 책을 덮으며 작은 소리로 대답했다.

"아버지는 어디 가셨지?" 페트루시카는 집 안을 이리저리 살폈다. "가방도 가져가셨니?"

"응, 가방도 가지고 나가셨어."

"무슨 말 안 하셨어?"

"아니, 아무 말 안 하고, 입하고 눈에다 뽀뽀만 해 줬어."

"그래……" 페트루시카는 생각에 잠겼다.

"나스탸, 일어나!" 그는 동생을 일으켜 세웠다. "씻고 옷 입어. 밖으로 나가자."

그 무렵 아이들의 아버지는 역에 앉아 있었다. 그는 보드카 2백 그램을 마신 다음 여행자 식권으로 식사까지 했다. 지난밤에 그는 결심을 했다. 마샤를 만나 다시는 그녀와 헤어지지 않겠다고. 한 가지 문제는 머리카락에서 자연의 냄새가 풍기는 이 목욕탕 종업원의 딸이 자신보다 훨씬 더 젊다는 것이었다. 하지만 일이 어떻게 될지는 그곳에 가 봐야 안다. 왜냐하면 앞날의 일은 그 누구도 알 수 없기 때문이다. 어쨌든 이바노프는 마샤가 자신을 보고 조금이라도 기뻐해 주길 바랐다. 그것이면 충분했다. 이는 자신에게 가까운 사람이 있다는 것을, 게다가 아주 괜찮고 활발하고 착한 마음씨를 가진 사람이 있다는 걸 의미한다. 가 보면 알겠지!

기차가 도착했다. 어제 이바노프가 떠나왔던 곳으로 되돌아가는 기차였다. 그는 배낭을 메고 기차를 타러 갔다. '설마 마샤가 날 기다리는 건 아니겠지.' 이바노프는 생각했다. '그녀는 내가 자기를 잊을 거라고 했어. 그리고 다시는 보지 못할 거라고 했어. 하지만 난 그녀에게로 영원히 돌아갈 거야.'

그는 객실로 들어가지 않고 차량 복도에 멈춰 섰다. 기차가 떠날 때 이 소도시를 마지막으로 한 번 살펴보고 싶었다. 전쟁 전부터 그는 여기서 살았고, 아이들도 이곳에서 태어났다. 떠나온 집도 다시 한번 보고 싶었다. 그의 집은 기차에서 보였다. 집 앞의 길이 철도 건널목까지 이어져 있는데 기차가 바로 그곳을 지나가기 때문이었다.

기차가 시동을 걸고 천천히 역의 선로 전환기를 지나 넓은 가을 들녘을 향해 나아가기 시작했다. 그는 차량에 설치된 손잡이를 잡고 서서 자신의 고향이었던 도시의 집들과, 건물들, 창고들 그리고 소방서 망루를 바라보았다. 멀리 높이 솟아 있는 두 개의 굴뚝이 그의 눈에 들어왔다. 하나는 비누 공장의 굴뚝이고, 다른 하나는 지금 류바(이바노프의 아내)가 프레스 작업반에서 일하고 있을 벽돌 공장의 굴뚝일 것이다. 자기 식대로 살라지 뭐, 나는 나대로 살 테니. 어쩌면 그는 그녀를 용서할 수도 있었다. 그러나 그런들 무슨 의미가 있겠는가? 어차피 그의 마음은 그녀에 대한 배신감으로 가득 차 있었다. 외로움, 남편과의 이별, 전쟁의 시간을 견디지 못하고 다른 사람과 함께했던 아내를 그는 용서할 수 없었다. 그리고 류바가 세묜인지, 옙세이인지와 가까워진 이유가 사는 게 힘들고 가난과 외로움이 너무 힘들기 때문이었다는데 사실 그것은 이유가 될 수 없었다. 모든 사랑은 무언가에 대한 필요와 외로움에서부터 시작한다. 사람이 아무런 부족함도 느끼지 못하고 외로워하지도 않는다면 결코 다른 사람을 사랑할 수 없을 것이다.

이바노프는 객실 안으로 들어가려고 했다. 잠이나 잘 생각이었다. 아이들을 두고 온 집을 다시 한번 보려는 생각은 그만두었다. 공연히 마음 아프고 싶지 않았기 때문이었다. 건널목이 점점 가까이 다가오고 있었다. 건널목이 있는 지점에서 철길은 시골과 시내를 이어 주는 길과 교차하게 된다. 흙길 위에는 마차에서 떨어진 밀짚과 건초 더미, 버드나무 가지와 말똥이 여기저기 흩어져 있었다. 이 길은 일주일에 두 번 장이 서는 날을 제외하면 늘 인적이 드물었는데 설령 있다 해도 건초를 가득 실은 마차를 끌고 시내로 나가거나 시골로 돌아오는 농부가 전부였다. 시골길은 텅 비어 있었다. 다만 저 멀리 시내 쪽 길을 따라 뛰어오는 두 아이의 모습만이 보였다. 한 아이는 조금 크고 다른 아이는 그보다 작았다.

큰애는 작은애의 손을 잡고 따라오라고 재촉했고, 작은애는 짧은 다리를 부지런히 놀리고 있었지만 큰애를 따라가기에는 힘겨운 것 같았다. 시내 끝에 자리한 집 근처에서 멈춰 선 그들은 역 쪽을 바라보며 가야 할지 말아야 할지 망설이고 있었다. 이때 열차가 건널목을 지나치자 그들은 기차를 따라잡으려는 듯 곧장 기차를 향해 뛰기 시작했다.

이바노프가 타고 있던 기차가 건널목을 지나갔다. 이바노프는 객실로 들어가 누우려고 바닥에 두었던 배낭을 집어 들었다. 다른 승객의 방해를 덜 받는 상단 침대에 누울 작정이었다. 그런데 이 두 아이가 하다못해 기차의 마지막 차량이라도 따라잡았을까? 이바노프는 창밖으로 고개를 내밀어 뒤쪽을 봤다.

손을 맞잡은 두 아이는 아직도 건널목을 향해 뛰고 있었다. 둘이 동시에 넘어졌다가는 다시 일어나 뛰었다. 큰 아이는 남은 한 손을 들어올려, 얼굴은 기차가 가는 쪽으로, 즉 이바노프가 있는 쪽으로 돌린 채 누군가를 향해 손을 흔들어 댔다. 마치 자기에게 돌아오라고 이야기하는 것 같았다. 그러다 둘은 다시 넘어졌다. 이바노프가 자세히 보니, 큰애는 한쪽 발에는 털 장화를, 다른 쪽 발에는 덧신을 신고 있었다. 그래서 그렇게 자주 넘어진 것이었다.

이바노프는 눈을 감았다. 기진맥진해서 넘어지는 아이들을 더 이상은 바라볼 수가 없었다. 그는 갑자기 가슴이 뜨거워지는 걸 느꼈다. 그의 내부에 갇혀 평생을 힘겹게 뛰고 있던 심장이 그의 전신을 뜨거움과 전율로 휘감으며 밖으로 튀어나오려는 듯했다. 갑자기 그가 예전에 알던 모든 것이 좀 더 정확히 그리고 좀 더 현실적으로 느껴졌다. 예전에 그는 다른 사람의 삶을 자신의 이기심과 개인적 이해관계라는 울타리 속에서 바라봤다. 그런데 지금 이 순간 타인의 삶이 열린 가슴을 통해 다가왔다.

그는 열차 계단에서 다시 한번 기차의 꼬리 쪽을, 기차에서 멀어져 가는 아이들을 바라봤다. 이 아이들은 다름 아닌 자신의 아이들, 페트루시카와 나스탸였다. 기차가 건널목을 지나갈 때 아이들은 그를 보았을 것이고 페트루시카는 집으로, 엄마에게로 돌아오라고 손짓을 했을 것이다. 그는 다른 생각에 잠겨 무심히 그들을 바라보았고, 그들이 자기 아이들이라는 사실을 모르고 지나쳤으리라.

이제 페트루시카와 나스탸는 기차에서 멀찌감치 떨어져 레일 옆 모랫길을 달리고 있었다. 페트루시카는 아직도 어린 나스탸의 손을 잡고 있었고 나스탸가 따라오지 못하면 손을 잡아당기며 재촉하고 있었다.

이바노프는 배낭을 기차 밖으로 던졌다. 그리고 열차의 맨 아래 계단으로 내려섰다. 그리고 아이들이 달리고 있는 모랫길로 뛰어내렸다.

진실된 사랑의 원천, 가정으로의 '내면적 귀향'

20세기 러시아 문학을 대표하는 작가 중 한 사람인 안드레이 플라토노프(Andrey P. Platonov)의 중편 소설 《귀향 Возвращение》은 다음과 같이 시작된다.

공훈부대 대위 알렉세이 알렉세예비치 이바노프는 제대 명령을 받고 군대를 떠나는 중이었다. 전쟁 내내 함께 복무했던 부대의 부대원들은 으레 그래야 하는 것처럼 아쉬움과 사랑과 존경의 마음으로, 음악과 축배 속에 그를 배웅했다. 가까운 친구들과 몇몇 동료들은 기차역까지 함께 가서 마지막으로 작별 인사를 한 뒤 돌아갔다. 그런데 기차는 몇 시간이 지나도 오지 않았다. 그 후로도 얼마간의 시간이 흘렀고, 싸늘한 가을 밤이 찾아왔지만 잠을 잘 만한 곳은 어디에도 없었다. 결국 이바노프는 방향이 맞는 차를 얻어 타고 부대로 다시 돌아왔다. 다음날 부대원들은 다시 그를 배웅해 주었다. 다시 노래를 불렀고, 영원한 우정의 징표로 떠나는 이와 포옹을 나누었다. 그러나 이들의 감정은 이미 가라앉아 있었고, 환송식도 몇몇 친구들 사이에서만 이루어졌다.

　작품의 제목처럼 소설은 2차 세계 대전이 끝난 뒤, 제대한 이바노프 대위의 귀향을 그리고 있는 작품이다. 그런데 인용한 첫 장면에서 제때에 오지 않는 기차로 인해 주인공의 귀향이 지연되는 것은 일종의 작품의 복선인가? 이후의 줄거리에서도 4년여의 전쟁 기간 중 보지 못했던 가족과의 기쁜 재회의 순간이 되었어야 할 귀향이 이바노프에게는 왠지 힘들고 어려운 귀향으로 묘사되고 있다. 첫 장면 이후에 결국 기차가 도착하고 이바노프는 고향으로 향하는 기차에 올라탄다. 그런데 그 전에 역에서 기차를 기다리던 이바노프는 마샤라는, 전시 중에 어느 군부대에서 계약직 보조 요리사로 일하다가, 마찬가지로 귀향 중인 한 처녀에게 무료함을 달래기 위해 말을 걸었었다. 그들은 이틀간 기차를 타고 가면서 함께 지낸다. 셋째 날, 기차는 마샤가 내려야 할 역에 도착하는데, 이바노프는 돌연 그녀를 따라 내린다. 마샤는 전쟁이 나기 전에는 겨우 열 살배기였고 전쟁 중에 부모는 모두 사망해 고향에는 고모 둘이 살고 있지만, 마샤는 이들에게 귀속감을 느끼지 못했다. 고향에 갑자기 혼자 남

게 된 것이 두려웠던 마샤에게는 이바노프의 관심이 놀랍기도 하고 감동
스럽기도 했다. 하지만 아버지와 남편의 귀향을 노심초사, 애타게 기다
리고 있는 가족이 있는 상황에서 이바노프의 마샤에 대한 이러한 선심과
배려는 과연 올바른 결정이며 이해 가능한 행동인가? 이바노프는 가족
과의 재회를 뒤로 미루고 있는데, 스스로도 자신이 왜 이렇게 하고 있는
지 알 수가 없었다.

이바노프는 이틀 후, 잠시 미뤄 두었던 귀향을 위해 다시 기차에 오르
고, 결국 직장을 조퇴해 가며 사흘 내내 서쪽에서 오는 모든 기차를 마중
나갔던 아내와 딸과 아들이 기다리는 집으로 귀향한다. 그런데 막상 귀
향을 해 보니 이바노프를 먼저 맞이한 것은 가족의 낯설어진 모습이었
다. 아버지의 귀향을 맞이하는 아들의 첫 마디는 다음과 같다.

"아저씨가 우리 아버진가요?" 이바노프가 자기를 들어 올려 껴안고 뽀
뽀를 하자 페트루시카가 물어보았다. "아, 아버지구나!"
"그래, 아버지다. 잘 있었니, 표트르 알렉세예비치!"

이처럼 부자간의 첫 대화는 아들은 아버지를 제때에 알아보지 못하고,
아버지는 그간 낯설어진 아들을 '페트루시카'라는 이름 대신, 존칭의 의
미가 되는 부칭(父稱) '알렉세예비치'를 덧붙여 부르는, 어색한 상황을 연
출하고 있는 것이다. 게다가 아버지의 얼굴을 기억하지 못하는 어린 딸
은 울음을 터뜨리고, 오랫동안 보지 못한 남편 앞에서 아내는 새색시처
럼 부끄러워한다. 그런데 이바노프가 귀향 직후에 느끼는 가족에 대한
낯섦과 어색함의 감정은 여기에서 그치지 않고 어떤 이질감으로까지 발

전하는데, 그는 이러한 감정을 특히 아들 페트루시카에게서 느낀다.

어색한 재회 이후, 가족은 전선에서 돌아온 남편과 아버지의 귀향을 환영하기 위한 음식을 준비하기에 분주한데, 특히 바쁜 사람은 페트루시카였다. 그는 어머니와 동생에게 무엇을 해야 하고, 무엇은 하지 말아야 하는지 일일이 지시하고, 일을 제대로 못하는 나스탸를 꾸지람하기도 한다. 다음은 오빠에게 혼이 난 나스탸를 엄마가 두둔하고 나서자 엄마에게 대꾸하는 페트루시카의 말이다.

"신경질 내는 게 아니고 난 할 일에 대해서 말하는 거예요. 아버지에게 식사 대접을 해야 하잖아요. 나라를 위해 싸우다 오셨는데 어머니와 나스탸는 쓸데없이 식량을 축내고 있으니. 감자 껍질만 해도 우리가 1년에 먹을 걸 얼마나 많이 낭비하는데요. 집에 어미 돼지라도 한 마리 있으면 버리는 감자 껍질로 한 1년 키워 품평회에 내보낼 수도 있었을 거예요. 거기서 메달도 받을 수 있고."

이바노프는 전쟁 전에 여덟 살이었던 자기 아들이 어느새 이만큼 자랐는지 이해할 수가 없었다. 이제는 아들이 매사에 능숙한 손놀림으로 집안일을 해 나가며, 집안의 가장 역할을 해 나가는 것이 꼬장꼬장한 노인네 같기도 한, 영락없는 애어른이 되어 버린 것이다. 페트루시카가 아이의 시절을 건너뛰어 이렇듯 웃자라 버린 것이 다름 아닌 전쟁과 가장(家長)의 부재(不在) 때문이었다는 것을 모르는 바 아니지만 이바노프는 이런 페트루시카의 모습에 측은함보다는 어떤 이질감 같은 것을 느낀다. 이러한 와중에 이바노프의 '심리적 귀향'을 결정적으로 막아 버린 것은 아내가 변절하지 않았을까 하는 의구심이었다.

아버지와 남편의 귀향을 환영하는 피로크(러시아식 케이크) 파티가 끝나 갈 무렵, 나스탸는 "세묜 아저씨가 오시잖아요. 아저씨 줄 거예요"라며 먹던 케이크 한 조각을 남겨 둔다. 아내의 말에 따르면 이바노프 집 근처에 살던 세묜은 "독일군 때문에 아내와 아이들을 다 잃은 사람이고", "그 사람이 우리 아이들을 보러 와서 놀다 가곤" 했다는 것이다. 아이들이 잠든 후, 이바노프는 아내의 변절의 진위를 계속 추궁했고, 아내는 세묜의 사심 없는 도움을 두둔하며 "난 당신을 사랑해요. 난 아이들의 엄마고 이미 오래전부터 당신의 여자였잖아요. 당신의 유일한. 그게 언제인지 기억도 안 나지만"이라며 결백을 주장했다. 하지만 이바노프는 마샤를 찾아 그녀와 헤어졌던 도시로 돌아가겠다며, 한밤중에 집을 뛰쳐나간다. 그 다음에 위에서 인용한 소설의 마지막 장면이 이어진다. 그리고 소설은 이바노프가 고향의 모랫길을 다시 밟으며 진정한 '마음의 귀향'을 이루는 것으로 마무리된다.

그렇다면 왜 이바노프에게 전후의 귀향이 이처럼 낯설고 어색하고 힘겨운 귀향이 되었을까? 《귀향》은 종전(終戰) 이듬해인 1946년에 《이바노프의 가족 Семья Иванова》이라는 제목으로 문예지(《신세계 Новый мир》 10, 11월호)에 게재되었다. 당시에 발표된 대부분의 작품은 이번 전쟁을 독일군으로부터 조국을 지켜 낸 위대한 성전(聖戰)으로 추켜세우며, 주로 전선(戰線)의 군인과 전투를 묘사한 작품들이었다. 그런데 지금 보면 상당히 평범해 보이는 《귀향》이 당시 소비에트 문단에서는 혹독한 비평의 대상이었는데 그것은 전쟁을 다루는 방식과 시각이 다른 작품들과는 전혀 달랐기 때문이었다. 《귀향》은 발표 시점이 2차 대전 직후였다는 점 그리고 주인공이 군인이었다는 점에서 일종의 '전쟁 소설'이라고 말할 수 있다. 그런데 소설에서는 이바노프 대위가 참가한 전투 장면은 전혀 묘사되지 않고 있다. 소설의 첫머리를 장식하는 것은 전후 군인들이 징집 해제되는 장면이다. 그리고 소설 전체는 군인들이 가족의 품으로 돌아가는 전후의 일상에 포커스가 맞춰져 있다. 특히 주인공 이바노프는 전시의 영웅적 인물이 아닌, 귀향 길에 우연히 만난 여자를 돕기 위해 자신의 귀향은 뒤로 미루는 조금은 어쭙잖은 인물이다. 게다가 국가적 대의가 아닌, 가족의 문제로 아내와 갈등을 일으키는 소시민적 인물이기도 하다. 이와 같은 내용의 평범함이 당시 사람들에게는 참신한 것으로 받아들여질 수 있었는데 과연 작가는 이 전쟁 아닌 '전쟁 소설'을 통해 무엇을 이야기하려고 했을까? 언젠가 작가는 2차 대전, 즉 전쟁의 의미에 대해 다음과 같이 말한 적이 있다.

전쟁이 국민에게 안겨 준 가장 큰 고통은 바로 가정의 파괴다. 가정은 엄습해 오는 공포를 견딜 수 있는 정신적(도덕적) 힘을 얻을 수 있는 곳이며, 사람이 평생을 정직(정조)과 상호 이해의 감정으로 살아갈 수 있게 해 주는 진실된 사랑의 원천이다.

특히 작가는 전선과 후방의 이분법적 사고에 의해 모두의 관심으로부터 배제된 후방에 남아 있는 가족들의 정신적 고통이 전쟁이 가져온 가장 큰 고통이며, 만약 가장 큰 고통이 아니라면 적어도 군인들의 죽음이나 부상에 버금가는 큰 고통이라고 말한다. 물론 후방은 총알이 날아다니는 전선에 비하면 육체적 죽음의 공포로부터 벗어난 곳이긴 했지만,

그곳에서 물자난을 겪으며 생존을 위해 겪어야만 했던 가족들의 고통 또한 죽음 앞에서 느끼는 공포심보다 덜한 고통은 아니라고 작가는 이야기하고 있는 것이다. 소설의 주인공 이바노프는 이러한 후방의 고통, 가족의 고통을 이해하지 못한다.

"마찬가지라뇨? 아니에요, 알료샤. 당신은 우리가 여기서 어떻게 살았는지 알기나 해요?"

"뭘 아냐고? 난 전쟁 내내 전투를 했고, 옆에서 죽어 가는 사람들을 수없이 봐 왔소. 당신은 몰라."

"그래요, 당신은 전투를 했지만, 난 여기서 당신을 그리워하며 넋 나간 사람처럼 손조차 움직이기 힘들었어요. 그래도 일은 열심히 해야 했어요. 애들을 키우고, 파시스트들을 막아 내기 위해 나라에 공헌도 해야 하고."

이바노프 역시 인간의 영혼을 모질고 황폐하게 만드는 전쟁을 겪지 않았더라면 아내의 부정(不貞)이 사실이 아니라는 것을 쉽게 받아들일 수 있었을지도 모른다. 하지만 타인보다는 자신의 생존이 본능적으로 요구되는 전장에서 수년을 보낸 그에게 '자기애(自己愛)의 울타리'는 점점 높아만 갔고, 비록 가족이라 할지라도 그들의 고통과 어려움을 이해하기에는 그의 마음이 너무도 각박해져 있었던 것이다. 사실 이바노프에게는 두 가지의 귀향이 있었던 셈이다. 그 하나는 전선에서 집으로 돌아가는 귀향이었다. 이것은 기차의 지연, 마샤와의 해후로 인해 예정보다 지연된, 7일 정도의 시간이 걸린 공간적 귀향, 즉 '외적 귀향'이었다. 그리고 다른 하나는 정신적, 심리적 차원에서의 귀향, 즉 전쟁 이전의 자신으로 돌아오는 '내적 귀향'이었다.

이 작품은, 이바노프가 다시 한번 고향을 등지고 마샤에게로 돌아가려고 집을 나섰다가, 자기를 쫓아온 아이들을 확인하고 이미 출발한 기차에서 뛰어내리는, 조금은 극적인 결말을 갖는다. 그런데 기차에서 뛰어내리는 이바노프의 행동은 줄거리 측면에서 충분히 동기화되지 않았고, 그 순간의 주인공의 심리에 대한 묘사도 그리 충분하지 않다. 왜 "그의 내부에 갇혀 평생을 힘겹게 뛰고 있던 심장이 그의 전신을 뜨거움과 전율로 휘감으며 밖으로 뛰어나오려 했는지", "이기심의 벽"이 왜 갑자기 허물어졌는지에 대해서 말이다. 그러나 이야기의 시작, 즉 제대하는 순간부터 이바노프는 조금씩 전쟁 이전의 자신과 자아를 회복해 가고 있었고, 가족을 포함한 '자신의 것'과의 심리적 유대를 점차 회복해 가고 있었던 것이다. 심지어 아내와 싸우는 시간까지도 말이다. 그런 의미에서 벽난로를 비롯해 한동안 잊고 있었던 집 안의 냄새를 하나하나 맡아 보고 확인하는 장면이나, 잊었던 고향의 정경과 건초와 소똥이 널브러져 있는 시골길을 일일이 눈으로 확인하는 세부 묘사는 단순한 묘사 이상의 의미를 지닌다. 마샤에 대한 끌림 역시 이성에 대한 끌림이라기보다는 몇 년 동안 그가 머물렀던, 그래서 이제는 상당히 친숙해진 전시 생활과의 인연을 쉽게 끊지 못하는 심리적 상태를 말해 주는 것이었다. 결국 이바노프에게 필요한 것은 집으로 돌아오는 '공간적 귀향'이 아니라, 전쟁 이전의 자신의 모습으로 되돌아가는 '내면적 귀향'이었는데 그것이 그리 빨리, 그리 쉽게 이루어지지 않았던 것이다. 비록 조금은 힘들고 어려웠지만 이바노프는 전쟁 이전의 자신의 내면을 회복하면서 가족으로의 진정한 귀향을 완성하게 된다.

안드레이 플라토노프(1899-1951)는 러시아의 시인이자 극작가, 소설가로서 러시아 남부 도시 보로네시에서 출생했다. 아버지는 시(市) 철도국에서 일하는 노동자였으며 플라토노프는 10남매 중 장남이었다. 그는 보로네시 시내에 있는 교회 부설 학교에 입학하게 되지만 부모를 대신해 어린 동생들을 보살피고 가사를 도와야 했다. 작가가 "삶이 나를 어린 아이에서 곧바로 성인으로 만들어 버렸다"라고 말한 것처럼 이러한 유년 시절의 경험은 《귀향》의 페트루시카의 모습에서도 나타나고 있다.

철도종합기술대학에서 공학을 전공하고 동시에 지역 신문사 기자로 활동하던 때가 작가의 창작 초기에 해당한다. 이 시기에는 철학 에세이와 공상 과학류의 단편 소설이 작품의 주를 이루는데, 이 작품들에서는 러시아 혁명에 고무된 젊은 프롤레타리아 출신 작가의 세계 변혁에 대한 파토스를 느낄 수 있다. 1922년 대학을 졸업한 플라토노프는 보로네시 현(縣) 소속 토지 개량 기술자로 일하게 된다. 1921년에서 1922년 사이, 러시아 남부 지방을 휩쓸며 60만 명 이상의 인명을 앗아 간 대기근이 직접적인 계기가 되었다. 그 후 모스크바로 이주할 때(1927년)까지 플라토노프는 토지 간척 사업, 댐 건설 사업, 발전소 건설 사업에 참여하며 민중의 물질적 삶을 향상시키는 데 매진하게 된다.

1926년에서 1927년 사이, 플라토노프는 보로네시에서 모스크바로 그리고 그 다음에는 모스크바에서 탐보프로 전근을 가게 되는데 바로 이때 소비에트 관료 세계와의 마찰이 심화된다. 이때부터 1930년대 전반까지 집중적으로 집필된 중편 및 장편 소설들은 '풍자적 철학 소설'이라고 부를 수 있다. 《그라도프 시(市)》, 《비밀스러운 인간》, 《체벤구르》, 《구덩이(코틀로반)》, 《행복한 모스크바》, 《잔》 등에서 작가는 혁명 이후 소비에트 사회의 현실과 미래를 독특한 사상과 필체로 그려 내고 있다.

1930년대 중반 이후 플라토노프의 작품에서는 사회 풍자성이 크게 약화되고 문체 또한 단순하고 직설적인 문체로 바뀌게 된다. 1929년과 1931년에 각각 《회의하는 마카르》와 《저장용》의 사회 비판적 내용으로 비평계로부터 호된 비난을 받았던 전력(前歷)과 소비에트 예술계의 사회주의 리얼리즘의 공식화가 사회적 원인이라고 할 수 있을 것이다. 한편 이 시기에 쓰여진 《프로》, 《포투단 강(江)》, 《아름답고 광포한 세상에서》, 《조국에 대한 사랑 혹은 참새의 여행》 등과 같은 주요 단편 소설에서는 사랑, 자연, 고향과 같은 보편적 주제를 다루는 작가의 성숙된 면모를 확인할 수 있다.

《귀향》은 1946년 《이바노프의 가족》이라는 제목으로 처음 발표되었는데, 이 작품 역시 주인공 이바노프의 우유부단한 모습이 문제시되어 당대 비평계로부터 정치적 오류라는 비판을 받는다. 《귀향》에서 플라토노프는 당대 문단에서 전선(戰線)의 상황에 비해 소홀히 다뤄졌던 후방(後方)의 고통, 그리고 주인공 이바노프의 '심리적 귀향'의 여정을 세밀하게 그려 내고 있다.

이상과 현실

"농사일을 더 주의 깊게 살펴보세요.
온갖 쓰레기들에서 수익을 거두게 될 테니까.
그런데도 멀리 내다 버리면서
'필요 없어'라고 말하곤 하지요.
이걸 위해선 주랑과 박공이 있는 궁궐 같은 건물을
지을 필요가 없는데 말예요."

고골이 찾은 러시아의 길,
자연에 순응하는 농업 경영

이경완

니콜라이 고골의 《죽은 혼》 제2권 중에서

"하지만, 매부에게도 공장들이 있잖아요?" 플라토노프가 지적했다.

"하지만 그것들을 누가 세웠나요? 그건 저절로 들어선 거예요. 양모가 쌓이고 아무 데도 둘 데가 없어서 나사, 흔한 두꺼운 나사를 짜기 시작했어요. 그리고 싼 가격에 우리 시장에 내다 판 거예요. 그건 농민에게, 내 농민에게 필요한 물건이지요. 물고기 비늘도 사업가들이 내 강가에 6년 간 갖다 버린 거구요. 그러니 그걸 어떻게 하겠어요? 그것을 끓여 풀을 만들기 시작했고 4만 루블을 번 거예요. 제겐 모든 게 그런 식입니다."

'악마가 따로 없네.' 치치코프는 그의 두 눈을 바라보며 생각했다. '모두 다 긁어모으는 갈퀴 같아.'

"제가 이걸 시작한 것도 굶어 죽을 것이 뻔한 노동자들이 모여들었기 때문이에요. 한 해 내내 먹을 것이 없는 거예요. 이게 다 파종 시기를 놓친 공장주들 덕분이에요. 결국 전 그런 식으로 많은 공장을 갖게 될 겁니다. 매년 남겨진 것과 버려진 것들이 모이면, 그것에 따라서 새 공장이

들어서는 거예요. 농사일을 더 주의 깊게 살펴보세요. 온갖 쓰레기들에서 수익을 거두게 될 테니까. 그런데도 멀리 내다 버리면서 '필요 없어'라고 말하곤 하지요. 이걸 위해선 주랑과 박공이 있는 궁궐 같은 건물을 지을 필요가 없는데 말예요."

"경이롭군요. 무엇보다 경이로운 건 온갖 쓰레기에서 수익을 거둔다는 거예요!" 치치코프가 말했다.

"하지만 잠깐만요! 일을 있는 그대로 단순하게 받아들이면 되는 거예요. 그걸 괜히 온갖 기계공에, 온갖 사람들이 무슨 기구로 상자를 열려고 하고, 이걸 위해 일부러 영국에 갔다 오려고 하는 게 문제예요. 멍청한 짓이에요!" 코스탄조글로는 이렇게 말하고 침을 뱉었다. "외국에서 돌아올 때 백 배는 더 어리석어질 거예요."

"어머, 콘스탄틴! 당신 또 화나셨어요," 아내가 불안해하며 말했다. "그러면 당신에게 해롭다는 걸 아시면서 그래요."

"어떻게 화가 안 나겠소? 이게 남의 일이라면 몰라요. 하지만 제게도 아주 밀접한 일인걸요. 러시아적 성품이 망가지는 게 너무 화가 나요. 이제 정말 러시아적 성품에 예전엔 없던 돈키호테 성향이 나타났어요. 계몽이 러시아인의 뇌리에 박히면 계몽의 돈키호테가 돼서, 바보들도 생각도 못할 학교들을 지어 댈 겁니다. 학교에선 아무 쓸모도 없는 사람들이 나올 거구요. 마을에서도 도시에서도 쓸모없는 주정뱅이에 지나지 않으면서 자기 자랑만 해 댈 거예요. 그는 박애주의에 빠질 거고, 박애주의를 신봉하는 돈키호테가 돼서, 어리석기 짝이 없는 병원과 주랑이 있는 건물에 수백만 루블을 써 대고 급기야 파산해서 환자들을 전부 바깥으로 내쫓을 겁니다. 그게 저들의 박애주의라는 거예요."

치치코프는 계몽에는 관심이 없었다. 그는 온갖 쓰레기에서 어떻게 수익을 거두는지 조목조목 캐묻고 싶었으나, 코스탄조글로는 그에게 말할 기회를 주지 않았다. 노기등등한 말들이 그의 입에서 쏟아져 나왔고, 이미 그는 그것을 주체할 수 없었다.

"농부를 계몽시켜야 한다고들 하지요. 그러려면 먼저 그를 부유하고 훌륭한 주인으로 만드세요. 그러면 스스로 다 배울 거예요. 지금 세상이 얼마나 정신이 나갔는지! 믿지 못하실걸요! 말만 현란한 이런 사람들이 무슨 글을 써 대는지 보세요! 요즘은 그런 말도 안 되는 낙서들을 책으로 출판하고 모두 그런 것들을 읽는다니까! 요즘 그런 책에서 하는 말이란 게, '농노들은 너무 단순한 삶을 살고 있으니, 그들에게 사치스런 물건들을 알려 주고 그들의 수입 이상의 욕망을 자극할 필요가 있다'라는 거예요. 그런데 이놈의 사치 덕분에 그들은 이제 인간이 아니라 스스로 넝마 조각이 되고, 악마나 알 만한 온갖 병들에 걸리고, 겨우 열여덟 살 소년일 때 온갖 것을 경험하지 않은 애가 없을 정도예요. 그래서 애 이빨이 빠지고, 거품처럼 대머리가 되고, 이제 다른 사람들에게도 전염시키고 싶어 해요. 정말 이런 헛된 공상을 모르는 아직 건강한 계층이 남아 있어서 정말 다행이에요. 이것에 대해 우린 그저 하나님께 감사 드려야 해요. 네, 밭을 가는 제 농부들이 누구보다 존경스러워요. 왜 그들을 건드리겠어요? 하나님, 모두 밭 가는 농부들처럼 되게 하소서."

"그럼 당신은 곡물 재배를 하는 것이 더 유리하다고 생각하세요?" 치치코프가 물었다.

"더 적법하다는 거지, 더 유리하다는 게 아니에요. 땀방울을 흘리며 땅을 갈아라, 이렇게 말하는 거예요. 이건 전혀 복잡하지 않아요. 오랜 경험으로, 땅을 가는 소명을 이룰 때 비로소 인간은 더 도덕적이 되고, 더 깨끗해지며, 더 고상해지고, 더 숭고해진다는 건 이미 입증된 바지요. 다른 일에 종사하지 말라는 얘기가 아니라, 곡물 재배를 기반으로 삼으라는 것뿐이에요. 그러면 저절로 공장이 들어설 겁니다. 그것도 적법한 공장들이 들어설 거예요. 여기에 필요하고 여기 사람들이 잘 쓰는 것을 만드는 공장요. 오늘날 사람들을 나약하게 만든 온갖 욕망들을 채워 주는 공장이 아니구요. 나중에 공장을 유지하기 위해, 판매를 위해 온갖 추악한 방법을 사용해서 불행한 민중을 타락시키고 부패시키는 공장들이 아니구요. 당신이 아무리 제게 이롭다고 말해도, 담배든 설탕이든 높은 소비 욕구를 불러일으키는 온갖 상품을 만드는 공장들은, 설사 수백만 루블을 손해 본다 해도 저는 짓지 않을 겁니다. 설사 세상이 타락한다 해도, 그건 제 손을 통해서는 아니어야 해요. 저는 하나님 앞에 바로 설 겁니다. 전 20년을 민중과 함께 살았기 때문에, 이것에서 어떤 결과가 나올지 잘 알아요."

(중략)

"네," 코스탄조글로는 마치 치치코프 자신에게 화가 나기라도 한 듯 문장을 딱딱 끊으며 말했다. "노동을 사랑할 필요가 있어요. 이것 없이는 아무것도 할 수 없어요. 농사일을 사랑해야 해요. 그리고 이건 절대 따분하지 않다는 걸 믿으세요. 사람들은 시골에서 우울할 것으로 생각하지만, 그들이 도시에서 어리석은 클럽, 주막, 극장에서 지내는 식으로 하루만 지내도 전 죽고 싶을 거예요. 바보 천치들! 어리석고 당나귀 같은 세대예요! 주인에겐 따분해할 새가 없어요. 그의 생활은 한 치도 텅 빈 곳이 없이, 전부 꽉 차 있어요. 그 다양한 활동들만 봐도 그래요. 어떤 활동들인가요! 진실로 정신을 고양시키는 활동들이에요.

당신이 뭐라 하든, 여기선 사람들이 자연과 한 해의 흐름과 손에 손을 맞잡고 나란히 걸어갑니다. 그는 피조물에게 이루어지는 것의 공동 참여자이자 대화자예요. 자, 일년 동안 일이 어떻게 돌아가는지 한 번 보세요. 아직 봄이 오기 전에 모든 걸 준비하고 봄을 기다려요. 종자들을 미리 준비하고, 곡물 창고들을 다시 조사하고 다시 말려요, 조세와 부역을 부과할 새 경작지를 결정하지요. 미리 한 해를 살펴보고 처음에 전부 셈을 해 보는 겁니다.

어떻게 얼음이 갈라지고, 강물이 흐르고, 어떻게 전부 마르고 땅을 갈아엎을 건지 — 채소밭과 정원에서는 삽이, 들판에선 러시아식 쟁기와 써레가 일하고, 심고 뿌리고 하는 거예요. 이게 뭔지 이해하시겠어요? 무료하기는요! 미래의 수확을 뿌리는 건데요. 온 땅에 축복을 뿌리는 거구요. 수백만을 먹여 살릴 걸 뿌리는 거예요.

그러면 여름이 찾아오고. 여기선 풀베기에 풀베기가 이어져요. 그리고 갑자기 수확의 시기가 오면, 호밀에 이어 호밀이, 그리고 저기선 밀이, 저기선 보리와 귀리가 나오죠. 모든 게 끓어오르기 시작하고 달아올라서, 한 순간도 그냥 흘려 보낼 겨를이 없어요. 몸이 열 개라도 모자랄 지경이에요. 그리고 모두 축제를 즐기고 곡물 창고로 내려가서 볏단을 쌓고, 겨울용 밭갈이를 하고, 겨울을 위해 곡물 창고, 곡물 건조용 곡창, 축사를 수리하고, 동시에 아낙네들 일들이 쌓이죠. 모두 소출을 운반하고 그간의 결실을 확인하구요. 그건 정말 이런……

그리고 겨울이 오죠! 곡물 창고마다 탈곡하고, 탈곡한 곡식을 건조용 곡창에서 저장용 곡물 창고로 운반해요. 방앗간에도 가고, 공장에도 가고, 작업장에도 가고, 농부들에게도 가서 그들 일이 어떻게 되는지도 살펴봐요. 그리고 저는요, 목수가 도끼를 만드는 장인이면, 그 앞에 두 시간은 서 있을 용의가 있어요, 제겐 그 일이 재밌거든요. 또 이 모든 일이 어떤 목적에 따라 이루어지고, 제 주위의 모든 것이 번성하고 번성해서, 결실과 수익을 가져오는 걸 보게 돼요. 그 때 당신에게 무슨 일이 일어날지 전 말로 표현할 수 없어요. 이건 돈이 불어나서가 아니에요. 돈은 돈일 뿐이에요. 그게 아니라, 이 모든 게 당신 손에서 나와서, 당신이 이 모든 것의 이유이고, 당신이 모든 것의 창조자인 것을 보기 때문이에요. 마법사라도 된 것처럼 당신에게서 이 풍요로움과 선이 쏟아져 나오는 걸 보기 때문이에요. 자, 어디서 제게 그것에 비할 만한 기쁨을 찾아 주시겠어요?" 코스탄조글로가 말하는 동안, 그의 얼굴이 위를 향해 들리면서 주름살이 사라졌다. 그는 장엄한 대관식 날의 황제처럼 온몸이 빛나서, 마치 그의 얼굴에서 광채가 흘러나오는 것 같았다. "네, 세상천지 어디에서도 당신은 그런 만족을 얻지 못할 거예요! 바로 여기서 인간은 신을 모방하는 거예요. 신은 더할 나위 없이 만족하며 창조의 일을 하셨고, 인간에게도 자기 주위에서 그와 같은 행복의 창조자가 되기를 요구하세요. 이것을 따분한 일이라고 하다니요!"

치치코프는 낙원에 사는 새의 노래인 듯 주인의 달콤한 말을 귀 기울여 들었다. 그의 입술이 침을 꿀꺽 삼켰다. 심지어 그는 더 듣고 싶은 마음에, 눈에도 촉촉한 물기를 머금고, 달콤한 표정을 지었다.

"콘스탄틴! 일어날 시간이에요." 안주인이 식탁에서 일어서며 말했다. 그러자 모두 일어났다. 치치코프는 자기에게 기대도록 팔을 내밀고 안주인을 거실 밖으로 안내했다. 하지만 그의 행동은 세련되지 못했다. 왜냐하면 그의 생각은 정말로 본질적인 새로운 전환을 맞이했기 때문이다.

"하지만, 당신이 뭐라든, 전부 따분할 뿐이에요." 그들 뒤를 따라가며 플라토노프가 말했다.

'이 손님은 멍청이가 아니야.' 주인은 생각했다. '말에 조리가 있고, 엉터리 문사가 아니야.' 그렇게 잠시 생각하고서 그는 자신의 대화에 스스로 열이 오른 듯, 그리고 지혜로운 조언을 들을 수 있는 사람을 발견한 것이 기쁜 듯 훨씬 더 즐거워졌다.

이윽고 그들 모두 발코니와 정원으로 난 유리 문 맞은편에 있는, 촛불이 켜진 작고 아늑한 방에 자리를 잡았고, 잠든 정원의 맨 위에서 밝게 빛나는 별들이 그곳에서 그들을 내려다보았다. 이 순간 치치코프는 오랫동안 느끼지 못한 포근한 느낌에 잠겼다. 정말 오랜 유랑 생활 끝에 고향 집이 그를 따뜻하게 맞이하고, 게다가 모든 것을 다 이루고서 바라던 것을 이미 다 얻은 뒤 "이제 충분해!"라며 여행용 지팡이를 내던질 때의 느낌이었다.

그런 황홀한 상태를 그의 영혼에 가져다준 것은 주인의 지혜로운 말이었다. 인간에게는 다른 말보다 자신에게 더 가깝고 마음에 닿는 말들이 저마다 있기 마련이다. 그리고 자주 뜻하지 않게 황량하고 사람들에 의해 잊혀진 시골에서, 사람의 발길이 뜸한 곳에서, 마음을 따뜻하게 하는 대화로 자신도 잊고, 길의 '길 없음'도, 숙소의 불편함도, 오늘날의 이런 말도 안 되는 소음도, 인간을 기만하는 기만의 거짓됨도 다 잊게 하는 사람을 만나곤 한다. 그런 식으로 보낸 저녁은 오래도록 생생하게, 영원히 기억에 남고, 충실한 기억에 의해 유지된다. 즉 누가 동석했고, 누가 어느 자리에 앉아 있었고, 그의 손에 무엇이 있었고, 벽도, 구석도, 온갖 사소한 것들도 모두 기억하기 마련이다.

치치코프에게도 그날 저녁에는 모든 게 그렇게 느껴졌다. 이 친근하고 요란하지 않게 장식된 방도, 지혜로운 주인의 얼굴에 어린 관대한 표정에도, 심지어 방 벽지의 그림도, 플라토노프에게 주어진 호박 물부리가 달린 파이프 담배도, 그가 야르브[주인이 키우는 개 – 옮긴이]의 낯짝에 내뿜기 시작한 연기도, 야르브의 거센 콧김 소리도, "됐어, 그만 괴롭혀"라는 말로 끊기던 상냥한 얼굴의 안주인의 웃음도, 명랑한 촛불도, 구석의 귀뚜라미도, 유리 문도, 그리고 숲의 나무들 꼭대기에 기대어서 그들을 내려다보고, 별들이 가득 뿌려지고, 녹색 이파리가 무성한 수풀로부터 쩌렁쩌렁 울리던 꾀꼬리의 휘파람 소리에 귀가 먹먹해지던 봄밤도.

고골의 영적인 통찰과 위기 관리의 양가성

고골의 삶과 작품 세계는 오늘날에도 쉽게 풀리지 않는 많은 의문점들을 던진다. 그의 작가로서의 정체성은 물론, 그의 정신적, 민족적 정체성에 대해서도 한마디로 규정하기가 어렵다. 그래서 보는 이의 관점과 마음 상태, 기질과 취향에 따라서 그의 삶과 작품들에 대해 전혀 상반된 평가를 내리는 것을 쉽게 볼 수 있다.

단적으로 19-20세기 러시아 비평계에서 고골은 주로 러시아 사실주의 풍자 작가로 규정되어 왔고 지금도 전 세계적으로 그렇게 인식되고 있다. 그러나 고골의 첫 작품 《한스 큐헬가르텐》에서부터 마지막 작품 《죽은 혼》 제2권에 이르기까지 그의 거의 모든 작품들에서, 그리고 그의 에세이와 편지들에서 기독교-신화적인 이념들과 낭만주의적인 이념들 또한 쉽게 드러난다. 그래서 러시아 정교의 관점에서 고골은 러시아 정교 작가로 규정되고, 독일 낭만주의 관점에서는 독일 낭만주의 미학을 실현한 러시아 작가로 규정되기도 하였다. 반면에 상징주의자들은 고골의 작품들에서 상징주의적인 특성을, 정신분석학자들은 정신분석학적인 특성을, 형식주의자들은 형식주의적인 특성을, 포스트모더니스트들은 포스트모더니즘의 특성을 발견하고 그를 각자의 미학의 대변자로 여겼다. 또한 고골의 작품을 바로크 문화의 산물이나 이탈리아 문화 예술의 산물로 규정한 비평도 있다.

여기에 더하여 소비에트 해체 이후에는 고골의 민족적 정체성이 새로운 논쟁점으로 부각되어, 그가 러시아 작가인가 아니면 우크라이나 작가인가에 대한 의문이 새롭게 던져졌다. 그래서 이제 고골을 그냥 러시아 작가가 아니라, 우크라이나적 정체성이 유기적으로 결합된 러시아 작가로 규정하는 것이 보다 정확해 보인다.

더불어 고골의 삶에 대해서는 더욱 공방이 뜨겁다. 그가 《죽은 혼》 제2권에 몰입하던 1842-1852년의 마지막 10년의 삶과 작품 활동을 중심으로 그의 기독교 신앙과 그의 마지막 작품을 두고 그를 광신도, 거짓말쟁이, 혹은 진정한 러시아 정교 신자로 다르게 규정하고 있다.

나는 성서에 대한 복음주의적 해석을 근거로 고골의 세계 인식은 성서적인 세계관에서 벗어나 있지만, 마음의 동기에 있어서는 그의 진정성과 순수성을 인정하는 점에서 그를 '기독교 작가'로 인정한다. 그래서 고골의 세계 인식에서 성서에 토대를 둔 순수한 기독교적 요소, 기독교에 이질적인 신화적인 요소, 기독교와 신화적인 요소들이 결합된 양가적인 요소들을 구별하고, 각 요소들이 고골의 삶에서 어떤 과정을 거쳐서 형성되었는지, 그것들이 그의 삶과 작품 세계에 어떻게 반영되며 어떤 영향을 미치는지를 고찰할 필요를 느낀다.

그런 관점에서 고골의 삶과 작품 세계를 살펴보면, 고골은 1828년 러시아의 수도 페테르부르크로 상경하기 전까지 우크라이나에서 유년 시절과 10대를 보내면서 염세주의적인 운명론과 신플라톤주의적인 구원-변형(salvation-transformation) 이념이 공존하는 바로크 종말론, 러시아 정교의 부정신학, 성상화 숭배와 러시아 선민사상 등의 전통을 사회문화적으로 수용하였다. 그래서 그의 세계 인식에는 한편으로는 운명적으로 악마의 유혹에 걸려 넘어진 인간의 비참한 삶과 지옥에서의 영원한 고통에 대한 단조(單調)적인 인식이, 다른 한편으로는 영지주의와 신플라톤주의의 영향을 받은 신비주의적인 구원-변형에 대한 장조(長調)적인 인식이 공존하였다. 그런 내적인 모순이 존재하는 기독교-신화적인 세계 인식이 그의 내면에 일찍이 형성되었기 때문에, 고골은 10-20대에 낭만주의의 두 지류인 낭만적 마성주의(demonism)와 예술을 통한 신성과의 신비로운 합일에 대한 신플라톤주의적인 이념을 동시에 수용하였다. 그래서 고골은 낭만주의적인 천재-시인 숭배, 여성 숭배, 시인의 예언자로서의 소명의식, 그리고 이상과 현실의 극복할 수 없는 괴리에 대한 낭만주의적 멜랑콜리 등을 자신의 기독교-신화적인 관점에서 보다 종교적으로 수용한 것이다.

이런 관점에서 고골은 페테르부르크에서 가난한 하급 관리의 애환, 러시아인들의 맹목적인 서구 모방과 관료주의, 러시아인들의 자기중심적인 민족주의와 우크라이나에 대한 무시 등을 느끼면서, 페테르부르크로 대변되는 러시아 근대 사회는 물론 19세기 근대 사회 자체를 비판하였다. 그래서 그는 우크라이나 및 로마를 18세기까지의 전근대적인 이상향으로 숭배하고 페테르부르크와 파리를 19세기의 근대적인 악마적 공간으로 이분법적으로 규정하면서, 낭만주의적 멜랑콜리를 깊이 체험하였다. 고골이 1836년에 초연된 《검찰관》에 대한 러시아 대중의 '비속한' 반응에 깊은 환멸을 느끼고 러시아를 등지고 로마로 향한 것도 그런 이유 때문이다.

그가 로마를 중심으로 유럽에 체류한 기간은 1836-48년으로, 그중 1842년까지는 기존의 관점에서 로마의 가톨릭 문화 예술을 열렬히 숭배하던 시기에 해당한다. 이 시기에 고골은 로마의 문화 예술과 자연의 조화를 통해 자신의 멜랑콜리를 치유받으면서 1840년대 초에 러시아 정교 신자가 되었고, 러시아 사회의 구원-변형에 기여해야 한다는 자의식을 가지고 많은 작품들을 창작하였다. 고골은 이 시기에 자신의 작품들이 러시아 사회의 비속한 본질을 폭로하고 러시아의 선민으로서의 숭고한 사명을 일깨워 주는 성상화의 역할을 수행해야 한다는 명확한 소명 의식을 갖게 되었다. 그러나 신비로운 신성과의 합일을 통한 구원-변형의 이념과 나란히 그의 내면에 각인된 염세주의적인 운명론이 작용하였기 때문에 그의 멜랑콜리는 여전히 강화되었다.

이후 고골이 1842-52년 《죽은 혼》 제2권에 매달린 마지막 10년간 그는 성서와 가톨릭, 정교의 종교 서적들을 탐독하고 이를 삶에 적용하면서 자신의 기독교적 세계관을 바르게 정립하는 데 매진하였다. 그 결과 비록 그의 기독교-신화적인 인식틀은 변하지 않았으나, 그의 신앙의 순수성에 의해 영적인 통찰력이 강화되고 성서적인 윤리관도 강화되었다.

그럼으로써 그는 일면 러시아 사회뿐 아니라 근대 사회의 위기 요인들을 정확히 통찰하고 러시아의 올바른 발전의 길을 타당성 있게 제안하였다.

고골의 이러한 정신적인 여정은 그의 작품들의 주제뿐 아니라 형식에 다각적으로 반영된다. 그의 세 문집인 《지칸카 근교의 야회》, 《미르고로드》, 《아라베스키》, 그의 드라마들, 페테르부르크 이야기들, 《죽은 혼》 제1, 2권, 그리고 그의 모든 에세이들에서 그의 전근대적인 기독교−신화적 시각과 그것이 변형된 낭만주의적인 시각의 어두운 단조적인 이념과 낙관적인 장조적인 이념을 동시에 혹은 각각 발견할 수 있다. 그의 작품들을 관통하는 핵심 주제는 인간과 신 혹은 악마 간의 계약 및 악마의 기만성이며, 그의 대부분의 작품들에서 주인공들은 악마의 유혹에 속아서 비참한 죽음을 맞이하거나 비속한 삶을 살아가는 반면, 소수의 작품들에서 긍정적인 주인공들이 악마의 기만성에 동요되지 않고 신에 대한 믿음으로 악에 대해 승리를 거두는 것이다.

고골은 《죽은 혼》 제2권 이전까지는 주로 단조적인 주제에 따라 비속한 문화에 동화된 비속한 인간의 부조리한 삶을 환상적으로, 그로테스크하고 아이러니컬하게 풍자하였다. 그래서 사회적인 측면에서만 보면 그를 자연파의 효시나 사실주의 풍자 작가로 규정하기가 매우 쉽다. 그러나 고골이 1847년에 발표한 《작가의 고백》에 따르면, 그는 창작 초기에 자기 내면의 비속하고 악한 생각과 감정들을 아이러니컬하고 그로테스크하게 묘사하여 그것에 대한 독자들의 조롱을 보면서 자신이 그것들로부터 자유로워지기를 바랐다. 그리고 독자나 관객들도 자기 작품의 비속한 인물들을 보면서 자신들의 비속성과 추악함을 깨닫고 영적으로 각성하게 되기를 바랐다. 《검찰관》과 《죽은 혼》 제1권에서 고골은 흘레스타코프 및 그에게 스스로 속아 넘어간 모든 지방 관료들 그리고 치치코프 등은 모든 동시대인들의 자화상이라고 거의 직접 주장하였다. 그래서 고골은 이미 초기 작품들에서부터 자신과 동시대인들 모두의 내적인 비속함을 풍자해서 모두 영적인 각성에 도달하기를 희망한 것을 알 수 있다.

그 과정에서 고골은 자신의 낭만주의적인 세계관과 개인적인 취향, 기질까지도 그로테스크하고 아이러니컬하게 패러디하였다. 《넵스키 거리》의 낭만주의 화가 피스카료프, 《타라스 불리바》의 낭만주의적인 주인공 안드레이 불리바, 《외투》의 양가적인 인물 아카키 아카키예비치, 심지어 《광인 일기》의 그로테스크한 광인인 포프리시친에게서도 자기 파괴를 통한 자기 창조를 꿈꾸는 고골의 이중 전략을 보게 된다.

반면에, 고골은 소수의 작품들에서는 악에 대해 승리를 거두는 서사시적인 영웅들을 진지하게 묘사하였다. 그의 첫 번째 문집에서 해피엔딩으로 끝나는 창작 설화들, 1842년에 수정되어 다시 출판된 《타라스 불리바》와 《초상화》, 그리고 《죽은 혼》 제2권에 그러한 긍정적인 인물들이 등장한다. 로마를 배경으로 하는 미완성 소설 《로마》에서는 고골의 낭만주의적인 근대 비판과 전근대에 대한 찬양, 그리고 낭만주의적인 멜랑콜리를 대변하는 젊은 이탈리아 공작을 볼 수 있다. 그리고 1847년 에세이 모음집인 《친구들과의 서신 교환》에서 고골은 러시아 정교와 러시아 민족을 숭배하는 그의 기독교-신화적인 인식을 개진하고 그 이념들을 구현한 긍정적인 인물들을 《죽은 혼》 제2권에 등장시켰다.

결국 고골의 필생의 역작인 《죽은 혼》 제1, 2권에는 그의 단조적인 주제와 장조적인 주제들이 모두 융합되어 있다. 이 작품들에서 고골은 근대 사회의 집단적 무의식인 경제주의(economism), 기회주의적이고 출세주의적인 나폴레옹 숭배, 서구에 대한 러시아인들의 맹목적인 모방 욕망, 그로 인한 자신의 민족적 정체성의 상실의 문제를 서사시적으로 재현하고, 그 다음에 러시아 민족의 숭고한 정체성을 회복할 수 있는 대안적인 사회경제적 모델을 제시하고 이를 실현한 긍정적인 인물들을 제시하고자 한 것이다.

그러나 고골은 《죽은 혼》 제2권에서 치치코프가 영적으로 각성하고 갱생하는 과정을 생생하게 제시하지 못하였다. 그 실패의 원인은 연구자들에 의하여 다양한 관점에서 다양한 방식으로 규명되어 왔다. 나는 기독교의 시각에서 고골의 실패의 결정적인 원인은 그의 기독교 신앙의 혼종성에 있다고 생각한다. 고골이 여전히 예수 그리스도를 통한 구원의 이념을 완전히 이해하지 못한 결과, 악마의 유혹과 신의 저주에 대한 두려움과 신플라톤주의적인 변형에 대한 신비주의적인 열망의 양극단에서 벗어나지 못하고, 자신의 작품이 성상화의 역할을 해야 한다는 강박관념에서도 벗어나지 못한 것이 그 원인인 것이다.

여기에서 고골이 《죽은 혼》 제1, 2권을 기획하고 창작하는 과정을 그 자신의 술회에 따라 추적해 보면, 그는 1835년경에 자신의 우상인 푸시킨이 준 모티프를 가지고 진지한 장편 소설을 쓰기 시작하였다. 그런데 그는 이 근대 소설을 점차 단테의 '기독교' 서사시 《신곡》을 모델로 '지옥—연옥—천국' 삼부작으로 기획하게 되었다. 그중 지옥 편에 해당하는 《죽은 혼》 제1권에서 고골은 한편으로는 러시아 사회가 1812년 나폴레옹 전쟁 이후 서구를 맹목적으로 모방하면서 비속화되고 자신의 선민으로서의 민족적 정체성을 상실하는 과정을 아이러니컬하고 그로테스크하게 풍자하고, 다른 한편으로는 러시아 민족의 숭고한 운명에 대한 자신의 신화적인 이념을 서정적으로 서술하였다. 이런 이중 구조로 고골은 독자들에게 그들의 비속한 현실과 원래의 숭고한 정체성을 동시에 일깨워 주고자 한 것이다.

그에 이어 고골은 1840년대 초에 연옥 편에 해당하는 제2권을 본격적으로 창작하기 시작하면서, 비속화된 러시아인이 변형되어 자신의 숭고한 정체성을 회복하는 과정을 구체적으로 제시하고자 하였다. 그러나 고골은 자신도 그 과정을 제대로 이해하고 있지 못함을 깨닫고, 러시아 정교와 가톨릭 교회의 유명한 종교 서적과 성서를 탐독하고 이를 실천하면서 자신의 세계관을 발전시키고 이를 작품에 옮기고자 하였다.

그러나 고골의 창작 기획 자체가 신화적이었고, 자신의 기존의 세계 인식에 따라서 성서와 종교 서적들을 홀로 탐독하고 이해한 결과, 기존의 양가적인 기독교-신화적인 인식틀에서 벗어나지 못하고, 다만 그 틀 내에 성서적인 인간관과 윤리관을 강화하고 러시아 사회에 대한 영적인 통찰을 강화시키는 데 머물렀다. 그러한 내적인 딜레마로 인해서 고골은 1845년에 완성된 1차 완성본을 불태우고, 다시 6년간의 각고의 노력 끝에 1851년 말에 완성한 2차 완성본도 안타깝게도 1852년 2월에 깊은 정신적 위기 상태에서 대부분 불태우고 2주 후에 사망한 것으로 추정된다.

그래서 《죽은 혼》 제2권의 완성본은 남아 있지 않고 현재 통용되는 두 판본은 두 번의 소각에서 타지 않고 남은 필사본과 고골이 여러 번 가필한 초고들을 가지고 편집인들이 그의 사후에 재구성한 편집본들이다. 그중 주로 1848년 이후에 수정한 초고들로 구성된 두 번째 편집본이 더 많이 통용되고, 여기에 인용한 두 장면도 두 번째 편집본에 포함된 것이다.

다만 제2권의 두 편집본은 내용과 주제, 형식이 상당히 유사하다. 이 두 판본에서 치치코프는 러시아의 이상적인 지주, 총독, 관리, 상인, 그리고 숭고하고 아름다운 여성 등을 만나고 이들로부터 감화를 받으면서 자신의 숭고한 정체성을 깨닫고 비속한 삶에서 변화되기로 결심하기도 한다. 그러나 그는 자신의 끈질긴 이기적인 욕망과 주위 사람들의 악마적인 유혹으로 인해 결심을 번복하고 다시 도주한다. 결국 제2권에서 고골은 치치코프가 비속한 삶에서 완전히 벗어나서 새로운 영적인 삶으로 도약하는 과정을 제시하지 못하였다.

그럼에도 고골은 제2권에서 긍정적인 인물 형상들과 이상적인 삶의 방식을 나름 타당성 있게 제시하였다. 위에 인용한 두 장면 중 첫 장면에서 이상적인 지주인 코스탄조글로는 서구식 계몽과 산업화, 그리고 서구식 농업 모델과 기술을 맹목적으로 러시아 사회에 도입하려고 하는 러시아 자유주의자들을 비판한다. 그는 치치코프에게 자기 영지에 버려지는 쓰레기들을 재활용하여 농민들을 위한 필수품을 생산하고 이를 다시 농민들에게 저렴하게 판매하여 수익을 거두는 경영 방식을 소개한다. 그는 자신의 영지에서 자연스럽게 축적된 양모를 모아서 농부들을 위한 나사 직물을 짜는 공장을 세우고 그 생산품을 농민들에게 다시 저렴하게 판매하고, 마찬가지로 물고기 비늘이 쌓이자 이것으로 풀을 쑤는 공장을 세워서 그 생산품을 농부들에게 판매함으로써 몇 만 루블의 추가 수익을 거두는 것이다.

그리고 두 번째 장면에서 코스탄조글로는 러시아 영지에서 계절별로 1년 동안 이루어지는 농사일을 매우 서정적이고 생동감 있게, 그리고 이상적으로 묘사한다. 그가 제시하는 영지 경영 방식은 사계절의 변화에 맞춰서 전통적인 농업 방식을 유지하는 것이다. 계절별 농사일의 변화를 묘사하는 이 장면은, 고골이 유년 시절 우크라이나에서 체험한 전원 생활과 로마 체류기에 체험한 이탈리아의 전원 풍경을 토대로 자신이 10대에 읽기 시작한 고대에서 낭만주의에 이르는 전원 문학을 창조적으로 재구성한 면이 있다. 그런 창조적인 모방을 통해서 고골은 자신이 오랜 연구와 실천을 통해 도달한 이상적인 러시아 농업 발전 모델을 생생하게 묘사한 것이다.

다만 고골이 《죽은 혼》 제2권에서 제시한 러시아의 긍정적인 인물들과 이상적인 생활 방식에는 고골의 예언자적 자의식, 자신의 작품이 성상화와 같은 영향을 미쳐야 한다는 강박 관념, 그리고 러시아 전제정 및 농노제의 절대적인 신성화 등의 신화적이거나 양가적인 이념들이 반영되어 있다. 위에 인용한 장면에서도 코스탄조글로가 서구화된 러시아 지주들에 대하여 극단적인 분노와 반감을 표출하고, 농민들이 서구식 계몽의 영향을 받지 않은 유일한 계층으로서 도덕적 순수성을 보존하고 있다고 농민을 이상화한 것은 고골의 이분법적이고 모순된 현실 인식과 멜랑콜리를 반영한다.

그럼에도 불구하고 고골이 19세기 러시아 근대 사회뿐 아니라 근대 사회 전반의 위기에 대한 날카롭고 정확한 통찰력을 보여 주고, 러시아의 자연 및 인문 환경에 토대를 둔 지속 가능한 농업과 자원순환산업의 발전 모델을 제시한 것은 그의 마지막 10년간의 지속적인 영적인 성찰과 실천의 결실이라고 할 수 있다. 그가 제시한 이 대안은 오늘날 러시아 사회가 안고 있는 사회경제적 문제를 해결하는 데, 더불어 세계 전체의 자연적, 사회적, 문화적, 정신적 위기를 해결하는 데 많은 시사점을 제공하는 것이다.

니콜라이 바실리예비치 고골(1809 -
1852)은 우크라이나 폴타바 출신이지만
러시아 작가로 활동하였다. 그는 유년 시
절부터 러시아 - 우크라이나 정교 문화,
우크라이나의 민속문화, 유럽과 러시아의
낭만주의 문화의 영향을 받으며 기독교 -
신화적인 세계관을 형성하였다.

고골은 1828년 상트페테르부르크로 상경하여 《한스 큐헬가르텐》
을 발표하고, 낭만주의적 창작 설화집인 《지칸카 근교의 야회》(1831 -
1832), 《미르고로드》(1835), 《아라베스키》(1835), 《검찰관》(1835), 《코》
(1836) 등으로 큰 명성을 얻었다.

그러나 고골은 독자들이 《검찰관》이나 다른 작품들을 읽고서 자신들
의 비속함을 깨닫고 영적으로 각성하기를 바랐지만, 그런 기대가 이루어
지지 않자 환멸을 느끼고 1836년에 유럽으로 떠난다. 이후 그는 로마에
체류하면서 러시아 사회를 풍자하는 동시에 러시아인의 숭고한 정체성
을 강조하는 작품들을 창작하였다. 1842년에 새로 발표한 《외투》, 《죽은
혼》 제1권, 《로마》, 《결혼》, 《노름꾼》과 수정본인 《타라스 불바》와 《초상
화》가 그 작품들이다. 이후 그는 1848년에 러시아로 귀환하였고 1851년
《죽은 혼》 제2권의 완성본을 다시 완성하였으나, 1852년 극도의 절망 상
태에서 2월에 완성본을 소각하고 2주일 만에 사망하였다.

"당신은 모든 것을 부정하고 있소.
아니 더 정확히 표현하면 모든 것을 파괴하고 있어요…….
그러나 건설도 해야 하지 않을까요?"
"그건 우리의 일이 아닙니다…….
우리는 먼저 터전을 깨끗이 해야만 합니다."

아버지 세대와
아들 세대의 갈등

이항재

"맞아, 분명해. 바로 그 의사가 그의 아버지였군. 흠!" 파벨 페트로비치는 콧수염을 가볍게 움직였다. "그런데 도대체 바자로프는 뭐 하는 사람이냐?" 잠시 사이를 두고 그가 다시 물었다.

"바자로프가 뭐 하는 사람이냐고요?" 아르카디가 빙그레 웃었다. "큰아버지, 그가 정확히 뭐 하는 사람인지 말씀 드릴까요?"

"그래, 말해 보거라, 얘야."

"그는 니힐리스트예요."

"뭐라고?" 니콜라이 페트로비치가 되물었고, 파벨 페트로비치는 날 끝에 버터 조각을 찍은 나이프를 들어 올린 채 움직이지 않았다.

"그는 니힐리스트입니다." 아르카디가 재차 말했다.

"니힐리스트라고?" 니콜라이 페트로비치가 말했다. "내가 알기로 그건 라틴어 니힐(nihil), 즉 무(無)에서 나온 말인데. 그러면 그 단어는…… 아

---

* 추천 역서: 《아버지와 아들》, 투르게네프 지음, 이항재 옮김, 문학동네, 2011.

무엇도 인정하지 않는 사람을 말하는 것 아니냐?"

"아무것도 존경하지 않는 사람이라고 말해." 파벨 페트로비치가 말을 받아넘기면서 다시 빵에 버터를 바르기 시작했다.

"모든 것을 비판적 관점에서 보는 사람이지요." 아르카디가 말했다.

"마찬가지 아니냐?" 파벨 페트로비치가 물었다.

"아뇨, 똑같지는 않아요. 니힐리스트는 어떤 권위 앞에서도 굴하지 않고, 아무리 주위에서 존경받는 원칙이라고 해도 그 원칙을 신앙으로 받아들이지 않는 사람입니다."

"그래서 그게 좋다는 거냐?" 파벨 페트로비치가 아르카디의 말을 잘랐다.

"그건 사람 나름이지요, 큰아버지. 어떤 사람에겐 좋을 수도 있고, 또 어떤 사람에겐 나쁠 수도 있지요."

"아리스토크라티즘, 리베랄리즘, 프로그레스, 프린치프." 바자로프가 잠시 기다렸다가 말했다. "좀 생각해 보십시오. 무슨 쓸데없는 말이 이렇게 많습니까? 러시아인에게 이런 건 그냥 줘도 필요 없습니다."

"그럼 당신 생각엔 러시아인에겐 뭐가 필요하단 말이오? 당신의 말을 들으면 우리는 인류 밖에, 인류의 법칙 밖에 있는 것 같군. 그러나 역사의 논리가 요구하는 것은……."

"그런 논리가 무슨 소용이 있습니까? 우리는 그런 논리 따위는 없어도 잘 지냅니다."

"어떻게?"

"복잡한 일도 아닙니다. 배가 고플 때 빵 한 조각을 입에 넣기 위해 논리를 필요로 하지는 않습니다. 그런 추상적인 개념이 우리에게 무슨 소용이 있습니까!"

파벨 페트로비치는 두 손을 내저었다.

"그렇다면 더더욱 난 당신을 이해할 수 없소. 당신은 러시아인들을 모욕하고 있는 거요. 어떻게 원칙과 법칙을 인정하지 않을 수 있는지 이해할 수가 없군. 도대체 당신은 무엇에 따라 행동한단 말이오?"

"큰아버지, 우리는 어떤 권위도 인정하지 않는다고 제가 이미 말씀 드렸잖아요." 아르카디가 끼어들었다.

"우리는 우리가 유익하다고 인정하는 것에 따라 행동합니다." 바자로프가 말했다. "그리고 이 시대에는 부정하는 것이 무엇보다 유익하기 때문에 우리는 부정하는 겁니다."

"모든 것을?"

"모든 것을."

"뭐라고? 예술과 시뿐만 아니라…… 심지어 말하기조차 두렵군……."

"모든 것을." 더없이 침착한 태도로 바자로프가 되뇌었다.

파벨 페트로비치는 바자로프를 빤히 쳐다보았다. 그는 상황이 이렇게 되리라고는 예상하지 못했다. 아르카디는 만족한 나머지 얼굴이 붉게 상기되기까지 했다.

"그러나, 실례지만." 니콜라이 페트로비치가 말문을 열었다. "당신은 모든 것을 부정하고 있소. 아니 더 정확히 표현하면 모든 것을 파괴하고 있어요……. 그러나 건설도 해야 하지 않을까요?"

"그건 우리의 일이 아닙니다……. 우리는 먼저 터전을 깨끗이 해야만 합니다."

"민중의 현 상태가 그걸 요구하고 있어요." 아르카디가 거드름을 피우며 덧붙였다. "우리는 그 요구를 실행해야만 해요. 개인적이고 이기적인 만족에 빠질 권리가 없습니다."

아르카디의 마지막 말이 아마도 바자로프의 마음에 들지 않은 것 같았다. 그 말에서 철학, 즉 낭만주의의 냄새가 풍겼던 것이다. 바자로프는 철학도 낭만주의라고 불렀다. 그러나 바자로프는 젊은 제자를 반박할 필요는 없다고 생각했다.

"아니, 아니야!" 파벨 페트로비치가 갑자기 열을 내며 소리쳤다. "나는 당신이 러시아 민중을 정확히 파악하고 있다고 믿지 않아. 또 그들의 열망을 대변하고 있다고 믿고 싶지 않아! 아니야, 러시아 민중은 당신이 생각하는 그런 사람들이 아니야. 그들은 전통을 소중히 여기며, 가부장적이야. 그들은 신앙 없이는 살아갈 수 없어……."

러시아의 한 벽촌에 조그만 마을 공동묘지가 있다. 러시아의 거의 모든 공동묘지가 다 그렇듯이, 이 공동묘지도 서글픈 모습을 하고 있다. 공동묘지를 에워싼 도랑은 오래전부터 잡초로 뒤덮였다. 잿빛 나무 십자가들은 옆으로 기울어진 채 예전에 한번 페인트칠을 했던 십자가 지붕 밑에서 썩어 가고 있다. 돌 비석들은 마치 누군가가 밑에서 떠밀어 올리기라도 한 것처럼 조금씩 제자리에서 벗어나 있다. 가지가 꺾인 두세 그루의 나무가 빈약한 그늘을 겨우 만들고 있다. 양들은 제멋대로 무덤 사이를 어슬렁거린다……. 그러나 그 무덤들 가운데 사람의 손길도 닿지 않고 동물의 발에도 짓밟히지 않은 무덤이 하나 있다. 그저 새들만이 그 위에 앉아서 새벽에 노래를 부를 뿐이다. 철책이 무덤을 둘러싸고 있고, 어린 전나무 두 그루가 양쪽 끝에 심겨 있다. 이 무덤에 예브게니 바자로프가 묻혀 있다. 그리 멀지 않은 마을에서 이미 노쇠한 부부가 자주 이 무덤을 찾아오곤 한다. 그들은 서로를 부축하면서 무거운 발걸음으로 걸어온다. 울타리에 가까이 다가가서는 무릎을 꿇고 쓰러져 오랫동안 서럽게 울면서 말 못하는 비석을 빤히 바라본다. 그 비석 아래 그들의 아들이 누워 있다. 그들은 몇 마디 말을 주고받으면서 비석에 앉은 먼지를 털고 전나무 가지를 다듬어 주다가 다시 기도를 한다. 그리고 오랫동안 그곳을 떠나지 못한다……. 거기에 있으면, 아들에게 더 가까이 있고, 아들과 관련된 추억에 더 가까이 있는 듯한 느낌이 드는 것이다. 정말로 그들의 기도, 그들의 눈물이 헛된 것일까? 정말로 사랑, 그 성스럽고 헌신적인 사랑이 무력한 것일까? 오, 아니다! 아무리 정열적이고 죄 많은 반역의 심장이 그 무덤 속에 숨어 있을지라도 무덤 위에 자란 꽃들은 순진무구한 눈으로 평온하게 우리를 바라보고 있다. 이 꽃들은 우리에게 영원한 안식이나 '무심한' 자연의 위대한 평온만을 말해 주는 것은 아니다. 그것들은 영원한 화해와 무궁한 생명에 대해서도 말하고 있다…….

갈등과 대립이냐 영원한 화해와 무궁한 생명이냐

투르게네프의 《아버지와 아들》(1862)은 러시아 문학사에서 가장 뜨거운 논란을 불러일으킨 소설로 러시아문학사가(史家) 미르스키로부터 "당대 러시아의 사회 문제를 찌꺼기 없이 예술로 승화시킨 작품"이라는 평가를 받았다. 투르게네프는 이 소설에서 세대 간의 갈등과 대립, 니힐리즘과 니힐리스트의 문제, 다양한 유형의 사랑 등을 폭넓게 다루고 있다. 작가 자신이 "나는 이 소설에서 두 세대의 갈등을 보여 주려고 노력했다"고 말했듯이, 소설의 중심에는 귀족 출신의 자유주의적 이상주의자들(1840년대 사람들)인 '아버지 세대'와 잡계급 출신의 급진적 민주주의자들(1860년대 사람들)인 '아들 세대'의 갈등과 대립이 자리하고 있다. 아버지 세대는 철학과 예술, 전통과 원칙을 삶의 금과옥조로 삼았고, 아들 세대는 아버지 세대의 금과옥조를 다 부정하고 자연 과학과 실용 학문을 삶의 지표로 삼았다.

첫 번째 인용문은 아르카디의 큰아버지 파벨과 아르카디의 아버지 니콜라이, 그리고 아르카디의 대화이다. 바자로프가 뭐 하는 사람이냐는 큰아버지의 질문에 아르카디는 바자로프는 니힐리스트라고 대답하고 니힐리스트는 "모든 것을 비판적 관점에서 보고, 어떤 권위 앞에서도 굴하지 않고, 아무리 주위에서 존경받는 원칙이라고 해도 그 원칙을 신앙으로 받아들이지 않는 사람"이라고 대답한다. 파벨은 조카의 대답에 냉소적으로 반응한다. 두 번째 인용문은 권위, 원칙, 법칙, 예술과 시, 철학, 낭만주의 그리고 민중의 문제를 놓고 벌이는 파벨과 바자로프의 열띤 논쟁이다. 두 사람은 모든 점에서 견해를 달리한다. 파벨의 모든 원칙은 기존 질서와 전통의 옹호로 수렴되고, 바자로프의 원칙은 낡은 체제와 질서의 파괴로 귀결된다. 그 사이에서 니콜라이는 다소 신중하고, 아르카디는 의기양양하다. 파벨에게 바자로프는 '오만하고 뻔뻔스러운 냉소주의자이자 천한 놈'이며, 바자로프에게 파벨은 철저한 귀족주의자, 시대에 뒤떨어진 '낡은 현상'으로서 방탕하고 공허한 존재이다. 결국 파벨과 바자로프의 갈등과 대립, 그리고 논쟁은 결투로 치닫는다. 결투에서 파벨은 가벼운 상처를 입는다. 그리고 파벨이 바자로프와 화해하지만 두 사람의 갈등은 여전히 해소되지 않는다. 이 과정에서 파벨과 바자로프의 갈등 구조는, 파벨에 대한 평가, 사랑과 자연에 대한 아르카디와 바자로프의 이견으로 인해 복잡한 양상을 띠게 된다. 투르게네프는 세대 갈등과 계급 갈등은 물론 같은 세대와 같은 계급 내에 존재하는 이견까지도 다층적인 갈등 구조를 통해 섬세하게 그려 내고 있다.

28장으로 구성된 《아버지와 아들》에서는 세대 간의 갈등과 대립뿐만 아니라 다양한 유형의 사랑도 그려지고 있다. 사랑은 남녀 간의 단순한 마음의 끌림이나 교감이 아니라 연인들의 인생관과 세계관, 사상과 철학이 드러나는 지점이다. 당시 러시아 인텔리겐치아 문화에서 내가 널 사랑한다는 것은 내가 너의 신념과 사상에 공감하고 너와 같은 길을 걸어가겠다는 실존적 고백이고 결단이었다. 파벨과 R공작부인과의 낭만적인 사랑, 페네치카를 향한 니콜라이의 동정적인 사랑, 아르카디와 카탸의 순수한 사랑, 오딘초바를 향한 바자로프의 이상하고 모순적인 사랑을 통해 투르게네프는 사회적 배경과 생각이 다른 연인들의 다양한 심리를 섬세하게 그려 내고 있다. 여기에서 '사랑의 가수'인 투르게네프의 역량이 유감없이 발휘되고 있다. 이런 의미에서 《아버지와 아들》은 사회 · 정치적인 소설일 뿐만 아니라 가족 소설, 세태 풍속 소설, 연애 소설, 윤리 · 심리 소설, 철학 소설, 여행 소설의 요소를 두루 지니고 있다.

세 번째 인용문은 아버지와 아들의 마지막 장면이다. 러시아 벽촌의 조그만 공동묘지, 돌 비석, 잿빛 나무 십자가, 아들이 잠들어 있는 무덤을 찾은 노부부……. 투르게네프 소설의 결말이 거의 다 그렇듯이 슬프고 쓸쓸하며 비극적이다. 이 장면은 니힐리스트 바자로프에게 바치는 조사(弔辭)이자 진혼가로 읽힌다. 나는 우연한 두 계기를 통해 이 장면에 주목하게 되었고, 지금까지와는 다른 관점, 즉 주인공이 아닌 평범한 등장인물들의 관점에서 《아버지와 아들》을 읽게 되었다.

공훈 여배우의 낭독

1993년 여름, 투르게네프 탄생 175주년을 기념하는 다양한 행사가 투르게네프 생가가 있는 오룔의 스파스코예 루토비노보에서 있었다. 그곳으로 가는 길에 오룔 시에서 하룻밤을 머무르게 되었다. 오룔에서도 투르게네프와 관련된 행사가 곳곳에서 열리고 있었다. 나는 지방 도시의 조그만 극장을 찾았다. 그곳에서 투르게네프의 《사냥꾼의 수기》 가운데 몇몇 단편을 각색한 연극이 옴니버스 형식으로 공연 중이었다. 〈베진 초원〉이 특히 인상적이었다. 연극이 끝나고 마지막으로 소매가 긴 소박한 드레스를 입은 늙은 공훈 여배우가 무대에 등장했다. 조명이 어두워지면서 한 줄기 스포트라이트가 여배우를 비추었다. 여배우는 허공을 응시하며 미동도 없이 나직한 목소리로 《아버지와 아들》의 마지막 장면을 낭독했다. 여배우의 차분한 목소리는 "노쇠한 부부가 서로를 부축하면서 무거운 발걸음으로 울타리에 가까이 다가가 무릎을 꿇고 쓰러져 오랫동안 서럽게 울면서 말 못하는 비석을 빤히 바라본다……."에 이르자 눈물에 잠겼다. 그리고 "정말로 그들의 기도, 그들의 눈물이 헛된 것일까? 정말로 사랑, 그 성스럽고 헌신적인 사랑이 무력한 것일까? 오, 아니다!"에 이르자 여배우의 목소리가 갑자기 높아지고 온몸을 움직이면서 뜨거운 눈빛으로 객석을 바라보았다. 그러고 나서 몇 초 동안 침묵하더니 다시 나직한 목소리로 "이 꽃들은 우리에게 영원한 안식이나 무심한 자연의 위대한 평온만을 말해 주는 것은 아니다. 그것들은 영원한 화해와 무궁한 생명에 대해서도 말하고 있다"고 낭독을 끝냈다.

정말 몇 분 동안의 매직이었다. 나도 모르게 가슴이 두근거리고 눈물이 났다. 허름한 호텔방으로 돌아와서도 그 감동은 줄어들지 않았다. 낭독의 여파가 너무나 커서 머릿속에서 이런저런 생각이 꼬리에 꼬리를 물고 일어났다. 그때까지 나는 이 소설을 니힐리스트 바자로프의 성격과 신념, 그의 모순적인 사랑, 세대 간의 갈등, 바자로프의 죽음 등 주인공을 중심으로 읽어 왔다. 파벨과 바자로프의 논쟁에서는 은근히 바자로프의 손을 들어 주었다. 또 바자로프의 죽음에는 투르게네프의 자유주의적 입장이 반영되어 있다고 생각했다. 그래서 티푸스 환자의 시체를 해부하다가 우연히 감염되어 죽어 가는 바자로프를 보고 안타까워했다. 그런데 그날 밤 여배우의 낭독을 듣고 나서 나는 다른 관점에서, 즉 젊은 세대가 아닌 부모 세대의 입장에서, 바자로프의 노부모의 관점에서 이 소설을 바라보게 되었다. 아르카디의 아버지 니콜라이와 바자로프의 부모는 새로운 지식으로 무장한 아들들의 거침없는 언행이 얼마나 부럽고 두렵고 또 속상했을까? 대체로 아버지들은 아들들을 살갑게 대하기보다는 은근히 두려워한다. 특히 아들을 먼저 저세상으로 떠나보낸 바자로프의 부모에게 과학, 혁명, 니힐리즘, 니힐리스트, 유물론이 무슨 의미가 있었을까?

예나 지금이나 젊은 세대는 변화를 지향하고 전통과 권위에 도전적이다. 반면에 기성세대는 보수적이고 변화를 두려워한다. 바자로프처럼 정열적이고 반역의 심장을 가진 젊은이들은 기존 질서와 체제에 대한 반란과 파괴를 꿈꾼다. 그들은 신념과 이상을 위해 죽음도 불사한다. 파벨이나 니콜라이처럼, 기성세대는 불안하고 걱정스러운 눈빛으로 젊은이들을 바라본다. 그래서 '지금, 여기'의 현실은 언제나 모순적이다. 현실의 갈등과 모순, 그리고 투쟁은 현실의 합법칙적인 변화를 위한 동력이다. 그 과정에서 너 나 할 것 없이 아프다. 특히 자식을 잃은 부모들의 깊은 상처와 절망은 무엇으로도 치유될 수 없다. 슬픔을 견디는 건 결국 남은 자들의 몫이다. 하지만 바자로프의 무덤 위에 자란 꽃들과 자연은 인간의 갈등과 투쟁, 죽음으로 얼룩진 비극적 드라마에 별로 관심이 없다. 심지어 냉담하고 평온하기까지 하다. 그래서 작가-화자는 "꽃들은 영원한 화해와 무궁한 생명에 관해 말하고 있다"라고 말한다. 지극히 투르게네프다운 결어이다. 투르게네프의 시선은 이미 세대 간의 갈등과 투쟁보다 대화와 화해, 그리고 무궁한 생명의 현상에 머무르고 있다.

페로프의 그림 〈아들의 무덤을 찾은 노부모〉

러시아의 많은 화가와 삽화가들이 투르게네프의 단편 · 중편 소설을 위한 삽화를 그렸다. 투르게네프의 작품에 부친 삽화와 그림이라는 테마에 관심을 갖고 몇 년 전에 이런저런 자료를 뒤적이다가 바실리 페로프(1833-1882)가 《아버지와 아들》을 위해 그린 그림 〈아들의 무덤을 찾은 노부모〉(1874)를 보는 순간 오룔에서 만난 늙은 여배우의 낭독이 떠올랐다. 페로프는 바자로프나 파벨보다, 그리고 다른 어떤 장면이나 등장인물보다 '아들을 잃은 노부모'의 슬픔과 절망을 표현한, 소설의 마지막 장면에 주목하고 공감했던 것이다. 〈시골의 부활절 행진〉(1861), 〈도스토옙스키 초상화〉(1872), 〈운구運柩〉(1874) 같은 그림을 그린 이동파 화가 페로프는 농노제와 전제주의가 판을 쳤던 19세기 러시아의 시대 정신과 휴머니티를 가장 잘 표현한 화가들 중 하나이다. 주로 가난하고 불쌍한 민중의 피폐한 삶을 담은 그의 그림들은 대체로 어둡고 우울하다.

〈아들의 무덤을 찾은 노부모〉에서는 허름한 옷을 입은 작달막한 노부부가 바자로프의 무덤 앞에 말없이 구부정하게 서 있다. 검고 긴 치마를 입은 아내는 어깨에 숄을 두르고 있고 검은 코트를 입은 남편은 한 손에 검은 중산모와 검정 우산을 들고 있다. 툭 건드리면 풀썩 쓰러질 것 같은 허약한 모습들이다. 나무 십자가, 비스듬한 비석, 나뒹구는 돌멩이, 방치된 잡초, 구름 낀 하늘, 앙상한 나무들이 안 그래도 스산한 공동묘지의 분위기를 더욱 음산하게 만든다. 이 황량한 공간에 노부부만이 홀로 서 있다. 바자로프의 벗이자 제자인 아르카디, 한때 바자로프가 사랑했던 오딘초바, 바자로프의 제자로 자처했던 시트니코프는 다 어디로 갔을까? 살아서 고독했던 바자로프는 죽어서도 철저하게 고립되어 있다. 노부모만이 자주 이 무덤을 찾아와서 비석에 앉은 먼지를 털고 나뭇가지를 다듬어 주다가 고개 숙여 기도할 뿐이다. 노부모는 아들의 무덤 앞에서 무슨 생각을 하고 있을까?

노부모에게 '잘난 바자로프'는 삶의 유일한 의미이자 희망이다. 하지만 바자로프에게 노부모는 시대에 뒤떨어지고 낡은 습관과 전통을 버리지 못하는 답답한 존재이다. 바자로프는 부모의 헌신적인 사랑, 기도, 기대, 배려가 오히려 눈에 거슬리고 거북하다. 3년 만에 아르카디와 함께 고향 집을 찾아왔다가 자신을 향한 부모의 지나친 관심과 사랑에 그는 불편함을 느낀다. 할 일이 있다며 사흘 만에 훌쩍 떠나는 야속한 아들에게 부모는 혹여 아들이 마음 상할까 봐 섭섭함조차 내색하지 못한다. 아들을 배웅하고 나서야 비로소 아버지 바실리는 아내에게 중얼거린다. "버렸어, 우릴 버렸어. 우리와 있는 게 답답했던 거야, 이 손가락처럼 혼자 남았어!" 그러자 아내는 백발이 성성한 자기 머리를 하얗게 센 남편의 머리에 가져다 대며 말한다. "바샤, 어쩔 수 없어요! 아들이란 부모의 슬하를 떠나는 거예요. 그 애는 매처럼 오고 싶으면 오고 가고 싶으면 가지만 우리는 한 구멍 속에 난 버섯처럼 나란히 앉아서 꼼짝하지 않지요. 나만은 영원히 당신 곁에 있을 거예요. 당신도 그럴 테지요."

예나 지금이나 모든 부모들과 자식들의 관계는 이와 다르지 않다. 부모는 아낌없이 주고 자식은 그저 받기만 한다. 자식들은 매처럼 제멋대로 둥지로 날아왔다가 훌쩍 떠나 버린다. 하지만 부모들은 야속하게 떠난 자식들이 언젠가 다시 둥지로 돌아오리라는 기대를 안고 살아간다. 그러나 자기보다 먼저 자식들을 영원히 떠나보낸 부모의 마음은 어떨까? 병상을 찾아온 오딘초바와 마지막으로 작별 인사를 나눈 바자로프가 마침내 숨을 거두고, 사제에 의해 도유식(塗油式)이 끝난다. 그러자 바자로프의 아버지 바실리 이바니치가 그제야 광분하며, 누군가를 위협하듯이 주먹을 공중에 휘두르면서 목쉰 소리로 울부짖는다. "난 원망할 거라고 말했어. 난 원망할 거야. 하늘을 원망할 거야!" 이 절망적인 상황에서 누가 누굴 원망할 것인가? 사람이 마지막으로 기댈 곳은 하늘이며, 마지막으로 원망할 곳도 하늘이다. 눈물로 범벅이 된 늙은 아내만이 남편에게 달려와 함께 바닥에 엎어져 '한낮의 양들처럼' 머리를 숙일 뿐이다. 이 점에서 《아버지와 아들》은 매정한 '매'와 한 구멍 속에 난 '버섯'의 이야기로 읽힌다.

바자로프가 죽어 가면서 마지막으로 찾은 사람은 아르카디나 부모가 아닌 안나 오딘초바다. 낭만주의적인 모든 것을 혐오하고 부정했던 바자로프에게 잠시 사랑의 열정과 환멸을 안겨 주었던 바로 그 여자다. 바자로프가 그녀에게 말한다. "그럼, 부디 안녕히! 오래오래 사세요, 그게 무엇보다 좋은 일입니다. 그리고 시간이 있을 때 인생을 즐기세요." 독자들은 한 니힐리스트의 의미심장한 유언을 기대했겠지만 바자로프가 지상에서 남긴 마지막 말 치고는 좀 뜻밖이다. 오래오래 살고 인생을 즐기라니! 하지만 인간의 삶에서 장수와 즐거운 인생만큼 소중한 것이 또 있겠는가!

지상에서 부모와 작별 인사도 제대로 나누지 못한 바자로프는 이제 무덤 속에서 자기를 찾아온 노부모에게 뭐라고 말할까? 나는 이런 상상을 해 본다.

"아버지, 아직도 제가 훌륭한 사람이고 거인이라고 생각하세요? 아뇨, 전 언제 어디서나 갈등과 반목의 화근이었어요. 제가 죽으니 주변 사람들이 다 행복해졌잖아요! 아르카디는 카탸와 결혼해서 행복한 둥지를 틀었고, 오딘초바도 법률가와 결혼해서 잘살고 있고요. 니콜라이, 페네치카, 파벨, 시트니코프, 쿠크시나도 다 제 갈 길을 가고 있어요. 저도 땅속에 있으니 비로소 평온해요. 죄송해요, 부모님만 저의 죽음을 슬퍼하고 계시네요. 이제 그만 슬퍼하세요. 특히, 어머니, 그만 눈물을 흘리세요. 한낮의 무더위가 지나가면 저녁이 오고 또다시 밤이 오기 마련이에요. 제가 없어도 세상은 여전히 잘 돌아가고 삶은 영원히 지속될 거예요……. 이제 다리도 불편할 텐데 그만 찾아오세요."

바자로프는 무덤 속에서 평온할까? 바자로프 없는 이 세상은 과연 행복한가? 이제 더 이상 '바자로프들'이 필요 없는 세상이 되었는가? 이 시대의 바자로프들은 누구인가? 그 누가 갈등과 대립을 좋아하고 영원한 화해와 무궁한 생명을 싫어하겠는가? 하지만 바자로프들의 부정과 도전, 그들의 투쟁과 죽음이 있었기에 세상은 이만큼이라도 변하지 않았는가? 그러나 무덤 속의 바자로프는 말이 없고, 그 무덤을 찾은 노부모도 말이 없다.

오늘날 우리는 《아버지와 아들》을 읽으면서 19세기 중·후반 러시아 사회를 달구었던 니힐리즘과 니힐리스트의 문제, 자유주의적 이상주의자들과 급진적 민주주의자들 사이의 갈등과 대립보다는 시공을 초월한 보편적인 세대 갈등, 다양한 사랑의 유형학과 심리학, 삶과 죽음에 대한 철학적 사색, 자연에 대한 서정적 묘사, 대화를 통한 섬세한 성격 묘사, 영원한 화해와 무궁한 생명, 죽은 자식에 대한 노부모의 슬픔과 절망에 더 많은 관심을 갖게 된다.

이미 말했듯이, 나는 《아버지와 아들》의 마지막 장면과 연관된 '낭독'과 '그림'과의 우연한 만남을 통해 색다른 감동을 느꼈고, 주인공이 아닌 평범한 인물들을 중심으로 문학 텍스트를 읽는 새로운 경험을 할 수 있었다. 이런 감동과 경험은 우연찮게도 《아버지와 아들》(문학동네, 2011)의 우리말 번역으로 이어졌다.

작가와 작품

이반 세르게예비치 투르게네프(1818-1883)는 1818년 중부 러시아 오룔 주의 스파스코예-루토비노보에서 부유한 귀족의 둘째 아들로 태어났다. 모스크바대학 문학부와 페테르부르크대학 철학부, 그리고 독일 베를린대학에서 공부했다. 사냥꾼의 눈과 시인의 마음을 지닌 투르게네프는 러시아의 대자연과 시골 농부 그리고 지주 귀족들의 삶을 섬세하고

수려한 문체로 묘사하는 데 뛰어나며, 동
시에 서구의 자유주의 사상과 휴머니즘을
작품 속에 조화롭게 반영했다.

　주요 작품으로 《사냥꾼의 수기》, 〈첫사
랑〉, 〈아샤〉, 〈무무〉 등이 있다. 특히 투르
게네프는 6대 장편 소설(《루딘》, 《귀족의
보금자리》, 《전날 밤》, 《아버지와 아들》,
《연기》, 《처녀지》)에서 1840 – 70년대 러시아 사회의 주요 쟁점들(잉여
인간, 슬라브주의와 서구주의, 농노 해방, 니힐리즘과 니힐리스트, 인민
주의 운동)을 테마로 시대의 형상과 중압, 급격히 변화하는 러시아 교양
계층인들의 특징을 적합한 유형 속에 성실하고 객관적으로 묘사 · 구현
해 냈다. 이 점에서 그의 장편 소설은 당대 러시아의 사회 문제들을 예술
적으로 형상화한 '사회 · 정치적 연대기', 혹은 주요 사회 이슈들에 대한
독특한 '예술적 주석'으로 평가된다.

　투르게네프는 1883년 8월 22일 프랑스의 부기발에서 사망했으며 그의
유언에 따라 그해 9월 19일, 그의 유해는 러시아로 옮겨져 페테르부르크
볼코프 공동묘지의 벨린스키 무덤 옆에 안장되었다.

"그들이 볼셰비키든 아니면 위대한 이론가든 너는
살펴보고 또 살펴봐야 해."
자하르 파블로비치는 이별의 말을 했다. "기억하렴.
네 아버지는 물에 빠져 죽었고, 네 어머니가 누군지는
아무도 몰라. 수백만의 사람들이 영혼 없이 살고 있지.
바로 이게 위대한 일이야…….
볼셰비키는 텅 빈 심장을 가져야만 하거든.
그 안에 모든 것을 담을 수 있도록 말이야……."

러시아 혁명과 공산주의
유토피아, 낙원은 어디에

윤영순

안드레이 플라토노프의 《체벤구르》* 중에서

사샤가 야간 대학교에 입학했을 때, 자하르 파블로비치는 혼자서 기뻐했다. 그는 그 어떤 도움도 없이 전 생애를 자기 힘으로만 살아왔다. 아무도 그에게 자신이 감각하는 것보다 앞서서 미리 이야기해 주지 않았다. 그렇지만 사샤에게는 이제 책들이 타인의 지성으로 미리 이야기해 줄 것이다.

"나는 고통스러워했는데, 사샤는 읽기만 하면 돼. 그게 다야!" 자하르 파블로비치는 부러워했다.

책을 다 읽고 나자 사샤는 쓰기 시작했다. 자하르 파블로비치의 아내는 불이 밝혀져 있으면 잠을 잘 수가 없었다.

"계속 뭘 쓰기만 하는구나," 그녀가 말했다. "그래 뭘 쓰는 거냐?"

"당신은 잠이나 자," 자하르 파블로비치가 충고했다. "눈꺼풀 닫고, 잠 자라고!"

---

* 추천 역서: 《체벤구르》, 플라토노프 지음, 윤영순 옮김, 을유문화사, 2012.

아내는 눈을 감았지만, 쓸데없이 등유가 타 들어가는 것을 실눈을 뜨고 보았다. 그녀가 잘못 본 것은 아니었다. 왜냐하면 이후에도 드바노프는 결코 책을 따라 행동하지 않고 영혼을 뒤흔드는 책의 페이지들을 비추기만 했으니 알렉산드르 드바노프의 소년 시절에서 등불은 실제로 쓸데없이 타 들어가고 있었던 것이다. 그가 아무리 많이 읽고, 생각을 할지라도 항상 그의 내부에는 어떤 텅 빈 공간이 남아 있었으며, 바로 그 빈 공간을 통해 묘사되지도 않고, 이야기될 수도 없는 세계가 불안한 바람에 의해 지나가고 있었다. 열일곱 살에 드바노프는 아직 그 어떠한 갑옷과 투구도, 즉 신에 대한 신앙이나 다른 정신적 안정을 위한 그 무엇도 가슴 위에 가지고 있지 않았다. 그는 자기 앞에 펼쳐진 이름 없는 삶에 낯선 이름을 부여하지 않았지만, 세상이 명명되지 않은 채로 남아 있기를 원하지도 않았다. 다만 사샤는 일부러 고안된 명칭 대신 스스로의 입을 통해 그들의 이름을 듣기를 기대했을 따름이다.

어느 날 밤 그는 일상적인 우수에 젖어 앉아 있었다. 신앙에 의해서 닫히지 않은 심장은 그의 안에서 괴로워했으며, 위안을 원했다. 드바노프는 고개를 숙이고 자기 육체의 내부를 상상했다. 흡사 노랫말조차도 알아듣기 힘든 먼 곳의 기적 소리처럼, 머물지도 않고, 강해지지도 않은 채, 균등한 삶이 끊임없이 매일매일 들어왔다가 떠나 버리는 바로 그곳을.

사샤는 마치 자기 뒤에 있는 광활한 어둠 속으로 불어오는 진짜 바람 때문인 것처럼, 자기 안에 있는 냉기를 느꼈다. 그렇지만 바람이 생겨난 그 앞에는 무엇인가 투명하고 가볍고 거대한 것이, 자신의 호흡과 심장 박동으로 바뀌어야만 하는, 살아 있는 공기의 산이 놓여 있었다. 이 예감은 미리 심장을 휩쓸었으며, 미래의 삶을 차지할 준비가 되어 있는 육체

내부의 빈 공간은 더욱 넓어졌다.

"바로 이것이 나다!" 알렉산드르는 큰 목소리로 말했다.

"누가 너냐?" 잠들지 않았던 자하르 파블로비치는 이렇게 질문했다.

자신의 발견에 대한 모든 기쁨을 사라지게 만드는 갑작스런 수치심에 휩싸인 채, 사샤는 금방 입을 다물었다.

자하르 파블로비치는 이것을 눈치 채고, 스스로에게 하는 냉담한 대답으로 자신의 질문을 무(無)화해 버렸다.

"넌 책벌레지. 더 이상은 그 무엇도 아니야……. 누워 자는 게 더 낫겠다. 벌써 늦었어……."

자하르 파블로비치는 하품을 하고 나서 평온하게 말했다.

"괴로워하지 말거라, 사샤, 안 그래도 넌 몸이 약한데."

'아마, 이 아이도 호기심 때문에 물에 빠져 죽을 거야,' 이불 속에서 자하르 파블로비치는 스스로에게 속삭였다. '그리고 나는 베개 위에서 숨을 거둘 거고. 이거나 저거나 똑같아.'

밤은 고요히 지속되었다. 현관 쪽에서는 차량 연결수가 기차역에서 기침하는 소리까지 들렸다. 2월이 끝났고, 지난해의 풀들이 남아 있는 도랑에는 눈이 녹아서 둑이 드러났다. 그리고 사샤는 흡사 지상의 창조물을 바라보듯 그것을 바라보았다. 그는 죽은 풀들의 등장에 연민을 느꼈으며 자기 자신을 바라볼 때는 결코 가지지 않았던 세심한 주의를 지니고 그것들을 바라보았다.

그는 피가 뜨거워질 정도로 타인의, 머나먼 삶을 느낄 수 있었다. 하지만 스스로에 대해 상상하는 것은 힘들었다. 그는 자신에 대해서는 생각하기만 했지만, 타인에 대해서는 개별적 삶의 민감한 감수성으로 감각할 수 있었다. 하지만 다른 사람들은 그렇지 않다는 것을 그는 알지 못했다.

(중략)

자하르 파블로비치는 자신이 늙었다는 사실이 분했다. 권총을 손에 편하게 쥐는 것마저 얼마나 소중한 것인지 알게 된 것이다. 그래서 그는 볼셰비키를 검사할 수 있도록 측정기가 있으면 어떨까 생각했다. 최근에 와서야 그는 자기 삶에서 잃어버린 것들을 제대로 평가하게 되었다. 그는 모든 것을 허비했다. 그의 위로 넓게 펼쳐진 하늘은 그의 긴 활동 기간 동안 아무것도 변하지 않았는데, 그는 자신의 허약해진 몸을 정당화할 어떤 것도 쟁취하지 못한 것이다. 그의 몸속에서 중요한 어떤 빛나는 힘이 헛되이 요동쳤던 것이다. 그는 삶에서 가장 필연적인 어떤 것을 영유하지 못하고 삶과의 영원한 이별을 앞두고 있는 이 시점까지 살아왔던 것이다. 그리고 지금 그는 지난 50년 동안 어떤 기쁨도 보호도 부여하지 못했지만, 이제는 영원히 결별해야 하는 바자울과 나무들과 모든 낯선 사람들을 슬픔에 잠겨서 바라보았다.

"사슈." 그는 말했다. "넌 고아란다. 너에게 삶은 거저 주어졌단다. 삶을 아끼지 마! 삶을, 가장 주된 삶을 살렴."

알렉산드르는 양아버지의 숨겨진 고통을 존중했기에 침묵했다.

"너는 페지카 베스팔로프를 기억 못하겠지?" 자하르 파블로비치는 계속 이야기했다. "우리 동네에 그런 이름의 수리공이 살았단다. 지금은 죽었지만. 이런 일이 있었지. 뭔가 치수를 좀 재어 오라고 하면 그 사람은 손가락으로 그걸 재고 나서 팔을 벌리고는 오는 거야. 팔을 벌리고 오는 사이 1아르신이 1사젠이 되는 일이 빈번했지. 그러면 사람들은 '이게 도대체 뭐 하는 짓이야? 개새끼!'라고 욕했어. 그러면 그 사람은 '뭐 나한테

딱히 필요한 일도 아니고, 그렇다고 날 쫓아내겠소?' 라고 대답했지."

다음 날이 되어서야 알렉산드르는 아버지가 무슨 말을 하고 싶어했는지 이해했다.

"그들이 볼셰비키든 아니면 위대한 이론가든 너는 살펴보고 또 살펴봐야 해." 자하르 파블로비치는 이별의 말을 했다. "기억하렴. 네 아버지는 물에 빠져 죽었고, 네 어머니가 누군지는 아무도 몰라. 수백만의 사람들이 영혼 없이 살고 있지. 바로 이게 위대한 일이야……. 볼셰비키는 텅 빈 심장을 가져야만 하거든. 그 안에 모든 것을 담을 수 있도록 말이야……."

자하르 파블로비치는 자기가 한 말 때문에 스스로 격렬해져서 점점 어떠한 잔혹함마저 띠게 되었다.

"안 그러면, 안 그러면 어떻게 되겠니? 아무리 장작을 때도, 헛되이 연기만 바람에 날리는 꼴이지! 녹 찌꺼기만 남아. 부젓가락에도, 철도, 제방에도 말이야! 이해하겠니?"

자하르 파블로비치는 흥분한 감정에서 점점 감동하게 되었다. 그리고 동요하면서 부엌으로 담배를 피우러 나갔다. 잠시 후 그는 다시 돌아와서 자신의 양자를 소심하게 껴안았다.

"사샤, 내 말에 화내지 말거라! 나 역시 천애 고아란다. 너나 나나 어디 호소할 사람조차 없구나."

알렉산드르는 화내지 않았다. 그는 자하르 파블로비치의 진심에서 우러난 결핍을 느꼈지만, 혁명이 세상의 종말이라는 것도 믿었다. 미래 세상에서 자하르 파블로비치의 걱정은 한순간에 와해될 것이며, 어부였던 친부는 스스로 물속에 몸을 던지면서 구하려 했던 것을 찾을 수 있을 것이다. 자신의 명료한 감각 속에서 알렉산드르는 이미 그 새로운 세상을 소유하고 있었지만, 그 세상은 말할 수 있는 것이 아니라 다만 행할 수 있는 것일 따름이었다.

반년이 지난 후 알렉산드르는 새롭게 문을 연 철도대학에 입학했고, 나중에 기술전문학교로 옮겼다.

저녁마다 그는 자하르 파블로비치에게 기술 교과서를 소리 내어 읽어 주었다. 자하르 파블로비치는 전혀 이해할 수 없는 과학의 소리들을 즐 겼으며, 그의 사샤가 그 어려운 것을 이해하고 있다는 사실에 기뻐했다.

하지만 알렉산드르의 학업은 곧 끝났고, 영영 지속되지 않았다. 왜냐 하면 당이 내전이 일어난 전방 도시로, 스텝 근방의 우로체프로 사샤를 파견 보냈기 때문이다.

자하르 파블로비치는 그 도시로 가는 군용 수송 열차를 기다리며 하 루 종일 사샤와 기차역에 앉아 있었다. 그는 동요하지 않으려고 세 푼트 의 거친 담배를 피워 댔다. 그들은 사랑에 대한 것 말고는 세상 모든 것 에 대해서 이미 이야기를 나누었다. 자하르 파블로비치는 사랑에 대해서 는 부끄러워하는 목소리로 조심하라는 말들을 늘어놓았다.

"사샤, 너도 이제 다 큰 아이니까, 다 알고 있겠지만⋯⋯. 중요한 것은 그 일을 일부러 하면 안 된다는 거야. 이게 가장 속임수가 많은 거란다. 실상은 아무것도 없는데, 무엇인가 너를 어디론가 끌어당기는 것 같고, 뭔가를 원하는 것 같고 그런 거지⋯⋯. 모든 인간의 아랫도리에는 제국 주의가 자리 잡고 있다고 보면 된단다."

알렉산드르는 벌거벗은 자신의 몸을 일부러 상상해 보았지만 자기 몸 어디에서도 제국주의를 느낄 수 없었다.

마침내 소집 군용 열차가 오고 알렉산드르가 열차 칸에 몸을 싣자 자하르 파블로비치는 플랫폼에 서서 그에게 부탁했다.

"언제라도 좋으니, 내게 편지를 써 다오. 그냥 살아 있고, 건강하다고만…… 그거면 충분해."

"저, 그것보다는 더 많이 쓸게요." 자하르 파블로비치가 얼마나 늙었고 고아 같은 사람인지 지금에야 알아차린 사샤는 이렇게 대답했다.

기차역의 종이 세 번씩 벌써 다섯 차례나 울렸지만 기차는 출발하지 않았다. 열차 입구 쪽에 서 있던 낯선 사람들이 사샤를 안으로 밀어서 밖에서는 그를 더 이상 볼 수 없었다.

자하르 파블로비치는 지친 몸을 이끌고 집으로 돌아왔다. 집으로 오는 내내 그는 담배를 피우는 것도 잊어버리고, 이 사소한 일에 힘들어하면서 아주 오랫동안 걸어서 집으로 돌아왔다. 집에서 그는 사샤가 항상 앉아 있던 구석의 작은 책상에 앉았다. 그리고 그는 한 단어 한 단어 철자를 더듬어 가면서 사샤의 대수학 책을 간신히 읽기 시작했다. 비록 아무것도 이해하지 못했지만, 차츰차츰 그는 스스로 어떤 위안을 찾아가기 시작했다.

열린 심장을 가진 어느 공산주의자의 소년 시절

러시아 혁명이 일어나고, 볼셰비키들이 자신들의 손으로 세웠던 유토피아가 역사 속으로 사라진 것도 지난 세기의 일이 되었다. 오늘보다 더 나은 내일, 또 그 다음의 유토피아를 꿈꾸는 것이 인간의 끝나지 않을 욕망이라면, 유토피아에 마침표를 찍으려 했던 러시아 혁명은 역사상 그 예를 찾아보기 힘든 시도임에 분명하다. 플라토노프의 장편 《체벤구르》는 인류 역사상 미증유의 사건인 러시아 혁명의 기원과 그 과정에 대한 이야기임과 동시에 마지막 유토피아의 미래에 대한 우울한 전망으로 읽힐 수 있다.

인용한 장면은 혁명 발발 직전에 주인공 알렉산드르(사샤, 사슈)가 문득 자기 존재와 삶의 이유를 자각하는 깨달음의 순간이며, 이어지는 부분은 혁명 후 내전 시기에 사샤가 당의 명령을 받고 스텝지역으로 파견되면서 양아버지와 이별하는 장면이다.

사샤의 친아버지는 죽음이 무엇인지 자기 눈으로 보고, 그 속에서 살아 보기 위해 호수에 몸을 던졌던 호기심 많은 어부였다. 친부가 익사한 후 사샤는 가난한 드바노프 집안에 입양된다. 드바노프의 친아들인 이기적이고 영악한 프로샤와 타자 지향적이며 사유하는 성격의 사샤는 어린 시절부터 대조적인 모습으로 그려진다. 자신도 고아이면서 '모든 생명들과, 마당에 핀 허약한 풀들과 바람과 기관차'에조차 연민과 공감을 느끼는 사샤와 달리 프로샤는 '자기 식구 외에는 그 누구도 사랑하지 않는' 나와 타인 간의 경계를 명확히 감각하는 소년이다. 사샤가 자기 가족들과 상관없는 '군입'이라는 사실을 끊임없이 상기시키며, 아버지를 설득해서 사샤를 구걸 보낸 것도 프로샤였다. 이 가족에게서 사샤를 구해 내 양자로 삼은 자하르 파블로비치는 기계와 기관차에 '미친' 플라토노프 특유의 주인공으로, 인간보다도 인간이 만든 기계를 더 사랑하면서 이를 통한 세계의 구원을 꿈꾸고 있다. 그런 그에게도 사샤는 특별하고 가까운 존재로, 자하르 파블로비치는 사샤에게 애정을 쏟으며 삶의 또 다른 의미를 깨달아 간다. 사샤는 자하르 파블로비치와 함께 살면서 안정을 되찾고 정신적 모색을 이어 가며, 혁명이 일어나자 양부와 함께 공산당에 입당한다.

3부로 이루어진 《체벤구르》의 1부 〈장인의 기원〉은 이렇게 사샤의 어린 시절과 성장에 대한 이야기가 축을 이루는데 발췌한 장면은 그 마지막 부분이다. 인용한 첫 장면에는 자신의 예민한 감성 이외에는 아무것도 가지지 못했던 주인공 사샤가 독서를 통해 민중 인텔리겐치아로 자라나는 과정, 책이 주는 지식과 별개로 스스로의 경험을 통해 외부 세계를 감각하면서 알아 가고 싶은 그의 열망이 그려져 있다. 고리키는 1차 러시아 혁명 실패의 원인을 인텔리겐치아와 노동자들 사이에 존재하는 극복될 수 없는 간극 때문이라 여겼는데, 노동자 계급에서 지식인이 나올 때, 그때에야 진짜 혁명이 가능하리라는 예언을 한 바 있다. 작가 플라토노프와 그의 주인공 사샤는 고리키의 이러한 예언이 현실로 나타난 예라고 할 수 있다.

어느 밤 아무리 책을 읽고 사유하더라도 채워지지 않는 자기 내부의 '텅 빈 공간'을 사샤는 문득 감지하게 된다. 지식으로도 채워지지 않은 심장을 바람으로 지나가는 알 수 없는 세계에 대해 사샤는 이미 주어진 이름 대신 그들의 목소리로 듣고 싶어한다. 자기 존재의 자각과 외부 세계의 감각, 그 둘의 합일의 가능성을 열망하는 인간 삶의 어느 순간을 작가는 명민하게 포착하는데, 여기서 '텅 빈 공간', 또는 '열린 심장'이라는 표현은 진짜 공산주의자에 대한 플라토노프 특유의 메타포이다. 바깥 세계 또는 타인을 자기 안으로 받아들이기 위해 반드시 필요한 것이 바로 '텅 빈 심장'이며, 작가는 이를 공산주의자의 기본 조건으로 본 것이다. 자기 안의 '텅 빈 심장'을 느끼면서 "이것이 바로 나다!"라고 외치는 사샤의 독백은 진정한 공산주의를 꿈꾸었던 작가 자신의 열망과 연관된 것이기도 했다. 이 표현은 "볼셰비키는 텅 빈 심장을 가져야만 하거든. 그 안에 모든 것을 담을 수 있도록 말이야……."라는 자하르 파블로비치의 말을 통해 더욱 분명해진다. 이는 나와 타자의 합일, 타자의 온전한 수용을 위해서는 자기 부정이 전제되어야 하며, 이것이야말로 사랑의 전제 조건이라는 러시아 철학자 솔로비요프의 사유와도 유사점을 지니고 있다. 물론 이때의 '사랑'은 플라토노프에게 동지애와 동의어였으며, 합일은 공산주의 안에서만 이루어질 수 있는 것이었다. 솔로비요프의 사유는 자기 부정이 타자를 사랑하기 위한 전제가 된다는 기독교적 사랑의 개념과도 유사한데, 이처럼 플라토노프의 주인공들이 이해했던 혁명과 공산주의는 마르크스주의 이념보다 정교나 러시아의 전통적인 유토피아와 닮아 있음을 알 수 있다.

돌아보면 러시아라는 나라는 혁명이 일어나기 전까지 오로지 혁명을 향해 달려온 것처럼 보인다. 고대 정교를 도입하던 순간부터 지상 천국 건설에 대한 열망은 시작되었고, 몽골의 압제에서 벗어나기를 꿈꾸었던 이들, 종교 개혁 이후 오지에서 숨어 지내야 했던 구교도들, 가혹한 농노제를 피해서 농민들이 세운 공동체까지, 현실보다 나은 곳을 추구했던 사람들의 유토피아를 향한 다양한 시도는 마르크스주의와 만나면서 마침내 공산주의 천국으로 수렴되는 듯했다. 그래서일까, 사샤를 비롯한 소설 속 인물들이 이해하는 공산주의는 과거 러시아에 존재했던 유토피아 이념들, 특히 특유의 종교적 유토피아와 혼재되어 있는데, '혁명이 세상의 종말'이자 '역사의 끝'이라고 믿는 사샤의 생각도 이와 일맥상통한다. 주인공이 꿈꾸는 혁명과 유토피아는 성서 최후 심판의 날처럼 죽은 자가 부활하는 시간으로 상상되기에 '어부였던 친부는 스스로 물속에 몸을 던지면서 구하려 했던 것을 찾을 수 있을 것'이며, 죽은 아비와 동지들을 다시 만나게 될 것이라는 희망으로 연결되는 것이다.

이제 사샤는 '텅 빈', 또는 '열린' 심장을 지닌 채 공산주의를 찾는 여정을 시작하는데, 이어지는 2부의 제목이 〈열린 심장으로 떠나는 여행〉임은 이런 맥락에서 의미심장하다. 무정부주의자들에게 목숨을 잃을 뻔했던 사샤를 구해 준 코푠킨은 로자 룩셈부르크의 묘에 참배를 하러 나선 혁명의 기사였다. 사샤와 코푠킨은 돈키호테처럼 좌충우돌하면서 러시아 남부의 시골 마을을 함께 떠도는데, 이들이 만나는 여러 군상의 인물들은 자기들이 이해하는 방식으로 공산주의와 혁명을 이야기한다. 스스로를 하나님이라 믿으며 흙만 먹고도 살 수 있다는 농부, 주민 모두가 도스토옙스키, 콜럼버스 등 유명인의 이름으로 개명한 마을, 모든 농민이 높은 관직을 차지하고 있는 빈자들의 코뮌 등, 두 사람은 여러 마을에서 많은 인간들을 만나면서 공산주의의 다양한 얼굴을 마주하게 된다. 이들은 어디에서도 진짜 공산주의를 찾지 못한 채 고뇌하지만, 볼셰비키들의 손으로 세운 공산주의 천국 체벤구르에 대한 소문을 듣고 그곳으로 향하게 된다.

소설 3부에서 사샤와 코푠킨은 마침내 공산주의 낙원 체벤구르에 도착하는데, 이곳은 열두 명의 볼셰비키들이 부르주아들을 몰아내고 건설한 자생적인 유토피아였다. 그들은 공산주의가 도래했으므로 역사도 새롭게 시작될 것이며, 태양마저 '열심히 일할' 것이고 이곳에서는 그 누구도 불행하지 않고 또 죽지도 않으리라고 기대한다. 체벤구르 사람들의 이러한 순진한 생각 역시 마르크스식의 공산주의가 종말론적 신화와 결합된 것으로 볼 수 있다. 실제로 체벤구르 공산당위원회가 교회 건물에 위치한 것도 이러한 상징성을 지닌다. 공산주의가 시작되었으므로 역사는 끝났다, 또는 반대의 논리로 역사가 끝났으므로 공산주의가 시작되었다는 말을 반복하면서 주인공들은 새로운 시대의 시작을 선언했다. 부르주아들을 제거하고 원래 살던 주민들을 내쫓아서 텅 빈 체벤구르로 볼셰비키들은 유토피아의 새로운 거주민으로서 프롤레타리아보다 못한 하급의 인간들, '기타 인간'을 데려와서 함께 살아가게 된다.

이 체벤구르라는 가상의 공간은 이루어진 공산주의 유토피아를 보여주기보다 유토피아에 대해 말하기 위해 마련된 장소라 할 수 있다. 사샤와 코퓬킨을 비롯하여 그들이 여행하며 만났던 공산주의자들, 그리고 어린 시절 헤어졌던 프로샤 등 주요 등장인물들 모두가 체벤구르에서 재회하는데 이들은 공산주의와 유토피아에 대해 직접적인 대화와 논쟁을 벌이게 된다. 그중 어느 밤 사샤와 프로샤가 나누는 공산주의에 대한 대화는 당시 작가가 고민하던 공산주의와 일인 독재의 모순적 관계를 직접적으로 다루고 있다. 프로샤는 인간의 욕망은 끝이 없기에 그를 온전히 충족시키기는 불가능하다는 것, 그렇기에 권력자는 사람들의 욕망을 만족시키기 위해 노력하기보다 오히려 무엇인가를 빼앗음으로 욕망을 줄여 나가는 것이 더 낫다고 말한다. 더불어 그는 모든 조직에서 한 사람만이 사유하고 나머지 사람들은 아무 '생각 없이' 그 한 사람을 따라 살아가는 것이 가장 이상적인 체제라고 확신한다. 그리고 비록 힘들고 어렵겠지만, 바로 자신이 그 최초이자 최고의 일인자가 되고 싶다는 열망을 내비친다. 프로샤의 이러한 논리에 사샤는 대답과 함께 질문을 던진다. "그럼 너는 아마 힘들 거야. 네가 가장 불행한 사람이 될 거고, 다른 사람들과 떨어져서 누구보다 가장 높은 곳에서 혼자 살아가는 것도 두려울 거야. 프롤레타리아트는 서로서로에 의해 살아가는데, 너는 무엇으로 살아갈 수 있을 것 같아?" 사샤의 말은 자기 시대 '최초이자 최고의 일인자'에게 직접 던지는 비수 같은 질문이기도 하다. 사샤에게 공산주의는 이념이면서 동시에 종교였으며, 프롤레타리아 동지들은 고아였던 그에게 가족을 대체하는 존재였기에 고독한 일인자가 되고픈 프로샤의 열망은 이해되기 힘든 것이었다. 이것은 작가가 중편 소설 《코틀로반》에서 소녀 나스차의 죽음을 통해서도 보여 주었던 '인간이 없는 공산주의'의 도래 가능성에 대한 두려운 예감이기도 했다. 소설의 결말에서 알 수 없는 외부 군대에 의해 체벤구르는 파괴되고, 코푠킨과 동지들은 무참히 살해당한다. 홀로 살아남은 사샤마저 아버지가 몸을 던진 호수로 걸어 들어가 버린 후, 이제는 전부 자기 차지가 된 체벤구르의 전 재산을 앞에 두고 프로샤는 울고 있다. 그의 울음이야 말로 인간이 없는 유토피아에 홀로 남은 최고이자 최초의 인간, 그리고 마지막 인간이 겪어야 하는 비극적 운명의 상징이다.

　장편 《체벤구르》는 1928년 완성됐으나 소련 붕괴의 조짐이 보이던 1988년에야 출판될 수 있었다. 소설은 이처럼 고아 사샤가 혁명과 내전을 겪으며 민중 인텔리겐치아로 자라나는 과정, 동지와 함께 공산주의 유토피아 체벤구르를 찾아 나서는 여정, 유토피아의 결실을 누려 보지도 못한 채 그 비극적 파멸을 목도하는 이야기로 구성되어 있다. 작품은 공산주의 유토피아 건설 과정에 대한 증언이면서 혁명 후 지향점을 잃은 러시아 전통적 유토피즘의 몰락에 대한 기록이기도 하다. 난해한 언어와 복잡한 구조로 독서가 어렵지만, 고리키의 말처럼 서정적이고도 풍자적인 이 장편은 작가로 성숙해 가던 1920년대 후반 플라토노프의 면모를 잘 보여 주는 대작이다.

안드레이 플라토노프(1899 – 1951, 본명은 안드레이 클리멘토프)는 프롤레타리아 출신의 철저한 공산주의자였음에도 불구하고 소비에트 시절 가장 엄격히 금지된 작가 중 한 명이었다. 가난한 노동자 집안 태생인 작가는 혁명 덕분에 대학에서 공부하고 문학을 시작할 수 있었다. 고양된 목소리로 혁명을 노래하던 플라토노프는 1920년대 중·후반, 믿었던 이념이 변질되는 과정을 목도한 후 관료주의 소련 사회에 대해 풍자적 태도를 지니게 된다. 《그라도프 시(市)》, 《의혹을 품은 마카르》, 《체벤구르》와 《코틀로반》 등, 특유의 '풍자성과 서정성'을 지닌 작품들은 바로 이 시기에 창작되었다. 작가는 '멋진 눌변'으로 불리는 독특한 언어로 동시대를 그려 냈는데, 풍자성과 비극적 세계관을 이유로 반동 작가로 낙인찍혔으며, 다수의 작품이 생전에 출판되지 못했다. 사회주의 리얼리즘이 지배하던 1930년대 이후 추상적 이념이 아니라, 가까이 존재하는 인간과 사랑을 다룬 작품들로 시대와 화해하려 했지만 문단의 주류로 편입되지 못했다. 2차 대전 당시 종군 기자로 복무한 후 발표한 단편《귀향》(1946)으로 다시 문단의 맹비난을 받았지만 사망할 때까지 동화와 희곡 등으로 창작 지평을 넓히면서 글을 쓰려고 노력했다. 사후 서구에서 먼저 주목받기 시작했고 페레스트로이카 시기에 해금된 이후로는 20세기 산문의 대가로 인정받고 있다.

삶 속의 예술,

예술 속의 삶

예술가의 죽음은 생물학적 생명의 일시적 종료일 뿐,
오히려 그 순간이 예술가의 불멸이 시작되는 출발점이다.

삶 전체를
예술 속에 녹여 내다

백승무

몰리에르: 난 평생 그의 발등에 입을 맞추었지. 오직 한 가지 생각만 했어. 제발 밟아 죽이지만 말아 다오. 그런데 이렇게 짓밟아 버린 거야! 폭군! (중략) 대체 무엇 때문이었을까? 오늘 아침 나는 그에게 묻고 싶어 졌어. 대체 무엇 때문입니까? 이해할 수가 없습니다……. 그리고 이렇게 말하고 싶었어. 폐하, 전 그런 행동은 딱 질색입니다. 전 반대입니다. 심한 모욕감이 느껴지는군요. 폐하, 무엇 때문인지 설명해 주실 수 있습니까? 제발……. 혹시, 제 아부가 부족했던 건가요? 그러니까, 제가 좀 더 기어야 했습니까? 폐하, 이 몰리에르 같은 아첨꾼을 또 어디서 찾을 수 있단 말입니까? 부통, 내가 왜 그랬는지 아나? 바로 '타르튀프' 때문이야. '타르튀프' 때문에 그렇게 비굴하게 굴었던 거야. 난 내 편을 찾아야 한다고 생각했어. 그리고 드디어 찾았다고 생각했지! 부통, 이제 비굴하게 굴지마! 난 재판도 없는 폭정을 증오해!

(중략)

몰리에르: 어서 말해 봐! 죽었어?

부통: (라그랑주에게). 칼에 찔려서 그만…….

몰리에르: 배우들한테 보고하지 말고 팔레 르와얄 단장에게 보고하게. 이 마지막 공연의 주인은 아직 나란 말이야!

부통: (몰리에르에게) 그만 숨을 거두고 말았어요. 심장에 칼을 맞았거든요.

몰리에르: 고인에게 안식이 있기를. 이제 어떻게 해야 하는 거지?

프롬프터: (문으로 고개를 내밀고) 무슨 일이죠?

라그랑주: (크게 목소리를 높여) 무슨 일이냐고? 총사들이 극장에 난입해서 문지기를 죽였다네.

프롬프터: 세상에……. 맙소사……. (사라진다)

라그랑주: 극장 사무장으로서 공표를 하겠습니다. 극장 안은 입장권이 없는 총사들과 낯선 사람들로 가득합니다. 그들을 저지할 힘이 없으니 공연 중단을 선언하도록 하겠습니다.

몰리에르: 아니지……. 아니야……. 그건 안 돼! 공연을 중단시킨다고? 자네가 어떤 위치에 있는지 잊지 말게! 자넨 나한테 비하면 아직 철부지야. 이거 봐, 난 이렇게 머리까지 하얗잖아.

라그랑주: (부통에게 귓속말로) 술 드셨어요?

부통: 한 방울도 안 드셨어요.

몰리에르: 내가 무슨 말을 하려고 했더라?

부통: 존경하는 몰리에르님, 이제 그만…….

몰리에르: 부통!

부통: 네, 저리 꺼지라구요? 20년째 모시고 있지만 제가 들은 말은

"저리 꺼져!", "입 닥쳐, 부통!"뿐이었습니다. 귀에 못이 막히도록 들었던 말입니다. 메트르, 절 사랑하시죠? 그 사랑의 이름으로 이렇게 무릎 꿇고 빌게요. 제발 공연을 중단하고 도망치세요. 마차도 준비되어 있단 말입니다.

몰리에르: 내가 널 사랑한다고 누가 그래? 허풍쟁이 녀석. 아무도 날 사랑하지 않아. 모두들 나를 괴롭히고 있어. 전부 다 나를 몰아세우고 있다고. 대주교까지 나를 묘지에 묻지 말라는 지시를 내렸어…… 그러니까 자신들은 울타리 안에 있을 테니 나만 짐승처럼 밖에서 뒈지라는 거지. 잘 알아 둬, 난 그들의 묘지 따위엔 관심도 없어. 침이라도 뱉어 주고 싶구먼. 너희들도 평생 나를 쥐어뜯어 왔어, 너희들 모두가 내 적들이란 말이야.

뒤 크루아지: 메트르, 하느님이 보고 계십니다. 우리는 정말…….

라그랑주: (부통에게) 상황이 이런데 공연은 무슨 공연이야? 어떻게 연기를 하겠다는 거냐고?

객석에서 휘파람 소리와 웅성거리는 소리가 들려온다.

라그랑주: 보라니까.

몰리에르: 난장판이 벌어졌군. 팔레 르와얄에서 샹들리에가 한두 번 깨졌나. 객석은 신이 났군.

부통: (불길한 표정으로) 극장에 애꾸눈 총사도 왔어요.

(중략)

의사들의 합창단: (요란스럽게) 의사 자격증을 받으세요!

몰리에르: (갑자기 우스꽝스럽게 쓰러진다) 마들렌느를 불러 줘! 의논할 일이 있어…… 좀 도와주게!

객석에서 웃음소리가 들린다.

거기 관객들, 웃지 말아요. 지금……. 지금……. (조용해진다)

여자 수도승: (콧소리로) 그분의 옷은 어디 있죠? (몰리에르의 옷을 챙겨 급히 사라진다)

무대 위의 사람들이 혼란에 빠졌다.

라그랑주: (가면을 벗고 각광 옆에 서서) 여러분, 아르강 연기를 하던 몰리에르씨가 쓰러지셨습니다……. (흥분한다) 공연을 마쳐야 할 것 같습니다.

잠시 침묵이 흐른 뒤 휘파람 소리와 웅성거리는 소리 그리고 특별석에서 나는 고함소리: "돈을 돌려줘!"

무아롱: (가면을 벗고) 지금 누가 돈 얘기를 하는 거야? (칼을 빼서 칼끝을 벼른다)
부통: (흥분해서 숨을 헐떡인다) 그 따위 소리를 내뱉은 자가 대체 누구야?

무아롱: (특별석을 가리키며) 당신이야? 아니면 당신이야? (조용해진다. 애꾸눈 총사에게) 짐승만도 못한 놈!

애꾸눈 총사가 칼을 빼 들고 무대 위로 올라온다.

무아롱: (고양이처럼 살금살금 그에게 다가간다) 덤벼, 덤벼, 덤벼 보란 말이야. (몰리에르 근처까지 다가가자 그를 바라보더니, 칼을 바닥에 꽂아 두고 무대를 나간다)

프롬프터가 갑자기 울기 시작한다. 애꾸눈 총사가 몰리에르의 시신을 쳐다보고는 칼을 칼집에 넣고 무대를 내려간다.

라그랑주: (부통에게) 어서 막을 내리게.

합창단이 제정신을 차린다. 의사 역과 약사 역을 맡은 배우들이 몰리에르에게 달려간다. 몰리에르를 에워싸자 그의 모습이 사라진다. 부통이 막을 내리고, 객석에서는 고함소리가 터져 나온다. 부통은 몰리에르를 옮기는 사람들을 쫓아간다.

라그랑주: 여러분, 제발 도와주십시오! (막 사이로 고개를 내밀고) 여러분, 부탁드립니다……. 돌아가 주세요……. 우리에게 불행한 일이 생겼습니다…….

이 장면은 무대에서 죽음을 맞이하는 몰리에르의 최후가 묘사되어 있는 장면이다. 하지만 이 장면은 위대한 영웅의 안타까운 죽음이라는 표면적 의미보다는 영원한 생명을 얻는 예술가의 태도는 어떠한 것이며, 죽음을 통해 삶의 의미와 가치를 얻는 방법은 무엇인지 보여 주고 있다. 작가 불가코프는 300년 전에 살았던 한 거장의 불행을 방관자적 관점에서 그리는 것이 아니라 바로 자기 자신의 문제로, 자기 삶의 문제로, 자신이 사는 동시대의 문제로 받아들이고 있는 것이다.

몰리에르의 삶과 죽음

《위선자들의 카발라》에서 몰리에르는 황실극단 극장장, 극작가 그리고 배우로서 등장하고 있다. 그는 연기와 공연에 평생을 바친 '연극적 인간'이었다. 불가코프가 포착한 몰리에르의 위대함은 극작가로서 그가 집필한 희극 작품에 있는 것이 아니라, 자신의 삶 전체를 예술 속에 녹여 낸 완벽한 연극적 존재라는 점 그리고 예술과 삶의 경계를 무너뜨리고 예술을 삶의 존재 양식으로 승화시켰다는 점에 있었다. 《위선자들의 카발라》에서 몰리에르는 무대 위에서의 삶을 살고 삶 속에서 '배역'을 사는 완벽한 예술적 현상으로 부활하고 있다. 《위선자들의 카발라》 곳곳에서는 그가 집필한 작품들(예를 들어, 《아내들의 학교》, 《돈 주앙》, 《프시케》, 《상상으로 오쟁이 진 남편》, 《타르튀프》, 《상상병 환자》 같은 작품들)의 모티프들이 지속적으로 나타나고 있다. 《위선자들의 카발라》에서 몰리에르는 자신의 삶을 사는 동시에 자신이 집필한 작품들의 삶을 살고 있는 것이다.

《위선자들의 카발라》의 몰리에르가 자신의 《타르튀프》에 대해 공연 불가 명령을 내린 국왕에 맞서 노골적인 적대감을 표출하는 것도 이런 관점에서 이해할 수 있다. 즉, 예술을 존재 자체로 간주하는 그에게 공연 불가 명령은 삶의 총체성을 뿌리부터 흔드는 심각한 폭력이었던 것이다. 몰리에르가 국왕에게 아부를 했던 것은 자신의 공연을 지키기 위해서였는데, 공연 불가 명령이 내려진 마당에 그에게는 더 이상 두려울 게 없다. 그의 목숨을 위협하려는 카발라 측의 무력 시위에도 불구하고 자신의 공연을 사수하겠다는 그의 결기에는 변함이 없다. 위 장면에서 몰리에르가 연기하고 있는 것은 《상상병 환자》의 마지막 대단원이다. 《상상병 환자》의 주인공 아르공은 가사 죽음을 연기 한 후, 마지막으로 의사 입회식을 치르게 되는데, 몰리에르는 그 가사 죽음 모티프가 자신의 실제 죽음으로 비화될 수 있음에도 불구하고 과감하게 무대 위에 오른다. 자신의 삶과 자신이 집필한 작품들의 삶을 동시에 사는 몰리에르는 죽음을 통해서만 진실을 획득할 수 있었던 아라공처럼, 자신의 마지막 무대에서 최후를 맞이함으로써 예술이라는 진실의 제단에 자신을 봉헌할 수 있었던 것이다.

이처럼 《위선자들의 카발라》는 몰리에르의 죽음이 생물학적 생명의 일시적 종료일 뿐, 오히려 그 순간이 예술가의 불멸이 시작되는 출발점이라는 역설을 보여 주고 있다. 《위선자들의 카발라》는 '원고는 타지 않는다'는 불가코프의 신념에 대한 연극적 알레고리이며, 예술의 불멸성에 대한 문학적 선언문이다.

역사 왜곡인가, 예술의 자유인가

불가코프가 몰리에르의 죽음에 이토록 큰 의미를 부여한 이유는 무엇일까? 그리고 삶과 예술의 일치와 예술의 불멸성에 대해 그토록 집요하게 천착한 이유는 무엇일까?

일단 《위선자들의 카발라》에서 몰리에르의 죽음이 갖는 문학적 의미에 대해 살펴보자. 이 작품이 초연된 직후, 《석간 모스크바》는 몰리에르의 계급적 적대자들이 그의 정치적 위신을 실추시키기 위해 제기한 근친 상간의 문제를 마치 사실인 것처럼 규정하고 쓴 이 희곡은 결코 용인될 수 없다고 칼날을 세웠고, 《프라브다》誌는 "《위선자들의 카발라》는 반동적이고 기만적이며 형편없는 희곡이다. 불가코프는 몰리에르의 전기와 창작물을 왜곡하고 폄하했다"고 악담을 쏟아냈다.

두 신문 기사가 공히 지적한 것처럼, 불가코프는 의도적으로 몰리에르의 전기를 왜곡했다. 즉, 몰리에르가 자신과 사실혼 관계에 있던 마들레나를 버리고 그녀의 딸(그녀의 딸이라는 소문이 있던) 아르망다와 결혼했고 그와 같은 근친 상간의 죄로 인해 국왕의 총애를 잃어버리고 말았다는 것이다. 물론 이러한 역사 왜곡보다는 전제군주의 폭정에 대한 노골적인 비난이 더 문제가 되기는 했지만, 평론가들로서는 스탈린 정권에 대한 거부감이 암시되어 있다고 몰고 가는 것도 부담스러운 일이었다. 몰리에르의 비난을 스탈린과 연결시키려는 의도 자체가 오해를 불러일으킬 수 있었기 때문이다. 그렇다면 불가코프가 몰리에르에 대한 낭설을 정설로 규정한 이유는 무엇일까? 그것은 몰리에르를 완벽한 인간으로 미화하고 그의 생애를 완전무결한 미담으로 우상화하는 것은 오히려 실체적 진실에 다가가는 것을 저해할 뿐만 아니라, 삶과 예술의 일치라는 대전제와도 거리가 멀었기 때문이다. 불가코프가 묘사하고자 했던 몰리에르는 갈등하고 고뇌하는 연약한 예술가이자, 동시대인들로 하여금 마치 자신의 모습을 보는 것처럼 느끼게 할 수 있는 친근한 인간이다.

불가코프는 이러한 의도를 관철시키기 위해 몰리에르에게 '비극적 결함(hamartia)'을 부여한다. 고대 그리스 비극에서 유래한 '비극적 결함'은 비극의 주인공이 갖는 성격적 자질인 바, 이로 인해 주인공은 위기에 빠져 존재의 파탄을 겪게 되는 것이다. 문제는 이 '비극적 결함'으로 인해 자의든 타의든 삶의 소용돌이에 휩쓸린 주인공이 절체절명의 위기 상황 속에서 내리는 결정이다. 비극적 주인공은 삶과 죽음의 갈림길에서 절대 비겁하게 회피하지 않고 의연함과 기개를 잃지 않는다. 예정된 파멸을 알면서도 주인공은 자신이 할 수 있는 최대치를 선택한다. 바로 그것이 인간이 지닌 위대함의 본질이다. 문학의 출발점에 선 고대 그리스인들은 인간의 위대함을 그렇게 해석했고, 문학은 그런 위대함에 대한 자기표현 형식이라고 생각했다. '비극적 결함'으로 인한 잔혹한 운명과 피할 수 없는 파멸의 운명이 바로 비극의 공식이 된 것이다.

이런 의미에서 불가코프가 묘사한 몰리에르의 운명은 그리스 비극 《오이디푸스 왕》과 너무도 흡사하다. 근친 상간이라는 모티프도 비슷하고, 인간의 위대함을 보여 주는 주제적 맥락도 아주 비슷하다. 《오이디푸스 왕》이 2,500년의 시간적 지층을 뚫고 불멸성을 획득할 수 있었던 것은 '비극적 결함'을 지닌 주인공이 자기 희생을 감수하면서 인간의 위대함을 보여 줬기 때문이다. 《위선자들의 카발라》의 몰리에르 역시 자신의 '비극적 결함'을 부정하지 않고, 기꺼이 역사의 심판대에 몸을 맡긴다. 여기에 더하여, 불가코프는 삶과 예술이 결코 둘이 아니라는 사실, 즉 예술이 죽으면 삶이 무의미하고, 예술이 생명을 얻으면 예술가의 삶은 불멸의 가치를 얻는다는 각성을 추가한다. 따라서 《위선자들의 카발라》의 전기 왜곡은 사기나 곡해가 아니라, 문학적 변용이자 예술적 번안 행위라고 할 수 있다. 문학이 스스로 자신의 형식을 선택한 것이며, 예술이 스스로 자신의 존재 방식을 천명한 것이다.

생즉사 사즉생

그렇다면 불가코프가 몰리에르의 죽음을 비극 양식으로 변용하고, 그 죽음의 의미를 새롭게 해석하고자 한 이유는 무엇일까? 평단의 '예정된' 비난에도 불구하고 그가 이러한 문학적 죽음을 탄생시킨 이유를 살펴보자.

《위선자들의 카발라》는 1929년 10월~12월 사이에 집필되었다. 불가코프에게 1929년이 갖는 의미는 예사롭지가 않다. 그 파란만장의 출발은 1929년 3월 불가코프의 모든 작품에 대해 상연을 금지하라고 명령한 레퍼토리 총국의 결정이다. 이 결정과 함께 《조야의 아파트》가 무대에서 내려왔고, 4월에는 《투르빈가의 나날들》이 철퇴를 맞았으며, 6월에는 《적자색 섬》이 레퍼토리에서 삭제되었다. 한마디로 불가코프란 이름이 소련에서 사라져 버린 것이다. 밥과 펜을 빼앗긴 작가가 할 수 있는 것은 무엇이었을까? 이것은 단지 삶의 난관만을 의미하는 것이 아니다. 불심검문으로 한 순간에 자유를 박탈당하던 시대였고, 불법 감금으로 일시에 목숨을 잃던 살벌한 시대였다. 바로 이 시기에 '예술가의 운명'이라는 테마가 불가코프에게 찾아왔다. 구차한 생명을 유지하는 비겁한 인간이 될 것인가, 아니면 영원한 예술의 금자탑, '영원히 타지 않는 원고'를 수호하는 문지기가 될 것인가? 불가코프가 선택한 것은 생즉사 사즉생의 정신이다. 예술을 모함하고 문학을 폄하하는 모든 적대자들과 일전을 펼치는 것, 바로 그것이 삶을 영예롭게 하는 것이고, 바로 그것이 영원히 사는 법이었다. 《위선자들의 카발라》에서 불가코프가 그리고자 한 것은 예술을 위해 필사의 결단을 내리는 위대한 인간 몰리에르였다. 정치적으로 무력하고 인간적으로 나약했지만, 몰리에르는 결단의 순간에 주저하지 않았다. 그의 결단에 찬사를 보내는 것, 그것이 불가코프가 하고자 한 일이다. 몰리에르의 삶에 그의 작품으로 쇳물을 부어 영원히 녹슬지 않는 기념상을 주조하는 것, 바로 그것이 불가코프가 품은 작품 의도였다. 생사를 초월하고 삶과 예술의 경계가 지워진 동일성의 세계를 개창하는 것은 그런 삶을 살겠다는 불가코프의 자기 다짐과도 같다.

예술이 삶에 답하다

불가코프에게 몰리에르가 과연 어떤 존재였는지 다시 한번 되새겨 보자. 몰리에르가 불멸의 삶을 사는 존재라면, 그래서 불가코프의 영원한 스승이자 친구로서 동시대적 삶을 사는 존재라면, 그 존재는 불가코프에게 어떤 구체적인 영향을 미쳤을까?

1929년 12월 《위선자들의 카발라》가 완성되자 불가코프는 1930년 1월 19일 모스크바 예술극장에서 낭독회를 갖는다. 희곡을 검토한 모스크바 예술극장은 곧바로 상연을 결정하고 레퍼토리 총국에 상연 허가를 신청한다. 하지만 레퍼토리 총국은 일언지하에 불가령을 내린다. 불가코프 작품에 대한 상연 금지 명령을 내린 지 딱 1년이 되던 때였다. 그동안 불가코프는 여러 곳으로 청원서를 써 보냈다. 자신에게 일자리를 주든지 아니면 망명을 허락하든지, 최소한의 생존 조건을 보장해 달라는 요청이었다. 막심 고리키의 구제 노력도 이어졌다. 1930년 4월 18일 스탈린으로부터 전화가 왔다. 모스크바 예술극장에서 일하도록 주선하겠다는 것이었다. 그리고 17개월 후인 1931년 10월 《위선자들의 카발라》가 상연 허가를 받게 되었다.

1932년 3월부터 본격적인 연습이 시작되었다. 하지만 연습은 지지부진했다. 스타니슬랍스키가 반기를 든 것이다. 그는 몰리에르에게서 위대한 의지와 재능을 지닌 영웅의 모습을 찾아볼 수 없다며 불평을 늘어놓았다. 국왕의 권력과 대립각을 세우는 상황에서는 비난을 피하기 어렵다는 점을 직감했던 것이다. 스타니슬랍스키는 국왕과의 갈등 대신, 천재와 그를 이해하지 못하는 대중과의 갈등으로 무게 중심을 옮기려고 했다. 모스크바 예술극장에서 스타니슬랍스키의 위상은 법과도 같았다. 아니, 법보다 더 강한 절대 위엄이었다. 희곡에 대한 개작 요구가 거세졌다. 지체되는 연습과 스타니슬랍스키의 반대로 불가코프는 기로에 서게 되었다. 그리고 1935년 4월 22일 불가코프는 희곡 개작을 거부하는 편지를 스타니슬랍스키에게 보냈다. 희곡 수정은 자신의 예술 구상을 파괴하는 것이기에 절대 받아들일 수 없으며, 정 개작을 요구한다면 희곡을 회수할 수밖에 없다는 내용이었다. 공연 포기라는 배수진을 쳤던 것이다. 결국 스타니슬랍스키는 희곡에 대한 수정 요구를 철회할 수밖에 없었다.

1936년 초 우여곡절 끝에 드디어 공연이 완성된다. 그리고 1936년 2월 16일 학수고대하던 초연이 열렸다. 관객의 반응은 열화와 같았다. 아내 옐레나의 회고에 따르면, 초연은 대성공이었고, 무대 뒤에서 세어 본 결과 총 22회의 커튼콜이 있었다. 하지만 평단의 반응은 정반대였다. 관객의 뜨거운 반응과 달리 혹평이 쏟아졌다. 불가코프의 공연이 모두 그랬다. 관객의 열렬한 호응과 평단의 차가운 공격. 그리고 1936년 3월 9일, 앞서 언급한 《프라브다》誌의 〈겉만 번지르르할 뿐, 내용은 허위로 가득 차〉란 기사가 치명타를 날린다. 모스크바 예술극장은 즉시 상연 중단을 선언한다. 단 7회의 상연만이 이루어졌을 뿐이었다. 7년간의 준비 과정에 7회 상연! 불가코프의 상심은 이루 말할 수가 없었다.

사실 《위선자들의 카발라》의 상연 중단은 반대파들에 의해 조직적으로 계획된 것이었다. 그 대표적 증거는 소연방 인민위원회 산하 예술분과위원회 위원장인 플라톤 케르젠체프가 소연방 공산당 중앙위원회 정치국에 보낸 보고서이다. 〈미하일 불가코프의 《몰리에르》에 대해〉라는 제목 하에 1936년 2월 29일에 작성된 이 보고서에는 다음과 같이 적혀 있다. "미하일 불가코프는 1929 – 1931년에 이 희곡을 썼다. (중략) 이 시기는 그의 모든 희곡이 상연 금지되어 레퍼토리에서 삭제된 때이다. (중략) 그는 정치 권력에 반하는 이데올로기로 인해 희곡이 금지당할 수밖에 없었던 작가의 운명을 보여 주길 원했다. (중략)"

모스크바 예술극장은 이러한 정치 공작과 평단의 조직적 저항을 견디지 못했다. 그토록 열렬한 반응을 불러일으킨 공연을 그토록 신속하게 상연 중단하는 것은 전례가 없던 일이었다. 《프라브다》誌의 기사가 나온 날, 모스크바 예술극장 대표자들은 불가코프에게 자신의 잘못을 참회하는 반성문을 쓰라고 요구했다. 불똥이 극장까지 튀는 것을 막아야 했기 때문이다. 하지만 불가코프는 이를 단호하게 거절했다. 모스크바 예술극장은 봄과 여름에 걸쳐 불가코프에게 지속적으로 희곡을 수정할 것을 요구했다. 하지만 설득 작업은 실패로 끝났다.

공연 철회도 그렇고, 극장의 끈질긴 요구를 거절할 수밖에 없는 불가코프의 고통은 이만저만한 것이 아니었다. 모스크바 예술극장에서 조연출로 일하는 것이 유일한 생계 수단이지만, 극장에 계속 부담을 줄 수는 없는 노릇이었다. 결국 불가코프는 극장을 나오기로 결심한다. 1936년 9월 9일에 불가코프는 아내에게 자신의 결심을 말하고, 9월 15일에 사직서를 제출한다. 정치국 요원들은 불가코프가 생계의 어려움을 겪게 될 경우 자신들이 원하는 쪽으로 태도를 바꾸게 될 것이라 예상했다. 하지만 불가코프는 물질적인 어려움을 두려워하지 않았다. 불가코프는 모스크바 예술극장이 자신이 쓴 희곡들의 무덤이라고 생각했다. 한 지인에게 보낸 편지에서 그는 "모스크바 예술극장에서 나와 버렸습니다. '몰리에르'를 죽인 곳에서 일하는 것이 내게는 너무도 괴로운 일입니다"라고 밝혔다.

《위선자들의 카발라》가 상연 중단될 때까지의 과정은 그 자체로서 하나의 드라마였다. 끊임없는 회유와 협박이 있었지만 불가코프는 단 한 순간도 굴한 적이 없었다. 그와 같은 결단은 《위선자들의 카발라》에서 몰리에르가 보여준 결단과 똑같은 것이었다. 불가코프는 몰리에르의 삶을 연구하는 과정에서 얻게 된 가르침과 각성을 《위선자들의 카발라》의 작품 구상으로 변용했으며, 집필 과정에서 얻은 교훈과 성과는 고스란히 자신의 행위에 반영했다. 그런 의미에서 《위선자들의 카발라》는 '위대한 인물의 삶'을 자신의 전기 속에서 내면화하고자 했던 불가코프의 결의와도 같은 작품이었다. 《위선자들의 카발라》는 죽음을 통해 불멸의 삶을 얻은 몰리에르에게 바치는 진정한 헌사이며, 그 불멸의 삶이 동시대에 어떤 식으로 부활하는지 말해 주는 증언이다.

불가코프는 몰리에르처럼 자신의 이름을 불멸의 '예술의 전당'에 올리기 위해 애썼고, 《위선자들의 카발라》는 그 비장한 투쟁의 출사표와도 같은 것이었다. 불가코프는 《위선자들의 카발라》 이후 삶과 예술의 관계와 예술가의 운명을 필생의 화두로 삼았다. 그리고 그 노력은 《거장과 마르가리타》를 통해 결실을 맺게 된다.

작가와 작품

미하일 아파나시예비치 불가코프(Михаил Афанасьевич Булгаков, 1891－1940)는 우크라이나 키예프신학아카데미 교수의 아들로 태어났다. 1916년 키예프대학 의과대학을 졸업한 후 지방 병원에서 의사로서의 활동을 시작했다. 1921년 모스크바로 이주한 불가코프는 그곳에서의 경험과 인상을 바탕으로 《악마의 서사시》(1923)와 《치명적 알》(1924), 《개의 심장》(1925) 등을 잇달아 발표한다. 혁명과 내전의 경험을 토대로 백위군 장교들의 좌절과 패배를 그린 《백위군》(1924)과 이 소설을 바탕으로 한 희곡 《투르빈가의 나날들》(1925)이 모스크바 예술극장에서 상연된다. 1920년대 네프만 시대의 모스크바를 풍자적으로 그린 《조야의 아파트》가 1926년 발표되고, 이어서 극장 권력의 전횡을 그린 《적자색 섬》(1927), 내전과 1차 망명을 다룬 《질주》(1928) 등의 희곡이 상연된다. 1931년 모스크바 예술극장의 조연출로 활동한 불가코프는 극장과의 불화로 1936년 사직을 하게 되고, 이후에는 번역과 리브레토를 집필하면서 생계를 이어 갔다. 1930년대에 집필한 희곡으로는 《위선자들의 카발라》를 비롯해, 《아담과 이브》(1931), 《극락》(1934), 《이반 바실리예비치》(1936), 《알렉산드르 푸시킨(마지막 나날들)》(1935), 《바툼》(1939) 등이 있고, 이 밖에도 많은 수의 각색과 리브레토가 있다.

"발을 더 높이 들어 가상의 도약을 연기하세요.
자본 동무, 당신은 제2인터내셔널의 표정을 지으며
왼쪽으로 춤을 추세요. 손은 왜 흔들어!
제국주의의 촉수(觸手)를 쭉 뻗으세요.
촉수가 없다고? 그것도 못하면서
어떻게 배우를 한다고 그래!"

러시아 혁명과 예술,
연극은 논쟁의 장이 되어야 했다

백용식

블라디미르 마야콥스키의《목욕탕》중에서

제3막

극장의 좌석이 몇 줄 무대에 마련된다. 첫 줄에 빈자리가 몇 개 있다. "시작합니다"라는 신호. 관객들은 쌍안경으로 무대를 보고, 무대는 쌍안경으로 관객을 본다. 호각 소리, 발소리, "시작!"이라는 외침.

감독: 동무들, 흥분하지 마세요! 어쩔 수 없는 이유로 3막은 몇 분 후에 시작할 겁니다.

잠시 후 다시 "시작!"이라는 외침.

감독: 잠깐, 동무들. (옆을 향해) 그런데, 오고 있어? 마냥 시간을 끌수는 없는데. 그럼, 상담은 나중에. 로비로 가서 예의 바르게 넌지시 일러 주시오. 자, 그들이 오는군. 동무들, 이리로. 아니, 왜 당신이! 안녕하세요! 뭐, 아주 중요한 것은 아니죠. 1분, 아니 30분도 좋아요. 공연이야

기차가 아니니까 언제든지 잡아 둘 수 있습니다. 다들 이해하고 있어요. 우린 그런 시대에 살고 있으니까. 거기에 온갖 국가적인, 나아가 우주적인 일들이 있을 수 있으니까. 1막과 2막을 보셨습니까? 어땠나요? 우리 모두는 소감과 일반적인 시각에 관심이…….

포베도노시코프: 괜찮아, 괜찮았소! 이반 이바노비치와 의견을 나누고 있소. 날카롭게 잡아내고, 잘 파악했소. 하지만 그럼에도 불구하고 이것은 어째 좀…….

감독: 전부 다 고칠 수 있습니다. 우린 언제나 노력하고 있습니다. 다만 구체적인 지시를 내려 주십시오. 우린 물론……. 아직 살펴보지 못하셨겠지만…….

포베도노시코프: 전부 과장되었소. 실생활에선 그렇지 않아요……. 자, 봅시다, 이 포베도노시코프 말이요. 아무튼 불편해요. 모든 면에서 책임 많은 동무가 묘사되고 있는데, 어째 좀 이상하게 표현된 데다가 여전히 '조정 국장'이라 부른단 말이오. 우리 사회에 그런 사람은 없어요. 부자연스럽고, 생동감 없고, 비슷하지도 않아요! 교정해야 하고, 부드럽게 시적으로 만들어야 하고, 둥글둥글하게 만들어야 합니다.

이반 이바노비치: 네, 네, 불편해요! 당신들 전화 있습니까? 제가 표도르 표도로비치에게 전화하겠습니다. 당연히 그가 처리해 줄 겁니다. 저런, 공연 중이라 불편하다고? 그럼 나중에 하죠. 모멘탈니코프 동무, 폭넓은 캠페인을 전개해야 합니다.

모멘탈니코프: 각하는 명령만! 우리 식욕은 대단치 않아요. 다만 말씀, 말씀만 하세요, 당장 우리가 욕을 해줄게요.

감독: 당신 왜! 동무, 왜 그럽니까? 이것은 공표된 자아비판 규정에 따

른 것이고요, 지역 문학 분과의 허가를 받아 부정적인 문학적 유형을 예외적으로 표현한 것입니다.

포베도노시코프: 당신 그게 무슨 소리요? 〈유형〉이라고? 막중한 책임을 진 국가 관리를 그렇게 표현하다니? 완전히 비당파적인 협잡꾼에 대해서만 그런 식으로 말할 수 있지. 유형이라니! 아무튼 이것은 유형이 아니고, 지도 기관이 지명한 조정국장이란 말이오. 그런데 당신은 유형이라니!! 그의 행동에 위법적인 과실이 있다면 재판할 수 있게 통보하고, 마지막으로 검사가 조사한 결과를, 노동 감독국이 공표한 결과를 상징적인 이미지로 실현해야 한단 말이오. 나는 그 정도는 이해하지만, 극장에서 대놓고 조롱한다는 것은…….

감독: 동무, 당신 말이 전적으로 옳습니다. 하지만 이것은 막*의 진행 과정입니다.

포베도노시코프: 업무라고? 무슨 그 따위 업무가? 당신들에겐 어떤 업무도 있을 수 없어요. 당신들 일은 보여 주는 것이야. 제발 가만 좀 두시오. 업무는 당과 소비에트의 해당 기관들이 당신들 없이도 처리할 것이니까. 그리고 또 우리 현실의 밝은 면들을 보여 주어야 하오. 예를 들어, 내가 일하는 관청 아니면 나, 이런 모범적인 것들을 선택해서 말이오.

이반 이바노비치: 네, 네, 네! 그분의 관청에 가 보세요. 훈령은 실행되고, 회람은 돌아가고, 합리화는 잘 진행되고 있습니다. 수년간의 서류들이 아주 체계적으로 정리되어 있죠. 청원, 불만 신고, 왕복 문서를 위해선 컨베이어벨트가 있고요. 사회주의의 진정한 모퉁이. 엄청 재미있어요!

---

* 원문의 'действие'는 행위, 활동, (연극의) 막 등의 의미를 갖는다. 감독은 연극의 막으로 사용했지만, 포베도노시코프는 관청의 업무, 행위, 활동의 의미로 사용하고 있다. 동일한 단어를 다른 의미로 사용하는 언어 유희에 속한다.

감독: 하지만, 동무들, 허락하신다면…….

포베도노시코프: 허락 안 해!!! 난 그럴 권리가 없어. 어떻게 이것을 당신들에게 허락했는지 모르겠군. 난 정말이지 놀라울 뿐이오! 이것은 유럽 앞에서 우리의 명예를 실추시키고 있단 말이오. (메잘리얀소바에게) 이 말은 번역하지 마시오.

메잘리얀소바: 아, 안 해요, 하지 않아요, 올 롸이트! 외국인은 방금 만찬 식탁의 어란을 먹었고 지금은 졸고 있습니다.

포베도노시코프: 당신, 우리와 누굴 비교하고 있는 거요? 발명가라고? 그가 뭘 발명했는데? 웨스팅하우스 브레이크를 발명했나? 만년필을 고안했어? 그가 없어도 전차는 다니잖아? 그가 합리화를 사무실화했소?

감독: 뭐라고요?

포베도노시코프: 내 말은, 그가 사무실을 합리화했느냐 말이오? 아니야! 그렇다면 대체 무엇 때문이오? 우리에겐 몽상가가 필요 없어요! 사회주의, 이것은 계산이야!

이반 이바노비치: 예, 예. 경리과에 가 보셨나요? 전 가 보았죠. 온통 숫자 또 숫자, 작고 크고, 아주 다양한 숫자들. 마지막에 가서 서로 딱 맞아떨어져요. 계산! 무지무지 재미있어요!

감독: 동무들, 우릴 오해하지 말아 주세요. 우리도 실수할 수 있습니다. 하지만 우리는 투쟁과 건설을 위해 우리 연극을 공연하길 원했습니다. 관객들은 보고 또 일하고, 보고 또 당황하기도 하고, 보고 또 폭로할 것입니다.

포베도노시코프: 모든 노동자와 농민의 이름으로 날 당황하게 만들지 말라고 당신에게 요청하는 바이오. 당신, 자명종이 되고 싶구먼! 당신은

내 귀를 애무해야지, 날 당황하게 만들어선 안 돼. 당신 일은 애무하는 것이지 당황하게 만드는 것이 아니야.

메잘리얀소바: 네, 네, 애무해야……

포베도노시코프: 국가적 업무와 사회 활동이 끝나면 우리는 휴식을 바랍니다. 고전으로 돌아갑시다! 저주받은 과거의 위대한 천재들로부터 배우시오. 얼마나 자주 내가 말했소. 시인의 노래를 기억하시오.

여러 회의가 끝난 후,
우리에겐 기쁨도, 슬픔도 없네.
우리 미래에는 소망이 없네,
우리는, 타람, 타람, 아쉬워해서도 안 되네.

메잘리얀소바: 그래, 물론이죠, 예술은 삶을, 아름다운 삶을, 아름답고 살아 있는 사람들을 표현해야 합니다. 우리에게 아름다운 경치 속에 있는 아름답고 펄펄 살아 있는 인간을, 그리고 말하자면 자본주의의 퇴폐를 보여 주세요. 선동에 필요하다면 배꼽춤도 좋아요. 아니면, 썩어 가는 서구 사회에서 낡은 세태와의 신선한 투쟁이 어떻게 진행되고 있는지 말합시다. 예를 들어, 무대에서 보여 줘요. 파리에는 여성부가 없고 대신에 폭스트로트가 있다는 것을. 혹은 낡고 늙어 가는 세계에서는, 스코나 펠 보 몽드*, 어떤 새 치마를 입는가를. 알겠어요?

이반 이바노비치: 네, 네! 우리에게 아름다움을 주세요! 볼쇼이극장에서는 끊임없이 아름다운 것을 만들어 줘요. 〈붉은 양귀비〉를 보셨나요? 아,

---

* 프랑스어. 소위 상류 사회라 하지요(ce qu'on appelle le Beau Monde).

전 〈붉은 양귀비〉를 보았어요. 무지무지 재미있었어요! 온통 꽃들 사이를 날아다니고 노래하고 춤을 추었죠, 요정들 그리고…… 매독성 발진이.

감독: 공기의 요정 아닙니까?*

이반 이바노비치: 네, 네, 네! 잘 지적해 주셨네요. 공기의 요정 맞습니다. 폭넓은 캠페인을 개시해야 합니다. 네, 네, 네, 여러 가지 요정들이……. 그리고 열둘이 날고 있어요.** 무지무지 재미있어요!

감독: 하지만 요정들은 충분해요. 더 이상의 증가는 5개년 계획에 포함되어 있지 않습니다. 더구나 요정은 우리 연극의 진행과도 잘 어울리지 않습니다. 하지만 휴식에 관해서라면 여러분의 마음을 이해합니다. 그에 상응하게 활기차고 우아한 형태의 변화를 연극에 추가로 끼워 넣겠습니다. 여기 소위 포베도노시코프 동무를 예로 들면요, 그에게 간질간질한 주제를 부여하면, 모든 사람을 박장대소하게 만들 수 있습니다. 이제 몇 가지 지시 사항만 추가하면 배역들은 다이아몬드처럼 반짝거릴 것입니다. 포베도노시코프 동무, 아무것이라도 좋으니 서너 가지 물건, 예를 들어 펜, 서명, 서류, 당원 최고 급여 같은 것을 손에 들어 보세요. 그리고 묘기를 몇 번 연습합니다. 펜을 던지고, 서류를 잡은 다음 서명을 하시고, 당원 최고 급여를 받으시고, 펜을 받은 다음 서류를 잡고, 서명하시고, 당원 최고 급여를 움켜쥐세요. 하나, 둘, 셋, 넷. 하나, 둘, 셋, 넷. 소비에트의 – 날, 당(黨)의 – 날, 뷰 – 로 – 크라 – 트. 소비에트의 – 날,

---

* 러시아어에서 '매독성 발진'과 '공기의 요정'은 발음이 유사하다. 단어의 유사성을 사용하는 언어 유희다. 이반 이바노비치의 무교양을 드러내기도 한다.

** 공기의 요정은 러시아어로 '엘프(эльф)'라고 한다. 그런데 '엘프'는 독일어의 'elf(11)'와 발음이 유사하다. 그리고 독일어에서 '12'는 '츠뵐프(zwölf)'라고 한다. 러시아어 원문에서 교양 없는 이바노비치는 '공기의 요정(엘프)'을 말한 다음 곧바로 이와 유사한 독일어 단어 '츠뵐프'를 말한다. 무식한 이바노비치는 독일어 '츠뵐프'를 '12'가 아니라, 요정의 한 종류로 생각하는 듯하다. 발음의 유사성과 외국어 혼용을 활용한 언어 유희다.

당의-날, 뷰-로-크라-트. 잘 되죠?

포베도노시코프: (열광적으로) 좋아! 신난다! 하나도 안 떨어뜨리잖아. 안 놓쳐. 몸 한번 제대로 풀겠네.

메잘리얀소바: 부위, 세 트레 페다고지크.*

포베도노시코프: 몸의 가벼운 움직임, 이것은 사회 초년생들에게 교훈적인 것이야. 간단하고 쉽게 시작할 수 있소. 아이들에게도 좋아요. 우리끼리 하는 말이지만, 우리는 젊은 계급이오. 노동자, 이것은 큰 아이올시다. 물론 말랐어, 포동포동하지도 않고, 촉촉한 맛도 없어……

감독: 자, 여러분 마음에 든다면, 환상의 지평은 무한합니다. 우리는 남은 배우들 전부를 활용하여 상징적 장면을 제공할 수 있습니다(손뼉을 친다). 배역 없는 남자 배우들은 무대로! 몸을 굽히고 한쪽 무릎으로 서서 노예의 모습을 표현합니다. 보이지 않는 손으로 보이지 않는 곡괭이를 잡고 보이지 않는 석탄을 캐세요. 얼굴, 얼굴은 더 어둡게……. 어둠의 힘들이 당신들을 억압하고 있습니다. 좋아! 잘했어요!

당신은 자본이 됩니다. 자본 동무는 여기 서시고. 계급적 지배자의 모습으로 모든 사람 위에서 춤을 추세요. 보이지 않는 손으로 가상의 여인을 포옹하고 가상의 샴페인을 마셔요. 좋아! 훌륭해요! 계속하세요! 배역 없는 여자 배우들은 무대로!

당신은 자유가 됩니다. 자유에 어울리는 얼굴 표정을 갖고 있군요. 당신은 평등이 되고, 그것은 누가 연기해도 결국 마찬가지란 뜻입니다. 그리고 당신은 형제애를. 어차피 다른 감정을 불러낼 수 없으니까. 준비되

---

* 이것은 프랑스어로 '좋아요, 이것은 참 교육적이에요 Voui, c'est très pédagogique'라는 말이다.

었습니까? 갑시다! 가상의 함성으로 가상의 군중을 일으켜 세웁시다. 모두를 열광에 도취하게, 도취하게 하세요! 당신은 뭘 하는 거요!?

발을 더 높이 들어 가상의 도약을 연기하세요. 자본 동무, 당신은 제2인터내셔널의 표정을 지으며 왼쪽으로 춤을 추세요. 손은 왜 흔들어! 제국주의의 촉수(觸手)를 쭉 뻗으세요. 촉수가 없다고? 그것도 못하면서 어떻게 배우를 한다고 그래! 원하는 것 아무거나 뻗어. 가상의 부(富)로 춤추는 부인들을 유혹해요. 부인들은 왼쪽 손을 단호하게 흔들어 거부하세요. 그렇지, 그렇게, 그렇게! 가상의 노동자 대중은 상징적으로 봉기하세요! 자본 동무는 멋지게 쓰러지고! 좋습니다!

자본은 실감 나게 죽고!

발작을 분명하게 표현해!

잘했어!

배역 없는 남자 배우들은 가상의 굴레를 벗어 던지고, 태양의 상징을 향해 올라갑니다. 승리의 표시로 두 팔을 흔드시오. 자유, 평등 그리고 형제애 동무들은 노동자 군단의 강철 같은 걸음걸이를 표현하세요. 노동자들의 발을 타도된 자본 위에 올려놔요.

자유, 평등 그리고 형제애 동무들은 기뻐하는 것처럼 환한 미소를 지으세요. 배역 없는 남자 배우들, 당신들은 〈별 볼일 없는 사람이었다〉라는 표정을 짓고, 당신들이 〈모든 것이 될 그 사람〉이라는 상상을 하세요. 서로의 어깨 위로 올라가, 사회주의적 경쟁의 성장을 표현하시오.

좋습니다!

강력한 육체로 탑을 만들어 공산주의의 상징을 조형적으로 구현하시오. 자유의 국가를 위해, 가상의 망치를 든 자유로운 손을 박자에 맞춰 흔들고, 전쟁의 파토스를 느끼게 하시오.

오케스트라는 음악에 산업화의 굉음을 추가하세요.

그렇게! 좋아!

배역 없는 여성 배우들, 무대로!

노동의 거대한 우주적 군대, 노동자들을 가상의 화환으로 장식하여, 사회주의에서 피어나는 행복의 꽃을 표현하세요.

아주 좋아요! 이렇게 합시다! 완료!

이것은 〈노동과 자본이 배우들을 배 불린다〉는 주제에 대한 휴식용 판토마임이었습니다.

포베도노시코프: 브라보! 훌륭해! 어떻게 당신은 그런 재능을 일상의 자질구레한 것들과 무가치한 소품에 낭비할 수 있소? 이거야말로 진정한 예술이오. 나에게도, 이반 이바노비치에게도, 대중에게도 이해되고 접근 가능한 예술.

이반 이바노비치: 네, 네. 무지무지 재미있어요! 여기 전화가 있습니까? 제가 전화하겠습니다. 아무에게라도 전화해야겠어요. 이 넘치는 감동. 이것은 전염시킵니다! 모멘탈니코프 동무, 광범위한 캠페인을 펼쳐야 해.

모멘탈니코프: 각하, 명령하십시오! 우리의 식욕은 대단하지 않아요. 빵-구경거리만 주세요, 우리가 즉각 모든 것을 찬미하겠습니다.

포베도노시코프: 아주 좋아! 모든 준비 끝! 이제 여기에 자아비판만 끼워 넣으면 돼, 상징적 이미지로 말이야. 이것은 아주 시기 적절하오. 어디 한쪽에 작은 책상을 하나 놓고, 당신이 여기서 작업하는 동안 논문을 한 편 쓰게 하시오. 고맙소, 잘 계시오! 그토록 우아한 결말을 보고 받은

인상을 망치거나 둔감하게 만들고 싶진 않아. 동지적 인사를 받으시오!

이반 이바노비치: 동지적 인사를! 그건 그렇고, 여기 옆에서 세 번째 여배우 이름은 뭡니까? 아주 아름답고 상냥한……. 재능……. 광범위한 캠페인을 펼쳐야 합니다. 아니 좁은 것일 수도 있고, 음 이렇게……. 나와 그녀. 내가 전화하든지, 아니면 그녀가 전화하도록 하시오.

모멘탈니코프: 각하, 명령하십시오! 타고난 부끄러움이 대단하지 않아요. 다만 주소를, 우리에게 주소를 주세요, 우리가 즉각 전화하겠습니다.

두 좌석 안내인이 첫 번째 줄로 기어드는 벨로시펫킨을 저지한다.

좌석 안내인: 여보세요, 여보세요. 정중하게 부탁드립니다. 여기서 떠나 주세요! 어딜 가려는 거예요?

벨로시펫킨: 첫 번째 열로 가려고…….

좌석 안내인: 공짜 만두가 필요한 것은 아니고? 여보세요, 여보십시오, 정중하게 부탁 드립니다. 당신은 노동자석 표를 가지고 깨끗한 관객 쪽으로 가고 있잖아요.

벨로시펫킨: 나는 일 때문에 첫 번째 줄의 포베도노시코프 동무에게 갑니다.

싸움을 위한 연극: 연극이 싸울 수 있을까? 그렇다. 그렇다면 싸움의 방법은?

1917년 러시아 혁명 이후 사회주의 소련이 수립되었다. 혁명은 예술과 정치를 비롯한 삶의 전 영역에서 과거와의 단절과 새로움의 창조를 요구했다. 그러나 현실은 그렇지 않았다. 사회주의 소련에서도 구시대의 잔재들, 특히 관료주의의 문제는 여전했다. 많은 경우 '구시대의 이민자들', 즉 혁명에서 용하게 살아남아 소련사회에서도 특권을 누리는 구시대의 인간들이 문제였다. 그러나 더 큰 문제는 공식적으로 당원 혹은 사회주의자로 분류된 공직자들 사이에서도 관료주의가 일반적이었다는 데 있었다. 관료주의는 새로운 체제하에서도 여전히 골칫거리였다. 구체제에서 만연했던 관료주의는 신생 국가 소련에서도 여전히 기승을 부렸던 것이다.

마야콥스키의 삶과 문학은 초지일관 혁명적이었으며, 낡은 세태의 혁파는 지상 명령이자 포기할 수 없는 목표였다. 문학적 동지들이 그리고 혁명 투쟁의 동료들이 새로운 기득권에 안주하고 타협할 때에도, 그는 현실 문제와의 싸움을 멈추지 않았다. 혁명의 시인 마야콥스키의 눈에는 구러시아의 관료주의뿐만 아니라 신생 소련의 관료주의도 타파의 대상이었다.

마야콥스키는 관료주의와의 투쟁을 위해 《목욕탕》을 썼다. 그가 말한 것처럼 희곡 《목욕탕》은 관료주의자에 대한 풍자였으며, 연극을 논쟁의 장소로 만드는 것이 연극 작업의 중심 과제가 되었다.

마야콥스키가 《목욕탕》에서 사용한 투쟁 방식은 관객들을 연극에 몰입시키는 대신, 문제를 제기하여 관객들을 논쟁에 참여시키고, 동시대 관료주의의 문제에 대해 고민하고 성찰하게 만드는 것이었다. 이를 위해서 그는 전대미문의 형식을 도입했다.

번역 소개된 《목욕탕》의 3막은 이런 점에서 파격적이다. 《목욕탕》의 1막에서 소련 발명가와 노동자들은 타임머신을 제작하지만 자금 부족으로 어려움을 겪는다. 이들은 조정국으로부터 필요한 자금을 지원받기를 원한다. 2막에 등장하는 조정 국장 포베도노시코프는 권력을 이용해 개인의 안일과 사적인 이익만을 추구하는 소련의 전형적인 부패 관리다. 그와 조정국 관리들은 타임머신 제작을 위한 자금 조달에는 전혀 관심을 보이지 않는다.

이어서 3막의 기념비적인 장면이 등장한다. 3막에서는 무대 위에 또 하나의 무대와 객석이 설치되고, 객석의 관객으로 등장한 포베도노시코프는 2막에서 풍자된 부패 관리 포베도노시코프를 옹호하는 발언을 한다. 소위 무대 속의 무대라는 연극적 장치다. 관객 포베도노시코프는 포베도노시코프와 같은 관리는 소련 관료체제에 존재하지 않는다고 감독에게 항의하고, 급기야 연극의 내용을 바꿀 것을 요구한다. 소련의 현실을 비판하는 대신 아름답고 밝으며 낙관적으로 표현하라는 것이다.

극중극 형식의 3막에서 포베도노시코프는 이중적 효과를 갖는다.

첫째로 관객 – 포베도노시코프는 조정 국장 – 포베도노시코프에 대한 패러디이다. 패러디는 이미 존재하는 작품, 양식, 장르 혹은 한 작품의 부분을 동일한 외면적 형식 속에서 다른 내용을 담아 과장하고 변형하며 모방한다. 목적은 조정 국장 – 포베도노시코프를 조롱하고 희화하며, 나아가 그를 상대화시켜 성찰의 대상으로 만드는 데 있다.

둘째로, 관객 – 포베도노시코프는 연출가가 '문학적, 부정적 유형'이라 규정한 조정 국장 – 포베도노시코프가 전혀 비현실적이라고 주장한다. 그런 못된 관리는 소련에 없다는 것이다. 그러나 두 포베도노시코프를 동일인으로 보는 객석의 관객은 그의 주장이 자기 합리화, 자기 변호일 뿐임을 통찰한다. 관객 – 포베도노시코프가 조정 국장 – 포베도노시코프와 같은 관리가 소련에 존재하지 않는다고 주장하면 할수록, 관객들은 그런 관리가 존재함을 확신하게 된다. 관객 – 포베도노시코프의 주장이 의도와는 반대되는 결과를 초래한다는 점에서, 그의 주장은 자신에 대한 아이러니이다.

관객 포베도노시코프가 부패 관리 포베도노시코프를 옹호함으로써, 연극은 관객들에게 이렇게 묻는다. "관객 여러분은 포베도노시코프와 같은 부패 관료를 어떻게 생각하십니까? 그런 관료가 소련에 필요합니까?" 이러한 방식으로 소련의 관료주의 문제가 전면에 부각되고, 이로써 연극은 논쟁의 장소로 변한다.

사건의 흐름이 중단되고, 무대와 객석의 경계가 제거되고, 관객을 논쟁으로 끌어들이는 방식은 당시로서는 새롭고 파격적인 것이었다. 독일의 극작가 브레히트가 '낯설게 하기 Verfremdung'라 정의한 서사극이 마야콥스키의《목욕탕》에서 실현되고 있다.

연출가의 지시에 따라 배우들이 마임을 하는 3막의 후반부는 자연주의 연극 전통에 대한 패러디가 된다. 마임은 자본의 노예 상태에 있던 노동 대중이 투쟁을 통해 억압을 이기고, 자유, 평등, 형제애를 회복하고, 행복의 꽃이 피는 사회주의 건설을 위해 매진한다는 것을 표현한다. 부패한 관리 포베도노시코프는 이러한 마임을 '진정한 예술'로 평가한다. 그러나 연출가는 '노동과 자본이 배우들을 배 불린다'는 것이 마임의 주제라고 선언함으로써, 이것이 현실의 낙관적 표현과 미화에 대한 패러디임을 분명히 하고 있다. 마야콥스키는 현실을 낙관적으로 묘사하는 동시대의 연극을 못마땅하게 여겼다.

이외에도 3막은 다양한 웃음거리를 제공한다. 연출가의 '소비에트 –

날, 당의-날, 관-료-주의-자'라는 구령에 맞춰, 만년필, 서류, 당원 최고 급여를 차례로 던지고 받는 포베도노시코프의 묘기는 자신의 관료주의적 성격을 희극적으로 폭로한다. 그는 스스로를 폭로하고 있음에도 불구하고, 자신의 행위가 갖는 의미를 전혀 파악하지 못하며, 바로 이런 이유로 희극적 폭로의 효과는 배가된다.

또한 이반 이바노비치의 자동화된 상투어("제가 전화할게요", "광범위한 캠페인을 전개해야 합니다", "무지무지하게 재미있어요!")들도 관료 세계에 대한 희극적 폭로로 해석된다. 이 외에도 요정과 매독 그리고 요정과 독일어 11, 12의 발음 유사성을 활용한 언어 유희도 웃음과 조롱을 유발한다.

3막의 극중극 형태의 연극 형식은 새로운 문제를 제기하고 해결하기 위한 모색과 관련되어 있다. 이에 대해 마야콥스키는 다음과 같이 말했다. "이 연극의 기본 관심은 심리 표현에 있지 않고, 혁명적 문제들의 해결에 있다. 극장을 '정치적 슬로건을 표현하는 연단'으로 생각하고, 나는 그러한 과제들의 해결을 위한 형식을 찾기 위해 노력하고 있다."

스탈린의 권력이 강화되고 관제 비평이 활개 치던 1920년대 말, 마야콥스키의 《목욕탕》은 소련에서 실패하고 말았다. 문화 권력은 몇 개월 만에 《목욕탕》을 무대에서 끌어내렸고, 마야콥스키는 1930년 자살하고 말았다.

《목욕탕》의 결말에서, 선발된 사람들은 타임머신을 타고 미래로 떠난다. 포베도노시코프는 타임머신에 승선하려고 온갖 방법을 동원했지만 최후의 순간에 버림을 받는다. 그는 마지막으로 이렇게 절규한다. "그 여자도, 당신들도, 그리고 작가도, 도대체 이것으로 무엇을 말하려고 했던 겁니까? 나와 같은 사람들은 공산주의에 필요 없다는 겁니까?!?"

포베도노시코프의 질문에 대한 답은 '너는 필요 없다'가 될 것이다. 그런데 부패한 관료가 필요 없는 곳이 어디 1920년대 소련뿐일까? 현재의 러시아에서도, 현재의 대한민국에서도 '부패한 관료는 필요 없다는 겁니까?'라는 질문은 여전히 유효하고, 그에 대한 답변은 여전히 '그렇다'이다.

작가는 떠나도 작품은 살아 영원한 시간을 여행한다. 관료주의의 부정과 부패가 도처에 존재하는 한 마야콥스키의 《목욕탕》은 여전히 우리 시대를 여행하게 될 것이다.

작가와 작품

블라디미르 블라디미로비치 마야콥스키(1893 - 1930)는 소련의 대표적 시인이다. 소년 시절부터 당시의 혁명적 분위기에 영향을 받았고, 볼셰비키 운동에 가담하여 수 차례 체포되기도 했다.

출옥 후 모스크바 미술학교에 입학하여 러시아 아방가르드인 미래파의 중심 인물로 활동했다. 그는 미래주의 선언문 〈대중적 취향에 대한 따귀〉에서 푸시킨, 도스토옙스키, 톨스토이 등의 전통을 부정하고, 새로운 예술을 창조할 것을 주장했다. 그에게 미래주의는 문학적 혁명이 되어야 했다.

그는 1917년의 러시아 혁명을 열렬히 환영하면서 혁명 완수를 위해 헌신했다. 혁명에 뒤이은 내전 기간에 그는 러시아 전보통신사(로스타 ROSTA)에서 작업했다. 플래카드, 포스터, 선전 선동을 위한 문구와 만화를 제작하는 일이었다.

혁명이 일어나기 전에 그는 〈바지 입은 구름〉, 〈인간〉 등의 시를 발표했다. 혁명 직후인 1918년 그는 소련 연극의 시작을 알리는 《미스테리야 부프》를 발표했다. 이 극에서 그는 혁명과 승리 그리고 사회주의 건설의 비전을 보여 주었다. 그 이후 그는 여러 편의 장시를 비롯하여, 희곡 《빈대》(1928)와 《목욕탕》(1929)을 발표했다. 또한 그는 동료들과 함께 예술의 좌익전선(레프LEF)을 결성하고, 새로운 시대를 위한 새로운 예술과 문학을 창조하는 전위적 활동을 전개했다.

혁명적 작가로서 그의 주된 관심은 구시대의 세태를 일소하는 것이었다. 관료주의도 그중 하나였다. 구시대의 관료주의뿐만 아니라 새로운 국가인 소련의 관료주의도 투쟁의 대상이 되었다. 신생 국가 소련도 관료 체제에 의해 운영되었고 또 관료주의가 여전히 심각한 문제로 남아 있었기 때문이었다. 《목욕탕》은 소련의 관료주의 문제를 다루는 대표적인 작품이 되었다.

관료주의와의 투쟁은 쉬운 일이 아니었다. 레닌 사망 후 스탈린은 권력 투쟁에서 승리했고, 그의 권력과 소련 체제는 점차 교조화되고 있었다. 소련 관료주의를 풍자하는 《목욕탕》은 1929년 무대에 올랐으나 곧 공연 목록에서 삭제된다. 마야콥스키에게는 어려운 시간이었다. 관제 비평과 관리들은 그를 비난했고, 개인사에서도 어려움이 잇달았다. 그는 1930년 권총 자살로 생을 마감했다. 그러나 지금까지도 그의 죽음이 위장된 자살, 즉 타살이었다는 주장이 사라지지 않고 있다.

손가락으로 틀린 곳을 집어내듯이 관자놀이에 총알을
겨눌 것인가, 아니면 새로운 그리스도처럼
이곳을 뛰쳐나가 바다 위를 내달려야 하는가.
추위로 얼얼해진 취한 눈에 기차와 배가 뒤섞여 보이는 것이
뭐 대수란 말인가. 부끄러워 얼굴 붉힐 일도 아니다.
흔적 없이 물 위를 떠가는 조각배처럼 기차 바퀴 역시
레일 위에 아무 흔적도 남기지 않을 테니까……

시가 불가능한 시대의 시 쓰기

이지연

시 예술은 말을 필요로 하기에
바로 이 시와 관련된 이류 국가의
귀먹고 대머리에 음울한 대사(大使)들 중 하나인 나는
더 이상 나의 뇌를 괴롭히고 싶지 않아
옷을 걸쳐 입고는 석간 신문을 사러
가판대로 내려간다.

바람은 나뭇잎을 쫓아낸다. 희미하게 타오르는 낡은 램프들은
'거울의 승리'라는 비명(碑銘)이 새겨진 이 슬픈 변방에서
물웅덩이에 비치며 그 수를 늘린다.
오렌지를 훔치는 도둑들의 손마저 거울 뒷면의 아말감을 긁어낸다.
그런데도 난, 스스로를 바라볼 때 느끼는 감정,
그런 감정을 이미 잊었다.

이 슬픈 변방에 있는 모든 것들은 겨울을 염두에 두고 있다.

꿈도, 감옥의 벽도, 외투도, 순백의 신부가

차려입은 옷도, 마실 것들과 시계의 초침들까지도.

참새들을 감싸고 있는 잿빛 겉옷이나 잘 지워지지 않는 더러움마저.

청교도의 윤리만이 있을 뿐이다. 온통 희다. 바이올린 연주자의 손에는

나무 손난로가 들려 있다.

이 변방은 꼼짝도 하지 않는다. 쇠와 납의 무게를

가늠해 보면 놀라 머리를 흔들게 될 것이다.

그러고는 총검과 코사크의 채찍 위에 세워졌던 과거 어떤 권력을 떠올

릴 것이다.

그러나 독수리들은 마치 자석처럼 쇠 더미 위에 내려앉는다.

왕골 의자마저도 여기서는

볼트와 너트를 사용해 만들어진다.

오직 바다 속 물고기들만이 자유의 값을 알고 있지만

벙어리 물고기들 덕에 우리는 스스로 상표를 붙이고 계산대를

만들어야 할 형편이다. 공간은 가격표처럼 삐죽 나와 있다.

시간은 죽음에 의해 탄생한다. 육체와 사물이 필요해진 시간은

이런 저런 특성들을 설익은 야채들 속에서 찾는다.

수탉은 시계탑의 소리에 귀를 기울인다.

고매한 도덕을 가지고 이 종결된 시대를 살아가는 것은

유감스럽게도, 어렵다. 미인의 치마를 들쳐 올린다 해도

거기서 보게 되는 것이란, 그 어떤 새로운 경이로움이 아닌, 익히 알고 있던 그것일 뿐이다.

로바쳅스키의 이론을 고수해서가 아니다.

그저 벌려진 세계는 어딘가에서 좁아지게 되어 있기 때문이다.

그곳은 바로 시선의 종착점이다.

권력의 하수인들이 유럽의 지도를 훔쳐서일까,

세계의 나머지 6분의 5가 너무도 멀기 때문일까.

아니면 어떤 착한 요정이 나에게 마법을 걸어서일까.

나는 여기서 도망칠 수 없다.

스스로에게 술을 따르면서 수고양이의 털을 빗긴다.

소리쳐 하인을 부를 것 없이.

손가락으로 틀린 곳을 집어내듯이 관자놀이에 총알을 겨눌 것인가,

아니면 새로운 그리스도처럼 이곳을 뛰쳐나가 바다 위를 내달려야 하는가.

추위로 얼얼해진 취한 눈에 기차와 배가 뒤섞여 보이는 것이

뭐 대수란 말인가. 부끄러워 얼굴 붉힐 일도 아니다.

흔적 없이 물 위를 떠가는 조각배처럼 기차 바퀴 역시

레일 위에 아무 흔적도 남기지 않을 테니까……

신문의 '재판 소식'에는 무슨 얘기가 나와 있나?

판결은 집행되었다. 동네 사람 하나가 이쪽을 쳐다보고는

주석 테 안경 너머로 벽돌담 아래 엎드려 있는 사람을

찬찬히 들여다본다.

그러나 그는 자고 있는 것이 아니다. 당연하다. 잠도

구멍이 숭숭 난 해골을 보면 달아나지 않겠는가.

이 시대의 시력은 마치 나무뿌리와도 같이 자라나는

암흑의 시대와 뒤엉킨다. 이 눈먼 시대에 요람으로부터 떨어진 것과

떨어진 요람을 구분하는 것은 불가능하다.

백안의 핀족은 죽음 너머를 보고 싶어 하지 않는다.

접시들이 이렇게나 많은데 함께 식탁을 돌릴 사람이 없다.

류릭, 너에게 따져 물을 수 없다는 것이 아쉽다.

이 시대의 눈이란 곧 막다른 곳의 사물들을 향한 눈이다.

그러나 아직 생각이 나뭇가지처럼 뻗어 갈 때가 되진 않았다.

그저 벽을 따라 덕지덕지 뱉어 놓은 침뿐이다. 공후가 아닌 공룡을 깨

운다.

에라, 마지막 몇 줄 쓰자고 새의 깃털을 뽑지는 않으련다.

죄 없는 머리로 할 수 있는 것이란 기껏해야 도끼와 푸른 월계수를

기다리는 일일 뿐.

1969년 12월

1

판사: 당신은 어떤 특정한 직업을 가지고 있나?

브롯스키: …… 저는 시인입니다.

판사: 누가 당신을 시인이라 하던가? 누가 당신을 시인의 대열에 끼워 주었는가?

브롯스키: 아무도 없습니다. 그럼 누가 저를 인간의 대열에 끼워 주었나요?

브롯스키는 1964년 사회적으로 유용한 노동을 하지 않았다는 이유로 고발되어 '사회의 기생충'이라는 죄목으로 재판을 받고 러시아 북부 지방으로 유형을 가게 된다. 카프카의 작품 일부라 해도 될 정도로 부조리한 재판에서 브롯스키는 직업을 묻는 판사의 질문에 위와 같이 답했다. 브롯스키의 짧은 답에는 그러나 이미 그가 망명 시인의 길을 갈 수밖에 없었던 이유가 명백히 드러나 있다. 정치 권력과는 별개로 존재하는 '시의 국가'의 시민으로서 소련에서의 그의 삶은 이미 망명자의 그것과 다르지 않았다. 소련의 유태인으로서 느꼈던 민족적 소외감이나 문화적 이질감을 말하는 것은 아니다. 이것은 시인의 생래적 조건으로서의 유형 의식이자 소련 체제 하에서 억압되어 왔던 러시아 시 전통을 향한 노스탤지어였다.

60년대 말에서 70년대 초까지 쓰여진 브롯스키의 시 중에는 한 시대의 종말과 새로운 암울한 시대의 시작을 암시하는 것들이 많다. 젊은 브롯스키가 따랐던 러시아 시 전통의 상징과도 같았던 여류 시인 아흐마토바는 1966년 자신의 긴 생애를 마감하였다. 이후 브롯스키를 비롯한 일군의 페테르부르크 시인들에게는 '아흐마토바의 고아들'이라는 이름이 붙여졌다. 1967년 브롯스키는 고국에 부모와 아들을 남겨둔 채 망명길에 올라야 했다.

그에게 망명은 소련으로부터의 탈출이었지만 동시에 시인으로서 자신을 있게 했던 러시아어와 러시아 문학 전통과의 결별을 의미하는 것이기도 했다. 끝까지 러시아를 떠나기를 원치 않았던 그를 '20세기 러시아의 마지막 시인'이라 부르는 것도, 그의 시를 종종 아흐마토바와 만델시탐을 통해 이어진 러시아 '모더니즘의 마지막 말'이라 평가하는 것도 모두 이러한 맥락에서 이해할 수 있다. 망명 이후 그의 시는 모더니즘의 종언 이후, 혹은 그것의 외부라는 의미에서 분명 포스트-모던의 조건을 드러내고 있었다.

1987년 마침 페레스트로이카의 기운이 감돌고 있던 소련에서 브롯스키의 노벨 문학상 수상은 문학적 사건이 되었다. 1987년《신세계》12월호에 브롯스키의 시가 게재된 이후 겹겹이 쌓인 오랜 침묵을 깨고 그의 작품집들이 폭발적으로 출간되기 시작한다. 1989년에는 1964년에 행해진 재판이 재조명되면서 브롯스키에 대한 복권이 이루어졌고 1992년에는 마침내 네 권짜리 그의 시 전집이 출판되었다. 그리고 1995년 브롯스키는 자신이 그토록 사랑하던 고향 페테르부르크의 명예 시민이 되었다.

1996년 그가 갑작스레 사망한 이후로도 브롯스키의 열풍은 계속되었다. 2000년대 중반까지 그의 시집과 연구서들이 쏟아져 나왔다. 브롯스키의 시를 에피그라프로 인용하는 시와 에세이, 소설과 문학 평론을 만나는 것은 흔한 일이었다. 그렇게 브롯스키는 소련이 사라진 자리에서 푸시킨으로부터의 러시아 시 전통을 아우르며 '종말 이후'를 살아간 마지막 시인으로서 시의 국가를 지키는 기념비가 되어 갔다.

2

1969년, 시 〈아름다운 시대의 종말〉은 서정시가 불가능한 시대에 대한 고백이다. 서정시 고유의 언어 형식을 벗어나 산문적인 언어를 향해 나아가는 길목에서 브롯스키는 유토피아의 폐허를 목도한 시인의 비극적인 시대 인식을 그려 냈다. 새로운 세계에 대한 믿음은 사라졌고 그러한 믿음을 지니고 살아가던 아름다운 세계는 끝이 났다. 로바쳅스키의 원리는 유클리트의 공리를 넘어서는 새로운 세계의 원리가 아니라, 단지 현실의 자연스러운 흐름으로서 시간의 끝을 의미할 뿐이다. 이는 한때 러시아 모더니즘이 추구했던 새로운 진리, 새로운 세계의 허상에 대한 시인의 조소와도 같이 들린다. 퍼스펙티브의 끝에는 '거울의 승리'라는 비명(碑銘)이 새겨져 있고 시인은 '이제 자신이 예전에 거울 속의 자신을 바라보던 감정을 잊었음'을 고백한다. 거울은 더 이상 '자신을 초월하고 스스로부터 분리되어 천상을 향해 내닫는 낭만적 영혼으로서의 시인의 분신을 비추는 장치'가 아니다. 그것은 퍼스펙티브의 끝, 더 이상 나아갈 수 없는 세계의 끝에 위치한 경계이자 막다른 길, 그리고 끝을 경험한 시인에게 시간의 과거를 향한 움직임을 가능하게 하는 '막혀진 출구'다. 마침내 시인은 자신이 이미 '아름다운 시대'라는 시공간 밖에 위치해 있음을 선언한다.

'아름다운 시대의 종말'이라는 배경 속에서 시적 화자는 '약소국의 대사'라는 은유로 묘사된다. 이때 약소국이 '시의 국가'를 지칭한다는 것을 알아채는 것은 어렵지 않다. 시의 무대로부터의 사라짐으로 묘사되는 등장 인물들의 죽음을 통해 시의 부재는 삶의 부재와 동일시된다. 브롯스키에게 '아름다운 시대의 종말' 이후의 삶이란 곧 죽음의 필연성이라는 상황에도 불구하고 계속되는 삶에의 지향, 곧 더 이상 존재하지 않는 시의 권력을 직시하면서도 그것의 영원성에 대한 믿음을 저버리지 않는 것과 다르지 않다. 모더니즘의 이상으로서의 시의 권력이 더 이상 존재하지 않는다는 인식은 브롯스키의 포스트―모더니즘의 조건이지만 동시에 이처럼 더 이상 존재하지 않는 것들을 기억하고 반복하는 행위는 종말 이후를 사는 시인의 삶의 수단, 시의 수단이 되기 때문이다. 사라진 러시아 시 전통을 자신의 '시의 국가' 안에 되살려 내는 것은 '아름다운 시대의 종말' 이후 브롯스키 시의 중요한 과제였다. 그의 작품을 메우는 많은 타인의 텍스트들은 바로 이러한 기억과 반복의 행위의 증거라 할 것이다. 시대의 비명(碑銘), '거울의 승리'는 바로 종말 이후 시인의 시적 전략이다. 이때부터 그의 시에서 자주 등장하는 '아말감'이라는 모티브 또한 투명한 유리가 대상을 재현해 내는 거울이 되도록 하는 수단으로서, 즉, 빛(시간)의 전진을 막고 그것의 직선적인 per - 스펙티브를 retro - 스펙티브로 전환할 수 있는 것으로서 그의 시적 대안이 된다.

부재(죽음)와 재현(죽음 속의 삶)을 동시에 함의하는 또 하나의 모티프가 바로 이 시기 들어 브롯스키의 작품에 본격적으로 나타나기 시작하는 물(物)의 대표로서의 기념비이다. 브롯스키의 초기 작품들에서 '기념비'는 시인의 기념비에 대치되는 스탈린을 비롯한 소련 독재 정권의 상징이자 소비에트 전체주의의 기호였다. 그러나 세계의 끝, 퍼스펙티브의 밖, 즉, 망명 후 시인이 러시아 밖에 위치하여 바라본 고국의 모습으로서의 '제국'이라는 은유적 공간을 장식하는 핵심적 모티프인 기념비는 단순히 소비에트 전체주의 권력에 대한 부정적 상징에 머무르지 않는다.

브롯스키에게 기념비는 본질적으로 역설이다. 기념비는 그것이 재현하는 대상의 영원한 현존을 지향하지만, 사실상 다른 어떤 것보다 분명히 그것의 부재를 증명한다. 더 이상 존재하지 않는 것을 기억하기 위한 기호로서 그것은 총체적 부재 상황에도 불구하고 시의 영원성을 지향하는 브롯스키의 포스트–모던적 '시 쓰기'에 대한 은유가 된다. 또한 그것은 굳어져 버린 과거의 기억으로서 브롯스키에게 과거의 굳어져 버린 문학 전통 그 자체를 의미하기도 한다. '종말 이후'에 이르러 생명이 아닌 죽음에 바쳐진 기념비만이 그에게 남겨진 유일한 기억을 위한 가능성임을 자각하는 시인에게서 그것은 부재의 상징임에도 불구하고 시인에게 끝 이후의 세계에서의 대안으로서 가치를 갖는다. 곧 기념비라는 상징에는 시인의 기억 속에 굳어져 있는 문학 전통의 단면들의 기호라는 의미가 포함된다. 브롯스키의 시에서 발견되는 기념비를 되살리려는 시인의 노력은 부재에 대한 저항이다. 그것은 죽음에서 삶으로 시간을 역전시키려는 시공간 안에서만 허락된 꿈과도 같다.

3

나는 너 없이 살 수 없다고는 말 못하겠다.

이렇게 살아 있으면서.

〈두 번째 크리스마스……〉

만일 누군가가 왜 브롯스키를 읽느냐고 묻는다면 나는 위의 시로 답할 것이다. 살아 있으면서 못 산다고 말하는 엄밀한 의미의 거짓이자 진부한 관용어구 '너 없이 못 살아'가 아니라, 자신으로부터 한 발 떨어져서 스스로의 고통을 관조하며 그것을 객체화하는 것, 자신을 비극의 주인공으로 만들지 않고 아이러니와 유머를 통해 스스로의 삶을 희화화할 수 있는 대담함, 그리고 이로부터 기인하는 역설의 비극성은 시라는 장르를 그다지 좋아하지 않고, 심지어 브롯스키의 과한 고집이나 제스처를 마땅치 않게 여기는 나를 매료한 브롯스키 시의 특징이었다. 그의 후기 시학을 점령하는 사물이나 조각상과 같은 모티프들은 부재의 비극성 때문에 존재를 망각하는 감정의 과잉에 대한 조소이자 부재의 상황을 대체적 존재를 통해 극복할 수밖에 없는 인간의 실존적인 고백과도 같았다. 그리고 오히려 그의 시의 비극성은 이처럼 인간이 아닌 사물을 노래하는 건조한 언어들 속에서 더 강하게 느껴졌다.

분명히 초상화다. 그 어떤 꾸밈도 없는:

⟨……⟩

또한 그것은 본질적으로 자화상이다.

자신의 몸으로부터 한 발 떨어져 있는 것,

당신을 향해 자신의 옆모습을 보여 주고 있는 등받이 없는 의자,

떠나 버린 삶을 멀리에서 바라본 풍경.

부재를 있는 그대로 그려 냄으로써

부재의 형식으로서의 비존재의 과정을

두려워하지 않을 수 있는 능력,

이것이야말로 '대가의 솜씨'다.

⟨칼 빌린크스의 전시회에서⟩

브롯스키 후기 시는 부재의 기호들 속에서 삶의 가능성을 찾는다. 그에 따르면 '진정한 비극에서는 고고한 등장인물들이 죽는 것이 아니라, 너무 닳아 버린 무대의 장막이 찢겨져 사라진다'. 즉, 그에게 있어 비극성은 비극의 주인공의 죽음으로부터가 아니라 그러한 비극이 행하여질 수 있는 공간으로서의 무대 자체의 사라짐으로부터 나온다. 이는 비극적인 삶이 삶 그 자체의 부재보다, 부재의 기호의 존재가 부재 그 자체보다 더 낫다는 브롯스키 후기 시의 역설을 형상화한다.

역설은 브롯스키 시의 가장 중요한 부분이다. 차갑고 정연한 형식의 시구에 내재한 폭발할 듯 감추어진 역설은 스스로는 신앙에 대해 말하면서 듣는 이로 하여금 무신론에 빠지게 하는 도스토옙스키의 역설을 닮아 있다. 그것은 자신이 더 이상 시를 쓰지 않겠다는 절규를 다름 아닌 시를 통해 말하고, 그녀를 잊었다는 말을 하기 위해 그녀의 기억에 바치는 시를 쓰는, 또한 '내가 이렇게 살아 있는 한 너 없이 살 수 없다고 말할 수 없다'는 건조하고 논리적인 단언을 통해 너에 대한 그리움의 극단을, 폭발할 듯한 비극성을 폭로하는 그러한 역설이다.

늘 고국을 그리워하고, 매년 연말이 되면 바닷가를 찾아 수평선 너머의 고국을 향한 연시를 썼으며, 죽어서조차 페테르부르크를 닮은 베네치아에 묻히기를 고집했던 시인은 페레스트로이카 이후 자신을 초청하는 고국을 단 한 번도 방문하지 않았다. 그는 조국을 향한 그리움을 직접적으로 표현하지 않았다. 대신 그의 후기 시에서 조국의 모습은 베네치아의 풍경들 속에 녹아 있다. 그리고 이렇게 자신의 감정을 논리적인 언어의 가면 속에 숨겨 놓은 그의 산문적인 시 곳곳에서는 '보드카 냄새나는' 차이콥스키적 애수나 신파를 능가하는 억눌린 감상성을 발견하게 된다.

흉측한 버려진 큰 방에서

마치 목동 없이 버려진 양치기 개처럼

나는 네발로 엎드려

손톱으로 바닥을 긁는다. 마치 그 아래,

뭔가 따뜻한 기운이 올라오는 그곳에,

네가 지금 살아서 묻혀 있기라도 한 것처럼

〈베르툼〉

조국을 방문하지 않는 이유를 묻는 질문에 대해서 시인은 자신의 부모가 살아 있지 않는 고국을 방문할 필요를 느끼지 못한다고 담담하게 답한다. 브롯스키에게 러시아는 현재의 러시아라기보다 그의 기억 속에 존재하는 러시아였다. 그의 망명 시기의 창작은 바로 자신이 지닌 고국에 대한 기억을 시 텍스트 속에 영원히 살 수 있게 하려는 시도, 망각의 과정을 지켜보면서 동시에 그것을 망각으로부터 구원하기 위한 노력이었다. 그의 시는 사라져 버린 아름다운 시대의 기억을 영원히 보존하는 러시아어와 러시아 문학 전통의 박물관과도 같다. 푸시킨 이래 러시아 시의 공간이자 러시아 시사(詩史)의 산 증인인 페테르부르크에는 그의 기념비가 더해졌다. 기념비는 죽음과 폐허를 전제로 하는 기호이지만 그 존재를 통해 부재를 보상하며 또 애도한다.

이오시프 브롯스키는 1940년 소련 레닌 그라드(현재의 상트페테르부르크)에서 태어났다. 그는 교실의 참을 수 없는 얼굴들이 싫다는 이유로 15세에 학교를 그만두고 여러 가지 직업을 전전하면서 시를 쓰기 시작했다. 독학으로 러시아 시는 물론 영미권의 시를 탐독한 그는 독창적인 작품으로 레닌그라드 문단에서 명성을 얻기 시작했으나 소비에트 당국으로부터 '사회주의의 기생충'이라는 비난을 받고 1964년 5년간의 시베리아 유형에 처해진다. 문인들의 탄원으로 1965년 사면되었으나 계속 정부의 감시 가운데 있다가 1972년 원치 않는 망명길에 올라 결국 미국에 정착하게 되었고 1996년 지병인 심장 질환으로 세상을 뜰 때까지 미국 대학에서 문학을 가르치고 미국 시인협회의 회원으로 활동하였으며 1987년에는 노벨 문학상을 수상하였다. 그의 러시아어 시집은 영어로 번역 출간되었고 직접 영시를 쓰기도 했으며 다수의 문학적 에세이를 영어로 발표하였다. 그는 소련이 해체된 이후에도 아들과 부인을 남겨 두고 떠나온 조국 러시아를 다시 찾지 않았고 죽은 후 결국 고향 페테르부르크를 닮은 이탈리아 베네치아에 묻혔다. 대표작으로는 《장시와 단시》, 《황야의 정거장》, 《아름다운 시대의 종말》, 《말의 부분들》 등이 있다. 동명의 시집을 대표하는 작품 〈아름다운 시대의 종말〉은 브롯스키의 시적 전성기라 할 수 있는 망명 직전 시기인 1969년에 창작된 것으로, 시의 의미와 역할이 퇴색하는 시대를 마주한 시인의 절망과 그 가운데에서의 변함 없는 시 쓰기에 대한 믿음을 담고 있다.

기억 속에 있는 과거를 모조리 더듬어 보면서
나는 나도 모르게 스스로에게 묻게 된다.
나는 왜 살았을까? 나는 무슨 목적으로 태어난 걸까?
아마도 그 목적은 존재했고,
내 소명은 분명 높은 것이었으리라.
왜냐하면 나는 내 영혼에서 무한한 힘을 느끼기 때문이다.

'이것 아니면 저것',
나의 선택은 무엇이어야 했을까?

홍대화

미하일 레르몬토프의 《우리 시대의 영웅》* 중에서

나는 자주 자신에게 묻는다. 왜 나는 꼭 유혹하고 싶지 않고, 또 결코 결혼할 생각도 없는 젊은 아가씨의 사랑을 이렇게도 고집스럽게 얻어 내려고 하는 걸까? 이 여인의 교태가 내게 무슨 소용이란 말인가? 베라는 공작의 영양(令孃) 메리가 언젠가 나를 사랑하게 될 정도보다 훨씬 더 많이 나를 사랑한다. 만일 그녀가 정복할 수 없는 미녀로 여겨졌다면 난 그 계획상의 어려움으로 인해 마음이 끌렸을지도 모른다. 그러나 전혀 그렇지 않다! 그러므로 이것은 청년기의 첫 시기에 우리를 괴롭히며, 우리를 못 견뎌 하는 여인을 만날 때까지 우리를 계속 여인에게서 여인에게로 전전하게 하는, 그리고 우리의 변함없는 특질, 즉 진정으로 영원한 정열이 시작되는 지점인 사랑에 대한 불안한 요구가 아니다. 이것은 수학적으로 말하자면 점에서 시작해서 공간으로 떨어지는 선으로 표현될 수 있는 것으로서 이 무한대의 비밀은 오직 목적, 즉 끝에 도달할 수 없다는

---

* 추천 역서: 《우리 시대의 영웅》, 홍대화 옮김, 지식을 만드는 지식, 2013.

데 있다.

무엇 때문에 나는 애를 쓰는 걸까? 그루시니츠키에 대한 질투 때문일까? 불쌍한 녀석, 그는 도무지 질투할 만한 녀석이 못 된다. 아니면 이것은, 가까운 지인이 절망에 빠져 과연 무엇을 믿을 수 있겠느냐고 물을 때, "내 친구여, 나도 똑같은 일을 겪었다네! 하지만 자네도 보다시피 나는 점심도 먹고, 저녁도 먹고, 평안하게 잠도 잔다네. 그리고 비명도 지르지 않고 눈물 뿌리는 일도 없이 죽을 수 있으리라고 기대하네"라고 얘기하는 치사한 만족감을 누리기 위해 그의 달콤한 망상을 파괴하라고 우리를 부추기는 그 추악하지만 이길 수 없는 감정의 결과란 말인가?

그런데 이제 막 피어난 젊은 영혼을 소유한 데서 오는 무한한 쾌락이라는 것이 있다! 이 영혼은 태양의 첫 빛을 맞아 가장 달콤한 향기를 내뿜는 꽃과 같다. 그 꽃은 그 순간 꺾어서 실컷 향기를 맡은 뒤 아무나 그것을 줍도록 길에 버려야 한다. 나는 길에서 마주치는 모든 것을 삼켜 버리고 싶은, 채워지지 않는 탐욕을 내 안에서 느낀다. 나는 다른 이들의 고통과 기쁨을 나 자신과의 관계 속에서만 내 정신력을 지탱해 줄 자양분으로 바라본다. 나 자신은 더 이상 정열의 영향하에서 분별없이 행동할 능력을 상실했다. 내 공명심은 상황에 의해 짓눌렸지만, 그것은 권력에 대한 욕망에 지나지 않으므로 다른 모습으로 발현되었다. 내게 최고의 만족은 나를 둘러싸고 있는 모든 것을 내 의지에 복종시키는 것이다. 나에 대해 사랑과 헌신, 공포의 감정을 불러일으키는 것, 그것이 바로 권력의 첫 번째 징후이자 가장 큰 승리가 아닐까? 그 어떠한 권리도 없으면서 누군가에게 고통과 기쁨의 원인이 되는 것, 그것이 바로 우리 자존심의 가장 달콤한 양식이 아닐까? 행복이란 무엇인가? 포만감을 느낀 자존심이다. 나는 세상에서 나 자신을 그 누구보다 훌륭하고 막강하다고 여긴다면 행복을 느낄지도 모른다. 만일 모든 사람이 나를 사랑한다면, 나는 내 속에서 무한한 사랑의 원천을 발견하게 될지도 모른다. 악은 악을 낳는다. 첫 번째 고통은 다른 사람을 괴롭히는 데서 오는 만족감에 대한 개념을 준다. 악에 대한 생각은 그것을 현실에 적용하고 싶지 않다면 사람의 머릿속에 들어올 수 없다. 누군가는 생각이 유기적인 존재라고 말했다. 생각의 탄생은 이미 그들에게 형식을 주고, 그 형식이 곧 행동이다. 머릿속에 보다 많은 생각이 탄생한 사람은 다른 사람들보다 더 많이 활동한다. 이로 인해 관료의 책상에 꼼짝없이 묶인 천재는, 강한 체격을 가진 사람이 좌식 생활을 하며 조심스럽게 움직이다가 뇌졸중으로 죽는 것과 꼭 마찬가지로 죽거나 미치지 않을 수 없다.

열정은 발전의 첫 단계에 있는 생각과 다르지 않다. 이것은 유년기의 마음에 속한 것이므로, 평생 그것 때문에 흥분하는 사람은 어리석은 사람이다. 평온한 강은 시끄러운 폭포에서 시작되지만, 그 어떤 강도 도약을 하거나 바다까지 거품을 문 채 흐르지 않는다. 그러나 이 평온함은 숨겨졌다 하더라도 강한 힘의 징후인 경우가 많다. 감정과 생각의 충만함과 깊이는 미칠 듯한 격정을 허락하지 않는다. 영혼은 고뇌하고 즐기면서 모든 것을 명확하게 이해하고 필연적인 것들에 대해 확신한다. 영혼은 구름 한 점 없이 작열하는 태양이 자신을 메마르게 할 것임을 안다. 그래서 영혼은 자신의 삶에 파고들어 자신을 사랑하는 아이처럼 어르고 징계한다. 바로 이런 자기 인식이 최고인 상태에서 사람은 신의 심판을 평가할 수 있다.

(중략)

기억 속에 있는 과거를 모조리 더듬어 보면서 나는 나도 모르게 스스로에게 묻게 된다. 나는 왜 살았을까? 나는 무슨 목적으로 태어난 걸까? 아마도 그 목적은 존재했고, 내 소명은 분명 높은 것이었으리라. 왜냐하면 나는 내 영혼에서 무한한 힘을 느끼기 때문이다. 그러나 나는 그 소명을 발견하지 못했다. 나는 감사할 줄 모르는 열정의 먹이를 탐닉해 왔다. 그 열정의 잔재에서 나는 강철처럼 강하고 냉정해져서 나왔다. 그러나 나는 삶의 가장 아름다운 빛인 고결한 추구의 불길을 영원히 잃어버렸다. 그 후로 나는 운명의 손아귀에서 몇 번이나 도끼의 역할을 해 왔던가! 나는 악의도 동정도 느끼지 못한 채 죽을 운명의 희생자의 머리 위에 망나니의 칼이 되어 떨어졌다.

방황하는 젊은 자아의 삶의 의미 찾기 여행

《우리 시대의 영웅》을 처음 접한 것은 지금으로부터 30여 년 전 1985년 대학교 3학년 봄이었다. 학내는 전두환 정권의 퇴진을 위한 데모가 한창이었고, 시위로 인한 빈번한 휴강으로 수업을 한 날보다 하지 않은 날이 더 많았다. 그런 시점에 내 마음을 사로잡았던 소설은 《닥터 지바고》와 《우리 시대의 영웅》 두 권이었다. 몇 년 후 나는 석사 학위 논문으로 《닥터 지바고》, 박사 학위 논문으로 《우리 시대의 영웅》에 대해 쓰게 되었으니 당시의 독서는 내 인생에 거의 결정적인 영향을 미쳤다고 해도 과언이 아니다.

처음 읽었을 때 《우리 시대의 영웅》은 난해하기만 했다. 하지만 거의

150년 전에 25세에 불과한 젊은 소설가가 3인칭 시점에서 1인칭 시점으로 시점을 이동하여 소설들을 엮어 내면서도 그 시점의 이동에 명확한 논리를 부여했다는 점이 내게는 놀랍게 여겨졌다. 페초린이라는 한 시대의 주인공을 여행자의 수기를 통해 외부로부터 묘사하다가 주인공 자신의 수기를 통해 내부로부터 자신을 폭로하도록 만드는 소설의 구조는 레르몬토프라는 작가를 천재로 여기기에 부족함이 없어 보였다. 하지만 주인공 페초린의 행동은 언뜻 이해가 잘 가지 않았다. 왜 그는 사랑에 몰입하지 못하는 걸까? 왜 그는 결혼을 하지 않으려고 하는 걸까? 작품 전반에 흐르는 고독, 슬픔, 날카로운 시니시즘의 원인은 무엇일까? 그의 고뇌의 근본 원인은 어디에 있을까?

문학사 수업 시간에 고 김학수 교수님께서는 이 작품이 1830년대 니콜라이 1세의 숨 막히는 전제 정치 시절에 할 일을 찾지 못해 방황하는 뛰어난 젊은이의 고뇌와 반항을 담고 있다고 설명해 주셨다. 그리고 나와 같은 또래의 젊은이들이 처한 현실이 오버랩되었다. 페초린과 우리가 다를 게 뭐가 있을까? 매일 학내에서 학생들을 감시하며 수시로 도서관에 들이닥쳐 학우들을 잡아가는 형사들과 처절하게 돌과 화염병을 던지며 저항하는 학생들 그리고 일상에서 진행되는 의식화의 강압적인 분위기와 이것 아니면 저것의 선택만이 강요될 뿐 회색 지대는 허용되지 않는 숨 막히는 현실. 나의 선택은 무엇이어야 했을까? 과연 공부를 한다는 것이 의미가 있기는 한 걸까? 미래는 있을까? 레르몬토프가 1837년 자신이 숭배했던 푸시킨의 죽음을 겪으며 느꼈을 깊은 절망감. '무엇을 할 것인가?'라는 질문 앞에서 연애질 외에는 다른 아무 일도 발견할 수 없었던 공허감과 절망감 그리고 자신에게서 발견한 귀족주의와 자기중심주의.

이런 것들이 레르몬토프가 자신과 시대의 젊은이들에게서 발견한 아픔은 아니었을까? 문득 페초린의 공허감과 절망감은 내가 느끼던 무기력을 대변하는 것만 같았다.

그리고 나이 오십이 되어 다시 읽는 《우리 시대의 영웅》은 페초린을 또 다른 각도에서 바라보게 한다. 그의 고뇌는 어느 시대이든 암울한 현실에 직면한 불안한 20대 청춘이라면 누구나 느낄 수 있는 절망과 맥을 같이 한다는 생각이 든다. 오늘의 현실은 어떠한가? 3포, 5포, 7포, 심지어는 n포 세대* 라는 말을 만들어 내는 현실은 우리 젊은이들에게 결혼을 배제한 연애질 외에 과연 무엇을 허락하고 있는 것일까? 이런 질문을 던지며 작품과 위에 제시한 장면에 접근해 보도록 하자.

《우리 시대의 영웅》은 두 편의 서문과 다섯 편의 단편 소설로 되어 있다. 소설의 첫 장을 열었을 때 제일 먼저 나오는 것은 1842년에 제일 마지막으로 쓰여진 저자 서문이다. 이 서문에서 레르몬토프는 소설이 나온 직후 문단에서 진행된 찬반, 호불호의 수많은 논쟁에 대해 저자 자신의 답변을 제시하고 있다. 그는 여기서 자신이 그린 인물이 어떤 사람인지 밝히고 있다. 두 번째 서문은 소설의 중간에 나오는데, 단편들을 엮어 묶은 여행자 - 화자가 페초린의 수기를 편집해 독자에게 제공하면서 쓴 서문이다. 여기서 여행자 - 화자는 주인공 페초린을 '우리 시대의 영웅'이라고 부른다. 그리고 그는 그런 자신의 규정에 대해 독자들이 '지독한 아이러니'라고 얘기할지도 모르겠다고 하면서 '나는 모르겠다'는 말로 확답을 피한다. 그렇다면 첫 번째 서문에서 저자는 페초린에 대해 무엇이라고

---

* 3포는 연애, 결혼, 출산 포기, 5포는 연애, 결혼, 출산, 인간 관계, 집 포기 그리고 7포는 거기에 꿈, 희망의 포기가 추가된 것이다. n포는 부정수 'n'을 붙임으로써 아직 정해지지 않은 것들까지 다 포기하는 요즘 젊은 세대를 일컫는 말이다.

말했을까?

"친애하는 여러분, 우리 시대의 영웅은 정확히 말해 초상이지만 그렇다고 해서 한 사람만의 초상은 아니다. 그는 우리 전 세대의 초상인데, 그것도 완전히 발전된 모습의 악들로 뭉쳐진 초상이다."

작가 레르몬토프의 말에 따르자면 주인공 페초린은 모든 세대가 지닌 악의 집약체라는 말이다. 그렇다면 과연 페초린은 어떠한 삶을 살았기에 이렇게 규정되는 것일까? 이를 알아보기 위해 소설의 진행을 살펴보도록 하자.

첫 두 소설은 여행기를 쓰는 1인칭 화자가 듣고 보는 페초린의 모습에 대한 것이다. 첫 소설 《벨라》는 캅카스 변방에서 페초린과 함께 근무했던 이등 대위 막심 막시미치가 페초린과 이방 여인 사이의 사랑 이야기를 여행자-화자에게 들려주고, 그것을 여행자-화자가 기록하는 형식으로 되어 있다. 두 번째 소설 《막심 막시미치》는, 여행자-화자가 캅카스 호텔에서 페초린을 직접 보고, 그의 외모를 묘사하는 것으로 되어 있다. 두 이야기에서 페초린은 삶에 권태를 느끼는 냉정한 귀족 청년으로 소개된다. 막심 막시미치는 모든 것을 다 가지고 있는 듯한 청년이 삶에서 의미를 느끼지 못하고 공허하게 살아가는 것을 이해하지 못한다. 페초린은 자신의 공허를 채우기 위해 캅카스 여인 벨라를 납치해 그녀의 사랑을 얻어 내지만, 곧 그 사랑에도 싫증을 느끼고, 결국 벨라는 페초린의 반(半)고의적 실수 때문에 살해당하고 만다. 막심 막시미치는 그 상실 때문에 페초린이 큰 슬픔을 맛보리라 생각하여 위로하려고 하지만, 페초린은 오히려 소름 끼치는 미소로 그 위로에 응답한다.

《막심 막시미치》에서 여행자 – 화자는 사교계의 지친 요부처럼 가냘파 보이지만 체력도 강해 보이고 잘생긴 페초린의 외모를 묘사한 뒤, 막심 막시미치로부터 페초린의 수기 열 권가량을 얻어 낸다. 여행자 – 화자는 한 영혼의 역사는 전(全) 민족의 역사보다 더 가치가 있다는 판단하에 그의 수기를 세상에 내놓기로 결정한다. 그가 그런 용기를 낼 수 있었던 것은 페초린이 사망했다는 소식을 들었기 때문이었다. 《벨라》에서 페초린은, 모든 것에 대해 싫증을 느끼기에 자신에게 남은 유일한 출구는 여행이라고 말한 적이 있는데, 그의 말대로 그는 여행 중에 사망하고 마는 것이다.

페초린의 수기는 〈타만〉, 〈공작 영양 메리〉, 〈운명론자〉로 구성되어 있다. 〈타만〉은 페초린이 군인으로서 군무를 수행하러 간 도시 타만에서 밀수업자들을 만나 죽을 뻔한 일을 적은 수기이고, 〈공작 영양 메리〉는 그의 일기이며, 〈운명론자〉는 페초린이 출장 중에 만난 운명론자 불리치에 대한 이야기이다. 이 마지막 작품 〈운명론자〉에서는 보다 포괄적인 주제인 운명의 문제가 다루어진다.

필자가 제시한 인용문은 페초린의 수기 거의 중간 부분에 나오는 것으로 〈공작 영양 메리〉의 한 장면이다. 페초린은 자신이 메리의 사랑을 얻기 위해 어떻게 움직이는지를 일기에 자세히 기록하고 있다. 페초린은 처음에는 일부러 메리의 증오심을 사고, 그루시니츠키를 이용하여 자신을 갈구하도록 만들고, 그녀의 호기심을 자극하고, 급기야는 위기의 상황에서 그녀를 구해 주고, 자신의 낭만주의적 주인공으로서의 신비감, 독창성, 비극성을 그녀가 느낄 수 있도록 연기를 하는가 하면, 진심으로 사랑하는 듯한 포즈를 취하면서도 끝까지 사랑은 고백하지 않음으로써 그녀의 마음을 달아오르게 한다. 이렇게 메리의 마음을 빼앗기 위해 고도의 전략과 전술을 사용하는 페초린은 이 장면에서 왜 자신이 그렇게까지 애를 쓰는지 자문자답하고 있다. 페초린은 정직하게 말한다. 메리를 사랑하지도 않고 또 결혼할 생각도 없다고. 그런데도 그가 '메리를 유혹하려는 이유는 무엇일까?' 그가 내린 결론은 '권력에 대한 욕망 때문'이다. 그는 정열과 사랑이라는 단어마저 거부한다. 정열과 사랑은 청년의 첫 시기에 젊은 혈기의 요구에 의한 것인데, 페초린은 자신이 이미 그 시기마저 지났다고 여긴다. 그는 자신이 전적으로 자신만을 위해 사랑하고, 자신의 힘과 능력을 확인하기 위해 한 영혼의 삶과 죽음을 철저히 손아귀에 틀어쥐기를 원한다고 고백한다. 그는 그런 자신의 모습을 가장 아름답게 피어 있을 때 꽃송이를 꺾어 향기를 실컷 맡은 뒤 버리는 행동에 비유한다. 여인을 꽃에, 그리고 그 아름다움을 취하는 것을 꽃의 향기를 맡는 것에 비유하는 것은 흔한 낭만주의적 비유인데, 이 장면에서 충격적인 것은 페초린이 향기를 맡는 것에 그치지 않고 그 꽃이 첫 태양 빛을 받아 가장 아름다울 때 꺾어 그 향기를 실컷 맡은 뒤 버린다는 데 있다. 이 비유는 아름다운 꽃의 고통에 대한 전적인 외면으로 인해, 꽃을 꺾어 버리는 자의 철저한 자기중심적 태도로 인해 읽는 이에게 충격을 준다. 이 행동은 주인공 페초린이라는 사람의 본질을 함축적으로 드러내는 장면이므로 작품 전체에서 아주 중요한 의미를 지닌다.

그는 자신이 이렇게 행동하는 이유가 자존심의 포만(飽滿)을 위해서라고 말한다. 그의 말에 따르면 '포만감을 느낀 자존심'이 바로 행복이라는 것이다. 그는 오직 자신의 자존심을 충분히 만족시키기 위해 다른 사람과의 관계에서 냉혹한 행동을 하는 것을 마다하지 않는다는 것이다. 그는 이런 점에서 자신이 흡혈귀 또는 악마와 닮았다고 생각하고, 때로는 자기 자신도 흡혈귀의 마음을 이해할 때가 있다고 토로한다. 여기서 그의 '악마성'이 드러난다. 아무 권리도 없이 누군가의 고통과 기쁨의 원인이 되는 것이 자존심의 가장 달콤한 양식이라고 말하는 그는 그 행복을 취하기 위해 격정을 제어하며 모든 것을 명확하게 이해하고, 모든 상황을 철두철미하게 계산하여 필연적으로 일어날 일들에 대해 확신하는 가운데 행동한다. 이는 그가 자신의 목적을 위해 냉철한 이성을 결코 놓치지 않는다는 것을 의미한다. 그런데 아이러니한 것은 그가 그처럼 냉철한 이성을, 본인도 의미를 두지 않는 한낱 연애 놀음에 혹은 자신과는 전혀 상관없는 타인들의 삶에 참견하는 데 의미 없이 낭비해 버린다는 데 있다.

그리고 그의 이런 행동들이 비극적일 수밖에 없는 이유는 그것이 타인의 죽음을 가져오기 때문이다. 실제로 작품 전체는 페초린으로 인해 상처를 받거나 불행한 결말을 맞이하는 사람들로 가득하다. 《벨라》에서는 벨라와 벨라의 아버지가 사망하고, 벨라의 동생 아자마트마저도 자기 부락을 떠남으로써 한 가정이 페초린으로 인해 완전히 풍비박산이 나고 만다. 《막심 막시미치》에서는 막심 막시미치가 페초린 때문에 마음에 상처를 입는다. 막심 막시미치는 수년 동안 헤어진 뒤 다시 만나게 된 옛 부하를 위해 공무마저 뒤로 미루는데, 페초린은 그를 보고 반가워하기는 커녕 냉정하게 인사를 건네고는 곧바로 떠나 버린다. 〈타만〉에서는 페초린이 군수품 밀수업자들의 뒤를 밟는 바람에 그들이 밀고가 두려워 도망을 가게 되고, 그로 인해 눈먼 소년과 노파가 아무 생계 대책 없이 버림을 받는다. 〈공작 영양 메리〉에서는 공작 영양 메리가 페초린을 사랑하게 되지만 버림을 받아 마음에 깊은 상처를 입고, 그루시니츠키가 그의 손에 살해당하며, 페초린의 연인 베라는 불륜을 들켜 남편 손에 이끌려 퍄티고르스크를 떠나게 된다. 〈운명론자〉에서는 페초린으로 인해 죽임을 당하는 사람은 없지만, 그가 죽음을 예언한 불리치가 실제로 사망하게 되고 또한 불리치를 살해한 카자크 병사가 페초린의 손에 붙잡히게 된다. 이렇게 페초린과 인생길에서 마주친 대부분의 사람들은 값비싼 대가를 치른다. 그러므로 그는 두 번째 인용문에서 왜 자신이 늘 다른 사람의 인생에서 망나니 역할을 하게 되는지 모르겠다고 한탄을 하는 것이다. 그는 운명이 자신을 그렇게 만든다고 말하지만, 실제로는 자기 자신이 늘 그런 삶을 선택한다고 보는 것이 더 정확하다. 그래서 페초린은 자기 자신을 도덕적 불구자라고 평가한다.

이러니 '페초린은 악인임에 틀림없고, 독자는 그에 대해 나쁜 감정을 품게 되는 것이 당연하다'라고 여겨질 수밖에 없을 것이다. 그러나 만일 페초린에 대해 독자가 무조건 반감만 품게 된다면* 이 소설은 실패작이 되어 고전으로 남지 못했을 것이다. 이렇게 나쁜 짓만 일삼는 페초린이 독자들의 공감을 얻을 수 있는 이유는 무엇일까? 그것은 그가 끊임없이 자신에 대해 성찰하기 때문일 것이다. 그는 왜 자신이 도덕적 불구자가 되어 자신만의 만족을 위해 살아가는지 끊임없이 회의한다.

페초린은 행복해지고 싶다고 말한다. 그런데 그 행복을 추구하면 할수

---

* 당대에 일련의 비평가들은 페초린에 대해 악감정만을 느꼈다. 그래서 페초린이 레르몬토프의 자화상이라면서, 그런 인물을 영웅이라고 칭한 레르몬토프를 비난했다. 그들은 '영웅'이라는 단어에 숨겨진 아이러니를 이해하지 못하고 레르몬토프가 페초린을 정말로 영웅으로 제시했다고 믿었던 것이다.

록 주변과 자기 자신은 더욱더 불행해지는 악순환에 빠지게 된다. 그 이유는 그가 행복을 추구하는 방식이 타인을 이용해 자신의 자존심을 마음껏 채우는 식이기 때문에 그렇다. 그는 "만약 나 자신을 세상 그 누구보다도 훌륭하고 막강한 사람이라고 여긴다면 행복감을 느낄지도 모르겠다. 만일 모든 사람이 나를 사랑한다면, 나는 내 속에서 무한한 사랑의 원천을 발견하게 될지도 모른다"라고 절규한다. 이러한 절규에서 우리가 읽을 수 있는 것은 역설적이게도 사랑의 결핍으로 인해 그가 겪는 고통이다. 이 결핍이 어디서 온 것인지는 정확히 알 수 없다. 원인이 한두 가지가 아닐 것이기 때문에 작가는 페초린의 고백을 통해 그가 어린 시절부터 개인적으로 겪었던 사회적 부조리와 그로 인해 그가 겪은 실망감과 환멸을 넌지시 암시한다. 어쨌든 그는 이러한 사랑의 결핍을 '연애 놀음에서의 승리'라는 엉뚱한 방법으로 해소하고 있다. 그리고 그 자신도 그것이 무의미한 행동이라는 것을 철저히 알고 있다. 그러므로 그는 '내게 무언가 보다 높은 소명이 있었던 것은 아닐까'라고 회의하며 '무엇을 위해 왜 살아야 하는가?'라는 인생의 가장 본질적인 질문들을 끊임없이 제기하고 있다. 이런 본질적 질문을 담고 있기에 이 작품은 고전으로서의 가치를 간직하게 되는 것이다.

레르몬토프는 자기만족을 위해 다른 사람을 수단으로 이용하는 페초린의 모습을 통해 인생에 대한 본질적 질문을 품고 살아감에도 불구하고 늘 죄악을 행하며 자기중심의 틀에서 벗어나지 못하는 인간의 한계의 문제를 제시하고 있다. 레르몬토프는 그 한계를 전(前) 세대에서 발견되는 '악'으로 본다. 만약 이 소설을 읽으면서 독자가 페초린의 모습에서 자신의 모습을 발견하게 된다면, 이 소설의 독서는 그것으로 성공했다고 말할 수 있다. 인간 본성의 문제, 악의 문제, 소외와 같은 심리적이고 철학적인 문제 그리고 궁극적으로는 숙명론과 자유의지, 믿음과 같은 종교적인 문제를 다루고 있는 이 작품은 이후 도스토옙스키, 톨스토이, 체홉, 파스테르나크와 같은 러시아 대문호의 문학을 준비한 작품이라고 평가할 수 있다.

작가와 작품

미하일 유리예비치 레르몬토프(1814 - 1842)는 러시아 국민 문학의 아버지로 불리는 푸시킨(1799 - 1838)만큼이나 러시아인들의 사랑을 받는 천재 작가이다. 출생 연도와 사망 연도를 통해 알 수 있는 것처럼, 레르몬토프는 26세에 요절했다. 그의 문학 세계의 진원지는 바이런을 비롯해 위고, 뮈세, 샤토브리앙, 괴테, 실러 등 서구 낭만주의 계열의 작가들이다. 그러므로 그의 작품에는 서구 낭만주의 문학의 주요 테마인 세계와 개인의 갈등, 세계적 비애와 같은 주제들이 큰 비중을 차지하고 있다. 푸시킨도 그의 문학적 우상이자 스승이었다. 그리고 레르몬토프는 푸시킨의 죽음을 기리며 쓴 시 〈시인의 죽음〉으로 1838년에 문단에 등단하게 된다. 이 시로 인해 레르몬토프는 순식간에 사교계와 문단의 주목을 받게 되지만 동시에 황실의 미움도 사게 된다. 레르몬토프는 본격적인 문학 활동에 전념하기 위해 용기병(龍騎兵) 소위 자리에서 퇴역하고자 하지만, 황제는 번번이 그를 정복 전쟁이 벌어지던 체첸 지역의 최전방으로 파견한다. 레르몬토프는 결국 전장으로 돌아가던 길에 캅카스의 휴양 도시 퍄티고르스크에서 친구 마르티노프와 결투를 벌인 끝에 사망하고 만다.

레르몬토프는 푸시킨과 마찬가지로 서정시를 비롯하여 서사시, 드라마, 소설 등 각 문학 장르에 걸쳐 작품을 쓰고, 각 장르에서 유명한 걸작들을 남긴다. 유명한 서정시로는 〈시인의 죽음〉(1838), 〈자신을 믿지 마라〉(1839), 〈세 그루의 종려나무〉(1839), 〈우울하고 슬프다〉(1840), 〈얼마나 자주 현란한 군중들에 둘러싸였던가〉(1840), 〈나 홀로 길을 나선다〉(1841) 등이 있고, 드라마로는 〈가면무도회〉(1836), 서사시로는 〈악마〉(1838)와 〈견습 수도사〉(1840), 소설로는 《우리 시대의 영웅》(1842)이 있다. 소설 《우리 시대의 영웅》은 그의 유일한 완성 소설로 그의 작품 세계를 종합하고 있다.

레르몬토프는 당대 뛰어난 젊은 지성들이 느끼고 있던 공허와 허무, 절망감을 가장 깊이 체화하여 자신의 내면으로부터 토로함으로써 러시아에 '고원한 낭만주의'를 완성시키고, 그것만으로 끝낸 것이 아니라 더나아가 그 영혼의 단면을 메스로 자르는 듯한 날카로운 객관성을 펼쳐보임으로써 러시아 심리주의 소설의 문을 연 작가라는 데 그 의미가 있다. 그는 《우리 시대의 영웅》에서 낭만주의 기법과 리얼리즘 기법을 교묘히 접목시킴으로써 리얼리즘적인 기법의 기초를 확립한다. 그는 '세계고(世界苦)'와 '생'에 대한 철학적, 종교적 주제를 러시아 문학 선상에 최초로 깊이 있게 제시함으로써 러시아의 대문호 도스토옙스키와 톨스토이뿐 아니라, 러시아 상징주의 작가들과 20세기 작가 파스테르나크 등의 길을 예비한 작가라는 점에서도 그 의의가 크다.

그 모습이 사라져 가는 바로 그 순간 꾸밈없는 두 눈동자
가 그에게로 향했다. 그를 알아본 그녀의 얼굴에서 놀라움
과 반가움이 어른거렸다. 그가 잘못 볼 리는 없었다. 이 세
상에 그런 눈은 오직 하나뿐이었다.

그녀가 비춰 준
내 마음의 진실들

이명현

레프 톨스토이의 《안나 카레니나》* 중에서

건초 더미가 다 묶였다. 이반이 뛰어 내려와 순하고 살찐 말의 고삐를 쥐고 끌었다. 아낙은 건초 더미 위로 쇠스랑을 던져 올리고서 두 팔을 흔들며 활기찬 발걸음으로 모여서 원무를 추고 있는 아낙들에게로 갔다. 이반은 길가로 나와서 다른 수레들과 함께 짐마차 대열에 끼어들었다. 어깨에 쇠스랑을 걸친 아낙들이 알록달록한 옷 색깔을 빛내며 쾌활한 목소리로 재잘대면서 수레들의 뒤를 따랐다. 어느 아낙이 거칠고 걸쭉한 목청을 뽑으면서 노래를 부르기 시작했고 그녀가 한 소절을 다 부르자 쉰 가지는 족히 될 만한 거칠거나 가느다란 다양한 음성들이 일거에 같은 노래를 처음부터 의좋게 이어 불렀다.

노래를 부르는 아낙들이 레빈 쪽으로 다가오자, 마치 흥겹게 천둥을 울리며 먹구름이 그에게로 몰려오는 것만 같았다. 먹구름이 몰려와서 레

---

* 추천 역서: 《안나 카레니나》, 레프 톨스토이 지음, 윤새라 옮김, 펭귄클래식코리아, 2011.

빈을 사로잡았고, 그가 기대고 있던 건초 더미와 다른 낟가리들과 수레들, 저 멀리 들판으로 이어지는 초원 전체, 그 모든 것이 환호성과 휘파람, 추임새가 뒤섞인 거칠고 명랑한 노래의 장단에 맞추어 들썩이고 흔들리기 시작했다. 레빈은 그토록 건강한 쾌활함이 부러워졌고, 삶의 기쁨을 그렇게 표현하는 데 자신도 한몫 끼고 싶었다. 그러나 그는 아무것도 할 수가 없었기에 그저 건초 더미에 기댄 채 바라보거나 듣고만 있어야 했다. 농민들이 노랫소리와 더불어 시야와 귓전에서 사라지자 레빈은 자신의 고독과 육신의 무위, 저 세계에 대한 적대감을 느끼며 깊은 우수에 잠겼다.

건초 때문에 그와 누구보다도 격렬하게 입씨름을 했던 이들 중 몇몇이, 그가 모욕을 주었거나, 혹은 그를 속이려 했던 바로 그 농부들이 그에게 쾌활하게 목례를 하였다. 보아하니 그들은 레빈에 대해서 그 어떤 악의도 품고 있지 않았으며 품을 수도 없었고, 자신들이 그를 속이려 했다는 걸 후회하기는커녕 기억조차 못하는 기색이었다. 그 모든 것이 즐거운 공동의 노동의 바다 속에 잠겨 버린 것이었다. 하느님이 하루를 주셨고, 하느님이 원기를 주셨다. 하루와 원기가 노동에 바쳐졌고, 그 자체가 포상이었다. 누구를 위한 노동인가? 어떠한 결실이 주어질 것인가? 그러한 상념들은 부차적이고 하찮은 것들이었다.

레빈은 종종 그러한 삶에 탄복하였고, 그러한 삶을 사는 사람들에 대해 부러움을 종종 느꼈었다. 그런데 오늘 처음으로, 이반 파르메노프가 그의 젊은 아내를 대하는 것을 보고 각별한 인상을 받은 그는 이 괴롭고 무사안일하며 인위적인 개인적 삶을 청렴하고 멋진 공동의 노동의 삶으로 바꾸는 건 자기 자신에게 달려 있다는 생각이 들었다.

그와 함께 앉아 있던 노인은 한참 전에 집으로 돌아갔다. 농민들은 전부 흩어지고 없었다. 가까이 있던 사람들은 집으로 갔고, 멀리 있던 사람들은 저녁을 먹으러 초원의 간이 숙소로 모여들었다. 레빈은 사람들의 눈에 띄지 않은 채 건초 더미에 드러누워 계속해서 주변을 보고 들으면서 생각에 잠겼다. 초원에서 숙영을 하려고 남은 사람들은 짧은 여름밤을 거의 뜬눈으로 지새웠다. 처음에는 저녁을 먹으며 유쾌하게 떠드는 소리와 와자지껄한 웃음소리가 들리더니 나중에는 또다시 노랫소리와 웃음소리가 울려 퍼졌다.

긴 노동의 하루는 그들에게 즐거움 외엔 아무런 흔적도 남기지 않았다. 아침노을이 물들기 직전 사위(四圍)가 고요해졌다. 들리는 건 오로지 그칠 줄 모르는 늪의 개구리 울음소리와 초원에 피어오른 아침 안개 속에서 말들이 콧김을 내뿜는 소리뿐이었다. 정신을 차린 레빈은 건초더미에서 몸을 일으켜 별들을 올려다보고서야 날이 샜다는 걸 알았다.

'그래서 대체 뭘 할 건가? 어떻게 그걸 해낼 건데?' 그 짧은 밤 동안 수없이 고쳐 생각하고 느낀 온갖 감회를 분명하게 표현해 보려 애를 쓰며 그가 속으로 말했다. 거듭 생각하고 느낀 모든 것은 세 가지 계열의 상념들로 나뉘었다. 첫째는 자신의 낡은 삶, 자신의 무용한 지식, 아무짝에도 쓸모없는 자신의 교양을 부정하는 것이었다. 그러한 부정은 그에게 쾌감을 안겨 주었으며, 그에게 그건 쉽고도 간단한 일이었다. 또 다른 상념들은 이제 그가 살아가고자 하는 삶과 관련된 것이었다. 그는 그 삶의 소박함, 정결함, 당위성을 분명하게 느꼈으며, 그토록 안절부절 못하며 그 결핍을 절감했던 만족과 평온과 완덕을 그 삶 속에서 찾게 되리라는 확신이 들었다. 그러나 세 번째 계열의 상념들은 그러한 낡은 삶에서 새로운 삶으로의 이행을 어떻게 실천할 것인가라는 질문 위에서 맴돌고 있었다. 그에 관해서는 확실하게 떠오르는 게 아무것도 없었다. '아내를 얻을까? 직업을 가질까? 포크롭스코예를 버릴까? 땅을 살까? 조합에 가입할까? 농민 처자와 결혼을 할까? 대체 그걸 어떻게 해낼 거냐고?' 또다시 스스로에게 자문을 했지만 해답을 찾지는 못했다. '하긴, 밤을 지새웠으니 생각을 명료하게 할 수가 없는 거지.' 그가 속으로 말했다. '나중에 해답을 찾아보자. 한 가지 분명한 건 어제 밤에 내 운명이 결정되었다는 거야. 가정생활에 대한 예전의 내 꿈들은 모조리 헛된 망상일 뿐, 그게 아니야. 이 모든 건 훨씬 더 단순하고 좋은 걸……'

'이 얼마나 아름다운가!' 솜털 구름 사이의 은빛 조가비 같은 기이한 반점을 바라보며 그가 생각했다. 그것은 그의 머리 바로 위 하늘 한복판에 머물러 있었다. '이 멋진 밤에 모든 게 이 얼마나 매혹적인가! 어느새 저 조가비가 생겼을까? 조금 전에도 하늘을 보았는데, 그때는 그저 두 가닥의 흰 줄무늬 말고는 아무것도 없었잖아. 그래, 삶에 대한 나의 관점도 바로 이렇게 무심결에 변해 버린 거야!'

그는 초원을 벗어나서 큰길을 따라 마을을 향해 걸었다. 바람이 일더니 날이 잿빛을 띠며 어두컴컴해졌다. 여느 때처럼 여명을 앞두고서 날이 일순간 흐려진 것이었다. 빛이 어둠을 완전히 제압하기 직전이었다.

레빈은 추위로 몸을 웅크린 채 땅을 내려다보며 걸음을 재촉했다. '저건 누굴까? 누군가가 마차를 타고 오고 있는걸.' 그가 방울 소리를 듣고는 고개를 들었다. 그로부터 사십 보쯤 떨어진 거리의, 그가 걷고 있는 잔풀이 난 큰길의 맞은편에서 지붕에 송아지 가죽으로 만든 여행용 가방들을 얹은 채 네 필의 말이 끄는 사륜마차가 달려오고 있었다. 둘씩 짝지은 말들은 궤도에서 벗어나서 수레 채 쪽으로 서로 바짝 달라붙어 있었지만, 숙련된 마부가 마부자리에 비스듬히 앉아서 수레 채를 궤도에 맞추어 지탱하는 덕분에 마차는 매끈하게 달리고 있었다.

레빈은 단지 그런 점만 알아챘을 뿐 거기 누가 타고 있는지는 생각도 않은 채 무심히 마차 안을 바라보았다.

마차 안 한 구석에는 노파가 졸고 있었고, 창 측 자리에는 방금 잠에서 깬 듯한 젊은 아가씨가 앉아서 양손으로 흰 머리쓰개의 끈을 붙잡고 있었다. 레빈에게는 낯선, 우아하고 복잡한 내면의 삶으로 충만한 채 해맑은 얼굴로 명상에 잠겨 있는 그녀는 레빈 너머로 일출의 여명을 바라보고 있었다.

그 모습이 사라져 가는 바로 그 순간 꾸밈없는 두 눈동자가 그에게로 향했다. 그를 알아본 그녀의 얼굴에서 놀라움과 반가움이 어른거렸다.

그가 잘못 볼 리는 없었다. 이 세상에 그런 눈은 오직 하나뿐이었다. 그에게 있어 세상 전부와 삶의 의미를 하나로 집중시킬 수 있는 존재는 이 세상에 오직 하나뿐이었다. 그것은 바로 키티였다. 레빈은 그녀가 기차역에서 예르구쇼보로 가는 중임을 알아챘다. 잠 못 든 그날 밤에 레빈을 설레게 했던 그 모든 것들, 그가 다짐했던 그 모든 결심들이 일순간 한꺼번에 사라지고 말았다. 그는 농민 처자와 결혼하려 했던 자신의 망상을 혐오스러운 심정으로 떠올렸다.

오로지 거기에, 빠른 속도로 멀어지면서 길의 반대편으로 건너가는 마차 속에, 최근 그를 그토록 모질게 괴롭혀 온 그의 인생의 수수께끼를 풀 수 있는 가능성이 타고 있었다.

그녀는 더 이상 밖을 내다보지 않았다. 마차의 용수철 소리도 이제 들리지 않았고 방울 소리만 아득히 들려왔다. 개 짖는 소리로 짐작컨대 마차는 마을을 벗어난 듯했다. 남은 것은 황량한 들판과 저 앞의 마을, 그리고 고독하고 모든 것으로부터 소외된, 인적 없는 대로를 홀로 걷고 있는 레빈 자신이었다.

그는 하늘을 바라보았다. 넋을 잃고 바라보았던, 그날 밤의 상념과 감정의 모든 흐름을 구현하였던 은빛 조가비 구름을 다시 찾을 수 있기를 바랐던 것이다. 그러나 하늘에는 더 이상 은빛 조가비처럼 보이는 것은 전혀 없었다. 거기, 닿을 수 없는 창공에서는 벌써 신비한 변화가 일어나고 있었다. 은빛 조가비는 흔적조차 없었지만, 점점 더 잘게 흩어져 가는 솜털 구름의 양탄자가 하늘의 절반에 광활하고 고르게 펼쳐져 있었다. 하늘은 담청색을 띠었고, 여전히 부드럽게 빛났다. 그러나 그의 의문으로 가득한 시선에는 여전히 닿을 수 없는 높이로 응답할 뿐이었다.

'아니야,' 그가 속으로 말했다. '이 소박한 노동의 삶이 아무리 좋아도 그 생활로 돌아갈 수는 없어. 나는 그녀를 사랑하고 있어.'

안나와 레빈 - 빛과 어둠의 이중주

나는 지난해까지 수년에 걸쳐서 《안나 카레니나》를 번역했다. 아직 출간도 안 되었고 교정 작업도 남아 있지만 일단 번역을 마쳤기에 너무나 기쁘다. 번역의 빚을 지고 산다는 게 얼마나 피를 말리는 일인지를 《안나 카레니나》를 끌어안고 살았던 지난 몇 년 간 절감했으며, 그만큼 원고를 넘긴 후의 해방감은 짜릿하기 이를 데 없었다. 어이없게 들리겠지만, 첫

페이지를 번역한 후로 나는 일 년이 넘도록 1부 첫 대목 어딘가에(소설은 총 8부작이다) 커서를 멈춘 채 진도를 나가지 못했다. 그래서 1년 내내 조카로부터 여러 차례 같은 질문을 들어야 했다. 미국에 사는 조카는 아메리카식 본토 발음으로 '애너 케러리나' 운운하며 매번 전화 통화를 할 때마다 물었다. "이모! 애너 나왔어?" 조카가 묻고자 했던 건 책이 출간되었느냐가 아니라, 안나가 등장하는 장면까지 번역의 진도가 나갔냐는 거였다. 나는 매번 자괴의 한숨과 신음을 내뱉으며 대답했다. "아니…… 아직 안 나왔어."

내가 무지막지하게 번역을 질질 끌기도 했지만, 사실 이 소설에서 안나는 의아할 정도로 늦게(1부의 중반도 넘어서) 등장한다. 그녀의 등장이 불러일으킬 극적인 효과를 배가시키기 위해서 작가가 특별히 그렇게 구상한 거라 짐작할 수도 있겠으나, 그건 아니다. 주인공의 등장이 지연되는 것은 작품 전체의 주제를 제시하는 오블론스키 일가의 가정 불화가 플롯의 대전제로 깔리기 때문이기도 하지만, 또 다른 주인공이 안나보다 먼저 출현하고, 소설의 서장이 그에게 할애되는 까닭이기도 하다. 《안나 카레니나》라는 제목에서부터 주인공 안나는 존재감을 한껏 뽐내는 듯하지만, 소설의 절반이 넘는 부분에서 그녀는 제2의 주인공에 의해 뒷전으로 물러나고 심지어 종종 잊힐 정도로 시야에서 가려진다. 《안나 카레니나》라는 제목을 이렇게 무색하게 만드는 인물은 아시다시피 콘스탄틴 레빈으로, 그의 역정이 안나의 고군분투와 뚜렷한 대비를 이루면서 나란히 펼쳐지는 게 《안나 카레니나》 구성의 주된 특징이다. 참고로 말하자면, 소설의 서두만이 아니라 마지막 장 역시 레빈의 이야기에 바쳐진다. 안나 카레니나는 콘스탄틴 레빈보다 늦게 등장하고 그보다 먼저 사라지는 것이다.

불륜 이야기 중 세계 최고로 꼽히는 《안나 카레니나》는 처음에 "부정한 아내와 그로부터 비롯되는 모든 드라마"로 구상되었고, "그 여자를 오로지 불쌍하고 죄 없는 여자로 만드는 것"이 작가의 과제였다. 그러나 4년여에 걸친 집필 기간 동안 애초의 구상은 몰라보게 뒤바뀌고, 초안에 비해 작품의 규모가 어마어마하게 방대해진다. 그것은 다름 아닌 레빈의 이야기가 덧붙여진 결과이다. 잘 알려져 있다시피 레빈은 작가 톨스토이의 분신 같은 존재로서 소설이 씌어지던 1873년부터 1977년까지 톨스토이가 보고 느낀 바가 그의 형상 속에 각인되어 있다. 《안나 카레니나》를 쓰는 동안 작가는 늘 써 오던 일기를 쓰지 않았으며, 이 소설이 그의 일기를 대신했다는 점은 익히 알려진 바이며, 그 사실을 모르더라도 레빈의 고뇌와 행적을 따라가다 보면 누구나 그럴 거라고 어렴풋이나마 짐작할 수 있다. 그러나 레빈만이 톨스토이의 분신인 것은 아니다. 안나 역시 그의 분신이므로 주인공이 될 수 있었다. 이 두 인물은 세상의 허위와 싸우고 삶의 진실을 찾기 위해 목숨을 건다는 점에서 톨스토이와 닮았다. 이 점은 안나가 자살한 후, 레빈 역시 자살 충동에 시달리게 되는 소설의 구조에서 단적으로 드러난다. 그러나 두 사람이 치열하게 분투하여 최종적으로 도달하게 된 진실은 다른 것이었다. 안나는 "모든 게 허위고 거짓"이며, "모든 게 기만이고, 모든 게 악"이라는 절망적 의식에 귀착하였고, 레빈은 삶이 부조리하고 허무하다는 게 "거짓일 뿐만 아니라 어떤 악의 권력, 사악하고 끔찍한, 절대로 예속되어서는 안 되는 악의 잔혹한 조롱"이라는 저항적인 결론에 다다른다. 안나와 레빈은 톨스토이가 독자

들에게 제시하는 자아의 양면이며, 그들의 이야기는 삶의 상반된 진실을
전해 준다.

애초의 구상에 레빈의 이야기가 더해진 것은 얼마나 다행인가. 레빈
이 없는 안나만의 《안나 카레니나》는 상상만 해도 너무나 슬프고 끔찍하
다. '비록 안나가 막판에 비참하게 죽는다지만, 설마 그 전에 가슴 저리게
아름답고 설레는 로맨스가 단 몇 장면이라도 나오겠지'라고 기대했던 독
자라면(아마 대다수가 기대했을 터) 책을 다 읽고 나서 배신감과 허탈감
을 맛보지 않을 수 없을 것이다. 독자들의 달콤한 기대를 철저하게 배반
하는 안나의 연애담은 순진무구한 처녀의 연인을 가로채는 뻔뻔하고 냉
혹한 이기주의로 시작되어, 동물적인 육욕에의 탐닉과 굴종을 거쳐서 남
편을 기만하고 아들을 버리며 딸에게 무심한 배덕으로 발전하고 고립과
불신과 증오 속에서의 자기 파멸로 끝난다. 그중에서도 가장 끔찍한 대
목은 안나가 애인 브론스키와 처음으로 육체적인 관계를 맺고 난 직후의
장면이다. 두 남녀가 이때 공히 느끼는 감정은 무시무시한 수치감과 말
할 수 없는 혐오감이다. 게다가 정사를 나눈 남녀는 살인자와 피살자로,
남자가 여자에게 퍼붓는 키스는 살인자가 피살자의 사체에 가하는 난도
질에 비유된다. 그러니까 소설에서 안나는 두 번 죽는 것이다. 사랑의 시
발점과 종착점에서. 이 무슨 저주요 억하심정인가.

그러나 다행히도 안나의 이야기로 인해 상처받은 가슴은 레빈의 장면
을 통해 위로받을 수 있다. 레빈이 안나보다 먼저 등장하여 안나가 사라
진 뒤에도 남아 있다는 것은, 안나의 어둠을 레빈의 빛이 감싸고 있다는
얘기이다. 레빈의 장면들이 먼저 안겨 준 밝은 기운에 힘입어 안나가 던
져 주는 삶의 깊은 어둠을 감당할 수 있다.

레빈의 네 차례 만남으로 읽는 《안나 카레니나》

레빈의 라인은 사랑과 결혼에 얽힌 우여곡절, 사교계와 클럽의 세태, 농사와 사냥에 얽힌 일화, 지방자치회 선거 과정, 사회적 현안과 철학적 문제에 관한 논쟁 등등이 줄줄이 엮인, 그야말로 세태와 일화의 종합선물세트 같은 성격을 띠고 있으며, 이러한 점은 소설 전체의 구성적 특징이기도 하다. 사정이 이러니 레빈의 라인은 여러 관점에서 여러 가닥으로 읽어 나갈 수 있다. 그러나 뭐니 뭐니 해도 레빈 라인의 골간은 키티와 레빈의 사랑이며, 그것의 가장 빛나는 포인트는 두 사람이 극적으로 만나는 장면들이다. 앞의 인용문은 그중의 하나로서, 여기서 그려지는 둘의 만남은 허망할 정도로 짧지만, 거기에 담긴 의미는 비할 바 없이 육중하다.

인용된 부분을 살피기 전에 첫 장면부터 순서대로 짚어 보자. 그들의 첫 만남은 1부 9장에서 스케이트장을 배경으로 이루어진다. 키티에게 청혼하고자 작심하고서 시골 영지에서 모스크바로 올라온 레빈은 그녀를 만나러 동물원에 있는 스케이트장으로 찾아간다. 눈앞에 빙판이 펼쳐지자 그는 그 즉시 얼음판을 지치고 있는 그 모든 사람들 사이에서 그녀를 알아본다. 그녀의 옷차림이나 몸가짐에 특별한 점은 없었지만, 레빈으로서는 군중들 속에서 그녀를 알아보는 건 "엉겅퀴 속에서 장미꽃을 발견하는 것처럼 쉬운 일"이었다. 이 순간 이후로 레빈은 키티를 의식적으로 바라보지 않아도 그녀를 시야에서 놓치지 않는다. 왜냐하면 가만히 있어도 '태양이 다가오듯이' 그녀의 존재가 느껴지기 때문이다. 하얀 빙판 위의 군중들 속에서 환하게 빛나는 키티를 한눈에 알아보는 이 장면은 소설 전체를 통틀어 가장 눈부신 대목 중 하나이다. 여기서 태양 같은 빛은

실은 키티보다도 레빈의 마음에서 뿜어져 나오는 것으로, 이를 통해 톨스토이는 사랑의 비밀 한 가지를 열어 보인다. 그것은 자기 밖에 존재하는 수많은 사람 중에 유일한 한 사람을 마치 자신의 일부인 양 한눈에 알아보는 비상한 지각이며, 그러한 지각이 안겨 주는 가슴 벅찬 존재의 충일감이다. 덧붙이자면, 안나에 대한 브론스키의 감정이 늘 수반하는 상대에 대한 음험한 정복욕이나 소유욕이 레빈의 경우에는 전혀 느껴지지 않는다. 그의 감정은 빛처럼 맑고 투명하다.

브론스키에게 흠뻑 빠진 키티는 레빈의 청혼을 거절한다. 크나큰 상처를 입고 시골집으로 돌아온 레빈은 영지 경영과 농업에 관한 저술 작업에 전념하고자 애를 쓴다. 한편 키티는 브론스키한테 채인 후 몸과 마음에 병이 나서 요양차 독일 온천지에서 몇 달간 지내다 돌아온다. 1부에서 만난 후 헤어져서 각자의 삶을 살던 두 사람은 3부에서 길을 가다 우연히 일순간 눈길을 마주하게 되는데, 키티는 언니 돌리의 시골 영지로 가는 길이었고, 레빈은 건초 수확이 제대로 되었는지 점검하러 누이의 영지를 방문한 참이었다. 이 장면이 눈길을 끄는 것은 두 사람의 기적 같은 만남 때문만은 아니다. 레빈의 라인을 구성하는 주된 요소들 — 농민들과 몸과 마음으로 부대끼며 해내는 농사일, 숭엄하고 경이로운 자연 풍광, 자연과의 교감 속에서 이루어지는 고적한 명상, 지순하고 충만한 사랑의 감정 등등이 하나로 어우러지는 데 이 장면의 깊고 은은한 매력이 있다.

마차를 타고 지나가는 키티를 만나기 전까지 레빈은 광대한 초원 속에 홀로 남겨진 채 고독 속에 잠긴다. 그의 고독은 '천둥' 같이 울리며 '먹구름'처럼 밀어닥치는 농민들의 합창 대오에서 소외됨으로써 더더욱 부각되고 심화된다. 그러나 레빈은 고독 때문에 몸부림치거나 징징대는 나약한 사내가 아니다. 그는 오히려 고독의 순간들을 온전히 자기를 위한 시간으로 전유해 내는 성숙하고 강인한 인간이다. 그는 날이 새면서 시시각각 변모하는 하늘과 미묘하게 꿈틀거리는 자신의 내면을 나란히 감지하면서 새로운 삶을 어떻게 꾸려 갈지를 진지하게 고민한다. 비록 해답은 아직 주어지지 않았지만, 그는 "삶의 소박함, 정결함, 당위성을 분명하게 느꼈"으며, "만족과 평온과 완덕을 그 삶 속에서 찾게 되리라는 확신"을 품은 채 성큼성큼 길을 나선다. 동이 트기 직전, 빛이 어둠을 완전히 제압하려는 찰나, 그가 홀로 가는 길에 키티가 태양처럼 나타난다. 그의 시선이 전광석화처럼 그녀의 눈동자와 마주치자마자 그는 그것이 다른 누구도 아닌 키티임을 알아챈다. "그가 잘못 볼 리는 없었다." 왜냐하면 "이 세상에 그런 눈은 오직 하나뿐"이며, "그에게 있어 세상 전부와 삶의 의미를 하나로 집중시킬 수 있는 존재는 이 세상에 오직 하나뿐"이기 때문이다. 한 사람에 대한 이토록 강렬한 지각이 사랑의 비밀이라는 점은 앞에서 이미 언급했었다. 여기서 주목되는 것은 "우아하고 복잡한 내면의 삶으로 충만한 채 해맑은 얼굴로 명상에 잠겨 있는 그녀"의 모습이다. 이는 밤새 명상에 잠겨 삶의 긍정적 의미에 대한 확신을 얻어 냈던 레빈의 모습과 정확히 조응한다. 두 사람 간의 내밀한 교감이 여기서부터 분명히 예고된다.

이어지는 세 번째 만남은 세계 문학의 명장면 중 하나로 꼽히는 대목으로, 카드게임용 탁자 앞에서 단어의 첫 글자만으로 둘 간의 의사소통이 완벽하게 실현되는 저 유명한 장면이다. 길 위에서 스친 시선으로 그 징조를 보였던 레빈과 키티의 교감은 결국 이렇게 드라마틱하게 실현된다. 안타깝게도 안나와 브론스키 간에는 이러한 내밀한 교감이 이루어진

적이 단 한 번도 없다. 따라서 그들은 서로를 지척에 두고도 늘 결핍에 시달린다. 내밀한 교감이 없는 둘의 사랑은 밑 빠진 독 같다. 그것은 아무리 채우고 채워도 허전할 수밖에 없다.

마지막으로 기억해야 할 장면은 소설의 피날레에 해당한다. 레빈과 키티는 결혼하여 단란한 가정을 꾸리고 건강한 아들을 낳아서 기르고 있다. 레빈의 농사일은 질서와 기반이 잡혀 가고, 키티는 안살림을 꾸리는 일에 이력이 붙어 간다. 당연히 행복에 겨워야 할 이 시점에 어이없게도 우리의 주인공은 자신의 존재 의미를 깨닫지 못해서 절망한다. 심지어 그는 그토록 사랑스런 처자식을 두고 자살함으로써 도무지 해답이 없는 지긋지긋한 질문에서 벗어나고 싶은 충동에 시달린다. 존재의 완전한 의미를 깨닫지 못한다면, 어정쩡하게 사느니 차라리 자멸을 택하는 것. 이 러시아식 극단주의와 최대주의는 다름 아닌 톨스토이 자신의 것이었다. 당시 작가가 겪은 정신적 위기는 안나의 정신병적 징후와 자살 과정에 일부 반영되고, 레빈의 집요한 고뇌를 통해 면밀하게 재현된다.

레빈은 결국 해답을 얻게 될 것인가? 그러나 소설이 끝날 때까지 그러한 순간은 오지 않는다. 대신 그는 그토록 오랫동안 자신을 옥죄어 온, 도저히 벗어날 수 없을 것 같았던 질문의 굴레에서 자연스럽게 해방된다. 레빈과 키티의 마지막 만남의 장면은 그 신비롭고 자연스러운 과정의 클라이맥스이다. 한창 농사일로 바쁜 여름 어느 날, 키티의 친정 식구들을 비롯하여 레빈의 큰형 세르게이와 친구 카타바소프에 이르기까지 레빈의 시골집은 손님들로 북적인다. 레빈은 공들여 가꾼 양봉장에 손님들을 데려가 벌꿀을 대접한다. 그러나 분위기는 꿀처럼 달달하지 않다. 세르비아와 몬테니그로가 터키와 벌이는 전쟁에 러시아 의용군이 참전하는 문제로 날 선 논쟁이 오고 가는 와중에 지식인 세르게이와 카타바소프는 목청을 높여 그리스도교적 형제애에 입각한 주전론과 러시아 민중 예찬론을 펼치고, 레빈과 키티의 부친은 전쟁의 부당함과 무의미를 설파한다. 이 날 선 공방이 전자의 승리로 기우는 순간, 갑자기 몰려온 뇌우의 먹구름으로 인해 자리는 어쩔 수 없이 파장된다.

손님들과 집으로 온 레빈은 아내와 아들이 집에 없다는 사실을 알게 된다. 그들이 자주 다니는 숲으로 갔을 거라는 집사의 말에 레빈은 담요를 뒤집어쓰고 폭우 속을 달려간다. 숲에 거의 다다랐을 때, 천지가 갈라질 듯 번개가 내리 꽂히고 숲 속의 거대한 참나무가 벼락을 맞고 쓰러진다. 그 광경을 보고 경악한 레빈은 끔찍한 공포와 한기에 휩싸인다. "하느님! 하느님! 제발 그들만은 아니기를!" 그 순간 그는 너무나 자연스레, 그리고 너무나 절박하게 아내와 아들을 위해 기도하고 또 기도한다. 그리고 잠시 후 숲 속 저편에서 아내와 아들의 실루엣이 나타난다. 그들이 상봉했을 때, 뇌우는 감쪽같이 그쳐 있었고 비를 쫄딱 맞긴 했지만 아내 키티는 멀쩡했으며, 유모차에 태운 아기는 세상모른 채 잠들어 있었다. 이 극적인 만남, 이제는 둘이 아닌 셋의 만남이 레빈에게 어떠한 감격과 의미를 안겨 주었을지는 짐작하고도 남음이 있다. 노회한 작가 톨스토이는 이 대목에서 아무런 해설도 덧붙이지 않는다. 다만 레빈이 키티에게 조심성이 없다면서 분통을 터뜨렸고, 돌아가는 길에는 아내에게 사과했다는 얘기만 전할 뿐이다.

그 어떤 철학과 사상도 구제해 주지 못했던 레빈의 고뇌는 이렇게 우연히 쏟아진 뇌우 속에서의 만남으로 해결의 실마리를 얻게 된다. 유일무이한 내 인생, 유일무이한 내 사랑, 자연을 거스르지 않는 삶의 행보

— 이것들의 소중함 앞에서 모든 지식과 이론은 회색이 되고 허무와 고립의 공포는 무력화된다. 여전히 지성의 언어로 그 이유를 설명할 수는 없지만, 이제 레빈에게 삶은 의미와 가치로 충만하다. 살면서 그는 또다시 허무의 심연을 맞닥뜨릴지도 모른다. 그러나 이 마지막 장면을 읽고 난 우리는 그가 또다시 그 허무의 '악'과 정직하고 용감하게 맞장 뜰 것임을 믿어 의심치 않는다.

작가와 작품

레프 니콜라예비치 톨스토이(1828 – 1910)는 첫 번째 대작인 《전쟁과 평화》를 발표하고 나서 약 10년 뒤에 장편 소설 《안나 카레니나》를 세상에 선보였다. 1870년대 초에 구상되어 1873년부터 씌어지기 시작하고 1877년에 완성되는 이 작품은 이 시기에 일어난 주요한 역사적 사건들과 웬만한 사회적 이슈들을 죄다 반영하고 있다. 당대에 제기된 시사적 문제에 대한 문학적 대응이라는 점에서 《안나 카레니나》는 과거에 대한 서사인 《전쟁과 평화》와 뚜렷하게 대비되며, 작가 자신에 의해 당대적 삶을 다룬 "내 인생 첫 번째 소설"로 자리매김된다. 1870년대는 러시아 사회 체제가 동요하고 사상적 기반이 흔들리던 혼란기였으며, 그러한 시대의 전반적인 특징을 톨스토이는 붕괴되는 가정과 도덕적 가치관을 상실한 사교계의 세태를 통해서 실감나게 묘사한다. "오블론스키 집안은 온통 뒤죽박죽이었다"라는 소설의 첫 문장은 그러한 시대적 정황을 절묘하게 지적하고 있다. 다른 한편 《안나 카레니나》를 집필하던 기간은 톨스토이의 개인적 삶에 있어서도 중대한 이행기였으며, 그 기간 동안 행해진, 예술, 종교, 도덕, 역사, 정치, 경제 분야에 걸친 전방위적 사유와 모든 가치들에 대한 재평가 과정을 작가는 자신의 소설 속에 꼼꼼히 기록하였다. 잘 알려져 있다시피, 《안나 카레니나》를 발표한 후 톨스토이의 유명한 '개심'이 이루어진다. 톨스토이는 일개 작가 – 예술가에 머물지 않고, 도덕적 이상주의를 주창하는 인류의 스승으로 탈바꿈한다. 톨스토이의 '개심'은 그의 예술적 기념비인 《안나 카레니나》에 대한 부정을 수반한다. 타락한 예술이라는 작가 자신이 내린 냉혹한 선고에도 불구하고 《안나 카레니나》는 오늘날까지 세계 최고의 장편 소설로 평가받고 있다.

"이 개 주인이 누군지 알아보고 조서를 꾸미도록 하게!
그리고 이 개를 당장 처치해 버려! 아마 미친개일 거야.
도대체 뉘 집 개지?"
"지갈로프 장군 댁의 개 같은데요!"
......

"내가 그것도 모르고 있었네! 이 개가 그분 것이란 말이지?
참 반가운걸……. 이 개를 데려가게나.
개한테는 아무 일 없었네. 멋진 개야……."

카멜레온을 닮은 사람들

정명자

안톤 체홉의 《카멜레온》 중에서

새 외투를 차려입은 오추멜로프 경감이 손에 작은 꾸러미를 들고 광장을 가로질러 걸어가고 있었다. 그의 뒤로는 머리칼이 붉은 순경이 따라가고 있었는데, 그는 빼앗은 구스베리[크기가 방울토마토만 한 연두색 열매로 신맛이 나는데, 그냥 먹거나 잼을 만든다 – 옮긴이]가 수북이 담긴 체를 들고 있었다. 광장은 물을 끼얹은 듯 조용했고 사람 그림자 하나 보이지 않았다. 가게와 여관의 열린 창문들은 배고픈 입처럼 풀이 죽어 바깥을 내다보고 있었고, 두 사람 근처에는 거지 한 명조차 얼씬거리지 않았다.

"이놈의 개가 사람을 물어? 이런 젠장!"

갑자기 오추멜로프의 귀에 이런 소리가 들려왔다.

"저 개를 잡아라! 요즘 세상에 개가 사람을 물다니 용서할 수 없는 일이야! 잡아라! 아아…… 아!"

개가 날카롭게 짖는 소리가 들려왔다. 오추멜로프가 소리가 난 쪽을 쳐다보니, 피추긴네 장작 창고에서 개 한 마리가 연방 뒤를 돌아보며 세

발로 뛰쳐나오고 있었고, 그 뒤로는 풀을 먹인 무명 셔츠에 조끼를 입고 단추를 풀어헤친 사나이가 쫓아 나오고 있었다. 그는 몸을 앞으로 쑥 내밀며 땅바닥에 쓰러지면서 간신히 개 뒷다리 하나를 붙잡았다. 또다시 개 짖는 소리와 이렇게 외치는 소리가 들려왔다.

"놓치면 안 돼!"

(중략)

오추멜로프는 방향을 바꿔 사람들이 모여 있는 쪽으로 다가갔다. 조끼 단추를 풀어헤친 그 사나이가 창고 문 옆에 서서 오른손을 위로 높이 쳐들고 피가 흐르는 손가락을 사람들에게 보여 주고 있었다. 그 사나이는 반쯤 취한 것 같았는데, 얼굴에는 '이제 내가 널 물어뜯어 주마, 요 악당 강아지야!'라고 쓰여 있는 것 같았고, 그 손가락은 마치 승리의 표시처럼 보였다. 오추멜로프는 그가 철물 기술자 흐류킨이라는 것을 알아보았다. 사람들 한가운데에서는 이 사건의 주범이 앞발을 벌리고 온몸을 떨면서 앉아 있었는데 그건 주둥이가 뾰족하고 등에 노란 점이 박힌 하얀 보르조이종(種) 강아지였다. 개의 젖은 두 눈에는 두려움과 걱정의 빛이 잔뜩 어려 있었다.

"무슨 일이야?"

오추멜로프가 사람들 사이를 비집고 들어가며 물었다.

(중략)

흐류킨은 손으로 입을 가리고 기침을 한 뒤 말을 이었다.

"미트리 미트리치와 장작 얘기를 하는데, 느닷없이 이 비열한 개가 뛰어나와 제 손가락을 덥석 물지 뭡니까요? 나리, 제 얘기를 해서 죄송합니다만 이해해 주십쇼. 저는 하루 벌어 하루 먹고 사는 사람인데…… 제가 하는 일은 아주 섬세한 손길이 필요한 작업이지요. 제발 손해 배상을 받을 수 있게 해 주십쇼. 이런 손으로는 아마 일주일은 일을 할 수 없을 거예요. 이런 일을 당하고도 참으라는 법은 없겠지요? 개들이 모조리 사람을 물고 다닌다면 이 세상에는 차라리 아무도 살지 않는 게 나을 겁니다."

"흠……. 옳은 말이야."

오추멜로프는 이마를 찌푸리며 목소리를 가다듬고는 점잖게 말했다.

"옳은 말이고 말고……. 이건 뉘 집 개지? 이놈을 그냥 두지 않겠어! 개를 풀어 놓으면 어떻게 되는지 여러분에게 똑똑히 보여 주겠소! 지금이야말로 법을 마음대로 짓밟는 자들의 생각을 뜯어고칠 때란 말씀이지! 그런 자들에게 벌금을 물리면, 개집에서 기르는 개와 떠돌아다니는 개가 어떻게 다른지 알게 되겠지. 단단히 혼을 내야 하겠어! 엘디린!"

경감은 순경을 뒤돌아보았다.

"이 개 주인이 누군지 알아보고 조서를 꾸미도록 하게! 그리고 이 개를 당장 처치해 버려! 아마 미친개일 거야. 도대체 뉘 집 개지?"

"지갈로프 장군 댁의 개 같은데요!"

군중 가운데 한 사람이 이렇게 말했다.

"지갈로프 장군 댁? 으흠! 엘디린, 외투를 벗겨 다오. 지독하게 덥구만! 비가 올 것 같은데……. 그런데 한 가지 이해할 수 없는 건 이 개가 어떻게 자네를 물었다는 거지?"

오추멜로프는 흐류킨을 돌아보며 물었다.

"어떻게 이 개 주둥이가 자네 손가락까지 닿을 수 있었단 말인가? 이 개는 작고, 자넨 크고 억센 남자 어른이 아닌가! 자네는 자기 손톱으로 손가락을 긁고는 저 개에게 물렸다고 말하는 게 틀림없어. 자넨 워낙 유명한 작자 아닌가! 난 자네가 악당이라는 것쯤은 이미 잘 알고 있단 말이야!"

(중략)

"아니에요. 이건 장군 댁 개가 아닌데요…….'

골똘히 생각에 잠겨 있던 순경이 한마디 툭 던졌다.

"장군은 저런 개를 갖고 있지 않아요. 장군 댁에는 저것보다 훨씬 큰 사냥개들만 있습니다."

"확실해?"

"확실합니다, 경감님…….'

"그래, 나도 알아. 장군은 값비싼 순종개만 기르시지. 그런데 이건 잡 종이잖아! 털로 보나 낯짝으로 보나 한낱 똥개에 지나지 않아…….' 장군 께서 저런 개를 기르시다니, 자네들 머리는 도대체 어디다 써먹어야 하 겠나? 페테르부르크나 모스크바에서는 저런 개가 눈에 띄면 어떻게 되 는지 알기나 해? 거기선 법률 같은 건 필요도 없이 즉시 죽여 버려! 어쨌 든 흐류킨, 자네가 손해를 입었으니 이 일을 그냥 내버려 둘 수는 없네. 저 개의 버릇을 단단히 고쳐 주어야 해. 지금이 바로 그때란 말씀이야."

(중략)

"저기 장군 댁 요리사가 오는데요. 그에게 물어보면 되겠네요. 아이, 프로호르, 이리 와 봐! 이 개를 좀 봐……. 장군 댁 갠가, 아닌가?"

"무슨 소리! 장군 댁에 이런 개는 없어!"

"그러면 더 오래 머뭇거릴 것도 없다."

오추멜로프가 말했다.

"이건 떠돌이 개야. 더 길게 말할 것도 없어. 내가 떠돌이 개라고 하면 떠돌이 개인 거야. 죽이면 다 끝나는 거라고."

"이건 우리 개는 아닙니다만······."

요리사 프로호르가 말을 이었다.

"얼마 전에 오신 장군님 동생 개입니다요. 장군께서는 보르조이종을 좋아하시지 않지만 동생분은 좋아하시거든요."

"그럼 장군의 동생께서 오셨단 말인가? 블라디미르 이바니치께서?" 하고 오추멜로프가 물었다. 그의 얼굴엔 온통 감동에 찬 웃음이 넘쳐흘렀다.

(중략)

"그래······. 오랜만에 형제분이 만나셨군 그래. 내가 그것도 모르고 있었네! 이 개가 그분 것이란 말이지? 참 반가운걸······. 이 개를 데려가게나. 개한테는 아무 일 없었네. 멋진 개야······. 이자의 손가락을 물어뜯었으니 말이야! 하하하······. 저런, 개가 왜 떨고 있지? 그르르······. 그르르······. 화가 났나 보군, 귀여운 것······."

요리사 프로호르가 개를 데리고 장작 창고를 나가자 사람들은 흐류킨을 비웃었다.

"이놈, 어디 두고 보자. 혼을 내줄 테니!"

오추멜로프는 이렇게 흐류킨을 위협하고는 외투를 여미며 시장 광장을 따라 가던 길로 걸음을 옮기기 시작했다.

이 남자가 사는 법 vs 윤동주

필자가 이 작품을 처음 접한 것은 고등학교 일학년 때였다. 당시 문예부 활동을 하며 짧은 단편 비슷한 습작을 써 보기도 하며 부지런히 세계

문학류의 작품을 이것저것 탐독하고 있었다. 심지어 장차 작가가 될 희망까지 품고 있었으니 문학에 대한 관심과 열정이 꽤 컸던 것 같다. 프랑스, 영국 문학 작품을 읽던 나는 어느 때부턴가 러시아 문학 작품에 매료되기 시작했다. 투르게네프, 톨스토이, 고골의 작품을 읽게 되었고, 이때부터 러시아 문학을 제대로 알고 싶어 하는 열망이 후일 나를 전공의 길로 이끌게 되었다고 할 수 있다. 이처럼 러시아 문학의 세계에 막 발을 들여놓던 어느 날 학교 도서관의 개가식 서가에서 우연히 《체홉 단편선집》이라는 책을 집어 들게 되었는데, 그중 하나가 바로 《카멜레온》이라는 작품이었다. 불과 대여섯 쪽 남짓의 짧은 단편임에도 불구하고 한편의 희극적 에피소드 뒤에 "아하!" 하는 풍자의 칼날이 예리하게 빛나고 있었다. 작품은 다음과 같이 전개된다.

장소: 시장 광장

시간: 한낮의 조용한 때

등장인물: 오추멜로프 경감과 순경, 철물 기술자 흐류킨과 개 한 마리, 장군댁 요리사와 그 외의 인물들

텅 빈 한낮의 시장 광장을 지나가던 오추멜로프 경감은 갑자기 들려오는 누군가의 비명 소리와 함께 급히 뛰어나오는 개 한 마리를 보게 된다. 알고 보니 철물 기술자 흐류킨이 개한테 물려 손가락에 피가 나는 사고가 있었고, 범인으로 지목된 보르조이종 개 한 마리가 붙잡혀 있었다. 이에 경감은 민중의 지팡이로서 위엄 있는 반응을 보인다. 그는 엄격한 법치주의자로서 이렇게 선량한 시민을 해치도록 방치한 개 주인을 단단히

혼내 주리라 선언하고, 범인인 개를 '미친개'로 판정하여 즉시 살처분할 것을 명한다.

그런데 누군가 이 개가 지갈로프 장군 댁의 개 같다는 발언을 하자 갑자기 그의 태도는 돌변한다. 그는 '어떻게 이렇게 작은 강아지가 성인 남자를 물 수 있는가? 그건 있을 수도 없는 일이며, 흐류킨이야말로 자작극을 꾸민 악당이다'라고 결론 내린다.

그러나 그 개가 지갈로프 장군 댁 개가 아니라는 순경의 발언에 또다시 경감의 태도가 바뀌고 만다. '선량한 시민인 흐류킨이 부상을 입었으니 그 개를 단단히 혼내 주어야 한다'라고 판단하고 그 개는 한낱 '똥개'에 불과한 잡종견으로 규정해 버린다.

그때 우연히 그 앞을 지나가던 장군 댁의 요리사가 등장하고, 그에게 이 개가 과연 장군 댁 개인지 아닌지를 물어보게 된다. 그 개가 장군의 개가 아니라는 것을 확인하자, 경감은 다시 한번 이 개의 정체성을 '떠돌이 개'로 확정한 후 엄중히 살처분해야 한다고 결론 내린다.

그러나 이 개가 장군이 아닌 장군 동생의 개라는 사실이 밝혀지자 가장 큰 반전이 일어난다. 오추멜로프 경감은 만면에 감동 어린 웃음을 띠며 그 개를 '멋진 개'로 격상시킨다. 흐류킨의 손가락을 물어뜯는 비범한 행동을 했기 때문이라는 것이다!

결국 이 오추멜로프 경감은 흐류킨을 무고한 개를 중상모략한 파렴치한 인간으로 규정하고 "이놈, 어디 두고 보자. 혼을 내 줄 테니!"라고 호통친 후 사건 현장을 떠나게 된다.

이처럼 주어진 짧은 시간적 제한 속에 시시각각 자신의 말과 행동을 바꾸는 오추멜로프 경감은 상황에 따라 몸 색깔을 바꾸는 카멜레온의 특질을 극명하게 보여 준다.

여기서 우리는 세 가지 고사성어를 생각해 보게 된다.

附肝附念通(부간부염통)

'간에 붙었다 쓸개에 붙었다'라는 의미의 이 말은 조선시대에 편찬된 작자 미상의 속담집 《동언해(東言解)》에 나오는 속담인데, 언제나 힘 있고 권력 있는 자를 향해 고개가 돌아가는 오추멜로프의 태도가 바로 이와 같다고 할 수 있다.

牽强附會(견강부회)

도리나 이치와는 관계없이 자신의 주장만을 내세우며 자신만이 옳다고 우기는 것을 견강부회라 하는데, 오추멜로프의 삶의 방식이 그와 같다고 할 수 있다. 불과 1분 간격으로 자신의 견해와 언어를 바꾸지만, 그 모든 것은 자신의 주관적 관점상 온전히 올바른 판단에 근거한 것이라고 믿는다. 그렇기 때문에 자신의 자가당착적인 불합리와 모순을 인식하지 못하고, 부끄러움이란 도덕적 가치를 모르고 살 수밖에 없다.

反面教師(반면교사)

다른 사람이나 사물의 부정적인 측면에서 가르침을 얻는다는 의미의 이 말은 1960년대 중국 문화대혁명 때 마오쩌둥(毛澤東)이 처음 사용한 것으로서, 어떤 사람의 잘못된 행동을 보고 '나는 저렇게 하지 말아야지'라는 생각을 갖게 된다는 의미이다. 오추멜로프는 입으로는 법치주의를 존중한다고 표방하지만, 실제로 그의 행동은 초(超)법적 주관의 늪에 머물러 있다.

오늘날 현대를 사는 우리 주변에서도 오추멜로프 경감과 같은 인물들을 심심치 않게 발견할 수 있다. 소위 국가와 민중을 위해 일한다고 하는 정치인들 중에 오추멜로프 경감의 현대판 버전을 발견하기란 그리 어려운 일도 아니지 않은가? 비단 정치인뿐 아니라 나 중심의 개인주의, 물질만능주의가 팽배해 있는 우리 사회에서 '나만의 이익', '나만의 편리'를 위해 '나만의 주관적 삶'을 살려는 사람들을 쉽게 관찰할 수 있다. 모름지기 삶을 사는 동안 윤동주 시인이 노래한

죽는 날까지 하늘을 우러러
한 점 부끄러움이 없기를,
잎새에 이는 바람에도
나는 괴로워했다.

라는 시구(詩句)를 새기며 살지는 못할지언정, 오추멜로프 경감과 같은 카멜레온은 되지 않도록 경각해야 할 것이다.

작가와 작품

안톤 체홉(Антон Чехов, 1860 ‑ 1904)은 러시아 남부 돈 강 하류의 작은 항구도시 타간로그에서 태어났다. 그의 조상은 농노 신분이었으나 할아버지가 1841년 돈을 지불하고 자유민이 된 입지전적 인물이었다. 체홉의

아버지 파벨은 작은 잡화상을 경영하고 있었으나, 재무에 밝지 못하여 결국 파산하고 모스크바로 도주하는 것으로 자영업자 생활을 마감했다. 얼마 후 어머니와 다른 식구들도 아버지를 따라 모스크바로 갔으므로, 어린 체홉만 고향에 남게 되었다.

그는 학업을 마치기 위해 가정교사 노릇을 하며 3년간 고학을 한 끝에, 당시 인문계 고등학교였던 김나지움을 졸업하고 모스크바로 상경하였다. 이렇게 그의 어린 시절과 청소년기는 결코 행복하다고 할 수 없는 고난의 시기였다. 그럼에도 체홉은 후일 "나의 재능은 아버지로부터, 감성은 어머니로부터 물려받았다"라고 술회했다. 그것은 아버지 파벨이 성격이 난폭하고 자녀를 거칠게 대하는 인물이긴 하지만, 그에게는 교회 합창단을 이끄는 등 특이하게도 예술가적 기질이 있었기 때문이었다.

1879년 모스크바대학 의학부에 입학한 체홉은 학업 외에 우선 당장 가족의 생계를 떠맡아야만 했다. 그는 당시 유행하던 여러 신문과 잡지의 독자 투고란에 작은 소품들을 투고하기 시작했다. 최초의 원고료로는 어머니의 생일 케이크를 샀다고 알려져 있다. 이렇듯 그의 초기 창작은 어떤 문학적 의식 때문이 아닌, 단순히 생계를 위한 돈벌이 수단으로 시작된 것이다. 이 때 그는 '안토샤 체혼테', '지라 없는 사나이', '내 형의 아우', '환자 없는 의사' 등 여러 가지 필명으로 기고 활동을 했는데, 초기 몇 년간은 연평균 120편이라는 기록적 분량의 소품을 발표하였다. 이 무렵 그의 작품들은 대부분 당시 유행하던 풍자 잡지를 위한 콩트(Conte)로서 단어는 1,000단어 이내, 내용은 코믹해야 한다는 잡지사의 요청에 따라 매우 함축적이며 날카로운 스타일로 쓰여진 것들이었다.

후일 체홉이 진지하게 작가의 길을 걷기로 결심한 것은 1886년 원로 작가 드미트리 그리고로비치(1822-1899)로부터 한 통의 편지를 받았을 때였다. 편지에는 "당신에게는 신세대 작가 중 최고가 될 재능이 있습니다. 다만 성급히 행동할 필요는 없습니다"라고 씌어 있었다. 이때부터 체홉은 문학의 길로 방향을 잡고, 생애 마지막까지 예술가의 삶을 살게 된다.

이렇게 확고한 작가의 길을 확정한 1886년 이전을 체홉의 초기 작품 시대라 한다면, 이 시대의 문학적 특성은 유머러스한 소품의 시대라 할 수 있다. 《카멜레온》을 쓴 1884년은 아직 체홉이 작가로서 자신의 길을 확정짓지 못했던 시기였다. 같은 해, 모스크바의대를 졸업하고 모스크바 시내에 개인병원을 개업한 그는 즐거운 마음으로 진료 활동을 시작했다. 당시 그가 정말 희망했던 일은 의사라는 직업 활동이었기 때문이다.

흔히 '삶의 관찰자'라 일컬어지는 체홉은 주변에서 쉽게 만날 수 있는 인물들 속에 펼쳐지는 다양한 인생의 면모를 스케치하는 데 재능이 있었고, 그 안에 내재하는 인간의 캐릭터를 꿰뚫어보는 탁월한 감각을 소유하고 있었다.

《카멜레온》에서는 어떤 장소(시장 광장이라고 되어 있기 때문에 불특정한 모든 장소로 치환이 가능하다)에 오추멜로프 경감─역시 유사한 다른 인물과 치환 가능한 인물이 나타나 하나의 주어진 상황에 어떻게 반응하는가가 '도착과 떠남의 구조' 안에서 날카로운 스케치 형식으로 간명히 묘사되고 있다. 일체의 군더더기가 없는 절제의 미학을 실현하고 있는 체홉의 문학적 특성이 이 작은 작품에서도 환히 빛나고 있는 것이다.

"네 노래는 왜 그렇게 짧니?" 하고 한 마리 새가 묻는다.

"네 숨이 짧아서 그러니?"

"나는 아주 많은 노래를 알고 있어. 그 많은 곡들을 다 부르고 싶어서야."

체홉이 쓴 이 메모야말로 그가 단편 소설에 쏟아 부은 열정과 그로 인해 탄생한 수많은 작품의 존재 이유를 말해 준다고 할 수 있다. 그는 거의 600여 편에 달하는 작품을 남겼지만, 중기 이후의 중편 작품(《초원》(1888), 《지루한 이야기》(1889), 《나의 인생》(1896), 《골짜기에서》(1900) 등)과 후기의 드라마 작품(《갈매기》(1896), 《바냐 아저씨》(1899), 《세 자매》(1901), 《벚꽃 동산》(1904) 등)을 제외하고는 대부분이 상당히 짧은 단편 작품들이다. 그래서 독일의 노벨 문학상 수상자인 소설가 토마스 만은 1956년 "체홉은 프랑스의 모파상처럼 작은 장르의 작가이다"라고 지적하기도 했다. 그만큼 단편이라는 장르형식에서 체홉의, 세상과 인간에 대한 예리한 통찰의 재능이 잘 구현되어 있다고 할 수 있다.

사람들은 행동이 아닌 말[言]에 의거해 살아간다.
그들에게는 뭔가를 하느냐, 하지 않느냐보다는
다양한 사물에 대해 그들 사이에 약속된 말을
사용하는지의 여부가 더 중요하다. ……
사람들은 살면서 좋은 일을 할 생각은 않고 어떻게 하면
'자기' 소유물을 더 늘릴 수 있을까만 생각한다.

사색마(思索馬)가
바라본 인간 세상

윤새라

레프 톨스토이의 《홀스토메르》* 중에서

그들[사람들 - 옮긴이]이 매질이며 기독교에 대해 이야기하는 것을 나
[馬 - 옮긴이]는 잘 알아들었다. 하지만 내가 전혀 이해할 수 없는 부분은
다음의 단어들이 뜻하는 바였다. '자신의', '그의' 말이라니? 그 단어에서
나는 사람들이 나와 마구간 관리인 간에 모종의 관계를 상정하고 있음을
짐작했다. 그런데 대체 그게 무슨 관계인지는, 그때는 전혀 알 수 없었
다. 한참이 지난 후 나를 다른 말들로부터 떼어놓았을 때에야 그게 무슨
의미인지 알게 되었다. 당시에도 난 '나를' 사람의 소유물로 부르는 게 어
떤 의미인지 도통 이해하지 못했던 것이다. '내 말'이라니? 살아 있는 말
인 나를 그렇게 부른다는 게 내게는 너무나도 이상하게 느껴졌다. '내 땅,
내 공기, 내 물'도 마찬가지였다.

하지만 그 말들은 내게 엄청난 영향을 미쳤다. 난 쉬지 않고 그에 대

---

* 추천 역서: 《사람은 무엇으로 사는가》, 레프 톨스토이 지음, 윤새라 옮김, 열린책들,
2014.

해 생각했지만 한참 후, 사람들과 지극히 다양한 관계를 경험하고 나서야 마침내 사람들이 그 이상한 말들에 부여하는 의미를 이해하게 되었다. 그 의미는 이러했다. 사람들은 행동이 아닌 말[言]에 의거해 살아간다. 그들에게는 뭔가를 하느냐, 하지 않느냐보다는 다양한 사물에 대해 그들 사이에 약속된 말을 사용하는지의 여부가 더 중요하다. 그들 사이에서 아주 중요하게 간주되는 그런 말은 이런 단어들이다. '나의', '내 것'. 그들은 이 말을 실로 다양한 사물과 존재, 물건에 사용하고 있다. 심지어는 땅과 사람, 그리고 말[馬]에 대해서도 쓴다. 하나의 사물에 대해서 그들은 단 한 사람만이 '나의'라는 말을 쓰기로 약속한다. 그리고 그들 사이에 약속된 놀이의 규칙에 따라 가장 많은 숫자의 물건에 '나의'란 말을 쓰는 사람이 가장 행복한 사람으로 여겨진다. 무엇 때문에 그런지는 나도 모른다. 하지만 정말로 그렇다. 예전에는 한동안 그 이유가 무슨 직접적인 이익이 있어서라고 설명하려 했지만 이제는 그렇지 않은 것으로 판명이 났다.

가령 나를 나의 말이라고 불렀던 많은 사람 중 나를 타고 다닌 자가 없었다. 나를 타고 다닌 건 다른 이들이었다. 내게 먹이를 준 것도 그들이 아니라 다른 사람들이었다. 내게 잘해 준 것도 역시 그들, 나를 나의 말이라고 부르는 자들이 아니라 마부와 마의, 그리고 대체로 그와는 상관없는 사람들이었다. 내 관찰 범위를 넓힌 결과 나는 확신하게 되었다. 우리 말들에 관련해서만이 아니라 내가 이해한 바, '나의'라는 개념은 사람들이 말하는 사유재산의 권리 혹은 감성이라는 저급하고 동물적인 인간 본성 이외의 다른 것에는 기반을 두고 있지 않음을. 사람들은 '내 집'이라고 말하면서 절대로 그 집에 살지 않는다. 그저 집을 짓고 유지하는 데에만 호들갑을 떨 뿐이다. 상인은 '내 가게'라고 말한다. 이를테면 '내 직물 가게'라고. 하지만 자기 가게에 있는 가장 좋은 직물로 만든 옷을 가지고 있는 것은 아니다. 땅을 자기 것이라고 부르는 사람들이 있지만 그들은 그 땅을 한 번도 본 적이 없고 또 한 번도 걸어 본 적이 없다. 다른 사람을 자기 소유라고 하는 사람들이 있지만 정작 그들을 본 적은 한 번도 없다. 그들과의 관계는 온통 그들에게 해악을 가하는 데에만 있다. 여자를 자기 여자나 아내라고 부르는 사람들이 있다. 하지만 그 여자들은 다른 남자와 살고 있다. 게다가 사람들은 살면서 좋은 일을 할 생각은 않고 어떻게 하면 '자기' 소유물을 더 늘릴 수 있을까만 생각한다. 이제 나는 확신하건대, 바로 이 점이 사람과 우리 사이의 본질적인 차이다. 그래서 사람과 비교되는 우리의 다른 특성을 얘기할 필요도 없이, 바로 그 차이 하나만으로도 우리는 이미 생물 피라미드에서 사람보다 높은 곳에 서 있다고 단언할 수 있다. 사람들이 하는 활동이란, 적어도 내가 경험한 사람들의 경우를 보면, 말[言]에 지배된다. 하지만 우리 활동은 행동에 의한 것이다. 나를 '내' 말이라고 부를 수 있는 바로 그 권리를 마구간 관리인은 얻었던 바, 그래서 마부를 매질했던 것이다. 이 발견은 내게 큰 충격이었다. 그리고 사람들 사이에서 내 얼룩털이 촉발했던 비난과 견해, 또 어머니의 배신이 불러일으킨 사색 등이 지금의 나, 즉 진지하고 생각이 깊은 거세마를 만들었다.

《홀스토메르》를 처음 알게 된 것은 대학원을 다닐 때였다. 형식주의부터 구조주의까지 다루는 문학 이론 수업을 듣던 중 시클롭스키가 명명한 유명한 소설 기법, 일명 '낯설게 하기defamiliarization'의 예로 든 작품이 톨스토이의 《홀스토메르》였다. 궁금해졌다. 그러나 《홀스토메르》는 대학원 내내 그 어느 수업의 독서 목록에도 들어 있지 않았다. 톨스토이의 정전 목록은 이미 《홀스토메르》 말고도 차고 넘쳤다. 한 학기 내내 톨스토이만을 다룬다 하더라도 《홀스토메르》까지 차례가 돌아가지 않을 만큼 톨스토이가 써낸 훌륭한 소설이 많았다.

게으른 내가 《홀스토메르》를 찾아 정독한 것은 대학원을 졸업하고도 한참 후의 일이었다. 생각보다 긴 소설이었다. 그리고 재미있었다. 그렇지만 솔직히 기대했던 것만큼 대단하다고 생각되지는 않았다. 톨스토이의 걸작선에 포함되지 않는 것도 무리가 아니다. 그러나 일부러 찾아 읽어 본 걸 후회하지는 않는다. 나름 상당히 매력적인 작품이기 때문이다. 그중에서도 인상적인 장면은 역시 시클롭스키에게 영감을 준, 위에 인용한 부분일 것이다.

괄호 안에 밝혔듯이 위 인용문에서 '나'는 말[馬], 홀스토메르고 '그들'은 인간이다. 《홀스토메르》에서 작가는 말에게 직접 말하게 함으로써 사람과 말의 관계를 도치시킨다. 보통은 너무나도 당연하게 인간이 이야기를 풀어 나가는데 이 소설에서는 그 관계를 뒤집어 말이 바라보는 세상, 말이 바라보는 인간 사회를 담아낸다. 그 결과, 인간에게 익숙하기 이를 데 없는 세계가 역전되어 생소하게 느껴진다. 시클롭스키가 '낯설게 하기'라고 이름 붙이고 설명했듯이 톨스토이는 동물의 말을 통해 인간의 자동화된 지각에 일격을 가한다. 동물과 사람의 관계를 뒤바꿔 놓은 위 인용문을 보면 그 점이 뚜렷이 드러난다. 톨스토이의 시대는 물론이고 현대를 사는 우리에게도 소유는 공기와도 같이 자연스러운 개념이다. 언어중에, 가령 영어와 같이 my, your 같은 소유대명사를 쓰지 않으면 아예 말이 제대로 안 되는 언어가 있을 만큼 인간의 사고 체계에는 소유의 관념이 뿌리 깊이 박혀 있다. 그런데 말은 '소유'를 이해하지 못한다. 더구나 살아 있는 생물인 자신이 본 적도 없는 인간 누군가의 소유물이라는 사실을 납득하지 못한다. 홀스토메르는 그 기이한 미스터리를 풀기 위해 인간 사회를 면밀히 관찰한 결과를 바탕으로 인간의 말[言], 그리고 그에 기초한 소유 관계를 통렬히 비판한다.

《홀스토메르》는 어느 노쇠한 점박이 거세마의 아침으로부터 시작한다. 이야기는 3인칭 시점의 서술로 전개되지만 소설의 중심부에 이르면 위에 든 인용문처럼 말의 말이 직접 화법으로 전달된다. 홀스토메르라는 이름을 가진 거세마는 백 필이 넘는 말이 사는 종축장에서, 늙었다는 이유로 젊은 말들에게 수모와 놀림을 당하다가 어떤 계기로 인해 며칠 밤을 연달아 자기 이야기를 들려준다. 말들은 홀스토메르의 이야기에 놀라고 밤마다 이야기를 듣기 위해 모여든다. 늙고 추레해서 마냥 업신여겼는데 알고 보니 대단한 혈통을 지닌, 또 왕년에 명성이 자자했던 말이었던 것이다.

'홀스토메르'라는 다소 길고 어려운 이름은 '성큼성큼 걷는'이란 뜻을 지녔다. 말의 보폭이 매우 넓기 때문에 붙여진 이름으로 말의 특징을 단번에 드러내 준다. 홀스토메르는 준족에 위풍당당한 체격을 가졌고 혈통도 더할 나위 없이 좋지만 극복할 수 없는 단점을 하나 타고 났기에 비운의 말로 살아가게 된다. 그 치명적인 비극은 바로 털 색깔이다. 사람들이 전혀 좋아하지 않는 얼룩덜룩한 점박이로 태어난 죄로 훌륭한 혈통에도 불구하고 천시당하며 여기저기로 팔려 다니는 신세가 된다. 그 와중에 거세까지 당한 홀스토메르는 성격도 변해서 결국 사색하는 말이 된다. 거세와 함께 사랑의 열정과 삶의 기쁨을 잃고 생의 무상함과 부조리에 대해 생각하는 철학마가 된 것이다.

인간도 동물의 한 종이지만 다른 동물과는 차원이 다른 만물의 영장이라고 내세우는 근거 중 으뜸이 말[言]이다. 인간은 말로 의사소통을 할 뿐만 아니라 고차원의 사고를 한다. 의사소통이야 동물도 한다. 그러나 말로 예술을 하고 철학을 논하는 능력을 지닌 생물은 인간뿐이니 자부심을 가질 만도 한데 톨스토이의 말은 인간의 우월함에 동의하지 않는다. 홀스토메르의 관찰에 따르면 인간은 말[言]로 산다. 행동이 아니라 말[言]로 산다는 건 톨스토이의 세계에서 욕이나 진배없다. 내용은 없고 겉만 번드르르하다는 말에 다름없기 때문이다.

《바보 이반》을 보아도 바보처럼 성실하게 사는 이반을 파멸시키려고 악마가 작정하고 들고 나오는 회심의 카드가 바로 몸으로 일하지 않고 머리를 써서 일하라는 말이다. 악마는 망루에 올라 며칠 밤낮을 떠들어대며 사람들을 '교화'시키려 애쓰지만 바보 나라의 바보들은 다행인지 불행인지 도통 알아듣지를 못한다. 《바보 이반》이 우화이기 때문에 바보들이 악마를 물리쳤지 톨스토이가 보는 관점에서 현실은 딴판이다. 몸을 쓰지 않고 머리와 입으로 사는 사람들이 득세하는 세상에 대한 비판·의식은 《바보 이반》뿐만 아니라 톨스토이 작품 전반에 깔린 기저음 중 하나다. 톨스토이의 걸작《안나 카레니나》에서도 레빈과 그의 친구인 오블론 스키는 그 상반되는 노동관, 인생관을 대표한다.

같은 맥락에서 홀스토메르는 인간 사회의 관습이 되어 으레 그러려니 자동적으로 받아들이는 소유 관계에 대해 질문과 비판을 제기함으로써 우리의 지각 과정에 혼란을 초래한다. 인간 세상에 대한 말의 평가는 매 우 부정적이다. 홀스토메르는 소유물을 늘리려는 탐욕에 사로잡힌 인간 의 본성을 지적하면서 인간보다 동물이 낫다고 주장한다. 물론 홀스토메 르의 주장은 과격하다. 현대인에게는 맞지 않는 측면도 있다. 예를 들어, '내 말'이라고 하면서 자기 말을 타지 않는다든가 '내 집'이라고 부르면서 정작 그 집에 살지 않고 '내 땅'이라면서 거길 걷지도 않는다고 홀스토메 르는 일갈하지만 우리 주위를 둘러보면 꼭 그렇지도 않다. 톨스토이가 살았던 19세기에 말은, 21세기로 치면 자동차와 같다. 운송 수단이기도 했고 농사일에도 쓰였다. 개인 승용차이자 트랙터였던 셈이다. 가령 시 대 변화를 고려해 '내 말' 대신 '내 차'라고 해 보자. 요즘 '내 차'라고 할 때 대부분 자기 차를 직접 타지 남의 차를 타거나 기사를 고용하지 않는다. '내 집'도 마찬가지다. 대다수의 한국인은 자기 집 장만을 위해 오랜 기간 돈을 모은다. 보통 사람은 자기 차를 몰고, 자기 소유의 집에서 살고자 고군분투한다.

이런 차이가 생긴 이유는 톨스토이의 말이 비난하는 대상이 19세기 러 시아 사회의 부를 독점하다시피 한 부유한 귀족층이었기 때문일 것이다. 그런데 그 점을 염두에 두고 홀스토메르의 말을 다시 읽어 보면 현대에 도 무리 없이 맞아 들어가는 것 같다. 집을 투기 목적으로 여러 채 소유 한 사람, 직접 농사를 짓지도 않으면서 부동산으로 토지를 소유한 사람

등에게 홀스토메르의 비난은 지금도 유효하다. 그리고 이것은 부자들에게만 해당되는 이야기도 아니다. 인간이라면 누구나 비슷한 욕망의 노예가 된다고 해도 무방할 만큼 자본주의의 자장은 강력하다. 물론 무소유와 같은 가르침이 널리 호응을 얻기도 했지만 그 인기는 소유에 집착하는 인간의 욕심의 크기에 비례한다.

이처럼 홀스토메르가 비난하는 대상은 인간이 함몰된 '약속된 게임의 규칙', 즉 탐욕스러운 소유 관계 자체이면서 동시에 그릇되고 뒤틀린 문화를 유지해 가는 인간 무리이기도 하다. 그리고 말의 말을 통해 세상을 바라보게 되면서 독자는 당연하게 여겼던 관습과 기존 관념에 대해 잠시라도 스스로 생각해 보는 시간을 갖게 된다. 이때 독자들 개개인의 생각이 홀스토메르, 더 나아가 톨스토이의 의견과 같은가 다른가는 부차적인 문제다. 중요한 것은 세상을 낯설게 바라보고 이를 통해 자신의 삶과 우리가 사는 세상을 성찰해 보는 일일 것이다. 인간 사회에서 소유는 과연 필연인지, 소유에도 좋은 소유와 나쁜 소유가 있는지, 그렇다면 윤리적인 소유 관계는 어떤 것인지, 또 나쁜 소유 관계의 예는 무엇이고 그를 지양하기 위해서는 무엇을 해야 하는지 등등.

우리가 세상을 낯설게 보기 위해서 말이 될 필요는 없다. 톨스토이가 하듯 동물이 된 척하면 되는 일이다. 사실 굳이 동물로 빙의해야 할 필요도 없으리라. 내가 아닌 다른 존재가 된 듯 상상하면 된다. 남자라면 여자가 된 듯, 21세기를 살지만 19세기로 건너간 듯 남의 처지가 되어 생각해 보면 일상생활에서 너무나도 당연하게 느껴지던, 아니 느껴지지조차 않던 것들이 새롭게 인식될 것이다. 그 상상하는 존재에 대한 서술이 구체적이고 치밀하게, 즉 핍진성 있게 뒷받침될수록 인식의 지평은 확장된다. 무릇 좋은 소설이라는 것이 그렇지 않은가? 우리가 살아 보지 않은 삶과 감정과 경험을 잠깐이나마 신기루처럼 맛볼 수 있게 해 주고, 우리의 유한한 삶을 확장하고 심화하여 우물 안 개구리 신세를 벗어날 수 있게 해 주며, 나만의 경험에 갇혀 독선적인 사람이 될 소지를 줄여 준다. 한 마디로 타인을 이해하고 함께 더불어 살 수 있는 능력을 기르는 데 일조하는 것이다. 독서의 신기루가 사라지더라도 신기루가 우리의 영혼에 남기는 뭔가가 있는 법이다. 바로 이것이 소설이라는 허구가 독서의 즐거움을 넘어 위대할 수 있는 이유다.

작가와 작품

레프 톨스토이는 특별한 부연 설명이 필요 없는, 러시아가 낳은 세계적인 대문호다. 1828년에 태어나 82세로 타계할 때까지 50년이 넘는 긴 문필 생활 동안 왕성한 활동을 했으며 인생 후반기에는 사회의 모순에 목소리를 드높여 인류의 스승으로 추앙받았다. 톨스토이는 이미 1860년대에 《홀스토메르》를 쓰기 시작했지만 탈고와 발표는 1885년에 가서야 할 수 있었다.

"그런 말 하지 마세요! 전 당신이 너무 가여워요.
사람들이 당신을 속였다고요."
그녀의 음성에는 남의 슬픔을 기뻐하는 기색이 역력했다.
그녀의 혀에서는 사악한 말들이 쏟아져 나왔다.

고독한 현대인에게는
무엇이 필요한가?

조혜경

표도르 솔로구프의 《허접한 악마》* 중에서

XXX

이미 클럽에서의 소동은 잠잠해졌다. 하지만 파티는 새로운 비극으로
막을 내렸다. 사람들은 복도에서 게이샤를 잡으려고 난리 법석이었고 미
지의 물체는 열에 들떠 샹들리에를 옮겨 다니며 웃고 있었다. 그 물체는
집요하게도 성냥에 불을 붙여 자신을 태우면 자신은 더럽고 뿌연 벽에
갇혀 밖으로 나오지 못할 거라고 페레도노프에게 속삭였다. 그리고 그
물체는 너무도 끔찍하고 이해할 수 없는 일들이 벌어지는 이 건물이 완
전히 불에 타서 재만 남게 될 거라고 말했다. 처음에 그 물체는 페레도노
프를 그냥 놔두었지만 그는 그 물체의 집요한 설득에 어떠한 저항도 할
수 없었다. 그는 홀 옆의 조그만 거실로 갔다. 거기엔 아무도 없었다. 페
레도노프는 주위를 살펴본 다음 성냥불을 그어 바닥에 드리워진 커튼의
아랫부분에 불을 붙였고 커튼이 타오를 때까지 기다렸다. 불길에 휩싸인

---

* 추천 역서:《허접한 악마》, 조혜경 옮김, 창비, 2013.

미지의 물체는 기쁜 듯이 쉬쉬거리며 날쌘 뱀처럼 커튼을 타고 올라갔다. 페레도노프는 거실을 나와 문을 닫았다. 어느 누구도 화재를 눈치채지 못했다.

방 전체가 불길에 휩싸이자 거리에 있던 사람들이 화재를 목격했다. 불길은 빠르게 번져 나갔다. 사람들은 무사했지만 건물은 다 타버렸다.

XXXII

춥고 음산한 날이었다. 페레도노프는 볼로진네 집을 나서서 자기 집으로 가고 있었다. 우수가 그를 짓눌렀다. 베르시나가 페레도노프에게 자기 집으로 오라고 유혹했다. 그는 그녀의 마법과도 같은 부름에 걸려들고 말았다. 그들 두 사람은 칙칙하고 썩은 낙엽들로 뒤덮인 축축한 길을 따라 걸으며 정자로 들어갔다. 정자에서는 음산하고 습한 공기 냄새가 났다. 벌거벗은 나무들 사이로 창문이 굳게 닫힌 집이 보였다.

"당신께 진실을 알려 드리고 싶어요."

베르시나가 페레도노프를 재빨리 쳐다보고 나서 검은 눈동자를 한쪽 편으로 흘기며 속삭였다.

그녀는 검은 재킷에 검은 스카프를 두르고 추위로 파래진 입술로 검은 파이프를 빨며 검은 연기를 허공에 뿜어 올렸다.

"전 당신의 진실에 침을 뱉을 겁니다. 그것도 아주 세게 말이죠."

페레도노프가 대답했다.

베르시나는 얼굴을 찡그리며 한 번 웃고 나서 대꾸했다.

"그런 말 하지 마세요! 전 당신이 너무 가여워요. 사람들이 당신을 속였다고요."

그녀의 음성에는 남의 슬픔을 기뻐하는 기색이 역력했다. 그녀의 혀에서는 사악한 말들이 쏟아져 나왔다.

"당신은 누군가의 보호를 필요로 했어요. 하지만 당신은 남의 말을 너무 쉽게 믿어 버렸죠. 당신은 속았어요. 남의 말을 너무 쉽게 믿은 거죠. 편지는 누구나 쉽게 쓸 수 있어요. 당신은 그 일을 누구와 상의해야 하는지 알아야만 했어요. 당신의 아내는 특히 예리하지 않죠."

페레도노프는 베르시나가 옹알거리는 말을 이해하기 힘들었다. 그녀는 그에게 암시를 통해 그 의미를 전하려 했다. 베르시나는 큰 소리로 또박또박 말하는 것을 꺼려했다. 큰 소리로 말한다면 누군가가 듣고 바르바라에게 전할 것이고 그러면 그녀에게 해코지를 당할 것이기 때문이다. 바르바라는 추문을 만드는 것을 주저하지 않는다. 게다가 페레도노프 자신도 분명하게 말하는 것을 싫어한다. 어쩌면 페레도노프가 그녀를 때릴지도 모르는 일이다. 그가 추측할 수 있도록 암시만 하자. 그러나 페레도노프는 전혀 알아차리지 못했다. 예전에도 사람들이 그의 눈을 보면서 그가 속고 있다고 말한 적이 있지만 그는 지금도 여전히 그 편지가 위조된 것임을 알아차리지 못하고 공작부인이 자신을 기만하고 있다고 생각했다. 마침내 베르시나가 노골적으로 말했다.

"당신은 그 편지를 공작부인이 썼다고 생각하시나요? 지금 도시 전체가 당신 아내의 요청을 받고 그루시나가 편지를 위조했다는 것을 알고 있어요. 그러니까 공작부인은 아무것도 모르고 계신다고요. 아무한테나 물어보면 그 사실을 알려줄 거예요. 본인들이 직접 이야기를 하고 다닌답니다. 나중에 바르바라 드미트리예브나가 증거를 없애기 위해 당신이 가지고 있던 편지를 불에 태운 거예요."

무겁고 암울한 생각이 페레도노프의 머릿속에서 요동을 쳤다. 그는 자신이 속았다는 사실 하나만 이해했다. 하지만 공작부인이 이 사실을 모를 리 없지. 아니야, 그분은 알고 계셔. 그녀가 불길에서 살아 나왔을 리가 없다고 그는 말했다.

"당신은 공작부인에 대해 거짓말을 하고 있어요. 제가 공작부인을 불에 태웠거든요. 아니, 다 태운 건 아니고. 그분이 침을 뱉었어요."

갑자기 페레도노프는 격한 분노에 휩싸였다. 사람들이 날 속이다니! 그는 주먹으로 탁자를 세게 내리치더니 자리에서 일어나 베르시나에게 작별 인사도 하지 않고 재빨리 집으로 갔다. 베르시나는 흐뭇하게 그의 뒷모습을 바라보았고 검은 연기가 그녀의 검은 입에서 빠져나와 바람에 흩어졌다.

분노가 페레도노프를 사로잡았다. 그러나 그가 바르바라를 발견하자 그는 고통스러운 분노에 휩싸여 한마디 말도 할 수 없었다.

다음 날 페레도노프는 가죽 칼집에 담긴 조그만 칼을 아침부터 준비하여 주머니에 조심스레 넣었다. 점심을 먹기 전 오전 내내 그는 볼로진의 집에 머물렀다. 그는 볼로진이 일하는 것을 보면서 바보 같다고 말했다. 볼로진은 페레도노프가 자신을 예전처럼 대해 줘서 기뻤고 자신의 어리석음이 그를 기쁘게 한다고 생각했다.

미지의 물체가 하루 종일 페레도노프 주위를 맴돌았다. 그 물체는 식사 후에도 잠들지 않고 끝까지 그를 괴롭혔다. 저녁 무렵 페레도노프가 잠들려 할 때 어디선가 나타난 이상한 여자가 그의 잠을 깨웠다. 들창코에 형편없는 옷을 입고 있는 그 여자는 페레도노프의 침대로 다가와 속삭였다.

"크바스를 체에 거르고 파이를 만들고 고기를 구워."

"저리 꺼져!"

페레도노프가 소리쳤다. 들창코의 여자는 마치 존재한 적이 없다는 듯이 사라져 버렸다.

불확실한 목표를 향해 달리는 고독한 현대인들의 자화상

위에서 인용한 장면은 표도르 솔로구프의 《허접한 악마》 중 30장 마지막 부분과 32장(소설의 마지막 장)의 첫 부분이다. 주인공 페레도노프는 마을의 가면무도회에 참가하여 미지의 물체(недотыкомка)의 환청을 듣고 건물에 불을 지른다. 미지의 물체는 주인공이 자신의 장학관으로의 승진을 확정해 줄 수 있는 공작부인의 편지에 집착하는 순간부터 주인공의 주위를 맴돌며 그를 괴롭혀 왔다. 주인공은 공작부인이 자신에게 편지를 보내지 않자 그녀를 증오하게 된다. 페레도노프는 공작부인이 자기에게 편지(아내 바르바라의 부탁을 받고 그루시나가 위조한 승진에 관한 편지)를 보낸 이후 자신이 장학관이 될 것을 믿어 의심치 않았고 그러기에 더욱더 '결정적인' 편지 한 통을 기다리며 바르바라와 원치 않는 결혼까지도 감행한 것이다. 하지만 바르바라의 계략으로 위조된 편지는 더이상 그에게 오지 않았다. 왜냐하면 페레도노프와의 결혼에 성공한 바르바라는 더 이상 편지를 위조할 이유가 없었기 때문이다. 주인공은 공작부인으로부터 아무 연락이 없자 초조하고 불안한 마음으로 공작부인의 조치를 기다리다가 급기야 공작부인을 의심하고 증오하는 지경에 이르고 만다. 그리고 마을 가면무도회에서 미지의 물체의 지시에 따라 건물에 불을 지른 후 불 속에서 공작부인의 환영을 보며 자신이 공작부인을 불태운 것이라고 생각한다. 하지만 이 모든 것이 아내와 다른 모든 사람의 속임수이고 기만이라는 것을 베르시나의 입을 통해 전해 듣고는 분노에 휩싸인다.

베르시나의 악마성은 마녀를 연상시키는 그녀의 외모(검은 옷, 검은 입, 검은 담배 연기)뿐만 아니라 그녀의 성격, 즉 남의 슬픔과 좌절을 기쁨으로 여기는 모습에서 충분히 알 수 있다. 흥미로운 점은 그녀의 악마성은 악이 아닌 진실을 폭로하는 역할과 연관되어 있다는 점이다. 오히려 악은 페레도노프와 그의 아내, 마을 사람들의 내면에 잠재되어 있지만 그들은 악하게 묘사되지 않고 오히려 지극히 평범하게 묘사된다. 따라서 소설에 드러난 악한 등장인물의 대결 구도는 악(본질) vs 악(비속, 허접)으로 요약할 수 있다. 페레도노프로 대표되는 마을 사람들은 '허접한' 악인들이며 베르시나는 악을 더욱 악하게 만드는 본질적인 악인인 셈이다. 위조된 편지, 아니 성취하지 못한 욕망에 대한 주인공의 적극적인 반응은 방화였다.

위에서 인용한 장면에서 페레도노프의 방화가 어떠한 의미를 지니는지 살펴보자. 신화에서 프로메테우스는 최초로 인간에게 불을 가져다준다. 때문에 신인(神人)인 프로메테우스는 절벽에 묶인 채 매일같이 눈과 심장을 독수리에게 쪼아 먹히게 된다. 프로메테우스는 인간을 신으로부터 자유롭게 하려 했지만 자신은 자유가 아닌 구속의 상황에 직면하게 된 것이다. 프로메테우스의 신화에서도 드러난 것처럼 불은 자유와 구속의 상징으로 볼 수 있다. 즉 불은 이중성을 지닌다. 소설에서 불은 주인공 페레도노프의 고뇌의 종말, 혹은 일탈이자 또 다른 갈등의 시작, 그리고 자유와 또 다른 구속을 극명하게 보여 주는 주요한 소재로 등장한다. 카니발을 연상시키는 마을 가면무도회에서 모든 사람은 자신의 본래 모습을 가면 뒤에 철저히 숨긴 채 축제를 즐긴다. 축제는 일상에서의 일탈을 꿈꾸게 하고 내가 '내가 아닐 수 있는 권리'를 누리게 한다. 그리고 카니발적인 축제에서 모든 가치는 전도된다. 페레도노프의 경우를 살펴보자. 그는 일상의 어느 순간에 자신을 괴롭히는 미지의 물체의 출현으로 괴로워하고 그것이 자신의 삶을 망치고 있다는 피해 의식에 사로잡힌다. 그 물체는 페레도노프의 비열하고 일그러진 분신과도 같은 존재이다. 그 물체는 예외 없이 가면무도회에도 나타나 페레도노프에게 방화를 부추긴다. 여기서 불은 무(無)의 지향이자 모든 구속으로부터 벗어날 수 있게 하는 열쇠다. 더 나아가 불은 자신을 구속했던 공작부인을 없앨 수 있는 무기다. 그는 성냥으로 커튼 아랫부분에 불을 붙인다. 커튼은 외부와 내부의 경계를 가르는 상징적인 물건이다. 주인공 페레도노프는 커튼에 불을 붙여 경계를 파괴함으로써 궁극적으로 자유를 맛보고자 한다. 그리고 그는 모든 것을 무로 돌리려 하며 무엇보다 모든 구속으로부터 벗어나고자 한다.

하지만 여기에서의 불은 소설 텍스트에서 '뱀'에 비유된 것처럼 교활하고 사악하다. 불은 신화적 맥락, 문화적인 상징성을 벗어나 탈신화적인 의미로 사용된다. 즉 불은 페레도노프에게 모든 구속으로부터 벗어날 수 있는 자유도 주지 않았고 미지의 물체로부터의 해방도 주지 않은 채 건물만 태워 버렸을 뿐이다. 방화 사건이 종결되고 나서 페레도노프는 그루시나를 통해 자신이 모두에게 속았다는 사실을 알게 되고 더욱 심한 정신 착란에 시달리며 분노에 휩싸이게 된다. 결국 소설의 마지막 장면에서 그는 자신을 속인 모든 사람의 대표자 격인 친구 볼로진을 살해하고 광기에 사로잡힌다. 결국 위 장면에서 언급되고 있는 방화(불)는 어떠한 신화적, 문화적 맥락도 지니지 못한 채 텍스트 내적으로나 외적으로 무의미해지고 만다. 즉 텍스트 내적으로는 불이 지니는 문화적, 신화적인 상징을 전도시키며 텍스트 외적으로는 사건의 반전과 결말을 예상했던 독자들의 기대를 무너뜨린다. 따라서 방화는 탈신화적이고 공허한 사건이 되는 셈이다.

주인공 페레도노프가 진정으로 추구한 것은 무엇일까? 그것은 바로 모든 구속(자신의 욕심과 욕망, 가치)으로부터의 벗어남, 곧 자유다. 그러한 자유를 위해 페레도노프는 신으로부터의 독립(자유)을 상징하는 불을 이용하여 방화를 한 것이다. 하지만 그것은 동시에 경계의 파괴이며 규범의 파괴 그리고 또 다른 죄악의 시작이기도 했다. 불은 '뱀처럼 교활하고 인간보다 더 지혜롭다'. 그러기에 불은 인간이 그것에 부여한 모든 상징과 은유를 파괴해 버린다.

소설 《허접한 악마》는 표도르 솔로구프가 벨리키예 루키라는 지방 소도시에 근무할 때 구상을 시작하여 10여 년 만에 완성한 작품이다. 작가는 그곳에서 5년간 교사 생활을 하면서 자세히 관찰한 사건들과 인물들을 토대로 소설을 써 나갔다. 예를 들어 솔로구프는 벨리키예 루키 시립학교에서 노어 교사로 일하다 정신병원에서 사망한 이반 이바노비치 스트라호프 (Иван Иванович Страхов, 1882 - 1916)를 모델로 하여 《허접한 악마》의 주인공인 페레도노프의 형상을 창조하였다. 스트라호프는 교사로서 자질이 부족하고 학생들에게 인정도 받지 못했을 뿐만 아니라 교원평의회 회의장을 무단으로 이탈하는가 하면 학생들의 점수도 제대로 평가하지 않아 질책을 받았다. 이러한 이유로 스트라호프는 면책되고 정신병원에 수감된다.

《허접한 악마》의 주인공 페레도노프 또한 교사로서 가르치는 일보다는 학생들을 괴롭히는 일을 좋아한다. 가령 예고도 없이 학생 집을 방문해서 학생의 잘못을 그 부모에게 일러바치고, 학생이 부모에게 혼나는 장면을 지켜보는 것을 좋아한다. 그는 깨끗하고 단정하게 차려입은 학생들을 싫어하고 향수 냄새와 향냄새도 싫어한다. 이처럼 저급하고 가학적인 행동은 그의 일상 속에서도 쉽게 찾아볼 수 있다. 자신이 키우는 고양이를 괴롭히는가 하면 동거녀 바르바라의 얼굴에 침을 뱉고 또 이사를 앞두고 자신이 살던 집의 바닥과 벽지를 온통 엉망으로 만들어 놓음으로써 여주인에게 복수를 하기도 한다. 뿐만 아니라 몰래 건포도를 먹어 치운 다음 그 죄를 하녀인 클라우디야에게 뒤집어씌우는데 이때 클라우디야가 곤경에 빠지는 모습을 보고 희열을 느낀다. 그는 더러움과 비열함을 통해 쾌락을 느끼는 사람이다. 늘 불결하고 사람 속이기를 좋아하는 바르바라와 함께 살면서도 아무렇지도 않은 페레도노프는 결국 바르바라의 속임수(바르바라는, 페레도노프가 자신과 결혼하면 장학관을 시켜 주겠다는 공작 부인의 가짜 편지를 페레도노프에게 보여 주고 페레도노프의 결정에 따라 그와 결혼하게 된다)에 걸려들게 됨으로써 자신이 좋아하고 즐기던 악과 속임수의 늪에 빠져들게 된다.

마을 사람들의 비열함과 저속함은 가면무도회에서 극명하게 드러난다. 가면무도회에 참가한 마을 사람들은 저속하고 탐욕스러운 인간들로 묘사되고 있다. 닭으로 분장한 구다옙스키, 곰으로 분장한 여교사 스코

보츠키나, 거친 말투와 천박한 행동을 보이며 대담한 노출을 한 그루시나(페레도노프 앞으로 보내는 공작 부인의 가짜 편지를 작성한 여자) 등은 자신의 내면에 숨겨진 비속함과 저열함, 야수성을 여지없이 드러낸다. 이러한 카니발적인 난장판의 절정은 페레도노프의 방화에 의한 '모든 것의 소멸'로 마무리된다. 주위의 모든 사람과 모든 현상을 의심하던 주인공 페레도노프의 정신 상태는 극한에 이르러 급기야 그렇게도 기다리던 공작 부인의 편지 대신 150세나 된 공작 부인의 환영을 보거나 자신이 과거에 공작부인의 정부였기 때문에 자신이 바르바라와 결혼을 한 것을 질투하여 그녀가 장학관 임명에 관한 편지를 보내지 않는 것이라는 엉뚱한 생각까지 하게 된다. 뿐만 아니라 학교에서 파면된 후 집에서만 지내고 있을 때 그는 벽지 뒤에 숨어 있는 자신의 적들과 정말로 피곤한 싸움을 벌이게 된다.

가면무도회에 참석한 페레도노프에게, 사람들이 즐기는 디오니소스적인 환희는 더 이상 아무런 의미도 갖지 못하는 무미건조한 것이었다. 미지의 물체는 계속해서 페레도노프에게 '초에 불을 붙여 벽에 던지면 너를 괴롭히는 것들이 그 불을 먹고 사라질 거야. 그럼 넌 곧바로 평온을 찾게 되겠지'라는 말을 속삭이고 그는 그 말을 듣고 무의식 중에 불을 지르게 된다. 늘 피해 의식에 사로잡혀 있던 페레도노프에게 공작부인의 편지는 불안하고 고독한 삶으로부터 벗어나게 해주는 유일한 열쇠였는지도 모르고 또한 페레도노프를 '지금 여기'가 아닌 '저 먼 곳'으로 갈 수 있게 해주는 유일한 탈출구였는지도 모른다. 하지만 그 편지는 허구였다. 결국 페레도노프는 존재하지도 않는 허구 혹은 거짓을 위해 무익하게 자신의 삶을 파괴시켰던 것이다. 결국 그는, 가짜 편지 사건을 꾸며낸 장본인이

바르바라라는 것을 모든 사람이 알고 있음에도 불구하고 정작 자신은 그것을 알아차리지 못하는 웃지 못할 상황에 처하게 된다. 그러한 기만과 절망의 심연 속에서 정말로 페레도노프가 원했던 것은 어쩌면 공작 부인의 편지가 아니라 진정한 평온과 휴식이었는지도 모른다.

하지만 방화를 한 후에도 페레도노프에겐 진정한 휴식과 평화가 없었다. 미지의 물체는 미친 여자 요리사가 되어 페레도노프에게 자꾸 나타났다. 그리고 페레도노프를 분개하게 만든 볼로진의 말("모두가 널 속였어")은 페레도노프로 하여금 볼로진을 '적들을 대표할 희생양'으로 선택하도록 만들었다. 게다가 페레도노프는 '볼로진은 공포의 대상이자 위협적인 존재이기 때문에 그의 공격으로부터 나 자신을 보호해야만 해'라고 생각했다. 그리고 순간적으로 칼을 뽑아 볼로진의 목을 찌른다. 소설 곳곳에서 양에 비유되고 있고 또 실제로도 양 울음소리를 흉내 내는 볼로진은 말 그대로 페레도노프의 광기의 '희생양'이며 무의미한 죽음과 허무의 극치를 보여 준다. 작가의 삶은 늘 죽음을 염두에 둔 삶이었다. 그에게 죽음은 삶 저편에 있는 것이 아니라 삶 속에서 늘 함께하는 것이었다. 작가는 그것을 동경할 때도 있었고 또 두려워할 때도 있었다. 사실 러시아 역사에서 가장 격동기라 할 수 있는 19세기 말과 20세기 초의 파란만장한 사건들을 체험하면서 작가는 삶에 대한 회의적인 태도, 즉 페시미즘적인 시각을 가지게 되었고 현상이 아닌 현상 이면의 진리를 찾아 헤맸다. 즉 그에게 있어 세계의 모든 것은 하나의 상징에 불과한 것이었다. 그런 탓에 그의 작품들 속에는 리얼리티에 대한 충실한 묘사보다는 신비한 마술, 마법, 점, 신화적 요소들이 주된 모티프로 나타나고 있으며 바로 이 때문에 작가는 러시아를 대표하는 상징주의자의 반열에 오르게 되었다. 따라서 그의 시와 소설은 다소 모호하고 때로는 신비한 느낌마저 주게 된다. 그렇다고 해서 작가가 현실로부터의 완전한 도피를 꿈꾼 것은 아니다. 그는 러시아의 현실에 관심을 가졌고 혁명이나 사회적 이슈가 되는 문제들(이를테면 체형에 관한 문제)에 대한 자신의 입장을 명백히 밝혔고 그것을 두려워하지 않았다. 사랑과 칭찬에 굶주려야 했던 어린 시절 그리고 주위 사람들과 원만한 관계를 유지할 수 없었던 외톨이 교사의 힘겨운 삶, 자신이 유일하게 사랑했던 여동생 올가와 아내의 자살 등은 《허접한 악마》의 주인공 페레도노프의 경우와 마찬가지로, 눈에 보이지 않는 악의 존재가 자신에게 영향을 미치는 것이라 믿게 만들었고 그로 하여금 페시미스트가 되어 인간의 어두운 측면, 즉 무의식 속에 내재된 야만성과 폭력성, 저속함과 비열함, 작가 도스토옙스키가 천착했던 학대받고 모욕당한 인간의 복잡한 심리, 사도-마조히즘 등을 예리한 필치로 파헤치게 만들었다.

　페레도노프는 악을 행하지만 그 악행의 내용은 그를 악마라 부르기에는 너무도 허접하고 비열하며 저속하다. 그는 인간이라면 누구나 한 번쯤 생각할 수 있는 비열하고 옹졸한 일들을 거리낌 없이 하는 '허접한 악마'로서 인간 내면의 깊숙한 곳에 자리 잡은 치부를 드러낸다. 이것은 눈에 보이지 않는(어쩌면 허구이거나 거짓인) 불분명하고 불명확한 목표를 향해 달리면서 누군가를 의식하고 누군가와 늘 경쟁해야 하는 고독한 현대인들의 이중적이고 극단적인 모습을 떠올리게 한다. 페레도노프가 진정 원했던 것이 자신의 출세를 위한 장학관 자리가 아니라 자신과 타인의 처절하고 피곤한 싸움의 종식이자 진정한 휴식이었다는 점은 현대인들에게 삶의 목표를 설정하기 이전에 삶의 과정 자체를 돌아보게 하기에 충분하다. 페레도노프의 허접함은 그 어떤 목적도, 그 어떤 대의명분도 갖지 못하는 것이기에 무의미하고 우습다. 이 점에서 작가 솔로구프는 밖에서 안을 들여다볼 수 없는 거울을 만들어 주인공을 거울 밖에 외로이 던져 두고 독자들을 거울이 있는 방 안에 배치하여 페레도노프의 비열함과 허접함을 마음껏 감상하게 만드는 기회를 부여하고 있다고 할 수 있다. 그런데 여기서 중요한 것은 독자들 또한 페레도노프의 '허접함'으로부터 완전히 자유롭지 못하다는 것이고 바로 이 점 때문에 그 거울은 나를 들여다볼 수 있는 거울이기도 하다는 것이다.

작가와 작품

표도르 솔로구프 (Федор Сологуб, 1863 – 1927)의 본명은 표도르 쿠즈미치 테테르니코 (Федор Кузьмич Тетернико)이다. 그는 러시아 상징주의 시인이자 산문 작가, 드라마 작가이자 평론가로 알려져 있다. 솔로구프는 1884년 테 – 르니코프(Те–рников)라는 필명으로 잡지 《봄spring》에 동시(童詩) 〈여우와 고슴도치〉를 발표한다. 이후 그는 잡지 《북방 통보 Северный Вестник》를 중심으로 활약하는 문인들과 교류하며 러시아를 대표하는 초기 상징주의자로서 이름을 떨치게 된다. 1896년 그는 자신의 시집과 산문집, 러시아 최초의 데카당스적인 장편《악몽》을 발표한다.

솔로구프가 전 세계적인 작가의 반열에 오르게 된 것은 1907년《허접한 악마》가 단행본으로 출판된 이후부터다. 소설이 성공한 이후에도 그는 계속해서 시집《뱀》, 희곡《죽음의 승리》,《지혜로운 꿀벌의 선물》,《사랑》 등을 출판하였다. 결혼 후 솔로구프는 소설《핏방울》,《나브이의 요술》과《창조되는 전설》(1908 – 1912)을 발표한다. 솔로구프는 자신이 12월에 죽을 것이라고 늘 이야기했던 것처럼 1927년 12월 5일 요독증으로 쓸쓸하게 생을 마감하였고 그로부터 이틀 뒤, '자살로 생을 마감한 후 스몰렌스크 묘지에 묻힌' 아내 옆에서 영면하였다.

솔로구프는 러시아의 지방 소도시 벨리키예 루키 (Великие Луки)와 비테르크 (Вытерг)로 옮겨 와 살기 시작했는데 당시 그는 자신이 문단에서 소외된 듯한 느낌을 받았으며 시골 벽지에서 교사로 일할 때《허접한 악마》에 나오는 것 이상의 끔찍한 경험들을 하게 되었다고 말한다. 그의 작품에 나타난 시골 풍경은 아름답고 낭만적인 모습이 아니라 어둡고 암울하며 인간의 악이 집결된 공간으로 묘사되고 있다. 시골 사람들은 더럽고 비열하며 저속하게 그려진다. 그는 그 시기에 얻은 자신의 경험을 소설《허접한 악마》에서 치밀하게 드러내고 있다. 사랑과 칭찬에 굶주렸던 어린 시절, 그리고 학생들, 주변 사람들과 원만한 관계를 유지하지 못했던 외톨이 교사로서의 힘겨운 삶, 자신이 유일하게 사랑했던 여동생 올가와 아내의 자살 등은《허접한 악마》의 주인공 페레도노프에게 그대로 투영되어 나타난다.

하필이면 왜 그날, 그 시간, 그 순간, 그런 보잘것없는
이유로 그 기억이 태어나 처음으로 내 의식 안에
선명하게 자리 잡게 된 것일까?
그런데 그 후의 기억은 왜 다시 오랜 시간 사라진 것일까?

현실 뒤에 가려진 삶의
오롯한 반짝임 - 기억

최진희

이반 부닌의 《아르세니예프의 생애》 중에서

1

"글로 쓰지 않은 것들과 일들은 어둠에 가려져 망각의 무덤에 묻히게
되나 글로 쓴 것은 생명을 얻은 듯하나니……."

나는 반백 년 전 중부 러시아의 시골, 아버지의 영지에서 태어났다.

자신의 시작과 끝에 대한 감각이 우리에게는 없다. 내가 언제 태어났
는지 나에게 확실하게 말해서 참으로 유감이다. 그렇지 않았다면 나이라
는 개념도 없었을 것이고 그 무게도 전혀 느끼지 않았을 것이다. 즉, 십
년 혹은 이십 년 후에는 죽게 될 것이라는 생각에서 자유로울 수도 있었
다는 말이다. 만일 무인도에서 태어나고 그곳에서 살았다면 죽음의 존재
자체를 상상도 못했을 것이다. '그랬다면 얼마나 행복했을까!'라고 덧붙
이고 싶다. 그렇지만 누가 알겠는가? 거대한 불행일수도 있는 것. 한편,
죽음을 상상도 못할 것이라는 게 사실일까? 죽음에 대한 감각은 날 때부
터 가지고 태어나는 것 아닐까? 그렇지 않다면, 예상치 못했다면, 우리

는 삶을 지금 사랑하고 과거에 사랑했던 것처럼 그렇게 사랑했을까?

아르세니예프 가문이나 그 시초에 대해 내가 알고 있는 지식은 거의 없다. 우리가 아는 것은 무엇인가! 내가 아는 것이라곤 우리 가문의 '시작은 시간의 암흑 속에 있다'고 가문의 서책에 기록되어 있다는 것뿐이다. 그리고 우리 가문이 '몰락하기는 했어도 명문'이라는 사실과 그 고귀함에 나는 자부심을 느끼고 기뻐하며 평생 살았다는 것이다. 나는 가문도, 출신도 모호한 사람이 아니라는 것이다. 성령강림절 월요일 교회에서는 '지난 수백 년 동안 죽은 모든 자들을 기억하는' 의식이 행해진다. 이날 교회는 깊은 의미로 충만한 아름다운 기도를 올린다.

"신이여, 당신의 모든 노예가 당신의 궁전에서 아브라함의 품에서 고이 잠들기를. 아담에서 작금에 이르기까지 우리 아버지들과 형제들, 친구들과 친지들이 당신께 순전히 복종하기를!"

복종이라는 말을 괜히 했겠는가? '우리 아버지들과 형제들, 친구들과 친지들', 이들과 함께한다는 것, 그 관계를 느낀다는 것이 어찌 기쁘지 않겠는가? 우리의 고대 선조들은 죽을 운명을 가진 부모에게서 죽을 운명을 가진 자식에게로 '끊이지 않는' 불멸의 생명으로 전해지는 '모든 삶의 아버지의 끊임없는 순수의 길'에 대한 사상이 불의 의지에 따라 '더럽혀지지' 않도록, 그 '길'이 끊어지지 않도록, 피와 종의 순수함과 영속성을 유지할 것을 명 받았으며, 모든 탄생은 태어나는 자들의 피를 더욱 정화해야 하며 모든 자들의 유일한 아버지와 더욱 닮아 가야 한다는 믿음을 고백해 왔다.

나의 선조들 중에는 나쁜 자들도 적지 않았을 것이다. 그러나 어쨌든 세대에서 세대로 이어지는 동안 우리 선조들은 서로서로 자신의 피를 기억하고 유지할 것을 지시해 왔다. 때로 우리 가문의 문장을 볼 때 느껴지는 내 감정을 어떻게 설명할 수 있을까? 기사 갑옷과 갑주, 그리고 공작 깃털이 달린 투구. 그 아래에 방패. 그리고 그 청람빛 여백 한가운데에 신뢰와 영원의 상징인 반지. 반지를 향해 날을 위아래로 세운 십자형 손잡이가 달린 세 개의 장검.

내게 조국을 대신해 준 나라에는 내게 은신처를 준 그곳처럼 한때는 찬란했지만 지금은 황폐해져 헐벗고 하찮은 삶이 일상화된 도시들이 많다. 그래도 그 삶 위에는 언제나 – 그리고 마땅히 – 십자군 시대의 회색 탑과, 성스러운 조각상이 수백 년 동안 지켜 온 고귀한 대현관이 있는 거대한 성당이 있고 십자가 위 하늘에는 천국의 도시로 부르는 높으신 신의 포고자, 수탉이 자리하고 있다.

2

내 처음 기억은 뭔가 고개를 갸웃하게 만들 만큼 초라하다. 초가을 볕이 드는 커다란 방, 창밖 남쪽으로 보이는 작은 언덕 위의 건조한 햇살. 그 한 순간이 전부다! 하필이면 왜 그날, 그 시간, 그 순간, 그런 보잘것 없는 이유로 그 기억이 태어나 처음으로 내 의식 안에 선명하게 자리 잡게 된 것일까? 그런데 그 후의 기억은 왜 다시 오랜 시간 사라진 것일까?

나는 나의 유아기를 슬픔 속에 기억하곤 한다. 모든 이들의 유아기는 슬프다. 고요한 세계는 누추하다. 그 세계에서 아직은 완벽하게 삶에 눈을 뜨지 않았고 모든 이들과 모든 사물에 아직은 낯설고 겁을 내는 부드러운 영혼이 삶을 꿈꾼다. 황금빛 행복한 시간! 아니, 그것은 불행하고 병적으로 감성적인 애처로운 시간이다.

혹시 내 유아기가 슬픈 것은 뭔가 개인적인 조건 때문일까? 사실 내가 자란 곳은 아주 외진 곳이다. 황량한 들판, 그 한가운데 외딴 집……. 겨울에는 끝을 알 수 없는 눈의 바다, 여름에는 곡식과 풀과 꽃의 바다……. 그리고 그 들판의 영원한 정적, 그 알 수 없는 침묵……. 그런데 마모트 (marmot)나 종달새라면 그런 고요 속 외진 곳에서 슬픔을 느낄까? 아니다, 그들이라면 조금의 의문도 갖지 않고 놀라지도 않을 것이다. 그들은 인간의 영혼을 둘러싼 세계에서 항상 인간의 영혼에 보이는 비밀스러운 영혼을 느끼지도 못하며 공간의 부름도, 시간의 흐름도 알지 못한다. 그 시절 나는 이미 그 모든 것을 알고 있었다. 하늘의 깊은 곳, 들판의 먼 곳은 내게 그들 옆에 존재하는 듯한 다른 무언가를 속삭여 주었고, 내가 닿을 수 없는 무언가에 대한 꿈과 애수를 불러일으켰으며, 누군가 혹은 무언가 알 수 없는 것에 대해 설명할 수 없이 사랑스럽고 부드러운 감동을 전해 주었다…….

그때 사람들은 어디에 있었던 걸까? 우리 영지인 카멘카 마을은 자그마한 부락이었다. 우리의 영지는 돈 강 건너편에 있어 아버지가 종종 오랜 시간을 그곳에서 보내곤 했다. 부락의 살림은 크지 않았고 고용인들도 그 수가 많지 않았다. 그렇지만 어쨌든 사람들은 있었고 생활도 어느 정도 유지되었다. 개, 말, 양, 암소, 일꾼들도 있었고 마부, 촌장, 요리사 아낙, 가축지기, 유모, 어머니와 아버지, 중학생이었던 형들과 아직 요람에 있던 동생 올랴가 있었다……. 무슨 이유로 완전히 고독 속에 있던 그 시간만이 내 기억 안에 남은 것일까? 여기 여름 한낮이 저물어 간다. 해는 이미 집 뒤 정원 너머로 내려갔고 텅 빈 넓은 마당은 그림자 속에 있다. 그리고 나는 (세상에 완전히, 완전히 혼자) 마치 누군가의 익숙하고도 경이로운 눈동자를 보듯 아버지의 품을 보듯 끝없는 파란 하늘을 바라보며 마당의 푸른 풀밭 위에 누워 있다. 드높은 흰 구름이 둥그렇게 덩어리 되어 흘러가며 천천히 모습을 바꾸다가 움푹 파인 푸른 심연 속에 녹아든다……. 아, 이 얼마나 가슴 저미는 아름다운 광경인가! 그 구름 위에 올라타 저기 저곳 산의 세계에 살고 있는 흰 날개의 천사들과 신과 가까이서 하늘 아래 창공을, 무섭도록 높은 곳을 항해할 수만 있다면! 여기 나는 집 뒤편 들판에 있다. 저녁은 야트막한 태양이 아직 빛을 발하던 그때와 같고 세상에 나는 여전히 혼자다. 어디를 보나 주변에는 이삭이 팬 호밀밭과 귀리밭이다. 그 안에, 고개 숙인 무성한 줄기들 속에 종달새의 생명이 숨겨져 있다. 아직까지 그들은 침묵하고 또 침묵한다. 다만 이따금씩 밀밭의 붉은 딱정벌레만이 이삭에 걸려 기분 나쁜 듯 윙윙거리는 소리를 낼 뿐이다. 나는 딱정벌레를 풀어 주고는 경이에 찬 시선으로 그것을 뚫어지게 바라본다. 이게 뭘까? 누굴까? 이 붉은 딱정벌레는 어디 사는 걸까? 어디로, 무슨 이유로 날아가는 걸까? 무슨 생각을 하고 무엇을 느끼는 걸까? 딱정벌레는 화가 나 사뭇 진지해진다. 내 손가락 사이에서 버둥거리며 담황색의 아주 가느다란 무언가가 아래로 삐쭉 나와 있는 뻣뻣한 날개 딱지를 비비며 윙윙거린다. 그런데 갑자기 날개 딱지의 껍질이 갈라지면서 벌어지더니 그 담황색 물체가 날개를 펴는 것이다. 아, 우아하다! 그리고 딱정벌레는 이제는 즐거운 마음으로 안도감을 느끼며 윙 소리를 내고 허공으로 날아오른다. 나를 영원히 떠난다. 새로운 감정으로 나를 풍요롭게 해 주고는 하늘로 사라진다. 내게 이별의 슬픔을 남긴다…….

또, 집에 있는 내가 보인다. 다시 여름날 저녁에 혼자 있다. 조용해진 정원 너머로 해는 저물어 낮 동안 햇살이 내내 환하게 쏟아지던 커다란 응접실과 거실은 텅 빈 채 남겨진다. 이제 마지막 한줄기 빛만이 홀로 오래된 작은 탁자의 높다란 다리 사이를 통과하여 쪽마루 귀퉁이를 붉게 물들이고 있다. 세상에, 그 말없이 서글픈 아름다움이 쓰라리다! 또 늦은 저녁 창문 너머 정원은 이미 비밀스러운 밤의 어둠으로 캄캄하다. 나는 어두운 침실 안 내 작은 침대에 누워 있다. 그런 나를 높은 곳에서 창으로 줄곧 바라보는 고요한 별 하나⋯⋯. 별은 내게 뭘 원하는 걸까? 말없이 내게 무얼 말하는 걸까? 어디로 부르는 걸까? 무엇을 상기시키는 걸까?

3

어린 시절은 조금씩 나를 생활로 엮기 시작했다. 이제 내 머릿속에는 벌써 몇 명의 사람과 몇 가지 집 안의 일상적 장면, 그리고 몇몇 사건이 떠오른다⋯⋯.

그 사건 가운데 으뜸은 내 생애 최초의 여행이었다. 그것은 나중에 했던 모든 여행 중에서도 가장 먼 곳으로 떠났던 매우 특별한 여행이었다. 아버지와 어머니는 도시라는 금기의 나라로 나를 데려갔다. 거기서 처음으로 나는 실현되는 꿈이 가져다줄 달콤함과 함께, 무슨 이유에서인지 그 꿈이 실현되지 않을 수 있다는 두려움을 동시에 경험했다. 양지바른 마당 한가운데 서서, 아침부터 헛간을 나온 여행 마차를 바라보며 얼마나 애를 태웠던지 나는 지금도 기억한다. 대체 언제쯤 마차에 말을 맬 것이며, 떠날 채비는 또 언제나 끝나는 것인가? 우리가 떠난 길이 끝나지 않을 것 같았다. 들판에, 작은 골짜기에, 시골길에, 사거리까지 끝이 없었다. 가는 길에 이런 일도 있었다. 어느 골짜기였는데 벌써 저녁이 다 될 무렵이었고 아주 외진 곳이었다. 짙푸른 떡갈나무들이 무성하게 자라고 있었고 그 반대편 비탈을 따라 나무들 사이로 허리춤에 도끼를 찬 '도적'이 나타난 것이었다. 그때뿐만이 아니라 일생을 통틀어 내가 본 모든 농부 가운데 아마 가장 비밀스럽고 무서운 사람이었을 것이다. 우리가 어떻게 도시로 들어갔는지는 기억이 나지 않는다. 그 대신 도시의 아침은 생생히 기억한다! 한 번도 본 적 없는 거대한 집들이 들어선 좁은 골짜기에 나는 벼랑 위에 매달려 있다. 태양과 유리와 간판이 반짝거려 눈이 부셨다. 내 앞에 놀라운 음악의 혼돈이 온 세상을 향해 퍼부어졌다. 로마의 베드로 대성당보다 더 장엄하고 화려했으며 쿠푸의 피라미드보다 더 나를 놀라게 만든 것은 모든 것 위로 거대하게 우뚝 솟은 대천사 미카엘 종탑에서 울려 퍼지는 종소리였다.

도시에서 무엇보다 나를 놀라게 만든 것은 구두약이었다. 살면서 세상에서 내가 본 것들 – 사실 나는 많은 것들을 보았다! – 가운데 그 도시의 시장에서 작은 구두약 상자를 두 손에 쥐었을 때 느꼈던 그런 경이로움과 기쁨을 안겨 준 것은 없었다. 둥근 상자는 보리수로 간단하게 만든 것이었지만 그것은 정말 대단했다! 상자를 만든 솜씨는 정말 예술이었다! 구두약은 더 대단했다! 검은 색의 단단한 왁스가 어찌나 반짝거리던지, 황홀한 알코올 냄새는 또 어떻고! 게다가 신나는 일이 두 가지나 더 있었다. 내게 붉은 테두리 장식이 달린 염소가죽 장화와 손잡이에 호루라기가 달린 가죽 채찍을 사 주신 것이다. 그 장화를 두고 마부는 평생 잊지 못할 말을 했다. "장화가 끝내주네요!" 내 손이 탄력 있고 잘 휘어지는 채찍과 장화에 닿았을 때에는 마치 꿈을 꾸듯 달콤했었다! 집에 돌아와 작은 침대에 누운 나는 침대 곁에 새 신발을 세워 두고 베개 밑에는 채찍을 숨겨 두었다는 사실에 기뻐 죽을 것만 같았다. 신비로운 별이 높은 곳에서 창을 들여다보며 말했다. 이제야 모든 것이 좋아, 세상에 더 좋은 것도, 그럴 필요도 없지!

지상에 산다는 기쁨을 처음 알려 준 이 여행은 내게 또 하나의 깊은 인상을 남겼다. 돌아오는 길이었다. 저녁이 다 되어 갈 무렵 우리는 도시를 빠져나와 길고 넓은 거리를 지나갔다. 우리 호텔과 대천사 미카엘 교회가 있던 그 거리와 비교하면 내게 그 길은 이미 시시해 보였다. 넓은 광장을 지나니 우리 앞에 다시 익숙한 세계가 저 멀리 펼쳐졌다. 들판, 시골의 소박함, 자유로움. 우리가 가는 길은 서쪽, 지는 태양을 향해 곧장 나 있었다. 그런데 갑자기 어떤 사람의 모습이 내 시야에 들어왔다. 그 사람도 태양과 들판을 바라보고 있었다. 도시 어귀에 내가 그때까지 봤던 집들과는 전혀 공통점이 없는 엄청나게 크고 엄청나게 가난해 보이는 노란색 집이 우뚝 솟아 있었다. 그 집에는 창문이 수없이 많았고 각 창문에는 철창이 있었으며 그 집은 높은 돌담에 둘러싸여 있었고 그 담장의 커다란 대문은 단단히 닫혀 있었다. 창문들 가운데 한 창문의 철창 뒤로 회색 외투를 입고 같은 재질의 차양 없는 모자를 쓴 사람의 누렇게 뜬 얼굴이 보였다. 뭔가 복잡하고도 힘겨운 표정이었는데 내가 태어난 후 한 번도 보지 못한 그런 얼굴이었다. 아주 깊은 슬픔, 비애, 어리석은 굴종과 동시에 뭔가 열렬하면서도 암울한 꿈이 혼합된 그런 표정……. 물론 그 집이 어떤 집인지, 그 사람이 어떤 사람인지 설명해 주었고 아버지와 어머니로부터 이 세상에는 위험 분자, 유형수, 도둑, 살인자라고 불리는 특별한 종류의 사람이 있다는 사실을 알게 되었다. 그렇지만 우리의 개인적인 짧은 생애 동안 우리가 획득한 지식은 너무나 빈약하다. 뭔가 다른 훨씬 풍요로운 것, 우리가 가지고 태어나는 것이 있다. 철창과 그 사람의 얼굴이 내게 불러일으킨 감정을 설명하기에 부모님의 말은 너무나도 부족했다. 나는 나만의 고유한 지식으로 그의 사나운 마음을 스스로 느끼고 스스로 알아차렸다. 허리춤에 도끼를 차고 골짜기에 떡갈나무 숲을 기어오르는 농부도 무서웠다. 그렇지만 그 사람은 도적이었다. 나는 한 치의 의심도 없었다. 이 사람은 뭔가 훨씬 무섭지만 매혹적이면서 신기했다. 이 위험 분자, 이 철창…….

영원한 현재

우리의 머릿속에 떠오르는 자신의 생애 최초의 기억은 어떤 것일까? 적어도 필자가 기억하는 최초의 장면은 어느 산에서(나중에 그 산이 구미에 있는 금오산이라는 것을 알게 되었지만) 조약돌이 많은 개울물에 발을 담근 채 돌 틈 사이를 살피는 모습이었다. 그 순간의 앞도 뒤도 떠오르지 않는다. 그 한 순간만이 기억에 남아 있을 뿐이다. 기억이란 무엇일까? 우리가 기억하는 것, 혹은 기억하지 않게 되는 것은 어떤 이유 때문일까? 이반 부닌의 소설 《아르세니예프의 생애》는 바로 기억에 대한 의문에서 시작한다.

1921년에 초안을 구상하여 본격적으로 집필하기 시작한 1927년부터 마지막 장의 탈고를 마친 1939년까지 거의 이십 년 가까운 세월 동안 구상하여 쓰인 《아르세니예프의 생애》는 작가 부닌의 유일한 장편 소설이자 그의 철학적 사색이 집대성된 작품이다. 이 소설은 전체 5장으로 구성되어 있는데 부닌은 각 장에 해당하는 부분에 '권'이라는 용어를 사용하고 있다. 소설 전체는 단행본 한 권의 분량이지만 부닌은 한 인간의 삶의 궤적을 마치 다섯 권의 책을 읽듯 천천히 음미하면서 읽기를 바랐던 것 같다. 1권부터 4권까지는 작가 자신의 유년 시절의 기억이, 마지막 5권 에는 작가 자신의 젊은 시절의 연인 바르바라와의 관계가 그려져 있다. 그런데 흥미로운 것은 작가가 자신의 소설이 자전적 소설로 불리기를 원 치 않았다는 점이다. 부닌의 말에 따르면 자신의 삶을 소설의 재료로 삼 기는 했지만 그가 늘 말하던 '영혼은 하나'인 것처럼 그가 보여 주고자 한 것은 보편적 존재로서의 '인간'이었다. 즉 시간과 기억, 죽음과 사랑 같은 모든 인간의 '영원한 문제들'을 엿보기 위한 계기로서 자신의 삶의 경험 을 빌려 왔을 뿐이라는 것이다.

소설 《아르세니예프의 생애》는 "글로 쓰지 않은 것들과 일들은 어둠 에 덮혀 망각의 무덤에 묻히게 되나 글로 쓴 것은 생명을 얻은 듯하나 니……"라는 문구로 시작된다. 이 문장은 마치 소설 전체의 제사(題詞) 처럼 느껴진다. 제사는 에피그라프 (epigraph)라고도 하는데 작품 서두 에 위치하여 작품 전체의 의미를 직·간접적으로 연상시키는 문구를 말 한다. 이 소설의 제사에는 두 갈래의 길, 즉 어둠, 망각, 무덤으로 난 길 과 생명과 글로 난 길이 서로 대립적으로 등장한다. 말하자면 작가는 자 신의 소설이 죽음과 대립되는 삶, 망각과 대립되는 글(문학 혹은 예술)에 대한 이야기가 될 것이라고 예고하고 있는 것이다. 이 핵심어들은 모두 기억과 관련이 있다. 《아르세니예프의 생애》는 기억에 대한 소설이다.

소설의 내용은 1917년 러시아 혁명 이후 프랑스에서 망명 생활을 한 노(老)작가 아르세니예프가 자신의 어린 시절을 떠올리며 그것을 기록한 다는 이야기이다. 전쟁도 혁명도 없는 과거의 러시아에서 보낸 스무 살

무렵까지의 시간과 반백 년 후 글을 쓰고 있는 현재의 시간이 끊임없이 교차하면서 현재와 과거가 공존하는 독특한 시간 의식을 보여 준다. 흥미로운 점은 소설 속에 세계 대전이나 10월 혁명, 내전이나 망명 같은 아르세니예프가 겪었을 역사적 사건들이 기술되어 있지 않다는 것이다. 20세기 러시아 역사를 힘겹게 통과했어야 할 주인공은 그 사건에 대한 자신의 경험이나 느낌, 나아가 그에 대한 판단이나 직접적인 평가를 전혀 드러내지 않는다. 마치 커다란 공백처럼 남겨져 있어 독자들은 그저 짐작만 할 수 있을 뿐이다. 그 대신 소설은 단편적인 기억과 찰나의 느낌들, 툭툭 끊어지는 사건들로 이어져 있다. 화자의 말처럼 '가난하고 단조로운' 현실로 느껴지는 것이다. 그러나 실제로 그 현실의 뒤에는 숨겨져 있는 삶의 오롯한 반짝임이 있으며 바로 그것이 소설에서 독자가 찾아야 할 보물인 듯하다. 그것은 바로 자연과 인간이 나누는 섬세한 감정, 상호 동화, 꿈의 비밀, 과거와의 초시간적 만남 같은 것들이다. '구두약' 하나에서도 삶의 기쁨을 찾고, 낯선 이의 모습에서 비밀을 감춘 신비로운 존재를 느끼고, 심지어 달빛에서도 자신을 쫓는 달의 호기심을 느낀다. 특히 부닌에게 있어 삶은 경의의 연속이고 모든 인간은 그 삶에 대해 경의를 느낀다. 사람마다 그것을 느끼는 정도는 다를 수 있지만 어쨌든 그것에 가장 민감하게 반응하는 존재가 바로 시인이다. 이 소설은 어린 시절의 아르세니예프가 시인의 감성으로 세계를 관찰하고 그것과 호흡하는 것에 집중되어 있다. 소년이 시를 쓰고 작가로서 등단하고 문학적 명성을 얻는 것과 같은 문학적 현실은 그다지 중요하게 서술되어 있지 않은 반면 세계와의 교감 그 자체에 묘사가 집중되어 있다. 중요한 것은 그 교감이 언제나 현재형이라는 점이다. 문법적으로도 현재형, 형이상학적 의미에서도 현재형. 교감을 느끼는 순간은 아르세니예프의 기억 속에서 '영원한 현재'가 된다. 그리고 그 비밀은 바로 기억에 대한 부닌의 독특한 사고에 있다.

소설의 주인공이자 화자인 아르세니예프는 모든 일을 겪고 난 후에 얻어진 일종의 전지적 관점이 갖는 이점을 거의 사용하지 않는다. 화자는 어린 시절의 사건이나 경험을 연륜이 쌓인 시점으로 평가하거나 판단하려 하지 않는다. 마치 과거를 회상하는 현재의 아르세니예프는 어느덧 사라지고 과거의 어린 아르세니예프가 다시 살아온 듯, 소년의 시점에서 이야기가 전개된다. 독자들은 어느새 그 시절의 시간 속으로 빠져들게 된다. 처음으로 세상에 눈을 뜬 창세기의 아담의 시선으로 자신을 둘러싼 세상이 의미를 갖게 되는 과정을 독자들도 주인공과 하나가 되어 체험하게 된다. 그 과정은 언제나 궁금한 것투성이다. 삶이란 무엇인지, 죽음이란 무엇인지, 러시아란 무엇인지, 예술이란 또 무엇인지……. 삶의 조각들은 자연스레 근본적이고 철학적인 문제들을 건드리는데 소설 속에서는 의문만 제기될 뿐 답은 명쾌하게 제시되지 않는다. 그것은 어쩌면 답할 수 없는 질문이기 때문은 아닐까? 인간은 끈질기게 질문할 뿐 결코 단선적인 해답을 찾지 못한다. 하지만 그 질문의 과정에서 분명해지는 것은 바로 자신과 아버지, 그 아버지의 아버지, 또 그 위의 아버지가 하나로 연결되어 있다는 '감각'이다. 자신의 시간이 자신의 탄생으로 시작되지 않았으며 자신의 죽음으로 끝나지 않는다는 생각에는 인간의 최대 한계인 '시간'을 넘어서고자 하는 작가 부닌의 '영원'에 대한 믿음이 반영되어 있다. 그 믿음을 가능하게 만드는 것은 바로 '기억'이다. 그리고 그 기억은 언제나 감각적이다. 김나지움 시절에 우연히 만난 한 여인에게서 맡은 '담배 향기'는 일생 동안 서술자에게 '첫사랑의 감정'을 불러일으킨다. "이것은 시골의 아가씨 덕분이다. 나는 아직까지도 '담배 향기'를 맡을 때마다 떨림을 느낀다. 그녀는 나에 대해 기억하지 못하는 것은 물론이고 내가 일생 동안 이 향기를 맡을 때면 그 즉시 그녀와 분수의 신선함을, 군악대의 음악 소리를 기억해 내곤 한다는 사실을 상상도 할 수 없을 것이다." 마치 프루스트의 《잃어버린 시간을 찾아서》에서 주인공이 마들렌 향기를 맡고 과거의 시간을 현재로 불러내는 것처럼 부닌에게도 기억은 감각을 통해 현재에 환기된다. 그렇기 때문에 기억의 순간은 언제나 현재적이며 영원한 것이 된다. 반복되는 기억과 반복되는 경험 속에서 과거와 현재의 경계는 사라지고 '영원한 현재'만이 남게 된다. 부닌에게 아르세니예프의 과거, 위대한 문화적 전통을 간직했던 러시아는 현실 속의 소비에트 혁명으로 사라졌다. 오로지 인간의 기억만이 러시아를, 사라진 과거를 되살릴 수 있는 유일한 길이다. 소설 초고에 붙여진 '삶의 근원'이란 부제가 말해주듯 기억되는 시간은 기억하는 시간 속에서 반복되며 영원성을 획득한다. 《아르세니예프의 생애》는 바로 이 영원의 기록이다.

 작가와 작품

이반 알렉세예비치 부닌(1870 – 1953)은 노벨 문학상을 받은 최초의 러시아 작가로서 1870년 10월 10일 보로네시의 오래된 귀족 가문에서 태어났다. 17세부터 시를 쓰기 시작한 부닌은 1887년에 등단하여, 《시집》(1891), 《낙엽》(1901), 《안토노프의 사과》 등으로 시와 산문 모두에서 두각을 나타냈으며 1903년과 1909년 푸시
킨 상을 두 차례에 걸쳐 수상하고 1909년
에는 러시아 학술원의 회원으로 위촉된
다. 고리키의 사실주의적 문학 서클 수요
회에서도 활동한 바 있는 부닌은 1910년대
에는 《마을》, 《마른 골짜기》, 《샌프란시스
코에서 온 신사》, 《가벼운 숨결》, 《형제들》
등과 같은 중단편으로 동시대 러시아 사회에 대한 자신만의 독특한 시각
을 보이며 무르익은 예술성으로 동시대 독자와 비평가들로부터 '마지막
클래식'이라는 평가를 받는다. 소비에트 혁명이 일어난 이듬해인 1918년
여름 볼셰비키 혁명을 피해 모스크바를 떠난 부닌은 오데사를 거쳐 프랑
스로 망명한다(1920년). 그는 이 시기를 기록한 수기 《저주받은 나날들》
을 통해 볼셰비키에 대한 증오의 감정을 독설로 풀어놓기도 하였다. 혁
명 초기 반소비에트적 정치 · 사회 활동에 몰두하기도 하였으나 1924년
부터 《일사병》, 《엘라긴 소위 사건》, 《미탸의 사랑》과 같은 뛰어난 작품
을 연달아 내놓으며 러시아 망명문학의 상징이 되었다. 이후 그의 창작
세계를 집대성한 장편 소설 《아르세니예프의 생애》를 발표, 1933년 '러시
아의 고전적 산문의 전통을 발전시킨 장인 정신'을 발휘했다는 평가를 받
으며 러시아인으로는 최초로 노벨 문학상을 수상하였다. 제2차 세계 대
전 당시에는 남프랑스의 도시 그라스의 한 빌라에 머물며 사랑을 주제로
한 연작집 《어두운 가로수길》과 철학적 산문 《톨스토이의 해방》을 발표
했다. 생애의 마지막 순간에 집필한 《체홉에 대하여》는 1953년 11월 8일
작가가 사망함으로써 미완성인 채로 남게 되었다.

"남편은 무덤에, 아들은 감옥에 있소.
날 위해 기도해 주오!"

권력의 횡포에
침묵하지 않겠다

박선영

안나 아흐마토바의 서사시 〈레퀴엠〉* 중에서

I

동틀 무렵 당신을 연행해 갔고
발인인 듯 난 당신을 따라갔다.
어둑한 방에서 아이들이 울어 댔고,
성상함 곁 초는 녹아내렸다.
그대 입술 위 성상의 냉엄함,
이마 위 치명적인 땀……. 잊을 수가 없다!
스트렐츠이의 아내처럼
나 크레믈의 탑 아래서 울부짖으리.
1935년 [11월] 모스크바

---

*추천 역서: 《레퀴엠: 혁명기 러시아 여성시인 선집》, 기삐우스 외, 석영중 옮김, 서울:
고려대학교 출판부, 2004.

Ⅱ

고요한 돈 강은 고요히 흐르고
노란 달이 집으로 들어오는구려.

비스듬히 들어와서는
노란 달이 그림자를 바라본다오.

이 여인은 아프오,
이 여인은 혼자라오.

남편은 무덤에, 아들은 감옥에 있소
날 위해 기도해 주오.
1938

Ⅲ

아냐, 이건 내가 아닌 다른 누군가가 고통받는 것.
난 그리하지 못했으리, 벌어진 일은
검정색 천으로 덮게 하라.
등불을 치우게 하라.
밤이다.
1939

IV

너, 냉소적인 자,

모든 친구들에게서 사랑받는 자,

차르스코예 셀로의 발랄한 죄인인 너에게

네 삶에 벌어질 일 보여줄 수 있다면.

넌 차입물을 들고서 삼백 번째 면회객처럼

크레스티 감옥 아래 서 있게 될 것이며

뜨거운 눈물로

새해의 얼음을 불태우게 될 것이다.

감옥의 포플러가 흔들리고 아무 소리도 없는

그곳에서 얼마나 많은 무고한 생명이

죽어 가고 있는지 모른다……

1938

V

나 17개월을 부르짖으며

널 집으로 부르고 있다.

형리의 발에 매달리기도 했다

넌 아들이자 내 두려움이어라

모든 것이 영원히 뒤엉켜 버려

지금은 누가 짐승이고 누가 사람인지,

처형의 날을 오래 기다려야 하는지

난 분간할 수가 없구나.

화려한 꽃과

향로 소리와 정처 없는

발자국만이 있을 뿐.

거대한 별 하나가

내 눈을 똑바로 쳐다보며

곧 닥쳐올 죽음으로 위협하고 있다.

1939

VI

몇 주가 가뿐히 지나갔다.

무슨 일이 생겼는지 난 알지 못하겠지.

아들아, 감옥에서 널

백야가 어떻게 바라봤는지,

이글거리는 매의 눈으로

백야가 어떻게 널 다시 바라보고 있는지,

높이 솟은 너의 십자가와

죽음에 대해 어떻게 이야기하는지를.

1939년 봄

VII

선고

그러자 아직은 살아 있었던 내 가슴에

돌덩이 같은 말이 떨어졌다.

괜찮다, 난 이미 준비돼 있었다,
어떻게든 난 잘 극복해 내리라.

오늘은 일이 많구나
영혼이 돌덩이가 되도록
기억을 모조리 없애야 하고
다시 사는 법을 배워야 한다.

그렇지 않으면······. 마치 축제날인 듯
창 너머에서 여름이 뜨겁게 사각댄다
이런 화창한 날과 황량한 집을
난 오래전부터 예감하고 있었다.
1939년 [6월 22일] 폰탄카의 집

VIII
〈죽음에 부쳐〉
그대 어떻게든 올 거면 대체 왜 지금이 아니더냐?
그대를 기다리는 나 너무나 힘겹다.
그토록 단순하고도 신비로운 그대를 향해
난 불을 끄고 문을 열어 두었다
그대가 어떤 것을 택해도 좋다
독이 든 탄환을 퍼붓든
능숙한 강도처럼 쇳덩이를 들고 잠입하든

티푸스 가스로 독살하든.

아니면 네가 지어내서

신물 날 만큼 모두에게 알려진 이야기로든

내가 비밀경찰의 푸른 모자 꼭대기와

공포로 창백해진 관리인을 볼 수 있게 해라.

지금 난 뭐든 상관없다. 예니세이 강이 소용돌이치고

북극성이 반짝인다.

사랑하는 이의 푸른 눈빛을

최후의 두려움이 덮치고 있구나.

1939년 8월 19일.

폰탄카의 집

IX

이미 광기는 날개로

영혼의 절반을 뒤덮었고

불타는 포도주를 먹여

캄캄한 골짜기로 유혹한다.

이미 타인의 헛소리인 듯

제 헛소리를 들으며

광기에 승복해야 한다는 것을

난 깨닫게 되었다.

(아무리 간청해도
아무리 애걸해도)
광기는 그 무엇도 가져가도록
내게 허락하지 않는구나

내 아들의 무서운 눈빛도,
돌덩이가 되어버린 고통도,
뇌우가 닥쳐왔던 날도
감옥에서의 면회 시간도

두 손의 사랑스런 냉기도
떨고 있는 보리수의 그림자도
마지막 위안의 말들인
저 멀리서 들려오는 가냘픈 소리도.
1940년 5월 4일
폰탄카의 집

X
〈책형〉
"어머니, 헛된 무덤 속에 있는
절 위해 울지 마세요!"

1

천사들의 합창이 위대한 시간을 찬양하고
하늘은 불길 속에서 녹아 버렸다.
그는 아버지에게 말했다: "어찌하여 절 버리시나이까!"
어머니에게 말했다. "오, 절 위해 울지 마세요."
1938년

2
막달라 마리아는 몸을 떨며 통곡했고
사랑하는 제자는 돌이 되었지만
어머니가 말없이 서 있는 그곳을
그 누구도 감히 바라보지 못했다.
1940년
폰탄카의 집

에필로그
(중략)
그 언젠가 이 나라에
내 기념비를 세우려 한다면,

나 이 영광에 동의하리오
허나 조건이 있소

(바다와의 마지막 끈 끊어졌으니)

내가 태어난 바닷가 근처에도

수심에 잠긴 그림자가 날 찾는
차르스코예 셀로 정원 소중한 그루터기 옆에도 세우지 말고

내가 300시간을 서 있었던 곳,
내게 빗장을 열어 주지 않았던 바로 이곳에 세워 주오.

축복받은 죽음 속에서도
검정색 호송 차량 마루샤의 질주를 잊을까 두려워서이며,

역겨웠던 문 삐걱대는 소리와
상처 입은 짐승 같았던 노파의 울부짖음을 잊을까 두려워서라오.

그리하여 움직임 없는 청동 눈꺼풀에서
녹아내리는 눈(雪)이 눈물처럼 흐르게 하고

저 멀리서 감옥의 비둘기가 구구거리게 하며
네바 강을 따라 배들이 고요히 떠다니게 해주오.
1940년 3월 10일경
폰탄카의 집

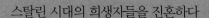
상트페테르부르크의 네바 강 강변에는 '크레스티(십자가들)'라는 구치소가 있다. 위에서 내려다본 건물 모양이 십자가 두 개를 형상화하고 있다고 하여 이렇게 이름 붙여진 크레스티는 러시아의 아주 유명한 대규모 구치소이다. 그리고 이 구치소 맞은편, 즉 강 건너편에는 소박한 옷차림에 숄을 두르고 한 손에 묵주를 든 채 고개를 돌려 강 너머 크레스티 구치소를 바라보고 있는 시인 안나 아흐마토바의 동상이 세워져 있다. 그렇다면 크레스티 구치소와 이 시인은 대체 어떤 연관이 있는 것일까? 그 답은 시인의 유명한 서사시 〈레퀴엠Реквием〉 속에서 찾을 수 있다.

〈레퀴엠〉은 '죽은 자만이 미소 지었고 평온을 반겼던' 스탈린 숙청기에 수난을 당했던 사람들에 관한 서사시이자 그들에게 바쳐진 서사시이다. 수감되어 있는 남편을, 혹은 아들을 두었던 수많은 여인들을 대표하여 서정적 자아는 무고한 인물들이 갑작스럽게 연행되어 가는 바로 그 순간부터 수감자들을 옥바라지하며 겪게 되는 육체적·정신적 신고와 심리적 변화 양상까지 생생하게 기록하고 있다. 때로 서정적 자아의 절규와 고통이 읽는 이에게까지 고스란히 전해질 정도로 그 묘사는 선연하다. 데뷔 이후 서정시를 주로 썼던 아흐마토바는 스탈린 치하에서 자행된 전 민중적인 비극 앞에서 더 이상 침묵할 수가 없었다. 한 아이의 어머니이자 시인이었던 아흐마토바는 참혹한 역사 현장의 증인이자 기록자의 임무를 스스로에게 부여하고는 바로 이 작품, 절박하고도 곡진한 심정으로 써 내려가 처연함이 뚝뚝 묻어나는 서정적인 서사시 한 편을 완성하게 된다.

위에 인용한 부분은 〈레퀴엠〉의 본문과 에필로그의 일부로, 시인이 스탈린 시대의 희생자들을 진혼하기 위해 얼마나 다양한 층위를 작품 속에서 훌륭히 녹여 내고 있는지 잘 보여 주는 부분이라 하겠다. 시인이 민중과 함께 있었다는 사실을 공고히 하는 '에피그라프'와 작품의 창작 배경이 되었던 '무시무시한 시절'을 회상하는 '서문을 대신하여', '헌사', '서언'에 이어 본문(1935년부터 1940년까지 제각각 창작된 10편의 시)과 에필로그가 뒤따른다. 일차적으로 시인의 전기적 사건에 기초하고 있는 〈레퀴엠〉은, 다년간에 걸쳐 다양한 시 형식으로 집필되면서 전기·사실적 층위 이외에도 역사적 층위와 민중 시가적 층위, 성서적 층위, 문학적 층위 등이 자연스럽게 뒤섞여 한데 어우러지게 되었다.

1935년 11월에 창작된 첫 번째 시에서는 서사시의 창작 계기가 된 전기·사실적 층위가 전면에 부각되어 있다. 1935년 10월 22일, 아흐마토바의 세 번째 남편이었던 예술사학자 니콜라이 푸닌과 당시 레닌그라드 대학 학생이었던, 시인의 외아들 레프 구밀료프(시인의 첫 번째 남편이었던 시인 니콜라이 구밀료프와의 사이에서 태어난 아들로 1차 체포는 1933년 12월에 이미 있었다)가 '반소비에트적 활동'이라는 모호하고도 치명적인 죄목으로 체포되었다가 시인이 스탈린에게 석방을 호소하는 서한을 보낸 뒤 곧 풀려난 일이 있었다. 하지만 이것은 시작에 불과했다. 이후 푸닌과 레프는 수 차례 투옥과 석방을 반복적으로 경험해야 했고(푸닌은 결국 1953년 8월 수용소에서 사망하였고 레프는 1956년이 되어서야 자유의 몸이 되었다), 이러한 실제 사건들은 작품의 기본 서사를 구성하게 되었다.

첫 번째 시에서 남편 푸닌의 체포에 관해 이야기하면서 서정적 자아는 자신을 17세기말 표트르 대제에 맞서 반란을 일으켰던 스트렐츠이(친위

병들)의 아내에 비유함으로써 자신에게 벌어진 사건을 사적인 층위로 한 정시키는 것을 단호히 거부한 채 보다 일반적인 역사적 층위에서 해석해 내고자 하였다. 더불어 '스트렐츠이의 아내처럼 나 크레믈의 탑 아래에서 울부짖으리'라는 구절을 통해 국가 권력이자 스탈린의 상징인 크레믈과 서정적 자아 간의 갈등 관계를 전면에 내세우기도 한다. 이와 동시에 '울 부짖다'라는 표현을 통해 폭압적인 권력에 고개를 숙일 수밖에 없는 나약한 존재로서의 민중을 그려 내고 있을 뿐만 아니라 '애가(哀歌)'가 이 서사시의 기본 정조가 될 것임을 예시하기도 한다. 러시아 민중 시가인 '애가'의 서정적 자아, 즉 '곡하는 여인 плакальщица'의 형상은 아흐마토바가 전 민중적인 비극이 발생할 때마다 자주 기댔던 형상으로, 사실상 이 서사시의 서정적 자아 또한 '곡하는 여인'으로 규정할 수 있을 만큼 작품 곳곳에는 러시아 민중 시가의 요소들이 산재해 있다. 장례식장의 '곡하는 여인'의 궁극적 역할은 망자를 '진혼'하는 것이었으니 결국 민중 시가의 '애가'는 그리스도교 전통의 '진혼곡/레퀴엠'에 다름 아니라 하겠다.

1938년, 아들 레프가 세 번째로 체포되었을 때 창작된 두 번째 시에서는 다른 무엇보다 민중 시가적인 층위가 두드러지고 있다. 강약 4보격의 운율 형식과 더불어 시에서 주요하게 다루어진 '돈 강'이라든지 '달빛' 등의 이미지는 민중 시가에서 자주 쓰이는 형식이요 이미지이다. 흥미로운 것은 이 이미지들이 민중 시가의 틀에서만 파악되는 것을 넘어서 아흐마토바의 삶과 창작과의 연계 속에서 해석의 폭을 확장시키고 있다는 점이다. 민요에서 자주 등장하는 러시아의 젖줄 '돈 강'은 아들 레프가 좋아했던 책이 숄로호프의 장편 소설 《고요한 돈 강》(1925 – 1940년 집필, 1928년부터 발표 시작)이었다는 사실과 레프가 체포되기 전에 돈 강 탐험을 떠났었다는 사실을 통해 아흐마토바가 이미지 선택에 있어 얼마나 세심한 주의를 기울였는가를 엿볼 수 있게 한다. 또한 통상 민중 시가에서 죽음과 연결되는 '달빛'은, 아흐마토바의 창작에서 대체로 죽음이나 비극성을 상징하는 색채인 노란색과 결합되면서 시 전체에 괴괴하고도 불길한 분위기를 한층 더 짙게 드리우고 있다.

'노란 달빛'이 비스듬히 비쳐 드는 집 안에서 넋을 잃은 채 마치 '그림자'처럼 자리하고 있는 여인, '남편은 무덤에, 아들은 감옥에 있소'라고 탄식하며 자신을 위해 기도해 달라고 읊조리는 여인은 누가 보아도 아흐마토바 자신의 초상임을 알 수 있다. 소위 '타간체프 조직'이라는 반정부 조직에 연루되었다는 이유로 1921년 무고하게 총살당한 자신의 첫 번째 남편 니콜라이 구밀료프와 1933년 이후 수 차례 투옥과 석방을 반복하는 아들 레프 구밀료프로 인해 시인은 '인민의 적의 아내이자 어머니'로 낙인 찍혀 도청과 미행 등 정권의 감시 속에서 살아가게 된다. 그러나 애초부터 소비에트 정권과 함께 나아갈 생각이 없었던, '달리 생각하는 자(반체제 인물)'요 '내부 망명자'였던 아흐마토바는 '인민의 적의 아내이자 어머니'라는 오명적인 타이틀을 오히려 자랑스럽게 기꺼이 끌어안으며 '누가 짐승인지 사람인지도 분간할 수 없었던' 흉포한 시절을 낱낱이 기록하고자 했다. 이러한 역사 증언 기록자로서의 임무는 '서문을 대신하여'에서 명확하게 제시되고 있다("이걸 쓸 수 있으시겠어요?" 나는 대답했다. "쓸 수 있어요."). 이러한 시인의 뜻에 호응이라도 하듯 훗날 작가 솔제니친은 이 작품을 두고 "이것은 당신이 말하는 것이 아니라 러시아가 말하는 것입니다"라고 시인에게 밝힌 바 있다.

곧 닥쳐올 파멸과 죽음에 대한 예감 속에서 '아들이자 두려움'인 존재를 위해 어미로서 할 수 있는 일은 돌덩이가 되어 슬픔과 고통에 무감각해지는 것뿐이었다. '선고'라는 제목이 붙여진 일곱 번째 시에서는 시인과 시인의 아들의 이야기로 채워지는 전기·사실적 층위에 성서적 층위가 자연스럽게 녹아들고 있다. '석화 окаменение'의 모티프는 창세기에 등장하는 소금 기둥이 되어 버린 롯의 아내를 연상시키는데 1924년에 창작된 시 〈롯의 아내 Лотова жена〉에서 아흐마토바가 신의 뜻을 거역한 롯의 아내의 어리석은 행동을 모성애에 방점을 두고 독창적으로 재해석해 냈다는 것을 상기하면 이 작품 속에서 '석화'의 의미장은 더욱 넓어져 성서적 함의까지도 내포하는 것임을 알게 된다. 이 작품 속에서 수다히 등장하는 성서적 모티프들과 형상들로 인해 성서적 층위는 점점 더 견고해지는데 이는 본문을 갈무리하는 열 번째 시에서 절정에 달한다.

'책형'이라는 제목과 정교회의 부활절 미사곡에서 임의로 취한 에피그라프("어머니, 헛된 무덤 속에 있는 저를 위해 울지 마세요!")를 통해 이미 전면에 노출된 성서적 요소들은 성서의 슈제트를 그대로 옮겨 오고 있는 시의 내용을 통해 한층 부각된다. 한편, 성서적 아우라로 충만해 있는 본문의 마지막, 열 번째 시에서 우리가 가장 눈여겨봐야 할 것은 아흐마토바가 소비에트 정권에 의해 박해받고 있는 자신과 자신의 아들을 성모 마리아와 예수 그리스도에 비유함으로써 자신들, 더 나아가 수난 당하고 있는 러시아의 모든 아들들과 어머니들의 고통에 신성성과 숭고미를 부여하고 있다는 점이다. 더불어 예수 그리스도의 죽음이 그러했듯이 작품 속에서 묘사되고 있는 죽음이나 고통이 단지 비극적인 성격만을 지니는 것이 아니라 시인 만델시탐이 에세이 《스크랴빈과 그리스도교 Скрябин и христианство》(1915)에서도 강조한 바 있는 대속, 희생을 통한 구원 및 부활의 의미를 함의하고 있다는 것 또한 잊지 말아야 한다. 억압받는 민중의 대리자 혹은 대표자로 등장하고 있는 아흐마토바는 자신들의 고통과 희생에 성스러움을 부여하면서 광포한 야수의 시절을 버텨 낼 수 있는 힘과 명분을 찾았던 것이다.

작품 곳곳에서 쉽게 찾아볼 수 있는 문학적 인용 층위 또한 서사시 읽기에 큰 흥미를 더해 준다. 그 가운데 단연 돋보이는 것이 푸시킨의 작품으로, 아흐마토바는 자신의 영원한 시적 우상이었던 푸시킨의 작품에서 취한 모티프들을 곳곳에 배치함으로써 자신과 푸시킨의 연관성을 때로는 선명하게, 때로는 은연중에 드러내고 있다. 〈레퀴엠〉의 '헌사'는 시베리아 유형에 처해진 데카브리스트들의 고난을 위로하고 격려하기 위해 푸시킨이 1827년에 창작했던 시 〈시베리아 광산 깊숙한 곳에서 Во глубине сибирских руд……〉의 직 · 간접적 인용들로 포화되어 있다. '강제 노역의 굴'이라는 표현에 인용부호를 표시함으로써 아흐마토바는 독자들에게 푸시킨의 작품을 또렷이 상기시킨 뒤 '빗장', '희망', '시베리아' 같은 시어들까지 인용하여 〈레퀴엠〉을 푸시킨 시 작품의 배경 속에서 독해하도록 유도하고 있는 것이다. 자유를 갈망하는 반체제주의적 활동과 그것으로 인한 구속, 그것을 견뎌 내야 하는 인내 등은 니콜라이 1세 치하 19세기 러시아 제국의 데카브리스트들과 스탈린 치하 20세기 소비에트 제국의 반체제 인사들을 하나로 묶어 주고 있다.

푸시킨 인용은 아홉 번째 시에서 다시금 전면에 드러나고 있다. '광기 безумие'를 주요 모티프로 삼고 있는 아홉 번째 시는 푸시킨의 시 〈부디 날 미치지 않게 해주오 Не дай мне бог сойти с ума……〉(1833)와 상호 텍스트적 관계를 형성한다. 푸시킨의 이 작품 역시 〈시베리아 광산 깊숙한 곳에서〉와 마찬가지로 감옥이나 수인(囚人) 같은 모티프들이 등장하여 〈레퀴엠〉의 탄생 배경과 강한 연관성을 지니고 있었기에 아흐마토바의 관심을 비켜갈 수 없었던 것으로 보인다. 하지만 두 시의 핵심어라고 할 수 있는 '광기'를 대하는 두 시인의 입장에는 차이가 존재한다. 푸시킨이 '광기'를 감금되어 있는 '수인'의 상태에 비유함으로써 '광기'를 불행하고도 무서운 것으로 그려 내면서 그것이 자신을 덮치지 않기를 기원하고 있다면, 아흐마토바는 '광기'가 자신의 모든 것을 앗아 가는 무서운 것이라는 것을 인지하고 있음에도 '광기'를 자신이 처한 현재의 이 고통스런 삶으로부터 해방시켜 줄 수 있는 수단이라고 여기면서 그것을 받아들일 수밖에 없는 상황임을 역설하고 있다. 세 번째 시에서 자신의 존재 자체를 부정하거나('아냐, 이건 내가 아닌 다른 누군가가 고통받는 것') 자신에게 벌어진 엄청난 일을 도저히 감당할 수 없어 검정색 천으로 덮어 버리고 등불을 치워 그것이 보이지 않도록 해 달라고 요구했던 서정적 자아는, 아홉 번째 시에서 자기 영혼의 절반을 이미 덮쳐 버린 '광기'에 굴복할 수밖에 없는 엄혹한 현실을 뼈아프게 받아들이고 있었던 것이다.

한편, 아흐마토바는 차르스코예 셀로라는 공간 속에서 푸시킨과의 연결 고리를 찾기도 했다. 푸시킨이 리체이 시절을 보내며 시인으로 성장해 간 차르스코예 셀로는 '러시아 문학의 성지'로 간주되는 공간이다. 이곳에서 김나지움을 다니며 유·소년기를 보냈던 아흐마토바에게 있어서는 차르스코예 셀로야말로 자신과 푸시킨을 묶어 주기에 더할 나위 없이 훌륭한 장소였다. 스스로를 '차르스코예 셀로의 발랄한 죄인'이라고 부르는 아흐마토바는 백여 년의 시간이 흐른 뒤에도 이곳에서 푸시킨의 흔적을 여전히 찾아내고 있었고 바로 이러한 의식적 행위가 자신을 '푸시킨으로부터 이어져 온 러시아 문학 전통의 적자이자 후계자'로 선언하게 만들었다.

에피그라프에 이르면 드디어 이 글 도입부에서 언급된 아흐마토바의 동상(기념비)을 마주하게 된다. 러시아 문인들 중에는 사후의 명성을 염두에 두고 간혹 자신의 기념비가 세워질 위치에 대해 언질을 주는 경우도 있는데 아흐마토바가 바로 그러했다. 시인은 후대인들이 자신의 기념비 건립 장소로 택할 수 있을 법한 주요 공간들(예를 들어, 육체적 탄생지인 오데사 바닷가나 정신적 탄생지인 차르스코예 셀로)이 아닌, '아들을 면회하기 위해 300시간을 서 있었던 곳', 즉 서사시의 주요 공간적 배경이 된 크레스티 구치소를 자신의 기념비 건립 장소로 제시하고 있었던 것이다. 그리고 이곳에 기념비를 세워야 하는 이유를, 끔찍했던 스탈린 시대에 대한 망각의 두려움으로 적시함으로써 아흐마토바는 서사시의 기본 테마를 마지막까지 충실히 그려 내고 있었다. 마지막 두 행에서 시인은 자유와 순수, 평화의 상징인 비둘기와 네바 강을 조용히 떠다니는 배의 이미지를 통해 평온의 시대에 대한 갈망을 표하면서 작품을 마무리한다.

이 서사시가 집필된 지 반세기를 훌쩍 넘긴 지난 2006년, 크레스티 구치소 맞은편 로베스피에르 강변로에는 아흐마토바의 〈레퀴엠〉과 〈롯의 아내〉를 구상화한 시인의 동상이 세워졌고, 시인의 간절한 바람대로 현재 동상 주변에는 비둘기가 평화로이 날아다니고 네바 강을 따라 배들이 유유히 떠다니고 있다. 과거를 잊지 않는 민족, 그들이 바라던 미래는 그리 멀리 있지 않으리라.

시인 안나 안드레예브나 아흐마토바
(Анна Андреевна Ахматова, 본래의 성은 고
렌코 Горенко, 1889–1966)는 '20세기 최고의
여류 시인', '은세기의 여왕', '전 루시의 안
나'로 불리는 러시아 문학사의 신화적인 존
재이다. 데뷔 시집 《저녁 Вечер》(1912)의 엄
청난 성공 이후, 후속 시집들 《묵주 Чётки》
(1914), 《흰 무리 Белая стая》(1917), 《질경이 Подорожник》(1921), 《서기 Anno
Domini》(1921)로 평단과 일반 독자 모두로부터 주목받으며 호평을 얻어 냈
다. 그러나 문학적 명성과는 별개로 혁명 이후 소비에트 정권에 동조하지
않았던 아흐마토바는 침묵을 강요당한 채 '내부 망명자'로 살아가게 된다.

시인의 사적 체험이 투영되어 있어 '자전적 서사시'로 불리기도 하는 〈레
퀴엠〉을 통해 아흐마토바는 자신이 민중의 고통을 함께 나누고 있는 공적
인 존재임을 공고히 함으로써 시인의 개인 서사를 역사적 담론으로 끌어올
리고 있다. 1935년부터 1940년까지 시를 완성한 이후 1961년 자신의 시에서
취한 에피그라프를 추가할 때까지 시인은 근 25년이 넘도록 〈레퀴엠〉에 대
한 생각을 놓지 못했다. 더욱 놀라운 것은 시인이 1962년 12월에 작품을 구
술하기 전까지는 이 작품을 써 두거나 발설하지 않은 채 오롯이 머릿속으로
만 간직해 왔다는 점이다. 구술 이후 사미즈다트(지하 자가(自家) 출판) 형
태로 널리 알려지게 된 이 작품은 러시아에서는 1987년에 이르러서야 잡지
《시월》을 통해 최초로 공식 발표되었다.

세상을 바라보다

"어디에 있는가, 사랑하는 내 친구여! ……
이리 와서 우리 '위대한 인간'에 대해 이야기를
나누어 보세. 다른 이들은 권력 앞에서 비굴하게 굴고,
그 위력과 힘을 칭송하라지.
자네와 난 사회에 대한 봉사의 노래를
높이 부를 테니……."

불의에 맞서는
용기는 공감으로부터 나온다

서광진

서문(전문)

A. M. K.

내가 가장 사랑하는 친구에게.

내 마음의 친구여! 내 마음과 이성이 하고자 하는 모든 바는 모두 자네에게 바쳐지네. 많은 점에서 우린 생각을 달리하지만 자네의 심장은 나와 함께 고동치네. 우리는 친구이므로.

내 주위를 돌아보고선, 나의 영혼은 인간의 고통으로 몸서리쳤지. 하지만 나의 내면으로 눈길을 돌리자, 인간의 불행은 인간 그 자신으로부터 비롯되었으며 바로 그 이유 때문에 인간은 자신의 주위를 제대로 보지 못한다는 사실을 알았다네. 나 스스로에게 선언한 적도 있었지만, 자연은 자신의 자식들에게 매우 인색해서 죄 없는 방랑자에게 영원히 진리를 숨

---

* 추천 역서: 《길: 성 페테르스부르크로부터 모스크바까지의 여행》, 라지시체프, A. N., 김남일 옮김, 서울: 학민사, 1987.

겨 버린 것은 아닌지. 혹은 이 가혹한 계모가 우리에게 행복은커녕 불행만을 느끼게 만들어 버린 것은 정녕 아닌가라는 생각을 해 보았다네.

나의 이성은 이러한 생각이 들자 몸서리쳐졌고, 나의 가슴은 이런 생각을 멀리 내쳐 버렸다네. 인간에게 위안이 되는 것을 나는 바로 인간 그 속에서 찾았지. "본능의 눈으로부터 장막을 걷어 내어라. 그래야 행복할 것이니!" 이런 본성의 소리가 나의 몸속에서 크게 울렸어. 나는 곧 나를 감성과 고통에 빠트렸던 우울함에서 벗어나 활기를 되찾았다네. 나의 내부에서는 망상에 대항할 만큼의 강한 힘과 이루 말할 수 없는 즐거움이 느껴졌지. 그리고 모두가 지복의 동료가 될 수 있다는 것을 느꼈다네.

이런 생각이 나로 하여금 자네가 앞으로 무엇을 읽을 것인지 대강의 밑그림을 그려 보게끔 했어. 하지만 나 스스로도 이미 말했지만, 나의 의도에 동조해 줄 누군가를 찾을 것이네. 그 사람은 고귀한 목적을 위해서 비록 완전하지 못한 내 의도의 대의를 비난하지 않을 것이며, 동료들의 불행을 나와 함께 나눌 수 있는 사람일 것이고, 나의 전진하는 한 걸음 한 걸음마다 나를 든든히 지원해 줄 수 있는 사람이어야 하겠지. 그렇다면 내가 짊어진 이 일은 더욱 풍성한 열매를 맺지 않겠는가?

그런데 왜, 도대체 왜, 내가 이런 사람을 멀리서 찾겠는가? 나의 친구여! 자네는 내 심장의 바로 옆자리에 살고 있지 않은가! 그리고 자네의 이름은 이미 이 일의 시작을 비추고 있지 않은가!

2) 〈로모노소프 생애기〉(발췌)

집으로 돌아오면서 나는 네프스키 수도원 옆을 지나갔다. 문은 열려 있었다. 나는 안으로 들어갔다……. 이곳은 가장 강인한 사람조차도 '모든 빛나는 업적 역시 반드시 종말을 맞아야만 한다'는 생각을 하며 얼굴을 찌푸릴 수밖에 없는 영원한 침묵의 장소이다. 또한 이 견고한 정적과 절대적인 무관심의 장소에서는 자만심과 허영, 그리고 교만이 같이 있을 수 없는 것처럼 보인다. 하지만 웅장한 묘비는 무엇인가? 그것들은 인간의 자부심의 틀림없는 표지인 동시에, 영원히 살고자 하는 인간적 욕망의 표식이기도 하다. 그러나 인간이 그토록 갈구하는 영원이란 무엇인가? 후손들에게까지 당신에 대한 기억을 간직하게 하는 것은 당신의 이미 부패해 버린 시체 위로 솟아난 기둥이 아니다. 당신의 명성을 먼 미래에까지 전달해 주는 것은 당신의 이름을 새겨 넣은 돌이 아닌 것이다. 영원히 당신의 작품 속에서 살아 있는 말, 당신에 의해 쇄신되는 러시아 민족의 말은 미래의 끝없는 지평선 너머까지 사람들의 입에서 떠나지 않을 것이다. 흉포한 자연이 날뛰고 지상의 깊은 심연이 아가리를 벌려, 광활한 러시아 땅의 끝까지 당신의 우렁찬 노래가 울려 퍼져 나오는 이 위대한 도시를 삼켜 버리도록 내버려 두어라. 몇몇 포악한 정복자들이 당신이 사랑하는 조국의 이름까지 파괴하도록 하라. 하지만 러시아어가 귓전을 때리는 한, 당신은 살 것이며 결코 죽지 않으리라. 러시아어가 침묵할 때, 당신의 영광은 소멸해 버릴 것이다. 그렇다면 그렇게 죽는 것이 오히려 잘된 일일 것이다. 그러나 만일 그것이 얼마나 오래 지속될 것인지 가늠할 수 있는 자가 있다면, 즉 운명이 당신 이름의 한계를 분명히 할 수 있다면, 그것 또한 영원함이 아니겠는가?

나는 로모노소프의 유해 위에 세워진 묘비 앞에 서서, 열광적으로 이렇게 말했다. 아니다. 당신이 러시아라는 이름의 영광을 위하여 살았다는 것을 우리에게 말해 주는 것은 차가운 돌이 아니다. 그것은 당신이 어떤 사람이었는지를 알려 주지 못한다. 당신의 작품이 그것을 말하게 하라! 당신의 생애가 스스로, 어찌하여 당신이 그런 명예를 가지게 되었는지 말하게 하라!

아! 어디에 있는가, 사랑하는 내 친구여! 대체 자네는 어디에 있는가? 이리 와서 우리 이 위대한 인간에 대해 이야기를 나누어 보세. 이리 와서 우리 러시아어의 보급자에게 바칠 화관을 엮어 보세. 다른 사람들은 권력 앞에 비굴하게 굴고, 그 위력과 힘을 칭송하라지. 자네와 난 사회에 대한 봉사의 노래를 높이 부를 테니⋯⋯.

공감(共感)의 문학: 러시아 계몽운동과 《여행기》

이 작품이 출간된 때는 러시아 근대화의 상징적 사건인 표트르 1세의 페테르부르크 건설(1703) 명령 이후 80년도 더 되는 시간이 흐른 후의 일이다. 러시아의 근대화는 러시아가 아직까지 중세에 머물러 있다고 판단한 표트르의 결단에 의해 이루어진 러시아적 특수성에서 기인하였다. 이 때문에 러시아의 근대화는 위에서부터 아래로의 일방향적이고 비대칭적인 성격을 가지게 되었다. 그러나 다른 한편으로 러시아의 근대화는 계몽주의(Enlightenment)라는 보편적 이념에 입각해 있었다. 데카르트 이래 서구의 정신사적 과정의 주요한 한 축은 합리주의로 요약될 수 있는바, 계몽주의는 인간이라면 누구나 가지고 있고, 또 계발될 수 있는 이성에 대한 굳건한 믿음에 뿌리박고 있었다.

러시아에게 근대화는 '요청되는 무엇'이었다는 점(즉 러시아의 근대는 완제품으로 '수입'되었다는 점)에서는 특수성을, 동시에 수입된 무엇인가가 계몽주의 이념에 입각해 있다는 사실에서는 보편성을 획득한다. 이러한 보편성과 특수성은 국가 주도의 계몽주의와 민간 부분(사회 영역)의 계몽주의와도 관계하면서 상호 길항적인 역동성을 가지게 되었다.

국가 주도의 '제도적' 계몽주의는 애초에 18세기 초 표트르 1세에 의해 정초된 것으로 평가된다. 특히 그의 근대화 시도가 통치 제도의 계몽적 정비(상비군, 조세 제도, 공무원 관등법 등)에 집중해 있었던 탓이다. 그러나 18세기 후반 예카테리나 2세의 치세에 들어서자 계몽주의는 '위로부터 아래로의' 비대칭적인 제도적 성격을 넘어, 계급간 '이념 투쟁'의 방법론으로 꽃을 활짝 피운다. 예카테리나 여제는 스스로 계몽 군주를 자처하며 계몽 이념을 자신의 국가 통치의 기조로 삼았다. 그 성과는 만만치 않았다. 각종 학교, 제국 학술원, 고아원 설립, 계몽적 법률의 도입 시도, 사회 복지 체계 정비 등은 그녀의 치세 초기에 빛나는 업적들이다.

한편 사회의 지식인들에게도 계몽주의는 강력한 철학적 · 사회적 이념이었다. 그들은 때론 예카테리나 여제와 공동으로, 때론 그들 나름대로 계몽주의에 입각한 사회 활동을 펼치고 있었다.

그러나 대규모의 농민 반란이었던 '푸가초프의 난'(1773 – 1775)으로 예카테리나의 제위가 위협받자, 그녀는 계몽적 노선을 포기하게 되며, 이후 세계 각지의 혁명 운동(프랑스 혁명, 미국 독립전쟁 등)은 그녀의 본심을 드러나게 하였다. "계몽주의, 좋다. 마음대로 사유하라! 하지만 어디까지나 나 자신의 절대군주권이 지켜지는 한에서." 이것이 그녀의 속마음이었다면 거의 정확할 것이다. 그녀의 계몽군주제는 절대군주제의 위장된 형태임이 드러났다. 예카테리나 여제에게 인간 이성에 대한 믿음과 이성의 도움(계몽)에 의한 역사 발전은 부차적인 것이 된다.

이제 그녀는 예전에는 지지를 보냈던 지식인들의 계몽 운동을 탄압하기 시작한다. 또한 유능한 젊은이들을 계몽적 이념으로 무장시키기 위해 시행하였던 국비 유학 제도까지 중단시킨다. 그리고 그 혜택을 받고 귀국하여 법률 관련 일을 하였던 한 관리가 《페테르부르크로부터 모스크바로의 여행 Путешествие из Петербурга в Москву》(1790)—이하《여행기》—을 발표한다. 18세기 말 가장 떠들썩했던 문학적·정치적 스캔들 중 하나였던 A.N. 라디셰프 작품의 출간은 이러한 지성사적 환경에서 이루어졌다. 라디셰프가 예카테리나의 명령에 의해 즉시 체포되어 시베리아로 유형 보내진 것은 당연한 수순이었다.

《여행기》는 페테르부르크에서부터 모스크바에 이르기까지의 공간상의 이동으로(주로 주요 도시별로) 장 구성이 이루어진다. 페테르부르크로부터의 〈출발〉에서부터 모스크바를 목전에 두고 쓴 〈로모노소프 생애기〉에 이르기까지 여행자는 러시아의 온갖 모순을 직접적으로 그리고 노골적으로 폭로하고 있으며, 당시 예카테리나 2세의 궁정에 대한 비판도 서슴지 않는다. 이념 투쟁으로서의 계몽주의가 이 작품에서 꽃을 활짝 피운 것이다. 후대의 평론가(A. 게르첸)의 표현에 따르면, 이 작품 자체가 "당대 러시아 사회에 대한 하나의 거대한 고발장"이었다. 그러니 예카테리나가 이 작품의 겨우 몇 페이지만을 읽고서도 "푸가초프보다 더 나쁜 놈!"이라고 격노한 것은 놀라운 일이 아니었다.

그러나 이 작품이 '명작'인 이유는, 그러니까 이 작품이 '고발장'이 아니라 하나의 '문학 작품'인 이유는 사회 고발에만 있는 것은 아닐 것이다. 정작 '고발장'을 쓰고자 했다면, 다른 고발의 형식들—잡지 투고나 정치적

팸플릿 등—을 놔두고, 구태여 문학 작품의 형식으로 쓸 이유가 없었기 때문이다. 게르첸의 '거대한 고발장'이라는 수사는 애초에 이 '고발장'이 소위 '명작'이라는 것을 함축하고 있기에 가능한 것이었다.

그렇다면 이 글의 필자인 나는 곤란한 처지에 처하게 되었다. 즉 이 작품을 읽고 공부한 사람의 하나로서 게르첸의 시대(19세기 중반)와는 달리, 왜 이 '고발장'이 애초에 18세기 당시에는 문학 작품이었는가를 해명해야 하는 처지에 놓이게 된 것이다(왜 이 작품이 18세기 당시에 '고발장' 역할을 하였는가를 말해야 하는 것이 아니다!).

명작이 되는 조건

그렇다면 어떤 작품이 명작이 되는 조건은 무엇일까? 한 작품이 어떻게 명작이 되었는가에 대한 문제 제기와 해명은 다양한 관점과 현란한 문학사 이론으로 설명이 가능할 것이다. 그러나 어떠한 접근법의 경우로도 명작이란 '완전히' 분석되지 않으며 항상 여지를 남기게 마련이다. 소위 명작이란 작품 분석에 있어서 그 여지가 얼마나 많은가에 달려 있다고도 할 수 있겠다. 그 잉여의 여지가 존재하기에 오늘날에도 명작은 여전히 재해석되고 있다. 바꾸어 말하면, 문학사의 명작은 언제나 재탄생하지 않으면 안 되는 것이며, 명작은 항상 재탄생의 과정 중에 있다. 그러나 또한 명작의 (재)탄생 조건—가령 그 작품이 주목받아야만 하는 사회적 맥락 등—이 갖추어지지 않는다면, 또한 조건이 갖추어지더라도 그 작품이 독서 대중에 의해 '발견'되지 않는다면, 그 작품은 문학사에서 슬그머니 자취를 감출 것이다. 작품이 아무리 뛰어나더라도 명작으로 '회자'되지 않는다면 명작이 아니라는 아이러니를 우리는 수없이 경험한 바 있다. 그러니 우스갯소리로 '명작이란 누구도 읽어보지 않았지만, 동시에 누구라도 제목 정도는 아는 작품'으로 정의할 수도 있겠다. 명작은 이제(그리고 언제나처럼) 그것이 왜 명작인지 '해명'되어야 할 처지에 놓여 있다.

따라서 200년보다 더 오래전에, 그것도 우리와는 지리적으로 10,000km 가까이 떨어져 있는 곳에서 출간된 작품인 라디셰프의《여행기》역시 왜 '명작'의 반열에 올라와 있는지 오늘날 우리가 온전히 이해하기란 거의 불가능에 가깝다. 이 작품을 처음 접했을 때의 개인적인 경험을 말하자면, 이 작품은 술술 읽히는 종류의 작품이 아니며, 그렇다고 공들여 읽었다고 하더라도 쉽게 그 깊이를 가늠할 수 있는 작품도 아니었다. 문학에 대한 자긍심이 높은 러시아인들도 정작 이 작품의 제목은 대부분 알고 있으되, 정작 완독한 사람은 그 지명도에 비해 많지 않다. 그러니 이 작품이 명작인 유일한 이유가 있다면, '다른 사람이 명작이라고 부르기 때문'일지도 모르는 일이다. 이 작품은 어떻게 '그들'에 의해 명작이 되었는가? '그들' 중 한 사람으로서 이 질문에 대답해 본다.

친구―내 심장의 바로 옆자리

위에서 처음 인용된《여행기》의 헌사는 편지의 형식으로 자신의 친구에 대한 애정을 그려 내면서 이 작품의 존재 의의에 대해 설명하는 글이다. 두 번째 인용은 작품에서 마지막 장의 첫 부분으로 러시아 지성사의 위대한 영웅이었던 로모노소프에게 찬사를 보내는 장면인데, 여기서 작가는 헌사에 등장한 친구를 한 번 더 소환하고 있다.《여행기》의 처음과 끝에 등장하는 이 친구는 누구이며 왜 중요한가? 작품에 언급된 친구인

A. M. K.는 구체적으로는 라디셰프 평생의 친구였던 알렉산드르 미하일로비치 쿠투조프(Alexander Mikhailovich Kutuzov)를 지칭하는 것이지만, 동시에 "자네"라고 호명되는 인물은 쿠투조프뿐만이 아니라 이 작품을 읽는 우리 모두에게 해당되기도 한다. 두 부분이 《여행기》의 '한 장면'인 이유가 여기에 있다. 이 작품에 존재하는 수많은 '명장면'에도 불구하고 위의 두 장면을 인용한 이유는 이 작품의 저자가 '친구'라는 장치를 통해 독자들에게 무엇인가를 강하게 호소하고 있기 때문이다.

그렇다면 라디셰프는 무엇을 호소하기 위해 저런 개인적인 편지를 이 '고발장' 텍스트의 헌사로 달았을까? 또한 이 글의 저자인 나는 왜 수많은 장면 중에서도 위의 두 장면(사실 헌사는 그림처럼 떠오르는 '장면'도 아니다)을 꼽았을까? 라디셰프가 친구에게 보낸 개인적인 편지와 한 위대한 인간에 대한 생애전이 내 마음을 흔든 이유는 무엇인가?

인간관계의 양상은 실로 다양하다. 개인 각자의 나이가 많아질수록, 또한 사회가 고도화될수록, 우리가 맺는 우호적인 인간관계의 대부분은 서로에게 이익이 되는 경우로 한정되기가 쉽다. 어떠한 방식으로든 서로에게 '한 푼이라도 남지 않으면' 그 관계는 지속되기 어려워졌다. 이 경우에는 당장의 경제적인 논리를 포함하여 미래에 서로에게 기대할 수 있는 문화 자본 역시 두 사람의 관계 설정에 중요한 고려의 대상이다. 그러나 우리는 그 반대의 경우도 분명히 존재하고 있음을 즉시 알아차릴 수 있다. 대표적으로는 친구 사이가 바로 그러할 것이다. 라디셰프와 쿠투조프처럼.

그들은 '거의' 동갑으로(쿠투조프의 정확한 출생 연도는 알려져 있지 않다) 1762년 육군 유년학교(Пажеский корпус)−일종의 유럽식 귀족

학교-시절부터 친분을 쌓았으며, 예카테리나 여제가 직접 선발한 국비 유학 동기였다. 독일의 라이프치히 대학에서 같이 법률을 공부(1766 - 1771)하여 러시아로 귀국한 이후에도 그들은 자신의 삶을 노정하는 방식은 달랐지만 쿠투조프가 먼저 죽을 때(1790)까지 둘 사이의 우정은 이어졌다. 《여행기》는 물론, 라이프치히 유학 시절을 회상하는 라디셰프의 자전적 소설《표도르 바실리예비치 우샤코프의 생애전》(1789) 역시 쿠투조프에게 헌정되어 있을 만큼 둘 사이의 우정은 깊고 견고한 것이었다.

하지만 두 친구가 모든 면에서 생각을 같이 한 것은 아니었다. 귀국 후 그들의 행보는 사뭇 달랐으며, 한편으로 보면 어울릴 수 없는 관계로도 보일 수 있다. 라디셰프가 귀국 후 법률 관리로 국가에 봉사할 길을 찾았다면, 쿠투조프는 라이프치히에서의 인연을 바탕으로 당시의 러시아 프리메이슨 중에서도 신비주의와 비밀주의가 가장 엄격했던 장미십자회(розенкрейцерство)의 열광적인 지지자가 되어 그 일원이 되었다. 이 단체를 바탕으로 그는 활발한 사회 운동을 펼쳤고, 마침내는 예카테리나가 보기에는 반(反)국가적이었던 단체의 '거물'이 되었다. 쿠투조프는 라디셰프와는 달리 '국가'가 아니라 '사회'의 정력적이지만 '위험한' 활동가였던 셈이다. 그들은 편지를 주고받으며 때론 서로의 일을 이해하지 못하겠다고 고백한 적도 많았으며, 그런 편지들 속에서 그들의 관계는 어그러져 있는 것처럼도 보인다.

그렇다면 그들의 우정은 어떻게 유지되었을까? 그리고 그들은 어떻게 18세기 후반의 러시아를 뒤흔든 지식인이자 '영웅'이 될 수 있었을까? 혹 어쩌면 그들 '각자'는 영웅으로 태어난 것이 아니라, 그들의 '관계'가 그리고 그들 '사이'의 어떤 것이 그들을 거물로 만든 것은 아닐까? 라디셰프와 쿠투조프는 '우정이 영웅으로 요청되었던 시대'의 한 전범(典範)이었다. 즉 우정 그 자체가 시대가 요청한 '영웅'이었던 것이다. 라디셰프는 그 영웅의 전범이 근대 러시아의 지적 체계를 설계한 위대한 지식인인 로모노소프임을 명확히 하고 있으며, 따라서 《여행기》가 그에 대한 찬사로 마무리되고 있는 것도 우리는 이러한 맥락에서 이해할 수 있다.

그렇기 때문에 라디셰프와 쿠투조프는 '생각은 달리 했지만' 그들의 '심장은 함께 고동칠' 수 있었다. 그들의 우정은 이해타산에 기반을 두지 않았으며, 그들의 '이성적인' 견해는 동일하지 않아도 되었다. 귀국 후 관리가 된 라디셰프와 반이성적·신비주의적 비의를 기반으로 한 쿠투조프의 활동 사이에는 거대한 차이가 있었음에도, 그들의 우정은 이를 뛰어넘고도 남음이 있었다. 이들의 우정의 비밀은 무엇인가, 그리고 왜 그 시대는 우정이 요청되는 시대였을까? 핵심은 쿠투조프가 라디셰프의 친구였다는 사실에 있는 것이 아니라, 그들이 유지했던 우정의 메커니즘에 있다.

공감 - 우정의 한 비밀

헌사에서 라디셰프가 쿠투조프를 부르는 호칭 중에는 특이한 단어가 등장한다. 러시아어에는 지금도 존재하지 않는 단어인데, 그래서 '마음의 친구'로 번역할 수밖에 없었다(헌사의 첫 문장이다). 원어에 가깝게는 '공감자(сочувственник)' 정도로 번역할 수 있는 이 단어는 '함께(co-)'를 의미하는 접두사와 '느끼는 사람 (чувственник)'이라는 뜻의 단어가 합쳐진 신조어이다. 쿠투조프를, 흔히 사용하는 '친구'나, '동지'가 아니라, 특이한 신조어까지 만들어 가면서 '공감자'라고 부른 이유가 무엇일까? 많은 이유가 있겠지만, 이는 다음과 같이 생각해 볼 수 있다.

이성적인 사상이나 실제적인 사회 활동에 있어서 그들은 많은 차이를 보이지만, 그들의 마음과 심장은 항상 동일하다. 그들의 우정이란 이성을 뛰어넘어 감정적인 유대 관계에 기반해 있었기 때문이다. 당시 러시아 인구의 대다수를 차지하고 있던 민중에 대한 지식인들의 사회적 의무를 각자의 방식으로 풀어 나가고자 했던 그들의 노력에는, 그 상이한 방식에도 불구하고 서로 공감할 수 있었다. 라디셰프는 신비주의에 대한 쿠투조프의 경도를 '이성적으로는' 이해할 수 없었으나, 그것이 유학 시절 같이 맹세했던 조국과 사회에 대한 봉사인 한에서 깊이 공감을 할 수 있었다. 그래서 '공감자'라는 신조어는 두 친구 사이의 관계를 잘 드러내 줄 뿐만 아니라, 라디셰프가 '감정'에 대해 가지는 관념도 여실히 드러내 준다. 요는, 그에게 감정(sense)이란 항상 공감(sym–pathy)이자 상식(common–sense)이었다.

우리의 일상생활은 이성적으로 움직이는 것처럼 보이지만, 실상 몇몇 중요한 계기에 있어서 이성은 감정의 도구이자 '노예'일 뿐이다. 라디셰프가 한 편지에서 "내 아이들을 생각하면 이성이 마비되고, 곧 감정의 노예가 된다"라고 뇌까린 것은 진실한 자기 고백이었다. 법리로 무장한 사회의 지식인이자, 입법 활동을 통해 사회 개혁을 꿈꾸었던 충실한 계몽주의자의 한 면모는 감정 앞에서의 무기력이었다. 그리고 그는 감정적 유대 관계야 말로 '이성의 오류'를 교정할 수 있다고 생각했다. 헌사에서 밝힌 바에 따르면, (자연)과학의 진리는 너무나 가혹하여 인간을 점차 불행으로 몰고 갔다. 그러나 내면의 세계로 눈을 돌리는 순간 행복은 그 속에 있음이 밝혀졌고, 세계를 다시 인식하는 계기가 되었다("나의 이성은 이러한 생각이 들자 몸서리쳐졌고, 나의 가슴은 이런 생각을 멀리 내쳐 버렸다네"). 라디셰프에게 전제정치와 농노제라는 러시아의 '저주받은' 제도를 혁파하기 위해 무엇보다 필요한 것은 그 혁파에 공감하는 다수였다. 혁파의 방식은 그 다음 문제였다. 설령 자기가 동의하지 못하는 사상을 가지고 있다고 할지라도 당장 필요한 것은 대의에 공감할 줄 아는 '공감자'였다. 진정한 계몽주의자는 공감에 비범한 능력을 가진 자일지도 모른다. 그래서 이성 중심의 계몽주의는 반드시 감성으로 한 번 더 계몽되어야 한다.

라디셰프에게 공감은 기하급수적 확산의 논리를 내포하고 있다. 한두 명의 강력한 공감자는 또 다른 공감자를 불러올 것이고 점차 그것이 반복되면서 기하급수적으로 늘어 간다. 그것은 촛불을 나누는 의식과도 같은 것이다. 불의에 맞서는 용기는 이렇게 생겨난다. 혼자가 아니라는 연대성과 자신감. 이렇게 라디셰프에게 공감과 영웅과 용기는 동의어가 된다.

라디셰프에게 쿠투조프는 마음의 촛불을 나눌 수 있는 사람이었고, 공감할 수 있는 사람이었다. 이렇게 그들에게 우정이란 작지만 영웅적인 행위였다. 더 정확히 말하면, 우정이 그들을 영웅으로 만든 것이다. 처음부터 그들이 영웅이라서 그들의 우정이 돋보이는 것이 아니다.

문학사의 '영웅' – 명작

다시 '해명'으로 돌아가자. 잘 읽히지도 않고 실제로 잘 읽지도 않는 이 작품이 왜 명작인가, 왜 문학사의 '영웅'인가? 내 방식대로 해명해 보자면, 이 작품이 명작인 이유는 이후 문학사와 문화사에서 이 작품이 최초의 '촛불'이었기 때문이다. 이 작품은 도저한 러시아 문학사에서 앞으로 등장하게 될 저항적 사회소설의 원형이었다. 그러나 촛불이 많아지면 많아질수록 최초의 촛불을 찾는 것이 무의미해지듯—게다가 더 밝은 촛불도 등장한 마당이라면—이 작품도 그럴 운명이었다. 비유를 한 번 더 사용하자면, 최초의 촛불은 언제나 꺼지기 마련이지만, 촛불은 끊임없이 나눠진다는 사실에 그 존재 근거가 있다. 그러니 최초의 이 작품이 '아무도 읽지 않는' 명작이 될밖에. 로모노소프의 묘비는 아무것도 설명해 주지 않지만 그가 남긴 지성과 후대에 남긴 작품이 라디셰프에게 촛불이 되었듯이.

나에게, 그리고 우리에게 이 작품은 오늘날 문학이란 무엇인가를 물어보는 작품이기도 하다. 무엇이 명작인가, 나아가 무엇이 문학인가? 이 작품이 소위 명작으로 분류된다면, 그것은 이 작품이 이성을 훈련시키기 위함이 아니라, 감정적인 공감을 요청하기 때문일 것이다. 라디셰프가 꿈꿨던 개혁(혹은 혁명)은 공감의 확산이라는 원리를 동력으로 삼았다. 이를 위해서 그에게는 이성적이고 차가운 장르가 아니라 공감을 요하는 글쓰기 장르, 즉 문학이 필요했던 것이다. 법률가였던 그가 실제 고발장을 작성하지 못했을 리는 없다. 법률 관리로서 그가 접했던 수많은 부조리한 사건들은 이 작품들을 위한 밑거름이 되었다. 차가운 고발장은 이성적으로 치밀할지언정 공감을 불러일으키지는 못했다. 반면 문학은 뜨거운 고발장이었다. 그것이 바로 이 작품의 '명장면'이 독자들에게 호소했던 바이다. 공감은 이 작품의 주제이기도 하지만, 이 작품의 존재 전략 자체이기도 했다. 따라서 《여행기》는 독자에게 당대 러시아 사회에 대한 라디셰프의 분노에 공감하기를 요구하고 있으며, 나아가 오늘날 우리가 처한 현실의 부조리에 각자의 방식으로 마음껏 분노하기를 가르친다. 어떤 시대에도 공감은 중요하지만, 2016년 한국은 그 어느 곳, 어느 때보다 더 약자와 타자에 대한 공감이 필요하지 않은가.

18세기의 러시아 문학은 새롭게 형성되고 있었고 폭발적인 진화의 과정 중에 있었다. 당시의 문학 개념은 오늘날의 그것과는 다르게 생각해야 될 여지가 많았다. 러시아 문학을 포함한 문학 일반(특히 소설 장르의 경우)은 대체로 19세기와 20세기에 위세를 떨쳤다가 오늘날에는 사형 선고를 받은 것 같다. 개인적인 의견을 과감히 말하자면, 그것은 어쩌면 문학의 위기가 아니라 (전통적인) 명작의 위기이자 문학 연구자의 위기에 불과할 수도 있다. 앞으로 그 형태가 어떻게 되리라고 예상할 수는 없지만 문학은 지금도 진화하고 있다는 것은 분명하다. 그리고 그 진화는 사회적 환경과 언제나 불가분의 관계에 놓여 있다고 확실히 이야기할 수 있다. 라디셰프가 열렬한 사회 개혁자이자 동시에 위대한 작가였던 것처럼.

작가와 작품

작가 알렉산드르 니콜라예비치 라디셰프(Alexander Nikolaevich Radishchev, 1749 – 1802)는 변변찮은 귀족으로 태어나 독일 라이프치히에서 법률을 공부한 후 러시아로 귀국하여 관리로 일한다. 젊은 시절에는 주로 탄원서를 접수하고 검토하는 일을 담당했으며, 이를 통해 사회 개혁

에 대한 밑그림을 그렸다. 《여행기》(1790)의 출간 이후 체포되어 유형에 처해지지만, 황제가 바뀌자 다시 수도 페테르부르크의 고위 공직으로 복귀한다. 이때 개혁적인 법률안을 마련하는 데 총력을 기울였으나 얼마 지나지 않아 의문사하고 만다. 그의 주저(主著)로는 사회·철학적 에세이와 소설 《여행기》, 서사시 《자유》 등이 있다.

농노제와 전제정치를 노골적으로 비판하는 《여행기》의 출간은 18세기 말 러시아 지성사의 가장 거대한 스캔들 중의 하나였다. 작가는 페테르부르크에서 모스크바로 여행하는 중 직접 보고 겪은 민중과 농노들의 참혹한 모습을 구체적으로 그려 내어 그 실상을 만천하에 공개하였다. 보수 귀족들과 궁정은 이 작품의 출간을 쿠데타에 맞먹는 충격과 선동으로 받아들였다. 출간 즉시 작품은 폐기되었고, 작가는 체포되어 시베리아 유형을 떠난다. 또한 이 작품이 헌사된, 작가의 친구인 쿠투조프 역시 수배령이 내려지기도 했다.

허나 그대들에게도 행복은 없다네
가엾은 자연의 아들들이여!
다 해진 천막 아래에도
괴로운 꿈들 서려 있고
황야를 유랑하는 그대들 장막도
불행을 벗어나지 못하였으니,
어딜 가나 숙명적인 정열이 있어
운명을 피할 길 없구나.

고독한 자유냐
문명화된 행복이냐

김선안

날이 밝았다. 노인은 조용히
적막한 천막 주변을 거닌다.
"일어나렴, 젬피라, 해가 뜬단다.
젊은 손님, 잠을 깨시게, 떠날 때가 됐네!
애들도 아늑한 잠자리 박차고 일어나거라."
사람들 떠들썩하게 우르르 나왔다.
천막이 걷히고, 마차가
길 떠날 채비 마치자
모두 함께 걸음을 나섰다. 하여
텅 빈 평원으로 무리 지어 간다.
당나귀가 끄는 수레바구니 안에선
아이들이 장난치며 놀고,
사내들이며 여인네들이며

늙었건 젊었건 그 뒤를 따른다.

고함 소리, 떠드는 소리, 집시들 노랫소리,

곰의 으르렁 소리, 곰 묶은 쇠사슬이

성급히 쨀그랑대는 소리,

형형색색의 누더기 옷들,

벌거벗은 아이들과 노인들,

개들이 짖고 으르렁대는 소리,

윙윙 풍적소리, 마차들의 삐걱 소리.

모든 게 허름하고 투박하고 너저분하지만

모든 게 진정 살아 있어 시끌벅적.

우리네 생기 없는 안락함과는 정말 다르네,

노예들의 노래처럼 단조롭고

무료한 이 삶과는 정말 다르네.

————

청년이 음울하게

황량한 평원 바라보나

슬픔의 내밀한 이유

자신도 이해할 수 없었다.

곁에는 검의 눈의 젬피라 있고

이제 그는 세상에서 자유로운 사람,

햇살도 즐거이 머리 위에서

한낮의 찬란한 빛 반짝인다. 한데

청년의 마음은 왜 흔들리는가?

무슨 근심 있어 괴로워하는가?

하늘의 새는 모르네
걱정도 노고도.
영원한 둥지 틀려
분주하지 않으며,
긴긴 밤 가지에서 잠들고,
붉은 태양 떠오르면
신의 목소리에 귀 쫑긋하다
날개를 퍼덕이며 노래 부른다.
자연이 아름다운 봄이 가고
무더운 여름 지나가면
안개와 궂은 날씨 더불어
늦가을이 찾아온다.
사람에겐 지겹고 고통스럽지.
하여 새는 저 먼 나라,
푸른 바다 건너 따뜻한 곳으로
겨울을 나러 떠난다.

근심 걱정 없는 새처럼
그도 여기저기 떠도는 유배객,
안정된 보금자리 알지 못했고
무엇에도 길들지 않았다.

어딜 가든 길이 있었고
어딜 가든 잠잘 곳 있었지.
아침 녘 눈을 뜨면 하루를
신의 뜻에 맡겼으니
삶의 불안도 그의
뼛속 깊은 게으름 방해하지 못했다.
때로 매혹적인 명예가
머나먼 별 되어 그를 유혹했고,
불현듯 사치와 환락이
이따금 그를 찾아왔다.
고독한 머리 위에서는
천둥도 심심치 않게 울렸으나,
그는 폭풍우 아래서도 태평히
맑은 날씨인 양 잠들었네.
하여 간교하고 눈먼 운명의 힘
인정하지 않고 살았는데,
아 신이시여, 그의 온순한 영혼을
정열이 어떻게 희롱하였던가!
괴로움에 지친 그의 가슴에
어떤 물결로 요동을 쳤던가!
너무 오래 얌전히 있었나?
정열이 깨어날 테니, 기다려라.

———

젬피라:친구야, 말해 봐. 아쉽지 않니,

네가 영원히 버리고 온 게?

알레코: 내가 무엇을 버렸지?

젬피라: 너도 알잖아,

고향 사람들과 도시.

알레코: 뭐가 아쉬울까? 숨막히는 도시의 부자유

네가 알기만 한다면,

상상하기만 한다면!

그곳에선 담장 너머 인간 군상들

시원한 아침 공기 마시지 못하고

초원의 봄 내음도 맡지 못하지.

사랑을 부끄러이 여기며, 생각은 쫓아내고,

자신의 자유를 팔아

우상 앞에 고개 숙여

돈과 족쇄를 구걸하지.

내가 버린 것은? 배신의 물결,

편견에 찬 판단,

군중의 광기 어린 박해,

혹은 화려한 불명예라네.

젬피라: 하지만 그곳엔 거대한 궁전들,

색색의 융단,

유희와 떠들썩한 연회,

처녀들의 장신구가 아주 많겠지!

알레코: 도시의 왁자지껄함이 다 뭐라고?

사랑이 없는 곳엔 즐거움도 없는 법.

처녀들이라……. 값진 옷이 없어도,

진주가 없어도, 목걸이가 없어도

네가 그 치들보다 얼마나 더 예쁜지!

변치 말아다오, 내 다정한 친구여!

나, 바라는 게 하나 있으니,

너와 함께 사랑과 한가로움과

내가 택한 이 유배를 나누는 것.

노인: 부유한 종족에서 태어났어도

그대 우리를 좋아하는구먼.

허나 안락에 물든 사람에게

자유가 늘 좋은 건 아니지.

(중략, 2년 후)

노인: 넋이 나갔군 젊은이, 무엇 때문에,

무엇 때문에 계속 한숨인가?

여기 사람들은 자유롭고, 하늘은 맑고,

여인네들은 아름답기 그지없는데.

눈물을 거두게나, 우울해하면 몸 상하네.

알레코: 아버님, 젬피라는 이제 절 사랑하지 않아요.

노인: 슬퍼 말게, 친구. 그 아인 어린애니

낙담하는 건 분별 없는 짓.

자네 사랑은 힘겹고 슬픔 가득하나

여자의 마음은 장난스럽다네.

보게나, 저 멀리 하늘 아래

노니는 자유로운 달을.

지나가며 자연 만물에

공평하게 빛을 뿌리지.

어떤 구름이라도 흘끔 보고

저리도 환히 비추지만,

저 보게, 벌써 다른 구름으로 옮겨갔네.

거기서도 잠시만 머물 테지.

누가 하늘에 달의 자리 정하며

거기 있으라 명할까!

누가 젊은 처녀의 마음에 말할까

한 사람만 사랑하고 변치 말라고?

그러니 슬퍼 말게.

알레코: 젬피라가 절 얼마나 사랑했는데요!

황야의 적막함에 싸여

제게 기댄 채 얼마나 다정히

밤 시간을 보냈는데요!

아이 같은 즐거움에 벅차

사랑스런 재잘거림으로

황홀한 입맞춤으로

얼마나 자주 저의 상념을

한순간 흩뜨려 버렸는데요!

근데 뭐지? 젬피라가 변하다니!

나의 젬피라가 차가워졌다구요.

노인: 들어보게나, 자네에게

내 이야기 들려줄 테니.

아주 오래 전, 러시아 병사들이

아직 도나우 강을 위협하기 전

(여보게, 알레코, 나

그 옛날 슬픔이 떠오르네 그려)

당시 우리는 술탄을 두려워했지.

아케르만 시내의 높은 성채에서

총독이 부자크 지역을 다스릴 때

나는 젊었었다네. 내 영혼

그때 기쁨으로 들끓었고,

내 고수머리 아직

한 올도 세지 않았었지.

아름다운 아가씨들 사이에

한 여인 있어……. 오래도록 그녀에게

마치 태양인 듯 넋을 빼앗기다

마침내 내 사람으로 삼았지.

아, 내 청춘 유성처럼

순식간에 가 버렸네!
하지만 너, 사랑의 시절은
더 빠르게 지나갔으니, 마리울라가
나를 사랑한 건 고작 한 해뿐.

어느 날 카훌 강 부근에서
우린 낯선 무리와 마주쳤다네.
이 집시들, 산 가까이 우리 곁에
천막을 치더니
이틀 밤을 함께 지냈지.
셋째 날 밤 이들이 떠나자
마리울라도 어린 딸 버리고
저들을 따라 떠났다네.
난 곤히 자고 있었지. 새벽 노을빛에
잠 깨어 보니, 아내가 없네!
이름 부르며 찾지만, 발자국마저 사라졌지.
젬피라 그리움에 지쳐 울고
나도 울었다네! …… 이때부터
세상 모든 여자들에게 마음이 식었지.
나의 눈길 그들 안에서
애인 찾은 적 없고,
한가한 시간 외로워도
누구와도 함께하지 않았다네.

알레코: 그런데 어째서 배은망덕한 여자와

그녀 앗아간 놈들 바로 뒤쫓아가

당신 저버린 여인 가슴에

칼을 꽂지 않았습니까?

노인: 뭐하러? 젊음은 새보다 자유롭다네.

누가 사랑을 붙잡아 둘 수 있겠나?

기쁨은 모두에게 차례대로 오지만

지나간 것은 다시 오지 않는 법.

알레코: 전 다릅니다. 그럼요, 두말할 것도 없이

제 권리 포기하지 않아요.

복수를 해서라도 위안 얻을 겁니다.

(중략)

아침노을 물든 동쪽으로

동이 텄다. 언덕 너머 알레코

피투성이 된 채 손에 칼 들고

묘석 위에 앉아 있었다.

앞에는 시신 두 구 누워 있고,

살인자는 공포스런 얼굴.

놀란 집시들 겁에 질려

무리 지어 그를 둘러쌌다.

한옆에 무덤이 파이자

여자들 슬픔에 잠겨 차례로
죽은 이들 눈에 입맞추었다.
아비인 노인은 홀로 앉아
슬픈 무력감에 말없이
죽은 딸 바라보고,
사람들은 시신 들어 옮겨
땅속 차가운 품에
젊은 한 쌍 내려놓았다.
알레코는 멀리서 모든 걸
지켜보았다. 마지막 흙 한줌
이들을 덮었을 때
알레코 말없이 천천히 몸이 기울더니
묘석에서 떨어져 풀밭에 쓰러졌다.

그때 노인이 다가와 말했다.
"우리를 떠나게, 오만한 자여!
우리는 미개하여 법률도 없고
고문도 사형도 없다네.
피도 신음소리도 필요치 않지.
허나 살인자와 살고 싶진 않네.
자넨 원시의 운명 타고나지 않아
자신만의 자유를 원할 뿐.
우린 자네 목소리가 두려워질 게야.

우린 소심하고 영혼이 선량하나
자넨 사악하고 뻔뻔하니, 우리를 떠나게.
잘 가게! 자네에게 평화가 함께하길."

말이 끝나자 유랑민들
무서운 밤 보냈던 골짜기를
소란스럽게 무리 지어 나서더니
금세 모든 것이 초원 멀리
사라졌다. 마차 한 대만이
초라한 덮개에 싸여
숙명의 벌판에 서 있었다.
때때로 초겨울
안개 낀 아침 녘
때늦은 학 한 떼
들판에서 날아올라
끼룩대며 남쪽 멀리 날아갈 때,
총알 맞고 쓰러진 학 한 마리
상처 입은 날개 늘어뜨린 채
애처롭게 남아 있듯이.

(중략)

허나 그대들에게도 행복은 없다네

가엾은 자연의 아들들이여!
다 해진 천막 아래에도
괴로운 꿈들 서려 있고
황야를 유랑하는 그대들 장막도
불행을 벗어나지 못하였으니,
어딜 가나 숙명적인 정열이 있어
운명을 피할 길 없구나.

집시들: 문명 사회의 욕망에 대한 반성과 성찰

〈집시들〉의 이야기는 주인공 알레코가 문명 사회를 떠나 집시들의 세계로 들어오면서 시작된다. 우연히 만난 집시 처녀 젬피라를 따라와 그들의 유랑 생활에 함께하게 된 알레코가 자신이 살던 도시를 버리고 떠난 이유는 바로 자유를 찾기 위해서였다. 때문에, 아내가 된 젬피라가 도시 생활이 그립지 않으냐고 물었을 때 알레코는 오히려 자신이 버리고 온 도시 삶의 모습을 경멸적으로 묘사하며 허위와 위선으로 가득 찬 "숨막히는 도시"의 부자유를 비판했던 것이다. 이렇게 해서 알레코는 비록 허름하고 투박하지만 생기로운 집시들의 생활에 익숙해져 자유로운 삶을 살아가게 된다. 하지만 2년의 세월이 흘러 젬피라의 사랑이 식자 그는 불안에 시달리기 시작한다. 그리고 집시 노인이 자신과 딸을 버린 아내 마리울라의 이야기를 들려주자 자기라면 배신한 여자에게 칼을 꽂을 것이라고 응수한다. 그러던 어느 날, 마침내 젬피라가 애인과 함께 있는 장면을 목격한 알레코는 자신의 말대로 두 사람을 살해하고 만다. 결국 집시 무리는 알레코를 버려 두고 떠나고 그는 벌판 위에 홀로 남겨진다.

서사시 〈집시들〉의 주된 테마는 집시적 삶과 도시적 삶의 대립, 곧 자연과 문명의 대립이다. "하늘의 새"로 형상화된, 집시 세계의 자연스럽고 자유분방한 모습은 "자유를 팔아 돈과 족쇄를 구걸하는" 부자연스럽고 인공적인 도시 문명의 삶과 극명한 대비를 이루고 있다.

문명 사회를 탈출한 알레코는 집시 무리와 함께 "근심 걱정 없는 새처럼" 여기저기 떠돌며 자유를 만끽한다. 그러나 알레코가 누리는 자유는 어딘지 불안하다. 집시 노인의 말대로 "안락에 물든 사람에게 자유가 늘 좋은 것은 아니"며 언젠가는 알레코의 영혼 속에 잠자고 있던 "정열이 깨어날" 것이기 때문이다.

작품에서 이를 매개하는 것은 사랑의 모티프이다. 사랑의 문제는 문명인으로서의 알레코의 본질을 폭로하는 기제이자, 문명 사회와 집시 사회의 상반된 삶의 방식을 집약적으로 보여 주는 계기이다. 그러므로 알레코가 질투에 사로잡혀 젬피라와 그 정부(情夫)를 살해했다고 보는 것은 단순한 해석이다. 알레코와 똑같은 상황에 처했던 집시 노인이 알레코와는 정반대의 선택을 한 것이 이를 입증해 준다.

문명 사회의 습속에 길들어 있는 알레코에게 "하늘 아래 노니는 자유로운 달"이 은유(隱喩)하는 집시들의 사랑법은 분명 낯선 것이었다. 따라서 하늘의 달처럼 한곳에 머무를 줄 모르는 "미개한" 집시 사회의 사랑 방식이 젬피라를 소유하려는, 문명화된 욕망에 사로잡힌 알레코에 의해 거부되는 것은 당연한 일인지도 모른다.

이 거부는 결국 살인을 부르지만, 결과에 대해 집시 사회가 내리는 징벌은 문명 사회의 그것과 다르다. 집시들은 문명인들처럼 법률의 잣대를 들이대는 대신 알레코를 홀로 남겨 두고 떠나는 것으로 징벌을 대신한다. 알레코가 처한 상황에 대한 비유적 표현으로 "무리로부터 홀로 떨어진 학 한 마리"가 제시된 것은 알레코의 처지를 비극적으로 강조할 뿐이다.

〈집시들〉의 주인공 알레코가 자유를 원했으나 그것을 얻지 못한 채 좌절하게 되는 원인은 그가 "자신만의 자유"를 추구했기 때문이다. 여기서 자유란 단지 소유욕을 충족시키려는 이기적인 욕망에 불과한 것으로, 이는 알레코가 갈구하던, 그리고 실제로 집시들이 누리고 있는 자유와는 분명 다르다. 그렇다면 알레코가 꿈꾸던 자유는 대체 무엇이었을까? 그것은 어쩌면 실체가 없는, 자유를 찾아 떠도는 문명인들의 관념의 산물 아니었을까? 만약 그렇다면, 알레코가 자유를 갈망하였으나 거기에 도달하지 못한 것은 문명인이 찾는 자유라는 대상이 이미지 혹은 허상에 불과한 것이기 때문인지도 모른다.

이에 비해 집시들의 자유는 관념이 아니라 현실 자체이다. 그것은 "하늘의 새"나 "자유로운 달" 같은 구체적 형태로 표현되었고, 나아가 마리울라와 젬피라의 사랑을 통해 실제의 삶 속에서 명료하게 구현되었다. 요컨대, 자유로운 달의 움직임처럼 그녀들은 사랑의 대상을 마음대로 바꾸었고, 집시 사회는 이를 용납했던 것이다. 여기서 그녀들의 사랑이 변한 것은 인간의 본능을 따른 자연스러운 결과로, 이것이야말로 집시 세계에 존재하는 자유의 요체라 할 수 있다. 하지만 이런 인간적 본능은 문명 사회에서는 법과 제도에 의해 통제된다. 알레코는 그와 같은 인위적 속박에서 벗어나 자연 속에서 자유를 찾고자 했지만, 문명인의 본성이 내재해 있었던 까닭에 자연인들의 자유를 받아들이지 못하는 모순에 빠지고 말았던 것이다.

　문명의 족쇄를 벗어던지고 자유를 찾아 자연으로 온 알레코의 상황은 '자연으로 돌아가라'라는 장 자크 루소(1712~1778)의 자연 회귀 사상을 연상시킨다. 루소는 인간은 자연 상태에 있을 때 완전함에 이를 수 있다고 보면서, 문명 사회의 인공적 삶을 거부하고 자연적인 본능적 욕구에 따를 것을 주장했던 것이다. 이 주장은 그가 문명 사회를 가능케 한 이성보다는 감성을 더 중시한 데서 비롯된 것으로, 루소를 낭만주의의 시조로 보게 하는 이유가 되기도 한다.

　낭만주의는 이성적 질서와 균형을 특징으로 하는 고전주의에 반발해 일어난 문예 사조로서 끊임없는 움직임을 본질로 하고 있다. 그래서 낭만적 주인공들은 언제나 길 위, 여정에 있게 된다. 낭만적 주인공들이 끊임없는 여정에 들게 되는 이유는 개인의 절대적 가치가 실현될 수 없는 현실에 환멸을 느껴 자신이 몸담고 있던 시공간을 떠나게 되기 때문이다. 하지만 그들이 꿈꾸는 세계는 현실에는 존재하지 않기에 그 꿈은 낭만적 환상에 불과한 것이 되고 만다. 알레코가 욕망하던 자유가 허상 혹은 관념의 산물이라는 앞에서의 지적은 낭만적 주인공으로서의 알레코의 형상과 관계된다.

　푸시킨의 낭만주의는 서구의 대표적인 낭만 시인 바이런에 영향 받은 바 크다. 바이런의 인물들 역시 낭만적 이상과 현실 사이의 괴리를 깨닫고 자유를 찾아 이국땅을 떠도는 신세였다. 하지만 이들의 비극은 현실과 타협하지 않은 데서 온 것이기에 바이런의 주인공들은 끝까지 고상함을 유지함으로써 미학성을 획득한다. 푸시킨의 주인공은 이와 다르다. 알레코의 비극의 원인은 그 자신 안에 내재해 있었던 바, 소유욕이라는 문명인으로서의 본성과 반문명적인 자연스런 삶의 추구 사이에 존재하는 모순과 간극이 그를 파국으로 몰아넣었던 것이다. 이 간극을 극복하지 못한 알레코는 결국 살인을 저지르는 추악함을 드러내면서 바이런의 인물들이 지녔던 미학적 지위를 박탈당하고 만다. 푸시킨은 이렇게 바이런적 주인공의 허상을 폭로함으로써 바이런이라는 서구 낭만주의의 본령에서 이탈하여 현실성이 담보된 낭만적 주인공을 창조하게 된다. 푸시킨이 러시아리얼리즘의 초석으로 간주되는 것은 바로 이런 맥락에서이다.

알레코에게서 낭만적 위선의 껍데기를 벗겨 내고 그를 초라하고 비참하게 만든 것은 작가가 마치 문명적 삶을 비판하고 자연적 삶의 가치를 옹호하는 것처럼 보이게 한다. 하지만 이런 판단은 에필로그를 읽기 전까지만 유효하다. 사실 서사시 〈집시들〉의 진정한 매력은 마지막 에필로그에 있다고 해도 과언이 아니다. 작가는 본문에서 알레코를 파멸로 이끌었던 "숙명적인 정열"을 에필로그에서 집시들에게도 부여함으로써 완벽하게 그려진 집시 사회를 다시 보게 만들기 때문이다. 이것은 집시들이 구현하고 있는 루소적 원시 공동체의 이상을 전복시킴으로써 궁극적으로는 자연과 문명의 대립을 어느 한쪽의 우위로 귀결시키지 않으려는 작가의 치밀한 전략이다.

한쪽으로 기울었던 가치 판단의 추가 이렇게 가운데로 이동한 것은, 집시들에게도 숙명적으로 정열이 작용하고 있으며 그런 점에서 문명인이나 자연인 모두 운명으로부터 자유로울 수 없다는 작가의 철학적 사유에서 기인한다. "숙명적인 정열", 즉 욕망에 사로잡히는 것은 인간 존재라면 거부할 수 없는 운명이며, 이런 이유로 문명 사회는 말할 것도 없고 원시 사회 역시 행복을 보장받지 못한다는 생각이다. 본문에서 자연스러운 것으로 미화되었던 집시들의 욕망은 이렇게 에필로그에 와서 행복을 앗아가는 원인으로 새롭게 의미를 부여받는다. 이는 집시들의 욕망의 이면을 고찰한 결과로, 즉 자연스러운 욕망이라 할지라도 거기에 역시 폭력성이 개재하고 있음을 암시한다.

요컨대 에필로그는 본문 텍스트를 다시 읽게 만든다. 우리는 에필로그의 전언을 접하고 나서야 집시 세계의 자유에 희생된 노인의 행복에 주목하게 되는 것이다. 사실 노인과 마리울라 에피소드는 노인이 알레코를 설득하는 과정에서 제시된 것이었다. 해서 대개는 노인의 슬픔과 고독보다는 그것을 감내하면서까지도 그가 지키고자 하는 집시들의 자유로운 삶에 더 큰 의미가 두어지게 마련이다. 게다가 노인의 태도는 복수를 다짐하는 알레코의 모습과 선명하게 대비되는 까닭에, 그 장면에서는 두 사회의 상이한 삶의 방식이 더 부각되어 노인의 쓸쓸한 내면은 간과되기 십상이었다. 하지만 에필로그를 통해 우리는 노인이 누리는 영혼의 평화 이면에 고독이 자리하고 있음을 비로소 깨닫게 된다. 집시 사회라는 공동체의 자유가 개인의 행복을 희생하는 대가로 유지되는 것이라면, 에필로그의 메시지는 집시적 자유에 내포되어 있는 '야만성'을 지적하는 것에 다름아닐 것이다.

이처럼 에필로그와 같은 본문 바깥의 장치를 통해 본문의 서사를 뒤집고 재독하게 만드는 수법은 푸시킨의 서사시들이 공유하는 특징이기도 하다. 에필로그가 본문과 서로 다른 목소리를 내는 구조는 독자들에게 소위 반전을 제공하여 작품 전체를 다시 읽도록 자극하는 동시에 작품의 의미를 더욱 풍부하고 심오하게 만든다. 흔히 '조화의 시인'이라 불리는 푸시킨의 이런 치우침 없는 태도는 진정 감탄을 자아내기에 충분할 것이다. 절대 선(善)으로 제시되었던 집시 사회가 짧지만 강렬한 에필로그를 통해 불완전한 공간으로 하향 조정되는 결말, 그리하여 현실에는 완벽한 세계란 존재하지 않는다는 작가의 인식은 매우 비관적이지만, 비관적인 만큼이나 통찰력이 깊다.

사족 하나. 그럼에도 불구하고 문명화된 욕망이 아니라 본능에 충실한 집시들의 욕망이 요즘 같아선 더 매혹적으로 다가온다. 어쩌면 이것은 고도로 자본주의화된 이 사회에서, 만들어지고 조작되는 욕망의 홍수 속에서 살아가는 현대인의 실존적 고민의 결과일지도 모르겠다. 집시 노인처럼 마리울라가 떠난 후 외로움에 생을 맡긴 채 행복을 모르고 살아갈지언정 자연스러운 삶이 주는 자유와 평화는 만끽할 수 있을 테니 말이다. 게다가 어차피 인간은 쓸쓸하고 고독한 존재 아니던가!

작가와 작품

알렉산드르 세르게예비치 푸시킨 (Александр Сергеевич Пушкин, 1799 – 1837). 세계적으로는 도스토옙스키나 톨스토이가 더 명성을 자랑하지만, 막상 러시아인들이 주저 없이 가장 으뜸으로 꼽는 문학가는 바로 푸시킨이다. 37세의 비교적 이른 나이에 세상을 떠났음에도 푸시킨은 서정시, 산문, 서사시, 드라

마 등 각종 장르를 넘나들며 모든 장르마다 주옥 같은 작품을 남긴 것으로도 유명하다. 그중에서 〈집시들〉이 속한 서사시 장르는 푸시킨이 작품 활동 초기부터 후기까지 꾸준히 창작의 대상으로 삼은 갈래로서, 미완성작을 제외한 11편의 서사시를 연구하는 것만으로도 1820년대 후반에 서정시에서 산문으로 무게 중심을 옮긴 푸시킨의 장르 이동의 궤적을 살필 수 있다.

〈집시들〉은 푸시킨이 러시아 남부 지역으로 유형을 갔던 시기(1820 - 1826)에 쓴 작품들 가운데 〈캅카스의 포로〉, 〈도적 형제〉, 〈바흐치사라이 궁전의 분수〉와 더불어 소위 '남부 서사시'로 불린다. 〈집시들〉(1824)은 푸시킨이 실제로 1821년 여름 집시들과 함께 몰다비아를 유랑한 체험과 인상을 바탕으로 하고 있다는 점에서도 흥미롭지만, '남부 서사시'를 에워싸고 있는 바이런적 낭만주의가 이 작품을 기점으로 푸시킨의 창작으로부터 멀어져 갔다는 사실도 눈여겨볼 만하다.

"어느 날 독수리가 까마귀에게 물어보았다네.
'까마귀야, 말해 보아라. 너는 이 세상에서 300살까지
사는데 나는 어째서 고작 33년밖에 살지 못하는 거냐?'
까마귀가 답하기를, '나리, 그건 말입죠,
나리는 산 짐승의 피를 마시지만 저는 죽은 짐승의 피를
마시기 때문이랍니다.'"

양심에 귀 기울여
선하고 자유로운 삶을 누려라!

심지은

알렉산드르 푸시킨의 《대위의 딸》* 중에서

아침 일찍 푸가초프가 나를 부른다는 전갈이 왔다. 나는 그의 거처로 갔다. 그 집 문 앞에는 타타르산(産) 말 세 마리를 매어 놓은 역마차가 서 있었다. 마을 사람들이 거리로 몰려들었다. 나는 현관에서 푸가초프를 만났다. 그는 털외투와 키르기스식(式) 모자를 쓰고 길 떠날 채비를 갖추고 있었다. 어제의 동료들은 굽실굽실하며 그의 주위에 둘러서 있었는데, 지난밤 내가 목격한 것과는 너무도 판이하게 다른 모습이었다. 푸가초프는 기분 좋게 나를 맞이하고 나서 내게도 함께 마차에 오를 것을 명했다.

우리는 마차를 탔다.

"벨로고르스크 요새로 가자!" 선 채로 트로이카를 조종하는, 어깨가 딱 벌어진 타타르인에게 푸가초프가 말했다. 내 심장은 세차게 뛰었다. 말들이 움직이자 워낭 소리가 울렸고 이윽고 마차가 날개 돋친 듯 달리기

---

* 추천 역서: 《대위의 딸》, 알렉산드르 푸시킨, 심지은 옮김, 웅진씽크빅, 2009.

시작하려는데…….

"서라! 서!"

내게 너무도 익숙한 목소리가 들리더니 이내 마차를 향해 정면으로 달려오고 있는 사벨리치가 눈에 들어왔다. 푸가초프가 마차를 세우라고 명령했다.

"표트르 안드레이치 도련님!" 노인이 고래고래 소리를 질렀다. "이 늙은이를 거두어 주세요, 사방에 우글대는 도적 떼…….""

"아, 저 늙다리 영감!" 푸가초프가 그에게 말했다. "이렇게 또 만나게 되는군. 저기 마부석에 앉게."

"감사합니다, 폐하, 감사합니다, 우리 아버님이시여!" 사벨리치가 자리에 앉으며 말했다.

"이 늙은이를 이토록 잘 보살펴 주시다니 폐하께서는 만수무강하실 겁니다요. 이 몸은 평생 폐하를 위해 기도 드리겠습니다요. 그리고 토끼 가죽 외투에 대해선 더 이상 입도 벙긋하지 않겠습니다요."

이때 나온 토끼 가죽 외투 얘기야말로 푸가초프의 심기를 건드려 진노하게 만들 수도 있었다. 다행히도 참칭자는 이 말을 알아듣지 못했거나 아니면 얼토당토않은 말이라 여겨 묵살해 버렸던 것 같다. 말들이 달리기 시작하자 거리에 모여 있던 군중은 그 자리에서 깊이 고개 숙여 절했다. 푸가초프는 좌우를 돌아보며 고개를 끄덕였다. 삽시간에 우리는 마을을 빠져나와 평탄한 길 위를 질주했다.

그 당시 내 심정이 어땠을지는 다들 쉽게 짐작하시리라. 몇 시간 뒤면 나는 영영 잃어버린 줄로만 알았던 여인을 다시 만나게 된다. 나는 우리 둘만의 재회의 순간을 머릿속으로 그려 보았다……. 그리고 또 내 운명

을 손아귀에 쥐고 있는 이 사내, 기이한 상황으로 얽히고설켜 나와 비밀
스럽게 연결되어 있는 이 사내에 대해서도 생각해 보았다. 그러나 생각
은 내가 사랑하는 여인의 구원자를 자처한 사내의 흉악하고 잔인하기 짝
이 없는 행태에 이르렀다! 푸가초프는 그녀가 미로노프 대위의 딸이라는
사실을 모르고 있다. 원한을 품은 시바브린이 그에게 전부 다 일러바칠
지도 모른다. 아니면 푸가초프는 얼마든지 다른 방법으로 그 사실을 알
게 될 수도 있다……. 그렇게 되면 마리야 이바노브나는 어떻게 될까?
나는 모골이 다 송연해졌다.

푸가초프가 불현듯 내게 말을 거는 바람에 내 상념은 중단되고 말았다.

"장교 양반, 뭘 그렇게 골똘히 생각하시는가?"

"어찌 생각하지 않을 수 있겠습니까?" 내가 대답했다.

"나는 장교이자 귀족이오. 어제까지만 해도 당신에게 대항해 덤볐는데
오늘은 이렇게 당신과 한 마차를 타고 가다니, 게다가 평생의 내 행복이
당신 손에 달려 있지 않습니까?"

"그래서 겁이라도 난다는 겐가?" 푸가초프가 물어보았다.

나는 기왕에 당신이 내 목숨을 한 번 살려 주었으니 이참에 사면뿐만
아니라 원조까지도 바라고 있다고 대답했다.

"자네 말이 맞네. 아무렴, 자네가 옳아!" 참칭자가 말했다.

"내 부하들이 자네를 의심하고 있다는 건 자네도 알잖나. 그 노인네는
오늘도, 자네가 첩자가 틀림없으니 고문해서 목매달아 버려야 한다고 우
기더군. 하지만 나는 그러라고 하지 않았네." 사벨리치와 타타르인에게까
지 들리지 않도록 목소리를 낮춘 뒤 그가 덧붙였다. "자네가 내게 준 포도
주 한 잔과 토끼 가죽 외투를 기억하고 있기 때문이라네, 보다시피 나는

자네 편 작자들 말처럼 피만 보면 사족을 못 쓰는 그런 사람은 아닐세."

나는 벨로고르스크 요새가 함락되던 날을 돌이켜 보았다. 그렇지만 그와 옥신각신해 봤자 좋을 게 없겠다는 생각에 아무 말도 하지 않았다.

"오렌부르크에서는 나에 대해 뭐라고 말하던가?" 잠시 입을 다물었던 푸가초프가 물었다.

"당신과 싸워 이기기는 어려울 거라고들 합니다. 말해 뭣하겠습니까. 솜씨를 제대로 보여 주었잖소."

참칭자는 제 스스로가 대견스럽다는 듯 뿌듯한 표정을 지었다.

"그렇고말고!" 신이 난 그가 말했다. "나야 싸웠다 하면 백전백승이지. 오렌부르크에 있는 놈들은 유제예바 전투를 알고 있는가? 장군들이 마흔 명이나 죽어 나갔고 4개 부대 부대원 전원이 포로로 잡혔지. 자네 생각은 어떤가? 프로이센 왕 정도면 내 상대가 될 거 같나?"

악당의 자화자찬을 듣고 있자니 우스웠다.

"당신이 생각하기에는 어떻소?" 내가 그에게 슬쩍 물어보았다. "당신이라면 프리드리히 대왕을 해치울 수 있겠소?"

"표도르 표도로비치 말인가? 못할 거 뭐 있겠나? 그자를 쳐부순 자네 편 장군들을 내가 해치우지 않았나. 지금까지는 운 좋게도 승승장구해 왔지. 모스크바를 칠 때도 그렇게 될지는 기다려 봐야 알겠지만."

"그러면 당신은 모스크바까지 진격할 생각이란 말이오?"

"그야 신만이 아실 일이지. 운신의 폭이 좁아서 내 맘대로 할 수 있는 일이 별로 없네, 내 부하란 작자들은 제멋대로인 데다가 약삭빠르기까지 하다네. 원래가 도둑놈들 아니던가. 나는 늘 신경을 곤두세우고 놈들의 동태를 살펴야만 하네. 전세가 기울기라도 하는 날엔 제 목숨 구하겠다고 당장 내 모가지를 갖다 팔 작자들이니." 참칭자는 잠시 생각하는 듯하더니 나직이 말했다.

"말씀 한번 잘했습니다!" 내가 푸가초프에게 말했다. "그러니 당신은 제 발로 그곳을 걸어 나와 적당한 때를 살펴 여제 폐하의 자비를 구하는 게 낫지 않겠습니까?"

푸가초프는 쓴웃음을 지었다.

"그렇지 않네." 그가 대답했다. "참회하기엔 너무 늦었어. 내게 자비를 베풀 리 없지. 기왕 내친 김에 끝까지 가 보려네. 혹시 아나? 그래서 성공할는지도! 그리시카 오트레피예프란 자도 모스크바를 다스리지 않았느냔 말일세."

"그자의 최후가 어땠는지 알기나 합니까? 그자를 창밖으로 내동댕이쳐 참수형에 처한 뒤 불에 태웠고, 그 재마저 대포에 채워 쏘아 버렸단 말이오!"

"내 말을 들어 보게나." 푸가초프는 섬뜩한 영감이라도 떠올랐다는 듯이 운을 뗐다. "내 자네에게 어릴 적 칼미크 노파가 들려준 옛날이야기 하나 해 줌세. 어느 날 독수리가 까마귀에게 물어보았다네. '까마귀야, 말해 보아라. 너는 이 세상에서 300살까지 사는데 나는 어째서 고작 33년밖에 살지 못하는 거냐?' 까마귀가 답하기를, '나리, 그건 말입죠, 나리는 산 짐승의 피를 마시지만 저는 죽은 짐승의 피를 마시기 때문이랍니다.' 독수리는 잠시 생각하더니 까마귀와 똑같은 걸 먹어 보겠다고 했다네, 까마귀는 그러자고 했지. 독수리와 까마귀는 함께 날아갔어. 그들은 눈앞에서 쓰러져 있는 말을 발견했네. 그러곤 내려가 앉았지. 까마귀가 부리로 쪼아 먹으며 맛있다고 했네, 독수리는 한두 번 쪼아 먹어 보더니 날개를 휘저으며 까마귀에게 말했다네. '이봐, 까마귀, 죽은 짐승을 먹으며 300년을 사느니 뒷일이야 어찌 되건 간에 단 한 번이라도 산 짐승의 피를 실컷 마시는 편이 낫겠어.' 칼미크 이야기를 들은 소감이 어떤가?"

"그럴듯하군요." 내가 그에게 대답했다. "그렇지만 살인과 강도 행각을 일삼으며 사는 건 죽은 짐승을 쪼아 먹는 것과 다를 바 없다는 생각이 듭니다."

푸가초프가 놀란 듯이 나를 빤히 쳐다보더니 더 이상 한마디도 하지 않았다. 우리 둘 다 각자의 상념에 잠겨 입을 다물었다.

열린 마음, 열린 사고로 다른 세상 상상하기

둘째가라면 서러울 독서가에 애서가였던 푸시킨은 오로지 책을 읽고 쓰는 일에 생을 바친 사람이었다. 주머니 안에 늘 책을 넣고 다니며 틈날 때마다 읽던 시인의 독서 편력은 아버지의 서재에서 시작되었다. 서재를 가득 채운 프랑스어 서적은 푸시킨의 어린 시절 부모의 모자란 사랑을 대신했다. 프랑스 연시를 베끼며 소년은 읽고 쓰는 삶에 빠져들기 시작했다. 당시 시인으로 제법 이름을 날렸던 삼촌 바실리 푸시킨과 사교계 인사였던 아버지 덕분에 내로라하는 문사들이 푸시킨의 집에 드나들었다. 그 가운데 카람진은 단연코 어린 푸시킨의 우상이었다. 소년은 눈을 반짝이며 당대 최고의 문인이자 지성인의 말을 한 마디라도 놓칠 새라 열중했다. 아버지 서재와 문인들에 이어, 책으로 만난 볼테르, 바이런, 셰익스피어, 스콧 등도 시인에게 중대한 영향을 끼쳤다. 이들과의 교유는 그의 문학 세계를 살찌웠다.

장서가이기도 했던 푸시킨은 돈에 쪼들리면서도 페테르부르크 시내 서점에 출근 도장 찍듯 드나들었고, 유럽에 주문한 책들이 도착하기를 손꼽아 기다렸다. "내 서재는 자라면서 빽빽해져 가고 있다"며 흡족해했고 유배 중에도 동생과 지인들에게 이런저런 책을 보내 달라 채근하는 편지를 쓰곤 했다. 심지어 어느 가장무도회에 책으로 변장한 채 등장했었다는 일화도 있다. 그 사실 여부를 떠나, '책에 사로잡힌 영혼'의 결정적 순간을 포착한 이야기 같아 개인적으로는 가장 애착이 가는 일화이다. 그 외에도, 비운의 결투 후 다가올 죽음을 예감한 시인이 서재 안 책을 둘러보며 작별을 고했던("안녕, 친구들") 사실은 유명하다. 작별 인사 후 얼마지 않아 그는 이 서재에서 사랑하는 책과 친구들에 둘러싸여 길지 않은 생을 마쳤다. 서재에서 시작된 애서가의 삶은 이렇게 서재에서 마감되었다.

시인의 마지막을 기억하는 서재와 장서는 지금까지도 각국의 순례객을 맞고 있다. 페테르부르크 모이카 12번지 푸시킨 저택박물관 서재 안, 그가 영면에 들었던 긴 의자와 오후 2시 45분(시인의 임종 시간)에 멈춘 시계가 작별의 순간을 보존하고 있다(물론, 아쉽게도 박물관의 인테리어는 모두 진품이 아니다).

한편, 이 작별에 감동받은 나보코프는 망명지 베를린에서 쓴 마지막 러시아어 장편 소설 《재능》(1937)에 그 잊지 못할 인상을 시로 남겨 두었다. 이로써 나보코프는 떠나온 조국, 그리고 모국어와 헤어질 마음의 준비를 마칠 수 있었으리라. 이어서 한 세기가 흐른 21세기, 일본의 소설가 오에 겐자부로가 나보코프로부터 영감을 받아 장편 소설 《책이여, 안녕!》(2005)을 쓰게 된다. 여러 세기에 걸쳐 각기 다른 개성을 지닌 작가들을 연결해 주는 책! 어쩌면 '책의 영혼'이란 게 있어 자신이 찾아들 곳을 자유로이 선택하는 것은 아닐까?

나 역시 푸시킨의 책과 우연히 만났다. 중학생 시절 "삶이 그대를 속일지라도……"라는 흔한 시구가 적힌 노트나 책갈피에서 시인을 만나기 전, 초등학생일 때 소년소녀 세계명작전집에 꽂혀 있던 《대위의 딸》을 읽었다. 그때는 러시아가 어떤 나라인지, 푸가초프의 난이 무엇인지, 푸시킨이 누구인지도 몰랐지만 주인공 청년 그리뇨프가 위기에 처한 고아 소녀 마샤를 구출하기까지 내내 마음을 졸이며 읽었던 기억이 아직도 생생하다. 아마도 "내 심장은 불타올랐다. 머릿속으로 그녀의 기사가 된 내 모습을 그려 보았다. 나는 그녀의 신임을 받을 자격이 있다는 걸 증명하고 싶어 애가 달았고 그래서 한시라도 빨리 결정적인 순간이 오기를 고대했다"와 같은 구절을 읽으며 마샤라도 된 양 용감한 기사를 기다리면서 덩달아 애가 달았을 것이다.

어른이 되어 논문을 쓰기 위해 다시 읽게 된 《대위의 딸》은 여전히, 아니 훨씬 더 재미있었다. 소설은 더 이상 그리고 당연히, 백마 탄 왕자를 기다리는 공주님에 감정 이입해 읽을 수 있는 로맨스가 아니었다. 그 대신 사람 사는 이 세상은 완벽한 곳이 아니며, 이런 세상에 사는 우리 역시 완벽할 수 없다는 사실을 수긍하게 해 주었다. 더불어 이 세상에는 객관적으로 '옳은 것', 혹은 단 하나의 정답이란 존재하지 않는다는 사실도 함께. 그렇다고 해서 다수의 진리를 인정하는 상대주의적 관점이나, 나이 들면서 깨닫게 되는 '좋은 게 좋은 거'라는 식의 체념 섞인 세상의 지혜를 옹호한다는 뜻은 아니다. 오히려, 우리는 불완전하기 때문에 아주 천천히, 조금씩 나아갈 수밖에 없다는 말을 하고 싶을 뿐이다. 달리 말하면, 주어진 '불완전한' 현실을 온전히 받아들이고 성찰하는 일이야말로 우리가 견지해야 할 최우선이자 최후의 자세라는 것이다. "신의 나라에 예술은 없다. 예술은 불완전한 인간만이 완전을 향해서 하는 짓이어서 어디까지나 불완전한 것이 될 수밖에 없다"는 앙드레 지드의 말처럼, 부족하기 때문에 그 모자람을 채우기 위해 인간은 노력하지 않을 수 없으니, 그 안쓰러운 노력을 기록하는 일이야말로 문학의 몫일 터이다.

여기 인용한 '한 장면'은 소설의 11장 〈폭도들의 소굴〉에 나오는 대목이다. 정부군을 무찌른 농민 반란군은 기세등등하게 진격 중이다. 푸가초프가 점령지로 가는 길에 우연히 합류하게 된 그리뇨프는 처음으로 그와 단둘이 깊은 속내를 나눌 기회를 갖게 된다. 전혀 다른 신분과 처지에 놓인 이들이 서로에 대한 호감과 신뢰를 확인하는 흥미로운 대목인데 그 가운데 보다 세심하게 읽을 부분은 푸가초프의 입을 통해 전해지는 칼미크 설화다.

까마귀와 독수리는 각자 제 관점에서 세상을 바라보며 하나의 진리가 있다고 믿고 오직 그것만을 따르며 산다. 어느 날 다른 세상이 존재할 수 있다는 가능성에 놀란 독수리가 그 다른 삶을 시도해 보지만 다시 예전의 '진리'로 회귀하고 만다. 독수리에게는 "죽은 짐승을 먹는 것"보다 "산 짐승의 피를 먹는 것"이 더 익숙하고 편하기 때문이다. 사람들은 제게 익숙하고 편한 것을 객관적 진리라고 착각하곤 한다. 관성의 법칙은 그래서 극복하기 힘들다. 한편, 독수리의 말에서 어렴풋이 느껴지듯, '객관적 진리'는 편함을 넘어서 그 신봉자에게 어떤 쾌감, 즉 쾌락의 순간 역시 보장한다. 이 내밀한 쾌락이 어쩌면 그 '진리'를 끝까지 밀어붙이도록 하는 주된 동력일지도 모른다. 그래서일까, 권력을 가진 자들은 자기가 옳다고 확신하는 '정답'을 다른 사람에게도 가르치려고 한다. 그 결과, 의심의 여지없이 상황은 더욱 악화된다. 제 신념을 강요하는 자, 고집과 아집과 고정관념을 불변의 진리로 떠받드는 자들은 제 자신뿐만 아니라 주변 사람에게까지도 해를 끼치기 때문이다.

칼미크 설화가 보여 주듯 다른 세상을 상상하고 만들어 가는 일은 생각보다 힘들고 어렵다. 대부분의 경우, 우리는 이것 아니면 저것이라는 곤란한 양자택일의 상황에 처하며, 딜레마에서 빠져나오기란 쉽지 않다. 놀랍게도 그리뇨프는 이런 딜레마를 쉽게 뛰어넘는다. 이로써 독수리의 삶을 선택하고 또 기꺼이 그 기준에 부합하여 살고자 했던 푸가초프에게 까마귀의 삶과도 전혀 다른, 제3의 세상이 존재할 수 있다는 가능성을 제시한다. 그럼에도 그는 소설이 끝날 때까지 독수리의 삶을 견지한다. 오늘날의 언어로 표현하자면 푸가초프는 '프레임'에 갇혀 다른 세계를 상상하지 못한 자다. 그는 용감했지만 주어진 인식의 한계를 뛰어넘지는 못했다. 그리뇨프의 반응에 놀라 입을 다물어 버린 그를 보면 알 수 있다. 이 침묵의 순간은 둘 간의 호의와 신뢰에도 불구하고 이들의 가치관이 다르다는 사실을 보여 주는 결정적인 순간이기도 하다. 짧은 대화는커녕 몸짓으로도 이어지지 못한 침묵은 둘의 사고방식 간의 괴리감을 암시한다.

소설의 결말에 이르러 반란의 주동자는 처참하게 사형을 당하고 귀족 장교는 마샤와 결혼하여 행복한 삶을 살게 된다. 푸가초프의 참형은 역사적 사실이지만, 푸시킨은 소설 속에 그의 최후를 밝힘으로써 타인의 피의 대가로 자유를 쟁취하고자 했던 반란자의 신념에 동의하지 않는다는 점을 분명히 한다. 푸시킨은 심정적으로 그리뇨프에게 더 가까우며, 그래서 그의 가치관에 더 무게를 실어 주려고 했다. 물론 다가올 불행을 감지하면서도 제 신념을 지키려고 했던 농민 반란의 지도자에게서 인간적 매력과 시적인 영감을 발견했다는 점도 잊어서는 안 된다.

그리뇨프는 독자들의 관심을 한눈에 사로잡을 만큼 매력적인 캐릭터는 아니지만 그 누구보다도 큰 내적 가능성을 가진 인물이다. 전쟁 포로가 되기도 하고 죄인의 누명을 뒤집어쓰면서도 그는 두려워하지 않고 지나치게 태평하다 싶을 정도로 침착하게 행동한다. 아무리 불리한 상황일지라도, 심지어 제 목숨이 반란 주동자의 손아귀에 들어간 일촉즉발의 상황에서조차 불안에 떨며 잠을 설치기는커녕, 도리어 그는 "용기도 희망도 잃지 않은 채" 곤히 잠드는 능력을 지녔다. 독수리와 까마귀의 삶 너머를 상상할 수 있었던 그리뇨프는 이것 아니면 저것, 이편 아니면 저편이라는 편협하고 획일적인 구분을 넘어서 온전한 내면의 자유를 누린다. 그 결과, 본인에게 다가온 절호의 기회를 놓치지 않고 활용하는 인생의 운용법까지도 적절하게 구사하는 여유도 부린다("기이한 생각이 머릿속에 불쑥 떠올랐다. 나를 두 번씩이나 푸가초프 앞으로 데려온 신의 섭리가 내 계획을 실천에 옮길 기회를 제공해 줄 것만 같은 기분이 들었다. 나는 이 기회를 이용하기로 마음먹었고, 내가 내린 결정이 옳은지 제고해 볼 겨를도 없이 푸가초프의 질문에 이렇게 답했다").

지적으로 미성숙하고 순진한 그리뇨프와 달리 시바브린은 소설에서 가장 지적이고 영민한 인물이다. 귀족 장교 출신으로 푸가초프 일당에 가담했던 시바브린은 정부군에 의해 반란이 진압되면서 감옥에 갇히는 신세가 되는데, 자기 꾀에 자기가 빠진 격이다. 눈치도 빠르고 계산도 빠른 그는 눈앞에 닥친 기회를 단 하나라도 놓치지 않으려고 애쓴다. 게다가 이기주의적이고 냉소적이기까지 하다. 매 순간을 재고 계산하는 시바브린에게 휴식과 여유는 어울리지 않는다. 농민 반란이 진압된 후 백발에다 멋대로 자란 턱수염, 창백하고 비쩍 마른 죄수로 묘사되는 시바브린의 외모는 그의 내적 번민과 성격의 결함을 비추는 거울과도 같다. 그리뇨프보다 훨씬 똑똑하고 판단력이 뛰어난 시바브린이 무너지는 과정은 그리뇨프의 순수함과 담대함을 돋보이게 한다. 타고난 선함과 고결한 품성은 지적으로 미성숙한 그리뇨프의 흠결을 덮고도 남는다. 위기의 순간, 누구든 어느 한편에 속하지 않고서는 살아남기 힘든 어려운 상황에서 그리뇨프는 홀로 제 신념과 양심에 귀 기울이며 자유롭게 행동한다. 열린 마음과 타고난 도덕성으로 마침내 그는 소설에서 행복을 거머쥐는 데 성공하는데, 이는 지성보다는 선한 마음이 우선했기에 가능한 일이었다. 푸시킨은 머리보다는 마음을 중요시하고, 양심을 따를 줄 아는 인간(말로는 쉽지만 양심적인 인간으로 살아가는 건 생각보다 훨씬 어려운 일이다)에게 더 후한 점수를 주고 싶어 했던 것이다.

이때 놓쳐서는 안 될 점은, 푸시킨이 평범한, 정확히 말하면 어리숙한 인물을 주인공으로 삼아 범인(凡人)의 평균치 지능을 두둔하려 한 게 아니었다는 것이다. 작가는 인간의 선한 마음이 최고이자 최후의 가치라는 사실을 강조하고 싶었을 뿐이다. 그는 이보다 더 멋지고 고상하며 매력적으로 보이는 어떤 것, 가령 뛰어난 지능이나 세련된 교양과 학식, 재력 따위가 때로는 삶에서 되돌릴 수 없는 커다란 상실을 가져올 수도 있다는 걸 알았다. 그렇기 때문에 푸시킨은 순박하고 선량한 인물들—이반 쿠즈미치와 그의 아내, 이반 이그나티치, 게라심 신부와 그의 아내—에 대한 애정을 숨기지 않았다. 동시에 그들의 인간적 한계까지도 꿰뚫어 보았던 작가는 종종 아이러니한 시선으로 그들을 바라본다. 그가 아꼈던 이반 쿠즈미치와 이반 이그나티치가 처형대에서 처참한 최후를 맞을 수밖에 없었던 이유는 이들이 역사의 악순환의 고리를 결연히 끊고 그로부터 벗어날 생각을 미처 하지 못했던(않았던) 치명적인 한계를 지녔기 때문이다. 고문이라는 끔찍한 처벌을 당연시하는 시대에 순응하며 살았던 그들은 제 자신이 가해자라는 자의식을 가질 수 없었다. 그러나 선한 사람들마저 기꺼이 가해자 편에 서고, 어느 순간 피해자가 가해자가 되어 보복하는 인과응보의 고리에서 벗어나지 못하는 한, 역사는 끔찍한 비극을 되풀이할 수밖에 없다. 이것이 《대위의 딸》에 드러난 푸시킨의 역사관이다. 반란군과 정부군이 벌이는 치열한 전쟁터에서 손에 피 한 방울 묻히지 않은 그리뇨프의 행적이 작가의 역사관을 대변한다. 무한 반복될 것만 같은 역사의 악순환의 고리를 부수기 위해서는 그리뇨프가 그랬듯, 그 어느 편에도 속하지 않고 사태를 객관적으로 바라볼 수 있는 성찰적 거리가 필요하다. 더불어, 그 어떤 상황에서라도 인간적인 가치를 잊어서는 안 된다는 점 역시 중요하다. 작가의 이런 메시지가 담긴 대목이 아래 인용문인데, 나이든 노인의 철 지난 잔소리 같아서 스쳐 지나가기 쉽다.

"이런 일[잔혹한 고문 행위 – 옮긴이]이 우리 시대에 일어났다는 사실과, 내가 지금의 온화하신 알렉산드르 황제의 치세를 누리며 살고 있다는 사실을 돌이켜 보자니, 계몽의 급속한 성장과 인간애에 근거한 법령의 확산에 놀라지 않을 수 없다. 젊은이들이여! 내 수기가 혹여 그대들 손에 들어가게 된다면 이 점은 기억해 주게나. 최선의 그리고 항구적인 변화는 강제와 폭력으로 얼룩진 온갖 변혁을 통해서가 아니라 풍속의 개선으로만 이루어진다는 사실을"(6장 〈푸가초프의 난〉에서).

18세기의 잔혹한 고문 행위는 오늘날 사라지고 없다. 역사가 진보한다는 확실한 증거다. 하지만 여전히 폭력은 진행 중이며, 보다 교활한 방법으로 진화하고 있다. 그렇기 때문에, 이 불완전한 세상은 변혁을 외치며 흘린 피에 의해서가 아니라 개개인의 각성과 노력으로 바뀐다는 시인의 말을 더 귀담아 들어야 한다. 사회의 시스템 개선보다 개인의 '노력'에 더 큰 방점을 찍는, 이런 '꼰대적인' 시각이 불평등이 심화된 오늘날 환영받기 어렵다는 것 또한 현실이다. 그렇지만 우리에게 주어진 의식의 한계를 뛰어넘기가 얼마나 힘든지를 보여준 칼미크 설화를 상기해 보자. 이런 까닭에 내 안의 혁명이 외부의 혁명보다 훨씬 더 어렵고 훨씬 더 전복적인 상상력을 요하는 어려운 작업인지도 모른다.

한편, 이 전언은 20세기 초 역사상 유례없는 공산 혁명을 겪어 내야 했던 러시아에 던지는 예언처럼 들리기도 한다. 순수한 이상과 이념, 즉 이론에 기대어 현실의 삶을 설계하고 재단하는 일이 초래한 소름 끼치도록 참혹한 결과는 이미 도스토옙스키가 온 힘을 다해 보여 주었다. 이들의 경고에도 불구하고 이념과 종교, 민족이라는 틀을 고수하는 이들의 관성과 게으름으로 인한 테러와 전쟁은 오늘날까지도 계속되고 있다. '이즘'으로 표백된 자들이 벌이는 가장 큰 비극은 그들이 '인간적인' 가치마저 기꺼이 제거하려고 한다는 데 있다는 사실을 잊어서는 안 된다.

칼미크 설화 속 독수리와 까마귀의 경우와 마찬가지로 우리는 각자가 처한 상황에서 선택한 나름의 '입장'에 따라 옳고 그름을 판별한다. 그러다 보니 각기 다른 입장들이 충돌하는 게 인지상정이며, 그 과정에서 모두가 옳다고 동의하는 단 하나의 정답에 이르기는 힘들다. 이와 더불어 주목해야 할 지점은, 예기치 않은 사건이나 재난 등의 위기에 처했을 때 어떤 입장에 서느냐에 따라 그 사람의 본성과 세계관이 적나라하게 드러난다는 사실이다. 오늘날, 그 어느 때보다도 어둡고 그 어느 때보다도 인간 정신에 대한 실망과 냉소, 나아가 혐오로 가득한 위기의 시대에 마음속으로 그리뇨프와 마샤를 떠올려 본다. 뛰어난 지성들이 좌우를 가르며 논쟁하는 오늘날, 그 어느 편에 서지 않으면서도 무한한 내면의 자유를 누리며 양심을 더럽히지 않고 살 수 있는 힘이 그 어느 때보다도 요구되기 때문이 아닐까? 그저 동화 같은 이야기일 뿐이라고 치부하지 말고 다시 한번 이들의 이야기에 관심을 기울여 보자. 그처럼 유쾌하고 즐거운, 우연과도 같은 기적이 우리에게도 한 번쯤은 일어날지 모르니까.

작가와 작품

역사에 대한 해박한 지식과 작가적 허구가 절묘하게 결합된 알렉산드르 푸시킨(1799 - 1837)의 마지막 장편 역사소설 《대위의 딸》(1836)은 극심한 농노 혁명을 겪었던 혼란한 18세기 러시아를 배경으로, 그 속에서 자신의 명예를 끝까지 지키고자 애썼던 한 평범한 귀족 청년의 모험 이

야기이다. 귀족 장교 그리뇨프가 길에서 우연히 만난 농민 반란의 주동자 푸가초프에게 베푼 작은 친절이 그리뇨프의 생명과 신붓감의 구출이라는 상상하기 어려운 보답으로 돌아오고, 둘 사이에 우정이 싹튼다. 이 때문에 폭동에 가담했다는 혐의를 받게 된 그리뇨프는 재판정에 서게 되나 약혼녀 마샤 덕분에 여제의 사면을 받고 마침내 결혼에 성공하는 해피엔딩의 주인공이 된다.

시인으로서 비교적 순탄하게 최고의 자리에 오를 수 있었던 푸시킨에게 산문 작가로서의 여정은 쉽지 않았다. 그가 본격적으로 산문 창작에 몰두한 시기는 대략 1830년대부터로 소설가로서의 변신은 비교적 늦은 감이 있다. 한편, 러시아 문학사에서 '시의 황금시대'가 저물고 소설 장르가 두각을 나타내기 시작한 게 1830년대 후반 무렵이었으니 푸시킨은 장차 도래할 위대한 러시아 리얼리즘 소설의 시대를 예감하고 기꺼이 앞장선 선구자이기도 하다. 《예브게니 오네긴》에서 스스로 밝힌 바와 같이 푸시킨은 바야흐로 패기 넘치는 젊은 시인에서 '기 꺾인 산문으로 내려갈' 때를 알고 있었다. 1827년 미완성으로 남은 습작 〈표트르 대제의 총신〉으로 시작하여 1830년에 완성된 단편 연작 《벨킨 이야기》에 이르기까지 산문 작가로서의 명성을 높인 푸시킨은 고딕 환상소설 풍의 《스페이드 여왕》(1834)으로 당대 최고의 인기를 누리기도 했다. 또한, 러시아 장편 소설의 역사를 개척한 유작 소설 《대위의 딸》로 러시아 소설사에 선명한 흔적을 남겼다. 푸시킨은 여러 편의 소설 기획안을 남겨둔 채 비운의 결투에서 쓰러져 1837년 2월, 길지 않은 창작의 여정을 마치게 된다. 시인이 오래 살아 미완의 기획을 완성했더라면 그의 소설을 지금보다는 더 많이 읽을 수 있었을 거란 생각에 아쉬움이 크다.

"나는 신의 조화 같은 것은 바라지 않아,
인류에 대한 사랑 때문에 바라지 않아.
나는 차라리 보상받을 길 없는 고뇌와 식지 않는
분노를 간직하는 쪽을 택하겠어."

입으로만 하나님을 외치는 사회, 그곳은 무기력한 신의 가르침만이 존재하는 곳인가?

백준현

"알료샤, 나는 러시아의 아이들에 관한 이야기를 아주 많이 수집해 놓았단다. 다섯 살짜리 계집아이를 그 아비와 어미가 끔찍이 싫어한 이야기도 있지. 그들은 '교육을 잘 받아 교양이 넘치는, 크게 존경을 받는 관리들'이었는데도 말이다. 다시 한번 분명히 말해 두지만 말이다, 사람들 중 많은 이들에겐 특이한 속성이 있어. 그건 바로 아이들을 학대하는 취미야. 그런 박해자들은 마치 인도주의적이고 교양이 넘치는 유럽인들처럼 다른 모든 인간들에게는 아주 친절하고 온순한 태도를 취하지만, 아이들은 가만두질 않는단 말이야. 그런 점에서 본다면 아이들을 사랑한다고도 할 수 있겠지. 말하자면 이 피조물들의 무방비 상태가 가해자들을 유혹하는 거야. 갈 곳 없고 의지할 사람 없는 아이들이 순진하게 믿고 따르는 마음, 바로 이것이 박해자들의 추악한 피를 끓게 만드는 거지.

(중략)

그래서 그 다섯 살 난 계집애에게 이 교양 있는 부모는 온갖 방법으로 고통을 가하는 거야. 자기 자신도 왜 때리는지 그 이유를 모르면서 막무가내로 애를 때리고 쥐어박고 발로 차서 온몸을 시퍼런 멍 투성이로 만들었다더구나. 그리고 급기야 아주 교묘한 방법까지 동원했는데, 아 글쎄 그 엄동설한에 밤새도록 애를 변소에 가둬 두곤 했다는 거야. 변소에 가야 한다는 얘기를 미리 하지 않았다나 뭐라나(천사처럼 곤히 잠든 다섯 살짜리 아이가 그걸 어떻게 미리 알릴 수 있겠니?). 어쨌거나 그런 이유를 대 가면서 애가 실수로 흘린 똥을 그 얼굴에 칠하는가 하면 억지로 먹이기까지 했다는 거야. 그것도 아이 엄마라는 사람이 말이야! 게다가 그 엄마는 불쌍한 아이가 내는 신음소리를 듣고도 편히 잠을 잘 수 있었다고 하는구나! 너는 이걸 이해할 수 있겠니? 자신에게 무슨 일이 일어나고 있는지도 모르는 그 어린 아이가, 어둠과 추위 속에서 그 더러운 곳에 갇혀 쓰라린 가슴을 자신의 조그마한 주먹으로 두드리면서 그리고 누구도 원망할 줄 모르는 천진한 피눈물을 흘리면서 '하나님께' 살려 달라고 기도를 하는 거야. 나의 동생아, 너는 이런 황당한 얘기를 이해할 수 있겠니, 신에게 봉사하는 겸허한 수도사인 너는 이런 황당한 일이 왜 일어나고, 왜 필요한지를 이해할 수 있겠니? 사람들이 그러더라, 이런 일이 없다면 인간은 지구 상에 존재할 수 없을 거라고. 이런 일이 없으면 인간은 선이 무엇이고 악이 무엇인지를 분별하지 못한다는 거야. 하지만 이런 엄청난 대가를 치르면서까지 그놈의 선과 악을 구분할 필요가 있는 걸까? 분별력이라는 걸 가진다 해도 그게 과연 '하나님께' 흘리는 이 아이의 눈물만큼 가치가 있느냔 말이지. 나는 어른들의 고뇌에 대해선 말하고 싶지 않다. 그들은 금단의 사과를 따 먹었으니 아무렇게나 되라지 뭐. 악마에게 잡혀가도 상관없어. 하지만 이 아이들은, 이 아이들은 어

떻게 하지? 알료샤, 내가 너를 괴롭히고 있는 것 같다. 넌 지금 제정신이
아닌 것 같아. 원한다면 얘기를 그만두마."

"괜찮아요, 나 역시 괴로워하고 싶으니까요." 알료샤가 중얼거렸다.

"그럼 하나만 더 얘기해 주마.

(중략)

이 장군은 2천 명의 농노를 거느리며 영지에서 살고 있었어. 그런데
그는 주변에 사는 소지주 같은 사람들을 마치 자기 집 식객이나 어릿광
대처럼 취급하면서 엄청나게 거드름을 피웠던 모양이야. 그리고 장군 집
에는 수 백 마리의 개와 백 명이 넘는, 개 키우는 하인들이 있었는데 그
들은 제복을 입고 다녔고 심지어 말까지 타고 다녔다네. 그런데 하루는
한 머슴의 여덟 살 난 아들이 돌팔매질을 하며 놀다가 실수로 장군이 아
끼는 사냥개의 다리에 상처를 입히고 말았어. 장군이 '내가 아끼는 저 사
냥개가 어째서 다리를 저는 것이냐?'라고 묻자 다른 하인들이 '바로 저
녀석이 돌을 던졌기 때문입니다'라고 대답을 했어. 장군은 아이를 돌아보
면서 '네 놈이로구나. 이놈을 잡아라!'라고 명령을 했고 하인들은 그 아이
를 끌고 가서 밤새 가둬 두었어. 다음 날 아침 날이 새기도 전에 장군은
아주 화려하게 사냥 준비를 하고 말에 올라탔고 식객들, 사냥개들, 사냥
개를 지키는 하인들, 몰이꾼들은 그 주위에 빙 둘러서 있었어. 또 그 주
위에는 본보기를 보여 주기 위해 불러 모은 농노들이 서 있었고 맨 앞에
는 잘못을 저지른 아이의 어머니를 서게 했어. 그러고는 갇혀 있던 아이
를 끌고 나왔지. 음산하고 춥고 안개가 낀 가을날이라 사냥하기엔 더 없
이 좋은 날이었어. 장군은 아이의 옷을 벗기라고 명령했고, 겁에 질린 아
이는 찍소리도 못한 채 그저 덜덜 떨고만 있었던 거야. 장군이 '저 놈을

내몰아라!'라고 외치자 몰이꾼들이 '뛰어라, 뛰어!'라고 외쳐 댔어. 아이가 달아나기 시작하자 장군은 '달려들어!'라고 외치며 발 빠른 사냥개들을 모조리 풀어 버렸어. 결국 어머니가 보는 앞에서 아이의 몸이 갈기갈기 찢겨 버리고 말았어! 나중에 그 장군은 금고형인가 뭔가를 받았다고 하더라. 자, 이런 놈은 어떻게 해야 하겠니? 총살이라도 시켜야 할까? 도덕적 감정을 만족시키기 위해서라도 총살형에 처해야 하지 않을까? 말해 봐라, 알료샤!"

"총살형에 처해야죠!" 창백하고 일그러진 미소를 띤 알료샤가 형을 쳐다보며 나지막한 소리로 대답했다.

"브라보!" 이반이 환희에 찬 목소리로 소리쳤다.

"그렇게 말하는 걸 보니, 너도 참 별난 수도사구나! 네 마음 속에도 악마의 새끼가 들어 있는 모양이다, 알료샤 카라마조프!"

"제가 그만 어리석은 소리를 했군요, 하지만……."

(중략)

"나는 신의 조화 같은 것은 바라지 않아, 인류에 대한 사랑 때문에 바라지 않아. 나는 차라리 보상받을 길 없는 고뇌와 식지 않는 분노를 간직하는 쪽을 택하겠어. 내 생각이 틀렸다 해도 마찬가지야. 게다가 그 조화의 대가가 너무 비싸기 때문에 우리의 호주머니 사정으로는 그만한 입장료를 낼 수가 없어. 그래서 난 나의 입장권을 서둘러 돌려보내는 거야. 만약 내가 정직한 인간이라면 가능한 한 빨리 그것을 돌려보내야 해. 그래서 난 그걸 실행에 옮기고 있는 거야. 알료샤, 나는 신을 인정하지 않는다는 건 아니야. 그저 조화의 입장권을 정중히 돌려 드린다는 것뿐이지."

"그건 반역입니다." 알료샤가 눈을 내리깔며 말했다.

"반역이라고? 너한테서 그런 말을 듣고 싶지는 않았다." 이반이 정색을 하며 말했다.

"반역의 정신으로 살아갈 수 있을지 모르겠지만, 나는 그렇게 사는 것을 택하겠다. 내게 솔직히 말해다오. 가령 네가 궁극적으로 사람들을 행복하게 만들고 또 그들에게 평화와 안녕을 안겨 주기 위해 인류 운명의 탑을 쌓아 올린다고 치자. 그리고 그렇게 하기 위해서는 보잘것없는 생물 하나, 예를 들어 자기 가슴을 두드렸다는 그 계집아이를 어쩔 수 없이 괴롭혀야만 하고, 또 그 아이의 보상받을 길 없는 눈물 위에서 그 탑을 세워야 한다고 치자. 그러면 넌 그런 조건으로 건축 기사 일을 하는 것에 동의할 수 있겠니?"

"아니요, 동의하지 않을 겁니다." 알료샤가 조용히 말했다.

"그리고 또 하나, 네가 짓고 있는 탑을 물려받을 사람들이 이 조그만 희생자의 보상받을 길 없는 피 위에 세워진 행복을 받아들이고, 또 그로 인해 영원히 행복해지는 것에 동의할 것이라는 생각을 받아들일 수 있겠니?"

"아니요, 용납할 수 없습니다, 형님." 알료샤가 갑자기 눈을 번쩍거리며 말했다.

"형님은 아까 용서할 수 있는 권리를 가진 존재가 세상에 있겠냐고 말씀하셨죠? 하지만 그런 존재는 있어요. 그리고 그분만이 모든 사람을 용서할 수 있고, 모든 일에 대해 용서할 수가 있어요. 왜냐하면 그분은 모든 사람의 잘못을 대신해서 자신의 무고한 피를 흘렸기 때문이에요. 형님은 그분에 대해서는 잊고 계시는군요. 바로 그분을 기초로 하여 그 탑은 세워져 있는 겁니다. 그리고 바로 그분을 향하여 우리는 '주여, 당신은 옳습니다. 그로 인해 당신의 길이 열렸나이다'라고 부르짖을 수 있는 것이기도 하고요."

"아, 그건 '죄 없는 단 한 분'과 그의 피에 대한 이야기구나! 아니, 난 그를 잊지 않았어, 오히려 네가 어째서 그 사람 얘기를 들고 나오지 않나 계속 의아하게 생각하고 있었어. 너희들은 논쟁을 할 때면 으레 그 사람을 들고 나오곤 하니까. 그런데 알료샤, 웃지 말고 들어라. 난 1년 전쯤에 서사시 한 편을 지어 놓은 게 있다. 10분 정도만 더 시간이 있다면 네게 얘기를 해 줄 수도 있겠는데, 어떨까?"

"형님이 서사시를 썼다고요?"

(중략)

"서사시의 제목은 〈대심문관〉이야. 어리석은 작품이긴 하지만 너에겐 들려주고 싶구나."

신과 인간의 단절, 아버지와 아들 세대의 단절

도스토옙스키의 《카라마조프가의 형제들》은 전체 4부 12권 그리고 에필로그로 구성되어 있으며 총 96개의 장을 통해 내용이 전개되는 방대한 장편 소설이다. 위에 인용한 장면은 제 5권 《찬과 반 Pro et contra》의 네 번째 장인 〈반역〉의 후반부 장면이다. 위 인용문에서 언급되고 있는 서사시 〈대심문관〉에 대해 저명한 비평가 모출스키는 '도스토옙스키 문학의 정점이자 백미'라고 극찬한 바 있다. 추상적이고도 복잡하게 전개되는 서사시 〈대심문관〉의 내용에 대해서는 나중에 다시 설명하기로 하고, 여기서는 〈대심문관〉 사상의 모태가 되는 이반의 이야기와 그에 대한 알료샤의 반응을 소개하고자 한다.

위의 장면이 갖는 의미를 충분히 이해하기 위해서는 우선 이 작품이 창작되는 최초의 단계까지 거슬러 올라갈 필요가 있다. 도스토옙스키는 이미 1869년 말부터 무신론, 가톨릭, 비국교도를 거쳐 '러시아의 신(神)에 대한 신앙'에 이르기까지 한 러시아인의 영혼의 순례를 묘사할 《위대한 죄인의 생애》라는 대작을 구상하고 있었다. 이러한 계획은 1870년부터 《악령》과 《미성년》, 그리고 《카라마조프가의 형제들》을 통해 단계별로 실현되어 간다. 그런데 1878년 봄, 《카라마조프가의 형제들》에 대한 본격적인 구상이 시작될 무렵 그에게는 관념적, 사상적 측면에 앞서 보다 현실적인 구상 하나가 생겨나게 되는데, 그것은 바로 피폐해진 당대 러시아의 가족 문제, 그중에서도 세대 갈등의 문제를 다루어 보고자 하는 생각이었다. 19세기 후반, 폭압적이고 후진적이었던 러시아 사회와 정치 체제 그리고 유럽에서 수입된 초기 자본주의의 흉물스러운 모습은 사회의 최소 단위인 '가정의 정상적인 모습'을 붕괴시키고 있었다. 도스토옙스키는 당시 러시아에 만연하고 있던 총체적인 영적 타락을 신과 인간의 연결 고리가 파괴됨으로써 나타나는 일종의 아노미로 보았다. 그리고 그는 이처럼 '타락과 단절'로 일그러진 영혼의 모습이 세대 간 갈등의 문제를 통해 가장 현실적인 차원에서도 드러난다는 것을 인식하게 되었다. 그가 한 문우에게 보낸 편지를 통해 이와 같은 사실을 확인할 수 있는데 그는 편지에서 "나의 다음 작품은 투르게네프의 《아버지와 아들》에서 드러난 세대 간의 문제를 우리 시대의 그것으로 바꿔 놓은 것이 될 것입니다"라고 밝혔다.

이처럼 아버지와 아들 세대 간의 갈등을 축으로 하는 가족 이야기가 작품의 중심을 이루게 되자 작품 제목이 《카라마조프가의 형제들》로 구체화되었고, 작품의 첫머리에 해당하는 1부 1권 역시 《어느 집안의 역사》라는 제목하에 집안 내력을 밝히는 내용으로 시작하게 되었다. 호색한이자 후안무치하고 탐욕스러우며 여색을 밝히는 아버지 표도르는 첫째 부인에게서 낳은 드미트리, 둘째 부인에게서 낳은 이반과 알료샤를 아들로 두고 있다. 수도사인 셋째 알료샤는 아버지의 속물 근성을 참아 가며 큰 문제 없이 살아가지만, 충동적이고 정열적인 성격의 맏아들 드미트리와 모스크바에서 최고 학부를 나올 정도로 대단한 지력을 갖춘 둘째 이반은 아버지에 대한 증오심으로 가득 차 있다. 성장하는 과정에서 그리고 모스크바에서 학업을 수행하는 과정에서 아버지로부터 방기된 둘째 이반은 급기야 아버지 표도르를 육친으로 인정하지 못하겠다는 선언을 하기에 이른다.

그는 자신의 개인적 상황뿐 아니라 당시 러시아에서 발생하고 있던 속물적 사건들, 특히 아이들을 학대하는 행위에 대해 심한 혐오감을 느끼는 사람이다. 이지적이고 사변적인 그는 이 모든 상황들을 지켜보며 '신이 존재한다면 과연 이 모든 불가해한 상황들을 용납할 수 있을까?'라는 근본적 의구심을 갖게 된다. 위 인용문에서 언급된 여자 아이, 즉 사소한 잘못으로 인해 밤새도록 변소에 갇혀 있어야 했던 여자 아이와 사냥개의 먹이로 내던져진 사내 아이가 어린 시절의 그를 상징한다면, 그 부모와 장군은 각각 윤리 의식이 실종된 아버지 표도르와 당대의 어른 세대를 상징한다고 할 수 있다. 따라서 위 인용문에 나타난 것처럼, 이반은 자식을 버리는 부모가 나타나도록 방기하고 또 아이들을 학대하는 어른들이 나타나도록 방기하는 신의 뜻을 결코 받아들일 수 없다. 그는 아직

선악과가 무엇인지도 모르는 아이들이 죄도 없이 무참한 고통을 당하는 현실을 방임하는 신을 이해할 수 없다. 그는 '이 모든 것은 하나님의 뜻 아래에서 행해지며, 아이들의 피눈물은 천상에서 보상받을 것이고, 그들의 희생을 바탕으로 마침내 신이 뜻하신 바가 이루어질 것이다'라는 종교적 메시지를 결코 받아들일 수 없는 사람이다. 즉 지상에서 발생하는 모든 일은 신의 뜻 아래에서 '조화롭게' 이루어져 있고, 그런 일들을 통해 인간은 점차 선과 악에 대한 확고한 분별을 하게 될 것이며, 마침내 지상에는 신의 왕국이 이루어질 것이라는 종교적 믿음을 결코 수긍할 수 없는 것이다. "이런 엄청난 대가를 치르면서까지 그놈의 선과 악을 구분할 필요가 있단 말인가? 분별력이라는 것을 모두 얻는다 해도 그게 '하나님께' 흘리는 이 아이의 눈물만큼 가치가 있느냐 말이다"라는 그의 일갈은 이해할 수 없는, 신의 세계 질서에 대한 극단적인 불만의 표현이다. 그는 '하나님께'라는 단어를 비아냥거리며 강조함으로써 신의 질서에 대담하게 맞서고 있다.

그의 이러한 생각이 더욱 관념적이고 사변적으로 전개되는 대목이 바로 다음에 이어지는 '대심문관' 부분이다. 이반이 지은 서사시에서 예수는 16세기 세빌리아에 재림한다. 그러나 그곳을 다스리던 추기경이자 대심문관은 예수의 재림이 속세의 인간들에게는 전혀 무가치한 것이며 오히려 불행을 안겨 줄 것이라고 비난한다. 그리고 그 이유는 '내가 너희를 자유롭게 하리라'라는 예수의 근본적인 가르침이 천오백 년이 지난 그때까지도 인간을 행복하게 만들기는커녕 오히려 불행의 씨앗이 되었기 때문이라는 것이다. 대심문관은 자신이 수십 년 동안 사람들을 종교적으로 통치해 온 방식, 즉 어떠한 종교적 의구심도 허용하지 않고 무조건적 신앙심을 가지게 하는 것이야말로 사람들을 가장 평화롭게 하고 또 신실한 교도로 만들 수 있는 방식이라고 주장한다. 다시 말해서 그들에게 인식의 자유를 선사할 경우 그들은 반드시 신앙의 갈등을 겪게 되고 궁극적으로는 이단이나 무신론에 빠지게 된다는 것이다. 그의 주장에 따르면, 사람들에게서 인식의 자유를 빼앗고 그 대가로 지상의 빵을 선사한 결과 사람들이 행복을 누리게 되었다는 것이다. 그의 표현대로 '하늘의 빵보다는 지상의 빵에 더 많은 관심을 가진 수백만, 수천만의 인간들'을 위하는 것이 그에게는 더 큰 인류애로 여겨지는 것이다. 대심문관은 예수가 '기적과 신비와 권위'를 통해 사람들에게 절대적인 믿음을 심어 주지 않고 오히려 고행과 희생으로써 믿음을 불러일으키려 했던 것은 어리석음의 소치였다고 비웃는다. 신 자체보다는 신과 관련된 기적을 더 믿으려 하는 것이 인간의 속성인데, 예수가 기적과 신비와 권위를 거부함으로써 인류는 그를 '편안하게' 믿을 수 있는 확실한 근거를 찾을 수 없게 되었고 오히려 수수께끼처럼 모호하고 힘에 부치는 자유만을 부여받았다는 것이다. 때문에 예수의 행위는 '인간을 전혀 사랑하지 않는 것과 마찬가지의 결과를 낳게 되었다'라는 것이 대심문관의 비판의 요체이다.

이런 점에서 봤을 때 이반은 대심문관의 입을 통해, 감당하기 힘든 자유를 인간에게 부여한 예수의 행위는 결국 불가능한 완벽을 요구하는 행위와 다를 바가 없다고 비난하고 있는 것이다. 위 인용문에서 그가 예수를 '죄 없는 단 한 분'이라고 비아냥거리며 강조하는 이유도 바로 여기에 있다. 그는 '인간의 자유는 방종으로 이어질 위험이 크고 선과 악을 분별하는 것으로부터 멀어질 가능성이 크다'라고 생각한다. 방종한 인간은 자신의 행위가 갖는 의미를 되돌아보지 않게 되고 그렇게 되면 무엇이 선이고 무엇이 악인지에 대한 최초의 판단마저 흐려지게 된다는 것이다. 그들은 자신의 '자유로운' 판단에 따라 선과 악을 규정할 뿐이다. 입으로는 하나님을 외치는 사람들이 오히려 무수한 폭력과 악행을 일삼던 당시의 러시아가 그에게는 무기력한 신의 가르침만이 존재하는 곳으로 보였던 것이다. 설령 인식의 자유를 통해 스스로 선과 악을 구별하면서 궁극적인 평화의 탑을 쌓으려고 노력한다 하더라도 그 과정에서 단 하나의 생명이라도 눈물을 흘리며 스러져 간다면 그 탑은 이미 가치를 잃은 것이다. 즉 그 과정에서 신의 섭리라는 개념이 절대성을 상실해 버린다는 것이 이반의 생각이다.

따라서 신의 '세계 질서'를 거부하는 이반은 그 세계에 참여할 수 있는 자신의 입장권을 돌려보내겠다고 말한다. 위 인용문을 통해 알 수 있는 것처럼 그에게 있어 신의 존재를 인정하느냐 마느냐의 문제는 부차적인 문제이다. 위 인용문 앞의 장에서도 이반은 알료샤에게 "나는 신을 인정하지 않는다는 건 아니야. 중요한 것은, 신에 의해 창조된 세상, 즉 신의 세상을 절대 인정할 수 없다는 사실이야"라고 주저 없이 말한다. 이러한 태도는 신의 존재를 부정하는 무신론(無神論)보다 훨씬 더 강력한 반신론(反神論)적 태도이다. 그가 무신론자이든 아니면 반신론자이든, 그것은 곧 신은 인간에게 필요하지 않다는 메시지이다. 위 인용문에서 "조화의 입장권을 신에게 정중히 돌려 드릴 뿐이다"라는 그의 말은 외적으로는 겸손해 보이지만 그 속에는 오만함의 색채가 깔려 있다.

결국 그는 신이 만들어 놓은 세상의 모든 질서와 계율이 무가치하다고 판단하고 이로부터 '모든 것이 허용된다'는 주장을 펼치게 된다. 어린 아이를 사냥개 먹이로 던져 주는 포악한 장군이 총살 대상이라고 보는 견해

속에는 아버지 표도르 역시 죽어 마땅한 존재라고 보는 그의 심리가 깔려 있다. 실제로 표도르의 사생아이자 넷째 아들인 하인 스메르자코프는 이반의 이러한 사상에 영향을 받아 표도르를 살해하고 만다. 살인 행위가 자신에 의해 이루어졌음을 인정하면서도 스메르자코프는 "이반이 살인을 저지른 것이나 다름없다"라고 말한다. "그를 살해한 것은 바로 당신이오. 주범은 당신이고 나는 당신의 충실한 하인으로서 당신을 도왔을 뿐이오. 나는 당신 마음속에 있는 말에 따라 그 일을 저질렀소"라는 스메르자코프의 말은 이반을 당혹스럽게 만든다. 스메르자코프와의 대화를 통해 반쯤은 의식적으로 살인 행위를 교사했음에도 불구하고, 친부 살해라는 엄청난 문제에 직면하게 되자 인간으로서의 도덕과 양심이 이반의 이성적 정신 세계를 무너뜨리고 만다. 인간에게는 자유보다는 빵이 더 중요하다는 대심문관의 일견 합리적인 발상이 종국에는 모든 인간을 1차원적 존재로 획일화시키는 독재 정치의 악으로 귀결될 수 있듯이, 철두철미한 듯 보였던 이반의 세계관 역시 기본적 도덕과 양심의 문제 앞에서는 그 설자리를 잃고 만다. 정신 착란 상태에 빠진 그가 평소의 자신으로부터 일탈하여 광포해져 가는 모습은 이성과 합리성이라는 것이 얼마나 가변적이고 상대적인 가치를 갖는 것인지 단적으로 말해 주고 있다.

위 인용문에서는 셋째 아들 알료샤의 모습 역시 중요하게 그려진다. 그는 수도사이긴 하지만 무조건적 신앙에 집착하거나 매몰되는 사람은 아니다. 그는 겸허하고 온화한 성격을 지녔지만 그의 내면에 잠재하는 육체적 정열은 그에게도 카라마조프의 피가 흐르고 있다는 것을 말해 준다. 수도사답지 않게, 분노의 감정을 억지로 자제하려 하지 않는 그의 모습은 위 인용문에서 장군을 총살형에 처해야 마땅하다고 말할 때 보여 준 그의 일그러진 미소를 통해서도 나타난다. 그는 성자(聖者)가 되기 위해 맹목적으로 노력하지도 않으며 인간으로서의 본능을 억누르려고 하지도 않는다. 그는 이반이 부정했던, 신이 부여한 자유의 개념을 성직자의 측면에서 구현하고 있는 인물이다. "신의 조화로운 세계가 누군가의 희생을 필요로 한다는 것에는 동의할 수 없다"라고 말한다는 점에서는 이성적인 젊은이와 다를 바 없지만, 반대로 예수의 피 흘림을 통해 언젠가 이 땅에 올바른 신의 질서가 구현될 것이라고 믿는다는 점에서는 신실한 성직자의 모습을 잃지 않은 것이라 말할 수 있다. 그의 고뇌는 신앙인이 자유를 통해 거쳐 가야 하는 진정한 믿음의 가시밭길을 상징한다. 자신의 정신적 혼란을 극복하면서 그는 이 작품의 '아이들'을 선과 사랑의 길로 인도하는데, 이는 곧 그와 같은 성직자가 존재할 때 러시아에는 더 이상 고통 받는 아이들이 탄생하지 않을 것이라는 도스토옙스키의 믿음을 말해 준다.

위 인용문에는 나타나 있지 않지만 인간에게 부여된 자유의 가치를 또 다른 측면에서 구현하고 있는 인물이 바로 맏형 드미트리이다. 그는 난폭하리만큼 강한 정열과 육욕을 지닌 사람으로서 아버지 표도르의 카라마조프적 기질을 물려받았다고 할 수 있다. 그러나 그는 자신의 아버지와 달리 인생의 실제적인 문제들, 특히 돈 문제에는 큰 관심이 없다. 그는 충동적일 뿐만 아니라 합리적으로 사고하지도 않는다. 하지만 다른 한편으로 그의 내면에는 순수에 대한 동경이 자리 잡고 있다. 다시 말해서 그는 인간의 자유로운 영혼이 얼마나 광범위하게 나타날 수 있는지를 보여 주는 인물임과 동시에 세속적 계산이나 비도덕의 경계는 절대 넘어서지 않는 인물이다. 그는 잘못된 판결로 인해 스메르자코프의 죄를 뒤집어쓰고 시베리아 유형을 언도받지만, 자신 역시 아버지를 죽이고 싶어 했다는 사실 때문에 '도덕적인 죄'를 인정하고 유형을 떠나게 된다. 드미트리의 이러한 모습은 후일 도스토옙스키가 깨달았던 '러시아인의 정신 세계'의 한 단면을 보여 주고 있다. 즉 그의 모습을 통해 알 수 있는 것은, 이성과 합리성을 신봉하는 서구인들의 잣대로는 측정할 수 없는 '광활함'과 '자유로움'을 갖춘 영혼이 오히려 구원의 가능성에 더 근접해 있다는 것이다.

이와 같은 관찰을 통해 우리는 이 작품 속에서 당대 러시아가 봉착한 두 가지 문제, 즉 신과 인간의 단절이라는 형이상학적 차원과, 아버지와 아들 세대의 단절이라는 현실적 차원의 두 가지 문제가 절묘하게 결합되어 표현되고 있음을 알 수 있다.

작가와 작품

표도르 미하일로비치 도스토옙스키 (1821－1881)는 1821년 10월 30일 모스크바에서 의사인 아버지 미하일 안드레예비치 도스토옙스키의 둘째 아들로 태어났으며 1845년 처녀작 《가난한 사람들》을 통해 문단의 열렬한 환호를 불러일으키며 등단하였다. 이후 《분신》, 《여주인》, 《백야》 등의 작품을 발표하였으나, 사회주의자들과

의 교류가 당국에 포착되어 1849년에 8년간의 시베리아 강제 노동 징역형과 사병 복무형을 언도받았다. 페테르부르크로 귀환한 후 《죽음의 집의 기록》, 《지하로부터의 수기》, 《죄와 벌》 등을 통해 초기의 명성을 회복하였으며, 이후에도 《백치》, 《악령》, 《미성년》 등의 작품과 잡지 《작가 일기》의 출간을 통해 문단의 지도적 인물로서의 위치를 확고히 했다. 그의 마지막 작품인 《카라마조프가의 형제들》은 신과 인간의 관계, 신앙의 본질, 무신론, 러시아인의 정신 세계 등 그가 일생 동안 천착해 온 다양한 관념과 주제를 집대성한 그의 대표작이다. 이 작품은 1878년 12월에 첫 부분이 집필되어 1879년 1월부터 《러시아 통보》에 연재되기 시작하였으며 1880년 11월에 완결되었다. 이 작품으로 인해 도스토옙스키는 저명 소설가의 영역을 뛰어넘어 러시아인의 정신적 지도자로 자리 잡게 되었다. 집필 초기부터 그 후속편을 계획하였으나 건강 악화로 인해 그 뜻을 이루지 못하고 1881년 1월에 폐기종으로 사망하였다.

필자 소개

김상현

한국외국어대학교 노어과에서 학사, 석사 시기 내내 러시아 문학과 민속을 깊이 사랑하였고 도미(渡美) 후 캔사스대학(The University of Kansas)에서 문학 박사 학위를 취득하였다. 이후 러시아성의 문제와 문화, 민속 등에 심취하여 여러 편의 책과 논문을 발표하였다. 현재는 성균관대학교 러시아어문학과 교수로 재직 중이며, 솔제니친의 《마트료나의 집》을 러시아 문학 작품 중 가장 사랑하는 작품으로 꼽고 있다.

김선명

고려대학교 노어노문학과를 졸업하였고 동 대학원에서 러시아 문학으로 석사 학위와 박사 학위를 취득하였다. 2002년 러시아교육문화센터 뿌쉬낀하우스를 설립하였고, 현재 고려대학교에서 강의 중이다. 옮긴 책으로 《하얀 날》, 《또 하나의 코리아》 등이 있다.

김선안

고려대학교에서 푸시킨의 서사시에 관한 논문 〈푸슈킨 포에마의 메타시학〉으로 박사 학위를 취득하였다. 동국대학교 대외교류연구원 연구교수로 재직 중이며, 고려대학교에서 러시아문학 및 문화 강의를 하고 있다. 역서로 《근대 한러관계 연구: 러시아 문서 번역집》 제5권, 13권, 18권, 25권이 있다.

박선영

충북대학교 노어노문학과 졸업 후 서울대학교 대학원에서 석사 학위를, 러시아학술원 러시아문학연구소에서 박사 학위를 취득하였다. 귀국 후 충북대와 서울대 등에서 러시아 문학과 러시아어 등을 가르쳐 왔고 현재 충북대 러시아·알타이지역연구소 전임연구교수로 재직하며 연구와 강의를 병행하고 있다. 〈아담이즘 시학의 형성과 전개〉, 〈만델시탐의 유대 테마 연구〉 등 러시아 시학 관련 논문이 다수 있고, 저서로는 《Органическая поэтика Осипа Мандельштама》, 역서로는 《사모일로프 시선》 등이 있다.

박혜경

서울대학교 노어노문학과에서 나보코프 연구로 박사 학위를 취득하였으며, 현재 한림대학교 러시아학과 교수로 재직 중이다. 주요 연구 분야는 러시아 문학과 러시아 이슬람 문화 등이다. 벨리의 《은빛 비둘기》, 나보코프의 《사형장으로의 초대》, 펠레빈의 《P세대》 등을 번역했고, 주요 연구로는 《《P세대》와 《거장과 마르가리타》 - 신화적 진실과 현실적 허구의 변주곡〉, 〈나보코프의 《사형장으로의 초대》 속 '감시와 처벌': 푸코의 계보학적 방법론에 근거하여〉 등이 있다.

백승무
서울대학교 노어노문학과를 졸업한 후 러시아학술원 러시아문학연구소에서 〈불가코프의 극작술〉로 박사 학위를 취득하였다. 현재 한림대학교 연구 교수로 재직 중이다. 《한국 희곡》, 《공연과 이론》, 《TTIS》의 편집위원을 맡았고 《20세기를 빛낸 극작가 20인》(2012)과 《한국 연극, 깊이》(2013)를 집필했으며 역서로는 《부활》(2013), 《메이예르홀트 전집》(근간) 등이 있다.

백용식
고려대학교 노어노문학과 졸업. 독일 베를린자유대학에서 석사 학위 취득. 로스톡대학에서 소련 보드빌 연구로 박사 학위 취득. 현재 충북대학교 노어노문학과 교수로 재직 중이다. 러시아 연극에 대한 논문을 발표했고, 옮긴 책으로는 두딘체프의 《하얀 옷》, 크로포트킨의 《아나키즘》, 죠셴코의 《감상 소설》 등이 있다.

백준현
서울대학교 노어노문학과를 졸업하였으며 동 대학원에서 도스토옙스키 연구로 박사 학위를 취득하였다. 1998년부터 상명대학교 교수로 재직 중이다. 주요 연구 분야는 도스토옙스키, 푸시킨, 레르몬토프의 작품을 위주로 한 19세기 러시아 소설이다. 주요 논문과 저작으로 〈푸시킨의 《벨킨 이야기》에 나타난 벨킨과 역사성의 문제〉, 〈도스토옙스키 초기작들에 나타난 인간관〉, 《도스토옙스키 단편선: 여섯 색깔 도스토옙스키》 등이 있다.

서광진
18세기 말~19세기 초 러시아 문학사와 문화를 전공하여 모스크바국립대학에서 박사 학위를 취득하였다(2013). 현재 몇몇 대학에서 강의하고 있으며, 최근에는 문학사에 대한 이론과 문화론에 관심을 두고 연구하고 있다.

심지은
연세대학교 노어노문학과를 졸업하고 러시아학술원 러시아문학연구소에서 박사 학위를 취득하였다. 현재 한양대학교 아태지역연구센터 HK연구교수로 재직 중이며 주요 연구 분야는 19~20세기 러시아 문학과 러시아 문화이다. 주요 논문과 역서로 〈한

국과 러시아: 푸시킨의 《삶이 그대를 속일지라도》의 경우〉, 〈바보 이반의 왕국 러시아: 러시아인의 멘탈리티를 찾아서〉와 《러시아인, 조선을 거닐다》, 《대위의 딸》 등이 있다.

오원교

서울대학교 노어노문학과에서 학사, 석사, 박사(수료) 과정을 마치고 모스크바국립대학교에서 〈A. P. 체홉의 객관성의 시학〉이라는 주제로 박사 학위를 취득하였다. 현재 경북대 인문학술원 연구 교수로 재직 중이다. 체홉을 비롯한 러시아 문학과 러시아 문화(담론) 그리고 이슬람을 포함한 중앙아시아 문화 등에 관심을 갖고 강의·연구 중이다. 주요 논문과 저서로는 〈체홉의 동양 인식〉, 〈러시아 문학 속의 시베리아 흐로노토프〉, 〈포스트-소비에트 시대의 유라시아주의와 동양〉, 《소비에트 제국의 문화 역학》(공저) 등이 있다.

윤새라

고려대학교 노어노문학과를 졸업하고 미국 인디애나 주립대학에서 박사학위를 취득하였다. 고려대학교 박사후 연수과정과 대전대학교 연구교수를 거쳐, 현재 유니스트(울산과기원)에서 부교수로 재직 중이다. 주요 연구 분야는 19세기 러시아 소설이며 대표논문으로 "Myth(s) of Creation: Pushkin's The Blackamoor of Peter the Great," 〈존재의 의미: 《안나 카레니나》 8부 재조명〉, "Transformation of a Ukrainian Cossack into a Russian Warrior: Gogol's 1842 Taras Bulba" 등이 있고 역서로는 톨스토이의 《안나 카레니나》, 《사람은 무엇으로 사는가》가 있다.

윤영순

경북대학교 교수. 20세기 러시아 문학과 플라토노프 소설을 전공했으며, 소비에트와 포스트소비에트 시대의 산문, 러시아 문화에 관심을 두고 연구하고 있다. 플라토노프의 《체벤구르》를 번역했으며, 그로스만의 장편 《삶과 운명》을 근간에 번역 출간할 예정이다.

이강은

고려대학교 노어노문학과를 졸업하고 동 대학원에서 막심 고리키의 《클림 삼긴의 생애》에 관한 연구로 박사 학위를 취득하였다. 현재 경북대학교 노어노문학과 교수로 재직 중이다. 지은 책으로 《혁명의 문학, 문학의 혁명 - 막심 고리키》, 《반성과 지향의 러시아 소설론》, 《러시아 소설의 형식적 불안정과 화자》, 《바흐친과 폴리포니야》 등이 있고, 역서로는 《레프 톨스토이(1, 2)》, 《세상 속으로》, 《대답 없는 사랑》, 《은둔자》,《이반 일리치의 죽음》 등이 있다. 혁명 전후 러시아 소설에 깊은 관심을 가지고 있고 특히 요즘에는 고리키와 톨스토이 문학의 상호 관계에 빠져 있다.

이경완

서울대학교에서 고골에 대한 논문으로 박사 학위를 취득하였고, 성서적 기독교의 관점에서 고골의 삶과 작품 세계를 고찰하는 연구를 수행하고 있다. 고골의 작품세계는 물론 그에게 영향을 미친 서구와 러시아의 기독교 문화를 반성적으로 고찰함으로써 성서적인 문화를 형성하는 데 기여하고자 한다. 〈고골의 초기 낭만주의 설화에 나타난 인간의 욕망과 계약에 대한 바로크적 종말론〉 등 고골의 작품들에 대한 다수의 논문과 역서 《죽은 혼》이 있다. 현재 한림대학교 러시아연구소에서 러시아 극동지역의 지속 가능한 사회경제 발전을 위한 학제간 연구를 수행하고 있다.

이명현

고려대학교 노어노문학과와 동 대학원을 졸업한 후 모스크바 국립대학교에서 문학 박사 학위를 취득하였다. 알렉산드르 블록의 창작을 비롯하여 러시아 현대시에 관해 주로 연구해 왔으며, 최근에는 러시아 문학과 한국 문학의 비교 고찰에 관심을 두고 있다. 현재 고려대학교 러시아 CIS 연구소 연구교수로 재직 중이다.

이지연

서울대학교 노어노문학과와 동 대학원을 졸업한 후 러시아학술원 러시아문학연구소에서 박사 학위를 취득하였다. 현재 한국외국어대학교 러시아연구소 HK교수로 재직 중이다. 주요 연구 영역은 러시아 현대시를 비롯한 20세기 러시아 문학과 현대 러시아 문화이다. 러시아 아방가르드 미학과 현대 러시아 문화에 관한 다수의 논문을 발표하였다. 저서로는 《러시아 아방가르드, 불가능을 그리다》(2015), 《제국과 기념비: 권력의 표상공간으로서의 20세기 러시아 문화》(근간) 등이 있다.

이항재

고려대학교 노어노문학과를 졸업하고 동 대학원에서 박사 학위를 취득하였다. 고리키세계문학연구소 연구 교수와 한국러시아문학회 회장을 지냈으며 현재 단국대학교 러시아어과 교수로 재직 중이다. 지은 책으로 《소설의 정치학: 투르게네프 소설 연구》, 《러시아 문화의 이해》(공저) 등이 있고, 러시아 문학에 관한 많은 논문을 썼다. 옮긴 책으로 미르스키의 《러시아 문학사》, 투르게네프의 《루딘》, 《첫사랑》, 《귀족의 보금자리》, 《아버지와 아들》 등이 있다.

임혜영

고려대 노어노문학과와 동 대학원을 졸업하고, 러시아 상트페테르부르크 국립대학교에서 《닥터 지바고》의 연구로 박사 학위를 취득하였다. 현재 고려대에서 강의 중이다. 주요 논문으로 〈파스테르나크와 신비주의〉, 〈러시아 문학과 여성 신화〉, 〈파스테르나크의 《안전 통행증》에 구현된 리얼리즘 시학〉 등이 있고, 역서로는 《삶은 나의 누이》, 《스펙토르스키 / 이야기》, 《안전 통행증/ 사람들과 상황》 등이 있다.

정명자

고려대학교 노어노문학과와 동 대학원을 졸업하고 독일 괴팅겐대학교 슬라브어문학부에서 박사 학위를 취득하였다. 체흡의 《사랑스러운 여인》, 《약혼녀》, 도스토옙스키의 《영원한 남편》 등을 번역하고, 《인물로 읽는 러시아문학》 등의 저서가 있으며, 현재 건국대학교 국제지역문화학전공 교수로 재직 중이다.

조규연

모스크바 소재 러시아국립인문대학교에서 〈마야콥스키의 조형시학〉으로 박사 학위를 취득하였고, 현재 서울대 노어노문학과 박사후 연구원으로 재직 중이다. 주된 관심 분야는 러시아 미래주의와 1920년대 아방가르드 문화와 예술이며, 〈소비에트 도시건설 기획과 마야콥스키의 도시 텍스트〉, 〈레프와 구성주의 문학 논쟁〉, 《Визуализация литературы(문학의 시각화)》(공저) 등의 논문과 저서를 발표하였다.

조혜경

고려대학교 노어노문학과에서 학사 학위와 석사 학위를 취득하였고 모스크바국립대학교에서 박사 학위를 취득하였다. 고려대, 경희대 등에서 시간강사로 활동하였고, 한국대학교육협의회 한국교양기초교육원 사무국장을 역임한 뒤 현재 대구대학교 기초교육대학에서 조교수로 재직 중이다. 주요 저서로는 《도스토옙스키 소설에 나타난 리터러시와 비블리오테라피》(써네스트, 2012), 《톨스토이, 시각을 탐하다》(뿌쉬낀하우스, 2013), 주요 역서로는 《지하로부터의 수기》(웅진 클래식 코리아, 2009), 《허접한 악마》(창비, 2013)가 있다. 주요 논문으로는 〈주인공의 운명을 통해 본 '은밀한' 작가적 기획〉(러시아어문학연구논집, 49집, 2015)가 있으며 그 외에 다수의 논문이 있다.

최병근

고려대학교 노어노문학과를 졸업하고 러시아 모스크바국립대학에서 러시아 현대문학으로 박사 학위를 취득하였다. 현재 안양대학교 러시아어과 교수로 재직 중이다. 작가 안드레이 플라토노프에 관한 연구 논문을 주로 쓰고 있으며 역서로는 《귀향 외

(外)》(책세상, 2002년), 《러시아 문학 앤솔러지2》(문원출판, 2002년), 《러시아 대표 단편 문학선: 아름답고 광포한 세상에서》(써네스트, 2013년) 등이 있다.

최선

서울대 독어독문학과에서 학부를 마치고 독일 자유베를린대학교 노어노문과를 졸업했다(Ph. D). 한국러시아문학회 회장을 역임하고 현재 고려대학교 노어노문학과 교수로 재직 중이다. 주로 푸시킨 작품들이나 러시아 시에 대한 연구 논문을 썼으며 푸시킨 작품들과 널리 알려진 러시아 시들을 우리말로 번역했다.

최종술

서울대학교 노어노문학과와 동 대학원을 졸업했다. 〈알렉산드르 블로크와 19세기 러시아 낭만주의 시인들 - 기억과 암시의 시학〉으로 러시아학술원 러시아문학연구소에서 박사 학위를 취득하였다. 현재 상명대학교 러시아어문학과 교수로 재직 중이다. 주요 논문으로 〈파우스트적 세계 지각과 반(反)휴머니즘〉, 〈인텔리겐치아와 그리스도〉, 〈시와 러시아 정신 - 자유 그리고 애수에 관하여〉 등이 있으며, 주요 역서로 《블로크 시선》, 《절망》 등이 있다.

최진희

고려대학교 노어노문학과를 졸업하였으며 모스크바 국립대학교 대학원에서 이반 부닌 연구로 박사 학위를 취득하였다. 현재 안양대학교 러시아중앙아시아연구소에서 연구교수로 재직 중이다. 주요 연구 분야는 20세기 소설과 아방가르드 문화이다. 주요 논문으로는 〈이반 부닌의 소설 《아르세니예프의 생애》 - 장르 연구〉, 〈은세기 예술 문화의 대화성: 예술의 종합으로서의 미래주의의 책〉, 〈민중 판화 루복과 아방가르드 미술〉 등이 있으며, 역서로는 《어린 시절, 소년시절, 청년 시절》(톨스토이), 《첫사랑》(투르게네프) 등이 있다.

홍대화

고려대학교 노어노문학과에서 학사 학위와 석사 학위를 취득하고 박사 과정을 수료한 뒤 1995년에 러시아 상트페테르부르크 국립대학에서 박사 학위를 취득하였다. 〈러시아 문학에 나타난 악마주의 전통〉이라는 주제로 연구를 진행하여 고대 루시 문학, 푸시킨, 레르몬토프, 고골, 도스토옙스키, 자먀틴, 불가코프에 관한 논문들을 썼다. 번역서로 도스토옙스키의 《죄와 벌》, 불가코프의 《거장과 마르가리타》가 있고, 저서로 《도스토옙스키》(살림, 2005)가 있다.